BASTEI
LÜBBE

Taschenbücher von POUL ANDERSON im BASTEI LÜBBE-Programm:

21 140 Im Dienst der Erde
21 166 Der Friedensstifter
21 169 Satans Welt
21 172 Mirkheim
24 022 Das Avatar

POUL ANDERSON

DAS SCHWERT DES NORDENS

BASTEI
LÜBBE

BASTEI-LÜBBE-TASCHENBUCH
Science Fiction Special
Band 24 099

Erste Auflage: Oktober 1987

Die aus der *Edda* zitierten Passagen wurden dem Band
»Die Edda«, in der Übersetzung von Felix Genzmer,
mit freundlicher Genehmigung des Eugen Diederichs Verlags,
Düsseldorf/Köln, entnommen.

Deutsche Lizenzausgabe 1987
Bastei-Verlag Gustav H. Lübbe GmbH & Co., Bergisch Gladbach
Originaltitel: The Broken Sword/Hrolf Kraki's Saga
Ins Deutsche übertragen von Rosemarie Hundertmarck
Lektorat: Dr. Helmut Pesch
Titelillustration: Luis Royo, Norma Agency, Barcelona
Umschlaggestaltung: Quadro-Grafik, Bensberg
Druck und Verarbeitung:
Brodard & Taupin, La Flèche, Frankreich
Printed in France
ISBN 3-404-24099-5

Der Preis dieses Bandes versteht sich einschließlich
der gesetzlichen Mehrwertsteuer.

Inhalt

Einleitung

Der Zauber des Nordens

Der englische Dichter W. H. Auden nannte es »the Northern thing«, jene seltsame Faszination, die von den Überlieferungen des altnordischen Kulturkreises und der Geschichte der skandinavischen Länder ausgeht. Dieser Zauber des Nordens hat auch die Phantasie vieler Autoren jener Art von Literatur beflügelt, die man heute »Fantasy« nennt. Die Liste der Namen ist eindrucksvoll; sie reicht von William Morris, dem Begründer des Genres, über H. Rider Haggard und E. R. Eddison bis hin zu C. S. Lewis, Poul Anderson und natürlich J. R. R. Tolkien, dem Autor des »Herrn der Ringe«.

Der Zauber des Nordens ist nicht schwer zu erklären. Die skandinavischen Nationen – Island, Norwegen, Schweden, Dänemark, vielleicht noch Finnland – sind die Geburtsstätte einer der großartigsten Mythologien der Welt. Und Mythen haben nun einmal einen besonderen Reiz für Fantasy-Liebhaber. Darüber hinaus hat der Norden eine ganz eigene Literaturform hervorgebracht – die Saga.

Die besten und bedeutendsten Sagas wurden im 13. Jahrhundert im Island geschrieben, beziehen sich aber auf Ereignisse, die weit in die Vergangenheit zurückreichen. Sie lassen sich in drei größere Gruppen unterteilen; erstens die historischen Chroniken; zweitens die heroischen Sagas, große Abenteuererzählungen, die keine historische Genauigkeit beanspruchen; und drittens die Familienchroniken. Ein Beispiel der ersten Gruppe wäre die *Heimskringla* des Snorri Sturluson; der zweiten die *Saga von Grettir dem Starken;* und der dritten die *Laxdaela Saga,* die dem heutigen Leser trotz ihres Alters fast wie ein moderner realistischer Roman erscheint.

Einige dieser Werke haben die Jahrhunderte seit ihrer Entstehung fast unbeschadet überstanden und sind im Deutschen wie im Englischen den Lesern in neuerer Zeit durch bedeutende Übersetzungen erneut nahegebracht wurden.

William Morris selbst hat eine Reihe von skandinavischen Stoffen ins Englische übertragen. Dazu zählen allein zwei der fünf großen *Íslendinga Sögur* (wie sie genannt werden), die *Eyrbryggja* und die unsterbliche *Grettla,* die er in Zusammenarbeit mit dem Isländer Eiríkr Magnússon übersetzte. Für diese Aufgabe entwickelte Morris einen ganz eigenen, bewußt einfachen Sprachstil, der nicht nur Vorbild für spätere Saga-Übersetzungen, sondern auch für seine eigenen Fantasy-Werke wurde.

E. R. Eddison, der Autor jenes gewaltigen Buches »Der Wurm Ouroboros«, wagte sich an ein weiteres der fünf großen Meisterwerke, die *Egla* oder *Egil's Saga,* und schuf damit eine der perfektesten und beeindruckendsten Übersetzungen aus dem Isländischen.

Im deutschen Sprachraum sei nur auf die Saga-Übersetzungen der »Sammlung Thule« im Diederichs-Verlag verwiesen, die immer noch ungemein lesbar sind.

Professor Tolkien hat zwar keine der Sagas übersetzt, wenn er sich auch in seiner Arbeit an dem angelsächsischen Epos *Beowulf* eingehend mit den nordischen Quellen der altenglischen Überlieferung beschäftigte. Seine Kenntnisse der altnordischen Sprache wurden selbst von Fachkollegen bewundert. Seine Studie über das »Finnesburg«-Fragment, die 1983 posthum veröffentlicht wurde, beschäftigt sich eingehend mit den skandinavischen und germanischen Vorfahren der Angelsachsen und ihrem legendären Anführer Hengest, einem Vorfahren der Wikinger, der sein Volk im 5. Jahrhundert nach England brachte.

Tolkiens Sohn Christopher, der selbst Dozent in Oxford war, bevor er sich ganz dem Nachlaß seines Vaters widmete und als Herausgeber des »Silmarillion« bekannt wurde, hat die *Heidreks* oder *Hervarar Saga* aus dem Isländischen übersetzt.

Auch das, was Poul Anderson in diesem Band geschaffen hat, steht unmittelbar in der großen Tradition jener Fantasy-Autoren, die dem Zauber des Nordens verfallen sind.

Poul Andersons Familie ist dänischer Herkunft. Er selbst wurde 1926 in Bristol, Pennsylvania geboren; sein Vorname spricht sich wie ein Mittelding zwischen »Paul« und »Poul« aus. Sein Vater, der noch in Dänemark aufgewachsen war, war Ingenieur, und so führte der junge Poul zunächst ein Wanderleben, da Ingenieure dorthin gehen müssen, wo sie gebraucht werden. Er begann erstmals Geschichten zu schreiben, als er sein Studium an der University of Minnesota aufgenommen hate. Diese ersten Geschichten wurden von John W. Campbell, Jr., für *Astounding Science Fiction* angekauft, und Anderson wurde bald zu einem der Stammautoren dieses Magazins, in dem Namen wie Robert A. Heinlein, A. E. van Vogt, L. Sprague de Camp oder Isaac Asimov erstmals der Öffentlichkeit bekannt gemacht wurden.

Nachdem Anderson 1948 sein Studium der Physik abgeschlossen hate, beschloß er, es erst einmal ein Jahr mit dem Schreiben zu versuchen. Obwohl er später ans College zurückkehrte, um seinen Bachelor of Science in Physik und Examina in Mathematik und Philosophie zu machen, hat er danach nie einen bürgerlichen Beruf ergriffen. Heute lebt er mit seiner Frau Karen als freier Schriftsteller in Kalifornien.

Andersons Werke gehören zum größten Teil der Science Fiction an. Innerhalb dieses Genres ist er bekannt als ein beständiger Autor gut durchkonstruierter und handwerklich perfekter Romane, der seine Lesern solide, spannende Unterhaltung bietet. Aber Anderson weigert sich, als Science-Fiction-Autor abgestempelt zu werden. Er hat auch historische Abenteuerromane geschrieben – darunter ein dreibändiges Werk über das Leben Harald Hardredes, des letzten Wikingers –, Kinderbücher, Krimis und Sachbücher. Aber trotz dieser Vielseitigkeit gilt seine erste und größte Liebe der Abenteuer-Fantasy, wo er sich mit seinen nordischen Erzählungen ein ganz eigenes Genre geschaffen hat.

Poul Anderson war einer der ersten Mitglieder der »Hyborian Legion«, eines locker organisierten, aber enthusiastischen Klubs von Bewunderern der berühmten CONAN-Stories des früh verstorbenen Robert E. Howard. Andersons Übersetzungen altnordischer Saga-Verse sind bereits in den 6Oer Jahren in *Amra*, der Zeitschrift dieser Gruppe, erschienen.

Auch gehören Anderson und seine Frau einer äußerst ungewöhnlichen Organisation an, die sich »Gesellschaft für kreativen Anachronismus« nennt. Dies ist eine Gruppe von Leuten, die eine Vorliebe für das Mittelalter haben und regelmäßig Turniere und Feste in zeitgenössischen Kostümen abhalten. Die Gesellschaft wurde in Kalifornien gegründet, hat sich aber inzwischen auf ganz Amerika ausgedehnt.

Die Turniere hierbei sind übrigens echt. Natürlich kämpfen die Teilnehmer nicht mit scharfen Waffen, aber ihre Holzwaffen sind stark, schwer und mit großer Sorgfalt hergestellt. Sie können den Unaufmerksamen oder Ungeschickten zu Boden werfen, was auch oft genug geschieht. Deshalb muß, wer bei einem Turnier der Gesellschaft mitkämpfen will, erst schriftlich bezeugen, daß er im Fall einer Verletzung keine Schadensersatzansprüche stellen wird. Die Mitglieder der Gesellschaft dürfen sich zwar innerhalb bestimmter Grenzen Adelstitel zulegen, aber die Ritterschaft selbst müssen sie sich im Wettstreit auf dem Feld der Ehre verdienen. Es gibt darum auch nur wenige Autoren, die auf dem Gebiet mittelalterlicher Kampftechniken so gut Bescheid wissen wie Poul Anderson: er hat sie selber erprobt.

Trotz seiner Begeisterung für das Mittelalter und seiner skandinavischen Wurzeln hat Poul Anderson auf dem Gebiet der Fantasy zunächst sehr wenig geschrieben. Wahrscheinlich lag das daran, daß die Herausgeber von Zeitschriften und Büchern ihn vor allem als Science-Fiction-Autor sahen. Dazu kam die bedauerliche Tatsache, daß die

Chancen, für einen neuen Fantasy-Roman einen Verleger zu finden, in den USA lange sehr, sehr klein waren. Erst der erstaunliche Erfolg von J. R. R. Tolkiens »Der Herr der Ringe« in den späten sechziger Jahren machte es möglich, daß auch andere Werke derselben Richtung ihr Publikum fanden.

»Das geborstene Schwert« ist Andersons erster Roman überhaupt. Er wurde erstmals 1954, gleich zu Anfang von Andersons Laufbahn, von Abelard-Schumann, einem ziemlich kleinen Verlag, herausgebracht. Für die Taschenbuch-Ausgabe, die 1971 in der von Lin Carter betreuten »Adult Fantasy«-Serie bei Ballantine-Books erschien, wurde der Text vom Autor grundlegend überarbeitet. Diese revidierte Fassung liegt der vorliegenden deutschen Ausgabe zugrunde.

Kenner des Werkes von J. R. R. Tolkien werden hier sicherlich einige überraschende Parallelen auffallen. So kommen bei Anderson zwei Zwerge mit den Namen Dyrin und Dvalin (bei Tolkien: Durin und Dwalin) vor, und auch die Rolle der Elfen (bei Tolkien: Elben) bei beiden Autoren ist insofern vergleichbar, als sie ihnen etwas von ihrer mythologischen Bedeutung zurückgibt, nachdem die Literatur des 19. Jahrunderts sie zu bloßen winzigen Naturgeistern herabgewürdigt hatte. Beide Autoren haben freilich nichts voneinander gewußt; als Anderson seinen Roman schrieb, war der erste Band von Tolkiens Trilogie (erschienen 1954/55) noch nicht gedruckt. Vielmehr haben beide die gleichen Quellen benutzt – zum Beispiel den sogenannten »Zwergenkatalog« der *Älteren Edda (Völuspa,* Strophen 10–15) – und sich der gleichen Figuren und Motive bedient.

Bei allen Gemeinsamkeiten sollten jedoch auch die Unterschiede nicht unterschlagen werden: Während Tolkien im Grunde ein christlicher Autor ist, der den Sinn der Kunst in einer Läuterung des Menschen und einer Hinführung zum Schönen, Wahren und Guten sieht, ist Andersons Werk durch und durch von jenem heidnisch-nordischen Geist durchdrungen, zu dem wir uns mit einem atavistischen Schauder immer noch hingezogen fühlen.

Dies wird an keiner Stelle deutlicher als an dem Motiv des geborstenen Schwertes, das wir auch im »Herrn der Ringe« finden. Doch während das neu geschmiedete Schwert Andúril bei Tolkien ein Zeichen der Hoffnung ist, weist das Schwert Tyrfing, das Skafloc von den Asen als Mitgift erhält, auf das drohende Verderben voraus. Es ist Lokis Waffe im kommenden Ragnarök, dem Untergang der alten Götter.

Dem heutigen Leser wird es vielleicht ein wenig seltsam oder doch zumindest unnötig anmuten, wie Anderson dabei Wert darauf legt, dieses mythologische Ereignis rationalistisch zu begründen. Die Welt der Magie wird als eine andere Existenzebene mit eigenen Gesetzen aufgefaßt, die damals noch mit der heutigen koextistent gewesen sei, nun aber nicht mehr. Ja, selbst die Andersartigkeit jener Wesen – Elfen, Trolle und selbst Götter – wird in eine physikalische Terminologie umgesetzt, wie Anderson in seinem Vorwort zum Roman ausführt.

Dies ist sicherlich aus der Entstehungszeit des Romans zu verstehen, wo es für die Lektüre von Fantasy noch einer besonderen Veranschaulichung bedurfte; der heutige Leser mag, wenn er will, darüber hinwegsehen. Die eigentlichen Gesetze der »Welt« des nordischen Zaubers bilden kein physikalisches, sondern ein symbolisches System, was sich auch daran zeigt, daß sich der Mensch ihnen durch den symbolischen Akt der Taufe in Christus entziehen kann.

Der zweite Teil dieses Bandes, »Hrolf Krakis Saga«, entstand aus der Arbeit an der Neufassung des ersten. Innerhalb der trockenen Diskussionen über redaktionelle Änderungen, Fahnenkorrekturen, Revisionen und so weiter entspann sich zwischen Herausgeber Lin Carter und Autor Poul Anderson ein Gespräch über ein Buch, das Anderson eigentlich schon immer hatte schreiben wollen – eine Auswahl von Schlüsselszenen phantastischer und übersinnlicher Natur aus dem reichen Schatz der Saga-Erzählungen.

Er begann mit der Saga von Hrolf Kraki, mußte aber feststellen, daß gerade hier die Überlieferung besonders fragmentarisch war, von späteren kirchlichen Schreibern entstellt oder nur in Bruchstücken aus anderen Sagas oder Geschichten überliefert. Daraus erwuchs der Gedanke, diese verstreute heroische Literatur herauszusuchen, zu vergleichen und zu einer neuen Gesamtfassung zusammenzuführen. Dies würde dann aber, fragte Anderson vorsichtig bei Ballantine an, ein eigenes Buch werden; ob das in Ordnung sei?

Der Ergebnis davon ist »Hrolf Krakis Saga«.

Oftmals ist die Geschichte von den Skjöldungen, den legendären Königen Dänemarks erzählt worden, die ihr Geschlecht auf Skjöld, den Sohn Odin Allvaters, zurückführten. Immer wieder ist sie verloren gegangen, »fast«, wie Lin Carter schreibt, »als verfolge die Rache Odins selbst noch das Gedenken an Hrolf Kraki durch die Jahrhunderte«. E. R. Eddison spricht von »der verlorenen *Skjöldunga Saga,* den Chroniken der Könige von Dänemark«, in den Anmerkungen zu seiner *Egil's Saga.* Christopher Tolkien nennt als Beispiel für die Wiederverwertung von Materialien »das verlorene Gedicht *Bjarkamaal*« im Saga-Kreis um Hrolf Kraki.

Doch die Erinnerung an Hrolf Kraki hat irgendwie überlebt. Er war eine wirkliche Person; es hat ihn wirklich gegeben. Er war der größte der dänischen Könige, und seine Epoche war eine kurze Blütezeit des heroischen Zeitalters. Wie am Hofe Arthurs zu Camelot sammelten sich um ihn die größten Helden und Krieger jener Tage. Und wie die Wikinger in späteren Zeiten, wie der vom Schicksal verfluchte Skafloc in Poul Andersons Fiktion, waren auch sie Männer, die mit dem Schwert lebten und starben – Bjarki, der das verzauberte Langschwert Lövi führte; Svipdag, der Berserkertöter; der junge Hjalti mit dem magischen Schwert Goldheft.

So groß war der Ruhm Hrolf Krakis, daß Echos seines

Namens an fernen Gestaden widerhallten. Er wird in dem angelsächsischen *Beowulf* erwähnt, wo er Hrolfwulf heißt; in den altnordischen Sagas ist sein Name Hrólfr Helgisson. Die wesentlichen Ereignisse in seinem Leben werden immer wieder in den verschiedensten Sagas angesprochen, und sie stimmen im großen und ganzen überein. Die *Encyclopaedia Britannica* zieht daraus den Schluß: »Es gibt keinen Grund, daran zu zweifeln, daß Hrolf eine historische Person war und daß er während der ersten Hälfte des 6. Jahrhunderts in Dänemark regierte.«

Dieses verschollene Epos zu rekonstruieren war der Traum von Poul Anderson – die verschiedenen Versionen gegeneinander abzuwägen; von den späteren Zutaten und literarischen Ausschmückungen zum Kern der Legende vorzustoßen; einen Weg zu finden zwischen Widersprüchen und mißverstandenen Episoden; und schließlich für die Nacherzählung der alten Geschichte einen Ton zu treffen, der zugleich dem Verständnis des modernen Lesers angemessen ist und doch dem Geist und der Sprache des verlorenen Originals nahekommt.

Wie für »Das geborstene Schwert« gilt auch für »Hrolf Krakis Saga«, daß es Fantasy-Romane sind, die gelegentlich die Grenze zur Science Fiction überschreiten. Doch hinter dem Glanz und Glitter des Elfenreiches und der dunklen Magie von Hexen und Göttern spürt man in ihnen den harten, metallischen Geschmack erlebter Geschichte, einer fremden und zugleich so vertrauten Wirklichkeit.

Aber urteilen Sie selbst.

LIN CARTER
Hollis, Long Island, New York
1971/1973

HELMUT W. PESCH
Bergisch Gladbach
1987

Einige Anmerkungen zur Datierung

Obwohl die folgenden Geschichten zum Teil in mythologischen Welten spielen, läßt sich doch der historische Rahmen relativ genau umreißen. Orm, der Vater Skaflocs in »Das geborstene Schwert«, gehört zu den Dänen, die im neunten Jahrhundert nach England einfielen. Als Beginn dieser Eroberungswelle wird die Zerstörung der englischen Abtei Lindisfarne im Jahre 793 angesehen; dieses Datum gilt zugleich als Beginn des Wikingerzeitalters. Die Schlacht von Ethandun (Edington), in der die Dänen von dem westsächsischen König Alfred (849–99) besiegt wurden und an der Orm – nach Aussage des Romans – teilgenommen hat, fand im Jahre 878 statt. Skafloc wäre demnach um 880 n. Chr. geboren, und als die eigentliche Handlung des Romans beginnt, ist er 21 Jahre alt.

Die Rahmenhandlung von »Hrolf Krakis Saga« spielt einige Jahre später. Æthelstan (924–939), dem die Geschichte erzählt wird, ist ein späterer Nachfolger Alfreds, und zu seiner Zeit wird das »Danelaw«, das Gebiet der dänischen Besiedlung, in das westsächsische Reich eingegliedert. Die dort ansässigen Anglo-Skandinavier beginnen sich als treue Untertanen des Königs zu fühlen und sind den immer wieder hereinbrechenden Wikingern selbst feindlich gesonnen. Dieser historische Zusammenhang rechtfertigt es auch, diesen Roman an die zweite Stelle des Bandes zu setzen, obwohl die Haupthandlung natürlich wesentlich früher anzusiedeln ist.

Hrolf Kraki war ein jüngerer Zeitgenosse Beowulfs, von dem das in der ersten Hälfte des 8. Jahrhunderts entstandene altenglische Epos berichtet, welches sich auf Ereignisse bezieht, die wiederum mehr als 200 Jahre früher in Skandinavien stattfanden. Hroar, der Großonkel Hrolfs, ist der Hrothgar des *Beowulf*-Epos, und der in Teil 3, Kapitel IV, von »Hrolf Krakis Saga« kurz angerissene Besuch des

Beowulf – oder Bjovulf von Götaland, wie er hier genannt wird – am dänischen Hof, bei dem dieser das Ungeheuer Grendel tötet, läßt sich an den Anfang des 6. Jahrhunderts datieren; der Tod von Hygelac, Beowulfs Onkel, dem der Held nach seiner Rückkehr Bericht erstattet und dessen Sohn er später als König folgt, ist aus anderer Quelle auf ca. 521 n. Chr. datiert. Hrolf Kraki ist eine Generation jünger als Beowulf; die Datierung seiner Herrschaft auf die Mitte des 6. Jahrhunderts, die Anderson vorschlägt, ist damit die wahrscheinlichste.

Daß auch solch heidnische Geschichten noch im christlichen England erzählt wurden, ist historisch durchaus stimmig. Selbst wenn wir das Beispiel des *Beowulf* nicht hätten, so wissen wir etwa von einem Brief des Mönchs Alcuin (735-804) an den Abt von Lindisfarne, mit der Ermahnung, man möchte statt heidnischer Lieder beim Mahle lieber aus den Kirchenvätern vorlesen: »Quid Hinieldus cum Christo?« (›Was hat Ingeld mit Christus zu tun?‹). Gerade zum Skandinavien der späten Völkerwanderungszeit besaßen die Angelsachsen eine besondere Beziehung, waren ihre Vorfahren doch in einer früheren Einwanderungswelle im späten 5. Jahrhundert selbst aus Dänemark und von der germanischen Nordseeküste nach England gekommen. Doch zur Zeit Æthelstans war der eigentliche Kampf schon gewonnen. Mochten die Wikinger auch noch ein weiteres Jahrhundert gegen die Küsten der zivilisierten Welt anrennen, die Zeit der Götter des Nordens war bereits vorbei.

Im Jahre 1000 n. Chr. nahm Island, das Land der Sagas, durch Beschluß des Althing, der Volksversammlung, den christlichen Glauben an.

H. W. P.

DAS GEBORSTENE SCHWERT

Vorwort

Gegen Ende des Jahres Unseres Herrn 1081 fuhr Sighvat Thordarson im Auftrag König Olafs von Norwegen durch Götland. Dort hingen die meisten Menschen noch dem alten Glauben an. Auf einem einsamen Gehöft untersagte die Bäuerin es ihm und seinen Freunden, über Nacht zu bleiben, weil ein Opferfest vorbereitet wurde. Dazumal konnte jeder wohlerzogene Mann Stabreime aus dem Ärmel schütteln, und Sighvat war ein Skalde. Also sprach er:

»Elende Fremdlinge, euretwegen
will ich Odin nicht kränken.«
So wies mich das Weib unchristlich
hinweg von der Tür.
»Der heutige Tag ist heilig;
wir halten den alten Brauch.«
Opfern wollten sie am Abend
den Elfen, die Heiden.

So wird es in Snorri Sturlasons *Heimskringla* berichtet. An anderer Stelle lesen wir, daß von den Kriegsschiffen die Drachenköpfe entfernt wurden, wenn sie sich der heimatlichen Küste näherten, um die Elfen nicht zu beleidigen. Wir lernen daraus, was die Elfen in alter Zeit waren: Götter.

Als die Männer im Norden damit anfingen, Bücher zu schreiben, waren die Elfen natürlich schon zu harmlosen Naturgeistern – ähnlich den griechischen Dryaden oder den *Kami* japanischer Flüsse – abgewertet worden. Die Eddas siedeln einige von ihnen in Asgard als Diener der Asen an. Aber das Wort wird für zwei verschiedene Rassen verwendet, die zwei der Neun Welten besitzen. Alfheim gehört den großen, blonden »Lichtelfen«. Obwohl wir dessen nicht ganz sicher sein können, ist Schwarzalfheim, das

Heim der schwarzen Elfen, wahrscheinlich die Welt der Zwerge. Es ist interessant, wieviel wichtiger die letzteren in den Erzählungen sind, die bis auf uns überliefert wurden.

Später entstandene Sagen verkleinerten die Elfen noch mehr, ließen ihre Gestalten zur Winzigkeit schrumpfen und vergaßen völlig ihre Verwandtschaft mit den immer noch mächtigen Zwergen. Nichtsdestotrotz finden wir einen Abglanz von Alfheim noch im Mittelalter und der Renaissance – das Feenreich, dessen Bewohner von menschlicher Gestalt, aber von unirdischer Schönheit und mit Zauberkräften begabt waren.

In unserer Zeit hat R. R. Tolkien den Elfen in seinem faszinierenden *Herrn der Ringe* etwas von ihrer früheren Größe zurückgegeben. Er hat sie jedoch nicht nur schön und klug, sondern auch weise, ernst, ehrenhaft und freundlich gemacht – Verkörperungen des guten Willens gegen alles, was lebt. Kurz gesagt, seine Elfen gehören eher in das Land Gloriana als in jenes Haus im heidnischen Götland. Selbstverständlich ist nichts dagegen einzuwenden. Es war auch für Professor Tolkiens Zwecke notwendig.

Aber vor zwanzig Jahren ging ein junger Bursche, der den gleichen Namen wie ich trug, weiter zurück, bis ins neunte Jahrhundert, und entdeckte Elfen und Götter von ganz anderer Art. Es war, wenigstens in Europa, eine rohe Zeit. Ungehindert herrschten Grausamkeit, Raubgier und Zügellosigkeit. Die Schrecken, die die Wikinger über Britannien und Frankreich brachten, waren nicht geringer als die Greueltaten, die Karl der Große bei den Sachsen oder die Ritter des Ersten Kreuzzugs in Jerusalem begingen. Die Zivilisation des 20. Jahrhunderts hat ihren Ursprung zweifellos im Humanismus, und sie ist weit von jener untersten Talsohle entfernt, die (Gott helfe uns!) in der Geschichte vielleicht doch die Norm ist.

Da die Menschen dazu neigen, ihre Götter und Halbgötter nach ihrem eigenen Bild zu schaffen, stellte der Verfasser Elfen und Asen als amoralisch dar – sogar als böse, wenn man ihre Pläne durchkreuzte. Das stimmt zu dem, was wir über sie in der Edda und den Sagas lesen können.

Außerdem machte er sich ein Vergnügen daraus, seine Phantasie ein wenig schweifen zu lassen. Es scheint ganz natürlich zu sein, daß die Bewohner des Feenreichs auf technischem Gebiet weiter fortgeschritten waren als ihre menschlichen Zeitgenossen. Nehmen wir einmal an, es habe wirklich Rassen gegeben, die der Magie fähig waren – in dem Sinne, daß sie mit Methoden, die unsere Wissenschaft noch nicht entdeckt hat, geistige Kontrolle über stoffliche Dinge hatten. (Man beachte die neuesten Forschungsergebnisse und Spekulationen auf dem Gebiet der Parapsychologie!) Nehmen wir weiter an, daß sie ein unbegrenztes Leben hatten, ihre Gestalt ändern konnten und so weiter. Mit einer derartigen uns fremden Beschaffenheit mögen spezifische Nachteile verbunden gewesen sein, zum Beispiel die Unfähigkeit, Sonnenlicht zu ertragen, oder katastrophale elektrochemische Reaktionen bei der Berührung von Eisen. Warum sollten diese Unsterblichen keinen Ausgleich für ihre Handicaps durch die Entdeckung von Nichteisen-Metallen und den Eigenschaften ihrer Legierungen finden?

Konnten die Elfenschiffe »auf den Flügeln des Windes« segeln, weil sie tatsächlich reibungslose Schiffsrümpfe kannten?

Obwohl es Burgen, wie wir sie heute verstehen, im Europa König Alfreds noch nicht gab, könnten die Elfen sie schon seit langer Zeit gebaut haben. Ebenso lassen sich andere offensichtliche Anachronismen einfach dadurch erklären, daß es sich eben um die Errungenschaften von Rassen handelt, die älter sind als die Menschen. Aber eine aristokratische Kriegerkultur, bei der die langen Lebensspannen eine konservative Denkart begünstigten, würde es in der Wissenschaft wahrscheinlich nicht sehr weit bringen. In den Ruinen des Feenreichs sollten wir nicht nach Schießpulver oder Dampfmaschinen suchen.

Das geborstene Schwert fand erst spät einen Verleger, und dieser brachte nur eine einzige Auflage heraus. Dank Lin Carter und *Ballantine Books* – und Professor Tolkien, dessen Arbeit das gesamte Genre der heroischen Fantasy-Romane erst populär gemacht hat – kommt es jetzt zu einer Neuauflage.

Aber diese Chance birgt für mich ein Dilemma. Es ist keine Affektiertheit von mir, wenn ich von dem Autor wie von jemand anderem spreche. Er war ein anderer. Zwischen uns liegt eine Generation. Ich würde niemals etwas so Ungestümes, so Weitschweifiges und so ungemildert Wildes schreiben.

Dieser junge, in mancher Beziehung naive Bursche, der meinen Namen trug, könnte ohne böse Absicht meinen Lesern von mir und meiner Arbeit einen falschen Eindruck vermitteln. Gleichzeitig möchte ich mir nicht das Recht herausnehmen, an dem, was er geschrieben hat, Änderungen vorzunehmen. Das wäre zumindest gegen diejenigen unfair, die von seinem Buch gehört haben und glauben, es zu kaufen.

Nun, ich habe einen Kompromiß geschlossen. Zunächst einmal erklärt dieses neue Vorwort die Situation. Außerdem habe ich mir, ohne die Story zu ändern, ein paar Textverbesserungen erlaubt. Ich stelle mir vor, der Autor hätte den Rat eines erfahrenen Mannes gern angenommen – auch bezüglich der Techniken des mittelalterlichen Schwertkampfes!

Ich habe das Buch nicht vom Anfang bis zum Ende umgeschrieben; wie gesagt, das käme mir unehrlich vor. Daher ist der Stil nicht der meine.

Aber ich habe eine Menge von Adjektiven und Füllwörtern gestrichen, bestimmte Irrtümer und Widersprüche beseitigt und (in einer kurzen, aber wichtigen Szene) eine Person, die dort absolut nichts zu suchen hatte, durch eine andere ersetzt.

Das Buch, das Ihnen jetzt vorliegt, ist also tatsächlich »Das geborstene Schwert«, wie es ursprünglich konzipiert und geschrieben wurde. Es ist nur lesbarer gemacht worden. Ich hoffe, Sie haben Freude daran.

Was aus jenen wurde, die am Ende des Buches noch am Leben waren, und aus dem Schwert und dem Feenreich selbst – das offenbar auf der Erde nicht mehr existiert –, das ist eine andere Geschichte, die vielleicht eines Tages erzählt werden wird.

Poul Anderson,
der in der Gesellschaft
für kreativen Anachronismus
als Sir Béla of Eastmarch
bekannt ist.

I

Es war ein Mann, Orm der Starke genannt, ein Sohn von Ketil Asmundssohn. Ketil war Freisasse im Norden von Jütland, und seine Sippe lebte dort schon seit Menschengedenken und besaß viel Land. Ketils Frau hieß Asgerd. Sie war das Kind einer Buhle von Ragnar Fellhose. Also war Orm von guter Herkunft, aber da er der fünfte lebende Sohn seines Vaters war, hatte er kein großes Erbteil zu erwarten.

Orm war ein Seefahrer und verbrachte die meisten Sommer auf Beutefahrt. Er war noch jung, als Ketil starb. Asmund, der älteste Bruder, übernahm den Hof. Das ging so lange, bis Orm in seinem zwanzigsten Winter zu ihm ging und sagte:

»Jetzt sitzt du seit einigen Jahren hier auf Himmerland und machst guten Gebrauch von dem, was dein ist. Wir übrigen wollen einen Anteil. Aber wenn wir den Boden in fünf teilen, ganz zu schweigen von dem Leibgedinge für unsere Schwestern, sinken wir zu Kleinbauern hinab, und wenn wir tot sind, wird sich niemand mehr an uns erinnern.«

»Das ist wahr«, antwortete Asmund. »So arbeiten wir am besten zusammen.«

»Ich will nicht der fünfte Mann am Ruder sein«, sagte Orm, »und deshalb mache ich dir dies Angebot. Gib mir drei Schiffe mit Gut und Vorräten und an Waffen genug, um die, die mir folgen wollen, auszurüsten, und ich will mir eigenes Land suchen und den Anspruch auf das unseres Vaters aufgeben.«

Das hörte Asmund gern, besonders, da zwei der Brüder erklärten, sie wollten mit Orm gehen. Ehe es Frühling wurde, waren die Langschiffe bereit und ausgestattet, und viele der jüngeren und ärmeren Männer waren so froh, mit Orm westwärts zu segeln. Beim ersten guten Wetter, als aber die See noch rauh war, führte Orm seine Schiffe aus dem Limfjord, und Asmund sah ihn niemals wieder.

Sie ruderten schnell nach Norden, bis die Moore und tiefen Wälder unter dem hohen Himmel von Himmerland hinter ihnen lagen. Als sie das Skagerrak umrundet hatten, bekamen sie guten Wind und konnten Segel setzen. Nun zeigten ihre Hintersteven auf ihr Heimatland, und da zogen sie am Bug die Drachenköpfe auf. Das Tauwerk ächzte, die Wellen schäumten, die Möwen schrien um die Rahnock. Frohen Herzens sang Orm:

Weißmähnige Rosse wiehern,
nach Westen sie eilen.
schnaubend und schäumend
schütteln sie sich.
Wild wie die Winde
des Winters
toben und trotzen sie,
tragen sie Lasten für mich.

Da er die Fahrt so früh angetreten hatte, erreichte er England vor den meisten anderen Wikingern und machte reiche Beute. Als der Sommer zu Ende ging,suchte er in Irland ein Winterquartier. Von dieser Zeit an blieb er für immer auf den westlichen Inseln. Die Sommer verbrachte er auf Beutefahrt und tauschte im Winter einiges von seinem Reichtum gegen weitere Schiffe ein.

Endlich jedoch wuchs in ihm der Wunsch nach einem eigenen Heim. Er schloß sich mit seiner kleinen Flotte der großen Guthorms an, den die Engländer Guthrum nannten. Er gewann viel, während er diesem Herrn an Land und zur See folgte, aber er verlor auch viel, als König Alfred den Tag bei Ethandun gewann. Orm und eine Anzahl seiner Männer gehörten zu denen, die sich durchschlugen. Später hörte er, daß Guthrum und den anderen eingeschlossen Dänen ihr Leben dafür geschenkt worden war, daß sie die Taufe annahmen. Orm sah voraus, daß es irgendwann zwischen seinem Volk und dem Alfreds zum

Frieden kommen würde. Dann konnte er in England nicht mehr so frei zugreifen, wie er es bisher getan hatte.

Daher steuerte er die Gegend an, die später Danelaw genannt wurde, und suchte nach einem Ort, wo er sich niederlassen konnte.

Er fand einen grünen, schönen Platz an einer kleinen Bucht, die als Hafen für seine Schiffe dienen konnte. Der Engländer, der dort wohnte, war ein reicher und ziemlich mächtiger Mann und wollte nicht verkaufen. Aber Orm kam des Nachts zurück, umstellte mit seinen Männern das Haus und verbrannte es. Der Eigentümer, seine Brüder und die meisten seiner Knechte fanden den Tod. Es hieß, die Mutter des Mannes, die eine Hexe war, kam davon – denn die Angreifer ließen alle Frauen, Kinder und Mägde, die es wünschten, aus dem Hause gehen – und sprach über Orm den Fluch, sein ältester Sohn solle außerhalb der Welt der Menschen aufwachsen, während Orm an seiner Stelle einen Wolf großziehen solle, der ihn eines Tages zerreißen werde.

Da schon viele Dänen in dieser Gegend lebten, wagte die Sippschaft des Engländers nichts anderes zu tun, als von Orm Wergeld und Landpreis anzunehmen, und damit gehörte der Hof nach dem Gesetz ihm. Er baute ein schönes neues Wohnhaus und andere Gebäude, und mit seinem Gold, seinen Gefolgsleuten und seinem Ruhm galt er bald als ein großer Häuptling.

Als er ein Jahr auf seinem Hof gesessen hatte, hielt er es für angebracht, sich eine Frau zu nehmen. Mit vielen Kriegern ritt er zu dem englischen Edelmann Athelstane und warb um dessen Tochter Älfrida, die als die schönste Jungfrau im Königreich galt.

Athelstane erging sich in Ausflüchten, aber Älfrida sagte Orm ins Gesicht: »Einen Heidenhund will ich nicht heiraten, und ich kann es auch nicht. Und wenn du mich mit Gewalt nimmst, wirst du wenig Freude daran haben – das schwöre ich.«

Sie war schlank und zart mit weichem, rötlichbraunem Haar und großen grauen Augen. Orm dagegen war ein großer, mächtiger Mann, dessen Haut von Wind und Wetter gerötet und dessen Mähne von der Sonne beinahe weißgebleicht war. Und doch hatte er irgendwie das Gefühl, sie sei die Stärkere. Nachdem er eine Weile nachgedacht hatte, antwortete er: »Jetzt, da ich in einem Land lebe, wo die Menschen den Weißen Christus verehren, wäre es wohl klug, wenn ich mit Ihm und mit Seinem Volk Frieden machte. Die Wahrheit ist, daß schon viele Dänen desgleich getan haben. Ich werde mich taufen lassen, wenn du mich heiraten wirst, Älfrida.«

»Das ist kein Grund!« rief sie.

»Bedenke«, sagte Orm schlau, »wenn du mich nicht heiratest, werde ich ein Heide bleiben, und dann ist meine Seele verloren, wenn wir den Priestern trauen können. Du wirst dich vor deinem Gott dafür verantworten müssen.« Athelstane flüsterte er zu: »Außerdem werde ich dieses Haus niederbrennen und dich von den Klippen ins Meer werfen.«

»Aye, Tochter, wir dürfen es nicht zulassen, daß eine menschliche Seele verlorengeht«, erklärte Athelstane schnell.

Älfrida widersetzte sich nicht mehr lange, denn auf seine Art hatte Orm weder ein häßliches Aussehen noch schlechte Manieren. Abgesehen davon konnte Athelstanes Sippe einen so starken und reichen Verbündeten wohl brauchen. Also wurde Orm getauft, und bald danach heiratete er Älfrida und führte sie in sein Haus. Sie lebten recht zufrieden miteinander, wenn auch nicht immer friedlich.

Es gab keine Kirche in der Nähe; die frühere war von Wikingern angezündet worden. Auf Älfridas Wunsch nahm Orm in seinen Haushalt einen Priester auf und versprach, zur Vergebung seiner Sünden eine neue Kirche bauen zu lassen. Aber da er ein vorsichtiger Mann war, der nicht wünschte, irgendeine der Mächte zu beleidigen, fuhr Orm fort, zur Wintersonnenwende Thor und im Frühling mit der Bitte um Frieden und gute Ernten Freya zu opfern, und Odin und Ägir bat er um Glück zur See.

Den ganzen ersten Winter lang stritt er mit dem Priester

deswegen, und im Frühling, kurz bevor Älfridas Kind geboren wurde, verlor er die Geduld und warf den Priester zur Tür hinaus. Älfrida machte ihrem Mann deswegen scharfe Vorwürfe, bis er schrie, er halte das Weibergeschwätz nicht mehr aus und müsse ihm entfliehen. Folglich brach er mit seinen Schiffen früher auf, als er geplant hatte, und verbrachte den Sommer, indem er die Schotten und Iren heimsuchte.

Seine Schiffe waren kaum außer Sicht, als Älfrida zu Bett gebracht wurde und gebar. Das Kind war ein schöner, großer Junge, den sie nach Orms Wunsch Valgard nannte, was ein in seiner Familie von altersher gebräuchlicher Name war. Aber jetzt war kein Priester da, der das Kind taufen konnte, und bis zur nächsten Kirche war es eine Reise von zwei oder drei Tagen. Sie sandte sofort einen Knecht dorthin.

II

Imric, der Elfengraf, ritt in der Nacht aus, um zu sehen, was sich im Land der Menschen ereignete. Die Frühlingsnacht war kühl; der Mond war beinahe voll, Rauhreif glitzerte auf dem Gras, und die Sterne leuchteten noch so hart und hell wie im Winter. Es war ganz still, nur der Wind seufzte in den knospenden Zweigen, und die ganze Welt bestand aus gleitenden Schatten und kaltem, weißem Licht. Die Hufe von Imrics Pferd waren mit einer Silberlegierung beschlagen, und wenn sie den Boden trafen, ertönte ein heller Klang.

Er ritt in einen Wald. Die Nacht lag schwer zwischen den Bäumen, aber in der Ferne erspähte er ein rötliches Glimmen. Als er näherkam, sah er, daß es der Schein eines Feuers war, der durch die Ritzen einer aus Lehm und Flechtwerk erbauten Hütte drang. Sie duckte sich unter eine große, knorrige Eiche. Imric erinnerte sich, daß die Druiden von den Zweigen dieses Baumes Misteln schnitten. Er spürte, daß hier eine Hexe wohnte. Daher stieg er ab und klopfte an die Tür.

Eine Frau, so alt und krumm wie der Baum, öffnete. Das gebrochene Mondlicht glänzte auf Imrics Helm und Harnisch und auf seinem nebelfarbenen Pferd, das hinter ihm das frostige Gras abweidete.

»Guten Abend, Mutter«, grüßte Imric.

»Niemand aus dem Elfenvolk soll mich, die ich einem Menschen Söhne geboren habe, Mutter nennen«, grollte die Hexe. Aber sie ließ ihn ein und füllte ihm ein Horn mit Bier. Die Kleinbauern in der Umgebung versorgten sie mit Speise und Trank als Bezahlung für die kleinen magischen Künste, die sie für sie ausübte. Imric mußte sich im Innern der Hütte bücken und einen Haufen von Knochen und anderem Zeug wegräumen, ehe er sich auf die einzige Bank setzen konnte.

Er sah sie mit seinen seltsamen, schrägen Elfenaugen an, die weder Weiß noch eine Pupille zeigten, sondern nur ein wolkiges Blau. In Imrics Augen trieben kleine Mondflecken und Schatten uralten Wissens, denn er lebte schon sehr lange.

Aber er war immer noch jugendfrisch, hatte eine breite Stirn und hohe Wangenknochen, das schmale Kinn und die scharf gemeißelte Nase der Elfenherren. Sein Haar, feiner als Spinnenseide, flutete in einem silbrigen Gold unter seinem gehörnten Helm hervor bis auf die von einem weiten roten Umhang bedeckten Schultern.

»Die Elfen sind schon lange nicht mehr in das Land der Menschen gekommen«, sagte die Hexe.

»Aye, wir waren zu stark mit unserem Krieg gegen die Trolle beschäftigt«, antwortete Imric mit einer Stimme, die klang, als rausche der Wind durch weit entfernte Bäume. »Doch jetzt ist ein Waffenstillstand geschlossen, und ich möchte gern herausfinden, was in den letzten hundert Jahren geschehen ist.«

»Viel – aber wenig Gutes«, meinte die Hexe. »Die Dänen sind über das Meer gekommen, haben getötet, geplündert und verbrannt und sich große Stücke von dem östlichen England und ich weiß nicht wo sonst genommen.«

»Das ist nichts Schlimmes.« Imric strich seinen Schnurrbart. »Vor ihnen haben die Angeln und die Sachsen das Gleiche getan, und vor ihnen die Pikten und die Scoten, und vor ihnen die Römer, und vor ihnen die Belgen und die Britannier, und vor ihnen – aber das ist eine lange Geschichte, und sie wird auch nicht mit den Dänen enden. Und ich, der ich beinahe von der Entstehung des Landes an diesem Spiel zugesehen habe, finde nichts Böses darin, denn es hilft, die Zeit zu vertreiben. Die Neuankömmlinge möchte ich schon gern einmal sehen.«

»Dann brauchst du nicht weit zu reiten«, berichtete ihm die Hexe, »denn Orm der Starke wohnt an der Küste, von hier nicht weiter als den Ritt einer Nacht auf einem sterblichen Pferd entfernt.«

»Eine kurze Reise für meinen Hengst. Ich werde hingehen.«

»Halt – halt, Elf!« Die Hexe murmelte eine Weile vor sich hin. Das Licht, das von dem winzigen Feuer auf dem Herd ausstrahlte, fing sich in ihren Augen, so daß sie sich durch den Rauch und die Schatten wie zwei rote Punkte bewegten. Dann lachte sie plötzlich auf. »Aye, reite, reite, Elf, zu Orms Haus an der See. Er ist auf Beutefahrt gegangen, aber seine Frau wird dich gern bewirten. Sie hat vor kurzem einen Sohn geboren, der noch nicht getauft ist.«

Bei diesen Worten spitzte Imric seine lange Ohren. »Sprichst du die Wahrheit, Hexe?«

»Ich schwöre es bei Satanas. Ich habe Mittel, das zu erfahren, was in dieser verfluchten Halle vorgeht.« Die alte Frau, die in ihren Lumpen vor den glosenden Kohlen saß, schaukelte sich hin und her. Große, mißgestaltete Schatten jagten einander auf den Wänden. »Aber geh hin und sieh selbst.«

»Ich würde es nicht wagen, das Kind eines Dänenhäuptlings zu nehmen. Es könnte unter dem Schutz der Asen stehen.«

»Nein. Orm ist ein Christ, wenn auch ein sehr gleichgültiger, und sein Sohn ist bisher noch gar keinen Göttern geweiht worden.«

»Es tut nicht gut, mich anzulügen«, drohte Imric.

»Ich habe nichts zu verlieren«, sagte die Hexe. »Orm hat meine Söhne in ihrem Haus verbrannt, und mein Blut stirbt mit mir. Ich fürchte weder Götter noch Teufel, weder Elfen noch Trolle, und die Menschen auch nicht. Aber ich habe die Wahrheit gesprochen.«

»Ich werde hingehen.« Imric stand auf. Die Ringe seines Harnischs klirrten. Er warf sich seinen großen roten Mantel um, schritt hinaus und schwang sich auf seinen weißen Hengst.

Schnell wie der Wind flog er durch den Wald und über die Felder. Hier und da bewegte sich etwas in der Dunkelheit, aber Menschen waren es nicht. Orm hörte das Heulen eines Wolfs, das Trippeln kleiner Füße zwischen Eichenwurzeln, sah das grüne Leuchten von Wildkatzenaugen. Die Tiere spürten, daß ein Elfengraf vorbeikam, und zogen sich tiefer in die Dunkelheit zurück.

Nicht lange, und Imric hatte Orms Gehöft erreicht. Die Scheuern und Schuppen und anderen Hofgebäude bestanden aus rauh behauenen Baumstämmen und umgaben auf drei Seiten einen steingepflasterten Hof. Die vierte Seite nahm das Langhaus ein. Die zu Drachenköpfen geschnitzten Gabelenden des Giebels hoben sich vor dem Sternenhimmel ab. Aber Imric hielt Ausschau nach dem gegenüberliegenden Frauenhaus. Die Hunde rochen ihn, sträubten die Haare und knurrten. Er richtete, ehe sie zu bellen begannen, seinen schrecklichen, blinden Blick auf sie und machte ein Zeichen. Sie krochen davon und winselten nur ein wenig.

Er ritt zum Frauenhaus hinüber. Mit Hilfe seiner Künste öffnete er die Läden eines Fensters von außen und blickte hinein. Das Mondlicht fiel über ein Bett und hüllte Älfrida, die mit aufgelöstem Haar dort lag, in Silber ein. Aber Imric sah nur auf das Neugeborene in ihrem Arm.

Der Elfengraf lachte hinter seinem maskenhaften Gesicht. Er schloß die Läden und ritt zurück nach Norden.

Älfrida bewegte sich, erwachte und fühlte nach dem Kindchen neben ihr. Ihre Augen waren bewölkt von unruhigen Träumen.

III

In jenen Tagen lebte das Elfenvolk noch auf der Erde, aber selbst damals schon war es etwas Seltsames um seine Wohnsitze, als schwebten sie zwischen der Welt der Sterblichen und einer anderen. Stellen, wo manchmal nichts als ein einsamer Hügel oder See oder Wald zu sehen war, erglänzten zu anderen Zeiten in märchenhafter Pracht. Daher mieden die Menschen die nördlichen Hochlande, wo die Elfenhügel lagen.

Imric ritt auf die Elfenhöhe zu, die er nicht als spitzen Felsen sah, sondern als eine hohe Burg mit schlanken Türmen, mit Toren aus Bronze und Marmorhöfen. In den Räumen und Gängen hingen zauberisch gewebte Wandteppiche, in denen große Edelsteine funkelten. Die Bewohner tanzten im Mondlicht auf dem Rasen vor den äußeren Mauern. Imric ritt durch das Hauptportal hinein. Die Hufe seines Pferdes riefen ein hohles Echo hervor. Zwergenknechte eilten herbei, ihm zu Diensten zu sein. Er sprang zu Boden und eilte in die Burg.

Hier brachen Mosaiken aus Gold und Juwelen das Licht vieler Wachskerzen zu einem sprühenden, berauschenden Gewirr von Farben. Musik tönte durch die Räume, Harfen und Flöten, die wie Bergbäche sprudelten. Die Muster in den Teppichen und Wandbehängen bewegten sich langsam wie lebende Figuren, ja, die Wände und Fußböden selbst hatten etwas von der Eigenschaft des Quecksilbers an sich: Sie waren nie die gleichen, und doch konnte man nicht sagen, wie sie sich gerade verändert hatten.

Imric stieg eine Treppe hinunter. Sein Harnisch klang in der Stille. Ganz plötzlich wurde es dunkel um ihn bis auf das Licht vereinzelter Fackeln, und die Luft des Erdinneren füllte seine Lungen mit Kälte. Dann und wann hallte ein Klirren von Metall oder ein Klagelaut durch die feuchten, rauh behauenen Gänge. Imric achtete nicht darauf. Wie alle Elfen bewegte er sich in der Art einer Katze, schnell und leise und mühelos, und so stieg er hinab in die Verliese.

Schließlich blieb er vor einer mit Messing beschlagenen Tür stehen. Sie war grün vor Schimmel und dunkel vor Alter, und nur Imric hatte die Schlüssel zu ihren drei großen Schlössern. Diese Schlösser öffnete er, wobei er bestimmte Worte murmelte, und stieß die Tür auf. Sie ächzte, denn dreihundert Jahre waren verstrichen, seit sie sich zuletzt in ihren Angeln bewegt hatte.

In der Zelle saß eine Frau aus dem Volk der Trolle. Sie trug nichts als die Bronzekette, schwer genug, um einen Schiffsanker daran aufzuhängen, die ihren Hals umschloß und in der Wand befestigt war. Das Licht einer draußen vor der Tür brennenden Fackel fiel trübe auf ihre mächtige, muskulöse Gestalt. Sie hatte keine Haare, und die grüne Haut bewegte sich auf ihren Knochen. Als sie Imric ihren abstoßenden Kopf zuwandte, enthüllte ihre Grimasse Wolfszähne. Aber ihre Augen waren leer, zwei Teiche der Dunkelheit, in denen eine Seele ertrinken konnte. Sie war seit neunhundert Jahren Imrics Gefangene, und sie war nicht mehr bei Sinnen.

Der Elfengraf sah sie an, aber nicht in ihre Augen. Leise sagte er: »Wir müssen wieder einen Wechselbalg machen, Gora.«

Die Stimme der Trollfrau klang wie Donner, der langsam aus den Tiefen der Erde rollt. »Oho, oho«, dröhnte sie, »da ist er wieder. Sei willkommen, wer du auch sein magst, du, der du aus der Nacht und dem Chaos kommst. Ha! Ist denn keiner da, der das Grinsen vom Angesicht der Sterne wischt?«

»Schnell!« befahl Imric. »Ich muß den Wechselbalg noch vor der Morgendämmerung haben.«

»Schnell und schnell, der Herbst geht schnell mit dem Regenwind, der Schnee fällt schnell vom Himmel, das

Leben eilt schnell dem Tod entgegen, die Götter geraten schnell in Vergessenheit.« Die wahnsinnige Stimme der Trollfrau hallte durch die Gänge. »Alles ist Asche, ist Staub, wird weggeblasen von einem Wind ohne Verstand, und nur die Verrückten können die Musik der Sphären lallen. Ha! Der rote Hahn auf dem Misthaufen!«

Imric nahm eine Peitsche von der Wand und schlug sie. Sie duckte sich und legte sich hin. In aller Eile, weil er die schleimige Kälte ihres Fleisches nicht mochte, tat er, was notwendig war. Danach ging er neunmal entgegen dem Sonnenlauf um sie herum und sang eine Melodie, die keine menschliche Kehle hätte hervorbringen können. Während er sang, schüttelte die Trollfrau sich und schwoll an und wimmerte, und als er den neunten Kreis vollendet hatte, stieß sie einen Schrei aus, daß ihm die Ohren schmerzten, und gebar ein männliches Kind.

Ein menschliches Auge hätte das Neugeborene von Orms, des Dänenhäuptlings, Sohn nicht unterscheiden können, außer daß es zornig heulte und nach seiner Mutter biß. Imric band die Nabelschnur ab und nahm das Geschöpf in seine Arme, wo es ganz ruhig lag.

»Die Welt ist Fleisch, das sich von einem Schädel löst«, murmelte die Trollfrau. Sie klirrte mit ihrer Kette und legte sich erschauernd zurück. »Geburt ist nichts als das Ausbrüten von Maden. Schon fehlen den Zähnen des Totenschädels die Lippen, und die Krähen haben die Augenhöhlen leergehackt. Bald wird der Wind durch alle Knochen blasen.« Sie heulte, als Imric die Tür schloß. »Er wartet auf mich, er wartet auf mich auf dem Hügel, wo Nebelfetzen treiben, seit neunhundert Jahren wartet er. Der schwarze Hahn kräht ...«

Imric verschloß die Tür wieder und eilte die Treppen hinauf. Er hatte keine Freude daran, Wechselbälger zu machen, aber die Gelegenheit, in den Besitz eines menschlichen Kindes zu kommen, war so selten, daß sie nicht vertan werden durfte.

Als er in den Hof kam, sah er, daß sich ein Unwetter zusammenbraute. Schwere Wolken trieben über den Himmel, schwarze Gebilde, vor denen der Mond floh. Der Sturm stand wie ein Gebirge im Osten, und Blitze zogen Runen darüber hin. Der Wind pfiff und heulte.

Imric sprang in den Sattel, gab seinem Pferd die Sporen und ritt nach Süden. Es ging über Klippen und Hügel, durch Täler und durch Wälder, deren Bäume sich unter dem heranbrausenden Sturm krümmten. Das weiße Licht des Mondes irrte dann und wann über die Welt, und Imric schien einer dieser wandernden Lichtflecke zu sein.

Sein Mantel umwehte ihn wie Fledermausschwingen. Das Mondlicht glitzerte auf seinem Kettenpanzer und in seinen Augen. Er kam an den Strand des flachen Danelaw-Landes, und die Brandung schäumte um die Hufe seines Pferdes und besprühte sein Gesicht. Ab und zu zeigte ein Blitz den Aufruhr des Meeres. In der darauffolgenden Dunkelheit rollte der Donner um so lauter, als dröhnten große Räder über den Himmel. Imric trieb sein Pferd zu noch wilderem Lauf an. Ihm lag gar nicht daran, in dieser Nacht hier draußen Thor zu begegnen.

In Orms Gehöft öffnete er von neuem Älfridas Fenster. Sie war wach, hielt ihr Kind an der Brust und flüsterte ihm tröstende Worte zu. Der Wind blies ihr das Haar um das Gesicht, so daß sie nicht richtig sehen konnte. Sie mußte glauben, auch die Fensterläden seien vom Wind aufgerissen worden. Ein Blitz zuckte auf. Der Donner fuhr nieder wie ein Hammer. Älfrida fühlte, wie das Kind aus ihren Armen verschwand. Sie griff nach ihm und spürte sofort den geliebten kleinen Körper wieder, als sei er zurückgelegt worden. »Gott sei Dank«, hauchte sie. »Ich habe dich fallengelassen, aber ich konnte dich noch auffangen.«

Laut lachend ritt Imric heim. Doch ganz plötzlich drang durch sein Lachen und das Toben der Elemente ein fremdes Geräusch. Er zog die Zügel an, und es wurde ihm kalt in der Brust. Durch eine letzte Wolkenlücke fiel ein Mondstrahl auf den Reiter, der quer zu Imrics Pferd galoppierte. Er saß auf einem riesigen Streitroß, das hatte acht Beine und war schneller als der Wind, und er trug einen langen grauen Bart und einen Hut, der sein Gesicht beschattete.

Der Mondstrahl fing sich auf einer Speerspitze und in einem einzigen Auge.

Hoo! Halloo! So raste er dahin mit seinem Gefolge von toten Kriegern und seiner kläffenden Meute. Sein Horn rief sie; die Hufschläge prasselten wie Hagelkörner, und dann war die Wilde Jagd vorbei, und der Regen strömte auf die Welt nieder.

Imric preßte die Lippen zusammen. Die Wilde Jagd bedeutete nichts Gutes für den, der sie sah, und er nahm nicht an, daß ihm der einäugige Jäger nur zufällig so nahe gekommen war. Aber – er mußte jetzt nach Hause. Die Blitze umzuckten ihn, und Thor mochte die Laune anwandeln, seinen Hammer nach irgendwem zu werfen, der unterwegs war. Imric faßte Orms Sohn unter seinem Mantel fester und gab seinem Hengst die Sporen.

Älfrida konnte wieder sehen und drückte den schreienden Jungen an sich. Um ihn zu beruhigen, gab sie ihm die Brust. Er trank, aber dabei biß er sie, daß es schmerzte.

IV

Imric nannte das gestohlene Kind Skafloc und übergab es seiner Schwester Lia, daß sie ihn nähren solle. Sie war so schön wie ihr Bruder mit einem feinen Elfenbeingesicht, silbergoldenem, reichem Haar, das unter einem juwelenbesetzen Kamm hervorwallte, und mit den gleichen mondfleckigen, zwielichtblauen Augen wie er. Ihren schlanken Körper umhüllten Gewänder aus Spinnenseide, und wenn sie im Mondlicht tanzte, dünkte sie denen, die sie sahen, eine weiße Flamme zu sein. Mit blassen, vollen Lippen lächelte sie auf Skafloc nieder, und die Milch, die ihr auf keine natürliche Weise in die Brüste stieg, war wie süßes Feuer in seinem Mund und seinen Adern.

Viele Herren von Alfheim kamen zum Namensfest, und sie brachten reiche Gaben: Kunstvolle Kelche und Ringe, von Zwergen geschmiedete Waffen, Harnische und Helme und Schilde, Gewänder aus Samt und Seide und Tuch aus Gold, Zaubermittel und Talismane. Denn die Elfen alterten ebenso wenig wie die Götter und die Riesen und die Trolle und andere Wesen dieser Art, und daher hatten sie nur wenige Kinder.

Geburten lagen Jahrhunderte auseinander und waren große Ereignisse, und noch wichtiger war für sie die Ankunft eines menschlichen Kindes.

Beim Festschmaus hörten sie vor der Burg Elfenhöhe so lautes Hufgeklapper, daß die Wände bebten und die Bronzetore klangen. Wachen stießen in die Trompeten, aber keiner wagte es, dem Reiter den Weg zu verwehren, und Imric ging und begrüßte ihn mit einer tiefen Verbeugung am Portal.

Er war von großer, schöner Gestalt, und seine Augen glänzten heller als seine Rüstung und sein Helm. Die Erde erbebte unter den Schritten seines Pferdes. »Sei gegrüßt, Skirnir«, sagte Imric. »Du ehrst uns mit deinem Besuch.«

Der Bote der Asen ritt über die vom Mondlicht beschienenen Pflastersteine. An seiner Seite sprang ruhelos ein Schwert in der Scheide und glänzte wie die Sonne selbst. Das war Freyrs Schwert, und es war ihm für seine Fahrt nach Jötunheim, als er Gerd suchte, verliehen worden. In den Händen trug er ein zweites Schwert, lang und breit, ohne Rost, aber schwarz von der Erde, in der es gelegen hatte, und in zwei Teile geborsten.

»Ich bringe ein Geschenk zum Namensfest deines Pflegesohns, Imric«, erklärte er. »Verwahre diese Klinge gut, und wenn er alt genug ist, ein Schwert zu schwingen, sage ihm, daß der Riese Bolverk sie wieder heilen kann. Der Tag wird kommen, an dem Skafloc einer guten Waffe dringend bedarf, und für diesen Tag ist das Geschenk der Asen gedacht.«

Er warf das geborstene Schwert auf den Boden, daß es klirrte, sein Pferd wirbelte herum, und das Donnern der Hufe verklang in der Nacht. Die Elfen waren ganz still, denn sie wußten, die Asen verfolgten mit diesem Geschenk ihre eigenen Zwecke, aber Imric blieb nichts anderes übrig, als zu gehorchen.

Keiner der Elfen konnte Eisen berühren. Deshalb rief der Graf nach seinen Zwergenknechten und hieß sie das Schwert aufnehmen. Von ihm geführt, trugen sie es in das unterste Verlies und brachten es in einer Nische nahe Goras Zelle unter. Imric schützte die Stelle mit Runenzeichen. Dann ging er und kam lange Zeit nicht mehr dorthin zurück.

Die Jahre vergingen, und von den Göttern kam keine Botschaft mehr.

Skafloc wuchs auf und war ein hübscher Junge, groß und fröhlich mit blauen Augen und lohfarbenen Haaren. Er lärmte und tobte mehr als die wenigen Elfenkinder und wuchs so viel schneller, daß er ein Mann war, als sich bei ihnen noch keine Veränderung zeigte. Es lag nicht in der Art der Elfen, ihren Kindern tiefe Zärtlichkeit zu zeigen, aber Lia zeigte sie Skafloc oft. Sie sang ihn mit Weisen in den Schlaf, die wie das Meer und der Wind und das Rauschen der Wälder waren. Sie lehrte ihn die höfischen Manieren der Elfenherren und auch die korybantischen Tänze, die sie aufführten, wenn sie im Freien waren, barfuß im Tau und berauscht vom Mondlicht. Einige der magischen Kenntnisse, die er erwarb, stammten von ihr: Lieder, die blendeten und die Sinne verwirrten, Lieder, die Felsen und Bäume von der Stelle bewegten, und Lieder ohne Ton, zu denen die Nordlichter in den Winternächten tanzten.

Skafloc hatte eine glückliche Kindheit. Er spielte mit den Elfenkindern und ihren Gefährten. In jenen Hügeln und Tälern gab es viele heimliche Wesen; es war ein Reich der Zauberei, und sterbliche Menschen oder Tiere, die manchmal hineingerieten, kehrten nicht zurück. Nicht alle Bewohner waren ungefährlich oder freundlich. Imric hatte ein Mitglied seiner Leibwache damit beauftragt, Skafloc auf allen Wegen zu folgen.

Geister wirbelten in den Nebeln über den Wasserfällen,

und ihre Stimmen hallten von den Klippen wider. Skafloc konnte ihre anmutigen, von Regenbogengeglitzer umgebenen Körper nur undeutlich erkennen. In mondhellen Nächten wurden sie wie andere Bewohner des Feenreichs vom Licht angezogen, kamen heraus und saßen auf den moosigen Ufern, nackt bis auf die in ihr Haar geflochtenen Ranken und die Girlanden aus Wasserlilien, und die Elfenkinder plauderten mit ihnen. Die Geister konnten viel erzählen, von den Flüssen und den Fischen darin, von Frosch und Otter und Königsfischer und was sich diese untereinander zu sagen hatten, von sonnenbeschienenen, steinigen Gründen und von geheimen Tümpeln, wo das Wasser still und grün war – und von dem rauschenden, glitzernden Gleiten den Wasserfall hinunter in den wirbelnden Teich!

Es gab andere Wasserstellen, an denen Skafloc nicht spielen durfte, quakende Sümpfe und dunkle Bergseen, weil deren Bewohner bösen Sinnes waren.

Oft war er draußen im Wald und sprach mit dem kleinen Volk, das dort lebte, mit bescheidenen Gnomen, in Grau und Braun gekleidet mit langen Strumpfmützen, und den Männern hingen die Bärte bis an den Gürtel. Sie lebten behaglich zwischen den Wurzeln der größten Bäume und freuten sich, die Elfenkinder zu sehen. Aber vor den erwachsenen Elfen hatten sie Angst und waren froh, daß keiner von ihnen in ihre Behausungen kriechen konnte – außer natürlich, wenn sie durch Zauberei bis auf Gnomengröße zusammenschrumpften, und darauf legte keiner der hochmütigen Elfenherren den geringsten Wert.

Auch ein paar Kobolde waren in der Nähe. Einmal waren sie mächtig gewesen, aber Imric hatte sie mit Feuer und Schwert bekämpft, und diejenigen, die nicht erschlagen oder vertrieben wurden, waren ihrer Macht beraubt worden. Jetzt waren sie verstohlene Höhlenbewohner, aber Skafloc gelang es, sich mit einem von ihnen anzufreunden, und von ihm erhielt er manch seltsame Kunde über das Koboldvolk.

Einmal hörte der Junge weit weg in den Wäldern ein Pfeifen. Der zauberische Klang erweckte seine Neugier, und er eilte in die Schlucht, aus der er kam. Er hatte gelernt, sich so leise zu bewegen, daß er vor dem Geschöpf stand, ehe dieses ihn bemerkte. Es war ein seltsames Wesen, menschenähnlich, aber mit den Beinen und Ohren und Hörnern eines Bocks. Es saß auf einem Baumstamm und spielte auf einem Satz Rohrflöten eine Melodie, die so traurig war wie seine Augen.

»Wer bist du?« fragte Skafloc erstaunt.

Das Wesen setzte die Flöten ab, machte Anstalten zur Flucht und beruhigte sich dann doch. Seine Sprache klang fremdartig. »Ich bin ein Faun«, sagte er.

»Von denen habe ich noch nie gehört.« Skafloc ließ sich mit gekreuzten Beinen im Gras nieder.

Der Faun lächelte betrübt im Zwielicht. Der erste Stern blinkte über seinem Kopf. »Es gibt auch außer mir keinen hier. Ich bin ein Flüchtling.«

»Von wo bist du gekommen, Faun?«

»Aus den Süden, als der Große Pan tot war und der neue Gott, dessen Namen ich nicht aussprechen kann, in Hellas an die Macht kam. Für die alten Götter und Geister unseres Landes blieb nirgendwo mehr ein Platz. Die Priester fällten die Wälder und bauten Kirchen – oh, ich erinnere mich, wie die Dryaden, ungehört von ihnen, schrien, daß die heiße, stille Luft erbebte, als sollten die Schreie für ewig dort hängenbleiben. Sie gellen mir immer noch in den Ohren.« Der Faun schüttelte sein lockiges Haupt. »Ich bin nach Norden geflohen, aber ich frage mich, ob diejenigen unter meinen Gefährten, die dablieben und kämpften und mit Exorzismen getötet wurden, nicht die klügeren waren. Das ist lange her, Elfenknabe, und die ganze Zeit war ich sehr einsam.« Tränen schimmerten in seinen Augen. »Die Nymphen und die Faune und sogar die Götter selbst sind weniger als Staub. Die Tempel stehen leer, weiß unter dem Himmel, und Stückchen für Stückchen zerfallen sie zu Ruinen. Und ich – ich wandere allein in einem fremden Land, dessen Götter mich verachten und dessen Menschen mich meiden. Es ist ein Land des Nebels und des Regens und der eisenharten Winter, des zorigen grauen Meers und des blassen Sonnenlichts. Nie mehr werde ich das blaue Wasser mit seinen sanften Wellen, nie mehr die kleinen Felseninseln und die lieblichen warmen Wälder sehen, wo die Nymphen auf uns warteten, nie mehr die Weinstöcke und die Feigenbäume, schwer von Früchten, nie mehr die leuchtenden Götter auf dem hohen Olymp ...«

Der Faun unterbrach sein Klagen, spannte die Muskeln, spitzte die Ohren, und dann sprang er auf und verschwand im Gebüsch. Skafloc sah sich um und erblickte den Leibwächter, der ihn nach Hause bringen wollte.

Aber er war auch oft allein draußen. Er konnte das Tageslicht ertragen, das die Bewohner des Feenreichs meiden mußten, und Imric verließ sich darauf, daß sterbliche Wesen für seinen Pflegesohn keine Gefahr bedeuteten. So kam Skafloc weit mehr herum als die anderen Kinder von Elfenhöhe, und er lernte das Land viel besser kennen, als es einem Menschen während der ganzen ihm zugemessenen Lebensspanne möglich gewesen wäre.

Von den wilden Tieren waren der Fuchs und der Otter am freundlichsten zu den Elfen, und es muß eine Art von Verwandtschaft zwischen ihnen bestanden haben, weil sie eine Sprache hatten, die die Elfen verstanden. Vom Fuchs lernte Skafloc die Schleichwege im Wald und auf der Wiese, das Verstecken im sonnengesprenkelten Schatten und unzählige winzige Zeichen, die dem, der vollen Gebrauch von seinen Sinnen macht, ganze Geschichten erzählen. Vom Otter lernte er die Welt der Seen und Bäche kennen, er lernte ebenso gut zu schwimmen wie sein geschickter Lehrer und eine Deckung auszunutzen, die seinen Körper kaum zur Hälfte verbarg.

Aber er befreundete sich auch mit anderen Tieren. Die scheuesten Vögel setzten sich auf seinen Finger, wenn er in ihrer Sprache pfiff, der Bär brummte ihm einen Gruß zu, wenn er ihn in seiner Höhle besuchte. Rotwild, Elche, Hasen und Waldhühner hüteten sich vor ihm, als er mit der Jagd begann, doch hatte er mit einigen von ihnen Frieden geschlossen. Und die Geschichte all seiner Erlebnisse mit den Tieren würde sehr lang werden.

Die Jahre vergingen, und Skafloc wuchs heran. Beim ersten schüchternen Frühlingsgrün war er draußen in den Wäldern, wenn sie erfüllt waren vom Lärm der heimkehrenden Vögel, wenn die Flüsse durch die Schneeschmelze anschwollen und die ersten weißen Blumen im Moos wie übbriggebliebene Schneeflocken leuchteten. Der Sommer kannte ihn, nackt und braun und mit fliegendem, sonnengebleichtem Haar, wie er den Hügel hinauf in den Himmel lief und Schmetterlinge jagte und aus reinem Übermut im Gras wieder hinunterrollte oder wie er in den hellen Nächten umhertanzte, wenn die Sterne funkelten und die Grillen zirpten und der Tau unter dem Mond glitzerte. Die Regenströme des Herbstes wuschen ihn, oder er flocht sich eine Krone aus flammenfarbenen Blättern und stand in der scharfen Luft und hörte den Abschiedsrufen der Vogelschwärme zu. Im Winter lief er durch die Schneeflocken oder suchte Schutz unter einem entwurzelten Baum, wenn der Sturm heulte und die Bäume ächzten. Manchmal stand er auf den mondhellen Schneefeldern und hörte das Eis des Sees in der Kälte knallen.

V

Als Skaflocs Glieder länger wurden, übernahm Imric seine Erziehung zu einem Krieger Alfheims. Die Menschen lernten schneller als die Bewohner des Feenreichs, da sie nur ein kurzes Leben hatten, und Skaflocs Wissen wuchs noch schneller als sein Körper.

Er lernte, die Pferde Alfheims zu reiten, weiße und schwarze Hengste und Stuten mit zauberischer, quecksilberner Anmut, schnell und unermüdlich wie der Wind, und es dauerte nicht lange, da galoppierte er in der Nacht von einem Ende des Landes zum anderen. Er lernte den Gebrauch von Schwert und Speer und Bogen und Axt. Er war weniger geschmeidig als die Elfen, aber er wurde stärker als sie und konnte die Kriegsausrüstung so viele Tage tragen, wie es notwendig war, und was die Anmut betraf, so wäre jeder sterbliche Mann ein Klotz gegen ihn gewesen.

Er jagte weit über das Land, allein oder in Gesellschaft von Imric und seinen Gefolgsleuten. Skaflocs Bogen versandte manch tödlichen Pfeil auf Hirsche mit gewaltigem Geweih, sein Speer brachte manchen Eber zum Stehen. Es gab noch anderes und listenreicheres Wild, dem wie verrückt über Berg und Tal nachgesetzt wurde, Einhörner und Greife, die Imric zu seinem Vergnügen vom Ende der Welt hergeschafft hatte.

Skafloc lernte auch die Manieren der Elfen, ihre Würde, ihre endlosen Intrigen und ihre feine Sprache. Er konnte wie die wildesten unter ihnen zu Harfen und Flöten im Mondlicht tanzen. Er konnte selbst spielen und die seltsamen, schwebenden Weisen singen, die älter waren als der Mensch. Er eignete sich die Kunst der Skalden an, und er sprach bald in Versen ebenso mühelos wie in Prosa. Er lernte alle Sprachen des Feenreichs und drei Menschensprachen. Er wußte die erlesenen Speisen der Elfen und das flüssige Feuer, das in spinnwebbedeckten Flaschen unter der Burg ruhte, zu schätzen, aber sein Geschmack am Schwarzbrot und Salzfleisch des Jägers oder den wilden Beeren, die nach Regen, Sonne und Erde dufteten, oder an frischem Quellwasser wurde dadurch nicht verdorben.

Als der erste Flaum auf seinen Wangen wuchs, wurde ihm von den Elfenfrauen viel Beachtung zuteil. Die Elfen, die die Götter nicht fürchteten und nur wenige Kinder hatten, kannten die Ehe nicht, aber das Begehren nach Liebe war in den Frauen stärker und in den Männern schwächer als bei den Menschen. Daher fanden die Elfenfrauen großen Gefallen an Skafloc, und ihm ward viel Vergnügen.

Der schwerste und gefährlichste Teil seiner Ausbildung war die Zauberkunst. Sobald Skafloc über die einfachen Sprüche, die auch ein Kind anwenden konnte, hinausgewachsen war, unterwies ihn Imric ganz allein. So tief in das geheime Wissen eindringen wie sein Pflegevater konnte er seiner menschlichen Abstammung und seiner kurzen Lebensspanne wegen nicht, aber immerhin brachte er es so weit wie die meisten Elfenherren. Zuerst lernte er, dem Eisen aus dem Weg zu gehen, das kein Elf, Troll oder Kobold ertragen konnte. Auch als ihm gesagt worden war, und er selbst durch vorsichtige Berührung eines Nagels festgestellt hatte, daß ihm das Eisen keinen Schaden tun könne, mied er es aus Gewohnheit. Als nächstes zeigte Imric ihm die Runen, die Wunden und Krankheiten heilen, Unglück abwehren und Böses auf einen Feind herabwünschen. Skafloc lernte, durch Gesänge Stürme zu wecken und einzuschläfern, gute oder schlechte Ernten zu erzeugen, in einer sterblichen Brust Streitlust oder Frieden hervorzurufen. Er lernte, wie die Metalle, die den Menschen unbekannt waren und deren Legierungen im Feenreich die Stelle des Stahls einnahmen, aus den Erzen herausgeschmeichelt werden. Er benutzte den Mantel der Dunkelheit und legte Felle an, die ihm die Gestalt eines Tieres gaben.

Als seine Ausbildung beinahe beendet war, erfuhr er auch die mächtigen Runen und Gesänge und Beschwörungen, mit denen man die Toten erwecken, die Zukunft erkennen und die Götter zwingen konnte, aber außer in der äußersten Not wandte niemand sie an, weil sie den Benutzer bis ins Innerste erschütterten und seine Zerstörung bedeuten konnte.

Skafloc war oft am Meer. Er konnte stundenlang auf die ruhelosen Wellen hinausstarren bis zu der verschwommenen Linie, wo sich Wasser und Himmel trafen. Nie wurde er der tiefen Stimme der See oder des Geruchs ihrer salzigen Tiefen oder ihrer tausend Stimmungen müde. Er stammte aus einer seefahrenden Familie, und das Meer war in seinem Blut. Er sprach mit den Seehunden in ihrer grunzenden, bellenden Sprache, und die Möwen schwebten über seinem Kopf und brachten ihm Neuigkeiten von den vier Enden der Erde. Manchmal, wenn er in Gesellschaft anderer Krieger war, erhoben sich die Seejungfrauen aus dem Schaum, wrangen ihr langes grünes Haar aus und kamen auf den Strand, und dann vergnügten sie sich mit Skafloc. Sie waren kühl und feucht anzufassen, und sie rochen nach Tang; hinterher hatte Skafloc immr einen schwachen Fischgeschmack auf den Lippen, aber er mochte diese Wesen sehr gern. Mit fünfzehn Jahren war er beinahe so groß wie Imric, breit in den Schultern, sehnig, mit langem, flachsblondem Haar und brauner Haut. Er hatte ein offenes, starkknochiges Gesicht, einen breiten Mund, der schnell zum Lächeln bereit war, große, tiefblaue, weit auseinanderstehende Augen. Ein Sterblicher ohne seine Schulung würde gesagt haben, er sei von einem Geheimnis umgeben. Das kam daher, daß seine Augen viel mehr gesehen haben als ein gewöhnliches Menschenkind, und es enthüllte sich in seinen leopardenhaften Bewegungen.

Imric sprach zu ihm: »Jetzt bist du groß genug, um eigene Waffen zu erhalten, und du sollst neue bekommen, keine alten von mir. Auch mußt du dem Erlkönig vorgestellt werden. Wir werden über das Meer fahren.«

Skafloc stieß einen Freudenschrei aus, galoppierte wie verrückt durch das Land der Menschen und zauberte rein aus dem Drang, irgend etwas zu tun. Er ließ Töpfe auf dem Herd tanzen und Glocken in den Kirchtürmen läuten und Äxte von ganz allein Holz spalten. Er sang eine Kuh auf ein Strohdach und erweckte einen Wind, der das Heu ihres Besitzers über die ganze Grafschaft verteilte, und er ließ aus dem Himmel einen Goldregen in seinen Hof fallen. Mit der Tarnkappe um die Schultern küßte er die Mädchen, die im Dämmerlicht auf den Feldern arbeiteten, und verwirrte ihnen das Haar und stieß ihre Männer in einen Graben. Noch tagelang wurden Messen gehalten, um den Zauber zu bannen, aber da war Skafloc schon auf See.

Imrics schwarzes Langschiff flog vor dem Wind her, den er gerufen hatte. Seine Mannschaft bestand aus elf auserwählten Kriegern, denn man durfte die Möglichkeit nicht außer acht lassen, Trollen oder Kraken zu begegnen. Skafloc stand am Drachenbug und sah aufmerksam nach vorn. Schon früh in seinem Leben war ihm die Hexensicht gegeben worden, und so konnte er bei Nacht ebenso gut sehen wie am Tag. Er entdeckte Tümmler, silbergrau im Mondlicht, und einen alten Seehundbullen, den er kannte. Einmal tauchte ein Wal auf. Dinge, die sterbliche Seeleute nur mit einem Blick aus den Augenwinkeln erhaschen oder in ihren Träumen sehen, lagen vor den schrägen, umwölkten Elfenaugen und vor Skafloc in aller Deutlichkeit da: die Seejungfrauen, die sich singend im Schaum tummelten, die versunkenen Türme von Ys, ein kurzes Aufblitzen von Weiß und Gold und ein Kriegsruf aus den Lüften – Walküren, die zu irgeneiner Schlacht im Osten flogen. Der Wind sang in den Tauen, die Wellen brachen sich am Bug. Noch vor Sonnenaufgang hatte das Schiff die andere Küste erreicht.

Es wurde auf den Strand gezogen und durch einen Zauber unsichtbar gemacht.

Die Elfen spannten ein Sonnensegel über das Schiff und suchten darunter Unterschlupf, aber Skafloc war die meiste Zeit des Tages unterwegs. Er kletterte auf einen Baum und betrachtete voller Staunen das sich weit nach Süden erstreckende, gepflügte Land. Die Häuser waren ganz anders als die in England. Unter ihnen war das dürftige graue Langhaus eines Barons. Skafloc dachte mit flüchtigem Mitleid an die armseligen Leben, die in der darin herrschenden Düsterheit vorübergingen. Er würde nicht tauschen.

Als es Nacht wurde, bestiegen die Elfen die mitgebrachten Pferde und ritten schnell wie der Wind landeinwärts. Um Mitternacht waren sie in einem Bergland, wo das Mondlicht dünne Silberstrahlen und dicke Schatten auf Felsen, Klippen und die von fern grün herüberschimmernden Gletscher warf. Die Elfen ritten einen engen Pfad entlang. Die Harnische klangen, die Lanzen waren hoch erhoben, ihre Umhänge flatterten hinter ihnen her. Die Hufschläge klirrten auf den Steinen und riefen Echos in der nächtlichen Wildnis hervor.

Von oben erscholl der heisere Klang eines Horns, ein anderes antwortete von unten. Die Elfen hörten Metall klirren und Füße trampeln. Als sie das Ende des Pfades erreichten, sahen sie vor der Öffnung einer Höhle einen Trupp Zwerge Wache halten.

Die krummbeinigen Männer reichten Skafloc kaum bis an den Gürtel, aber sie hatten breite Schultern und lange Arme. Ihre dunklen, bärtigen Gesichter waren zornig, ihre Augen glühten unter den buschigen Brauen. Sie hielten Schwerter, Äxte und Schilde aus Eisen in den Händen. Aber gegen diese hatten die Elfen auch früher schon mit Speeren und Pfeilen, mit Schnelligkeit und Geschicklichkeit und mit besseren Plänen gesiegt.

»Was wollt ihr?« brummte der Anführer. »Haben die Elfen und die Trolle noch nicht genug Übel über uns gebracht, indem sie unser Land verwüsteten und unsere Leute als Sklaven wegführten? Diesmal sind wir stärker als ihr, und wenn ihr näherkommt, werden wir euch erschlagen.«

»Wir kommen in Frieden, Motsognir«, antwortete Imric. »Wir möchten nur von euren Waren kaufen.«

»Ich kenne deine Tricks, Imric, du Listenreicher«, erklärte Motsognir barsch. »Du willst uns hereinlegen.«

»Ich werde Geiseln geben«, bot der Elfengraf an, und dem stimmte der Zwergenkönig schließlich widerwillig zu. Nachdem die Zwerge einige der Neuankömmlinge entwaffnet und in ihre Mitte genommen hatten, führte Motsognir die anderen in seine Höhlen.

Feuer beleuchteten die Felsenwände mit blutigem Schein, und die Zwerge werkten unaufhörlich in ihren Schmieden. Ihre Hämmer schlugen und dröhnten, bis in Skaflocs Kopf ein antwortendes Läuten erklang. Hier wurden die kunstreichsten Gegenstände der ganzen Welt hergestellt, mit Edelsteinen ausgelegte Kelche und Becher, Ringe und Halsketten aus rötlichem Gold in komplizierten Mustern, Waffen entstanden aus Metallen, die dem Herz des Berges entrissen und Göttern würdig waren – und die Zwerge hatten ja auch schon für die Götter geschmiedet – und andere Waffen, beladen mit Übel. Mächtig waren die Runen und Zauber, die die Zwerge gravieren konnten, und erstaunlich waren die Künste, auf die sie sich verstanden.

»Ich möchte gern eine Ausrüstung für diesen meinen Pflegesohn«, sagte Imric.

Motsognirs Maulwurfsaugen richteten sich in dem flakkernden Licht auf Skaflocs hohe Gestalt. Seine Stimme grollte durch den Hämmerklang: »Hast du wieder einmal dein altes Spiel mit einem Wechselbalg getrieben, Imric? Eines Tages wirst du dich übernehmen. Aber da er ein Mensch ist, nehme ich an, daß er Waffen aus Stahl haben will.«

Skafloc zögerte. Er konnte es nicht mit einemmal abschütteln, daß er sich all die Jahre vor Stahl gehütet hatte. Doch er hatte gewußt, was kommen würde. Bronze war zu weich, die seltsamen Elfenlegierungen zu leicht, um es ihm zu ermöglichen, vollen Gebrauch von seiner wachsenden Stärke zu machen.

»Aye, Stahl«, antwortete er fest.

»Gut, gut«, brummte Motsognir und wandte sich seiner Schmiede zu. »Ich will dir was sagen, Junge. Ihr Menschen, die ihr schwach und kurzlebig und unwissend seid, habt nichtsdestotrotz mehr Kraft als Elfen und Trolle, ja, mehr als Riesen und Götter. Und daß ihr kaltes Eisen anfassen könnt, ist nur einer der Gründe. Ho!« rief er. »Ho, Sindri, Thekk, Draupnir, kommt, helft mir!«

Die Schmiedearbeiten gingen schnell voran, Funken flogen und Metall schrie. So geschickt waren die Zwerge, daß es nur eine kurze Zeit dauerte, bis Skafloc einen geflügelten Helm, einen schimmernden Harnisch, einen Schild auf dem Rücken, ein Schwert an der Seite und eine Axt in der Hand trug, alles aus blauglänzendem Stahl. Er jauchzte vor Freude, schwang seine Waffen und stieß den Kriegsruf der Elfen aus.

»Ha!« rief er und steckte das Schwert zurück in die Scheide. »Trolle und Kobolde und auch die Riesen sollen es nur wagen, Alfheim anzugreifen! Wir werden sie schlagen wie der Blitz und Feuer in ihr eigenes Land tragen!« Und er machte die Stabreime:

Schnell geht das Schwertspiel!
Wie der Sturmwind brausend
klingt es in den Klüften,
steigt der Klang zum Himmel.
Zornig zischen Pfeile
Äxte zielen auf Helme,
brechen Brünnen und Schilde,
bohren sich in Schädel.

Schnell geht das Schwertspiel!
Speere regnen auf Feinde.
Die Reihen der Gegner zerreißen
beim Ansturm der rasenden Krieger.
Rotes Blut raucht,
rinnt dem Meer entgegen.
Hungrig heulen die Wölfe,
die Habichte kommen zum Schmaus.

»Gut gesprochen, wenn auch ein wenig knabenhaft«, stellte Imric kühl fest. »Aber denke daran, daß du Elfen mit deinen neuen Spielzeugen nicht berühren darfst. Laß uns gehen.« Er gab Motsognir einen Sack Gold. »Hier ist die Bezahlung für die Arbeit.«

»Ich möchte lieber damit bezahlt werden, daß du deine Sklaven aus unserer Rasse freigibst«, sagte der Zwerg.

»Sie sind zu nützlich«, warf Imric hin und ging.

Bei Sonnenaufgang zog sich sein Trupp in eine Höhle zurück, und in der nächsten Nacht ritten sie weiter nach dem großen Wald, in dem die Burg des Erlkönigs stand.

Um die Burg war ein Zauber gewoben, den Skafloc noch nicht entwirren konnte. Er war sich nur undeutlich schlanker Türme bewußt, die im Mondlicht aufragten, eines blauen Zwielichts, in dem viele Sterne tanzten und sich drehten, einer Musik, die durch Mark und Bein bis in die Seele drang – aber erst im Thronsaal war er imstande, irgend etwas deutlich zu sehen.

Umgeben von seinen hochgewachsenen Rittern saß auf einem Thron aus Schatten der Erlkönig. Golden waren seine Krone und sein Zepter, und seine pupurfarbenen Gewänder verschmolzen mit dem Dämmerlicht im Saal. Sein Haar und sein Bart waren weiß, und von allen Elfen zeigte er allein auf Stirn und Wangen Zeichen des Alters. Ansonsten sah sein Gesicht aus wie aus Marmor gehauen, aber in seinen Augen brannte Feuer.

Imric verneigte sich, und die Krieger in seinem Gefolge beugten das Knie vor ihrem König. Als der Herrscher sprach, klang es wie das Singen des Windes: »Sei gegrüßt, Imric, Graf von Britanniens Elfen.«

»Sei gegrüßt, Herr«, antwortete Imric und begegnete ruhig dem schrecklichen Blick des Erlkönigs.

»Wir haben Unsere Edlen zum Rat einberufen«, sagte der Herrscher, »weil die Kunde zu uns gelangt ist, die Trolle bereiteten einen neuen Krieg vor. Es kann kein Zweifel daran herrschen, daß sie gegen uns ziehen wollen, und wir müssen damit rechnen, daß der Waffenstillstand in den nächsten Jahren gebrochen wird.«

»Das ist gut. Unsere Schwerter faulen in ihren Scheiden.«

»Vielleicht ist es auch nicht gut, Imric. Beim letzten Mal haben die Elfen die Trolle zurückgetrieben und hätten leicht in ihr Land eindringen können, wäre nicht vorher Frieden geschlossen worden. Illrede, der Troll-König, ist kein Narr. Er wird keinen Krieg anfangen, wenn er nicht dächte, stärker als damals zu sein.«

»Ich werde in meinem Gebiet Vorbereitungen treffen und Spione ausschicken, Herr.«

»Gut. Vielleicht erfahren sie etwas Nützliches, wenn auch unsere eigenen versagt haben.« Jetzt richtete der Erlkönig seine Augen auf Skafloc, der den Flammenblick kühn aushielt, obwohl ihm dabei kalt ums Herz wurde. »Wir haben von deinem Pflegesohn gehört, Imric«, murmelte der König. »Du hättest uns fragen sollen.«

»Dazu war keine Zeit, Herr«, verteidigte der Graf sich. »Das Kind wäre getauft worden, ehe ich eine Botschaft hierherschicken und Antwort darauf bekommen konnte. Es ist heutzutage schwierig, ein Kind zu stehlen.«

»Und gefährlich auch, Imric.«

»Aye, Herr, aber es ist der Mühe wert. Ich brauche dich nicht daran zu erinnern, daß die Menschen vieles tun können, was Elfen, Trollen, Kobolden und ähnlichem Volk versagt ist. Sie können jedes Metall benutzen, sie können Weihwasser berühren und über heiligen Boden gehen und den Namen des neuen Gottes aussprechen – ja, die alten Götter selbst müssen einige Dinge fliehen, die den Menschen zugänglich sind. Wir Elfen brauchen einen Menschen.«

»Der Wechselbalg, den du an seiner Stelle zurückgelassen hast, könnte all das tun.«

»So ist es, Herr. Aber du kennst die wilde und böse Art eines solchen Halbbluts. Ihm könnten wir nicht wie diesem Menschen unsere Zauberkünste anvertrauen. Die Menschen dürfen niemals sicher darüber sein, ob ihnen Kinder gestohlen worden sind. Wäre das nicht zu beachten, würden die Elfen keine Wechselbälger machen.«

Bis dahin war das Gespräch in der müßigen Art der Unsterblichen geführt worden, doch nun wurde der Ton des Erlkönigs schärfer. »Kann man diesem Menschen vertrauen? Er braucht sich nur dem neuen Gott zuzuwenden, und schon ist er aus unserer Reichweite. Vielleicht wird er auch irgendwann zu stark für uns.«

»Nein, Herr!« Skafloc trat vor und sah dem Erlkönig gerade ins Gesicht. »Ich bin Imric von ganzem Herzen dankbar dafür, daß er mich vor dem langweiligen, blinden Leben der Sterblichen gerettet hat. Ich bin in allem bis auf das Blut ein Elf. Elfenbrüste haben mich gesäugt, die Elfensprache sprech ich, mit Elfenmädchen schlafe ich.« Beinahe anmaßend hob er den Kopf. »Gib mir Gelegenheit, mich zu bewähren, Herr, und ich werde der beste deiner Jagdhunde sein – aber ein Hund, den man vertreibt, wird zum Wolf und ernährt sich von den Herden seines früheren Herrn.«

Einige der Elfen waren entgeistert über soviel Kühnheit, aber der König nickte und lächelte grimmig. »Wir glauben dir, und in der Tat haben sich schon früher in Alfheim aufgenommene Menschen als gute Krieger erwiesen. Was uns deinethalben Sorgen macht, ist das Geschenk der Asen zu deinem Namensfest. Sie haben in dieser Sache irgendwie die Hand im Spiel, und ihre Ziele sind wahrscheinlich nicht die unseren.«

Ein Schauder lief durch die edle Versammlung, und einige schrieben Runenzeichen in die Luft. Aber Imric erklärte: »Herr, was die Nornen beschlossen haben, können nicht einmal die Götter ändern. Ich hielte es für eine Schande, auf einen so vielversprechenden Menschen nur einer ungewissen Befürchtung wegen zu verzichten.«

»Ja, es wäre eine Schande«, nickte der Erlkönig, und die Ratsversammlung wandte sich anderen Dingen zu.

Ein üppiges Festmahl wurde abgehalten, bevor die Elfenherren sich trennten. Skafloc schwindelte der Kopf angesichts der Pracht des Königshofes. Als er dann nach Hause kam, waren seine Verachtung und sein Mitleid für die Menschen so groß geworden, daß er eine Weile überhaupt nichts mehr mit ihnen zu tun haben wollte.

Nun vergingen etwa ein halbes Dutzend Jahre. Die Elfen blieben sich gleich, aber Skafloc wuchs weiter, bis seine Ausrüstung von Imrics Zwergenknechten geändert werden mußte. Er war größer und breiter als der Graf, und er war der stärkste Mann im Reich. Er rang mit Bären und wilden Bullen und überholte einen Hirsch im Lauf. Kein anderer in Alfheim hätte seinen Bogen spannen oder seine Axt – ob aus Eisen oder nicht – schwingen können.

Sein Gesicht wurde schmaler, und auf seiner Oberlippe wuchs ein Schnurrbart von der Farbe des Weizens. Er war ausgelassen und unbezähmbar, und er liebte übermütige Streiche und tollkühne Unternehmungen. Er war ein boshafter Zauberer, der einen Wirbelwind beschwören mochte, nur um einem Mädchen die Röcke zu heben, ein großer Trinker und Prahler. Seine überschüssige Stärke machte ihn ruhelos. Er streifte durchs Land und jagte das gefährlichste Wild, das er finden konnte. Ungeheuer von Grendels Blut suchte er und schlug sie in ihren Sümpfen, und manchmal trug er schreckliche Wunden davon, die nur Imrics Zauberkünste heilen konnten. Aber stets war er bereit zu einer neuen Tollheit. Dann wieder konnte er wochenlang müßig herumliegen und träumerisch auf die Wolken starren. Auch machte er in der Gestalt eines Otters oder Wolfs Gewässer und Wälder unsicher und schwang sich als Adler in die Lüfte.

»Drei Dinge habe ich nie kennengelernt«, rühmte er sich einmal. »Furcht und Niederlage und Liebesweh.«

Imric sah ihn mit einem seltsamen Blick an. »Du hast die drei äußersten Grenzen des menschlichen Lebens noch nicht kennengelernt, weil du jung bist.«

»Ich bin mehr Elf als Mensch, Pflegevater.«

»Das bist du – bis heute.«

In einem Jahr rüstete Imric ein Dutzend Langschiffe aus und ging auf Beutefahrt. Die Flotte überquerte das östliche Meer und plünderte die Wohnungen der Kobolde entlang den felsigen Küsten. Dann ritten die Elfen landeinwärts, überfielen eine Troll-Stadt und verbrannten sie, nachdem sie die Bewohner erschlagen und ihre Schätze an sich genommen hatten. Obgleich der Krieg noch nicht erklärt war, wurden auf beiden Seiten solche Vorstöße und Kraftproben üblich.

Imric und Skafloc und ihre Krieger segelten weiter nach Norden und dann nach Osten durch ein seltsames weißes Land, das ganz aus Nebel und Kälte und treibenden Eisbergen bestand. Schließlich umrundeten sie ein Kap, passierten eine Meerenge und wandten sich nach Süden. Dort kämpften sie gegen Drachen und wüteten unter den Dämonen des Landes. Sie folgten der Küste wieder westwärts, bis sie nach Süden umbog, und dann fuhren sie von neuem nach Norden. Die härteste Schlacht kämpften sie auf einem verlassenen Strand mit einer Schar geflohener Götter, die dünn und ausgemergelt und in ihrer Einsamkeit wahnsinnig geworden waren, aber trotzdem noch über schreckliche Macht verfügten. Drei Elfenschiffe wurden nach dem Kampf verbrannt, da sie nicht mehr bemannt werden konnten, aber Imric blieb Sieger.

Auch Menschen sahen sie, aber da sie nur am Feenreich interessiert waren, schenkten sie ihnen keine Beachtung.

Nicht überall führten sie Krieg; in den meisten Reichen wurden sie gut aufgenommen, und man bot ihnen Waren zum Kauf an, was jedesmal einen längeren Aufenthalt bedeutete. Drei Jahre nach ihrem Aufbruch kehrten die Schiffe vollbeladen mit Reichtümern und Gefangenen zurück. Es war eine glorreiche Fahrt gewesen, von der überall in Alfheim und den Nachbarländern berichtet wurde, und Imric und Skafloc gewannen großen Ruhm

VI

Die Hexe lebte allein im Wald. Nur ihre Erinnerungen leisteten ihr Gesellschaft, und im Lauf der Jahre fraßen sie ihre Seele auf und ließen nur Haß und Rachedurst zurück. In vielen magischen Experimenten lernte sie, wie sie ihre Macht ein wenig vergrößern konnte. Schließlich gelang es ihr, Geister aus der Erde zu rufen und mit den Dämonen der Luft zu sprechen, und diese lehrten sie mehr. Sie ritt auf einem Besenstiel zum Schwarzen Sabbath auf den Brokken. Ein grauenhaftes Fest war das, bei dem abstoßende Gestalten aus alter Zeit um den dunklen Altar sangen und Blut aus Kesseln tranken, aber vielleicht am schlimmsten waren die jungen Frauen, die sich bei den Riten mit scheußlichen Wesen paarten.

Die Hexe kehrte klüger zurück und brachte sich einen Rattenmann als Vertrauten mit, der mit seinen scharfen kleinen Zähnen in ihre verwelkten Brüste biß und Blut daraus sog und des Nachts auf ihrem Kissen hockte und ihr im Schlaf ins Ohr flüsterte. Und so glaubte die Hexe, sie habe jetzt genug Kraft, um den zu rufen, nach dem sie schon lange verlangte.

Donner und Blitz rollten um ihre Hütte, blaues Licht und der Gestank des Höllenpfuhls. Aber das dunkle Wesen, vor dem sie sich zu Boden warf, war auf seine Art schön, wie jede Sünde dem bereitwilligen Sünder schön erscheint.

»O du mit den vielen Namen, Fürst der Dunkelheit, Böser Gefährte«, rief die Hexe, »ich möchte, daß du mir meinen Wunsch erfüllst, und dafür will ich dich in hergebrachter Weise bezahlen.«

Der, den sie gerufen hatte, sprach, und seine Stimme klang sanft und geduldig: »Du bist schon ein gutes Stück auf meinem Weg gewandert, aber du bist noch nicht ganz und gar mein. Die Gnade von oben ist unendlich, und wenn du sie nicht selbst zurückweist, bist du auch noch nicht verloren.«

»Was frage ich nach Gnade?« meinte die Hexe. »Durch Gnade werden meine Söhne nicht gerächt. Ich bin bereit, dir meine Seele zu geben, wenn du mir meine Feinde in die Hände lieferst.«

»Das kann ich nicht tun«, erwiderte ihr Gast, »aber ich kann dir die Mittel zur Hand geben, wie du ihnen eine Falle stellen kannst, wenn du schlauer bist als sie.«

»Das genügt mir.«

»Aber bedenke, hast du nicht bereits Rache an Orm genommen? Dein Werk ist es, daß er einen Wechselbalg als ältesten Sohn hat, und dieses Geschöpf kann großes Übel über ihn bringen.«

»Orms echter Sohn blüht und gedeiht jedoch in Alfheim, und seine jüngeren Kinder wachsen heran. Ich will diese faule Saat bis zum letzten Blutstropfen auslöschen, ebenso wie er meine ausgelöscht hat. Die heidnischen Götter wollen mir nicht helfen, und sicher wird Er es nicht tun, dessen Namen ich besser nicht ausspreche. Deshalb mußt du, Schwarze Majestät, mein Freund sein.«

Flämmchen, die kälter waren als der Winter, flackerten in seinem Blick, und lange sah er sie an. »Die Götter sind bei dieser Sache nicht aus dem Spiel, wie du vielleicht gehört hast. Odin, der die Geschichte der Menschen voraussieht, schmiedet Pläne, die weit in die Zukunft reichen ... Aber du sollst meine Hilfe haben. Stärke und Wissen werde ich dir geben, auf daß du eine mächtige Hexe wirst. Und ich werde dir sagen, wie du deine Feinde treffen kannst, falls sie nicht klüger sind, als du glaubst.

Es gibt drei Kräfte in der Welt, gegen die Götter und Dämonen und Menschen machtlos sind, gegen die es keinen Zauber gibt. Das sind der Weiße Christus, die Zeit und die Liebe.

Von dem ersten hast du nichts anderes zu erwarten, als daß er deine Pläne durchkreuzen wird, und du mußt Obacht geben, daß er und die Seinen auf keine Weise in den Kampf hineingezogen werden. Du kannst es verhindern, indem du dir vor Augen hältst, daß der Himmel geringeren Wesen ihren freien Willen läßt und sie nicht auf seine Wege zwingt; selbst die Wunder haben den Menschen nur eine Möglichkeit eröffnet, mehr nicht.

Das zweite, das mehr Namen hat als ich selbst – Schicksal, Bestimmung, Gesetz, Wyrd, die Nornen, Notwendigkeit, Brahma und zahllose andere – kannst du nicht anrufen, weil es nicht hört. Auch wirst du nicht begreifen, wie es gleichzeitig mit dem freien Willen, von dem ich gesprochen habe, bestehen kann, ebenso wenig wie daß es sowohl alte Götter als auch den neuen gibt. Aber damit der größere Zauber wirkt, mußt du darüber nachdenken, bis du ganz von dem Wissen durchdrungen bist, daß die Wahrheit soviele Gesichter hat, wie es Seelen gibt, die danach streben, sie zu erkennen.

Und die dritte Kraft ist etwas Sterbliches, und daher kann sie ebenso schaden wie nützen, und dies ist die Kraft, die du benutzen mußt.«

Nun schwor die Hexe einen bestimmten Eid und wurde unterrichtet, wo und wie sie das Wissen zu trinken habe, das sie benötigte, und damit endete die Besprechung.

Doch da war noch etwas: Als ihr Besucher die Hütte verließ sie und ihm nachsah, entdeckte sie, daß der, der ging, nicht der gleiche war wie vorher. Es war die Gestalt eines sehr großen Mannes, der mit jugendlicher Schnelligkeit ausschritt, obwohl sein Bart lang und wolfsgrau war. Er war ganz in einen Mantel eingehüllt und trug einen Speer, und es schien, daß unter seinem breitrandigen Hut nur ein Auge leuchtete. Sie dachte daran, wem ebenfalls nachgesagt wurde, daß er sehr schlau sei und oft hinterlistig und sich bei seinen Wanderungen auf der Erde gern verkleide, und ein Schauder überlief sie.

Aber es konnte ja auch eine durch das Sternenlicht hervorgerufene Täuschung gewesen sein. Sie grübelte über diese Frage nicht länger nach, sondern richtete ihre Gedanken allein auf ihren Verlust und ihre zukünftige Rache.

Abgesehen davon, daß der Wechselbalg heftig und geräuschvoll war, konnte er von einem echten Kind nicht unterschieden werden, und wenn das Benehmen ihres kleinen Sohnes Älfrida auch oft Kopfschmerzen machte, kam sie doch nie auf den Gedanken, er sei etwa gar nicht von ihrem Blut. Sie ließ das Kind, wie Orm es gewünscht hatte, Valgard taufen, sang ihm vor und spielte mit ihm und war glücklich. Aber er biß so kräftig, daß es ihr Schmerz bereitete, ihn zu nähren.

Orm war entzückt, als er nach Hause kam und einen so schönen starken Jungen sah. »Ein großer Krieger wird er werden!« rief der Häuptling, »ein Waffenschwinger und Seefahrer.« Er sah sich im Hof um. »Aber wo sind die Hunde? Wo ist mein treuer alter Gram?«

»Gram ist tot«, antwortete Älfrida mit tonloser Stimme. »Er hat Valgard angesprungen und versucht, ihn zu zerreißen, deshalb mußte ich das arme wahnsinnige Tier töten lassen. Aber er muß die anderen Hunde beeinflußt haben, denn sie knurren und schleichen weg, wenn ich das Kind nach draußen trage.«

»Das ist seltsam«, murmelte Orm, »denn mein Volk hat mit Hunden und Pferden immer gut umgehen können.«

Doch als Valgard größer wurde, konnte jeder sehen, daß kein Tier ihn gern in seiner Nähe hatte. Kühe rannten davon, Pferde schnaubten und scheuten, Katzen spuckten und kletterten auf einen Baum, und der Junge mußte früh lernen, einen Speer zu tragen, um die Hunde abzuwehren. Doch auch er konnte die Tiere nicht leiden. Er bedachte sie mit Fußtritten und Flüchen und wurde ein gnadenloser Jäger.

Er war mürrisch und verschlossen, sehr wild und ungehorsam. Die Knechte haßten ihn wegen seiner Bosheit und wegen der grausamen Streiche, die er ihnen spielte. Und so sehr Älfrida auch dagegen ankämpfte, es kam allmählich dahin, daß sie ihn nicht mehr liebte.

Aber Orm war stolz auf Valgard, auch wenn sie nicht immer einer Meinung waren. Wenn er den Jungen schlagen mußte, konnte er ihm keinen Schmerzenslaut entlokken, so hart seine Hand auch niederfiel. Und wenn er mit ihm den Schwertkampf übte und seine Klinge niederzischte, als wolle er Valgard den Schädel spalten, zuckte dieser nicht mit der Wimper. Er wurde stark und schnell, trug die Waffen, als sei er mit ihnen geboren, und zeigte nie Furcht oder Schwäche, ganz gleich, was geschah. Er hatte keine wirklichen Freunde, aber es waren nicht wenige, die ihm folgten.

Älfrida gebar Orm noch mehr Kinder – zwei Söhne, den rothaarigen Ketil und den dunklen Asmund, beides vielversprechende Jungen, und die Töchter Asgerd und Frida, von denen letztere beinahe ein Spiegelbild ihrer Mutter war. Diese Kinder waren wie alle anderen, abwechselnd froh und traurig, sie spielten mit ihrer Mutter und später überall auf der Gemarkung, und Älfrida liebte sie mit tiefer, schmerzlicher Liebe. Orm mochte sie auch gern, aber Valgard war sein Liebling.

Fremdartig, hochmütig, verschlossen wuchs Valgard zum Mann heran. Äußerlich war er von Skafloc nicht zu unterscheiden, außer daß vielleicht sein Haar um einen Ton dunkler und seine Haut weißer war und daß in seinen Augen eine seichte, kalte Härte lag. Aber sein Mund war verdrossen, er lächelte selten, außer wenn er Blut fließen ließ oder sonstwie Schmerz verursachte, und dann war es mehr ein Zähnefletschen. Da er größer und stärker als die meisten Jungen seines Alters war, wurde er ihr Anführer bei allerhand Missetaten. Bei der Arbeit auf dem Hof half er so gut wie nie außer in der Schlachtzeit. Statt dessen machte er lange, einsame Wanderungen.

Orm hatte die einstmals geplante Kirche nie bauen lassen, aber die Freisassen in der Umgebung hatten sich zu diesem Werk zusammengeschlossen, und er verbot es seinen Leuten nicht, zur Messe zu gehen. Älfrida bat den Priester, zu kommen und mit Valgard zu sprechen. Der Junge lachte ihm ins Gesicht: »Ich werde mich vor eurem weinerlichen Gott nicht verbeugen – und übrigens auch vor keinen anderen Göttern. Mein Vater opfert den Asen, und davon hat er mehr Nutzen, als wenn er zu Christus betete. Wenn ich ein Gott wäre, könnte ich mich durch Blutopfer durchaus bewegen lassen, Hilfe zu gewähren, aber wäre ein Mann gegen mich so knauserig, daß er mir nichts als heuchlerische Gebete darbrächte, dann würde ich ihn zerstampfen – so!« Und damit trat er mit seinem schweren Stiefel dem Priester auf den Fuß.

Orm lachte, als er davon hörte, und da Älfridas Tränen nichts nützten, wurde dem Priester keine Genugtuung.

Valgard mochte die Nacht am liebsten. Dann stahl er sich oft nach draußen. Mit seinem wolfsartigen Trab konnte er bis zur Morgendämmerung laufen, angetrieben von einem in seinem Kopf spukenden Mondzauber. Er wußte nicht, was er sich wünschte, nur daß er ein Verlangen in sich fühlte, für das er keinen Namen hatte und das ihn nur dann weniger quälte, wenn er tötete oder verstümmelte oder zerstörte. Dann konnte er lachen, und das Trollblut klopfte ihm in den Schläfen.

Aber eines Tages fielen ihm die Mädchen auf, die auf den Feldern arbeiteten, und danach hatte er einen anderen Sport. Er war stark und sah gut aus und hatte, wenn er es darauf anlegte, eine geläufige Elfenzunge. Bald mußte Orm bezahlten, weil Valgard sich an Mägden oder Töchtern vergriffen hatte.

Diesen Dingen legte Orm nicht viel Gewicht bei, aber etwas ganz anderes war es, als Valgard beim Trinken mit Olaf Sigmundssohn in Streit geriet und ihn erschlug. Orm zahlte das Wergeld, mußte jedoch einsehen, daß sein Sohn in der Heimat nicht mehr sicher war. In den letzten Jahren war Orm meistens zu Hause gewesen, und wenn er eine Fahrt unternahm, dann zum Zwecke eines friedlichen Handels. Doch in jenem Sommer nahm er Valgard auf eine Beutefahrt mit.

Der Junge war begeistert. Bald gewann er die Achtung seiner Schiffskameraden durch seine Geschicklichkeit und seinen Mut in der Schlacht, obwohl es ihnen nicht gefiel, daß er Hilflose ohne Not erschlug. Aber Valgard wurde im Kampf zum Berserker, er bebte und schäumte und biß in den Rand seines Schildes, er stürmte heulend und todbringend vorwärts. Sein Schwert war ein rotes Schwirren, er fühlte die Waffen nicht, die ihn trafen, und der Anblick seines Gesichts entsetzte viele Männer so, daß sie nicht mehr an Gegenwehr dachten. Nach beendigtem Kampf war er eine Zeit lang schwach, aber die Leichen der von ihm Erschlagenen türmten sich zu Haufen.

Nur rohe und gesetzlose Männer wollten mit einem Berserker viel zu tun haben, und das waren wiederum die einzigen, die Valgard anführen wollte. Er plünderte jeden Sommer, ob Orm ging oder nicht, und Orm hörte bald wieder damit auf. Als Valgard seine volle Stärke erreicht hatte, wurde sein Name überall gefürchtet. Mit dem erbeuteten Gold kaufte er Schiffe. Die bemannte er mit den schlimmsten der Übeltäter, und das ging so weit, daß Orm ihm verbot, mit seinen Männern auf den Hof zu kommen.

Die anderen Kinder des Hauses wurden von fast jedem geliebt. Ketil ähnelte seinem Vater, war groß und fröhlich, immer bereit zu einem Kampf oder einem Spaß, und als er alt genug war, fuhr er oft zur See. Aber nur einmal ging er auf Beutefahrt, geriet in bitteren Streit mit Valgard und unternahm danach allein Handelsfahrten. Asmund war schlank und ruhig, ein guter Bogenschütze, aber kein Liebhaber des Kampfes, und er nahm sich immer mehr der Bewirtschaftung des Hofes an. Asgerd war eine große, helle Maid mit blauen Augen, goldenem Haar und kühlen, starken Händen, aber Frida wurde zu einer Schönheit wie ihre Mutter.

So stand es, als die Hexe den Entschluß faßte, es sei an der Zeit, die Fäden ihres Gewebes zusammenzuziehen.

VII

An einem stürmischen Herbsttag, als der Geruch nach Regen in der Luft hing und die Blätter sich zu Gold und Kupfer und Bronze färbten, ritt Ketil mit ein paar Gefährten auf die Jagd. Sie waren noch nicht weit in den Wald eingedrungen, da sahen sie einen weißen Hirsch, so groß und edel, daß sie es kaum glauben konnten.

»Ho, das ist ein Wild für einen König!« rief Ketil, gab seinem Pferd die Sporen, und fort ging es durch Busch und Strauch, und der Wind sang in ihren Ohren. Seltsam war nur, daß die Hunde gar nicht eifrig bei der Jagd waren, und obwohl Ketil nicht das beste Pferd ritt, war er bald den Hunden und den anderen Jungen weit voraus.

Vor ihm schimmerte im Abendlicht der weiße Hirsch, lief und sprang, und sein Geweih hob sich wie zwei Bäume gegen den Himmel ab. Eisiger Regen fiel, doch Ketil in seinem Jagdeifer merkte es kaum. Auch wurde ihm nicht bewußt, welche Strecke er zurücklegte und wieviel Zeit verging.

Auf einer kleinen Lichtung holte er den Hirsch ein. Das Licht war trübe, aber er warf seinen Speer. Noch während der Speer in der Luft war, schien der Hirsch zusammenzuschrumpfen, wie ein Nebelfetzen vom Wind verweht zu werden, und dann war er verschwunden, und nur eine Ratte raschelte durch die toten Blätter.

Ketil wurde klar, daß er seine Gefährten verloren hatte. Ein kalter Wind wimmerte durch die Dämmerung. Sein Pferd zitterte vor Müdigkeit. Sie waren in einen Teil des Waldes geraten, der so weit westlich von Orms Hof lag, daß Ketil ihn nicht kannte. Er verstand nicht, was vorgegangen war, und ihm schauderte.

Aber am Rande der Lichtung stand ein sauberes kleines Holzhaus mit einem Strohdach unter einer großen Eiche. Ketil fragte sich, wer dort so einsam leben mochte und wovon er sich ernährte, denn er sah keine Spur von bebautem Land. Doch war hier wenigstens eine Unterkunft für ihn und sein Pferd. Er stieg ab, hob seinen Speer auf und klopfte an die Tür.

Sie öffnete sich und zeigte einen gut eingerichteten Raum mit einem leeren Stall dahinter. Aber Ketils Augen sahen nur die Frau, und sein Herz hämmerte ihm gegen die Rippen.

Sie war hochgewachsen, und das tief ausgeschnittene Kleid zeigte jede Rundung ihres wundervollen Körpers. Dunkles, loses Haar fiel ihr bis zu den Knien und umrahmte ein vollkommenes Gesicht, weiß wie Meeresschaum. Ihr voller Mund war blutrot, ihre Nase zart gebogen, die Augen unter den feinen Brauen von langen Wimpern beschattet. Diese Augen waren von einem unergründlichen Grün mit goldenen Flecken, und sie schienen Ketil bis ins innerste Herz zu blicken. Niemals, so sagte er sich benommen, niemals hätte er sich träumen lassen, daß eine Frau so aussehen könne.

»Wer bist du?« fragte sie mit weicher, klingender Stimme. »Was suchst du hier?«

Ketils Mund war trocken, und seine Pulse dröhnten so, daß er ihre Worte kaum vernehmen konnte, aber er antwortete: »Ich bin Ketil Ormssohn ... ich habe meine Jagdgefährten verloren, und ich möchte dich um ein Unterkommen für mein Pferd und ... für mich bitten ...«

»Sei willkommen, Ketil Ormssohn«, sagte sie und schenkte ihm ein Lächeln, bei dem ihm das Herz beinahe aus der Brust sprang. »Wenige Menschen kommen hierher, und ich freue mich, dich zu sehen.«

»Lebst du – allein?« fragte er.

»Aye. Doch heute nacht nicht!« lachte sie, und da umschlang Ketil sie mit seinen Armen.

Orm schickte Männer aus, alle seine Nachbarn zu fragen, aber keiner konnte ihm über seinen Sohn Auskunft geben. So kam er nach drei Tagen zu der Überzeugung, Ketil müsse etwas zugestoßen sein. »Er kann sich ein Bein gebrochen haben oder auf Räuber gestoßen oder sonst zu Schaden gekommen sein«, sagte er. »Asmund, morgen wollen wir auf die Suche nach ihm gehen.«

Valgard lümmelte sich mit einem Horn voll Met in der Hand auf der Bank. Er war vor zwei Tagen von der sommerlichen Beutefahrt zurückgekehrt, hatte seine Männer auf einem von ihm gekauften Hof gelassen und war für eine Weile nach Hause gekommen, mehr wegen des guten Essens und Trinkens bei seinem Vater als aus Sehnsucht nach seiner Verwandtschaft. Der Feuerschein lag rot wie Blut auf seinem mürrischen Gesicht. »Warum sagst du das nur zu Asmund?« fragte er. »Ich bin auch hier.«

»Ich wußte nicht, daß zwischen dir und Ketil besondere Liebe ist«, sagte Orm.

Valgard grinste und leerte das Horn. »Da hast du recht. Trotzdem werde ich mit nach ihm suchen, und ich hoffe, ich werde es sein, der ihn findet und nach Hause bringt. Nichts wird ihn mehr ärgern, als wenn er mir Dank schuldig ist.«

Orm zuckte mit den Schultern, und in Älfridas Augen schimmerten Tränen. Früh am nächsten Morgen ritten sie mit vielen Männern und Hunden hinaus, und entsprechend ihrem Plan verteilten sie sich im Wald. Valgard ging allein und zu Fuß, wie es seine Gewohnheit war. Als Waffe trug er eine große Axt, und auf seiner lohfarbenen Mähne saß ein Helm, aber ansonsten hätte er in seinen abgetragenen Kleidern ein Tier des Waldes sein können. Er schnüffelte in der kalten Luft und suchte nach einer Spur. Im Spurensuchen hatte er eine übermenschliche Geschicklichkeit. Bald fand er auch schwache Anzeichen. Er grinste, aber er stieß nicht ins Horn, sondern setzte sich in Trab.

Als der Tag zu Ende ging, kam er auf seinem Lauf nach Westen in einen dichteren und älteren Wald. Hier war er auf all seinen Streifzügen noch nie gewesen. Der Himmel war grau, und Wolken segelten niedrig über den kahlen Bäumen dahin. Der Wind wirbelte tote Blätter durch die Luft wie Geister, die zur Hölle fahren, und sein Pfeifen zerrte an Valgards Nerven. Er konnte riechen, daß hier etwas nicht stimmte, aber da er in der Zauberei nicht ausgebildet war, wußte er nicht, was ihm die Haare zu Berge stehen ließ.

Die Dämmerung brach herein. Er war müde und hungrig und zornig auf Ketil, daß er ihm soviel Mühe machte. Er würde im Freien schlafen müssen, und das jetzt, wo der Winter vor der Tür stand. Darfür wollte er sich rächen.

Halt – durch die Dämmerung sah er einen Lichtschein. Das war kein Irrlicht; es war ein Feuer – ein Obdach, falls es sich nicht um das Lager von Gesetzlosen handelte. Und dann, dachte Valgard, würde es ihm ein Vergnügen sein, sie zu töten.

Es war Nacht, bis er die Hütte erreichte. Der Wind trieb ihm Hagelkörner ins Gesicht. Vorsichtig schlich Valgard sich an ein Fenster und sah durch eine Ritze in den Läden hinein.

Ketil saß gemütlich auf einer Bank vor einem prasselnden Feuer. Er hielt ein Horn mit Bier in der einen Hand, und mit der anderen streichelte er die Frau, die auf seinem Schoß saß.

Allmächtige Götter, und war für eine Frau! Valgard sog zwischen zusammengebissenen Zähnen scharf die Luft ein.

Dann trat er an die Tür und klopfte mit der flachen Axt dagegen. Es dauerte einige Zeit, bis Ketil öffnete und mit dem Speer in der Hand nachsehen kam, wer das sein mochte. Der Hagel fiel jetzt dicht.

Valgard, groß und zornig, füllte den Eingang mit seinen Schultern. Ketil fluchte, trat aber zur Seite und ließ ihn ein. Langsam schritt Valgard über den Fußboden. Wasser von den schmelzenden Hagelkörnern tropfte von ihm ab. Seine Augen ruhten auf der Frau.

»Du bist nicht sehr gastfreundlich, Bruder«, sagte er und brach in bellendes Lachen aus. »Du hast mich, der ich viele Meilen gelaufen bin, um dich zu finden, draußen im Sturm stehengelassen, während du mit deinem Schatz gespielt hast.«

»Ich habe dich nicht eingeladen«, erklärte Ketil mürrisch.

»Nicht?« Valgards Augen wichen nicht von der Frau. Sie aber begegnete seinem Blick, und ihr roter Mund verzog sich zum Lächeln.

»Du bist ein willkommener Gast«, grüßte sie ihn. »Noch nie in meinem Leben habe ich einen Mann beherbergt, der so groß war wie du.«

Wieder lachte Valgard und drehte sich zu Ketil um. »Ob du mich eingeladen hast oder nicht, lieber Bruder, ich werde hier die Nacht verbringen. Und da, wie ich sehe, nur für zwei Platz im Bett ist und ich einen so weiten, mühseligen Weg hinter mir habe, fürchte ich, daß du im Stall wirst schlafen müssen.«

»Nicht für dich!« brüllte Ketil. Seine Knöchel standen weiß hervor, als er nach seinem Speer faßte. »Wäre es Vater oder Asmund oder sonstwer vom Hof gewesen, hätte ich ihn willkommen geheißen. Aber du Übeltäter und Berserker, der du bist, wirst derjenige sein, der im Stroh schlafen muß.«

Valgards Gesicht verzog sich höhnisch. Er holte mit seiner Axt aus. Sie traf den Speer am Schaft und splitterte die Spitze ab. »Geh hinaus, kleiner Bruder!« befahl er. »Oder muß ich dich hinauswerfen?«

Blind vor Wut schlug Ketil nach ihm mit dem abgebrochenen Schaft. In Valgard flammte der Jähzorn auf. Seine Axt zischte durch die Luft und fuhr tief in Ketils Schädel.

Immer noch außer sich, drehte er sich zu der Frau um. Sie breitete ihre Arme aus. Valgard riß sie an sich und küßte sie, bis ihre Lippen bluteten. Sie lachte laut.

Aber am nächsten Morgen sah Valgard beim Erwachen Ketil in einer Lache aus geronnenem Blut und Gehirn liegen, die toten Augen starrten ihn an, und ihn überkam plötzliche Reue.

»Was habe ich getan?« flüsterte er. »Ich habe meinen eigenen Bruder erschlagen.«

»Du hast einen schwächeren Mann erschlagen«, bemerkte die Frau ungerührt.

Doch Valgard stand neben der Leiche seines Bruders und

grübelte. »Trotz unserer Streitigkeiten hatten wir gute Zeiten miteinander, Ketil«, murmelte er. »Ich erinnere mich, wie lustig wir beide ein neugeborenes Kalb fanden, das sich auf seine wackeligen Beine zu stellen versuchte, und wie der Wind uns ins Gesicht blies und die Sonne auf den Wellen funkelte, wenn wir zusammen segelten, und wie wir am Julfest getrunken haben, wenn der Sturmwind um unseres Vaters Halle heulte, und wie ich mit dir geschwommen und gelaufen bin, Bruder. Nun ist es vorbei, du liegst da steif und tot, und ich habe einen dunklen Weg beschritten – aber schlaf wohl. Gute Nacht, Ketil, gute Nacht.«

»Wenn du jemandem davon erzählst, wirst du getötet werden«, sagte die Frau. »Das wird ihn nicht zurückbringen. Und im Grab gibt es kein Küssen und Kosen.«

Valgard nickte. Er nahm den Körper auf und trug ihn in den Wald. Er wollte die Axt nicht noch einmal berühren, deshalb ließ er sie im Schädel stecken und baute ein Steingrab über dem Toten.

Aber als er zu der Hütte zurückkehrte, wartete die Frau auf ihn, und bald vergaß er alles andere. Sie war schöner als die Sonne, und es gab nichts, was sie über die Liebeskunst nicht wußte.

Es wurde ungewöhnlich kalt, bevor der erste Schnee fiel. Dieser Winter würde lang werden.

Nach einer Woche dachte Valgard, das beste sei, wenn er jetzt nach Hause ging. Sonst würden andere auf der Suche nach ihm herkommen, und unter seinen Männern konnten Kämpfe ausbrechen. Aber die Frau wollte nicht mit ihm kommen. »Dies ist mein Platz, und ich kann ihn nicht verlassen«, sagte sie. »Doch du kannst zu mir kommen, wann immer du willst, Valgard, mein Liebster. Ich werde dich immer freudig willkommen heißen.«

»Ich komme bald wieder«, schwor er. Er dachte nicht daran, sie gewaltsam zu entführen, obwohl er das zuvor schon oft getan hatte. Es war ein zu kostbares Geschenk, daß sie sich ihm freiwillig hingab.

In Orms Halle wurde er von dem Häuptling, der befürchtet hatte, auch ihn verloren zu haben, freudig begrüßt.

Sonst war niemand besonders glücklich, ihn wiederzusehen.

»Ich bin weit im Westen und Norden gewesen«, sagte Valgard, »und ich habe Ketil nicht gefunden.«

»Er muß tot sein.« Orms Stimme klang wieder kummervoll. »Wir haben tagelang gesucht, und schließlich fanden wir sein Pferd, das reiterlos umherirrte. Ich werde den Totenschmaus vorbereiten.«

Nur wenige Tage hielt sich Valgard unter Menschen auf. Dann verschwand er wieder in den Wäldern, versprach aber, zu Ketils Totenbier zurück zu sein. Asmund sah ihm nach und machte sich seine eigenen Gedanken.

Dem jüngsten Bruder kam es merkwürdig vor, wie Valgard einem Gespräch über Ketils Schicksal auswich, und noch merkwürdiger, daß er – wie er behauptet hatte – jetzt, wo der Winter gekommen war, auf die Jagd gehen wollte. Warum war Valgard so lange weg gewesen, und warum verließ er sie so bald wieder?

So grübelte Asmund, und schließlich, zwei Tage nach Valgards Weggang, folgte er ihm. Es hatte in der Zwischenzeit weder Schnee noch Wind gegeben, und in dem glatten Weiß waren die Spuren deutlich zu sehen. Asmund lief auf seinen Schneeschuhen allein durch schweigende Wälder, wo sich außer ihm nichts rührte, und die Kälte biß ihm ins Fleisch.

Drei Tage später kehrte Valgard zurück. Von nah und fern waren Leute zum Totenschmaus gekommen. Der Berserker schritt mit fest geschlossenen Lippen und grimmigem Gesicht durch den überfüllten Hof.

Älfrida faßte ihn am Ärmel. »Hast du Asmund gesehen?« fragte sie ängstlich. »Er ist in den Wald gegangen und noch nicht wieder nach Hause gekommen.«

»Nein«, antwortete Valgard kurz.

»Schlimm wäre es, zwei gute Söhne im gleichen Monat zu verlieren und nur den schlechtesten zu behalten«, sagte Älfrida und wandte sich von ihm ab.

Am Abend versammelten sich die Gäste in der großen Halle zum Trinken. Orm saß auf seinem Hochsitz mit Valgard zu seiner Rechten. Auf den Bänken zu beiden Längsseiten drängten sich die Männer und hoben sich über den Flammen und dem Rauch des Feuers, das in einem Graben zwischen ihnen brannte, die Trinkhörner entgegen. Frauen kamen und gingen und füllten die Hörner auf. Die Männer, ausgenommen die Gastgeber, waren von dem Bier lustig geworden, und manch ein Auge folgte Orms beiden Töchtern.

Orm trug eine gelassene Miene zur Schau, wie es einem Krieger ansteht, der den Tod verachtet. Niemand vermochte zu sagen, was in seinem Inneren vorging. Älfrida konnte sich nicht enthalten, dann und wann leise und hoffnungslos zu weinen. Valgard saß wortlos da und leerte sein Horn, bis ihm der Kopf brummte. Seine Stimmung wurde immer düsterer. Ohne die Frau und die Aufregungen des Krieges hatte er nichts anderes zu tun, als über seine Tat zu brüten, und Ketils Gesicht schwamm in dem dämmrigen Licht vor ihm.

Das Bier floß, bis alle betrunken waren und die Halle von ihrem Lärm erbebte. Und dann drang ein lautes Klopfen an der Haupttür durch den Tumult. Der Riegel war zurückgezogen, aber das Geräusch zog die Aufmerksamkeit der Männer auf sich. Durch den Vorraum, in die große Halle schritt Asmund.

Der Feuerschein hob seine Gestalt von dem schwarzen Hintergrund ab. Er stand weiß und schwankend. In seinen Armen trug er eine lange, in einen Mantel gewickelte Last. Sein hohler Blick wanderte durch die Halle und suchte einen Mann, und einer nach dem anderen verstummte, bis lähmendes Schweigen herrschte.

»Willkommen, Asmund!« rief Orm in diese Stille. »Wir hatten schon angefangen, uns Sorgen um dich zu machen …«

Immer noch starrte Asmund geradeaus, und die, die seinem Blick folgten, bemerkten, daß er auf Valgard gerichtet war. Endlich sprach Asmund tonlos: »Ich habe einen Gast zum Totenbier mitgebracht.«

Orm saß bewegungslos, obwohl er unter seinem Bart

blaß wurde. Asmund setzte seine Bürde ab. Sie war so steifgefroren, daß sie, gegen seinen Arm gelehnt, stehen konnte.

»Grausam kalt war das Steingrab, wo ich ihn fand«, sagte Asmund. Tränen rannen ihm aus den Augen. »Es war kein guter Ort für ihn, und ich hielt es für eine Schande, daß wir zu seinen Ehren ein Fest feiern und er draußen bleiben sollte mit niemandem als dem Wind und den Sternen zur Gesellschaft. Deshalb habe ich Ketil nach Hause gebracht – Ketil, der Valgards Axt in seinem Schädel trägt.«

Er zog den Mantel weg, und der Feuerschein fiel wie frisch vergossenes Blut auf das alte, das um die Axt klebte. Reif lag auf Ketils Haar. Sein totes Gesicht grinste Valgard an. Seine starrenden Augen spiegelten die Flammen wider.

Orm wandte sich langsam dem Berserker zu, dessen Kiefer wie bei einem Leichnam nach unten gefallen war. Doch einen Augenblick später sprang Valgard auf und brüllte Asmund zu: »Du lügst!«

»Alle Männer kennen deine Axt«, sprach Asmund schwer. »Ergreift den Brudermörder, gute Leute, und bindet ihn, daß wir ihn hängen können.«

»Ich verlange Gerechtigkeit!« schrie Valgard. »Laß mich die Waffe ansehen.«

Niemand bewegte sich, sie waren alle zu entsetzt. Ungehindert ging Valgard durch die Halle bis zum Eingang in den Vorraum.

Die Waffen waren nicht weit entfernt abgelegt worden. Im Vorbeigehen griff sich Valgard einen Speer und begann zu laufen. »Du entfliehst uns nicht!« rief Asmund. Er wollte sein Schwert ziehen und ihm den Weg verstellen. Valgard schleuderte den Speer. Er fuhr durch Asmunds ungeschützte Brust und nagelte ihn an die Wand. Ketils Leiche hielt er immer noch umfaßt, und so standen die beiden toten Brüder Seite an Seite und starrten auf ihren Mörder.

Valgard wurde zum Berserker und heulte. Seine Augen sprühten grünes Feuer, Schaum trat ihm auf die Lippen. Orm, der ihm gefolgt war, riß ein Schwert an sich und griff ihn an. Valgard zog sein Eßmesser, schlug Orms Klinge mit dem linken Arm beiseite und stach sein Messer dem Häuptling in die Kehle.

Blut spritzt über ihn. Orm fiel. Valgard nahm das Schwert. Andere kamen. Sie schnitten ihm den Weg ab. Valgard schlug den Nächsten nieder. Sein Heulen stieg zu den Dachbalken auf.

In der Halle entstand ein großes Durcheinander. Einige Gäste versuchten, sich in eine sichere Ecke zurückzuziehen, andere wollten den Wahnsinnigen ergreifen. Valgards Klinge sang. Drei weitere Männer fielen. Dann hoben mehrere eine Planke vom Tisch. Damit drängten sie Valgard von den abgelegten Waffen weg. Die Männer bewaffneten sich.

Aber in dem überfüllten Raum ging das nicht so schnell. Valgard schlug auf die ein, die zwischen ihm und der Tür standen und noch keine Waffen hatten. Er verwundete mehrere und gewann die Tür. Ein Krieger, der an einen Schild und ein Schwert gekommen war, stand im Vorraum. Valgard schlug mit dem Schwert auf den eisernen Schildrand. Es zerbrach.

»Zu schwach ist deine Klinge, Orm!« rief Valgard da. Als der Mann ihn angriff, faßte er nach hinten und riß die Axt aus Ketils Kopf. Sein Gegner war in seiner Hast unvorsichtig. Valgards erster Hieb schlug den Schild beiseite, der zweite trennte dem Mann den rechten Arm von der Schulter. Valgard war entkommen.

Speere zischten ihm nach. Er floh in die Wälder. Das Blut seines Vaters tropfte von ihm, bis es gefror und den Hunden, die auf seine Spur gesetzt wurden, keine Hilfe mehr war. Auch als er seinen Verfolgern schon entkommen war, rannte er immer weiter, damit er selbst nicht erfror. Schaudernd und schluchzend lief er westwärts.

VIII

Die Hexe wartete in der Dunkelheit. Da schlüpfte etwas durch ein Rattenloch. Sie sah nach unten und entdeckte ihren Vertrauten.

Er war erschöpft und abgemagert und sprach nicht eher, bis er an ihre Brust gekrochen war und sich sattgetrunken hatte. Dann lag er auf ihrem Schoß und betrachtete sie mit kleinen, harten glitzernden Augen.

»Nun«, fragte sie, »wie war die Reise?«

»Lang und kalt«, antwortete er. »In Fledermausgestalt ließ ich mich vom Wind nach Elfenhöhe tragen. Oft bin ich, als ich um Imrics Hallen schlich, dem Tod nahegekommen. Sie sind verteufelt schnell, diese Elfen, und sie wußten, daß ich keine gewöhnliche Ratte war. Aber trotzdem ist es mir gelungen, ihre Beratungen zu belauschen.«

»Und lauten ihre Pläne so, wie ich es mir gedacht habe?«

»Aye. Skafloc wird nach Trollheim fahren und einen Überfall auf Illredes Hof machen. Sie hoffen, er wird den König erschlagen oder zumindest seine Kriegsvorbereitungen stören – nun, da er den Waffenstillstand gekündigt hat. Imric wird auf Elfenhöhe bleiben und die Verteidigungsmaßnahmen leiten.«

»Gut. Der alte Elfengraf ist zu gewitzt, aber Skafloc allein wird die Falle kaum vermeiden können. Wann bricht er auf?«

»In neun Tagen. Er reist mit fünfzig Schiffen.«

»Elfen segeln schnell. Er wird wohl noch in der gleichen Nacht in Trollheim landen. Valgard kann Trollheim mit dem Wind, den ich ihn zu rufen lehren werde, in drei Tagen ereichen, und ich muß ihm wohl eine Frist von drei weiteren Tagen geben, sich vorzubereiten. Wenn er also Illrede vor Skaflocs Ankunft begrüßen soll, muß ich ihn hier behalten – hm, er braucht ja auch Zeit, zu seinen eigenen Männern zu kommen – nun, ihn zu kontrollieren ist nicht schwer, weil er jetzt ein Gesetzloser ist, der in Verzweiflung zu mir flieht.«

»Du behandelst Valgard schlecht.«

»Ich habe nichts gegen ihn, denn er ist ja nicht von Orms Blut, aber er ist mein Werkzeug in einem gefährlichen Spiel. Es wird bei weitem nicht so einfach sein, Skafloc zu verderben, wie Orm und die beiden Brüder zu töten oder an die Schwestern heranzukommen. Über meine Zauberkünste und meine Macht würde er nur lachen.« Die Hexe grinste. »Aye, aber Valgard ist ein Werkzeug, aus dem ich eine Waffe schmiede, die Skaflocs Herz durchbohren wird. Was Valgard selbst betrifft, hat er die Möglichkeit, bei den Trollen zu einer hohen Stellung aufzusteigen, falls sie die Elfen schlagen, und das hoffe ich. Skaflocs Fall soll doppelt bitter sein, indem ich durch ihn die Zerstörung Alfheims bewirke.«

Die Hexe setzte sich zurück und wartete, eine Kunst, die sie in vielen Jahren gelernt hatte.

Kurz vor der Morgendämmerung, als ein graues, hoffnungsloses Licht über den Schnee und die eisbedeckten Bäume kroch, klopfte Valgard an die Tür der Frau. Sie öffnete sie sofort, und er fiel ihr in die Arme. Er war halbtot vor Erschöpfung und Kälte, seine Kleider waren blutbefleckt, sein Gesicht war verzerrt, und aus seinen Augen blickte der Wahnsinn.

Sie gab ihm Fleisch und Bier und seltsame Kräuter. Es dauerte nicht lange, und er konnte sie an sich drücken. »Jetzt bist du alles, was mir geblieben ist«, murmelte er. »Frau, deine Schönheit und meine Leichtfertigkeit haben dieses Übel heraufbeschworen. Ich sollte dich töten und mich dann in meine eigenen Waffen stürzen.«

»Warum sagst du das?« lächelte sie. »Was ist denn geschehen?«

Er vergrub sein Gesicht in ihrem duftenden Haar. »Ich habe meinen Vater und meine Brüder erschlagen, und ich bin jetzt für immer ein Gesetzloser.«

»Daß du sie erschlagen hast«, antwortete sie, »beweist nur, daß du stärker bist als jene, die dich bedrohten. Was macht es aus, wer sie waren?« Ihre grünen Augen brannten in seine. »Aber wenn der Gedanke, du habest dein eigenes Blut getötet, dir Kummer macht, dann kann ich dir sagen, daß du schuldlos bist.«

»Wie?« Er sah sie verwirrt an.

»Du bist nicht Orms Sohn, Berserker Valgard. Ich habe das zweite Gesicht, und daher weiß ich, daß deine Herkunft nicht einmal menschlich ist, sondern so edel, daß du dein wahres Erbteil bestimmt nicht erraten kannst.«

Sein mächtiger Körper wurde hart wie eine Eisenstange. Er packte mit schmerzhaftem Griff ihre Handgelenke, und sein Schrei hallte in der Hütte wider: »Was sagst du da?«

»Imric, der Elfengraf, hat dich zurückgelassen, als er Orms erstgeborenen Sohn stahl«, erklärte die Frau. »Du bist Imrics eigener Sohn von einer Sklavin, die die Tochter Illredes, des Trollkönigs ist.«

Valgard schleuderte sie von sich. Schweiß glänzte auf seiner Stirn. »Lüge!« keuchte er. »Lüge!«

»Die Wahrheit!« antwortete die Frau ruhig. Sie schritt auf ihn zu. Er wich vor ihr zurück. Unbeirrt sprach sie weiter. »Warum bist du den Kindern Orms oder irgendeines anderen Mannes so unähnlich? Warum erzürnst du die Götter und die Menschen und lebst in einer Einsamkeit, die du nur im Tumult der Schlacht vergißt? Warum hat keine der Frauen, bei denen du gelegen hast, jemals ein Kind bekommen? Warum fürchten sich Tiere und kleine Kinder vor dir?« Sie hatte ihn jetzt in die Enge getrieben, und ihre Augen wichen nicht von seinem Gesicht. »Welchen Grund könnte es dafür geben außer den, daß du nicht menschlich bist?«

»Aber ich bin aufgewachsen wie andere Menschen, ich kann Eisen und heilige Dinge berühren, ich bin kein Zauberer …«

»Das ist das böse Werk Imrics, der dich deines Erbteils beraubt und dich zugunsten von Orms Sohn verstoßen hat. Er gab dir ein Aussehen wie das des gestohlenen Kindes. Du wurdest von unwissenden Menschen erzogen, und die magischen Kräfte, die in dir schlummern, sind niemals erweckt worden. Imric hat dein Geburtsrecht auf ein Jahrhunderte währendes Leben dagegen eingetauscht, daß du in der kurzen Spanne, die den Menschen zugemessen ist, heranwachsen, altern und sterben wirst und daß du Dinge, die die Elfen fürchten, ungescheut berühren kannst. Aber eine menschliche Seele konnte er dir nicht geben, Valgard. Und gleich ihm wirst du, wenn du stirbst, wie eine Kerze ausgeblasen werden, ohne Hoffnung auf den Himmel oder die Hölle oder die Walhalla der alten Götter – und doch wirst du nicht länger leben als ein Mensch!«

Valgard stieß einen ächzenden Laut aus, schleuderte sie zur Seite und stürzte aus der Tür. Die Frau lächelte.

Der Sturm heulte, und es war sehr kalt, und doch war es längst dunkel geworden, als Valgard zu der Hütte zurückgekrochen kam. Er war geschlagen und gebrochen, aber seine Augen glühten, als er seine Buhle ansah.

»Jetzt glaub ich dir«, murmelte er, »denn etwas anderes zu glauben ist nicht möglich. Ich habe Geister und Dämonen mit dem Sturm reiten sehen, und sie verspotteten mich, als sie über mich hinwegflogen.« Er starrte in eine dunkle Ecke. »Die Nacht schließt sich um mich, das traurige Spiel meines Lebens ist ausgespielt – Heim und Familie und sogar meine Seele habe ich verloren – ich habe nie eine gehabt – und ich sehe, daß ich nichts als ein Schatten war, den die großen Mächte, die jetzt die Kerze ausblasen, geworfen haben. Gute Nacht, Valgard, gute Nacht …« Und er sank schluchzend auf das Bett.

Die Frau lächelte ihr verstohlenes Lächeln und legte sich neben ihn und küßte ihn mit ihrem Mund, der wie Wein und Feuer war. Und als seine glasigen Augen sich auf sie richteten, hauchte sie: »So darf Valgard nicht sprechen, der Berserker, der mächtigste Krieger, dessen Name von Irland bis Gardariki Schrecken bedeutet. Ich dachte, du würdest meine Worte frohgemut aufnehmen und mit deiner großen Axt dein Schicksal zu einer besseren Form zurechthauen. Du hast schon grausame Rache für geringere Beleidigungen genommen, als es der Raub deines Erbteils und das Anketten in dem Kerker des sterblichen Lebens ist.«

Valgard fühlte etwas von seiner Stärke zurückkehren, und sie wuchs, während er die Frau liebkoste, und zugleich wuchs sein Haß auf alles außer ihr. Schließlich fragte er: »Was kann ich tun? Wo kann ich meine Rache finden? Ich kann Elfen und Trolle nicht einmal sehen, falls sie es nicht selbst wünschen.«

»Das kann ich dich lehren«, erwiderte sie. »Es ist nicht schwer, die Hexensicht zu erlangen, mit der die Bewohner des Feenreichs geboren sind. Danach kannst du die vernichten, die dir Unrecht angetan haben, und darüber, daß du ein Gesetzloser sein sollst, wirst du lachen, denn du wirst mächtiger werden als jeder König der Menschen.«

Valgard sah sie mit verengten Augen an. »Wie das?« fragte er langsam.

»Die Trolle bereiten einen Krieg mit ihren alten Feinden, den Elfen, vor«, berichtete sie. »In Kürze wird Illrede, der Trollkönig, ein Heer gegen Alfheim führen, und wahrscheinlich wird er zuerst gegen Imric hier in England losschlagen, damit er Flanke und Rücken frei hat, wenn er später nach Süden zieht. Unter Imrics besten Kriegern wird sein Pflegesohn Skafloc sein, Orms Kind, der deinen rechtmäßigen Platz einnimmt. Wenn du jetzt schnell zu Illrede segelst, ihm Geschenke und den Dienst deiner menschenähnlichen Kräfte anbietest und ihm von deiner Abstammung berichtest, wirst du eine hohe Stellung in seiner Armee bekommen. Beim Überfall auf Burg Elfenhöhe könntest du Imric und Skafloc erschlagen, und sicher wird Illrede dich dann zum Grafen des britischen Elfenlandes machen. Danach, wenn du die Zauberkunst gelernt hast, kannst du noch höher steigen – ja, du könntest vielleicht sogar lernen, Imrics Werk umzukehren und dich selbst zu einem echten Elf oder Troll zu machen, der bis ans Ende der Welt alterslos ist.«

Valgard lachte, und es klang wie das Bellen eines jagenden Wolfes. »Wirklich, das ist gut!« schrie er. »Ich bin ein Mörder, ein Gesetzloser und ein Nichtmensch, und da habe ich nichts zu verlieren und viel zu gewinnen. Soll ich also dem Heer aus der Kälte und der Dunkelheit beitreten, so will ich es mit ganzem Herzen tun und mein Elend in Schlachten, von denen die Menschen nicht einmal träumen, ertränken. Oh, Frau, Frau, du hast mir Böses angetan, aber ich danke dir dafür!«

Er liebte sie mit Heftigkeit, aber später sprach er mit ihr ruhig und kühl.

»Wie komme ich nach Trollheim?«

Die Frau öffnete eine Truhe und nahm einen zugebundenen Ledersack heraus. »Du mußt an einem bestimmten Tag, den ich dir noch nennen werde, in See stechen. Unterwegs öffne diesen Sack. Er enthält einen Wind, der dich nach Trollheim bläst, und du wirst Hexensicht haben, um die Wohnungen der Trolle zu erkennen.«

»Aber was ist mit meinen Männern?«

»Sie werden ein Teil deines Geschenks an Illrede sein. Die Trolle machen sich gern das Vergnügen, Menschen über die Berge zu jagen, und sie werden merken, daß deine Männer Übeltäter sind, denen kein Gott helfen mag.«

Valgard zuckte die Schultern. »Wenn ich ein Troll sein soll, kann ich mich auch als Troll erweisen und Verrat begehen. Aber was könnte Illrede sonst noch erfreuen? Er muß doch Gold und Juwelen und Kostbarkeiten in Mengen besitzen.«

»Gib ihm etwas, das mehr wert ist«, sagte die Frau. »Orm hat zwei schöne Töchter, und die Trolle sind lüstern. Wenn du sie bindest und knebelst, so daß sie das Kreuz nicht schlagen und den Namen Jesu nicht aussprechen können …«

»Nicht diese beiden!« Valgard graute es. »Ich bin mit ihnen aufgewachsen. Und ich habe ihnen bereits genug Leid zugefügt.«

»Doch, diese beiden. Denn wenn Illrede dich in seinen Dienst nehmen soll, muß er sicher sein, daß du alle menschlichen Bindungen zerrissen hast.«

Von neuem weigerte Valgard sich. Aber sie schmiegte sich an ihn und küßte ihn und erzählte ihm so lange von den dunklen Herrlichkeiten, die er zu erwarten habe, bis er einwilligte.

»Ich möchte nur wissen, wer du bist, du schlechteste und schönste Frau in der ganzen Welt«, sagte er.

Sie lachte leise an seiner Brust. »Du wirst mich vergessen, wenn du erst einmal ein paar Elfenfrauen gehabt hast.«

»Nein – nie werde ich dich vergessen, Geliebte, die du aus mir gemacht hast, was du wolltest.«

Nun behielt die Frau Valgard für einige Zeit in ihrem Haus. Sie sagte, sie müsse Zaubertränke brauen, die seine Hexensicht wiederherstellen würden, und versuchte, ihn mit Erzählungen über das Feenreich zu fesseln. Das wäre jedoch gar nicht nötig gewesen, denn schon ihre Schönheit und ihr Geschick in der Liebeskunst banden ihn sicherer als Ketten.

Schnee erfüllte die Dämmerung, als sie schließlich riet: »Jetzt solltest du am besten aufbrechen.«

»Wir sollten aufbrechen«, antwortete er. »Du mußt mitkommen, denn ich kann nicht leben ohne dich.« Seine großen Hände streichelten sie. »Tust du es nicht freiwillig, trage ich dich weg, aber mitkommen mußt du.«

»Gut denn«, seufzte sie, »obwohl du vielleicht anders empfindest, wenn ich dir die Hexensicht gegeben habe.«

Sie stand auf, sah auf ihn, der saß, herab, und zog die Linien seines Gesichts mit dem Finger nach. Ihr Mund verzog sich zu einem beinahe sehnsüchtigen Lächeln.

»Der Haß ist ein strenger Herr«, flüsterte sie. »Ich hätte nicht gedacht, daß ich noch einmal Freude empfinden würde, Valgard, aber jetzt tut es mir weh, dir Lebewohl sagen zu müssen. Ich wünsche dir alles Glück, Liebster. Und jetzt …« ihre Fingerspitzen berührten seine Augen »… sieh!«

Und Valgard sah.

Das saubere kleine Haus und die hohe weiße Frau schwankten vor seinen Augen wie Rauch im Wind. Trotz seines Entsetzens wollte er nun alles sehen, wie es wirklich war, nicht, wie er es mit von Zauber geblendeten sterblichen Augen gesehen hatte …

Er saß in einer Hütte aus Flechtwerk und Lehm. Ein winziges Dungfeuer warf einen schwachen Schein auf Haufen von Knochen und Lumpen, verrosteten Werkzeugen und merkwürdigen Hexengeräten. Er sah hoch in die trüben Augen eines alten Weibes, dessen verrunzelte Haut sich über einen wackelnden, zahnlosen Schädel spannte und an dessen verschrumpfter Brust eine Ratte hing.

Halb wahnsinnig vor Schrecken richtete er sich auf. Die Hexe betrachtete ihn lauernd. »Mein Geliebter«, gackerte sie, »sollen wir uns nicht auf den Weg zu deinem Schiff machen? Du hast geschworen, du wolltest dich nie von mir trennen.«

»Und *deinetwegen* bin ich ein Gesetzloser!« heulte Valgard. Er packte seine Axt und schlug nach ihr. Aber ihr Körper schrumpfte zusammen. Zwei Ratten sprangen davon. Die Axt fuhr in den Fußboden.

Valgard schäumte. Er nahm ein Stück Holz und hielt es ins Feuer. Als es hell brannte, stieß er es in die Lumpen und das Stroh. Er stand draußen, während die Hütte abbrannte, bereit, alles zu erschlagen, was sich außerhalb zeigen würde. Doch da waren nur die lodernden Flammen und der heulende Wind und der Schnee, der zischend in das Feuer fiel.

Als nur noch Asche übrig war, brüllte Valgard: »Deinetwegen habe ich Heimat und Sippe und Hoffnung verloren, deinetwegen habe ich mich entschlossen, ins Reich der Dunkelheit zu ziehen, deinetwegen bin ich ein Troll geworden! Hör mich, Hexe, wenn du noch lebst. Ich werde deinem Rat folgen. Ich werde Graf der Trolle in England werden – vielleicht eines Nachts König von ganz Trollheim – und ich werde dich jagen mit aller Macht, die mir dann zur Verfügung steht. Auch du sollst meine Rache fühlen wie die Menschen und die Elfen und jeder, der sich mir in den Weg stellt, und ich werde keine Ruhe finden, bis ich dich, die du mein Herz mit einem Schatten gebrochen hast, lebendig geschunden habe!«

Er drehte sich um und rannte ostwärts, und bald war er im fallenden Schnee verschwunden. Unter der Erde in ihrem Versteck grinsten die Hexe und der Rattenmann sich an. Es war genauso verlaufen, wie sie es geplant hatten.

Die Männer von Valgards Schiffen waren die schlimmsten der Wikinger, die meisten als Gesetzlose aus ihrer Heimat entflohen und alle in jedem Ort unwillkommen. Daher hatte Valgard einen eigenen Hof gekauft, wo sie überwintern konnten. Sie lebten dort gut und hatten Knechte zu ihrer Bedienung, aber sie waren so streitsüchtig und ungebärdig, daß nur ihr Häuptling sie zusammenhalten konnte.

Als sie von den Morden erfuhren, wußten sie, in Kürze würden Männer aus dem Danelaw erscheinen und ihnen ein Ende bereiten. Deshalb bereiteten sie die Schiffe zum Auslaufen vor. Aber sie konnten sich nicht einigen, wohin es jetzt im Winter gehen sollte, und es gab viel Streit und einige Kämpfe. So wären sie wohl dageblieben, bis ihre Feinde über ihnen waren, wenn Valgard nicht zurückgekehrt wäre.

Er trat nach Sonnenuntergang in die Halle. Die starken, haarigen Männer saßen auf den Bänken und leerten Horn um Horn, bis ihr Gebrüll ohrenbetäubend wurde. Viele schnarchten auf dem Boden neben den Hunden, andere stritten miteinander, und die Zuschauer feuerten sie eher an, als daß sie sie trennten. In dem flackernden Feuerlicht schlichen geängstigte Knechte umher und Frauen, die das Weinen längst verlernt hatten. Valgard stieg zu dem leeren Hochsitz empor – ein großer, furchteinflößender Mann, den Mund noch grimmiger zusammengepreßt denn je. Die Axt, die man anfing, Bruderschlächter zu nennen, hing ihm über die Schulter. Als die Männer ihn sahen, legte sich das Getümmel, bis in der Halle keine andere Stimme mehr zu hören war als die des Langfeuers.

Valgard sprach: »Wir können hier nicht bleiben. Obwohl ihr nie auf Orms Hof gewesen seit, werden die Leute das, was geschehen ist, zum Vorwand nehmen, euch loszuwerden. Nun, umso besser. Ich weiß einen Ort, wo wir Reichtum und Ruhm gewinnen können, und dorthin wollen wir übermorgen in aller Frühe segeln.«

»Wo ist das? Und warum brechen wir nicht morgen schon auf?« fragte einer seiner Kapitäne, ein narbiger alter Bursche namens Steingrimm.

»Ich habe hier in England noch etwas zu erledigen, und das wird morgen geschehen«, antwortete Valgard. »Und was deine erste Frage betrifft: Unser Ziel ist Finnmark.«

Ein Aufruhr brach los. Lauter als alle anderen brüllte Steingrimm: »Das ist das Unsinnigste, was ich je gehört habe. Finnmark ist arm und einsam und liegt an einer See, die sogar im Sommer gefährlich sein kann. Was werden wir dort finden außer unserem Tod, entweder durch Ertrinken oder durch die Zauberer, die in diesem Land hausen? Doch bestenfalls ein paar Lehmhütten! Ganz in der Nähe haben wir England, Schottland, Irland, Orkney oder südlich des Kanals Valland, wo wir gute Beute machen können.«

»Ich habe meine Befehle gegeben. Ihr werdet ihnen gehorchen«, sagte Valgard.

»Ich nicht!« schrie Steingrimm. »Ich glaube, du bist in den Wäldern wahnsinnig geworden.«

Wie eine Wildkatze sprang Valgard den Kapitän an. Seine Axt krachte in Steingrimms Schädel.

Ein Mann stieß einen Ruf aus, griff nach einem Speer und schleuderte ihn auf Valgard. Der Berserker sprang zur Seite, riß ihm den Schaft aus den Händen und schlug ihn zu Boden. Dann zog Valgard seine Axt aus Steingrimms Schädel und stand hochaufragend in dem rauchigen Licht. Seine Augen waren wie Eisschollen. Er fragte ruhig: »Hat noch jemand den Wunsch, mir zu widersprechen?«

Niemand sprach, niemand bewegte sich. Valgard ging zurück zu seinem Hochsitz und erklärte: »Ich habe so hart gehandelt, weil wir auf unsere alte, zuchtlose Art nicht weitermachen können. Wir werden alle sterben, wenn wir nicht wie ein einziger Mann werden, dessen Kopf ich allein sein kann. Ich weiß, daß meine Pläne auf den ersten Blick unklug scheinen, aber Steingrimm hätte mich zu Ende anhören sollen. Tatsache ist, daß ich die Nachricht erhalten habe, ein reicher Mann habe in diesem Sommer in Finnmark einen Hof gebaut, und dort ist alles angehäuft, was wir uns nur wünschen können. Sie werden im Winter keine Wikinger erwarten, und so können wir es uns ohne Mühe nehmen. Ich fürchte auch das Wetter nicht. Ihr wißt ja, daß ich einiges Geschick darin habe, es vorherzusagen, und ich rieche, daß ein guter Wind kommt.«

Die Bande erinnerte sich daran, daß es ihnen unter Valgards Führung immer gut ergangen war. Steingrimm hatte hier weder einen Verwandten noch einen Eidbruder. Deshalb riefen sie, ja, sie wollten Valgard folgen, wohin er sie führe. Als die Leiche hinausgeschleppt war und das Zechgelage von neuem begonnen hatte, rief Valgard seine Kapitäne zusammen.

»Hier ganz in der Nähe ist ein Ort, den wir plündert werden, ehe wir England verlassen«, teilte er ihnen mit. »Es wird keine schwere Arbeit sein, und wir haben gute Beute zu erwarten.«

»Und wo ist das?« fragte ein Mann.

»Es ist der Hof Orms der Starken, der nun tot ist und ihn nicht mehr verteidigen kann.«

Selbst diese Räuber hielten das für eine böse Tat, aber sie trauten sich nicht, es ihrem Häuptling ins Gesicht zu sagen.

IX

Ketils Totenbier war nun auch zur Feier für Asmund und Orm geworden. Die Männer tranken schweigend und kummervoll, denn mit Orm verloren sie einen weisen Anführer, und wenn er auch mit der Kirche nicht viel im Sinn gehabt hatte, waren er und seine Söhne in der Gegend doch wohlgelitten gewesen. Der Boden war noch nicht sehr hart gefroren, und so wurde am Tag nach den Mordtaten mit der Arbeit an dem Totenhügel begonnen.

Orms bestes Schiff wurde in das Grab gezogen. Man legte Wertsachen, Fleisch und Getränke für eine lange Reise hinein. Pferde und Hunde wurden getötet und ins Schiff gebracht, und die, die Valgard erschlagen hatte, wurden mit ihren besten Kleidern, Waffen und Ausrüstungen und mit Höllenschuhen an den Füßen mit ihm bestattet. So hatte Orm es sich gewünscht, und so hatte seine Frau es ihm versprochen.

Als dies einige Tage später vollbracht war, trat Älfrida an das Grab. Sie stand im trüben grauen Winterlicht und sah auf Orm und Ketil und Asmund hinab. Das offene Haar fiel ihr auf die Brüste und verbarg ihr Gesicht vor den Zuschauern.

»Der Priester sagt, es sei eine Sünde, sonst würde ich mich jetzt selbst töten und neben euch zur Ruhe legen«, flüsterte sie. »Mein Leben wird eine Last sein. Ihr wart gute Söhne, Ketil und Asmund, und eure Mutter sehnt sich nach eurem Lachen. Es scheint erst gestern gewesen zu sein, daß ich euch an meiner Brust in den Schlaf sang. Ihr wart damals so klein, und plötzlich wart ihr zu langbeinigen Jünglingen geworden, schön anzusehen und ein Stolz für Orm und mich – und nun liegt ihr so still, und die Schneeflocken fallen auf eure leeren Gesichter. Seltsam ...« Sie schüttelte den Kopf. »Ich kann nicht begreifen, daß ihr tot seid. Es ist nicht wirklich für mich.«

Sie lächelte Orm zu. »Wir haben oft gestritten«, murmelte sie, »aber das hatte nichts zu bedeuten, denn du liebtest mich – und ich dich. Du warst gut zu mir, Orm, und die Welt ist kalt, kalt, jetzt, da ihr alle tot seid. Ich werde den barmherzigen Gott bitten, daß Er dir vergebe, was du gegen Sein Gesetz gesündigt hast. Denn du wußtest vieles nicht, wie klug du auch ein Schiff steuern konntest und wie geschickt du mit deinen Händen warst, wenn es darum ging, mir Borde und Truhen zu machen oder den Kindern Spielzeug zu schnitzen ... Und wenn Gott dich nicht im Himmel aufnehmen kann, dann bete ich darum, Er möge mich mit dir zur Hölle hinabsteigen lassen – aye, selbst wenn du zu deinen heidnischen Göttern gehen wirst, werde ich dir folgen. Lebewohl, Orm. Ich habe dich geliebt, und ich liebe dich. Lebewohl.«

Sie beugte sich über ihn und küßte ihn. »Kalt sind seine Lippen.« Auf ihrem Gesicht zeigte sich Bestürzung. »So hast du mich sonst nie geküßt. Der da tot in dem Schiff liegt, das bist nicht du – aber wo bist du, Orm?«

Sie führten sie weg, und die Männer arbeiteten lange Zeit, schütteten Erde auf und bauten die Grabkammer. Als sie fertig waren, erhob sich der Hügel hoch am Ufer des Meeres, und die Wellen spülten über den Strand und sangen an seinem Fuß ein Klagelied.

Der Priester, der mit dieser heidnischen Bestattung nicht einverstanden war, wollte den Grund nicht weihen, aber er tat, was er konnte, und Asgerd bezahlte ihn für viele Seelenmessen.

Da war ein junger Mann, Erlend Thorkelssohn mit Namen, der war mit Asgerd verlobt.

»Leer ist dieser Hof nun, da die Männer nicht mehr sind«, sagte er.

»So ist es«, antwortete die Jungfrau. Ein kalter Seewind, der feine, trockene Schneeflocken vor sich hertrieb, zerzauste ihr die schweren Locken.

»Es wäre wohl am besten, ich und ein paar Freunde blieben eine Weile hier und brächten alles in Ordnung«, schlug er vor. »Dann möchte ich, daß wir heiraten, Asgerd, und danach können deine Mutter und deine Schwester bei uns leben.«

»Ich will dich nicht heiraten, bis Valgard gehängt und seine Männer in ihrem Haus verbrannt worden sind«, gab sie zornig zurück.

Erlend lächelte grimmig. »Das wird nicht mehr lange dauern. Der Kriegspfeil geht bereits von Hand zu Hand. Wenn sie nicht schleunigst fliehen – und das glaube ich nicht, denn sie müssen sich ja erst wieder versammeln –, wird das Land in Kürze von dieser Pest befreit sein.«

»Das ist gut«, nickte Asgerd.

Jetzt gingen die meisten, die zum Totenfest gekommen waren, nach Hause, aber die Bewohner des Hofes blieben da und Erlend und ein halbes Dutzend anderer Männer auch. Als es Nacht wurde, heulte der Wind um das Haus, und Hagel prasselte auf das Dach. Die Halle lag lang und dunkel und freudlos da; die Menschen hatten sich an ihrem einen Ende zusammengeschart. Sie sprachen wenig, und die Hörner wurden oft weitergereicht.

Einmal brach Älfrida ihr Schweigen. »Ich höre draußen etwas.«

»Ich nicht«, entgegnete Asgerd, »und heute nacht ist auch niemand zu erwarten.«

Frida, der das geistesabwesende Starren ihrer Mutter Sorgen machte, berührte sie und sagte schüchtern: »Du bist nicht ganz allein. Deine Töchter werden dich nie vergessen.«

»Aye – aye.« Die Spur eines Lächelns erschien auf Älfridas Gesicht. »Orms Samen lebt in euch weiter, und die kostbaren Nächte, die wir miteinander verbrachten, waren nicht umsonst ...« Sie richtete den Blick auf Erlend. »Sei gut zu deiner Frau. Sie ist aus dem Blut von Häuptlingen.«

»Wie könnte ich zu *ihr* anders als gut sein?« meinte er.

Plötzlich klopfte es an der Tür. Durch das Heulen des Windes drang ein Ruf: »Aufmachen! Aufmachen, oder wir brechen die Tür ein!«

Ein Knecht löste den Riegel und wurde sofort von einer Axt niedergehauen. Die Männer griffen nach ihren Waffen. Groß und grimmig, geschützt von zwei Männern, die ihre Schilde vor ihn hielten, einen Mantel aus Schnee um die Schultern, trat Valgard aus dem Vorraum ein.

Er sprach: »Schickt die Frauen und Kinder hinaus, und sie sollen leben. Aber das Haus ist von meinen Männern umstellt, und ich werde es verbrennen.«

Ein Speer wurde geschleudert und sprang von einem der eisenbeschlagenen Schilde ab. Der Geruch nach Rauch wurde stärker, als er hätte sein dürfen.

»Hast du noch nicht genug getan?« rief Frida. »Verbrenne dies Haus, wenn du willst, aber ich will lieber darinbleiben, als von dir das Leben geschenkt bekommen.«

»Vorwärts!« brüllte Valgard, und ehe jemand sie aufhalten konnte, waren er und ein Dutzend seiner Wikinger innerhalb der Halle.

»Nicht, solange ich am Leben bin!« rief Erlend. Er zog sein Schwert und griff Valgard an. Die Axt Bruderschlächter blitzte auf, schlug seine Klinge klirrend beiseite und grub sich mit der Schneide in seine Rippen. Er fiel zu

Boden. Valgard sprang über ihn hinweg und packte Fridas Handgelenk. Andere von seinen Männern nahmen Asgerd. Der Rest formte eine Schildburg um diese beiden. Da sie alle Helme und Harnische trugen, gelang es ihnen ohne Mühe, wieder zur Tür zu gelangen. Drei, die sich ihnen entgegenstellten, töteten sie.

Als die Männer aus dem Haus waren, sammelten sich die Männer im Inneren, vervollständigten ihre Bewaffnung und versuchten, einen Ausfall zu machen. Aber sie wurden von den Kriegern, die jeden Ausgang besetzt hielten, niedergehauen oder zurückgetrieben. Älfrida lief schreiend zur Tür, und sie ließen die Wikinger durch.

Valgard hatte Asgerd und Frida die Hände gebunden und legte ihnen Führungsstricke an, damit man sie mitzerren könne, wenn sie sich weigerten zu gehen. Das Dach der Halle stand bereits in hellen Flammen. Älfrida klammerte sich an Valgards Arm und rief ihm durch das Prasseln der Flammen zu:

»Du Wolf, welches neue Übel bringst du über die letzten deiner Sippe? Warum vergreifst du dich an deinen eigenen Schwestern, die dir nichts als Gutes getan haben? Wie kannst du das Herz deiner Mutter mit Füßen treten? Laß sie los, laß sie los!«

Valgard betrachtete sie mit blassen, kalten Augen in einem unbewegten Gesicht. »Du bist nicht meine Mutter«, sprach er und schlug nach ihr. Sie fiel bewußtlos in den Schnee, und er wandte sich ab und winkte seinen Männern, die beiden gefangenen Mädchen zur Bucht zu schleppen, wo seine Schiffe auf den Strand gezogen waren.

»Wohin willst du uns bringen?« schluchzte Frida, aber Asgerd spuckte ihn an.

Er verzog seine Lippen. »Ich will euch kein Leid antun. Ja, ich erweise euch sogar einen Dienst, denn ich werde euch einem König geben.« Er seufzte. »Ich beneide ihn. Da ich aber meine Männer kenne, sollte ich lieber auf euch achtgeben.«

Diejenigen unter den Frauen, die nicht bei lebendigem Leibe verbrannt werden wollten, führten die Kinder ins

Freie. Die Räuber mißbrauchten die Mädchen, doch danach ließen sie sie frei. Andere Frauen blieben drinnen bei ihren Männern. Es dauerte nicht lange, und auch die anderen Gebäude fingen Feuer, aber erst, nachdem sie geplündert worden waren. Weit übers Land war der brennende Hof zu sehen.

Valgard brach auf, sobald er sich überzeugt hatte, daß drinnen alles tot war, denn er wußte, die Nachbarn würden bald in großer Zahl angerückt kommen. Die Wikinger brachten ihre Schiffe zu Wasser und ruderten gegen einen Wind, der eisige Wellen über Bord blies.

»So werden wir Finnmark nie erreichen«, brummte Valgards Steuermann.

»Da denke ich anders«, antwortete der Berserker. Wie die Hexe es ihm gesagt hatte, löste er in der Morgendämmerung die Knoten an dem Ledersack. Sofort drehte sich der Wind, bis er von achtern kam, und er blies beständig nach Nordosten. Die Segel wurden gesetzt, und die Schiffe sprangen förmlich voran.

Als Menschen auf Orms Hof ankamen, fanden sie nur verkohltes Holz und glühende Aschenhaufen. Ein paar Frauen und Kinder waren da und schluchzten in dem grauen Morgenlicht. Älfrida allein weinte nicht und sprach nicht. Sie saß auf dem Grabhügel, ihr Haar und ihre Kleider flatterten wild im Wind. Mit leeren Augen starrte sie unbeweglich hinaus auf die See.

Drei Tage und drei Nächte lang liefen Valgards Schiffe vor einem unveränderlichen Wind. Eins sank in dem schweren Seegang, aber die meisten von seiner Besatzung wurden gerettet. Auf den übrigen Schiffen wurde ständig gemurrt, doch Valgard hatte die Männer so eingeschüchtert, daß sie sich nur in den Bart brummten und nicht an Meuterei dachten.

Fast die ganze Zeit stand er im Bug seines Schiffs, eingehüllt in einen langen Ledermantel. Salz und Rauhreif setzten sich auf ihm fest. Düster blickte er über das Wasser.

Einmal wagte ein Mann, ihm zu widersprechen. Er erschlug ihn auf der Stelle und warf die Leiche über Bord. Er selbst sprach wenig, und das war den Männern nur angenehm, denn sein starrender Blick war ihnen nicht geheuer.

Auf Fridas und Asgerds Bitten, ihnen zu sagen, wohin sie unterwegs waren, antwortete er nicht, aber er hatte sie gut unter dem Vordeck untergebracht, gab ihnen zu essen und zu trinken und erlaubte es nicht, daß die Männer sie belästigten.

Frida wollte zuerst nicht essen. »Ich nehme nichts von diesem Mörder«, sagte sie. Das Salz auf ihren Wangen stammte nicht allein von den Meereswogen.

»Iß, damit du bei Kräften bleibst«, riet Asgerd. »Du nimmst es nicht von ihm, denn er hat es von anderen geraubt, und vielleicht finden wir eine Gelegenheit zur Flucht. Wenn wir Gott um Hilfe bitten ...«

»Das verbiete ich euch«, unterbrach Valgard, der ihnen zugehört hatte, »und wenn ich ein derartiges Wort höre, werde ich euch knebeln.«

»Wie du willst«, erwiderte Frida, »aber ein Gebet wird mehr mit dem Herzen als mit dem Mund gesprochen.«

»Und beides ist nicht sehr nützlich«, grinste Valgard. »Schon manche Frau, die ich in den Händen gehabt habe, hat zu ihrem Gott gewimmert, und es hat ihr nichts geholfen. Trotzdem will ich auf meinem Schiff kein Wort mehr von Göttern hören.« Er erwartete nicht, daß den Mädchen vom Himmel Hilfe geschickt werden würde. Aber die seelenlosen Bewohner des Feenreichs, die von der Magie so viel verstanden, wußten, es gab jetzt eine Macht, die sie nie begreifen würden und die größer war als alles, was sie kannten, und sie versetzte sie in blinden Schrecken durch bloße Namen und Zeichen. So wollte Valgard kein unnötiges Risiko eingehen, und noch weniger wollte er an den erinnert werden, dem er für immer abgeschworen hatte.

Er versank in seine eigenen Gedanken. Seine Schwestern schwiegen. Auch die Männer sprachen nicht viel, so daß die einzigen Geräusche das Pfeifen des Windes im Tauwerk, das Rauschen der Wellen vor dem Bug und das Ächzen des Holzes war. Über ihnen flogen graue Wolken, von denen oft Schnee oder Hagel herabstürzte, und die Schiffe rollten und stampften einsam auf den Wellen.

Am dritten Tag kurz vor Abend, unter einem so niedrigen Himmel, daß es beinahe schon den ganzen Tag dunkel gewesen war, erreichten sie Finnmark. Steile Klippen erhoben sich aus der tosenden Brandung. Es gab nichts auf ihnen zu sehen als Schnee und Eis und ein paar windzerzauste Bäume.

»Das ist ein häßliches Land.« Valgards Steuermann schüttelte sich. »Und ich sehe nichts von dem Hof, den du uns versprochen hast.«

»Halte auf den Fjord voraus zu«, befahl der Häuptling.

Der Wind blies sie bis an den Eingang. Dann schnitten schroffe Klippen ihn ab. Die Masten wurden gesenkt, die Ruder kamen heraus, und die Schiffe fuhren im Zwielicht auf einen steinbesäten Strand zu. Valgard hielt Ausschau und erblickte die Trolle.

Sie waren nicht ganz so groß wie er, aber nahezu zweimal so breit mit baumstarken Armen, die ihnen bis an die Knie herabhingen, kurzen, krummen Beinen und mit Klauen versehenen Spreizfüßen. Ihre Haut war grün und kalt und schlüpfrig und bewegte sich auf steinhartem Fleisch.

Nur wenige hatten Haare, und ihre großen runden Köpfe mit den flachen Nasen, den aus breiten Mäulern hervorsehenden Fangzähnen, den gespitzten Ohren und den tiefliegenden, von Knochenwülsten umgebenen Augen sahen wie Totenschädel aus. Die Augen zeigten kein Weiß; sie waren Tümpel der Schwärze.

Die Trolle waren trotz der Kälte bis auf ein paar Felle unbekleidet. Als Waffen trugen sie hauptsächlich Keulen, Äste, Speere, Pfeile und Steinschleudern, die für einen Menschen zu schwer gewesen wären. Aber einige hatten Helme und Harnische und Waffen aus Bronze oder aus Elfen-Legierungen.

Bei diesem Anblick konnte Valgard sich eines Schauders

nicht erwehren. »Hat die Kälte dich überkommen?« fragte einer seiner Männer.

»Nein – nein, es ist nichts«, murmelte er. Und zu sich selbst sagte er: »Hoffentlich hat die Hexe recht, und die Elfenfrauen sind schöner als diese Wesen hier. Aber sie müssen großartige Krieger sein.«

Die Wikinger zogen ihre Schiffe ans Land. Danach standen sie voller Ungewißheit im Dunkeln herum. Und Valgard sah die Trolle herunter an den Strand springen.

Der Kampf war kurz und schrecklich, denn die Männer konnten ihre Feinde nicht sehen. Dann und wann berührte ein Troll zufällig Eisen und wurde davon verbrannt, aber meistens wußten sie genau, wie sie dem Metall aus dem Wege gehen konnten. Ihr hustendes Lachen hallte von den Klippen wider, während sie Gehirne aus menschlichen Schädeln schlugen oder die Männer Glief für Glied auseinanderrissen oder sie über die Berge jagten.

Valgards Steuermann sah seine Gefährten sterben, während sein Häuptling ungerührt auf seiner Axt lehnte. »Das ist dein Werk!« brüllte der Wikinger.

»Das ist es«, erwiderte Valgard und stürzte ihm entgegen. Kurze Zeit darauf hatte er den Steuermann erschlagen, und die Schlacht war vorbei.

Der Anführer der Trolle näherte sich Valgard. Seine Schritte zermalmten Steine. »Wir wurden von einer Fledermaus, die auch eine Ratte war, von deiner Ankunft benachrichtigt«, knurrte er in dänischer Sprache, »und wir danken dir für den Spaß. Jetzt erwartet der König dich.«

Er hatte die Schwestern bereits geknebelt und ihnen die Arme auf den Rücken gebunden. Betäubt von dem, was sich eben vor ihren Augen abgespielt hatte, taumelten sie blindlings eine tiefe Schlucht entlang und über einen kahlen Berg, an unsichtbaren Wachtposten vorbei in eine Höhle und von da in die Halle Illiredes.

Der riesige Raum war aus den Felsen gehauen und mit prachtvollen Dingen ausgestattet, die von Raubzügen bei den Elfen, Zwergen, Kobolden und anderem Volk, auch den Menschen, stammten. Große Edelsteine glänzten an den Wänden zwischen prachtvollen Wandteppichen, kostbare Kelche und Gewebe bedeckten Tische von Ebenholz und Elfenbein, und die Feuer, die in der ganzen Länge der Halle brannten, erhellten die reichen Kleider der Trollherren und ihrer Damen.

Knechte aus der Elfen-, Zwergen- oder Koboldrasse gingen mit fleischbeladenen Brettern und Bechern mit Getränken umher. Dies war ein hohen Fest, zu dem menschliche und Elfenkinder ebenso gestohlen worden waren wie Kühe, Pferde, Schweine und Weine aus dem Süden. Durch die rauchige Luft rasselte mißtönende Musik, wie die Trolle sie liebten.

An den Wänden standen reglos wie Götzenbilder Wachen, und das rötliche Licht spiegelte sich auf ihren Speerspitzen.

Die Trolle am Tisch fraßen und soffen und stritten lärmend miteinander. Aber die Herren von Trollheim saßen ruhig auf ihren geschnitzten Sitzen.

Valgards Blick wanderte zu Illrede. Der König war von gewaltigem Umfang, hatte ein massiges, verrunzeltes Gesicht und einen langen grünen Bart. Als seine tintenschwarzen Augen auf die Neuankömmlinge fielen, lief dem Wechselbalg eiskalte Furcht den Rücken hinunter. Er bemühte sich, sie zu verbergen.

»Sei gegrüßt, großer König«, sprach er. »Ich bin Valgard der Berserker, und ich komme von England, um einen Platz an deinem Hof zu erbitten. Wie mir gesagt wurde, bist du der Vater meiner Mutter, und ich möchte Anspruch auf mein Erbteil erheben.«

Illrede nickte mit dem Kopf, auf dem eine goldene Krone saß. »Das weiß ich. Willkommen in Trollheim, Valgard, in deiner Heimat.« Er sah zu den Jungfrauen hin, die verloren nebeneinander hockten. »Aber wer sind die da?«

»Ein kleines Geschenk«, erklärte Valgard mit fester Stimme, »Töchter meines Pflegevaters. Ich hoffe, sie werden dich erfreuen.«

»Ho-ho, ho-ho, ho, ho!« Illredes hustendes Gelächter erfüllte die Halle. »Ein kostbares Geschenk! Es ist lange her, daß ich eine Menschenfrau in meinen Armen gehalten habe! Aye, willkommen, willkommen, Valgard!«

Er sprang auf den Boden, der unter seinem Gewicht erbebte, und ging zu den beiden Mädchen hinüber. Frida und Asgerd blickte wild um sich. Man konnte ihre Gedanken lesen: »Wo sind wir? Eine lichtlose Höhle, und Valgard spricht ins Leere, aber die Echos sind nicht seine Worte ...«

»Ihr sollt eure neue Heimat sehen«, grinste Illrede und berührte ihre Augen. Und sofort hatten sie Hexensicht und sahen ihn über sie gebeugt stehen, und der Mut verließ sie, und trotz der Knebel konnte man hören, wie sie schrien und schrien.

Illrede lachte von neuem.

X

Für den Überfall der Elfen auf Trollheim wurde eine große Streimacht aufgeboten. Fünfzig Langschiffe wurden mit den besten Kriegern aus Britanniens Elfen bemannt und von Imric und seinen weisesten Zauberern mit magischen Sprüchen verhüllt und geschützt. Unter diesem Zauber konnten sie ungesehen bis in die Fjorde des Trollreichs in Finnmark segeln; wie tief sie danach ins Inland vorstoßen würden, hing davon ab, auf welchen Widerstand sie trafen. Skafloc hoffte, bis in Illredes eigene Halle zu kommen, und den Kopf des Königs zurückzubringen. Er brannte darauf, aufzubrechen.

»Sei nicht tollkühn«, mahnte Imric ihn. »Töte und brenne, aber verliere keine Männer auf bloßen Abenteuern. Von größerem Wert ist es, daß du einen Überblick über ihre Stärke erhältst, als daß du Tausend von ihnen vernichtest.«

»Wir werden beides tun«, lachte Skafloc. Er war ruhelos wie ein junger Hengst, die Augen leuchteten, das lohfarbene Haar lockte sich unter seinem Stirnband.

»Ich weiß nicht – ich weiß nicht.« Imric blickte ernst

drein. »Irgendwie habe ich das Gefühl, daß diese Fahrt nichts Gutes bringen wird, und am liebsten möchte ich sie absagen.«

»Wenn du das tust, werden wir trotzdem gehen«, sagte Skafloc.

»Aye, dann geh. Ich kann mich auch täuschen. Geh, und das Glück sei mit dir.«

Abends gleich nach Sonnenuntergang schifften die Krieger sich ein. Der eben noch volle Mond warf Silberlicht und Schatten auf die Höhen und Täler der Elfenhügel, auf den Strand, auf die Wolken, die ein heulender Wind nach Osten trieb. Das Mondlicht berührte die weißmähnigen Wellen, die auf den Felsen brausten und schäumten. Es schimmerte auf Waffen und Rüstungen der Elfenkrieger, und die schwarzweißen Langschiffe, die auf das Ufer gezogen waren, schienen nur aus Schatten und Lichflecken zu bestehen.

Skafloc war in einen Umhang gehüllt, der Wind zauste sein Haar. Er wartete auf die letzten seiner Männer. Lia, bloß im Mondlicht, mit ihrem wolkengleichen Haar und ihren leuchtenden Augen, trat zu ihm.

»Ich freue mich, dich zu sehen!« rief Skafloc. »Sag mir Lebewohl, und sing mir ein Lied für mein Glück.«

»Ich kann dir nicht richtig Glück wünschen, weil ich nicht zu nahe an deine eiserne Rüstung kommen darf«, antwortete sie mit der Stimme, die wie eine Brise und plätscherndes Wasser und von weit her läutende Glöckchen klang. »Und ich habe das Gefühl, daß mein Zauber gegen das dir drohende Schicksal nichts ausrichten wird.« Ihre Augen suchten die seinen. »Ich weiß ganz sicher, daß du in eine Falle läufst, und bei der Milch, die ich dem Kind, und den Küssen, die ich dem Mann gegeben habe, bitte ich dich, dieses eine Mal zu Hause zu bleiben.«

»Das wäre eine großartige Tat für den Anführer einer Truppe, die den Kopf des Feindes zurückbringen mag«, sagte Skafloc zornig. »Etwas so Schändliches würde ich für niemanden tun.«

»Aye – aye.« Tränen schimmerten in Lias Augen. »Die

Menschen, deren Leben doch so grausam kurz ist, eilen dessen ungeachtet in ihrer Jugend in den Tod, als gehe es in die Arme eines Mädchens. Vor wenigen Jahren habe ich dich gewiegt, Skafloc, vor wenigen Monaten habe ich in den hellen Sommernächten bei dir gelegen, und für mich, die Unsterbliche, ist das eine kaum länger her als das andere. Und mit gleicher Schnelligkeit rückt der Tag näher, an dem dein zerfleischter Körper auf die Raben warten wird. Ich werde dich niemals vergessen, Skafloc, aber ich fürchte, ich habe dich zum letztenmal geküßt.«

Und sie sang:

Seewärts bläst der Wind heut nacht.
singt ums Haus ein Lied ganz leise,
und der Krieger ist erwacht,
denkt an nichts mehr als die Reise,
Frau und Kind und Heim und Herd
wollen ihn zum Bleiben zwingen,
doch aufs Meer hinaus er fährt,
weil ihn lockt des Windes Singen.
Und die See wird ihn verschlingen.

Wind, du kommst von weit, weit her,
deine Stimme spricht vom Sterben.
Dich verflucht die Frau, von der
du den Mann rufst ins Verderben.
Wellen küssen seinen Mund,
tun, als ob sie Liebe meinen.
Bald schon auf dem Meeresgrund
spielen sie mit den Gebeinen.
Seine Frau wird um ihn weinen.

Dies Lied gefiel Skafloc gar nicht, denn es kündete von Unglück. Er wandte sich ab und rief seinen Männern zu, sie sollten die Schiffe ins Wasser bringen und an Bord gehen. Und sobald er selbst an Deck war, verlor er jedes Gefühl von nahendem Unheil in neu aufflammender Kampfeslust.

»Dieser Sturm bläst jetzt schon seit drei Tagen«, sagte Goltan, einer seiner Kameraden. »Und er riecht nach Zauberei. Vielleicht segelt irgendein Hexenmeister ostwärts.«

»Es war freundlich von ihm, daß er uns die Mühe erspart hat, unseren eigenen Wind zu beschwören«, lachte Skafloc. »Wenn er jedoch einen drei Tage dauernden Wind brauchte, wurde sein Schiff von Sterblichen gebaut. *Wir* haben etwas Besseres!«

Die Maste wurden aufgestellt, die Segel gesetzt, und das schlanke Fahrzeug mit dem Drachenkopf am Bug sprang vorwärts. Wie der Sturm selbst flog es dahin. Zu Fuß oder im Sattel oder mit einem Schiff waren die Elfen immer die schnellsten von allen Bewohnern des Feenreichs, und noch ehe es Mitternacht war, kamen die Klippen Finnmarks in Sicht.

Skafloc lachte und sang:

Elfen ziehen ostwärts
zum Ufer Trollheims,
das Spiel mit Speer
und Schwert zu spielen.
Wo ist der Waghals,
der den Weg uns verstellt?
Wir durchbohren die Brust ihm,
schlitzen den Bauch auf.

Tod den Trollen!
Sie werden taumeln,
Angst vor den Elfen
öffnet Gedärme.
Hört, Freunde, helft
den heulenden Trollen:
Ist Kopfweh ihr Kummer,
köpft sie schnell.

Die Elfen grinsten dazu. Sie ließen Segel und Masten herab, griffen zu den Rudern und ruderten die Flotte in den Fjord. Sie waren bereit zum Kampf, aber ihre Augen konnten keine Spur von den feindlichen Wachen entdecken. Statt dessen sahen sie andere Fahrzeuge auf dem Strand – drei von Sterblichen erbaute Langschiffe, und die Besatzung lag in Stücke gehauen zwischen den Steinen.

Skafloc sprang mit gezogenem Schwert und flatterndem Mantel an Land. »Das ist merkwürdig«, meinte er voller Unbehagen.

»Vielleicht haben sie hier vor dem Sturm Schutz gesucht und wurden von den Trollen überfallen«, erwiderte Goltan. »Das kann nur kurze Zeit her sein – das Blut ist noch naß, die Körper noch warm – und die, die sie getötet haben, mögen gerade in Illredes Halle sein und darüber Bericht erstatten.«

»Das wäre für uns ja ein wunderbares Glück!« rief Skafloc, der nicht damit gerechnet hatte, einen Überraschungsangriff durchführen zu können. Statt ins Horn zu stoßen, winkte er mit seiner Klinge. Weder er noch die Elfen verschwendeten einen weiteren Gedanken auf die Toten, die ja nur Menschen waren.

Die Krieger sprangen ins seichte Wasser und zogen ihre Schiffe ans Ufer. Einige blieben als Wache da, und den Haupttrupp führte Skafloc den Pfad ins Landesinnere entlang.

Sie marschierten durch eine Schlucht, in der Sterbliche nicht die Hand vor Augen hätten sehen können, und kamen hinaus auf eine Bergkette, wo der Schnee blendend glitzerte und steile Felsen sich in den Himmel bohrten. Der Wind zauste sie mit kalten Händen. Zerfetzte Wolken rasten über das Gesicht des Mondes, so daß es aussah, als zwinkere er. Mit katzenhafter Geschmeidigkeit sprangen die Elfen über die Klippen, den Berg hinauf bis dahin, wo in seiner Flanke die Höhlenöffnung gähnte.

Als sie näherkamen, trat eine Schar von Trollen heraus – wohl die Küstenwächter, die auf ihren Posten zurückkehren wollten. Skaflocs Ruf erhob sich über das Kreischen des Windes: »Schnell, schneiden wir ihnen den Weg ab!«

Wie ein Panther sprang er vor, die Elfen folgten. Ehe die Trolle noch richtig wußten, was geschah, heulte Metall in ihren Ohren, und das war das letzte Geräusch, das sie hörten. Aber natürlich schallte der Lärm auch nach drinnen, und als Skaflocs Truppe in die Höhle eindrang, fand sie wachsenden Widerstand.

Das Waffengetöse verdoppelte sich in dem abschüssigen Tunnel. Die Kriegsrufe der Elfen und das Kreischen der Trolle hallte mehrfach gebrochen von Wand zu Wand. Skafloc und Goltan hatten die Spitze. Sie hielten ihre Schilde aneinander und schlugen über deren Ränder weg. Die Trolle, die zum größten Teil unbewaffnet und allesamt langsamer waren, fielen einer nach dem anderen unter den scharfen Klingen.

Ein Krieger griff Skafloc mit einem Speer an, der groß wie ein junger Baum war. Skafloc fing den Stoß mit dem Schild auf, zwang den Schaft zur Seite und kam dem Gegner nahe genug, daß er zuschlagen konnte. Seine Eisenklinge schnitt durch die Schulter bis zum Herzen. Aus dem Augenwinkeln sah er, daß von links eine Keule auf ihn niedersauste. Sie hätte seinen Helm und auch den Kopf zerschmettern können, aber er brachte seinen Schild dazwischen. Der Hieb ließ den Eisenbeschlag erdröhnen und Skafloc zurücktaumeln. Er fiel auf ein Knie, bekam jedoch sein Schwert frei und schlug dem Troll ein Bein ab. Skafloc sprang auf, sein Schwert kreiste und sang, und der Kopf eines weiteren Trolls sprang von den Schultern.

Die Verteidiger zogen sich nach und nach bis in eine große Höhle zurück. Die Elfen jauchzten vor Lust, weil sie nun Raum genug für die Art von Kampf hatten, in dem sie am besten waren. Langbogen wurden von den Rücken genommen, und die graubefiederten Pfeile zischten hinter Skaflocs vorderster Linie hervor in die Schar der Trolle. Als die Reihen der Verteidiger sich auflösten, begannen die Einzelkämpfe. Ein einziger Troll ohne Rüstung war kein ernstzunehmender Gegner für den springenden, sich dukkenden, hauenden, stechenden Blitz, den ein Elf darstellte.

Einige der Angreifer lagen mit zerschmetterten Schädeln oder verstümmelten Körpern tot da, und nicht wenige hatten Wunden. Doch die Trolle wurden reihenweise niedergemacht. Trotzdem stand die königliche Wache fest in dem Torbogen, der in die Festhalle ihres Herrn führte. Als die Elfen mit allen anderen fertig waren und die Wache angriffen, konnten sie nur in geringer Zahl an die Trolle kommen, und sie hatten zu wenig Platz, um von ihrer Schnelligkeit und Geschicklichkeit Vorteil zu haben. Sie wichen in Verwirrung zurück und ließen eine Anzahl von Toten und Verwundeten liegen. Auch Wurfgeschosse waren von geringem Nutzen gegen diesen Schildwall, der die Gegner von den Augen bis zu den Knien bedeckte.

Aber Skafloc sah, wie hoch der Bogen sich über ihnen wölbte. »Ich will euch den Weg weisen!« rief er. Er war überströmt von grünem Trollblut, vermischt mit ein paar Tropfen seines eigenen roten. Er steckte sein Schwert in die Scheide, nahm einen Speer, lachte laut auf und sprang, den Speer als Stab benutzend, über die Köpfe der Feinde in die dahinterliegende Halle.

Noch im Fallen zog er sein Schwert von neuem. Bei dem Gewicht, das er durch seine Rüstung hatte, prallte er schwer auf den Boden auf. Er wirbelte herum. Die Wächter, die zum Zeitpunkt des Angriffs im Dienst gewesen waren, trugen vollständige Waffenausrüstung, aber ihre Beine und Teile ihrer Arme waren unbedeckt. Die eiserne Klinge fällte drei Trolle mit drei Streichen.

Andere machten kehrt und kamen ihm entgegen. Dadurch entstand eine Lücke, in die die Elfen schnell eindrangen – und schon strömten sie in die Halle des Trollkönigs!

Skafloc erblickte Illrede am entgegengesetzten Ende. Der König umfaßte einen Speer, saß aber wie ein Felsen auf seinem Hochsitz. Skafloc eilte auf ihn zu und erschlug unterwegs zwei Trolle, die sich ihm entgegenstellen wollten. Doch dann trat ein Gegner auf, der ihm standhielt.

Einen Augenblick blieb Skafloc vor Erstaunen wie angewurzelt stehen, denn er sah hinter der niedersausenden Axt sein eigenes Gesicht. Kaum schaffte er es noch rechtzeitig, seinen Schild hochzureißen. Aber die Axt bestand nicht aus weicher Bronze oder einer leichten Legierung, sie war aus Stahl und noch von keinem Kampf abgestumpft, während der Schild bereits manchen Streich hatte aushalten müssen. Die Axt spaltete das Holz und den dünnen Eisenbeschlag und blieb in Skaflocs linkem Arm stecken.

Skafloc versuchte, die Axt festzuhalten, aber der Fremde sprang zurück, riß mit einem Ruck, der Skafloc taumeln ließ, seine Waffe los und ging schon wieder zum Angriff über. Skafloc warf den jetzt nutzlosen Schild weg. Eisen hämmerte auf Eisen, Funken sprühten. Beide Männer trugen Helm und Brünne und waren ohne Schild, aber das Schwert war nicht die geeignete Waffe gegen die schwerere Axt. Obwohl Skafloc die Kunst des Ausfalls, der Parade und Bindung ausgezeichnet beherrschte, war seine Klinge zu schwach. Er mußte sich darauf beschränken, sich zu verteidigen, und er wurde mehr und mehr zurückgedrängt.

Dann schlug das Schlachtglück um. Plötzlich fand sich Skafloc einem Troll gegenüber, der ihm erbitterten Widerstand leistete. Inzwischen focht der Fremde mit anderen Elfen. Er erkämpfte sich den Weg zurück zu Illrede, und die übriggebliebenen Trolle scharten sich um diese beiden. Ein schneller, heftig geführter Ausfall schaffte ihnen einen Weg zu einer Hintertür. Durch diese verschwanden sie.

»Ihnen nach!« brüllte Skafloc in seiner Kampfeswut.

Goltan und die anderen elf Kapitäne hielten ihn zurück. »Das wäre töricht«, sagten sie. »Sieh doch, die Tür öffnete sich zu lichtlosen, nach unten führenden Höhlen, wo wir zu leicht in einen Hinterhalt gelockt werden können. Besser riegeln wir sie von dieser Seite ab, damit Illrede nicht die Ungeheuer aus dem Inneren der Erde gegen uns schikken kann.«

»Aye, ihr habt recht«, mußte Skafloc widerwillig eingestehen.

Er sah sich in der Halle um. Zuerst fesselten die darin angehäuften Reichtümer sein Auge, dann blickte er kummervoll auf die Leichen der Elfen, die auf dem vom Blut schlüpfrigen Boden lagen. Doch ein Trost war ihm, daß es, verglichen mit der Anzahl der toten Feinde, nur wenige waren. Die verwundeten Trolle wurden erledigt – schnell verstummten ihre lauten Schreie –, und die verwundeten Elfen bekamen Notverbände. Zu Hause würden sie mit heilenden Zaubersprüchen behandelt werden.

Plötzlich entdeckte Skafloc etwas, das ihn kaum weniger erstaunte als der Anblick seines eigenen Gesichts unter den Feinden. Neben dem Hochsitz lagen zwei gefesselte und geknebelte sterbliche Frauen.

Er ging zu ihnen. Sie zuckten zusammen, als er sein Messer zog. »Ich will euch nur befreien«, beruhigte er sie in dänischer Sprache, und er tat es. Sie standen auf. Zitternd klammerten sie sich aneinander. Von neuem überrascht war er, als das größere und hellere Mädchen unter Tränen stammelte: »Verräter und Mörder, auf welch neues Übel sinnst du?«

»Was ...« Skafloc bemühte sich, seiner Bestürzung Herr zu werden. Obwohl er die Menschensprache gelernt hatte, war ihm doch selten Gelegenheit gegeben worden, sie anzuwenden, und er sprach sie mit dem singenden Klang der Elfensprache. »Was habe ich denn getan?« Er lächelte. »Oder gefällt es euch nicht, daß ich eure Fesseln gelöst habe?«

»Verspotte uns nicht auch noch, Valgard«, sagte das blonde Mädchen.

»Ich bin nicht Valgard«, erwiderte Skafloc, »und ich kenne ihn auch nicht, falls er nicht der Mann ist, gegen den ich gekämpft habe – aber wahrscheinlich habt ihr das im Gedränge nicht bemerkt. Ich bin Skafloc von Alfheim und kein Freund der Trolle.«

»Ja, Asgerd!« rief das jüngere Mädchen. »Er kann nicht Valgard sein. Sieh, er ist bartlos, er trägt andere Kleider, er spricht fremdartig ...«

»Ich weiß nicht«, murmelte Asgerd. »Vielleicht ist das, vielleicht sind all die Toten um uns nur ein neuer Zauber, mit dem er uns täuscht. Ach, nichts anderes weiß ich sicher, als daß Erlend und alle unsere Verwandten tot sind.« Ein trockenes Schluchzen schüttelte sie.

»Nein, nein!« Das jüngere Mädchen faßte Skaflocs Schultern, betrachtete sein Gesicht und lächelte durch ihre Tränen, wie im Frühling die Sonne durch den Regen scheint. »Nein, Fremder, du bist nicht Valgard, obwohl du ihm sehr ähnlich siehst. Deine Augen sind warm, dein Mund weiß, wie man lacht. Dank sei G ...«

Bevor sie das Wort aussprechen konnte, bedeckte er ihren Mund mit der Handfläche. »Sprich diesen Namen jetzt nicht aus«, raunte er ihr hastig zu. »Auch diese hier sind Bewohner des Feenreichs und können es nicht ertragen, ihn zu hören. Aber sie werden euch kein Leid antun. Und ich werde dafür sorgen, daß ihr dahin gebracht werdet, wohin ihr wollt.«

Sie nickte mit großen Augen. Er ließ seine Hand sinken und sah sie an. Sie war nur von mittlerer Größe, aber jeder Zoll, der durch ihre zerfetzten Lumpen schimmerte, war von geschmeidiger, schlanker, jugendlicher Schönheit. Ihre Locken waren lang und von einem glänzenden Goldbraun mit roten Lichtern, ihr süßes Gesicht zeigte eine breite Stirn, eine entzückende Stupsnase und einen vollen, weichen Mund. Unter dunklen Brauen beschatteten lange Wimpern weit auseinanderstehende, leuchtende Augen von einem Grau, das in Skaflocs von Elfen geschultem Geist eine schattenhafte Erinnerung weckte. Aber es gelang ihm nicht, sie ins Bewußtsein zu bringen, und so dachte er nicht weiter darüber nach.

»Wer bist du?« fragte er langsam.

»In bin Frida Ormstochter aus dem Danelaw in England, und das ist meine Schwester Asgerd. Und du, Krieger ...?«

»Skafloc, Imrics Pflegesohn, aus den englischen Landen Alfheims«, antwortete er. Sie zuckte zurück und konnte sich kaum enthalten, das Zeichen des Kreuzes zu machen. »Ich habe dir doch gesagt, du brauchst keine Angst vor mir zu haben«, versicherte er ihr ernsthaft. »Warte hier, bis ich mit meine Männern gesprochen habe.«

Die Elfen waren eifrig dabei, Illredes Halle zu plündern. Beim Durchstöbern abgelegener Räume fanden sie Sklaven ihrer eigenen Rasse, die sie befreiten. Schließlich gingen sie nach draußen. Skafloc führte die beiden Mädchen hinaus. In der Nähe der Höhlenöffnung fanden die Elfen Häuser,

Schuppen und Scheunen, die sie ansteckten. Es wehte immer noch ein starker Wind, aber sonst hatte das Wetter sich aufgeklärt, und die Flammen loderten in den frostigen Sternenhimmel.

»Mich dünkt, Trollheim ist nichts, wovor man sich fürchten müßte«, lachte Skafloc.

»Sei nicht zu sicher«, warnte Valka der Weise. »Wir haben sie überrumpelt. Ich wünschte, ich wüßte, wie groß ihr Heer ist und wo es sein Lager hat.«

»Das können wir ein anderes Mal herausfinden«, meinte Skafloc. »Gehen wir jetzt zu unseren Schiffen zurück. Wir können vor der Morgendämmerung zu Hause sein.«

Asgerd und Frida hatten dem, was die Elfen taten, mit ihren jetzt mit Hexensicht begabten Augen benommen zugesehen. Seltsam waren diese hochgewachsenen Krieger, die sich wie Wasser und Rauch bewegten, die ihre Füße lautlos setzten, deren Rüstungen jedoch wie Silber klingelten. Elfenbeinblasse, schmale Gesichter mit hohen Wangenknochen, Tierohren und blind scheinende Augen – für einen Sterblichen waren sie ein erschreckender Anblick.

Und Skafloc bewegte sich fast ebenso leichtfüßig und anmutig unter ihnen, sah wie eine Katze, sprach die Elfensprache. Aber trotzdem sah er wie ein Mensch aus, und Frida, die sich erinnerte, wie warm sein Körper sich anfühlte, während seidige Elfenhaut, die sie zufällig gestreift hatte, kühl war, hatte keinen Zweifel daran, daß er menschlich war.

»Ein Heide muß er sein, wenn er unter diesen Geschöpfen lebt«, sagte Asgerd.

»Das mag schon sein – aber er ist freundlich, und er hat uns gerettet vor – vor ...« Frida erschauerte und zog den Mantel, den Skafloc ihr gegeben hatte, enger um sich.

Ein Hornruf kündigte den Rückzug an, und der lange, schweigende Zug wand sich den Berg hinunter. Skafloc ging neben Frida. Er sprach nicht, aber oft weilte sein Blick auf ihr.

Sie war jünger als er, und ihr Körper mit den langen Beinen und der schmalen Mitte hatte immer noch etwas bezaubernd Kindliches an sich. Sie trug den Kopf hoch, und ihr schimmerndes Haar schien im frostigen Mondlicht zu knistern – aber er konnte sich vorstellen, daß es sich weich anfühlte. Als sie über den zerklüfteten Abhang mußten, stützte er sie, und ihre kleine Hand verschwand in seiner schwieligen Kriegerfaust.

Plötzlich erscholl zwischen den Abgründen das Bellen eines Trollhorns, und ein anderes antwortete ihm und dann noch eins. Die Felsen warfen das Echo zurück, und der Wind trug die Töne mit sich fort.

Die Elfen blieben mit gespitzten Ohren und bebenden Nüstern stehen und hielten in der Nacht Ausschau nach Spuren ihres Feindes.

»Ich nehme an, sie sind vor uns und wollen uns den Rückweg abschneiden«, sagte Goltan.

»Das ist nicht gut«, antwortete Skafloc, »aber schlimmer wäre es, wenn wir schon in der schwarzen Schlucht wären und von oben Steine auf die Köpfe geworfen bekämen. Wir werden die Schlucht umgehen.«

Man reichte ihm eine Lure, und er blies einen Schlachtruf. Die Elfen hatten die ersten Spuren hergestellt und benutzten sie immer noch, obwohl die Menschen sie seit der Bronzezeit vergessen hatte. Zu Frida und Asgerd sagte Skafloc: »Ich fürchte, wir müssen noch einmal kämpfen. Meine Leute werden euch beschützen, wenn ihr jene Namen, die ihnen wehtun, nicht aussprecht. Denn dann müssen sie weichen, und Trolle, die sich außer Hörweite befinden, können euch mit Pfeilen niederstrecken.«

»Schlimm wäre es, sterben zu müssen, ohne – Ihn da oben anrufen zu können«, erklärte Asgerd. »Doch wir werden dir gehorchen.«

Skafloc lachte und legte eine Hand auf Fridas Schulter. »Wie sollte der Sieg nicht unser werden, wo wir für solche Schönheit kämpfen?« fragte er lustig.

Er beauftragte zwei Elfen, die Mädchen zu tragen, wenn der Vormarsch zu schnell für sie wurde, und andere mußten eine Schildburg um sie bilden. Dann drang er an der

Spitze einer keilförmigen Formation über einen Grat auf die See zu.

Leicht sprangen die Elfen über Felsen und Klippen, die Rüstungen klingelten, und die Waffen schimmerten im Mondlicht. Als sie die schwarze Masse der Trolle vor der bleichen Nachtbrücke der Götter erblickten, stießen sie ihren Kriegsruf auf, schlugen mit den Schwertern an die Schilde und eilten zum Kampf.

Aber Skafloc holte tief Atem, als er die Stärke der Trolltruppe gewahrte. Seiner Schätzung nach kamen sechs Trolle auf einen Elf – und wenn Illrede eine Schar in so kurzer Zeit zusammenrufen konnte, wie groß mochte dann seine vollständige Armee sein?

»Nun, dann muß eben jeder von uns sechs Trolle in Stücke hauen«, bemerkte er.

Die Bogenschützen der Elfen legten die Pfeile auf die Sehnen. Die langsameren Trolle konnten den mondverdunkelnden Wolken, die immer wieder und wieder auf sie niederzischten, nicht ausweichen. Viele sanken zu Boden. Aber wie stets sprangen die meisten Pfeile von Steinen ab, ohne Schaden zu tun, oder blieben in Schilden stecken, und bald waren alle verschossen.

Die Elfen griffen an, und die Einzelkämpfe entbrannten. Brüllende Trollhörner und klingende Elfenluren, Wolfsgeheul der Trolle und Habichtschreie der Elfen, Donnern der Trolläxte auf den Elfenschilden und Klingen der Elfenschwerter auf den Trollhelmen stiegen zu den Sternen empor.

Axt und Schwert! Speer und Keule! Gebrochener Schild und zerschmetterter Helm und durchgehauene Rüstung! Rote Ströme von Elfenblut mischte sich mit kalten, grünen Flüssen aus den Adern der Trolle! Nordlichter tanzten am Himmel Totentänze!

Zwei hohe Gestalten, die kaum voneinander zu unterscheiden waren, ragten über alle anderen auf. Valgards Axt und Skaflocs Schwert schlugen blutige Pfade durch die sich ihnen entgegenstellenden Krieger. Der Berserker schäumte, brüllte und hieb um sich. Skafloc gab außer seinem schweren Atem keinen Laut von sich, aber er war kaum weniger wild.

Die Trolle hatte die Elfen von allen Seiten eingekreist, und da ihnen ihre Schnelligkeit und Behendigkeit in dieser Lage kaum von Nutzen war, hatten die Trolle Vorteil von ihrer Stärke. Skafloc schien es, für jedes grinsende, breitmäulige Gesicht, das vor ihm niedersank, erhoben sich zwei weitere aus dem blutdampfenden Schnee. Der Schweiß gefror ihm am Körper, er hielt seinen neuen Schild fest und ließ sein Schwert unaufhörlich niedersausen.

Dann hatte Valgard sich einen Weg zu ihm gebahnt. In ihm tobten der Berserkerwahnsinn und der Haß auf alles, was Elf war – vor allem auf Imrics Pflegesohn. Sie trafen sich beinahe Brust an Brust, und im unruhigen Mondlicht blitzte Auge in Auge.

Skaflocs Klinge schlug auf Valgards Helm und drückte ihn ein. Valgards Axt hackte Splitter aus Skaflocs Schild. Dann gelang es Skafloc, von der Seite her zuzuschlagen und Valgards Wange aufzureißen, so daß die Zähne offen lagen. Der Berserker heulte von neuem. Seine Hiebe hagelten nieder, schlugen die Klinge beiseite, hämmerten auf den Schild, den Skaflocs linker Arm kaum noch halten konnten. Blut strömte durch das Tuch, das die früher empfangene Wunde deckte.

Trotz allem verpaßte Skafloc seine Gelegenheit nicht, und als sein Gegner ein Bein zu weit vorsetzte, schlug ihm Skafloc eine tiefe Wunde in die Wade. Wäre seine Klinge nicht vom Kampf abgestumpft gewesen, hätte er das Bein glatt durchschnitten. Jedenfalls fiel Valgard mit einem Schrei zurück. Skafloc drängte ihm nach.

Ein Dröhnen, als sei sein Helm von einem Felsbrocken getroffen, warf ihn auf die Knie. Illrede, der Trollkönig, holte neben ihm zum zweitenmal mit seiner Steinkeule aus. Valgard kam wieder auf die Füße und hob die Axt. Obwohl seine Ohren klangen und der Schmerz wie ein eisernes Band um seine Schläfen lag, rollte Skafloc sich zur Seite. Die Waffe traf nur den Boden. Vom Kampfeslust fortgerissen, sprang einer der Elfen, die die Schildburg bildeten, vor. Er wollte den Berserker niederstechen, ehe dieser seine Axt freibekam. Illredes Keule schlug zu und brach dem Elf den Hals. Valgard hob die Axt und schlug in die entstandene Lücke, traf aber nicht den dahinterstehenden Elf, sondern das, was er auf den Armen trug.

Die Schildburg schloß sich. Speerspitzen zwangen Mann und Troll zum Rückzug. Skafloc kam auf die Füße und führte die Elfen weg. Sie ließen ihre Toten zurück. Illrede begab sich wieder zu seinen Wachen. Valgard blieb stehen, wo er sich befand. Er war allein, denn der Kampf hatte sich von ihm wegbewegt.

Schwankend, blutüberströmt stand er über Asgerds Leiche. »Das habe ich nicht gewollt«, murmelte er. »Ist nun meine Axt verflucht – oder bin ich es?« Verwirrt legte er eine Hand über die Augen. »Aber ... sie sind ja nicht meines Blutes, nicht wahr?«

Schwach nach der schäumenden Wut setzte er sich neben Asgerd nieder. Von immer weiter her scholl der Schlachtenlärm. »Jetzt sind nur noch Skafloc und Frida zu töten, dann ist all das Blut, das ich einmal für mein eigenes gehalten habe, vergossen.« Er strich ihr über die schweren blonden Zöpfe. »Und es mag richtig sein, es mit dir zu tun, Bruderschlächter. Auch Älfrida, wenn sie noch lebt, könnte ich töten – warum nicht? Sie ist nicht meine Mutter. Meine Mutter ist ein großes, scheußliches Ungeheuer, das in Imrics Verliesen angekettet ist. Älfrida, die mich in den Schlaf gesungen hat, ist nicht meine Mutter ...«

Den Elfen erging es schlecht, so tapfer sie sich auch schlugen. Skafloc war überall, kämpfte und befahl und führte sie. Seine Klinge bedeutete Tod. Kein Troll konnte diesem wirbelnden Stahl standhalten, und langsam schlug sich Skafloc mit seinen Männern zur See durch.

Einmal verhielt er den Schritt, als Goltan von einem Speer durchbohrt fiel. »Jetzt bin ich um einen Freund ärmer«, sprach er, »und das ist ein Reichtum, den man nie zurückgewinnen kann.« Von neuem erhob sich seine Stimme: »Haü, Alfheim! Vorwärts, vorwärts!«

Schließlich gewannen die Überreste der Elfenschar den

Strand. Valka der Weise, Flam von Orkney, Hlokkan Rotlanze und andere große Elfen fielen in der Nachhut. Aber die übrigen gelangten zu ihren Schiffen. Einige von ihnen rannten vor den Augen der Trolle den Abhang hinauf und verstreuten die Beutestücke, die sie noch bei sich hatten. Das würde den Angriff aufhalten, denn Illrede würde lieber seine Schätze wiederbekommen, als noch mehr Männer verlieren.

Es waren genug Elfen am Leben und nicht zu schwer verwundet, daß etwa die Hälfte der Schiffe notdürftig bemannt werden konnte. Die übrigen wurden durch einen Feuerzauber in Brand gesetzt. Dann schoben sie die Schiffe ins Wasser, gingen an Bord und ruderten mühsam aus dem Fjord.

Frida, zusammengekauert in Skaflocs Drachenschiff, sah ihn groß und blutig vor dem Mond stehen, wie er Runen in die Luft schrieb und ihr unbekannte Worte murmelte. Der Wind drehte, kam jetzt von achtern, wurde zum Sturm, und mit eisenharten Segeln und tiefgebeugten Masten sprangen die Schiffe vorwärts. Schnell wie die Wolken, wie Traum und Zauberkunst und Mondlicht flogen sie über das Wasser. Skafloc stand am gischtumschäumten Bug und sang seine Zaubersprüche. Sein vom Helm befreites Haar flatterte, seine zerfetzte Rüstung klang – es war eine Gestalt aus einer vergessenen Saga und aus einer Welt, die jenseits der der Menschen lag.

Dunkelheit umhüllte Fridas Sinne.

XI

Sie erwachte in einem Bett aus geschnitztem Elfenbein, über das Pelze und seidene Decken gebreitet waren. Sie war gebadet und in ein weißes Gewand gekleidet worden. Neben ihr auf einem seltsam geschmiedeten Tisch standen Wein, Wasser, Trauben und andere Früchte aus dem Südland. Sonst konnte sie nichts sehen als ein endloses, tiefblaues Zwielicht.

Erst erinnerte sie sich nicht, was geschehen war, und hatte nicht die geringste Vorstellung davon, wo sie sein mochte. Dann kam die Erinnerung zurück, und sie brach in wildes Schluchzen aus. Lange weinte sie. Aber schon in der Luft, die sie einatmete, schien Frieden zu liegen, und als sie sich ausgeweint und ein bißchen Wein getrunken hatte, war ihr, als habe sich eine beruhigende Hand auf ihr Herz gelegt. Sie fiel in einen traumlosen Schlaf.

Als sie wieder erwachte, fühlte sie sich wunderbar ausgeruht. Sie setzte sich auf. Durch das blaue Licht kam Skafloc geschritten.

Von seinen Wunden war keine Spur zurückgeblieben, und er lächelte freundlich. Bekleidet war er mit einem reich bestickten Hemd und einem Kilt, der die Muskeln an seinen Beinen sehen ließ. Er setzte sich neben sie, nahm ihre Hände und sah ihr in die Augen.

»Fühlst du dich jetzt besser?« fragte er. »Ich habe in den Wein ein Mittel getan, das dem Herzen Ruhe bringt.«

»Mir geht es gut, aber – wo bin ich?« gab sie zurück.

»In Imrics Burg Elfenhöhe in den Hügeln des Nordens«, antwortete Skafloc, und als sie erschreckt die Augen aufriß, setzte er hinzu: »Niemand wird dir ein Leid tun, und alles soll geschehen, wie du es wünscht.«

»Ich danke dir«, hauchte sie. »Nächst Gott der ...«

»Nein, sprich hier keine heiligen Namen aus«, warnte Skafloc sie. »Die Elfen müssen diese Dinge fliehen, und du bist ihr Gast. Ansonsten bist du frei, alles zu tun, was dir beliebt.«

»Du bist ein Elf«, stellte Frida langsam fest.

»Nein, ich bin ein Mensch, aber hier erzogen. Ich bin der Pflegesohn Imrics des Listenreichen, und ihm fühle ich mich mehr verwandt als dem Unbekannten, der mein wirklicher Vater war.«

»Wie ist es gekommen, daß du uns zu retten erschienen bist? Wir waren verzweifelt ...«

Skafloc erzählte kurz von dem Krieg und dem Überfall,

dann lächelte er wieder. »Sprechen wir lieber von dir. Wer kann denn eine so schöne Tochter haben?«

Frida begann errötend mit ihrer Geschichte. Er hörte ihr zu, ohne zu wissen, was es zu bedeuten hatte. Der Name Orm sagte ihm nichts, denn Imric, der alle menschlichen Bande seines Pflegesohns hatte zerreißen wollen, hatte behauptet, der Austausch der Kinder sei weit weg in einem westlichen Land vorgenommen worden. Außerdem waren Imric Mittel bekannt, mit denen er in Skafloc jede Neugier auf seine Abstammung hatte ersticken können. Frida wiederum wußte nichts anderes, als daß Valgard ihr wahnsinnig gewordener Bruder war. Skafloc hatte an dem Berserker irgend etwas Nichtmenschliches gespürt, aber da er an so viel anderes – und besonders an Frida – zu denken hatte, war er der Sache nicht weiter nachgegangen. Er kam zu dem Schluß, Valgard könne durchaus von einem Dämon besessen sein. Die Ähnlichkeit mit ihm hielt er für einen Spiegelzauber. Illrede konnte ein Dutzend gute Gründe gehabt haben, ihn über Valgard zu legen. Und dann hatte keiner der Elfen, mit denen Skafloc über die Angelegenheit gesprochen hatte, diese Ähnlichkeit bemerkt. Lag das daran, daß sie zu beschäftigt gewesen waren, sich am Leben zu halten, oder hatte Skafloc etwas Verkehrtes gesehen? Imrics Pflegesohn tat die Frage mit einem Achselzucken ab.

Auch Frida grübelte nicht über die Ähnlichkeit der beiden Männer nach, denn sie hätte sie niemals miteinander verwechselt. Augen und Lippen und Mienenspiel, Gang und Sprache und Benehmen und Gefühl und Gedanken, das alles war bei beiden so unterschiedlich, daß sie die Übereinstimmung in Größe und Knochenbau und Gesichtsbildung kaum beachtet hatte. Wohl aber war ihr der Gedanke durch den Kopf geschossen, ob sie einen gemeinsamen Vorfahren haben konnten – irgendeinen Dänen, der vor hundert Jahren einen Sommer in England verbrachte –, und dann vergaß sie es wieder.

Es gab nämlich zuviel anderes. Das Mittel, das ihr eingeflößt worden war, konnte zwar betäuben, aber den Ereignissen nichts von ihrer Entsetzlichkeit nehmen. Während sie berichtete, verschwanden die Verwirrung und das Erstaunen, die bisher ihr Leid in Schach gehalten hatten, und sie beendete ihre Erzählung weinend an Skaflocs Brust.

»Tot!« rief sie. »Tot, alle tot, alle erschlagen außer Valgard und mir. Ich ... ich habe gesehen, wie er Vater und Asmund erschlug, und Ketil war bereits tot, ich habe Mutter zu seinen Füßen hingestreckt gesehen, ich habe gesehen, wie die Axt Asgerd traf – und jetzt bin ich allein übriggeblieben, und ich wollte, ich hätte sterben können anstelle von – Oh, Muter, Mutter!«

»Nimm es doch nicht so schwer«, sagte der Mann erstaunt. Bei den Elfen hatte er nicht gelernt, daß eine solche Trauer möglich war. »Dir ist nichts geschehen, und ich werde Valgard suchen und deine Sippe an ihm rächen.«

»Was soll das nützen? Orms Hof ist ein Aschenhaufen, sein Blut ist vergossen und lebt nur noch in einem Wahnsinnigen und einer Heimatlosen.« Schaudernd klammerte sie sich an ihn. »Hilf mir, Skafloc! Ich verachte mich selbst ... weil ich solche Angst habe ... aber ich habe Angst. Ich habe Angst, so allein zu sein ...«

Er fuhr ihr mit der einen Hand durchs Haar, und mit der anderen hob er ihr Kinn, so daß sie ihm in die Augen sehen mußte. »Du bist nicht allein«, murmelte er und küßte sie zart wie Schmetterlingsflügel. Ihre Lippen erzitterten unter den seinen, weich und warm und von Tränen salzig.

»Trink«, sagte er und hielt ihr den Weinbecher hin.

Sie nahm einen Schluck und noch einen und schmiegte sich für eine Weile in seine Arme. Er tröstete sie, so gut er konnte, denn ihm schien es unrecht, daß sie jemals etwas anderes als Glück kennenlernen sollte, und er flüsterte gewisse Zaubersprüche, die das Leid schneller vertreiben, als die Zeit es tun kann.

Und sie sagte sich, sie sei die Tochter Orms des Starken, der unter seiner lauten Fröhlichkeit stets ein Mann gewesen war, der streng mit sich selbst ist. Er hatte seine Kinder in diesem Sinn erzogen: »Niemand kann seinem Geschick entrinnen, aber es kann ihm auch kein anderer den Mut nehmen, mit dem er ihm begegnet.«

Es wurde ruhig in ihr, und sie freute sich sogar ein bißchen auf die wunderbaren Dinge, die Skafloc ihr versprach. So setzte sie sich auf und sprach: »Ich danke dir, daß du so gut zu mir bist. Ich habe mich jetzt wieder ganz in der Hand.«

Er lachte vor sich hin. »Dann wird es Zeit, daß du dein Fasten beendest.«

Ein Kleid aus der dünnen, fließenden Spinnenseide, wie die Elfenfrauen es trugen, war für sie bereitgelegt worden. Obwohl Skafloc ihrer Bitte folgte und sich umdrehte, während sie es anzog, errötete sie doch heftig, denn es verbarg wenig.

Und trotzdem konnte sie nicht umhin, ihre Freude an den schweren Goldringen zu haben, die er ihr auf die Arme schob, und an dem diamantenfunkelnden Krönchen, das er auf ihre Locken setzte.

Sie schritten über den unsichtbaren Fußboden und kamen auf einen langen Gang, der nicht im ganzen vor ihnen erschien, sondern sich Stückchen für Stückchen aus dem Nebel verfestigte. Schimmernde Säulengänge führten an Marmorwänden entlang, und die Figuren auf den Teppichen und Wandbehängen bewegten sich in langsamen, phantastischen Tänzen.

Knechte aus der Rasse der Kobolde, die in der Mitte zwischen Elfen und Trollen liegt, begegneten ihnen. Sie hatten grüne Haut, waren aber kein unerfreulicher Anblick. Frida drängte sich mit einem kleinen Aufschrei an Skafloc, als eine gelbe Dämonengestalt, in der Hand einen Kerzenleuchter, an ihnen vorbeiging. Vor ihm schlurfte ein Zwerg mit einem großen Schild daher.

»Was ist *das?*« flüsterte Frida.

Skafloc grinste. »Einer von den Cathayan Shen, den wir bei einem Überfall zum Gefangenen gemacht haben. Er ist stark und gibt einen guten Sklaven ab. Da aber seine Art nur dann geradeausgehen kann, wenn keine Wand ihren Lauf ablenkt, muß der Zwerg den Einfluß der Ecken mit dem Schild abwehren, der ihn zurückwirft wie ein Spiegel das Licht.«

Sie lachte, und er lauschte entzückt dem silberhellen Klang. In dem Gelächter der Elfenfrauen klang immer eine Spur von Spott mit; Fridas Lachen kam ihm wie ein Morgen im Frühling vor.

Allein an einem Tisch aßen sie seltene Speisen, und Musik tönte aus den Lüften. Skafloc sang:

Laß es dir schmecken, Schönste,
der Schmaus ist für uns bereitet.
Es fördert die Freundschaft
Der Becher mit funkelndem Wein.

Aber meine Augen
achten nur auf Frida,
sättigen sich an der sonnenhellen
südlichen Schönheit der Jungfrau.

Sie senkte die Augen und fühlte, wie ihr das Blut von neuem in die Wangen stieg, aber lächeln mußte sie doch.

Dann überkam sie Reue. »Wie kann ich so kurze Zeit nach dem Tod all meiner Lieben fröhlich sein? Gebrochen ist der Baum, dessen Äste das Land beschirmten, und der Wind bläst kalt über unfruchtbar gewordene Felder …« Sie hörte auf, in Gedanken nach Worten zu suchen, und sagte einfach: »Wir alle werden ärmer, wenn gute Menschen gehen.«

»Nun, wenn sie gut waren, braucht man nicht um sie zu trauern«, redete Skafloc ihr zu. »Denn nun sind sie sicher vor dem Leid der Welt und zu Ihm da oben heimgegangen. Wirklich, ich glaube, ihre Seligkeit wird durch nichts anderes getötet als durch dein Weinen.«

Frida hing sich an seinen Arm, als sie den Raum verließen. »Der Priester hat etwas von ›ohne Beichte in ihren Sünden dahingegangen‹ gesagt …« Mit ihrer freien Hand wischte sie sich die Augen. »Ich liebe sie, und sie sind gegangen, und ich trauere allein.«

Skaflocs Lippen berührten ihre Wange. »Nicht, solange ich lebe«, murmelte er. »Und du sollst nicht soviel Wert darauf legen, was irgendein dummer Priester dahergeredet hat. Was wissen sie denn schon?«

Sie kamen in ein anderes Gemach, dessen gewölbte Decke so hoch war, daß darunter Dämmerung herrschte. Dort erblickte Frida eine Frau, deren Schönheit nicht von sterblicher Art war. Neben ihr fühlte sich das Mädchen klein und häßlich und verloren.

»Du siehst, ich bin zurückgekehrt, Lia«, begrüßte Skafloc sie in der Elfensprache.

»Aye«, erwiderte sie, »aber ohne Beute und nur mit der Hälfte deiner Männer. Ein sinnloses Unternehmen!«

»Nicht ganz«, verteidigte sich Skafloc. »Es sind mehr Trolle als Elfen gefallen, und das Heer des Feindes war aufgelöst, als wir abfuhren. Auch können uns die Gefangenen, die wir befreit haben, viel über die Trolle erzählen.« Er legte einen Arm um Frida und drückte sie an sich. In ihrer Angst vor der kalten weißen Hexe, die sie lauernd ansah, ließ sie es sich willig gefallen. »Und sieh mal, was für ein Juwel ich mitgebracht habe.«

»Was willst du mit ihr anfangen?« höhnte Lia. »Zieht dein Blut dich zu deinesgleichen?«

»Mag sein«, gab Skafloc ungerührt zurück.

Sie kam näher und legte eine Hand auf seinen Arm und betrachtete mit ihren Augen aus blauem Zwielicht und Mondschein sein Gesicht. »Skafloc, sieh zu, daß du dieses Mädchen los wirst«, drängte sie. »Wenn du sie nicht töten willst, schick sie nach Hause.«

»Sie hat keine Heimat mehr«, sagte Skafloc, »und ich will jemanden, der schon mehr als genug gelitten hat, nicht am Bettelstab wegschicken.« Spöttisch setzte er hinzu: »Warum kümmert es dich, was zwei Sterbliche tun?«

»Es kümmert mich«, stellte Lia sorgenvoll fest, »und ich sehe, daß meine Ahnung richtig war. Gleiches zieht es zu Gleichem – aber nimm nicht sie, Skafloc! Such dir irgendein anderes sterbliches Mädchen. Diese hier ist von Unglück umwittert; ich fühle es wie einen Kälteschauer, der durch Mark und Bein geht. Es war kein Zufall, daß du sie gefunden hast, und sie wird großes Leid über dich bringen.«

»Nicht Frida«, widersprach Skafloc entschieden, und um von etwas anderem zu reden, fragte er: »Wann wird Imric zurückkehren?« Denn Imric war während seiner Abwesenheit zu einer Ratsversammlung des Erlkönigs gerufen worden.

»Er wird bald hier sein. Warte bis zu seiner Ankunft, Skafloc. Vielleicht sieht er das Unglück klar, das ich nur spüre, und kann dich warnen.«

»Soll ich, der ich gegen Trolle und Dämonen gekämpft habe, mich vor einem Mädchen fürchten?« schnaubte Skafloc. »Das ist nicht einmal Rabengekrächze, das ist Hühnergegacker.« Und damit führte er Frida weg.

Lia sah ihnen nach. Dann floh sie durch die langen Gänge, und Tränen schimmerten in ihren Augen.

Skafloc und Frida wanderten weiter durch die Burg. Anfangs sprach sie nur stockend und ernst. Aber die Liebestränke, die sie getrunken hatte, und die Zauber, die er über sie warf, ließen ihr bald Kopf und Herz leicht werden. Immer häufiger lächelte sie, stieß Rufe der Verwunderung aus, plauderte und sah ihn an. Zum Schluß schlug er vor: »Komm mit nach draußen, und ich werde dir etwas zeigen, das ich für dich gemacht habe.«

»Für mich?« rief sie.

»Und vielleicht, wenn die Nornen uns freundlich sind, auch für mich«, lachte er.

Sie überquerten einen Hof und gingen zu den hohen Bronzeportalen hinaus. Im Freien lag blendendes Sonnenlicht auf blauschattigem Weiß. Elfen waren keine zu sehen. Die beiden Menschen gingen in den eisblitzenden Wald, und Skafloc wickelte seinen Mantel um sie beide. Ihr Atem stieg in Dampfwolken zum blauen Himmel auf. Die kalte Luft stach in ihren Lungen. Die Brandung rauschte, und durch die dunklen Tannen seufzte der Wind.

»Kalt«, erschauerte Frida. Weit und breit war die rötliche

Bronze ihres Haares das einzige, was warm aussah. »Außerhalb deines Mantels ist es kalt.«

»Zu kalt für dich, um bettelnd über die Straßen zu ziehen.«

»Es gibt Menschen, die würden mich aufnehmen. Wir hatten viele Freunde, und unser Land, das nun, wie ich vermute, mir gehört, wäre ...« sie brachte es nur mühsam über die Lippen »... ein schönes Heiratsgut.«

»Warum willst du weggehen und Freunde suchen, wenn du hier welche hast? Und was das Land betrifft – sieh!«

Sie waren oben auf einem Hügel angelangt, dessen Mitte sich zu einem tiefen Tal absenkte, und da hatte Skafloc Sommer geschaffen. Grün waren die Bäume neben einem kleinen tanzenden Wasserfall, süße Blumen nickten im hohen Gras. Vögel sangen, Fische sprangen, ein Reh und sein Kitz standen da und sahen die Menschen voller Vertrauen an.

Frida klatschte in die Hände und jauchzte. Skafloc lächelte. »Ich habe es für dich gemacht, weil du Sommer und Leben und Freude bist. Vergiß Härte und Tod des Winters, Frida. Hier haben wir unser eigenes Jahr.«

Sie stiegen ins Tal, warfen den Mantel ab und setzten sich an den Wasserfall. Eine Brise zerzauste ihr Haar. Rings um sie wuchsen Beeren dicht bei dicht. Auf Skaflocs Befehl wanden sich die Gänseblümchen, die sie gepflückt hatte, von selbst zu einer Kette, und er hing sie um ihren Hals.

Sie konnte vor ihm und seinen Künsten keine Angst empfinden. Träumerisch legte sie sich ins Gras, aß einen Apfel, den er ihr aufgenötigt hatte – er hatte den Geschmack von Wein und schien auch die gleiche Wirkung zu haben – und hörte ihm zu:

Das Lachen deiner Lippen
lockt mich wie ein Kriegsruf.
Dein Bronzehaar mich bindet
mit Banden wie aus Eisen.
Nie hab ich geneigt
den Nacken unterm Joch.

Gefangen geb ich mich jetzt friedlich
den Fesseln deiner Arme.

Lachen gehört zum Leben,
Liebe und schneller Herzschlag.
Keinen andern Himmel kenn ich,
als das Kosen mit dir.
Ich flehe um deine Liebe, Frida,
nicht mehr frei ist mein Wille.
Das ist ein Zeichen, Zauberin,
wie du Skafloc gezähmt hast.

»Das paßt doch nicht auf ...«, erhob sie schwach Einspruch und wußte nicht, ob sie lächeln oder seufzen sollte.

»Natürlich paßt es! Nichts kann wahrer sein.«

»Du bist ein Heide, und ich ...«

»Ich habe dir gesagt, von diesen Dingen darfst du nicht sprechen. Jetzt mußt du Strafe bezahlen.« Und Skafloc küßte sie mit seinem ganzen Geschick, anfangs zart und zum Schluß voller Wildheit. Einen Augenblick lang versuchte sie, ihn abzuwehren, aber sie fand die Kraft dazu nicht.

»War das so schlimm?« lachte er.

»Nein ...«, wisperte sie.

»Dein Kummer ist frisch, ich weiß. Aber er wird verblassen, und die, die dich geliebt haben, würden es gar nicht anders wollen.«

In Wirklichkeit war ihr Kummer schon verschwunden. Die Liebe zu ihren Toten blieb und der sehnsüchtige Gedanke: Hätten sie ihn doch kennenlernen können!

»Du mußt an deine Zukunft denken, Frida, und noch mehr an die Zukunft des Blutes, das jetzt nur noch in dir allein lebt. Ich biete dir die Reichtümer und Wunder von Alfheim an, und ich verlange kein anderes Heiratsgut als dein eigenes süßes Selbst, und du und alles, was dein ist, wird von mir mit all meiner Kraft beschützt werden. Doch die erste unter meinen Morgengaben ist meine unsterbliche Liebe.«

Erzwingen hätte sich diese Liebe nicht lassen, aber da sie auch von selbst gekommen wäre, beschleunigten die Elfenkünste ihr Aufblühen und das Verschwinden allen Leids.

Der Tag ging zu Ende, und es wurde Nacht in dem Sommertal. Sie lagen am Wasser und hörten eine Nachtigall. Frida schlief als erste ein.

Skafloc hielt sie in seinem Arm, den anderen hatte er über ihre Brust gelegt. Er lauschte ihrem leisen Atmen und sog die Düfte ihres Haars und ihrer Menschlichkeit ein. Er spürte ihre Wärme, er dachte daran, wie sie sich mit Tränen und Lachen ihm hingegeben hatten, und plötzlich wurde ihm etwas klar.

Er hatte, hauptsächlich aus Spaß an der Sache, eine Falle für sie gestellt. Schon oft hatte er bei seinen Streifzügen durch das Land sterbliche Mädchen gesehen, aber sie waren selten allein, und wenn sie es waren, hatten sie auf ihn an Körper und Seele zu klobig gewirkt, als daß er sie für der Mühe wert gehalten hätte. In Frida fand er ein menschliches Mädchen, das Lust in ihm erwecken konnte, und er hatte wissen wollen, wie es war, bei ihr zu liegen.

Und die Falle hatte auch ihn gefangen.

Es machte ihm nichts aus. Er legte sich schläfrig ins Gras und lächelte zu dem großen Wagen hoch, der unaufhörlich um den Polarstern kreiste. Die kühlen, wissenden Elfenfrauen kannten viele Künste, aber vielleicht weil sie ihre eigenen Herzen immer wohl verwahrten, hatten sie nie die Macht gehabt, das seine zu erobern. Frida hingegen …

Lia hatte Recht gehabt. Gleiches zog es zu Gleichem.

XII

Einige Tage später ging Skafloc allein auf die Jagd. Er reiste auf Zauber-Skiern, die ihn wie der Wind bergauf und bergab trugen, über zugefrorene Flüsse und im Schnee erstickte Wälder, und bei Sonnenuntergang war er schon weit im schottischen Hochland. Er machte sich mit einem Reh über der Schulter auf den Heimweg, als er von weitem den Schein eines Lagerfeuers erblickte. Wer oder was mochte sich in dieser unwirtlichen Gegend aufhalten? Mit dem Speer in der Hand huschte er über den Schnee.

Nähergekommen entdeckte er im Zwielicht eine gewaltige Gestalt, die auf dem Schnee hockte und sich über den Flammen Pferdefleisch briet. Trotz des kalten Windes trug der Mann nur einen Kilt aus einem Wolfsfell, und die Axt, die neben ihm lag, leuchtete in unirdischem Glanz.

Skafloc spürte eine große, fremde Macht, und als er sah, daß der andere nur eine Hand hatte, erschauderte er. Es war nicht gut, Tyr, den Asen, allein im Dunkeln zu treffen.

Aber es war zu spät, zu fliehen. Der Gott hatte ihn bereits gesehen. Kühn schritt Skafloc in den Lichtkreis und begegnete Tyrs schwermütigen dunklen Augen.

»Sei gegrüßt, Skafloc«, sprach der Ase. Seine Stimme klang wie ein langsamer Sturm, der durch einen metallenen Himmel zieht. Er ließ sich nicht dabei stören, den Spieß über dem Feuer zu drehen.

»Sei gegrüßt, Herr.« Skafloc beruhigte sich ein wenig. Die Elfen, die keine Seelen hatten, beteten die Götter nicht an, aber es bestand auch kein Unfrieden zwischen ihnen und den Asen, ja, einige Elfen taten sogar Dienst in Asgard.

Tyr nickte Skafloc kurz zu und deutete damit an, er solle seine Last ablegen und sich ans Feuer setzen. Lange Zeit herrschte Schweigen, bis Tyr bemerkte: »Ich habe Krieg gerochen. Die Trolle wollen gegen Alfheim ziehen.«

»Das wissen wir, Herr«, antwortete Skafloc. »Die Elfen sind vorbereitet.«

»Der Kampf wird härter werden, als ihr denkt. Diesmal haben die Trolle Verbündete.« Tyr blickte ernst in die Flammen. »Es steht mehr auf dem Spiel, als Elfen oder Trolle wissen. Die Nornen spinnen in diesen Tagen viele Fäden zu Ende.«

Wieder war es still, bis Tyr von neuem anhub: »Aye, die Raben fliegen niedrig, und die Götter beugen sich über die Welt, die unter dem Hufschlag der Zeit erzittert. Skafloc, ich sage dir: Du wirst des Namensgeschenkes der Asen dringend bedürfen. Die Götter selbst sind in Unruhe. Deshalb bin ich, der Wäger des Krieges, auf der Erde.«

Ein Windstoß fuhr durch seine schwarzen Locken. Seine Augen brannten in die Skaflocs. »Ich will dir eine Warnung geben«, fuhr er fort, »obwohl ich fürchte, sie wird gegen den Willen der Nornen nichts helfen. Wer war dein Vater, Skafloc?«

»Ich weiß es nicht und habe es auch nie zu wissen begehrt, Herr. Aber ich kann Imric fragen ...«

»Tu es nicht. Im Gegenteil, bitte Imric darum, das, was er weiß, niemandem zu sagen und dir erst recht nicht. Denn der Tag, an dem du erfährst, wer dein Vater war, wird ein dunkler Tag sein, Skafloc, und er wird nicht nur über dich, sondern über die ganze Welt Unheil bringen.«

Er entließ Skafloc mit einer Kopfbewegung, und Skafloc machte sich eilends davon. Er ließ das Reh als Gegengeschenk für den Rat zurück. Aber als er schnell wie der Wind nach Hause fuhr, fragte er sich, ob es wirklich gut war, daß Tyr ihn gewarnt hatte – denn jetzt mußte er immerzu darüber nachdenken, wer er eigentlich war, und die Nacht schien ihm voller Dämonen zu sein.

Schneller und schneller sauste er dahin, er achtete nicht des Windes, der ihm ins Gesicht schnitt, und doch konnte er dem, was sich an seinen Rücken geklammert hatte, nicht entrinnen. Nur Frida, dachte er, nach Atem ringend, nur Frida konnte seine Furcht bannen.

Noch vor Sonnenaufgang kamen die Wälle und Türme

von Elfenhöhe in Sicht. Ein Elfenwächter blies ins Horn und gab damit den Torhütern das Zeichen. Durch die geöffneten Portale schoß Skafloc in den Hof. Er warf seine Skier ab und rannte hinein.

Imric, der am frühen Abend nach Hause gekommen war, hatte unter vier Augen mit Lia gesprochen. »Also hat Skafloc sich in ein sterbliches Mädchen verliebt. Nun – was soll's?« Er zuckte die Schultern. »Es ist seine Angelegenheit, und noch dazu keine wichtige. Bist du eifersüchtig?«

»Ja«, gestand seine Schwester offen. »Aber es ist mehr als das. Sieh dir selbst das Mädchen an. Vielleicht wirst du erkennen, daß sie auf irgendeine Art eine gegen uns gerichtete Waffe darstellt.«

»Hm ... so.« Der Elfengraf strich sich über das Kinn und zog ein finsteres Gesicht. »Was weißt du über sie?«

»Nun, sie heißt Frida Ormstochter und stammt aus einer ausgerotteten Familie im Süden des Danelaw ...«

»Frida – Ormstocher ...« Imric verschlug es die Sprache. »Das – das heißt ...«

Skafloc stürmte herein. Sie erschraken über sein hohlwangiges Aussehen. Es dauerte einige Zeit, bis er sprechen konnte, doch dann überstürzten seine Worte sich. »Was hat Tyr gemeint?« rief er zum Schluß. »Wer bin ich, Imric?«

»Ich weiß, was er gemeint hat«, antwortete der Elfengraf grimmig, »und daher wird deine Herkunft allein mein Geheimnis bleiben, Skafloc. Ich will nur soviel sagen: Du bist von guter Rasse, und es liegt keine Schande auf deinem Blut.« Dann wechselte er zu seinem liebenswürdigen Verhalten über und sprach viele schöne Worte, so daß Skafloc und Lia schließlich beruhigt weggingen.

Aber sobald er allein war, schritt er in seinem Gemach hin und her und murmelte vor sich hin. »Irgendwer hat uns irgendwie auf einen Weg gelockt, der dunkel und gefährlich ist.« Er biß die Zähne aufeinander. »Am besten wäre es, das Mädchen loszuwerden – aber nein, Skafloc beschützt sie mit seiner ganzen Macht, und wenn ich etwas gegen sie unternähme, würde er sofort Bescheid wissen und – das Geheimnis muß bewahrt werden. Skafloc würde die Enthüllung keine Kopfschmerzen machen; in dieser Beziehung denkt er wie ein Elf. Aber wenn er es weiß, wird es auch das Mädchen bald herausfinden, und es ist eins der strengsten menschlichen Gesetze, das sie gebrochen haben. Sie wäre so verzweifelt, daß ihr alles zuzutrauen wäre. Und wir brauchen Skafloc.«

Plan auf Plan entstand in seinem listenreichen Gehirn. Er dachte daran, Skafloc andere Frauen zuzuführen. Doch nein, sein Pflegesohn würde jeden Liebestrank als das erkennen, was er war, und über eine Liebe, die ohne Zwang zustandegekommen war, hatten selbst die Götter keine Macht. Wenn diese Liebe von selbst starb, war es gleichgültig, ob das Geheimnis an den Tag kam. Aber auf eine so geringe Chance wollte Imric nicht setzen. Er kam zu dem Schluß, daß die Wahrheit über Skaflocs Abstammung begraben werden mußte, und das schnell.

Der Elfengraf forschte in seinen Erinnerungen. Soviel er wußte – es ist nicht leicht, die Geschehnisse aus Tausenden von Jahren wohlgeordnet im Gedächtnis zu behalten – gab es außer ihm nur eine Person, die die ganze Geschichte kannte.

Er ließ Feuerspeer holen, einen zuverlässigen Krieger, mit seinen zweihundert Jahren immer noch ein Jüngling, aber schlau und in der Zauberei sehr begabt. »In einem Wald südwestlich von hier hat vor ungefähr zwanzig Jahren einmal eine Hexe gelebt«, sagte Imric zu ihm. »Sie kann gestorben oder weggezogen sein, aber ich möchte, daß du sie aufspürst – und wenn sie noch lebt, töte sie an Ort und Stelle.«

»Aye, Herr«, nickte Feuerspeer. »Darf ich ein paar Jäger und Hunde mitnehmen? Wir werden noch heute abend aufbrechen.«

Imric gab ihm seine Weisungen. »Nimm mit, wen und was du willst, und mach dich so schnell wie möglich auf den Weg. Frag nicht nach meinen Gründen, und sprich hinterher nicht über diese Sache.«

Frida begrüßte Skafloc in ihren Räumen mit Jubel. Auch wenn die Wunder von Elfenhöhe sie bezauberten, hatte sie vor Angst gezittert, als ihn die Ruhelosigkeit von ihr wegtrieb. Aber sie hatte sich nichts anmerken lassen. Alles hier in der Burg war ihr fremd: die hochgewachsenen, geschmeidigen Elfen und ihre schönen Frauen, ihre Sklaven, Zwerge und Kobolde und noch weit unheimlichere Wesen, die Drachen, mit denen sie auf die Jagd gingen, die Löwen und Panther, die sie als Haustiere hielten, die stolze, quecksilberne Anmut der Pferde und Hunde. Die Haut der Elfen war kühl, die Elfengesichter waren unbewegt wie die von Steinbildern, und trotzdem gleichzeitig von einer unmenschlichen Veränderlichkeit. Die Sprache, die Kleidung, die jahrhundertealten Sitten, alles trennte Frida von ihnen. Die zwielichtige Pracht der Burg, die ebenso ein kahler Felsen war, die Zauberei, die in der immer warmen Luft hing, die Wesen, die in Feld und Wald und Wasser spukten – es bedrückte sie.

Aber wenn Skafloc bei ihr war, schien ihr Alfheim der Vorhof zum Himmel zu sein. (Gott verzeihe mir diese Gedanken, sprach sie zu sich selbst. Ich sollte aus diesem Heidenland in die heilige Kühle und Dunkelheit eines Klosters fliehen!) Er war immer lebhaft und fröhlich und voller Ideen, und er brachte sie zum Lachen, ob sie wollte oder nicht; er sprudelte über von Stabreimen, und die alle ihr Lob sangen; seine Arme und seine Lippen schenkten ihr die höchste Seligkeit. Sie hatte ihn im Kampf gesehen und wußte, daß es im Land der Menschen wie im Feenreich nur wenige Krieger gab, die vor ihm bestehen konnten, und darauf war sie stolz. Schließlich stammte auch sie von Kriegern ab. Aber mit ihr war er immer sanft. Und sie war keine unnatürliche Tochter und Schwester, denn ein Zauber, gegen den sie hilflos war, hatte jeden Kummer vertrieben und sie mit Glücksgefühlen erfüllt. Sie hatte keine andere Wahl gehabt. Nie hätte Skafloc ein Trauerjahr lang auf sie gewartet, und konnte es einen besseren Vater für die Enkelkinder von Orm und Älfrida geben?

Sie war sicher, er liebte sie. Es konnte gar nicht anders

sein, denn warum würde er sonst bei ihr liegen und beinahe seine ganze Zeit mit ihr verbringen, wo er doch Elfenfrauen haben konnte? Sie wußte nicht warum, wußte nicht, wie sehr ihre Wärme die Seele des Mannes erfüllte, er nie etwas Ähnliches gekannt hatte. Skafloc war sich seiner Einsamkeit nicht bewußt gewesen, bevor er Frida fand. Er wußte wohl, daß er – wenn er nicht einen bestimmten Preis bezahlte, wozu er nicht bereit war – irgendwann sterben mußte und daß sein Leben für die Elfen nur ein Augenblick war. Wie gut schien es, jemanden von seiner eigenen Art bei sich zu haben!

In den wenigen Tagen, die sie zusammen waren, hatten sie viel unternommen. Sie ritten auf den schnellen Pferden und segelten mit den schlanken Booten und wanderten weite Strecken über die Hügel und durch die Wälder. Frida war eine gute Bogenschützin; Orm hatte Wert darauf gelegt, daß auch seine Töchter sich verteidigen konnten. Wenn sie mit ihrem leuchtenden Bronzehaar und dem Bogen in der Hand unter den Bäumen stand, schien sie eine junge Göttin der Jagd zu sein. Sie sahen den Zauberern und Possenreißern zu, sie lauschten den Musikern und Skalden, deren Künste für die Elfen Kurzweil waren, über menschliches Verständnis jedoch oft hinausgingen. Sie besuchten Skaflocs Freunde, Gnomen, die unter Baumwurzeln hausten, zarte weiße Wassergeister, einen alten Faun mit traurigen Augen, Tiere der Wildnis. Frida konnte zwar nicht mit ihnen sprechen, aber sie machte große Augen und lächelte bei ihrem Anblick.

Auf die Zukunft hatte sie noch kaum einen Gedanken verschwendet. Natürlich mußte sie Skafloc eines Tages in das Land der Menschen bringen und sorgen, daß er sich taufen ließ, und dafür würden ihr die Sünden, die sie augenblicklich beging, zweifellos vergeben werden. Aber nicht jetzt, nicht gleich. Burg Elfenhöhe war zeitlos, sie hatte das Gefühl für das Vorüberziehen von Tagen und Nächten verloren, und es gab soviel anderes zu tun –

Sie flog in seine Arme. Skafloc vergaß alle Sorgen, als er sie sah: jung, schlank, geschmeidig, langbeinig, mehr Mädchen als Frau und doch *seine* Frau. Er faßte sie um die Mitte, warf sie in die Luft und fing sie wieder auf, und sie lachten beide laut.

»Laß mich los«, rief sie außer Atem. »Laß mich los, damit ich dich küssen kann.«

»Gleich.« Skafloc warf sie noch einmal hoch und machte ein Zeichen. Da blieb sie schwerelos mitten in der Luft hängen, strampelte und lachte und schrie. Skafloc zog sie zu sich herunter, und sie umschlang ihn mit ihrem Mund auf dem seinen.

»Halt, halt, dreh mir nicht den Hals um!« Skafloc machte sich selbst auch schwerelos und zauberte eine Wolke herbei, auf der sie liegen konnten, und sie war nicht naß, sondern wie weiße Federn. Aus ihrer Mitte wuchs ein Baum, an dem Früchte verschiedener Art hingen. Ein Regenbogen umkränzte ihn.

»Eines Tages, du Verrückter, wirst du ein Wort von deinen Sprüchen auslassen und hinunterfallen und in kleine Stücke zerbrechen«, sagte sie.

Er drückte sie an sich und sah ihr in die grauen Augen. Dann zählte er die Sommersprossen auf ihrem Nasenrükken und gab ihr für jede einzelne einen Kuß. »Am besten wäre es, ich machte dich gefleckt wie einen Leopard«, meinte er.

»Brauchst du Vorwände?« fragte sie leise. »Ich habe mich nach dir gesehnt, mein Liebster. Wie war die Jagd?«

Sein Gesicht verfinsterte sich, als er daran erinnert wurde. »Recht gut.«

»Du hast Sorgen, Liebling. Was ist? Die ganze Nacht hörte ich Hörner blasen und Füße laufen und Hufe stampfen. Jeden Tag sehe ich in der Burg mehr bewaffnete Männer. Was hat das zu bedeuten, Skafloc?«

»Du weißt doch, daß wir im Krieg mit den Trollen sind«, antwortete er. »Wir wollen sie hier empfangen, weil es schwer wäre, ihre Bergfestungen zu überrennen, solange sie ihre volle Stärke haben.«

Sie erschauerte in seinen Armen. »Diese Trolle ...«

»Hab' keine Angst.« Skafloc warf alle trüben Gedanken

beiseite. »Wir werden sie zur See treffen und vernichtend schlagen. Und wer von ihnen an Land kommt, wird genug Erde erhalten, daß er sich damit zudecken kann. Wenn dann ihre Stärke gebrochen ist, wird es ein Kinderspiel sein, Trollheim zu erobern. Das wird ein lustiger Kampf.«

»Ich habe Angst um dich, Skafloc.«

Da sang er:

Meine Liebste, glücklich machst du
mich durch deine Angst.
Wisse, sie beweist mir
wie du mich liebst.
Doch laß die Sorgen, süßes Mädchen,
der Sieg ist unser.
Glücklich nehm ich deine Gabe,
goldhelle Frau.

Dabei löste er ihren Gürtel. Frida errötete. »Schamlos bist du«, schalt sie.

Skafloc hob erstaunt die Augenbrauen. »Warum? Weswegen soll ich mich denn schämen?«

Kurz nach Sonnenuntergang ritt Feuerspeer weg. Noch glühte im Westen das Abendrot. Er und ein Dutzend Gefährten trugen die grünen Jagdröcke, über die sie schwarze Kapuzenmäntel geworfen hatten. Die Spitzen ihrer Speere und Pfeile bestanden aus einer Silberlegierung. Um die tänzelnden Pferde bellten die Elfenhunde, große wilde Tiere mit rotem oder schwarzem Fell, glühenden Augen und dolchartigen Fängen, von denen der Geifer rann. Sie hatten das Blut von Garm und Fenris und den Hunden der Wilden Jagd in sich.

Feuerspeers Horn ertönte, und sie brausten davon. Das Donnern der Hufe und das Gekläff der Meute verklang in den Hügeln. Wie der Wind ging es in der bald pechschwarzen Nacht unter eisbedeckten Bäumen dahin. Nicht mehr als ein Aufblitzen von Silber, das Funkeln eines juwelenbesetzten Heftes, ein blutroter Schimmer wurde in den dahinstürmenden Schatten sichtbar, aber das Getöse, das sie veranstalteten, erfüllte den Wald von einem Ende bis zum anderen. Jäger, Köhler, Ausgestoßene, die es hörten, erschauerten und machten ein Zeichen – ob das des Kreuzes oder das des Hammers –, und die wilden Tiere verkrochen sich.

Die Hexe, die nirgendwo anders leben konnte, weil sie ihre Macht vor allem aus den Dingen dieser Umgebung bezog, hatte sich an der Stelle, wo ihre Hütte niedergebrannt war, einen Unterschlupf gebaut. Sie hörte die Truppe schon von weitem kommen, beugte sich über ihr kleines Feuer und murmelte: »Die Elfen jagen heute nacht.«

»Ja«, quiekte der Rattenmann. Und als der Lärm näherkam, setzte er hinzu: »Und ich glaube, sie jagen uns.«

»Uns?« Die Hexe erschrak. »Warum glaubst du das?«

»Sie halten genau auf uns zu, und du bist weder Skafloc noch Imric eine Freundin.« Die Ratte klapperte vor Angst mit den Zähnen und kroch an ihre Brust. »Schnell, Mutter, schnell! Rufe Hilfe herbei, oder wir sind verloren!«

Die Hexe hatte keine Zeit mehr für Riten und Opfergaben, aber sie heulte den Ruf, den man sie gelehrt hatte, und vor dem Feuer erschien eine Schwärze, die tiefer war als die der Nacht.

Sie warf sich zu Boden. Kleine, kalte blaue Flammen umsprangen ihn. »Hilfe«, wimmerte sie. »Hilfe, die Elfen kommen!«

Die Augen betrachteten sie ohne Zorn und ohne Mitgefühl. Das Geräusch der Jagd wurde lauter. »Hilfe!« jammerte die Hexe.

Mit einer Stimme, die eins wurde mit dem Wind, aber aus unermeßlichen Fernen zu kommen schien, fragte er: »Warum bittest du mich um Hilfe?«

»Sie … wollen … mein Leben.«

»Und? Ich habe dich einmal sagen gehört, daß dir dein Leben gleichgültig sei.«

»Meine Rache ist noch nicht beendet«, schluchzte sie.

»Ich kann jetzt nicht sterben, wo ich doch nicht weiß, ob der Preis, den ich bezahlt habe, und alle meine Arbeit vielleicht umsonst gewesen sind. Meister, hilf deiner Dienerin!«

Die Jäger waren schon so nahe, daß sie den Boden unter den galoppierenden Hufen erbeben fühlte.

»Du bist nicht meine Dienerin, du bist meine Sklavin«, raschelte die Stimme. »Was bedeutet es mir, ob du deinen Zweck erreicht hast? Ich bin der Fürst des Bösen, und das bedeutet Nichtigkeit jeder Verabredung. Glaubst du, du habest mich beschworen und mit mir einen Handel abgeschlossen? Nein, du bist in die Irre geführt worden. Es war ein anderer, der dir erschien. Sterbliche verkaufen mir ihre Seelen nicht, sie geben sie mir hin.«

Und damit war der Dunkle verschwunden.

Die Hexe lief kreischend fort. Die Hunde, die von dem Geruch dessen, der soeben noch hier gewesen war, verwirrt wurden, bellten und sprangen hin und her. Die Hexe verwandelte sich in eine Ratte und kroch in ein Loch unter der alten Druiden-Eiche.

»Sie ist in der Nähe!« rief Feuerspeer. »Ha! Die Hunde haben die Spur aufgenommen!«

Erdschollen flogen, Zweige brachen, als die Hunde nach ihrer Beute gruben.

Die Hexe stürzte heraus, verwandelte sich in eine Krähe und schwang sich in die Lüfte. Feuerspeer sandte ihr einen Pfeil nach. Die Krähe sank zu Boden und wurde wieder zur Hexe. Aus ihrem Busen sprang die Ratte.

Ein Pferd hob seinen silberbeschlagenen Fuß und zerstampfte sie.

Die Hexe wurde von den Hunden zerrissen. Sie konnte noch schreien: »Ich verfluche euch! Alles Üble wünsche ich auf Alfheim herab! Und sagt Imric, daß Valgard, der Wechselbalg, lebt und alles weiß ...«

Sie war zum Schweigen gebracht. »Das war eine leichte Jagd«, sagte Feuerspeer. »Ich fürchtete schon, wir müßten die Spuren jahrelanger Wanderungen – vielleicht bis in fremde Länder – durch Zauberei auffinden.« Er sog den

Geruch des Windes ein. »Jetzt können wir für den Rest der Nacht nach besserem Wild jagen.«

Imric belohnte seine Jäger gut, aber als sie ihm mit einiger Verlegenheit berichteten, was ihr Opfer gesagt hatte, verfinsterte sich sein Gesicht.

XIII

Valgard als Enkel Illredes und starker Krieger, der zudem mit Eisen umgehen konnte, bekam eine hohe Stellung am Hof. Ein Zauber lehrte ihn die Sprache der Trolle. Aber die Trollherren betrachteten ihn mit Mißtrauen, denn er hatte auch Elfenblut in seinen Adern und kam aus dem Land der Menschen. Auch waren sie neidisch auf einen Fremden, der sofort mit ihnen gleichgestellt wurde. So fand Valgard in Trollheim keine Freunde. Er suchte auch keine, denn wie dieses Volk aussah und roch und sich betrug, war nicht nach seinem Geschmack.

Doch mußte er den Trollen zugestehen, daß sie furchtlos und von schrecklicher Stärke waren. Ihre Zauberer verfügten über eine Macht, wie Valgard sie keinem Menschen zutraute. Ihr Volk war im Feenreich das stärkste, außer – vielleicht – Alfheim. Das paßte Valgard gut, denn hier fand er die Mittel, seine Rache zu befriedigen und sein Erbteil zurückzugewinnen.

Illrede erzählte ihm, welche Pläne er hatte. »Während der ganzen Zeit, die Frieden herrschte, haben wir uns auf den Krieg vorbereitet«, sagte der König. »Die Elfen haben dagegen gefaulenzt und sich vergnügt und Intrigen untereinander gesponnen. Wir sind nicht ganz so viele wie sie, aber mit denen, die mit uns marschieren, werden wir ihnen diesmal zahlenmäßig überlegen sein.«

»Wer sind sie?« fragte Valgard.

»Die meisten der Kobold-Stämme, die wir entweder besiegt oder zu Verbündeten gemacht haben«, berichtete Illrede. »Sie hegen von altersher Groll sowohl gegen die

Trolle als auch gegen die Elfen, aber ich habe ihnen Beute und die Freilassung unserer Sklaven von ihrer Rasse und einen Platz auf der nächsten Stufe unter uns versprochen, wenn wir das ganze Feenreich beherrschen. Sie sind tüchtige Kämpfer und nicht wenige.

Dann bekommen wir Mitstreiter aus fernen Landen, Dämonen von Baikal, Shen von Cathay, Oni von Cipangu, Dschinns aus den Wüsten der Mohren, und insgesamt ist das auch eine ganz hübsche Zahl. Sie machen nur der Beute wegen mit, und wir können uns nicht ganz auf sie verlassen, aber ich werde sie in der Schlacht entsprechend ihren Fähigkeiten einsetzen. Dann sind da noch ein paar Einzelgänger, die allein oder in kleinen Banden gekommen sind – Werwölfe, Vampire, Golems, diese Art. Und wir haben eine Menge Zwergenknechte, von denen einige für den Preis ihrer Freiheit kämpfen werden, und sie können Eisen anfassen.

Gegen dies ganze Heer stehen die Elfen allein. Vielleicht können sie ein paar wenige Kobolde und Zwerge und dergleichen zusammenbringen, aber die zählen kaum. Das beste, worauf sie hoffen können, ist die Hilfe der Sidhe. Doch habe ich durch meine Spione erfahren, daß diese sich abseits halten wollen, solange ihre Insel nicht angegriffen wird, und wir werden uns hüten, das zu tun ... in *diesem* Krieg jedenfalls.

Es ist wahr, die Anführer der Elfen sind listig und in der Zauberei wohlerfahren – aber das sind ich und meine Häuptlinge auch.« Illrede lachte hustend. »Oh, wir werden Alfheim wie einen dürren Zweig über dem Knie zerbrechen!«

»Kannst du nicht auch die Jötunen zu Hilfe rufen?« Valgard wußte längst noch nicht alles über die Gegebenheiten der Welt, die nun die seine war. »Sie sind doch verwandt mit den Trollen, nicht wahr?«

»Sei vorsichtig«, mahnte Illrede. »Wir wagen es ebensowenig, die Eisriesen zu rufen, wie sich die Elfen an die Asen wenden. Asen und Jötunen sind die in ewigem Widerstreit liegenden Mächte unter dem Mond. Sollte eine von beiden Seiten offen auf Midgard erscheinen, würde die andere sofort gegen sie vorgehen, und das wäre dann für alle die letzte Schlacht.«

»Wie paßt das mit dem zusammen, was man mich über ... den neuen Gott gelehrt hat?«

»Wir sprechen am besten nicht von Geheimnissen, die wir nicht begreifen können.« Illrede stampfte hin und her in der Höhle, wo sie sich bei rauchigem Fackellicht unterhielten. »Aber die Götter sind der Grund, daß kein Bewohner des Feenreichs es wagt, viel gegen die Menschen zu unternehmen, besonders nicht gegen die, die getauft sind. Ein paar Zaubereien, ein über Nacht ausgeliehenes Pferd, das Stehlen eines Kindes oder einer Frau – das alles geschieht nur selten und kaum einmal etwas, das darüber hinausgeht. Es wäre von Übel, wenn die Furcht der Menschen vor uns so groß würde, daß sie sich mit einer Bitte um Hilfe an die Götter richteten. Den Göttern bliebe nichts anderes übrig, als diese Bitte zu erfüllen. Das Schlimmste wäre, wenn sie sich alle zusammen an den neuen Weißen Gott wendeten, denn das wäre das Ende des Feenreichs.«

Valgard zuckte zusammen. Und in dieser Nacht ging er zu Asgerds flachem Grab und grub sie aus und brachte sie auf ein kleines Trollboot. Vor einem Wind, den zu rufen er inzwischen von Illrede gelernt hatte, segelte er nach Südwesten, bis er ein Dorf am Moray Firth in Schottland erreichte.

In Dunkelheit und Schnee trug er die verhüllte Last bis zur Kirche, schlich sich auf den Friedhof, grub in einer abgelegenen Ecke ein Loch, legte sie hinein und schüttete das Grab so zu, daß niemand etwas merken konnte.

»Jetzt schläfst du in geweihter Erde, Schwester, wie du es dir gewünscht hättest«, flüsterte er. »Böses habe ich getan, aber vielleicht wirst du nun für meine Seele beten ...« Und dann sah er sich wild in der Finsternis um, und er, der sich noch nie gefürchtet hatte, wurde von Angst geschüttelt. »Warum bin ich hier? Was tue ich? Sie ist nicht meine Schwester. Ich bin ein durch Zauberei geschaffenes Wesen. Ich habe keine Seele ...«

Er rannte zu seinem Boot zurück und segelte nordostwärts, als seien Teufel hinter ihm her.

Die Zeit kam, daß die Trolle aufbrachen. Illrede war zu klug, um alle seine Truppen auf einem Fleck zusammenzuziehen. Dann hätten die Kundschafter der Elfen feststellen können, wie stark er tatsächlich war. Nein, jeder Teil seiner Flotte segelte vom eigenen Hafen ab, und an Bord jedes Flaggschiffes war ein Zauberer, der dafür sorgen mußte, daß sie alle gleichzeitig am verabredeten Treffpunkt ankamen. Dieser lag nördlich des englischen Elfenlandes, so daß die Trolle an unbewachten Ufern landen konnten. Illrede hatte vor, die Seemacht der Elfen zu brechen und danach auf dem Wasser- wie auf dem Landweg südwärts zu ziehen, bis er die ganze Insel überrannt hatte. Eine Abteilung sollte dableiben und jeden Elf, der noch nicht tot war oder sich noch nicht ergeben hatte, ausrotten, während die Hauptflotte über den Kanal in die übrigen Provinzen Alfheims weiterzog. Zur gleichen Zeit sollte ein Teil seiner Armee über Land von Finnmark, Wendland und den Trollgebieten östlich dieser Länder nach Süden marschieren. So würden die Trolle den Erlkönig von Westen und Osten – und, sobald England ganz erobert war, auch von Norden – angreifen und bezwingen.

»Schnell sind die Elfenkrieger«, meinte Illrede, »aber ich glaube, dieses eine Mal werden die Trolle schneller sein.«

»Gib mir den Befehl in England«, bat Valgard, »und ich werde dafür sorgen, daß kein männlicher Elf am Leben bleibt.«

»Das habe ich Grum versprochen«, antwortete Illrede. »Aber du, Valgard, sollst mit mir segeln, und in England soll niemand anders über dir sein als Grum.«

Valgard versicherte, das sei er zufrieden. Seine kalten Augen musterten den Trollherrn Grum, und er dachte bei sich, ihm könne wohl leicht ein Unfall zustoßen – und das würde ihn, Valgard, zum Grafen machen, wie die Hexe es gesagt hatte.

Mit Illrede und der königlichen Leibwache ging er an Bord des Flaggschiffes. Das war ein großes Fahrzeug mit hohem Bord und einem von Zwergen hergestellten eisernen Rammsporn, schwarz bis auf den Pferdeschädel am Bug. Die Waffen und Rüstungen der Trolle bestanden aus Metallegierungen, obwohl die meisten auch Steinwaffen führten, deren Gewicht ihnen zusagten. Illrede trug auf dem schwarzen Helm eine goldene Krone und Pelze über der Drachenhaut, die nicht einmal Stahl durchdringen konnte. Ebenso reich gekleidet waren die anderen. Es war eine überhebliche, geräuschvolle Mannschaft. Valgard allein trug nichts, was nur der Zierde diente, und sein Gesicht war grimmig. Aber wegen seiner eisernen Axt und seiner eisernen Rüstung hatten die Trolle Angst vor ihm.

Dem königlichen Flaggschiff folgten viele andere Schiffe, die meisten von ungewöhnlicher Größe, und die Nacht war erfüllt von Rufen und Hörnerklang und trampelnden Füßen. Die großen Trollschiffe bewegten sich langsamer als die der Elfen, da sie breiter und schwerer und mit weniger Geschick gebaut waren, und als es Morgen wurde, waren sie immer noch auf dem Wasser. Die Trolle suchten Schutz unter Planen, die das verhaßte Sonnenlicht abhielten, und ließen die Schiffe, die für sterbliche Augen unsichtbar waren, weitertreiben.

Am nächsten Abend fand die ganze Flotte zusammen. Valgard konnte sich nicht fassen vor Staunen. Sie schien das Meer bis zum Horizont zu bedecken, und jedes Fahrzeug war gedrängt voll von Männern, ausgenommen die Schiffe, die die großen, zottigen Trollpferde beförderten. Illredes Plan bewährte sich ausgezeichnet. Jeder Kapitän brachte sein Schiff genau an den richtigen Platz.

Es gab große Unterschiede bei den Schiffen und Mannschaften, die gegen Alfheim zogen. Im Mittelpunkt formten die langen, hohen, schwarzen Trollschiffe mit Illredes eigenem an der Spitze einen stumpfen Keil. An Steuerbord und Backbord waren die Kobolde, von denen einige von Trollen gebaute Schiffe benutzten und andere auf ihren eigenen schlanken roten Schiffen mit Schlangenbug fuhren. Sie waren lustiger als die Trolle, trugen über ihren silberglänzenden Rüstungen phantastische Gewänder und führten leichte Schwerter, Speere und Bogen. Die Flügel der Flotte waren sehr fremdländisch anzusehen: große, pikentragende Shen und Oni in bemalten Dschunken mit Katanas als Waffen, flinke Dschinns in von Sklaven geruderten Galeeren, auf deren Decks Kriegsmaschinen angebracht waren. Ferner gab es Barken der geflügelten Dämonen aus Baikal und eisenbedeckte Zwerge und Ungeheuer aus den Wäldern und Menschen zu sehen, die keine anderen Waffen brauchten als ihre Zähne und Klauen. Sie alle wurden von Trollen befehligt, und nur die allerzuverlässigsten waren in der vordersten Linie, die überdies zu beiden Seiten von Trollschiffen gesichert war. Ein zweiter Keil formierte sich hinter dem ersten, und danach kamen Reserven, die überall da eingesetzt werden sollten, wo es nötig war.

Hörner erklangen von den Trollschiffen, und Kobold-Pfeifen, Shen-Gongs und Dschinn-Trommeln antworteten ihnen. Niedrige Wolken ballten sich um die Masten, und die See wurde von Ruderblättern zu weißen Schaum aufgerührt. Elmsfeuer tanzten in der Takelage und warfen blaue Lichter auf die Gesichter. Seufzend fuhr der Wind über ihre Köpfe dahin, und durch die mondfleckigen, schneeträchtigen Wolken flogen geisterhafte Wesenheiten.

»Bald sind wir in der Schlacht«, sagte Illrede zu Valgard. »Dann kannst du die Rache finden, die du suchst.«

Der Berserker antwortete nicht. Er starrte nur geradeaus in die Dunkelheit.

XIV

Nach dem Überfall der Elfen auf Trollheim arbeitete Imric einen ganzen Monat lang schwer. Er fand nur wenig über den Feind heraus, denn Illrede und seine Zauberer hatten ihre Lande dicht mit Zauber abgeschirmt, aber er wußte, daß eine aus vielen Völkern bestehende Streitmacht zusammengezogen wurde und wahrscheinlich zuerst in England zuschlagen würde. Daher suchte Imric die Schiffe und Krieger seines Reichs zu versammeln und schickte Boten ins Ausland, um womöglich Beistand zu bekommen.

Nur wenige Krieger kamen von außerhalb. Jede Provinz Alfheims traf eigene Vorbereitungen; die Elfen waren zu hochmütig für eine gute Zusammenarbeit. Außerdem hatte es den Anschein, als seien so gut wie alle im Feenreich vorhandenen Söldner schon von Illrede angeworben worden. Imric schickte zu den Sidhe von Irland und versprach reiche Beute bei der Eroberung von Trollheim. In der kalten Antwort hieß es, die Straßen von Tir-nan-Og und die Höhlen der Leprachaune schimmerten schon von genug Reichtümern. Der Elfengraf mußte einsehen, daß er allein stand.

Nichtsdestotrotz war seine Streitmacht groß, und jede Nacht trafen weitere kampfeslustige Elfenkrieger ein. Sie konnten sich nicht erinnern, daß schon einmal ein so großes Heer in Alfheim zusammengekommen war. Auch wenn der Feind zweifellos in der Überzahl anrückte, war doch jeder Mann und jedes Schiff der Elfen unendlich viel besser, und sie würden nahe der Heimat, in Gewässern und auf Stränden, die sie kannten, kämpfen. Einige der jüngeren Krieger waren überzeugt, Englands Elfen könnten nicht nur die Trollflotte zurückschlagen, sondern auch ohne jede Hilfe den Krieg nach Trollheim tragen und es unterwerfen.

Von Orkney und Shetland kam Flam, der Sohn jenes Flam, der bei Skaflocs Überfall in Trollheim gefallen war, und er brannte darauf, seinen Vater zu rächen. Er und seine Brüder waren die berühmtesten Seefahrer im Feenreich, und als ihre Drachenflotte nach Süden segelte, verdunkelte sie das Wasser. Schilde blinkten entlang den Bordleisten, der Wind sang in den Tauen, und das Zischen der gespaltenen Wogen an den Bügen klang wie das von Schlangen.

Aus den Hügeln und Mooren des Piktenlandes rückten die wilden Häuptlinge mit ihren Feuersteinwaffen und ledernen Brustpanzern an. Sie waren kleiner und schwerer als die echten Elfen, dunkelhäutig, mit langen schwarzen Locken und Bärten, die ihnen um die tätowierten Gesichter flatterten, denn in ihren Adern rann auch das Blut von Trollen und Kobolden und noch älteren Rassen sowie von Piktenfrauen, die ihre Ahnen in grauer Vorzeit gestohlen hatten. Mit ihnen zogen einige der geringeren Sidhe, die mit den Scoten vor Jahrhunderten ins Land gekommen waren, starke, knorrige Leprechaune, die wie Ziegen sprangen, und große schöne Krieger in schimmernden Rüstungen. Einige fuhren auf ratternden Streitwagen, die zum Niedermähen der Feinde Schwertklingen an den Naben trugen.

Aus dem Süden, von den Hügeln und den von Höhlen durchzogenen Küsten Cornwalls und Wales' kam eine Schar der ältesten Elfen auf der Insel: Reiter in Rüstungen und Streitwagenfahrer, deren Banner von vergessenen Ruhmestaten kündeten, grünhaariges, weißhäutiges Seevolk, das einen nach Salz schmeckenden grauen Nebel mit sich führte, um auch an Land mit der notwendigen Feuchtigkeit versorgt zu werden, dazu ein paar heruntergekommene Halbgötter, die die Römer mitgebracht und nachher im Stich gelassen hatte, scheue, verstohlene Waldelfen, Clan für Clan.

Aus den Ländern der Angeln und Sachsen kamen nicht viele, denn die meisten ihrer Bewohner waren geflohen oder durch Exorzismen vertrieben worden; aber wer noch dort war, folgte Imrics Ruf. Diese Elfen waren, mochten sie auch arm und zurückgeblieben sein, in einem Krieg durchaus nicht zu verachten, denn nicht wenige von ihnen konnten ihre Abstammung bis auf Wieland den Schmied oder bis auf Odin selbst zurückführen. Sie waren die Meisterschmiede der Grafschaft, da sie auch etwas Zwergenblut hatten, und viele von ihnen kämpften am liebsten mit ihren großen Hämmern.

Aber die mächtigsten und stolzesten Krieger waren die von Burg Elfenhöhe und Umgebung. Nicht nur wegen ihrer Herkunft, sondern auch durch ihre Schönheit, ihre Weisheit und ihrer Reichtum übertrafen die Herren, die

Imric um sich versammelt hatte, alle anderen. Kampfesmutig waren sie, zogen in die Schlacht wie zu einer Hochzeit gekleidet, und sie küßten ihre Speere, als seien es Bräute. Ihre Zauberkünste waren groß; sie konnten dem Feind die Kraft nehmen und ihre Freunde beschützen. Die neu angekommenen Elfen empfanden scheue Bewunderung. Allerdings hinderte sie das nicht daran, Speisen und Getränke, die ihnen in ihre Lager geschickt wurden, oder die Frauen, die zum Vergnügen mitkamen, von ganzem Herzen zu genießen.

Frida kam aus dem Staunen nicht heraus. Der Anblick der nichtmenschlichen Krieger, die geräuschlos durch Dämmerung und Nacht glitten und deren Gesichter – was recht unheimlich war – ihren Augen nur halb sichtbar wurden, erfüllte sie mit Schreck und Entzücken, mit Furcht und Stolz. Und Skafloc, ihr Mann, hielt in der hohen Stellung, die er unter ihnen hatte, mehr Macht in Händen als jeder sterbliche König.

Aber seine Herrschaft erstreckte sich auf seelenlose Wesen. Und sie dachte an die Bärenstärke der Trolle. Was war, wenn er fiel?

Auch er hatte an diese Möglichkeit gedacht. »Vielleicht sollte ich dich zu irgendwelchen Freunden von dir im Land der Menschen bringen«, überlegte er. »Es kann sein, obwohl ich es nicht glaube, daß die Elfen verlieren. Die Wahrheit ist, daß jedes Omen, das uns wurde, nicht gut war. Und sollte es so kommen, ist dies nicht der richtige Ort für dich.«

»Nein – nein ...« Sie richtete ihre ängstlichen grauen Augen auf ihn, und gleich darauf versteckte sie ihr Gesicht an seiner Brust. »Ich will nicht – ich kann dich nicht verlassen.«

Er fuhr ihr durch das glänzende Haar. »Ich kann dich doch nach dem Krieg wieder abholen.«

»Nein ... Es könnte geschehen, daß mich irgendwer irgendwie überredete oder zwänge zu bleiben – ich weiß nicht, wer so etwas fertigbrächte, wenn nicht ein Priester, aber ich habe von solchen Dingen schon gehört ...« Sie dachte daran, auf welche Weise die schönen Elfenfrauen Skafloc betrachteten. Er fühlte, wie sie in seinen Armen steif wurde. Ihre Stimme war fest: »Ich werde dich auf gar keinen Fall verlassen. Ich bleibe hier.«

Er drückte sie freudig an sich.

Jetzt kam die Nachricht, die Trolle seien in See gestochen.

In der letzten Nacht, bevor sie sich selbst einschifften, feierten die Elfen in der Burg ein Fest.

Gewaltig war Imrics Trinkhalle. Frida, die neben Skafloc in der Nähe des Hochsitzes saß, konnte die geschnitzten Dachsparren kaum und die gegenüberliegende Wand gar nicht erkennen. Das kühle blaue Zwielicht, das die Elfen so liebten, schien wie Rauch durch die Halle zu ziehen, obwohl die Luft selbst rein war und nach Blumen duftete. Licht kam von zahllosen Wachskerzen in schweren Bronzeleuchtern, und ihre Flammen brannten silbrig und stetig. Sie wurden von den an den Wänden hängenden Schilden und kunstvollen Goldschmiedearbeiten zurückgeworfen.

Frida hatte sich an raffinierte Speisen in Elfenhöhe gewöhnt, aber jetzt schwamm ihr der Kopf angesichts so vieler Sorten von Fleisch, Geflügel, Fisch, Obst, Gewürzen, Süßigkeiten, Bier und Met und Wein.

Reich gekleidet waren die Elfen. Skafloc trug ein Hemd aus weißer Seide über leinenen Hosen, ein Wams, dessen farbenprächtige Stickereien das Auge verwirrten, einen goldenen Gürtel mit einem juwelenbesetzten Dolch in einer Elektron-Scheide, Schuhe aus Einhorn-Leder und einen kurzen, hermelinbesetzten Umhang, der rot wie Blut von seinen Schultern fiel. Frida hatte ein dünnes Gewand aus Spinnenseide an, über das alle Farben des Regenbogens spielten, eine Kette aus Diamanten fiel über ihre festen, kleinen Brüste, ein schwerer Goldgürtel umschloß ihre Mitte, goldene Ringe schmückten ihre bloßen Arme, und ihre Schuhe waren aus Samt. Beide hatten edelsteinbesetzte Kronen auf dem Kopf, wie es einem Herrn von Alfheim und seiner derzeitigen Dame zukam. Die hochgestellten Elfen waren nicht weniger prunkvoll angetan, und selbst die ärmeren Häuptlinge aus dem Hinterland funkelten vor unbearbeitetem Gold.

Musik erklang, nicht nur die Elfenmelodien, die Imric bevorzugte, sondern auch Harfenspiel der Sidhe und Pfeifen der Leute aus dem Westen. Die Unterhaltung bestand aus den schnellen, grausamen, brillanten Diskussionen der Elfen, subtilem Spott und Wortgefechten, und süßes Lachen lief die Tische hinauf und hinunter.

Doch als diese abgeräumt waren und die Spaßmacher hätten auftreten sollen, wurde nach einem Schwerttanz gerufen. Imric verzog das Gesicht. Ihm war es nicht recht, daß die ungünstigen Omina jedermann vor Augen geführt werden sollten, aber da es der Wunsch der Mehrheit seiner Gäste war, konnte er sich nicht gut weigern.

Die Elfen verließen die Tische. Die Männer legten die sie behindernden und die Frauen alle Kleidungsstücke ab. Knechte holten für jeden Mann ein Schwert. »Was tun sie da?« fragte Frida.

»Das ist der alte Kriegstanz«, erklärte Skafloc. »Ich muß wohl den Skalden dabei machen, denn kein Mensch kann ihn unbeschadet überstehen, selbst wenn er die Schritte genau kennt. Sie tanzen zu neunundneunzig Versen, die der Skalde während des Tanzes dichten muß, und wenn niemand verletzt wird, ist es ein gutes Omen und bedeutet Sieg, aber wird jemand getötet, heißt das Niederlage und Untergang, und schon ein Kratzer sagt Übel voraus. Mir gefällt das nicht.«

Bald standen sich die Elfenmänner in zwei langen Reihen gegenüber und kreuzten die Schwerter hoch in der Luft, und hinter jedem Mann duckte sich eine Frau. Die Reihen bildeten einen Gang mit einem Dach aus schimmernden Klingen, und ihre Enden verloren sich im Zwielicht der Halle. Skafloc stand vor dem Hochsitz des Grafen und sang:

Schnell geht das Schwertspiel,
schwemmt den Gegner zurück.
Schild und Helm erschütternd
schallt der Männer Kriegsruf.

Sobald er einsetzte, tanzten die Männer vorwärts, und bei jeder Hebung der Stabreime klirrten die Schwerter zusammen. Die Frauen tanzten ebenfalls nach vorn, und jeder Mann faßte mit der linken Hand eine Frau bei der rechten und wirbelte sie in den enger werdenden Zwischenraum, wo die Schwerter blitzten und klangen.

Skafloc sang:

Luren brüllen ihr Lachen,
laden zum Kampf die Feinde.
Besser war's, im Bett
bei der Buhle zu liegen.

Durch und zwischen den schwirrenden, zischenden Klingen schwebten die Elfenfrauen hin und zurück und umeinander, wie Schaumstreifen auf den Wellen. Die Männer tanzten hinter den Frauen auf ihr Gegenüber zu und drehten sich, und jeder warf sein Schwert in einem glitzernden Bogen seinem Partner zu und fing dessen Waffe auf, und die scharfen Klingen verfehlten nur gerade eben die geschmeidigen weißen Körper.

Skafloc fuhr fort:

Schnell geht das Schwertspiel!
Die schwirrenden Waffen
tanzen. Manch Tapferem
Tod sie bringen.

Schneller als ein sterbliches Auge es verfolgen konnte, drehten sich die Elfen im Tanz, und zwischen den springenden und jauchzenden Frauen hindurch sausten die Schwerter. Sie flogen jetzt in geringer Höhe vorbei, und wenn zwei mit den Spitzen knapp über dem Fußboden zusammenstießen, sprang eine Elfendame über sie hinweg. Gleich hinter ihr fuhren die Klingen wieder in die Höhe. Darauf wählte sich jeder Mann eine Partnerin und wob ein Netz aus glitzerndem Metall um ihren sich drehenden Körper. Dann setzten die Männer ihre Fechtbewegungen fort, und die Frauen sprangen und hüpften in die Bruchteilen von Sekunden dazwischen, in denen die Waffen zurückgezogen wurden.

Lia, die wie ein flatternder weißer Nebelstreifen in dem Getöse umherwirbelte, rief: »Skafloc, dein Mädchen tut doch ständig so, als ob ihr wer weiß wie viel an dir liegt. Warum tanzt sie dann nicht mit uns für unser Glück?«

Skafloc fuhr fort, ohne sich im Rhythmus unterbrechen zu lassen:

Spottet nicht der sterblichen Frau,
die nicht springt im Reigen.
Mehr Kriegsglück kündet mir
ihr Kuß als Zauber.

Ein Schauder des Entsetzens durchlief in diesem Augenblick die Elfen. Lia, die mehr auf Skaflocs Worte als auf ihre Schritte geachtet hatte, war zu nahe an einer der Klingen geraten. Über ihre seidigen Schultern zog sich ein roter Riß. Sie hielt nicht inne mit Tanzen, und ihr Blut bespritzte die Elfen in ihrer Nähe. Skafloc zwang sich, munter weiterzusingen:

Schnell geht das Schwertspiel!
Schilde triefen von Blut.
Nur die Nornen wissen
nun, wer Sieger bleibt.
Uns ist keine Kunde,
wie der Kampf wird enden.
Doch der Feind wird finden
furchtbaren Streit in Alfheim.

Andere Frauen, erschreckt über den Zwischenfall, gerieten aus dem Takt und wurden ebenfalls verletzt. Imric machte dem Tanz ein Ende, bevor noch jemand getötet wurde, was das größte Unglück heraufbeschworen hätte. Das Fest endete in mißmutigem Schweigen und verstohlenem Geflüster.

Skafloc führte Frida beunruhigt in ihre Gemächer. Dort ließ er sie eine Weile allein. Er kam mit einem breiten, silberbeschlagenen Gürtel zurück. Auf seiner Innenseite war eine flache Phiole, ebenfalls aus Silber, befestigt.

Er reichte Frida den Gürtel. »Das soll mein Abschiedsgeschenk für dich sein«, sagte er ruhig. »Ich habe es von Imric bekommen, aber ich möchte, daß du es trägst. Denn wenn ich auch immer noch glaube, daß wir siegen werden, bin ich mir nach diesem verfluchten Schwerttanz doch nicht mehr ganz sicher.«

Sie nahm das Schmuckstück wortlos entgegen. Skafloc erklärte: »In der Phiole ist ein seltenes und sehr wirksames Gift. Solltest du das Unglück haben, in die Hände der Feinde zu fallen, trink es. Du wirst dann mehrere Tage lang wie eine Tote liegen, und jeder, der dich sieht, wird dich einfach liegenlassen oder schlimmstenfalls nach draußen werfen – das ist die Art der Trolle mit den Leichen von Fremden. Wenn du erwachst, magst du eine Chance haben, davonzukommen.«

»Was nützt mir die Flucht, wenn du tot bist?« fragte Frida traurig. »Dann wäre es besser, ich stürbe auch.«

»Mag sein. Aber die Trolle würden dich nicht sofort töten, und euch Christen ist der Selbstmord doch verboten, nicht wahr?« Skafloc lächelte müde. »Das ist kein Abschiedsgeschenk, das Freude bereitet, meine Liebste, und doch ist es das beste, was ich für dich habe.«

»Und ich nehme es an und danke dir dafür«, hauchte Frida. »Aber wir haben ein besseres Geschenk, das wir uns gegenseitig machen können.«

»So ist es!« rief er, und bald darauf waren sie – für eine Weile – wieder glücklich.

XV

Die Flotten der Elfen und der Trolle trafen sich auf hoher See, ein gutes Stück nördlich von Elfenhöhe. Es war kurz nach Einbruch der Dunkelheit am nächsten Abend. Als Imric, der neben Skafloc im Bug des Flaggschiffes stand, den Feind in seiner ganzen Stärke erblickte, zog er entsetzt die Luft ein.

»Wir englischen Elfen stellen die größte Anzahl in der Flotte Alfheims«, sagte er, »aber die da haben mehr als zweimal soviel. Hätten die anderen doch nur auf mich gehört, als Illrede uns den Waffenstillstand anbot! Ich wußte, er würde ihn nur dazu benutzen, einen neuen Krieg vorzubereiten, und habe sie angefleht, ihn ein für allemal zu vernichten.«

Skafloc wußte in groben Zügen darüber Bescheid, wie damals Rivalitäten und Eitelkeiten, Trägheit und Wunschdenken dazu geführt hatten, daß der Kampf eingestellt wurde. Auch Imric selbst war nicht ganz schuldlos daran. Doch jetzt war es zu spät. »Das können nicht alles Trolle sein«, meinte Skafloc, »und Kobolde und dergleichen Gelichter stellen doch keine ernsthafte Gefahr für uns dar.«

»Du darfst die Kobolde nicht geringschätzen«, mahnte Imric. »Sie sind gute Krieger, wenn sie die nötigen Waffen zur Verfügung haben.« Ein vorbeihuschender Mondstrahl ließ Imrics angespanntes Gesicht kurz aus der Dunkelheit auftauchen. Ein paar Schneeflocken, von einem rauhen Wind herangetrieben, tanzten in diesem Strahl. »Magie wird keiner von beiden Seiten viel nützen«, fuhr Imric fort, »denn in dieser Beziehung ist das Kräfteverhältnis mehr oder weniger ausgeglichen. Also läuft es auf die Stärke der Streitmacht hinaus, und da sind wir die Schwächeren.«

Er schüttelte sein silberlockiges Haupt. Die Augen glitzerten mondblau. »Ich habe im Rat beim Erlkönig das letztemal den Vorschlag gemacht, Alfheim sollte sich zusammenziehen und den Trollen die äußeren Provinzen, ja, sogar England, überlassen, während wir gemeinsam einen Gegenangriff vorbereiten. Aber davon wollten die anderen Herren nichts hören. Jetzt werden wir sehen, wer recht hatte.«

»Die anderen Herren hatten recht«, erklärte Feuerspeer kühn, »denn wir werden diese Schweine abschlachten. Was! Wir sollen es zulassen, daß sie sich auf Elfenhöhe suhlen? Der Gedanke war deiner unwürdig, Herr.« Er faßte seine Pike fester und sah angestrengt nach vorn.

Auch Skafloc, der sich der Größe der Gefahr bewußt war, wollte den Kampf. Mutige Männer hatten schon oft einem stärkeren Feind den Sieg abgerungen. Er brannte vor Verlangen, Valgard wiederzusehen, Fridas wahnsinnigen Bruder, der ihr so Schlimmes angetan hatte, und ihm den Schädel zu spalten.

Und doch, dachte Skafloc, ich hätte Frida nie gefunden, wenn Valgard sie nicht nach Trollheim entführt hätte. Daher schuldete er dem Berserker etwas – ein schneller, sauberer Tod sollte sein Lohn sein.

Auf beiden Seiten riefen die Kriegshörner. Segel und Masten senkten sich, und die Flotten ruderten in die Schlacht. Die Schiffen waren untereinander durch Taue verbunden. Als sie in Schußweite gekommen waren, begannen die Pfeilfe zu fliegen, verdunkelten den Mond, zischten über die Wellen und bohrten sich in Holz oder Fleisch. Drei sprangen von Skaflocs Rüstung ab; ein vierter verfehlte nur knapp seinen Arm und blieb im Drachenkopf stecken. Mit seinen nachtsichtigen Augen sah er, daß andere an Bord nicht so glücklich waren. Unter dem Hagel der Trollgeschosse sanken sie tot oder verwundet nieder.

Der Mond zeigte sich immer seltener durch die rasenden Wolken, aber das Elmsfeuer tanzte, und die Wellen schäumten weiß. Es war hell genug zum Töten.

Dann kreuzten sich zwischen den Schiffen die Speere, Wurfspieße und Schleudersteine. Der von Skafloc geworfene Speer nagelte die rechte Hand eines Trolls an den Mast seines Flaggschiffs. Zurück kam ein Stein, der dröhnend von Skaflocs Helm absprang. Für kurze Zeit benommen, lehnte Skafloc sich an die Reling, und die See schwappte Salzwasser über seinen brummenden Kopf.

Beinahe Mund zu Mund brüllten die Hörner, und die Linien trafen aufeinander.

Imrics Schiff begegnete dem Illredes. Die im Bug stehenden Krieger schleuderten ihre Wurfgeschosse. Skaflocs Schwert pfiff an der Axt eines Trolls vorbei und trennte einen Arm ab. Er lehnte sich an die Reihe von Schilden an der feindlichen Reling. Seinen eigenen bewegte er nur soviel, daß er die niederhämmernden Schläge auffangen konnte. Seine Stahlklinge blitzte über den Rand. Links von ihm stieß und hackte Feuerspeer mit seiner Pike, schrie im Kampfesrausch und achtete der Spitzen nicht, die nach ihm zielten. Rechts von ihm kämpfte Angor vom Piktenland unerschütterlich mit seiner langen Axt. Eine Zeitlang tauschten beide Seiten Hieb und Stich aus, und wenn ein Mann fiel, drängte sich ein anderer an seine Stelle.

Skafloc grub sein Schwert in den Hals eines Trolls. Als dieser fiel, durchbohrte Feuerspeer die Brust des hinter ihm Stehenden. Skafloc sprang über die Reling, hinein in die Bresche und fällte den Troll zu seiner Linken. Als der Krieger rechts von ihm nach ihm hackte, fuhr Angors Axt nieder, und der Kopf des Feindes rollte ins Meer.

»Vorwärts!« schrie Skafloc. Die Elfen in seiner Nähe schwärmten ihm nach. Sie standen Rücken an Rücken, hieben und hieben auf die rings um sie knurrenden, grunzenden Trolle ein. Und in diesem Aufruhr gelang es weiteren Elfen, schnell und geräuschlos die Enterhaken einzusetzen und ebenfalls auf das feindliche Schiff zu gelangen.

Schwerter blitzten, Blut sprudelte. Das Klirren von Metall auf Metall übertönte Wind und Meer. Über alle Kämpfer ragte Skafloc hervor, und seine blauen Augen leuchteten wie Höllenflammen. Er mußte zwischen sich und den Elfen einen bestimmten Abstand lassen, um sie mit seiner eisernen Rüstung nicht zu verletzen, aber sie deckten ihm den Rücken, und während er mit seinem Schild die ungeschlachten Angriffe der Trolle von vorn abwehrte, schoß sein Schwert hin und her mit der Schnelligkeit einer Viper. Es dauerte nicht lange, und die Feinde wichen vor ihm zurück. Der Bug war geräumt.

»Nach achtern!« brüllte er.

Wie ein Wetterleuchten, das über eine Bergwand steigt, stürmten die Elfen vor. Die Trolle verteidigten sich verbissen. Elfen sanken mit zerschmetterten Schädeln nieder, blieben mit gesplitterten Knochen und klaffenden Wunden zurück. Trotzdem wurden die Trolle immer weiter zurückgedrängt, und nur ihre zertrampelten Toten behaupteten das Feld.

»Valgard!« schrie Skafloc. »Valgard, wo bist du?«

Der Trollsohn trat vor. Blut strömte ihm von der Schläfe. »Ein Schleuderstein hat mich bewußtlos gemacht«, sagte er, »aber jetzt bin ich bereit zum Kampf.«

Skafloc stieß einen Ruf aus und rannte auf ihn zu. Zwischen den feindlichen Mannschaften war ein freier Raum entstanden. Die Elfen hielten das Schiff bis zum Mast, die Trolle hatten sich im Heck zusammengedrängt, und alle waren sie im Augenblick außer Atem. Aber immer mehr Elfen kletterten über die Reling, und von ihrem Schiff versandten die Bogenschützen ununterbrochen einen Regen von graubefiedertem Tod.

Skaflocs Schwert und Valgards Axt trafen sich. Stahl kreischte, Funken sprühten. Diesmal blieb Valgard frei vom Berserkerwahnsinn; er focht mit grimmiger Kälte und stand wie ein Fels auf dem rollenden Deck. Skaflocs Schwert fing den Schaft der Axt ab, schnitt aber nur leicht in das zähe, lederbedeckte Holz ein. Die Klinge wurde zur Seite gedrängt, und der Schild auch – sofort hackte Valgard in die ungedeckte Stelle.

Da es ihm an Platz und Zeit mangelte, konnte er nicht weit ausholen, und so wurden weder Panzerringe noch Knochen verletzt. Aber Skaflocs Schildarm fiel betäubt herab. Valgard zielte auf den Hals. Skafloc ließ sich auf ein Knie fallen, so daß der fürchterliche Hieb nur den Helm traf, und währenddessen schlug er nach Valgards Bein.

Halb bewußtlos von dem Schlag, der ihm den Helm einbeulte, sank Skafloc zur Seite. Valgard taumelte mit verwundetem Bein zurück. Sie rollten unter die Ruderbänke, und die Schlacht tobte über ihnen weiter.

Denn Grum, der Trollgraf, hatte vom Heck her einen Ausfall gemacht. Seine mächtige Steinkeule zermalmte links und rechts Schädel. Gegen ihn ging Angor vom Piktenland vor, und er schlug dem Troll des rechten Arm ab. Grum fing seine fallende Keule mit der linken Hand auf und führte mit ihr einen Schlag, der Angor den Hals brach. Aber dann mußte der Troll in Deckung kriechen, um über seine furchtbar blutende Wunde heilende Runen zeichnen zu können.

Skafloc und Valgard kamen wieder zum Vorschein, fanden sich in dem Chaos und nahmen den Kampf von neuem auf. Skafloc konnte seinen linken Arm wieder benutzen, während Valgard immer noch blutete. Imrics Pflegesohn schlug mit solcher Gewalt zu, daß sein Schwert die Rüstung des Berserkers zerschnitt und bis auf die Rippen niederfuhr. »Das ist für Frida!« rief er. »Übles hast du ihr angetan.«

»Nicht so Übles, wie du ihr antust«, keuchte Valgard. Obwohl er vor Schwäche taumelte, fing er Skaflocs nächsten Streich mit seiner Axt auf. Und das Schwert brach entzwei.

»Ha!« brüllte der Berserker, aber ehe er die Gelegenheit wahrnehmen konnte, war Feuerspeer wie eine wütende Katze über ihm, und mit ihm kamen andere Krieger aus Alfheim. Die Elfen waren Herren des Schiffes.

»Du gibst mir keinen Grund, hierzubleiben«, sprach Valgard, »obwohl ich hoffe, dich wiederzusehen, Stiefbruder.« Und er sprang über Bord.

Seine Absicht war gewesen, sich von der Rüstung zu befreien, bevor sie ihn zu weit unter Wasser ziehen konnte, aber das war gar nicht nötig. Viele Schiffe waren gerammt oder zerdrückt worden. Ein Mast trieb vorbei, und er faßte ihn mit der linken Hand. Seine rechte hielt immer noch die Axt Bruderschlächter umklammert, und er fragte sich, ob er sie fahrenlassen sollte.

Aber nein – verflucht oder nicht, es war eine gute Waffe.

Andere, die einen Augenblick Zeit gehabt hatten, ihre Last zu erleichtern, bevor sie vom Schiff flohen, klammerten sich ebenfalls an den Mast. »Stoßt mit den Füßen aus, Brüder!« rief Valgard. »Wir können eines unserer Schiffe erreichen und die Schlacht immer noch gewinnen.«

Auf dem Flaggschiff der Trolle stießen die Elfen ihren Siegesruf aus. Skafloc fragte: »Wo ist Illrede? Er sollte an Bord sein, aber ich habe ihn nicht gesehen.«

»Vielleicht fliegt er über uns und besichtigt seine Flotte, wie Imric es in der Gestalt einer Seemöwe tut«, antwortete Feuerspeer. »Laßt uns dieses verdammte Schiff leckschlagen und auf unser eigenes zurückkehren.«

Dort wartete Imric auf sie. »Wie steht die Schlacht, Pflegevater?« erkundigte Skafloc sich fröhlich.

Die Antwort des Elfengrafen ernüchterte ihn: »Schlecht steht sie, denn so gut die Elfen sich auch halten, die Trolle werfen zwei Krieger gegen jeden einzelnen von ihnen. Und Scharen des Feindes landen ungehindert.«

»Das sind wahrlich schlechte Nachrichten«, meinte Golric von Cornwall. »Wir müssen wie Dämonen fechten, oder wir sind verloren.«

»Ich fürchte, wir sind jetzt schon verloren«, sagte Imric.

Skafloc konnte es nicht sofort fassen. Er blickte ringsum und erkannte, daß das Flaggschiff allein auf den Wellen trieb. Auf beiden Seiten brachen die Schiffe auseinander, da die Feinde die verbindenden Taue durchschnitten, aber die Trolle hatten weniger darunter zu leiden. Und zu oft griffen die Trolle ein Elfenschiff auf beiden Seiten an.

»An die Ruder!« schrie Skafloc. »Sie brauchen Hilfe! An die Ruder!«

»Gut gesprochen«, spottete Imric.

Das Langschiff näherte sich dem nächsten Getümmel. Pfeile zischten nieder.

»Schießt zurück!« rief Skafloc. »Im Namen der Hölle, warum schießt ihr nicht zurück?«

»Unsere Köcher sind beinahe leer, Herr«, antwortete ein Elf.

Tief unter ihre Schilde geduckt, ruderten die Elfen in den Kampf. Zwei Schiffe ihrer Mitstreiter waren zwischen drei Söldner-Fahrzeugen und einem Trollschiff eingeklemmt. Als Imrics Drachenschiff sich näherte, stürzten die mit Fledermausschwingen versehenen Dämonen von Baikal darüberher.

Die Elfen verteidigten sich mannhaft, aber es war schwer, gegen einen Feind zu kämpfen, der von oben mit Lanzen zustach. Sie verbrauchten ihre letzte Pfeile, und doch gelang es ihnen nicht, den fliegenden Tod zu vertreiben.

Trotz allem kamen sie längsseits eines Koboldschiffes, und von hier waren die Pfeile geflogen. Skafloc sprang über die Reling und schlug mit dem Elfenschwert, das er jetzt trug, um sich. Diese kleinen Geschöpfe konnten einem Nahkampf nicht standhalten. Einen hackte er in zwei Teile, einem zweiten schlitzte er den Bauch auf, der Kopf eines dritten drang von den Schultern. Feuerspeers Pike nagelte zwei fest, während er einem weiteren gegen das Brustbein trat. Mehr Elfen kamen an Bord. Die Kobolde fielen zurück.

Skafloc erreichte ihre Pfeiltruhen und warf die schweren Kästen auf sein Schiff hinüber. Statt die im Heck zusammengedrängten Kobolde abzuschlachten, blies er zum Rückzug. Von diesem Schiff hier drohte keine Gefahr mehr. Von neuem wurden Elfenbogen gespannt, und die schwebenden Dämone purzelten aus dem Himmel.

Die Trolle schlossen auf. Skafloc sah, daß die anderen beiden Elfenschiffe gegen Kobolde, Oni und Dschinns kämpften. »Wenn sie mit denen fertig werden«, sagte er, »können wir uns um die Trolle kümmern.«

Die grünhäutigen Krieger warfen die Enterhaken, brüllten ihren Kriegsruf und sprangen über die Reling des Elfenschiffs. Skafloc rannte ihnen entgegen, rutschte auf dem blutigen Holzrost aus und fiel zwischen die Ruderbänke. Ein Speer fuhr mit einer Gewalt, die einen Kettenpanzer durchschlagen konnte, an der Stelle nieder, wo eben noch seine Brust gewesen war. Golric von Cornwall, die Spitze in seinem Herzen, fiel.

»Danke«, murmelte Skafloc und erhob sich. Die Trolle waren über ihm. Ihre Keulen trommelten von oben auf seinen Schild und seinen Helm. Er hieb nach ihren Knöcheln, und ein Feind ging zu Boden. Bevor Skafloc mit seinem Schwert von neuem ausholen konnte, beugte sich ein anderer Troll vor und schlug nach seinem Gesicht. Skafloc hob seinen eisenbeschlagenen Schild. Schreiend taumelte der Troll zurück. Die Hälfte seines Gesichts war verbrannt. Skafloc gelangte zurück auf den Gang und fand Anschluß an seine Elfen.

Der Waffenlärm hallte durch immer dichter treibenden Schnee. Auch der Wind wurde stärker und ließ die aneinander gebundenen Schiffe rollen und stampfen und Rumpf gegen Rumpf donnern. Kämpfer stolperten, fielen von Oberdecks, Gängen und Bänken auf das untere Deck und fochten dort weiter. Nicht lange, und Skaflocs Schild war bis zur Nutzlosigkeit zerhauen. Er warf ihn auf den Troll, mit dem er gerade im Handgemenge war, und stieß ihm sein schartig gewordenes Schwert ins Herz.

Dann wurde er von hinten gepackt. Er stieß mit seinem Stahlhelm zurück. Nichts geschah, außer daß die eichenfesten Arme ihren Griff verstärkten. Skafloc drehte den Kopf und sah einen Troll, der vollständig in Leder gekleidet war, sogar einen Lederhelm und Lederhandschuhe trug er. Skafloc wandte einen elfischen Kunstgriff an und rang sich frei, indem er seine Hände durch Daumen und Zeigefinger des Feindes stieß. Aber sofort wurde er in eine Bärenumarmung gezogen. Das Schiff schaukelte und warf sie beide zwischen die Bänke.

Skafloc kam nicht los. Er erkannte, daß dieses Geschöpf seine Rippen wie Pfeilschäfte zerbrechen konnte. Er stemmte seine Knie gegen den Bauch des Trolls, schloß die Hände um den dicken Hals und spannte die Muskeln an.

Wahrscheinlich hätte das Rückgrat keines anderen Sterblichen den furchtbaren Druck ausgehalten. Skafloc fühlte, wie die Stärke aus ihm rann wie aus einem lecken Weinfaß. Alles, was er an Kraft, an Willen und an Mut besaß, pumpte er in Rücken und Beine und in die Hände, mit denen er dem Troll die Luft abschnürte. Es schien eine Ewigkeit zu sein, die sie mit dem Schiff umherrollten, und er wußte, viel länger konnte er es nicht mehr aushalten.

Dann ließ der Troll los und faßte, heftig nach Luft ringend, Skaflocs Handgelenke. Skafloc rammte den Kopf seines Feindes gegen den Mast, einmal, zweimal, dreimal. Die Wucht ließ das Holz singen und den mit Leder bekleideten Schädel zersplittern.

Keuchend lag Skafloc über der Leiche. Sein Herz sprang ihm beinahe aus der Brust, und das Blut rauschte ihm in den Ohren. Nach einer Weile sah er verschwommen, daß Feuerspeer sich über ihn beugte, und hörte ihn in ehrfürchtigem Staunen sagen:

»Noch nie wurde davon berichtet, ein Elf oder ein Mensch habe einen Troll mit bloßen Händen getötet. Deine Tat ist eines Beowulf würdig und wird nicht vergessen werden, solange die Erde steht. Und jetzt haben wir gesiegt.«

Er half Skafloc auf das Vorderdeck. Durch das Schneetreiben erkannten sie, daß die fremdländischen Schiffe der Söldner alle von den Elfen eingenommen waren.

Aber um welchen Preis – weder auf ihrem noch auf den beiden in der Nähe befindlichen Schiffen waren mehr als zwanzig Elfen am Leben, und von diesen waren die meisten schwer verwundet. Die Schiffe trieben auf die Küste zu, bemannt mit Leichen und ein paar Kriegern, die zu müde waren, um ein Schwert zu heben.

Und durch die Dunkelheit schoß ein neues, voll bemanntes Langschiff der Trolle auf sie zu.

»Ich fürchte, wir haben verloren«, ächzte Skafloc. »Uns bleibt nichts übrig, als zu retten, was wir können.«

Die Schiffe rollten hilflos in der wilden Brandung. Und auf dem Strand wartete eine Reihe von Trollen auf ihren großen schwarzen Pferden.

Eine Seemöwe tauchte aus der schneefüllten Luft, schüttelte sich und wurde zu Imric. »Wir haben gut gekämpft«, erklärte der Elfengraf grimmig. »Beinahe die Hälfte der feindlichen Schiffe wird nie wieder in See stechen. Aber diese Hälfte gehörte zum größten Teil den Verbündeten der

Trolle, und wir – wir sind am Ende. Was von unseren Schiffen noch seetüchtig ist, befindet sich auf der Flucht, und andere – wie auch das unsrige – erwarten ihre Vernichtung.« Tränen, vielleicht seit Jahrhunderten die ersten, schimmerten in den kühlen Augen. »England ist verloren. Ich fürchte, Alfheim ist verloren.«

Feuerspeer faßte seine Pike fester. »Wir werden kämpfend sterben«, schwor er, und seine Stimme klang hohl vor Erschöpfung.

Skafloc schüttelte den Kopf, doch als er an Frida dachte, die in Elfenhöhe auf ihn wartete, kehrte ein bißchen Stärke in seinen Körper zurück. »Wir werden weiterkämpfen«, sagte er, »aber zuerst müssen wir unser Leben retten.«

»Ein guter Gedanke – wenn wir es schaffen«, meinte Feuerspeer zweifelnd.

Skafloc nahm seinen Helm ab. Die Locken darunter waren schweißdurchtränkt. »Wir beginnen damit, daß wir unsere Rüstung abnehmen.«

Die Elfen schafften es kaum, ihre Schiffe bis auf Reichweite der Bootshaken zu rudern. Sie versammelten sich in einem Schiff, stellten den Mast auf und setzten Segel. Immer noch sahen ihre Chancen schlecht aus, denn das sich nähernde Trollschiff kam mit dem Wind, und beide Fahrzeuge waren dem leewärts gelegenen Ufer ganz nahe.

Skafloc kämpfte mit dem Steuerruder, einige seiner Leute richteten das Segel, und sie fuhren mit Backstagswind auf das Land zu. Die Trolle nahmen die Ruder zu Hilfe. Sie versuchten, das Elfenschiff entweder abzufangen oder es auf eine voraus liegende Felseninsel zuzutreiben.

»Das wird knapp werden«, sagte Imric.

»Knapper, als sie denken«, grinste Skafloc und spähte in die treibenden Schneeflocken. Er sah die Brandung auf dem Riff, hörte ihr Rauschen durch das Heulen des Windes. Dahinter lag seichtes Wasser. Die Trolle näherten sich steuerbords. Skafloc rief einen Befehl, das Segel loszulassen, und setzte seinen Helm wieder auf. Das Schiff schwang herum und sprang vor dem Wind davon. Zu spät merkten die Trolle, was ihr Gegner vorhatte, und versuchten, ihm aus dem Weg zu kommen. Skafloc rammte sie mittschiffs. Das Holz ächzte unter der Wucht des Aufpralls. Das Trollschiff wurde in die Brandung und auf die Felseninsel zu geschleudert – und zerschellte!

Skaflocs Elfen arbeiteten nach seinen Befehlen wie die Wahnsinnigen. Trollruder zerbrachen, als sie an dem Rumpf des feindlichen Schiffes vorbeischrammten. Skafloc konnte nicht hoffen, sein eigenes Schiff zu retten, aber indem er das des Gegners als Fender wie als Drehzapfen benutzte, stieß er weniger heftig und am anderen Ende des Riffs auf, wo die See nicht so wild war. Als sein Schiff festhing, lag zwischen ihm und den Untiefen nur ein schmaler Felsengrat.

»Rette sich, wer kann!« rief Skafloc. Er sprang auf die schlüpfrigen Steine und hinein in das ihm bis zum Hals reichende Wasser. Schnell wie ein Seehund schwamm er auf den Strand zu. Seine Kameraden kamen mit ihm, bis auf die, die zu schwer verwundet waren. Sie mußten in dem auseinanderbrechenden Schiff zurückbleiben und, das Land vor Augen, ertrinken.

Die übrigen wateten an Land, und sie waren von den Trollen zu Pferde ein gutes Stück entfernt. Einige bemerkten sie und galoppierten auf sie zu.

»Verteilt euch!« brüllte Skafloc. »Die meisten können entkommen!«

Während er durch den Schneesturm rannte, sah er, wie Elfen von Lanzen aufgespießt oder unter Pferdehufen zerstampft wurden. Aber die meisten seiner kleinen Schar kam davon. Hoch hinauf stieg die Seemöwe.

Und auf den Vogel herunter stieß ein mächtiger Seeadler. Skafloc stöhnte auf. In Deckung hinter einem Felsen sah er, wie der Seeadler die Möwe nach unten drückte, und dort wurden sie zu Illrede und Imric.

Trollkeulen fielen auf den Elfengraf nieder. Er lag bewegungslos in einer Lache seines Blutes, und sie banden ihn.

Wenn Imric tot war, hatte Alfheim einen seiner besten Führer verloren. Wenn er noch lebte – um so schlimmer für ihn! Skafloc glitt durch das schneebedeckte Heidekraut.

Kaum fühlte er die Müdigkeit oder die Kälte oder seine verwundeten, steifwerdenden Glieder. Die Elfen waren geschlagen, und nun hatte er nur noch ein Ziel: Er mußte Elfenhöhe und Frida vor den Trollen erreichen.

XVI

Illredes Männer verbargen sich vor der Sonne und blieben mehrere Tage in ihrem Unterschlupf, denn auch sie hatte der Kampf schwer mitgenommen. Danach zogen sie, teils zur See und teils auf dem Land, nach Süden. Die Schiffe erreichten noch in der gleichen Nacht den Hafen von Elfenhöhe. Die Mannschaften gingen an Land, plünderten die Häuser, die sie unterwegs fanden, und warteten rings um die Burg auf ihre Gefährten.

Die Landtruppen, Grum und Valgard an der Spitze, kamen langsamer voran. Reiter durchkämmten die Gegend, und wo immer kleine Scharen von Elfenkriegern sich ihnen entgegenstellten, wurden sie erschlagen – nicht ohne Verluste für die Trolle. Einsam liegende Gehöfte wurden geplündert und verbrannt. Ihre Bewohner fesselte man mit gebundenen Händen an eine Kette, die von Hals zu Hals ging, und als erster hing Imric daran. Die Trolle vergnügten sich mit den Speisen und Getränken und Frauen von Alfheim und beeilten sich nicht sonderlich, Elfenhöhe zu erreichen.

Aber die Burgbewohner wußten – sei es durch ihre Künste, sei es durch das Ausbleiben jeder Nachricht von ihren Männern – schon im Morgengrauen nach der Schlacht, daß Imric verloren hatte. Später, als sie von hohen Brustwehren die sie umgebenden Lagerfeuer und die schwarzen Schiffe sahen, die auf den Strand gezogen waren oder in der Bucht vor Anker lagen, wurde ihnen klar, daß sich nicht beide Seiten gegenseitig vernichtet, sondern daß die Angreifer einen klaren Sieg errungen hatten.

Frida stand am Fenster ihres Schlafzimmers. Sie hörte ein ganz leises Rascheln von seidenen Gewändern hinter sich, drehte sich um und erblickte Lia. In der Hand der Elfenfrau schimmerte ein Messer.

Schmerz und Bosheit kämpften auf Lias Gesicht um die Vorherrschaft, und es sah gar nicht mehr wie das Elfenbein geschnitzte Bild einer Göttin aus. In menschlicher Sprache sagte sie:

»Deine Augen sind sehr trocken für jemanden, dessen Liebe zu Rabenfutter geworden ist.«

»Ich werde um ihn weinen, wenn ich weiß, daß er tot ist«, antwortete Frida tonlos. »Aber es war zuviel Leben in ihm, als daß ich glauben könnte, er liege jetzt für immer verstummt.«

»Wo mag er dann sein, und was nützt dir ein umherirrender Flüchtling?« Lias blasse, volle Lippen verzogen sich. »Siehst du diesen Dolch, Frida? Die Trolle lagern rings um Elfenhöhe, und dein Gesetz verbietet dir, dich selbst zu töten. Aber wenn du ihnen zu entkommen wünscht, werde ich ihn dir gern geben.«

»Nein. Ich will auf Skafloc warten«, antwortete Frida. »Und haben wir keine Speere und Pfeile und Kriegsmaschinen? Haben wir nicht reichlich zu essen und zu trinken, sind die Mauern nicht hoch und die Tore stark? Wir in der Burg können sie für jene, die hinausgezogen sind, halten.«

Lias Messer sank hinab. Lange sah sie das schlanke, grauäugige Mädchen an. »Du hast Mut«, sagte sie schließlich, »und mich dünkt, ich fange an zu begreifen, was Skafloc in dir gesehen hat. Aber dein Rat ist der einer Sterblichen – er zeugt von Torheit und Ungeduld. Können Frauen eine Festung gegen einen Sturmangriff halten, wenn die Männer gefallen sind?«

»Sie können es versuchen – oder wie ihre Männer fallen.«

»O Nein. Sie haben andere Waffen. »Grausame Lust flakkerte über Lias Gesicht. »Die Waffen der Frauen – aber um sie einsetzen zu können, müssen wir die Tore öffnen. Willst du deinen Liebhaber rächen?«

»Aye – mit Pfeil und Dolch und, wenn es sein muß, mit Gift!«

»Dann gib den Trollen deine Küsse. Sie sind schnell wie Pfeile, scharf wie Messer, bitter und tödlich wie Gift im Weinbecher. Das ist die Art der Elfenfrauen.«

»Lieber will ich das große Gesetz von Ihm da oben brechen und mir selbst zum Mörder werden, als zur Hure der Schlächter meines Mannes!« flammte das Mädchen auf.

»Geschwätz von Sterblichen«, spottete Lia. Sie lächelte ihr Katzenlächeln. »Ich werde die Liebkosungen der Trolle interessant finden – für eine Weile. Wenigstens sind sie etwas Neues, und nach vielen Jahrhunderten ist es schwer, überhaupt einmal etwas Neues zu finden. Wir öffnen die Tore von Elfenhöhe, wenn unser neuer Graf eintrifft.«

Frida sank auf ihr Bett und vergrub das Gesicht in den Händen. Lia fuhr fort: »Wenn du deinen hirnlosen menschlichen Einfällen folgen willst, werde ich nur froh sein, dich loszuwerden. Morgen früh nach Tagesanbruch, wenn die Trolle schlafen, lasse ich dich mit allem, was du mitnehmen willst, aus der Burg gehen. Danach kannst du tun, was dir beliebt. Ich vermute, du wirst in das Land der Menschen fliehen und deine Stimme dem schrillen Winseln von Nonnen zugesellen, deren himmlischer Bräutigam aus irgendeinem Grund niemals zu ihnen kommt. Ich wünsche dir dabei viel Vergnügen!«

Sie ging.

Frida blieb auf dem Bett liegen. Dunkelheit und Hoffnungslosigkeit überwältigten sie. Weinen konnte sie nicht, und die unvergossenen Tränen schnürten ihre die Kehle zusammen. Nun hatte sie alles verloren, ihre Familie, ihre Liebe …

Nein!

Sie setzte sich auf und ballte die Fäuste. Skafloc war nicht tot.

Das würde sie erst glauben, wenn sie seine blutlosen Lippen geküßt hatte – und wenn Gott barmherzig war, brach dann ihr Herz und sie blieb neben ihm liegen. Aber wenn er lebte … Vielleicht lag er irgendwo schwer verwundet, und die Feinde umringten sein Versteck, und er brauchte ihre Hilfe …

Schnell suchte sie alles zusammen, was sie für nützlich hielt. Einen Helm und eine Rüstung, die ihm gehörten, und die Kleidung, die darunter zu tragen war (ohne das sein Körper darin steckte, sah sie seltsam leer aus, viel leerer als irgendwelche anderen weggelegten Männersachen), Axt und Schwert und Schild, Speer und Bogen und viele Pfeile.

Auch für sich selbst nahm sie einen leichten Brustharnisch, wie ihn die Schildjungfrauen unter den Elfen zu tragen pflegten. Er paßte ihrer schlanken Gestalt gut, und sie konnte sich eines Lächelns nicht erwehren, als sie vor dem Spiegel Kappe und goldgeflügelten Helm auf ihre rötlichen Locken setzte. Sie wirkte in diesem Aufzug nicht wie eine Knappe, eher wie ein spielendes Kind, und er hatte sie immer gern darin gesehen.

Es ging nicht anders, als daß sie eine Ausrüstung aus Elfenmetall zusammenstellte, denn die Elfenpferde würden Eisen nicht tragen, aber sie glaubte doch, daß sie Skafloc von gutem Nutzen sein würde. Frida fügte dem Stapel noch Stockfisch und andere Nahrungsmittel hinzu, auch Pelze und Decken und Nähzeug und was sie für wichtig hielt. »Ich werde zu einer Hausfrau«, sagte sie und lächelte von neuem. Das heimatliche Wort machte sie froh wie der Anblick eines alten Freundes. Dann trug sie bestimmte Dinge herbei, von denen sie nicht wußte, wozu sie gebraucht wurden, auf die Skafloc aber immer großen Wert gelegt hatte: Felle vom Wolf und vom Otter und Adlerschwingen, mit Runen versehene Stäbe aus Eschen- und Buchenholz sowie einen merkwürdig geschmiedeten Ring.

Als alles zusammengepackt war, suchte sie Lia auf. Die Elfenfrau sah erstaunt auf die Walkürengestalt vor ihr. »Was willst du jetzt?« fragte sie.

»Ich möchte vier Pferde«, antwortete Frida, »und Hilfe dabei, das eine mit dem, was ich mitnehme, zu beladen. Dann laß mich heraus.«

»Es ist noch Nacht, und die Trolle sind wach und streifen

umher. Und bei Tag können Elfenpferde nicht draußen sein.«

»Das macht nichts. Sie sind schneller als alle anderen, und Schnelligkeit ist, was ich vor allem brauche.«

»Ja, du wirst wohl vor dem Morgengrauen eine Kirche erreichen, wenn du durch die feindlichen Linien kommst«, spöttelte Lia, »und unterwegs mögen dir die Waffen, die du bei dir hast, einigen Schutz gewähren. Aber du kannst nicht darauf hoffen, daß das Gold des Feenreichs dir lange bleibt.«

»Ich habe kein Gold, das der Rede wert ist, und ich will auch nicht in das Land der Menschen. Es ist das nördliche Tor, das du mir öffnen sollst.«

Lias Augen wurden groß. Sie zuckte die Schultern. »Die reine Dummheit! Was soll dir Skaflocs Leichnam nützen? Aber es soll geschehen, wie du willst.« Ihr Mund wurde weicher, und sie sagte mir leiser, nicht ganz sicherer Stimme: »Küß ihn einmal für Lia, ich bitte dich.«

Frida antwortete nicht, aber sie dachte, daß Skafloc lebend oder tot diesen Kuß niemals bekommen sollte.

Der Schnee fiel dicht, als sie aufbrach. Geräuschlos schwang das Tor auf, und die Koboldwachen, denen für ihren Dienst die Freiheit versprochen worden war, winkten ihr zum Abschied. Frida ritt mit ihren vier Pferden davon. Sie blickte nicht mehr zurück. Ohne Skafloc war die Pracht von Elfenhöhe nur Asche für sie.

Der Wind pfiff ihr ums Gesicht und biß durch die übereinandergezogenen Pelze. Sie beugte sich vor und flüsterte ihrem Reitpferd ins Ohr: »Jetzt schnell, schnell, bestes aller Streitrösser, galoppiere! Schnell nach Norden zu Skafloc! Finde ihn mit deinen unsterblichen Sinnen, und du sollst in all deinen Jahrhunderten in goldenen Ställen schlafen und ohne Sattel auf Sommerwiesen springen.«

Da hörte sie Gebrüll. Frida fuhr im Sattel hoch. Entsetzen erfaßte sie. Nichts war fürchterlicher als die Trolle, und sie hatten sie gesehen ... »Oh, schnell, mein Pferd!«

Der vorbeisausende Wind riß sie fast vom Sattel und zwang sie, einen Arm schützend vor die Augen zu halten.

Sie konnte durch Nacht und Schnee kaum noch etwas sehen, nicht einmal mit ihrer Hexensicht, aber sie hörte das Donnern von Hufen hinter sich.

Schneller und schneller, nach Norden, immer nach Norden, durch die eisige Kälte! Die Verfolger schrien, die Erde bebte unter dem Hufschlag. Als sie einen Blick zurückwarf, sah sie die Trolle als dunkle Schatten durch die Finsternis rasen. Könnte sie doch anhalten und ihnen im Namen Jesu befehlen, umzukehren! Aber die Reichweite ihrer Pfeile übertraf bei weitem ihre Hörweite.

Immer dichter tanzten die Schneeflocken. Dann fielen die Trolle zurück, aber Frida wußte, sie würden ihrer Spur weiter folgen. Und auf ihrem Weg kam sie der nach Süden marschierenden Armee von Trollheim immer näher.

Die Zeit flog ebenso wie der Wind. Von einem fernen Hügel glomm der Schein eines Feuers – vielleicht eine brennende Elfenbehausung. Die Truppen mußten ganz nahe sein, und sie würden ihre Kundschafter weit ausschwärmen lassen. Wie als Antwort auf ihre Gedanken brach ein Geheul rechts von ihr aus der Dunkelheit. Sie hörte Hufe klappern. Wenn sie sie abschnitten …

Eine abschreckende Gestalt ragte vor ihr auf, ein riesiges Pferd, schwärzer als die Nacht, mit wie Kohlen glühenden Augen, auf seinem Rücken ein Reiter mit einem schwarzen Kettenpanzer, stark von Körper und grauenhaft von Gesicht – ein Troll! Die Elfenpferde brachen zur Seite aus, aber nicht schnell genug. Er faßte nach dem Zügel und hielt Fridas Reitpferd an.

Frida schrie. Ehe sie einen heiligen Namen aussprechen konnte, hatte er sie aus dem Sattel gerissen. Mit dem einen Arm preßte er sie an sich, die freie Hand legte er ihr über den Mund. Sie war kalt und roch wie ein Schlangenknäuel.

»Ho, ho, ho!« schrie der Troll.

Aus der Nacht, durch den Wind, gerufen durch ihren stummen Hilfeschrei, sprang Skafloc. Er setzte einen Fuß in den Steigbügel des Trolls, schwang sich empor und stieß ihm den Dolch in die Kehle.

Und er fing Frida in seinen Armen auf.

XVII

Als die über Land marschierenden Trolle Elfenhöhe erreicht hatten, tönte ein Horn vom Wachturm, und die großen Bronzetore öffneten sich weit. Valgard zog die Zügel an und kniff die Augen zusammen. »Ein Trick«, murmelte er.

»Nein, das glaube ich nicht«, antwortete Grum. »Außer den Frauen sind nur noch wenige in der Burg, und sie rechnen damit, daß wir sie verschonen.« Er schüttelte sich vor Gelächter. »Und das werden wir! Das werden wir!«

Die Hufe der starkknochigen Pferde klangen laut auf den Pflastersteinen des Hofes. Hier war es warm und ruhig, kühles Halblicht ruhte blau auf Mauern und himmelstürmenden Türmen. Blumen versandten süße Düfte, Springbrunnen plätscherten, und klare Bäche rieselten durch Gärtchen, die nur für zwei gedacht waren.

Die Frauen von Elfenhöhe hatten sich vor dem Eingang versammelt, um ihre Eroberer zu grüßen. Valgard hatte zwar auf seinem Zug nach Süden schon Elfenmädchen gehabt, aber jetzt, als er diese hier sah, stieß er einen halblauten Ausruf aus.

Eine trat vor. Dünne Gewänder schmiegten sich an ihren Körper und zeigten jede Rundung, und verglichen mit ihr waren alle anderen wie die Sterne neben dem Mond. Sie verneigte sich tief vor Grum, und das kühle Geheimnis ihrer Augen verbarg sich unter gesenkten Wimpern. »Sei gegrüßt, Herr.« Es war mehr ein Singen als ein Sprechen. »Elfenhöhe unterwirft sich dir.«

Der Graf stieß den Atem aus. »Lange hat diese Burg gestanden«, sagte er, »und nicht wenige Angriffe hat sie abgeschlagen. Aber ihr, die ihr euch entschlossen habt, die Macht von Tollheim anzuerkennen, habt am klügsten gehandelt. Schrecklich sind wir unseren Feinden, aber unsere Freunde bekommen Geschenke von uns.« Er grinste. »Bald werde ich auch dir ein Geschenk machen. Wie ist dein Name?«

»Ich heiße Lia, Herr, und bin die Schwester von Imric, dem Elfengrafen.«

»Nenne ihn nicht Graf, denn jetzt bin ich, Grum, Graf auf dieser Insel, und Imric ist der letzte meiner Sklaven. Bringt die Gefangenen herein!«

Langsam, mit gesenkten Köpfen und schlurfenden Füßen, kamen die Edlen Alfheims in ihren Fesseln näher. Bitter waren ihre beschmutzten Gesichter, und ihre Schultern beugten sich unter einer Last, die schwerer war als die Ketten. Imric, dessen Haar mit seinem eigenen verkrusteten Blut verklebt war und dessen nackte Füße Blutspuren zurückließen, ging an der Spitze. Die Elfen sprachen nicht, sie warfen nicht einmal einen Blick auf ihre Frauen, als sie nach unten in die Verliese geführt wurden. Die gewöhnlichen Gefangenen folgten, ein Zug des Elends.

Illrede kam von den Schiffen. »Elfenhöhe ist unser«, erklärte er, »und wir übertragen dir, Grum, den Befehl, während wir anderen das restliche Alfheim unterwerfen. Es gibt immer noch englische, schottische, walisische Elfenfestungen einzunehmen, und viele Elfen verbergen sich in den Hügeln und Wäldern. So wirst du Arbeit genug haben.«

Als erster betrat er das Gebäude. »Wir haben hier etwas zu erledigen, bevor wir aufbrechen. Vor neunhundert Jahren hat Imric unsere Tochter Gora gefangengenommen. Ihr soll nun die Freiheit werden.«

Als die Männer dem König folgten, zupfte Lia Valgard am Ärmel und zog ihn beiseite. Sie sah ihn forschend an. »Zuerst habe ich dich für Skafloc gehalten, einen Sterblichen, der bei uns gelebt hat«, flüsterte sie. »Aber ich kann spüren, daß du kein Mensch bist ...«

»Nein.« Er verzog einen Mundwinkel. »Ich bin Valgard, der Berserker von Trollheim. Trotzdem sind Skafloc und ich in gewisser Beziehung Brüder. Denn ich bin ein Wechselbalg, den die Trollfrau Gora von Imric geboren hat, und ich wurde gegen das Kind, das ihr Skafloc genannt habt, ausgetauscht.«

»Dann ...« Lias Hand schloß sich fester um seinen Arm. Sie zischte: »Dann bist du der Valgard, von dem Frida gesprochen hat? Ihr Bruder?«

»Der bin ich.« Seine Stimme wurde rauh. »Wo ist sie?« Er schüttelte sie. »Und wo ist Skafloc?«

»Ich ... weiß es nicht ... Frida ist aus der Burg entflohen, sie sagte, sie wollte ihn suchen ...«

»Dann ist sie jetzt bei ihm, falls sie nicht unterwegs abgefangen wurde, und davon habe ich nichts gehört. Das ist schlecht.«

Lia lächelte mit geschlossenen Lippen und gesenkten Augen. »Endlich verstehe ich, was der Ase Tyr gemeint hat«, flüsterte sie vor sich hin, »und warum Imric es geheimgehalten hat ...« Kühn wandte sie sich an Valgard: »Warum hältst du das für schlecht? Du hast den Samen Orms bis auf diese beiden getötet, und du bist die Ursache gewesen, daß ihnen ein schlimmeres Schicksal zuteil geworden ist. Wenn du diese Sippe haßt, welch bessere Rache könntest du dir wünschen?«

Valgard schüttelte den Kopf. »Ich hatte nichts gegen Orm oder seine Sippe«, murmelte er. Er blickte ringsum, als sei er plötzlich aus quälenden Träumen erwacht. »Aber ich muß sie gehaßt haben, weil ich ihnen soviel Leid zugefügt habe – meinen eigenen Verwandten ...« Er legte eine Hand über die Augen. »Nein, sie sind – sie waren ja gar nicht von meinem Blut ... oder?«

Er riß sich von ihr los und eilte dem König nach. Lia, immer noch lächelnd, ging langsamer hinterher.

Illrede saß auf Imrics Hochsitz. Sein Blick hing unverwandt an der Innentür, und er lachte leise, als er die Schritte seiner Leibwache hörte. »Sie bringen Gora«, brummte er. »Mein kleines Mädchen, das einmal an meinen Knien gelacht und gespielt hat.« Er legte eine schwere Hand auf die Schulter des Berserkers. »Deine Mutter, Valgard.«

Sie taumelte in die Halle, abgemagert, verrunzelt, zusammengekrümmt von den Jahrhunderten, die sie in der Dunkelheit gekauert hatte. Aus ihrem totenschädelähnlichen Gesicht starrten Augen, die bis auf die in ihren Tiefen schwimmenden Geister leer waren.

»Gora ...« Illrede wollte sich erheben und sank wieder zurück.

Ihre beinahe erblindeten Augen blinzelten. »Wer ruft Gora?« lallte sie. »Wer Gora ruft, ruft eine Tote. Gora ist tot, Herr. Sie ist vor neunhundert Jahren gestorben. Sie haben sie unter einer Burg vergraben; ihre weißen Knochen haben die zu den Sternen aufragenden Türme dieser Burg gestützt. Kannst du die arme tote Trollfrau nicht ruhen lassen?«

Valgard wich vor ihr zurück und hob eine Hand, als wolle er das auf ihn zuschwankende Wesen abwehren. Illrede streckte beide Arme aus. »Gora!« rief er. »Gora, kennst du mich nicht mehr, mich, deinen Vater? Kennst du deinen Sohn nicht?«

Ihre leblose Stimme klang durch die Halle. »Wie kann die Tote irgend jemanden kennen? Wie kann die Tote gebären? In dem Gehirn, das Träume geboren hat, werden Würmer ausgebrütet. Ameisen kriechen durch den hohlen Raum, wo früher einmal mein Herz schlug. Oh, gib mir meine Kette zurück! Gib mir den Liebhaber zurück, der mich im Dunkeln festgehalten hat!« Sie wimmerte. »Erwecke die arme, geängstigte Tote nicht, Herr, erwecke nicht die Wahnsinnige, denn Leben und Vernunft sind Ungeheuer, die die verschlingen, die sie geboren haben.«

Sie wandte lauschend den Kopf. »Ich höre Hufschläge. Ich höre ein Pferd, das zum Rand der Welt galoppiert. Das ist die Zeit, und von der Mähne ihres Pferdes fällt Schnee, und von seinen Hufen züngeln Blitze. Wenn die Zeit vorbeigeritten ist, dann bleiben auf ihrem Weg nur welke Blätter zurück, die der Sturm verweht. Sie kommt näher, ich höre die Welt erbeben – gib mir meinen Tod zurück!« kreischte sie. »Laß mich zurückkriechen in mein Grab und mich vor der Zeit verstecken!«

Schluchzend krümmte sie sich auf dem Fußboden zusammen. Illrede winkte seiner Leibwache. »Führt sie nach draußen und tötet sie.« Grum befahl er: »Hänge Imric an den Daumen über glühenden Kohlen auf, bis wir Alfheim erobert haben und darüber nachdenken können, welche Belohnung ihm zuteil werden soll.« Er stand auf und schrie: »Ho, Männer, macht euch bereit zum Aufbruch! Wir segeln sofort!«

Obwohl die Trolle einen Festschmaus auf Elfenhöhe erwartet hatten, wagte keiner, der das Gesicht des Königs sah, zu widersprechen, und kurze Zeit darauf verschwanden die meisten der schwarzen Schiffe nach Süden.

»Um so mehr bleibt für uns«, lachte Grum. Er bemerkte, wie blaß Valgard war, und setzte hinzu: »Mich dünkt, du tust gut daran, heute abend schwer zu trinken.«

»Das werde ich tun«, antwortete der Berserker. »Und sobald ich eine Truppe beisammen habe, reite ich in den Kampf.«

Nun trieben die Anführer der Trolle die Frauen der Burg zusammen und nahmen sich die, die sie wollten, und die übrigen überließen sie ihren Männern. Grum faßte mit seiner ihm verbliebenen Hand Lia um die Mitte. »Du warst klug, daß du dich unterworfen hast«, grinste er, »und deshalb kann ich es nicht zulassen, daß du deinen Rang verlierst. Du sollst auch weiterhin die Dame eines Grafen sein.«

Sie folgte ihm demütig, aber im Vorbeigehen lächelte sie Valgard verstohlen an. Der Berserker konnte den Blick nicht von ihr wenden. Noch nie hatte er eine Frau wie sie gesehen – aye, bei ihr mochte er sogar die schwarzhaarige Hexe vergessen, die seine Träume vergiftete.

Die Trolle schlugen sich ein paar Tage lang die Bäuche voll, und dann führte Valgard eine Schar gegen eine andere Burg, bis zu der eine Reihe von Elfen hatte fliehen können. Sie war nicht groß, hatte aber hohe, feste Mauern, und die Pfeile der Verteidiger hielten die Trolle in gehöriger Entfernung.

Solange es Tag war, wartete Valgard. Kurz vor Sonnenuntergang schlich er sich durch Buschwerk und Gestein bis beinahe an die Mauern, ohne daß die lichtempfindlichen Elfen ihn sahen. Als es dunkel wurde, bliesen die Hörner zum Angriff, und die Trolle stürzten vor. Valgard erhob sich und warf mit gewaltigem Schwung einen Haken über eine Mauerzinne. An dem daran befestigten Seil kletterte er hoch, und oben auf der Brustwehr stieß er ins Horn.

Die Elfenschildwachen griffen ihn an. Trotz des Eisens, das er trug, lieferten sie ihm einen verzweifelten Kampf. Aber die Trolle hatten das Seil schnell gefunden und folgten ihm. Als sie Raum geschaffen hatten, legten andere von unten Leitern an. Bald waren die Trolle zahlreich genug, daß sie sich zu den Toren durchschlagen und sie für die übrigen von innen öffnen konnten.

Die Elfen wurden reihenweise abgeschlachtet. Viele wurden auch gefangengenommen und in Ketten zurück nach Elfenhöhe geschickt. Valgard plünderte und brannte im ganzen Land ringsumher und kehrte mit reicher Beute zurück.

Grum begrüßte ihn mißmutig, denn für seinen Geschmack machte sich Valgard unter den Trollen einen zu guten Namen. »Du hättest bei der Besatzung bleiben können, die du zurückgelassen hast«, brummte er. »Diese Burg hat kaum Platz für uns beide.«

»Das stimmt«, entgegnete Valgard und maß den Grafen mit seinen kalten, hellen Augen.

Grum konnte jedoch nicht umhin, ein Fest für ihn zu geben und ihm einen Platz zur Rechten des Hochsitzes anzuweisen. Die Elfenfrauen bedienten die Trolle, und Lia reichte Valgard ein Horn nach dem anderen mit starkem Wein.

»Auf unseren Helden, den ersten Krieger im Land der Menschen wie im Feenreich«, trank sie ihm zu. Das silberne Licht ließ ihre schlanken Glieder unter der dünnen Seide durchschimmern, und Valgard drehte sich der Kopf nicht allein vom Wein.

»Du kannst mir einen besseren Dank geben«, rief er und zog sie auf seinen Schoß. Er küßte sie leidenschaftlich, und sie gab ihm seine Küsse eifrig zurück.

Grum, der sich auf seinem Hochsitz zurückgelehnt und ohne ein Wort sein Horn geleert hatte, fuhr ärgerlich hoch. »Zurück an deine Arbeit, treulose Schlampe!« schimpfte er, und Valgard warnte er: »Laß meine Frau in Ruhe. Du hast deine eigenen.«

»Aber die hier gefällt mir besser«, gab Valgard zurück. »Ich gebe dir drei andere für sie.«

»Ha, ich kann mir deine drei nehmen, wenn ich will – ich, dein Graf. Was ich mir aussuche, gehört mir. Laß sie los.«

»Die Beute soll dem gehören, der den besten Gebrauch davon machen kann«, stichelte Lia. Sie dachte gar nicht daran, von Valgards Schoß aufzustehen. »Und du hast nur eine Hand.«

Vor Wut sprang der Troll auf und langte blindlings nach seinem Schwert, denn die Trolle aßen, ohne die Waffen abzulegen. »Hilf mir!« schrie Lia.

Valgards Axt schien ihm von selbst in die Faust zu springen. Bevor Grum, der mit seiner linken Hand unbeholfen war, die Klinge ziehen konnte, fuhr ihm die Axt in den Hals.

Das Blut sprudelte hervor, und Grum fiel zu Valgards Füßen um. »Du bist ein schlechter Mann«, sagte er, »aber sie ist noch schlechter.« Damit starb er.

In der Halle entstand ein Aufruhr. Metall blitzte auf, und die Trolle drängten sich zum Hochsitz vor. Einige verlangten brüllend Valgards Tod, andere schworen, sie würden ihn verteidigen. Einen Augenblick lang sah es aus, als werde es zum Kampf kommen.

Dann ergriff Valgard die von Grums Kopf gefallene blutbespritzte Krone, die einstmals Imric gehört hatte, und setzte sie auf. Er sprang auf den Hochsitz und brüllte über den Lärm hinweg nach Ruhe.

Nach und nach trat Stille ein, und schließlich war nichts mehr zu hören als schweres Atmen. Die blanken Waffen schimmerten, es roch nach Angst, und alle Augen ruhten auf Valgard, der stark und hochmütig dastand.

Seine Stimme hatte einen ehernen Klang: »Das ist etwas

eher gekommen, als ich es erwartet hatte, aber kommen mußte es. Denn von welchem Nutzen konnte ein Krüppel wie Grum Trollheim noch sein? Für die Schlacht taugte er nicht mehr, nur noch zum Fressen und Saufen und zum Schlafen mit Frauen, die besseren Männern zugestanden hätten! Ich, der ich von so guter Herkunft bin wie irgendwer in Trollheim, ich, der ich gezeigt habe, daß ich Siege erringen kann, ich bin besser geeignet, euer Graf zu sein. Außerdem *bin* ich jetzt Graf durch den Willen meines Vaters, des Königs Illrede. Alle Trolle, und besonders die in England, werden ihren Vorteil davon haben. Ich verspreche euch Siege, Reichtum, gutes Leben und Ruhm, wenn ich mich anerkennt.«

Er zog die Axt aus Grums Körper und hob sie empor. »Wer mir mein Recht streitig machen will, soll auf der Stelle gegen mich kämpfen. Wer aber mir treu ist, wird tausendfältig belohnt werden.«

Hier brachen die Männer, die mit ihm die andere Burg erobert hatten, in Heilrufe aus. Diejenigen, die keinen Kampf wollten, stimmten einer nach dem anderen mit ein, und das Ende war, daß Valgard auf dem Hochsitz Platz nahm und der Schmaus weiterging. Grum war nicht sehr beliebt gewesen, er hatte nur wenige und keine sehr engen Verwandten, und diese waren bereit, daß Wergeld anzunehmen.

Später, als er im Schlafzimmer mit Lia allein war, betrachtete der Berserker sie mit finsterem Blick. »Das ist das zweitemal, daß eine Frau mich zu einem Mord getrieben hat. Wäre ich klug, würde ich deinen Körper in drei Teile hacken.«

»Ich kann dich nicht daran hindern, Herr«, gurrte sie und legte die weißen Arme um seinen Hals.

»Du weißt, daß ich es nicht fertigbringe«, stieß er heiser hervor. »Dies ist müßiges Geschwätz. Mein Leben ist so schwarz, daß ich den Frieden, den ich bei dir finden kann, mehr als alles andere brauche.«

Noch später fragte er sie: »Hast du dies auch mit den Elfen – auch mit Skafloc getan?«

Sie hob den Kopf, so daß die süßduftende Masse ihrer Haare sie beide bedeckte. »Laß es dir genügen, daß ich es mit dir getan habe, Herr«, flüsterte sie und küßte ihn.

Jetzt herrschte Valgard einige Zeit auf Elfenhöhe. Im frühen Winter war er oft im Feld, nahm Festungen der Elfen ein und jagte die Flüchtlinge mit Hunden und Männern. Wenige Behausungen blieben unverbrannt, und wenn die Elfen ihm standzuhalten versuchten, schlug er sie mit einer überlegenen Truppe. Einige Männer, die er lebend gefangengenommen hatte, warf er in die Verliese oder ließ sie Sklavenarbeit tun, aber die meisten tötete er, und ihre Frauen verteilte er unter seinen Trollen. Er selbst nahm sich keine, denn ihn verlangte allein nach Lia.

Aus dem Süden kam die Nachricht, daß Illredes Armee die Elfen vor sich hertrieb. Ganz Valland und Flandern war in der Hand der Trolle. Im Norden waren nur die Elfen von Schonen noch frei, und sie waren eingekreist und wurden nach und nach vernichtet, so schnell es ihre tiefen Wälder zuließen. Nicht mehr lange, und die Trolle hatten das Mittelland erreicht, wo der Erlkönig wohnte.

Auch die Menschen hatten eine Ahnung von dem, was sich abspielte. Sie sahen Feuer in der Ferne und vorbeigaloppierende Schatten, und sie hörten vom Sturmwind herbeigetragenes Waffengetöse. Und die losgelassene Magie verursachte manche Verwüstung, Viehseuchen und Mißernten und Unglück in den Familien. Manchmal kam ein Jäger auf ein zerstampftes, blutiges Feld und erhaschte einen Blick auf Raben, die nichtmenschliche Leichen zerrissen. Wer in einsamen Häusern wohnte, legte Eisen auf die Schwelle und rief diesen oder jenen Gott um Hilfe an.

Aber als mehrere Wochen verstrichen waren, blieb Valgard mehr und mehr auf Elfenhöhe. Denn er war in jeder Burg und jeder Hügelstadt gewesen, die er finden konnte, er hatte von Orkney bis Cornwall geheert, und die Elfen, die ihm doch noch entkommen waren, hatten sich gut versteckt. Aber diese unternahmen ständig heimliche Überfälle, so daß nicht wenige Trolle nie nach Hause kamen; sie schmuggelten Gift ins Essen oder Wasser, schnitten Pferden die Flechsen durch, verätzten Waffen und Rüstungen, riefen Schneestürme hervor. Es war, als ob sich das Land selbst gegen die Eindringlinge erhebe.

Die Trolle waren trotzdem die Herren Englands, daran ließ sich nicht zweifeln, und täglich wurde ihr Griff fester. Und doch hatte sich Valgard noch nie so sehr nach dem Frühling gesehnt wie in diesem Winter.

XVIII

Skafloc und Frida suchten Unterschlupf in einer Höhle. Es war ein tiefes Loch in einer Klippe, die vom Meeresufer zurückfiel, ein gutes Stück nördlich von den Elfenhügeln. Dahinter lag ein im Frost erstarrter Wald, der nach Süden dichter wurde und im Norden in Moor und Hochland überging. Dunkel und öde war das Land, unbevölkert von Menschen oder Bewohnern des Feenreichs, und daher war der Ort so gut wie kein anderer zur Fortführung des Krieges geeignet.

Sie konnten nur wenige Magie benutzen, weil die Trolle sie sonst entdeckt hätten, aber Skafloc hatte Erfolg bei der Jagd, die er in der Gestalt eines Wolfes, eines Otters oder eines Adlers unternahm, und er verwandelte Meerwasser in Bier. Bloß am Leben zu bleiben, war in dieser winterlichen Welt schon schwere Arbeit, und es war der härteste Winter, an den England sich seit der Eiszeit erinnerte. So war Skafloc die meiste Zeit des Tages auf der Suche nach Wild.

Feucht und kalt war die Höhle. Der Wind fing sich in ihrer Öffnung, und am Fuß der Klippe schäumte die Brandung. Aber als Skafloc von seiner ersten langen Jagd zurückkam, dachte er im ersten Augenblick, er sei an einen falschen Ort geraten.

Ein Feuer prasselte lustig auf einem Herdstein, und der Rauch wurde durch ein Rohr hinausgeleitet, das aus Zweigen und rohen Häuten hergestellt war. Andere Häute hielten die Kälte von Fußboden und Wänden ab, und eine hing vor der Öffnung und schützte den Innenraum vor dem Wind. Die Pferde waren im Hintergrund angepflockt und kauten das Heu, das Skafloc mit einem Zauberspruch aus Seetang hergestellt hatte, und die wenigen Waffen waren blankgeputzt und in einer Reihe aufgehängt, als sei dies eine Festhalle. Und hinter jeder Waffe steckte ein Sträußchen von roten Winterbeeren.

Frida saß vor dem Feuer und drehte ein Stück Fleisch an einem Spieß. Skafloc blieb wie gebannt stehen. Sein Herz setzte aus bei ihrem Anblick. Sie trug nur ein kurzes Hemd, und ihr schlanker, langbeiniger Körper mit den sanften Rundungen von Schenkeln und Taille und Brüsten wirkte im Feuerschein, als werde sie gleich wie ein Vogel entfliehen.

Sie sah ihn, und in dem geröteten, vom Rauch befleckten Gesicht unter dem verwirrten bronzefarbenen Haar leuchteten die großen grauen Augen froh auf. Wortlos sprang sie ihm in ihrer lieben, kindlichen Art entgegen, und für eine Weile hielten sie sich fest umschlungen.

Erstaunt fragte er: »Wie hast du denn das alles geschafft, mein Liebstes?«

Sie lachte leise.

»Ich bin kein Bär und auch kein Mann, daß ich mir einen Blätterhaufen zusammenscharre und das für den Winter meine Wohnung nenne. Einige dieser Häute hatten wir schon, und der Rest stammt von Tieren, die ich selbst erlegt habe. Oh, ich bin eine gute Hausfrau.« Erschauernd drückte sie sich an ihn. »Du warst so lange weg, und die Tage waren so leer. Ich mußte mir irgendwie die Zeit vertreiben und mich genug beschäftigen, daß ich nachts schlafen konnte.«

Er streichelte sie mit bebenden Händen. »Dies ist keine Stätte für dich. Hart und gefährlich ist das Leben der Flüchtlinge. Ich sollte dich auf einen menschlichen Hof bringen. Dort könntest du unseren Sieg abwarten oder unsere Niederlage vergessen.«

»Nein – nein, das wirst du niemals tun!« Sie faßte seine Ohren und zog seinen Kopf herab, bis sein Mund auf dem ihren lag. Dann stieß sie halb lachend, halb schluchzend hervor: »Ich habe gesagt, ich werde dich nicht verlassen. Nein, Skafloc, so leicht wirst du mich nicht los.«

»Um die Wahrheit zu sagen«, gestand er eine Weile später, »ich wüßte nicht, was ich ohne dich tun sollte. Es gäbe nichts mehr, was mir der Mühe wert schiene.«

»Dann verlaß mich nie, niemals wieder.«

»Ich muß doch auf die Jagd gehen, Geliebte.«

»Ich werde mit dir jagen.« Sie wies auf die Häute und das bratende Fleisch. »Ich bin darin gar nicht so ungeschickt.«

»In anderen Dingen auch nicht«, lachte er. Doch gleich wurde er wieder ernst: »Es ist nicht nur Wild, das ich beschleiche, Frida. Auch Trolle jage ich.«

»Und diese Jagd will ich ebenso mitmachen.« Das Gesicht des Mädchens wurde hart wie sein eigenes. »Glaubst du, ich hätte keine Rache zu nehmen?«

Er hob stolz den Kopf, und dann beugte er ihn wieder, um sie von neuem zu küssen, wie ein Fischadler, der auf seine Beute niederfährt. »Dann sei es so! Orm, der Krieger, würde Freude an einer solchen Tochter haben.«

Ihre Finger zogen die Linien seiner Wangenknochen und Kiefer nach. »Weißt du nicht, wer dein Vater war?« fragte sie.

»Nein.« Tyrs Worte fielen ihm wieder ein und schafften ihm Unbehagen. »Ich habe nie etwas darüber gehört.«

»Das macht nichts«, lächelte sie, »aber auch er könnte stolz auf dich sein. Ich glaube, Orm der Starke hätte all seinen Reichtum für einen Sohn wie dich hingegeben – nicht etwa, daß Ketil und Asmund Schwächlinge gewesen wären. Und da er dich nicht zum Sohn haben kann, muß er sich freuen, wenn er sieht, daß du der Mann seiner Tochter geworden bist.«

Als der Winter weiter fortschritt, wurde das Leben noch härter. Der Hunger war ein häufiger Gast in der Höhle, und die Kälte kroch durch die Felltür und in das Feuer, bis Skafloc und Frida sich nur noch erwärmen konnten, wenn sie sich unter Bärenfellen aneinanderdrängten. Tagelang ritten sie auf den schnellen Elfenpferden, die nicht in den Schnee einsanken, durch die weiße Leere und suchten nach Wild.

Hin und wieder kamen sie an den geschwärzten Trümmern einer Elfenbehausung vorbei. Dann wurde Skafloc bleich und sprach viele Stunden lang nicht. Gelegentlich tauchte auch ein halb verhungerter, in Lumpen gekleideter Elf auf, aber Skafloc machte keinen Versuch, eine Bande zu bilden. Das würde nur die Aufmerksamkeit des Feindes auf sich ziehen, ohne daß sie schon imstande wären, sich ihm zu stellen. Konnten sie Hilfe von außen bekommen, dann mochte es einen Sinn haben, sich zu sammeln.

Immerfort hielt er nach Trollen Ausschau. Wenn er eine Spur fand, trieben er und Frida ihre Pferde zu wildem Galopp an. Handelte es sich um eine große Schar, schossen sie aus der Ferne mit Pfeilen, wendeten die Pferde und rasten davon. Oder Skafloc wartete das Tageslicht ab, kroch in den Unterschlupf, den sich die Trolle zum Schlafen gesucht hatten, und schnitt ihnen die Kehlen durch. Waren es aber nicht mehr als zwei oder drei, griff er sie mit seinem Schwert an, dessen Sausen zusammen mit dem Zischen von Fridas Pfeilen der letzte Laut war, den sie hörten.

Gnadenlos war diese Jagd auf beiden Seiten. Oft verbargen sie sich in einer Höhle oder hinter einem umgestürzten Baum, während eine Schar von Trollen dicht an ihnen vorbeizog. Ihre Spuren verdeckte ein durch zauberkräftige Runen hergestellter dünner Schleier. Aber einen unmittelbar darauf gerichteten Blick hätte er nicht standgehalten. Pfeile und Speere und Schleudersteine zischten ihnen nach, wenn sie, nachdem sie zwei oder drei der Gesellschaft erschossen hatten, die Flucht ergriffen. Von ihrer Wohnhöhle aus sahen sie die Langschiffe der Trolle vorbeirudern, nahe genug, daß sie die Nägel auf den Schilden der Krieger zählen konnten.

Und es war kalt, kalt.

Aber bei diesem Leben fanden sie erst wirklich zueinander. Sie lernten, daß die körperliche Liebe nicht die wichtigste Bedeutung für ihre Gemeinsamkeit hatte. Skafloc fragte sich, wie er den Mut aufgebracht hatte, an einem Kampf ohne Frida zu denken. Viele Trolle waren an ihren Pfeilen gestorben, und noch mehr durch ihre kühnen Pläne zu Hinterhalten. Und die Küsse, die sie ihm in den kostbaren Augenblicken des Friedens gab, waren es, die ihn zu seinen eigenen Taten anspornten, und die Hilfe und der Trost, die sie zu jeder Stunde für ihn bereit hatte, hielten seine Stärke aufrecht.

Und für sie war er der größte und tapferste und mutigste aller Männer, ihr Schwert und ihr Schild, ihr Liebhaber und ihr Eidbruder.

Vor sich selbst gestand sie sich sogar – und sie fühlte sich ein wenig schuldig, weil sie sich nicht sehr schuldig fühlte –, daß sie ihren Glauben nicht sehr vermißte. Skafloc hatte ihr erklärt, Worte und Zeichen ihrer Religion würden den Zauber, den er brauche, stören. Sie ihrerseits kam zu dem Schluß, es sei gotteslästerlich, sie allein zu ihrem Nutzen in einem Krieg zwischen zwei seelenlosen Stämmen einzusetzen. Es mochte besser, vielleicht sogar sicherer sein, Gebete ungesprochen zu lassen. Was den Krieg betraf, so war es der ihre, weil es Skaflocs Krieg war. Eines Tages, nachdem er gewonnen war, würde sie ihn dazu bringen, einem Priester zuzuhören, und sicher würde Gott einem solchen Mann wie ihm den Glauben nicht vorenthalten.

Hart war das Leben der Flüchtlinge, aber ihre Sinne wurden schärfer, ihre Sehnen stärker, und ihre Ausdauer wuchs. Der Wind peitschte ihr das Blut durch die Adern, bis es sang, die Sterne liehen ihren Augen ihre Helligkeit. In der ständigen Gefahr lernte sie jeden Augenblick des Lebens auszukosten.

Seltsam, dachte sie, auch wenn wir unter Hunger und Kälte und Angst leiden, hat es noch nie harte Worte zwischen uns gegeben. Sie dachten und handelten wie ein Mensch, als seien sie mit der gleichen Gußform hergestellt worden. Die einzigen Unterschiede, die es zwischen ihnen gab, waren die, die das Verlangen des anderen erfüllten.

»Ich habe mich einmal vor Imric gerühmt, ich hätte nie Furcht oder Niederlage oder Liebesweh kennengelernt«, sagte Skafloc.

Sie befanden sich in der Höhle, er hatte den Kopf in ihren Schoß gelegt und ließ sie sein windzerzaustes Haar kämmen. »Er antwortete, das seien die drei äußersten Grenzen des menschlichen Lebens. Damals verstand ich ihn nicht. Jetzt erkenne ich, daß er weise war.«

»Woher konnte er es denn wissen?« fragte sie.

»Ich weiß es nicht, denn die Elfen erleben die Niederlage nur manchmal, die Furcht selten und die Liebe nie. Aber seit ich dich gefunden habe, meine Liebste, habe ich alle drei in mir selbst entdeckt. Ich war dabei, mehr Elf als Mensch zu werden. Du machst mich wieder zum Menschen, und das Elfentum in mir verblaßt.«

»Und mir ist, als sei etwas von den elfischen Eigenschaften in mein Blut gekommen. Ich fürchte, daß ich immer weniger daran denke, was recht und heilig ist, und immer mehr an das – was nützlich und unangenehm ist. Meine Sünden wachsen ...«

Skafloc zog ihren Kopf zu sich herunter. »Daran tust du gut. Das Gerede über Pflicht und Gesetz und Sünde bringt nichts Gutes.«

»Du lästerst ...«, begann sie. Er unterbrach sie mit einem Kuß. Sie versuchte, sich loszureißen, und es endete mit einem unter Gelächter geführten Ringkampf. Als sie damit fertig waren, hatte Frida ihre unheilvollen Ahnungen vergessen.

Nachdem die Trolle das Elfenland zu ihrer Zufriedenheit verwüstet hatten, zogen sie sich in ihre Festungen zurück und wagten sich nur noch in Trupps hinaus, die für einen Angriff zu groß waren. Skafloc, der durch die Jagd auf Rotwild für einen reichlichen Vorrat an gefrorenem Fleisch gesorgt hatte, wurde durch den Müßiggang mißmutig. Sein munteres Geplauder verstummte, und er konnte tagelang in verdrossenem Schweigen in der Höhle hocken.

Frida versuchte, ihn aufzuheitern. »Jetzt ist die Gefahr nicht mehr so groß«, sagte sie.

»Was soll das nützen, wenn wir nicht kämpfen können?« gab er zurück. »Wir warten nur noch auf das Ende. Alfheim stirbt. Bald wird jedes Land im Feenreich den Trollen gehören. Und ich – ich sitze hier herum!«

An einem anderen Tag ging er hinaus und sah einen Raben unter dem niedrigen Himmel die Flügel schlagen. Zu Skaflocs Füßen fuhr das Meer auf die Felsen los, rauschte und zog sich donnernd zu einem neuen Anlauf zurück, und da, wo die Gischt hängenblieb, gefror sie.

»Was gibt es Neues?« rief Skafloc in der Rabensprache. Natürlich sprachen weder er noch der Rabe in den angegebenen Worten, denn die Sprache der Tiere und Vögel ist von anderer Art als die der Menschen, aber die Bedeutung war ungefähr diese.

»Ich komme aus dem Süden jenseits des Kanals und will meine Verwandten holen«, antwortete der Rabe. »Valland und Wendland sind von den Trollen erobert, Schonen steht kurz davor, und die Armeen des Erlkönigs weichen immer weiter auf seine mittleren Gebiete zurück. Gut ist der Schmaus, aber die Raben müssen sich beeilen, dorthin zu kommen. Denn der Krieg kann nicht mehr viel länger dauern.«

Bei diesen Worten stieg in Skafloc ein solcher Zorn auf, daß er einen Pfeil auf die Sehne legte und den Vogel erschoß. Als er jedoch tot zu seinen Füßen lag, verrauchte seine Wut und ließ eine Leere zurück, die sich langsam mit Kummer füllte.

»Es war eine böse Tat, dich zu töten, Bruder«, sprach er leise. »Du hast niemandem etwas zuleide getan, du tust eher etwas Gutes, indem du die stinkenden Überreste der Vergangenheit von dieser Welt wegräumst. Freundlich warst du und hilflos, und doch habe ich dich erschlagen, und meine Feinde lasse ich in Frieden sitzen.«

Er kehrte in die Höhle zurück, und auf einmal weinte er.

Das Schluchzen zerriß ihm beinahe die Rippen. Frida hielt ihn in ihren Armen und murmelte ihm Trost zu wie einem Kind, und er weinte sich an ihrer Brust aus.

In dieser Nacht konnte er nicht schlafen. »Alfheim fällt«, sprach er vor sich hin. »Ehe der Schnee schmilzt, wird Alfheim nur noch eine Erinnerung sein. Nichts bleibt mir mehr, als gegen die Trolle zu reiten und so viele wie möglich mit in den Tod zu nehmen.«

»Sag das nicht«, antwortete Frida. »Es wäre Verrat an dir selbst – und an mir. Besser und tapferer ist es, zu leben und zu kämpfen.«

»Mit was zu kämpfen?« fragte er bitter. »Die Elfenschiffe sind gesunken oder verstreut, die Krieger tot, in Ketten oder gejagt wie wir. Der Wind, der Schnee und die Wölfe hausen in den Burgen, und der Feind sitzt auf dem Hochsitz unserer Vornehmen. Allein sind die Elfen, nackt, verhungernd, waffenlos ...«

Sie küßte ihn. Als sei es ein niederzuckender Blitz, erschien vor seinen Augen ein schimmerndes Schwert.

Frida fühlte, daß sein Körper steif wurde wie eine Eisenstange, und doch zitterte er, als werde diese Eisenstange von Hämmern geschlagen. Dann keuchte er in die Dunkelheit: »Das Schwert – das Namensgeschenk der Asen – *aye, das Schwert ...*«

Namenlose Furcht erfüllte sie. »Was meinst du? Was ist das für ein Schwert?«

Er flüsterte es ihr ins Ohr, wie sie da eng aneinandergedrängt in Dunkelheit und Kälte lagen, als fürchte er, es könne sie jemand belauschen. Er erzählte, wie Skirnir das geborstene Schwert gebracht, wie Imric es in einer Wand der Verliese von Elfenhöhe versteckt und wie Tyr ihn gewarnt habe, der Tag sei nahe, an dem er es brauchen werde.

Er fühlte, wie sie in seinen Armen zitterte, sie, die bewaffnete Trolle gejagt hatte. Mit erstickter Stimme sagte sie: »Das gefällt mir nicht, Skafloc. Es ist keine gute Sache.«

»Nicht gut?« rief er. »Es ist die letzte große Hoffnung, die wir noch haben! Odin, der die Zukunft kennt, muß diesen

Tag von Alfheims Not vorausgesehen – muß uns aus diesem Grund das Schwert gegeben haben. Waffenlos? Ha, wir werden ihnen das Gegenteil beweisen!«

»Es ist falsch, heidnische Dinge zu benutzen, besonders dann, wenn die Heidengötter sie bringen«, flehte sie. »Übles wird daraus entstehen. Oh, mein Liebster, vergiß das Schwert!«

»Es ist wahr, die Götter verfolgen damit zweifellos eigene Ziele«, räumte er ein, »aber diese Ziele brauchen nicht unbedingt den unseren entgegengesetzt zu sein. Ich stelle mir das Feenreich als ein Schachbrett vor, auf dem die Asen und Jötunen Elfen und Trolle hin- und herschieben. Das Spiel geht über unser Begreifen. Doch der kluge Schachspieler gibt Obacht auf seine Steine.«

»Aber das Schwert ist in Elfenhöhe versteckt.«

»Ich werde irgendwie hineingelangen. Mir kommt da bereits ein Gedanke.«

»Das Schwert ist geborsten. Wie willst du – wollen wir den Riesen finden, von dem gesagt wurde, er könne die Klinge heilen? Wie können wir ihn dazu bringen, es zu tun, wenn du die Waffe gegen seine Verwandten, die Trolle, benutzen willst?«

»Es wird sich ein Weg finden.« Skafloc sprach mit eiserner Entschlossenheit. »Schon jetzt weiß ich ein Mittel, das Wie herauszufinden, mag es auch gefährlich sein. Ja, wir können versagen, aber das Geschenk der Götter ist unsere letzte Hoffnung.«

»Das Geschenk der Götter!« Jetzt begann Frida zu weinen. »Ich sage dir, nichts als Leid kann daraus erwachsen. Ich fühle es in mir, kalt und schwer. Wenn du auf diese Suche gehst, Skafloc, sind unsere gemeinsamen Tage gezählt.«

»Willst du mich deswegen verlassen?« fragte er entgeistert.

»Nein – o nein, mein Liebster ...« Sie klammerte sich an ihn. »Es ist nur, daß ich in meiner Seele fühle ...«

Er zog sie enger an sich. Wild küßte er sie, bis sich ihr der Kopf drehte, und er lachte und war fröhlich. Schließlich blieb ihr nichts anderes übrig, als die angstvollen Gedanken zu verbannen, denn sie waren Skaflocs Frau unwürdig.

Aber in ihrer Liebe lag ein Schmerz, der vorher nicht dagewesen war. Ganz tief in ihrem Innern fühlte sie, daß sie nicht mehr oft so zusammen sein würden.

XIX

Ein paar Stunden, bevor die nächste Nacht zu Ende ging, hielten sie nach einem rasenden Elfengalopp ihre Pferde an. Skafloc konnte nicht warten, wenn Alfheim im Sterben lag. Der Halbmond stand an einem wolkigen Himmel, und sein blasses Licht fiel durch die mit Eiszapfen behangenen Bäume auf den Schnee. Ihr Atem stieg als Rauchwolken in die stille, kalte Luft und schwebte davon wie Geister, die den Lippen Sterbender entfliehen. Ein dichtes Gebüsch verbarg sie.

»Zusammen dürfen wir uns nicht näher an Elfenhöhe heranwagen.« Skaflocs Flüstern hörte sich in der Stille unnatürlich laut an. »Aber ich kann es auf Wolfsfüßen bis zum Morgengrauen allein schaffen.«

»Warum diese Hast?« Frida klammerte sich an seinen Arm, und er schmeckte Salz auf ihrer Wange. »Warum gehst du nicht wenigstens bei Tag, wenn *sie* schlafen?«

»Die Verwandlung ist bei Sonnenlicht nicht durchführbar«, erklärte er. »Und sobald ich einmal innerhalb der Burg bin, sind Tag und Nacht dasselbe; zu jeder Stunde wird ein Teil der Trolle schlafen, ein anderer wach sein. Aber drinnen finde ich Helfer. Dabei denke ich vor allem an Lia.«

»Lia ...« Frida biß sich auf die Unterlippe. »Mir gefällt es nicht, dieses ganze verrückte Unternehmen. Gibt es überhaupt keine andere Möglichkeit?«

»Keine, die mir gefällt. Du, meine Liebste, hast die schwerste Aufgabe – das gebe ich zu –, weil du hier warten mußt, bis ich zurückkehre.« Er sah ihr in das beschattete Gesicht, als wolle er sich jeden einzelnen Zug einprägen. »Also, stelle ein Zelt aus den mitgebrachten Häuten auf, bevor die Sonne aufgeht, damit die Pferde vor ihrem Licht geschützt sind. Und denke daran, daß ich in Menschengestalt zurückkommen muß, weil ich dann eine Last zu tragen habe. Daher kann ich bei Tage gehen und werde bis zum Abend sicher sein, aber ich komme langsamer voran und werde nicht früher als morgen abend eintreffen. Sei nicht tollkühn, Prinzessin. Wenn Trolle in die Nähe kommen oder wenn ich bis zum dritten Abend nicht wieder da bin, fliehe. Gehe in die Welt der Menschen und des Sonnenscheins.«

»Das Warten kann ich ertragen«, antwortete sie tonlos, »aber daran zu denken, ich solle diesen Ort verlassen, ohne zu wissen, ob du lebst oder …« sie schluckte – »oder tot bist, das mag meine Kräfte übersteigen.«

Skafloc sprang aus dem Sattel in den Schnee, der unter seinen Füßen knirschte. Schnell zog er sich nackt aus. Vor Kälte zitternd befestigte er das Otterfell um seine Lenden und die Adlerflügel an seinen Schultern, und über beides warf er das Wolfsfell.

Auch Frida stieg ab. Hungrig küßten sie sich. »Lebewohl, Geliebte«, sagte er. »Lebewohl, bis ich das Schwert bringe.«

Er wagte es nicht, länger bei dem leise weinenden Mädchen zu bleiben, wandte sich schnell ab und zog den grauen Pelz dichter um sich. Er ließ sich auf alle Viere niederfallen und sprach die notwendigen Worte. Dann fühlte er, wie sein Körper sich auflöste und neubildete, fühlte, wie seine Sinne sich wandelten. Und Frida sah, wie er sich – schnell, als schmelze er – veränderte, bis ein großer Wolf mit grün durch das Dunkel leuchtenden Augen neben ihr stand.

Die kalte Nase schmiegte sich für einen kurzen Augenblick in ihre Handfläche, und sie fuhr ihm durch den rauhen Pelz.

Er trabte davon.

Über den Schnee ging es, durch Busch und Strauch, schneller und ausdauernder als ein Mensch. Es war seltsam, ein Wolf zu sein. Das Zusammenspiel von Knochen, Muskeln und Sehnen war ganz anders als vorher. Der Wind fuhr ihm durch das Fell. Sein Sehvermögen war getrübt; die Welt war flach und farblos. Aber dafür hörte er den schwächsten Laut, das Seufzen und Flüstern im Wald. Die gewaltige Stille der Nacht war zu einem vielfältigen Murmeln geworden – viele dieser Töne waren für menschliche Ohren zu hoch. Und er roch die Luft, als sei sie ein Lebewesen, unzählige scharf voneinander zu unterscheidende Düfte umwehten seine Nase. Außerdem gab es Empfindungen, für die die Menschen keine Worte hatten.

Er war in einer neuen Welt, einer Welt, die sich in jeder Beziehung anders *anfühlte*. Und er selbst war auch anders geworden, nicht allein sein Körper, sondern auch seine Seele und sein Geist. Sein Verstand bewegte sich über wölfische Pfade, die schmaler, aber irgendwie kühner waren. In Tiergestalt war er nicht imstande, all die Gedanken zu denken, die er als Mensch hatte, und wenn er wieder zum Menschen geworden war, konnte er sich an das, was er als Tier gefühlt und gedacht hatte, nicht mehr erinnern.

Weiter und weiter! Die Nacht und die Meilen flohen unter seinen Füßen. Die Wälder waren voll verstohlenen Lebens. Er nahm den Geruch eines Hasen wahr – eines geängstigten Hasen, der sich ganz in der Nähe versteckte und die großen Augen auf ihn richtete – und in seinem Wolfsmaul lief das Wasser vor Gier zusammen. Aber seine Menschenseele trieb den Tierkörper weiter. Eine Eule schrie. Bäume und Hügel und eisbedeckte Flüsse rasten vorbei, der Mond schlich über den Himmel, und immer noch rannte er.

Endlich sah er Elfenhöhe. Es ragte vor den silbergesäumten Wolken auf, und auf den Spitzen seiner Türme ruhten die frostigen, kalten Wintersterne. Elfenhöhe, Elfenhöhe, die schöne Gefallene, stand jetzt wie eine Bedrohung schwarz vor dem Himmel!

Er legte sich flach auf den haarigen Bauch und glitt den

Hügel hinauf bis an die Mauern. Jeder Wolfssinn war angespannt und erforschte die Umgebung. Waren Feinde in der Nähe?

Der schlangenhafte Trollgeruch erreichte ihn. Er ließ den Schwanz sinken und entblößte die Fänge. Die Burg stank nach Troll – und nach Schlimmerem, nach Furcht und Schmerz und erstickten Rachegelüsten.

Mit seinen schlechten Wolfsaugen konnte er den Rand der Mauer, an deren Fuß er hockte, nicht gut erkennen. Die Wachen, die über ihm hin- und herschritten, hörte und witterte er, und er zitterte vor Verlangen, ihnen die Kehlen durchzubeißen.

Ruhig, ruhig, ermahnte er sich selbst. Dann waren sie an ihm vorüber, und es war an der Zeit, von neuem die Gestalt zu wechseln.

Da er bereits ein Tier war, brauchte er dazu nichts anderes als seinen Willen. Er krümmte sich, fühlte sich schrumpfen und verändern, und sein Gehirn drehte sich. Dann hob er die langen Schwingen eines Adlers und stieg zum Himmel auf.

Jetzt waren seine Augen scharf, unmenschlich scharf, und die Herrlichkeit des Fluges, des Windes und der himmlischen Endlosigkeit sang durch jede einzelne Feder. Und doch war in dem einfachen Adlergehirn genug Willenskraft enthalten, daß er sich dem großartigen Rausch nicht hingab. Seine Augen waren keine Eulenaugen, und hier in der Luft gab er ein gutes Ziel für Trollpfeile ab.

Über die Mauer flog er und rauschte hinab in den Hof. Er landete im Schatten eines dicht mit Efeu bewachsenen Turms, und wieder überlief ihn das den Wechsel begleitende Erschauern. Sobald er ein Otter geworden war, wartete er eine Weile.

In dieser Gestalt konnte er nicht ganz so gut riechen wie als Wolf, wenn auch besser als ein Mensch, aber seine Augen sahen weiter, und seine Ohren hörten ebenso gut. Auch hatte sein Körper die Fähigkeit, mit jedem Haar in Fell und Schnurrbart dem Menschen unbekannte Empfindungen aufzunehmen, und seine Schnelligkeit und Geschwindigkeit waren wie der Glanz seines Pelzes eine Freude für das eitle, übermütige Ottergehirn.

Er lag ganz still und spannte alle Sinne an. Er hörte überraschte Ausrufe von den Wehrgängen. Irgendwer mußte einen Blick auf den Adler erhascht haben, und so sollte er besser hier nicht trödeln.

Geschickt schlich er durch die Schatten an der Mauer entlang. Ein Otter war zu groß, um sicher zu sein – die Gestalt eines Wiesels oder einer Ratte wäre besser gewesen –, aber so mußte es auch gehen. Wie froh war er, daß Frida diese drei Zauberfelle mitgebracht hatte! Zärtlichkeit quoll in ihm auf, doch er konnte sich jetzt nicht damit aufhalten, an sie zu denken.

Eine Tür stand angelehnt, und durch die schlich er hinein. Er befand sich an der Rückseite des Gebäudes. Jeden Winkel und jede Ecke dieses Labyrinths kannte er. Mit zukkenden Schnurrbarthaaren sog er die Luft ein. Die Burg stank zwar nach Troll, aber außerdem lag der Geruch nach Schlaf schwer in der Luft. Insofern hatte er Glück. Er bemerkte ein paar Trolle, die umherliefen, aber denen konnte er leicht aus dem Weg gehen.

Er trottete an der Festhalle vorbei. Überall lagen betrunkene, schnarchende Trolle. Die Wandteppiche hingen in Fetzen, die Möbel waren zerkratzt und beschmutzt, und die aus Gold, Silber und Edelsteinen bestehenden Ornamente – die Arbeit von Jahrhunderten – waren gestohlen worden. Besser wäre die Burg von Kobolden erobert worden, dachte Skafloc. Die hatten wenigstens Manieren. Aber diese schmutzigen Schweine …

Er wand sich die Treppe hinauf zu Imrics Gemächern. Wer auch immer jetzt der Graf war, er würde höchstwahrscheinlich dort schlafen … und Lia bei sich haben.

Der Otter drückte sich gegen eine Wand und entblößte lautlos die nadelscharfen Zähne. Seine gelben Augen flammten. Um die nächste Biegung drang der Geruch nach Troll. Der Graf hatte eine Wache aufgestellt und …

Wie ein grauer Blitz war der Wolf über dem Troll. Der schlaftrunkene Krieger erkannte nicht, was das war, bis die

Fänge in seine Kehle fuhren. Es rasselte laut, als er in seiner Rüstung zu Boden fiel. Er versuchte, das Tier von seiner Brust wegzustoßen, und dann starb er.

Skafloc duckte sich. Blut tropfte von seinen Kiefern. Es hatte einen sauren Geschmack. Das war schnell gegangen ... nein, nirgendwo wurde Alarm geschlagen ... schließlich war die Burg sehr groß. Er mußte es darauf ankommen lassen, daß die Leiche gefunden wurde, solange er noch im Gebäude war. Dann konnten sich die Trolle denken, was – nein, halt ...

Skafloc verwandelte sich in einen Menschen und schlug mit dem Schwert des toten Trolls auf die Kehle ein, bis nicht mehr zu erkennen war, daß Zähne und nicht eine Klinge ihn ums Leben gebracht hatten. Mochten sie glauben, der Wachtposten sei in einem Streit zwischen Betrunkenen erschlagen worden. Schlecht für sie, wenn sie es nicht glaubten! Mit diesen grimmigen Gedanken spuckte er Blut aus und wischte sich den Mund ab.

Wieder als Otter eilte er vorwärts. Am Kopf der Treppe war die Tür zu Imrics Räumen geschlossen, aber er kannte das geheime Zischen und Pfeifen, mit dem sich das Schloß öffnen ließ. Leise stieß er die Laute aus, schob die Tür mit der Nase einen Spalt auf und schlich hinein.

Zwei schliefen in Imrics Bett. Wenn der Graf erwachte, war das das Ende von Skaflocs Suche. Auf seinem geschmeidigen Otterbauch kroch er an das Bett, und jede Bewegung schien ihm die Lautstärke von Donnerschlägen zu haben.

Am Bett richtete er sich auf den Hinterbeinen auf. Lias Göttinnengesicht lag auf einem Kissen in einer Wolke silbrig-goldenen Haares. Neben ihr ruhte ein Kopf mit einer lohfarbenen Mähne und einem Gesicht, das sogar im Schlaf finster war – aber Zug um Zug glich es seinem eigenen.

Also war Valgard, der Übeltäter, der neue Graf. Skafloc konnte sich kaum beherrschen, die Wolfszähne in diese Kehle zu schlagen, mit dem Adlerschnabel nach den

Augen zu hacken, mit der Otterzunge die herausgerissenen Eingeweide zu lecken.

Aber das waren Tierwünsche. Ihre Erfüllung würde zuviel Lärm machen und ihn dadurch das Schwert kosten.

Er berührte Lias glatte Wangen mit der Nase. Ihre langen Lider flatterten, und ihre Augen zeigten, daß sie ihn erkannte.

Ganz langsam setzte sie sich auf. Valgard bewegte sich im Schlaf und stöhnte. Sie erstarrte. Der Berserker sprach mit sich selbst. Skafloc verstand Wortfetzen: »... Wechselbalg – die Axt – o Mutter, Mutter! ...«

Lia ließ ein Bein auf den Boden gleiten. Nur auf ihren kleinen Fuß gestützt, stand sie auf. Ihr weißer Körper schimmerte durch den dichten Schleier ihres Haares. Wie ein Schatten schlüpfte sie aus dem Raum, durch den nächsten, in einen dritten. Skafloc trottete hinterher. Sie schloß geräuschlos jede Tür.

»Jetzt können wir sprechen«, hauchte sie.

Er richtete sich als Mann auf, und sie fiel mit einem Laut, der halb ein Lachen, halb ein Schluchzen war, in seine Arme. Sie küßte ihn, bis ihn trotz all seiner Liebe zu Frida ein heißes Verlangen nach der schönen Frau überkam, die er in den Armen hielt.

Sie sah es und versuchte, ihn auf eine Liegestatt zu ziehen. »Skafloc«, flüsterte sie, »mein Geliebter.«

Er bezwang sich. »Ich habe keine Zeit«, erklärte er mit rauher Stimme. »Ich bin nur gekommen, um das geborstene Schwert zu holen, das mir die Asen zu meinem Namensfest geschenkt haben.«

»Du bist müde.« Ihre Hände streichelten sein hageres Gesicht. »Du hast Kälte und Hunger ertragen und bist in ständiger Lebensgefahr gewesen. Ruhe dich bei mir aus, laß mich dich trösten. Ich habe ein Geheimzimmer ...«

»Keine Zeit, keine Zeit«, wehrte er ab. »Frida wartet auf mich inmitten der Troll-Stellungen. Bring mich zu dem Schwert.«

»Frida.« Lia wurde um einen Ton blasser. »Also ist das sterbliche Mädchen immer noch bei dir.«

»Aye, und sie ist ein tüchtiger Krieger für Alfheim gewesen.«

»Auch ich habe einiges ausgerichtet.« Lias Gesicht zeigte eine eigentümliche Mischung ihres alten, bösartigen Humors und einer neuen Sehnsucht. »Valgard hat meinetwegen bereits den Trollgrafen Grum erschlagen. Er ist stark, aber ich beuge ihn.« Sie kam ihm näher. »Er ist besser als ein Troll, er ist beinahe wie du – aber er ist nicht du, Skafloc, und ich habe es satt, Liebe heucheln zu müssen.«

»Oh, beeile dich!« Er schüttelte sie. »Wenn man mich fängt, könnte das das Ende für Alfheim bedeuten, und die Gefahr wächst von Minute zu Minute.«

Eine Weile stand sie still da. Schließlich wandte sie ihre Augen ab und sah zu einem großen Glasfenster hinaus in eine Welt, wo die Wolken den Mond verschlungen hatten. Das Land lag schweigend und eisig in der Dunkelheit vor Sonnenaufgang. »Nun ja, natürlich hast du recht«, sagte sie. »Und was könnte verständlicher sein, als daß du es eilig hast, zu deiner Liebe – zu Frida – zurückzukehren?«

Sie drehte sich wieder zu ihm um und schüttelte sich vor lautlosem Gelächter. »Willst du wissen, wer dein Vater war, Skafloc? Soll ich dir erzählen, wer du wirklich bist?«

Er legte ihr eine Hand auf den Mund. Die alte Furcht überwältigte ihn. »Nein! Du weißt, welche Warnung Tyr ausgesprochen hat!«

»Versiegele meine Lippen mit einem Kuß«, verlangte sie.

»Ich kann nicht ...« Er gehorchte ihr. »Können wir jetzt gehen?«

»Kalt war dieser Kuß«, murmelte sie verzweifelt, »kalt, wie die Pflicht immer ist. Gut, machen wir uns auf den Weg. Aber du bist nackt und unbewaffnet. Da du das eiserne Schwert nicht in der Gestalt eines Wertieres forttragen kannst, mußt du ein paar Kleider haben.« Sie öffnete eine Truhe. »Hier sind Hemd, Hosen, Wams, Mantel – alles, was du haben willst.«

In fiebriger Hast streifte er die Sachen über. Sie waren mit edlen Pelzen besetzt und mußten aus Imrics Besitz für Valgard geändert worden sein, denn sie paßten ihm gut.

An seinen Gürtel hing er ein Schwert. Lia warf über ihre eigene Nacktheit einen flammendroten Mantel. Dann führte sie ihn zu einer anderen Treppe hinaus.

Tief, tief hinunter ging es. Der Schacht war kalt und still, aber es war eine angespannte Stille, die jeden Augenblick gebrochen werden konnte. Einmal kamen sie an einem Wachtposten vorbei. Skafloc griff nach dem Schwert an seinem Gürtel. Aber der Troll neigte nur den Kopf. Er hielt ihn für Valgard. In seinem Flüchtlingsleben hatte Skafloc sich einen Bart wachsen lassen, der voll, aber kurz geschnitten war wie der Valgards.

Schließlich erreichten sie die Verliese, wo nur in weiten Abständen verteilte Fackeln das feuchte Dunkel erhellten. Skaflocs Schritte hallten auf dem schlüpfrigen Boden der Gänge, in denen die Schatten undurchdringlich waren. Wortlos glitt Lia ihm voraus.

Sie kamen an eine Stelle, wo der Stein von einem helleren Mörtel unterbrochen war. Runen waren hineingekratzt. Dicht daneben befand sich eine geschlossene Tür. Lia wies darauf. »In dieser Zelle hat Imric die Mutter des Wechselbalgs gefangengehalten. Jetzt ist er selbst darin, über einem nie verlöschenden Feuer an den Daumen aufgehängt. Wenn Valgard betrunken ist, macht er sich oft das Vergnügen, ihn bewußtlos zu schlagen.«

Skaflocs Faust schloß sich so fest um den Schwertgriff, daß die Knöchel weiß hervortraten. Und doch konnte er sich des Gedankens nicht erwehren, daß Imric nichts Schlimmeres geschah, als was er der Trollfrau – und wie vielen anderen? – angetan hatte. Hatte Frida – hatte der Weiße Christus, von dem sie ihm ein wenig erzählt hatte – nicht recht damit, daß böse Taten immer zu neuen bösen Taten und so letzten Endes zum Weltuntergang führten, daß es an der Zeit war, Stolz und Rache gegen Liebe und Verzeihen einzutauschen? War dies vielleicht nicht unmännlich, sondern in Wahrheit das Schwerste, was ein Mann vollbringen konnte?

Aber Imric war sein Pflegevater, und Alfheim war seine Heimat, und aus *welchem* Grund sollte er eigentlich nicht erfahren, von wem er abstammte ...? Er grub die Spitze des Schwerts heftig in die Wand.

Von oben drangen schwache Geräusche, rufende Stimmen und laufende Füße. »Sie haben Alarm geschlagen«, flüsterte Lia.

»Vielleicht haben sie den Wachtposten gefunden, den ich töten mußte.« Skafloc grub tiefer. Der Mörtel löste sich nur langsam von dem Stein.

»Hat man dich hereinkommen gesehen?« erkundigte sie sich.

»Es mag einer einen Blick auf mich erhascht haben, als ich in Adlergestalt war.« Skaflocs Klinge brach durch. Er fluchte und grub mit dem restlichen Stück weiter.

»Valgard ist gewitzt. Berichtet man ihm von dem Adler, wird er sich denken können, daß der Krieger nicht auf normale Weise getötet wurde. Wenn er Männer ausschickt, die Burg zu durchsuchen, und sie uns finden ...! Beeile dich!«

Der Lärm von oben dröhnte in ihren Ohren, aber lauter waren das Kratzen von Metall auf Stein und das Tropfen von jahrhundertealtem Wasser.

Skafloc zwängte die abgebrochene Klinge in eine Ritze und benutzte sie als Hebel. Einmal – zweimal, und der Stein polterte heraus.

Er faßte in die sich dahinter auftuende Höhlung. Seine Hände zitterten, als sie das Schwert herauszogen.

Feuchte Erde hing an den beiden Hälften. Es war ein zweischneidiges Schwert gewesen und so groß und schwer, daß nur die stärksten Männer es schwingen konnten. Doch solange es auch begraben gewesen war, es zeigte keinen Rost, und die Kanten hatten nichts von ihrer Rasiermesserschärfe verloren. Stichblatt, Heft und Knauf schimmerten golden und waren so mit einem sich windenden Drachen graviert, daß sie seinen Schwanz, Körper und Kopf bildeten. Die glänzenden Beschläge waren wie ein Hort, auf dem er lag. Runen, die Skafloc nicht entziffern konnte, liefen die dunkle Klinge entlang. Er hatte das Gefühl, die mächtigsten davon seien auf dem Dorn verborgen.

»Die Waffe der Götter.« Er hielt sie mit Grauen. »Die Hoffnung von Alfheim ...«

»Hoffnung?« Lia trat mit erhobenen Händen zurück, als wolle sie etwas abwehren. »Das bezweifle ich! Jetzt, wo wir das Ding haben, zweifle ich daran.«

»Was meinst du?«

»Kannst du es nicht spüren? Die Macht und den Hunger, die in dem Stahl verschlossen sind, versiegelt durch diese unbekannten Runen! Das Schwert mag von den Göttern geschickt sein, aber ist kein Götterschwert. Es liegt ein Fluch darauf, Skafloc. Es wird allen in seiner Reichweite Verderben bringen.« Sie zitterte vor einer Kälte, die nicht die der Verliese war. »Ich glaube ... Skafloc, ich glaube, es wäre das beste, du würdest das Schwert wieder einmauern.«

»Welche andere Hoffnung haben wir?« Er wickelte die Stücke in seinen Mantel und nahm das Bündel unter den Arm. »Gehen wir.«

Ungern führte Lia ihn an eine Treppe. »Jetzt wird es gefährlich«, raunte sie. »Wir können es kaum vermeiden, gesehen zu werden. Laß mich für uns beide sprechen.«

»Nein, denn dafür wirst du später büßen müssen, es sei denn, du kommst mit mir.«

Sie drehte sich mit strahlendem Gesicht zu ihm um. »Liegt dir an mir?«

»Natürlich, ebenso wie an ganz Alfheim.«

»Und ... Frida?«

»An ihr liegt mir mehr als an der ganzen übrigen Welt, Götter und Menschen und Feenreich eingeschlossen. Ich liebe sie über alles.«

Lia schritt weiter. Ihre Stimme klang tonlos. »Ich werde fähig sein, mich selbst zu schützen. Ich kann Valgard sagen, du habest mich gezwungen oder getäuscht.«

Sie kamen auf dem zu ebener Erde gelegenen Stockwerk hinaus. Überall rannten Wachen, herrschten Tumult und Verwirrung. »Halt!« befahl ein Troll, als er sie entdeckte.

»Willst du den Grafen anhalten?« fragte Lia eiskalt.

»Verzeihung, Herr«, stammelte der Troll. »Es war nur, daß – ich dich gerade eben erst gesehen habe, Herr ...«

Sie gingen hinaus auf den Hof. Jeder Nerv in Skafloc schrie danach, in Laufschritt zu fallen, jeder Muskel war verkrampft in Erwartung eines Rufes, der ihn entlarvte. Lauf, lauf! Die Aufgabe, langsam zu gehen, überstieg fast seine Kräfte.

Nur wenige Trolle waren draußen. Die ersten weißen Streifen der verhaßten Morgendämmerung zeigten sich im Osten. Es war sehr kalt.

Lia blieb vor dem westlichen Tor stehen und winkte den Wachen, es zu öffnen. Mit ausdruckslosem, blindem Blick sah sie Skafloc an.

»Von hier aus mußt du deinen Weg allein gehen«, sagte sie leise. »Weißt du, was du zu tun hast?«

»Irgendwie muß ich den Riesen Bolverk finden«, antwortete er, »und ihn dazu bringen, die Klinge für mich zu heilen.«

»Bolverk – Übeltäter – schon sein Name ist eine Warnung. Allmählich kann ich mir denken, was für ein Schwert das ist und warum kein Zwerg es wagen würde, es neu zu schmieden. »Lia schüttelte den Kopf. »Ich kenne den wild entschlossenen Zug um deinen Mund, Skafloc. Sämtliche Scharen der Hölle werden dich nicht aufhalten – nur der Tod könnte es tun. Aber was soll auf dieser Fahrt aus deiner lieben Frida werden?« In den letzten Worten klang Hohn mit.

»Ich werde sie zwar zu überreden suchen, irgendwo an einem sicheren Ort auf mich zu warten, aber sie wird mitkommen.« Skafloc lächelte voller Stolz und Liebe. Im dämmerigen Morgenlicht leuchtete sein Haar wie frostiges Gold. »Nichts kann uns trennen.«

»N-nein. Aber wer wird dir sagen, wie du den Riesen finden kannst?«

Skaflocs Gesicht wurde ernst. »Es ist nicht gut, so etwas zu tun, aber ich kann Tote erwecken. Die Toten wissen vieles, und Imric hat mich den Zauber gelehrt, der sie zum Sprechen bringt.«

»Das ist eine verzweifelte Maßnahme, denn die Toten hassen es, in ihrem zeitlosen Schlaf gestört zu werden, und rächen sich dafür. Wie willst du dich gegen einen Geist verteidigen?«

»Ich muß es versuchen. Ich glaube, meine Magie wird so stark sein, daß ich nicht zu Schaden komme.«

»Du vielleicht nicht, aber ...« Lia machte eine Pause, bevor sie schlauf fortfuhr: »Die fürchterlichste Rache, die ein Geist an dir nehmen könnte, würde sich gegen Frida richten.« Sie sah, wie ihm das Blut aus Wangen und Lippen wich. Ihre eigenen waren noch weißer. »So viel bedeutet dir das Mädchen?« flüsterte sie.

»Aye. Mehr«, antwortete er mit schwerer Zunge. »Du hast recht, Lia, ich kann die Gefahr nicht eingehen. Lieber soll Alfheim fallen, als daß ...«

»Nein, warte! Ich wollte dir einen Rat geben. Doch zuerst möchte ich eins feststellen.«

»Schnell, Lia, schnell!«

»Nur eins. Wenn Frida dich verlassen sollte – nein, nein, unterbrich mich nicht, um mir zu versichern, das werde sie niemals tun – wenn sie dich verlassen sollte, was würdest du dann tun?«

»Ich weiß nicht. Das vermag ich mir nicht vorzustellen.«

Sie lächelte ihr Katzenlächeln. Ihre Augen ruhten verträumt auf ihm. »Ich wollte nur den Vorschlag machen, du solltest nicht einen beliebigen Toten erwecken, sondern diejenigen, die dir helfen werden und deren eigene Rache du vollziehst. Ist nicht Fridas ganze Familie von Valgard erschlagen worden? Erwecke *sie*, Skafloc!«

Einen Augenblick stand er bewegungslos. Dann ließ er das Bündel mit dem Schwert fallen, riß Lia in seine Arme und küßte sie mit überströmender Dankbarkeit. Er nahm das Bündel wieder auf und eilte durch das Tor dem Wald entgegen.

Lia sah ihm nach, einen Finger an die brennenden Lippen gelegt. Wenn sie recht hatte mit ihrem Verdacht über das Schwert, würde von neuem geschehen, was in alter Zeit geschehen war. Sie begann zu lachen.

Valgard erfuhr, sein Ebenbild sei in der Burg gesehen worden. Seine Buhle, die benommen und zitterig aussah, erklärte mit hohler Stimme, es müsse ein Zauber über sie geworfen worden sein, als sie schlief, denn sie könne sich an nichts mehr erinnern. Aber es waren Fußabdrücke im Schnee, und die Trollhunde konnten schwächeren Spuren folgen.

Nach Sonnenuntergang setzte sich der Graf an die Spitze der berittenen Verfolger.

Frida stand in ihrem Gebüsch und starrte durch die nackten, vom Mondlicht geisterhaft umflossenen Zweige nach Elfenhöhe.

Ihr war sehr kalt in dieser zweiten Nacht des Wartens, so kalt, daß sie es schon längst nicht mehr fühlte. Sie hatte im Zelt bei den Pferden gesessen, aber sie waren kühl und elfisch, nicht die warmen, süßriechenden Tiere ihrer Heimat. Seltsamerweise war es der Gedanke an Orms Pferde, der ihr ihre Einsamkeit zu Bewußtsein brachte. Ihr war, als sei sie das letzte lebende Geschöpf in einer Welt, in der es nur noch Mondlicht und Schnee gab.

Sie wagte es nicht, zu weinen. Skafloc, Skafloc! Lebte er noch?

Wind erhob sich und blies immer dickere Wolken über den Himmel. Der Mond schien vor großen schwarzen Drachen zu fliehen, die ihn andauernd verschluckten und gleich darauf wieder auspien. Der Wind heulte und stöhnte um sie her, peitschte ihre Kleider, vergrub seine Zähne in ihrem Fleisch. Hoo, hoo, sang er und wirbelte plötzlich eine Schneewehe auf, hoo, halloo, auf zur Jagd!

Hoo, hoo! kam Antwort von Trollhörnern. Frida fuhr zusammen. Die Furcht durchbohrte sie wie ein Dolch. *Sie* jagten – und welch ein anderes Wild konnte es sein als …

Bald hörte sie das Bellen der Hunde, näher, näher kamen die großen schwarzen Hunde mit den rotglühenden Augen. Oh, Skafloc! Frida taumelte vorwärts. Sie wußte nicht, daß sie schluchzte. Skafloc!

Wieder einmal wurde es stockfinster. Sie stieß gegen

einen Baumstamm. Wild schlug sie auf ihn ein. Geh aus dem Weg, du Ding, Skafloc braucht mich – Oh!

Der Mond tauchte wieder auf, und sein Licht fiel auf einen Fremden. Groß war er und trug einen Mantel, der ihn wie Schwingen umflatterte. Alt war er, Haar und Bart waren lang und wolfsgrau in dem unsicheren Licht. Aber der Speer, den er trug, konnte keinem Sterblichen gehören. Obwohl ein breitrandiger Hut sein Gesicht beschattete, sah sie, daß er nur ein Auge hatte.

Aufkeuchend trat sie zurück, versuchte, den Himmel anzurufen. Seine Stimme, tief, langsam, unterbrach sie. »Ich bringe Hilfe, keinen Schaden. Willst du deinen Mann zurückhaben?«

Sie sank wie betäubt auf die Knie. Für einen kurzen Augenblick konnte sie meilenweit durch das Schneetreiben sehen, und vor ihr lag ein Hügel, den Skafloc hinauffloh. Waffenlos war er, erschöpft, er stolperte, und die Hunde waren ihm auf den Fersen.

Ihr Bellen füllte den Himmel.

Die Vision verblaßte. Sie blickte auf die dunkle Gestalt vor ihr. »Du bist Odin«, wisperte sie, »und ich darf mit dir nichts zu tun haben.«

»Trotzdem kann ich deinen Liebsten retten – und ich allein würde es tun, denn er ist ein Heide.« Das eine Auge des Gottes hielt sie fest, als habe es sie aufgespießt. »Willst du meinen Preis bezahlen?«

»Was willst du?« fragte sie entsetzt.

»Beeile dich, die Hunde werden ihn gleich zerreißen!«

»Ich will es dir geben – ich will ...«

Er nickte. »Dann schwöre bei deiner eigenen Seele und allem, was dir heilig ist, daß du mir das gibst, was unter deinem Gürtel ist, wenn ich komme, es zu holen.«

»Ich schwöre!« rief sie. Tränen blendeten sie, Tränen der Erleichterung. Odin konnte nicht so unbarmherzig sein, wie es hieß, wenn er nicht mehr als ein bloßes Zeichen verlangte, nicht mehr als die Giftphiole, die Skafloc ihr gegeben hatte. »Ich schwöre es, Herr, und mögen Erde und Himmel mich verlassen, wenn ich meinen Eid breche.«

»Gut«, nickte er. »Nun sind die Trolle auf einer falschen Spur, und Skafloc ist hier. Frau, denke an dein Wort!«

Die Dunkelheit kehrte zurück, da eine Wolke den Mond verdeckte. Als sie vorüber war, war der Wanderer verschwunden. Frida bemerkte es kaum. Sie klammerte sich an Skafloc. Und er, verwirrt darüber, daß er den Fängen der Trollhunde irgendwie entrückt und sicher zu seiner Geliebten gebracht worden war, hatte doch noch Besinnung genug, ihr ihre Küsse zurückzugeben.

XX

Nicht länger als zwei Tage ruhten sie sich in der Höhle aus. Dann bereitete sich Skafloc zum Aufbruch vor.

Frida weinte nicht, aber sie fühlte die unvergossenen Tränen in ihrer Kehle. »Du glaubst, dies sei die Morgendämmerung für uns«, sagte sie einmal. »Ich sage dir, es ist der Abend.«

Erstaunt sah er sie an. »Wie meinst du das?«

»Das Schwert ist voll von Bösem. Was wir tun wollen, ist falsch. Es kann nichts Gutes daraus kommen.«

Er legte die Hände auf ihre Schultern. »Ich verstehe, daß es dir nicht gefällt, deine Verwandten in ihrem Schlaf zu stören. Mir gefällt es auch nicht. Aber wer von den Toten wird uns außer ihnen helfen und uns nichts antun? Bleibe hier, Frida, wenn du es nicht ertragen kannst.«

»Nein – nein, ich will auch am Rand des Grabes an deiner Seite sein. Es ist nicht so, daß ich mich vor meinen Leuten fürchte. Lebend oder tot lieben wir uns, und in diese Liebe bist jetzt auch du eingeschlossen.« Frida senkte die Augen und biß sich auf die zitternde Unterlippe. »Wäre dir oder mir dieser Einfall gekommen, hätte ich keine so bösen Vorahnungen. Aber Lia wollte dir mit ihrem Rat keine Wohltat erweisen.«

»Warum sollte sie uns etwas Übles wünschen?«

Frida schüttelte den Kopf und wollte nicht antworten. Skafloc meinte nachdenklich: »Ich muß gestehen, daß mich dein Zusammentreffen mit Odin beunruhigt. Es liegt nicht in seiner Art, einen niedrigen Preis festzusetzen. Aber ich kann nicht erraten, hinter was er wirklich her ist.«

»Und das Schwert – Skafloc, wenn das geborstene Schwert wieder geheilt ist, wird eine entsetzliche Macht auf die Welt losgelassen werden. Sie wird unendliches Weh hervorrufen.«

»Für die Trolle.« Skafloc richtete sich auf, so daß seine hellen Locken das rauchige Dach der Höhle berührten. Seine Augen verschossen in dem trüben Licht blaue Blitze. »Es gibt keinen anderen Weg, als den, den wir gehen, und hart genug wird er sein. Kein Mann kann seinem Geschick entkommen. Am besten ist es, sich ihm mutig von Angesicht zu Angesicht zu stellen.«

»Und wir Seite an Seite.« Frida barg ihren schimmernden Bronzekopf an seiner Brust, und jetzt flossen ihre Tränen in Strömen. »Nur um eins bitte ich dich, mein Liebster.«

»Was ist das?«

»Reite nicht heute abend. Warte einen Tag länger, nur noch einen Tag, und dann werden wir gehen.« Ihre Hände gruben sich in die Muskeln seiner Arme. »Nur noch einen Tag, Skafloc.«

»Warum?« fragte er unwillig.

Sie wollte es nicht sagen, und er vergaß die Frage, als sie sich der Liebe hingaben. Aber Frida vergaß sie nicht. Auch als sie ihn ganz eng an sich drückte und seinen Herzschlag an ihrem Herzen spürte, dachte sie daran, und sie küßte ihn mit einem schmerzlichen Verlangen.

Sie wußte auf irgendeine Weise, daß dies ihre letzte Nacht war.

Die Sonne ging auf, glomm schwach um die Mittagszeit und versank wieder hinter schweren Sturmwolken, die von der See hertrieben. Ein Wind mit Wolfszähnen heulte über die Brecher, die sich auf den Felsen in einen schaumigen

Tod stürzten. Gleich nach Anbruch der Dunkelheit war weit weg das Galoppieren von Hufen, schneller als der Wind, am Himmel zu hören, und ein Bellen und Winseln. Sogar Skafloc erschauerte. Die Wilde Jagd war unterwegs.

Sie bestiegen ihre Elfenpferde. Die beiden anderen hatten sie mit ihren Besitztümern beladen und führten sie, denn sie rechneten nicht damit, daß sie zurückkehren würden. Skafloc hatte sich das in ein Wolfsfell gewickelte Schwert auf den Rücken gebunden. Seine Elfenklinge hing in einer Scheide an seiner Seite, in der linken Hand hielt er einen Speer, und beide Reiter trugen unter ihren Pelzen Helm und Harnisch.

Im Wegreiten sah Frida zurück zu der Höhle. Kalt und dunkel war sie, aber sie waren dort glücklich gewesen. Sie riß ihre Augen los und hielt sie von nun ab unerschütterlich nach vorn gerichtet.

»Los!« rief Skafloc, und sie fielen in vollen Elfengalopp.

Der Wind biß und peitschte sie. Gischt und Schaum trieben von der See her durch die Luft, weiß unter dem fliehenden, immer wieder von Wolken verschluckten Mond. Die See brauste lärmend vom Horizont aufs Land zu und zerbarst auf Strand und Felsen. Wenn die Brecher zurückschäumten, rasselten die Steine, als ob ein im Eis gefesseltes Ungeheuer sich stöhnend wälze.

Schnell, schnell jetzt, ihr besten aller Pferde, schnell an der See entlang nach Süden, zermalmt das Eis unter eurem Hufen, schlagt Funken aus den Felsen, Galopp, Galopp! Lauft durch den mondweißen Vorhand aus Hagelschloßen, durch Dunkelheit und Feindesland. Schnell, schnell nach Süden zu einem Grabhügel, der einen großen Toten birgt!

Ein Trollhorn kreischte, als sie an dem Hafen von Elfenhöhe vorbeirasten. Auch mit ihrer Hexensicht konnten sie die Burg nicht erkennen, aber sie hörten Hufschläge hinter sich. Bald verklangen sie; die Trolle ritten nicht so schnell, und sie würden ihnen zu dem heutigen Ziel auch nicht folgen.

Schnell, schnell durch Wälder, wo der Wind sich in vereisten Ästen fing, wo sie sich unter Bäumen ducken mußten, die mit ihren nackten Zweigen nach ihnen griffen – über gefrorene Sümpfe, über dunkle Hügel, hinunter in das flache Land und über schneebedeckte Felder – Galopp, Galopp!

Frida erkannte die Landschaft. Immer noch trieb der Wind Hagelkörner vor sich her, aber die Wolken wurden dünner, und die Mondsichel warf Licht auf Ackerland und Pferche. Sie erinnerte sich an diesen Fluß und jenen kleinen Bauernhof, hier hatte sie mit Ketil gejagt, dort hatten sie und Asmund einen ganzen faulen Sommertag lang geangelt, auf der Wiese dort hatte Asgerd für sie beide Ketten aus Gänseblümchen geknüpft – wie lange war das her?

Die Tränen gefroren ihr auf den Wangen. Sie fühlte Skaflocs Hand auf ihrem Arm, und sie lächelte ihm zu. Ihr Herz ertrug diese Rückkehr kaum, aber er war bei ihr, und solange sie zusammen waren, gab es nichts, was sie nicht auf sich nehmen würde. Auf ihren keuchenden, zitternden Pferden ritten sie schweigend, Hand in Hand, ganz langsam an die Stelle, wo einmal Orms Hof gestanden hatte. Sie sahen große Schneewehen, aus denen schwarze, verkohlte Balken ragten. Und oben an der Bucht erhob sich der Grabhügel.

Ein Feuer flackerte auf seiner Spitze mit bläulich-weißen Flammen – wärmelos, freudlos züngelten sie hoch hinauf in die Dunkelheit. Frida bekreuzigte sich schaudernd. So hatten die Grabfeuer der alten heidnischen Helden nach Sonnenuntergang gebrannt. Vielleicht hatte ihr unheiliges Vorhaben das hier entzündet; es konnte kein christlich geweihter Boden sein, in dem Orm lag. Aber mochte er auch noch so weit in das namenlose Land des Todes gewandert sein, er blieb ihr Vater.

Sie konnte keine Furcht vor dem Mann empfinden, der sie auf seinen Knien geschaukelt und ihr Lieder vorgesungen hatte, daß die Halle dröhnte. Trotzdem zitterte sie am ganzen Körper.

Skafloc stieg ab. Seine Kleider waren schweißdurchtränkt. Noch nie hatte er den Zauber angewendet, den er heute nacht machen wollte.

Er schritt auf den Hügel zu – und blieb stehen und griff nach seinem Schwert. Schwarz im Licht des Mondes und des Feuers saß oben auf dem Grab eine schwarze Gestalt. Wenn er gegen einen Geist kämpfen mußte …

Frida wimmerte mit der Stimme eines verlorenen Kindes: »Mutter!«

Skafloc nahm ihre Hand. Zusammen stiegen sie den Hügel hinauf.

Die Frau, die dort saß, ohne sich vor dem Feuer zu scheuen, hätte beinahe Frida sein können, dachte Skafloc bestürzt. Sie hatte ihr süßes Gesicht, ihre weit auseinanderstehenden grauen Augen, ihr rötlich schimmerndes braunes Haar. Aber nein, nein … sie war älter, ausgehöhlt von Sorgen, ihre Wangen waren eingefallen, ihre Augen starrten leer hinaus aufs Meer, ihr Haar flatterte im Sturm. Auf ihrem abgemagerten Körper trug sie über Lumpen einen dicken Pelzmantel.

Als Skafloc und Frida in den Lichtkreis traten, wandte sie langsam den Kopf. Ihr Blick blieb auf ihm haften.

»Willkommen, Valgard«, sprach sie ausdrucksvoll. »Hier bin ich. Du kannst mir kein Leid mehr zufügen. Du kannst mir nur noch den Tod geben, und das ist mein größter Wunsch.«

»Mutter.« Frida sank vor der Frau auf die Knie.

Älfrida starrte sie an. »Das scheint meine kleine Frida zu sein – aber du bist tot. Valgard hat dich weggeführt, und danach kannst du nicht mehr lange gelebt haben.« Sie schüttelte den Kopf, lächelte und breitete die Arme aus. »Es ist gut von dir, daß du dein stilles Grab verlassen hast und zu mir gekommen bist. Ich bin so einsam gewesen. Komm, mein totes Kind, komm, leg dich an meine Brust, und ich will dich in den Schlaf singen, wie ich es getan habe, als du noch klein warst.«

»Ich lebe, Mutter, ich lebe – und du lebst …« die Tränen erstickten ihre Worte. »Sieh mich an, fühle, ich bin warm, ich bin am Leben. Und das hier ist nicht Valgard, es ist Skafloc, der mich vor ihm gerettet hat. Es ist Skafloc, mein Herr, ein neuer Sohn für dich …«

Äflrida stand auf. Sie stützte sich schwer auf den Arm ihrer Tochter. »Ich habe gewartet«, sagte sie. »Ich habe hier gewartet, und sie haben mich für wahnsinnig gehalten. Sie bringen mir Essen und was ich sonst benötige, aber sie halten sich nicht auf, weil sie sich vor der Verrückten fürchten, die ihre Toten nicht verlassen will.« Sie lachte ganz, ganz leise. »Was ist denn Verrücktes dabei? Verrückt sind diejenigen, die ihre Lieben im Stich lassen.«

Forschend blickte sie in das Gesicht des Mannes. »Du bist Valgard sehr ähnlich«, fuhr sie auf die gleiche ruhige Art fort. »Du bist so groß wie Orm, und du siehst zur Hälfte wie er und zur Hälfte wie ich aus. Aber deine Augen sind freundlicher als die Valgards.« Wieder war ihr leises Lachen zu hören. »Sie sollen noch einmal sagen, ich sei verrückt! Ich habe gewartet, das ist alles, ich habe gewartet, und jetzt sind aus Nacht und Tod zwei meiner Kinder zu mir zurückgekommen.«

»Vielleicht werden vor Sonnenaufgang noch mehr kommen«, sagte Skafloc.

Er und Frida führten sie den Hügel hinab.

»Mutter lebt«, flüsterte das Mädchen. »Ich dachte, auch sie sei tot, aber sie lebt, und sie hat im Winter ganz allein hier gesessen ... Was habe ich getan?«

Sie weinte, und Älfrida tröstete sie.

Skafloc wagte nicht, länger zu zaudern. Rings um den Hügel steckte er seine Zauberstäbe. Auf seinen linken Daumen schob er den Bronzering mit dem Feuerstein. Mit erhobenen Armen stellte er sich an der Westseite des Grabes auf. Im Osten rollte die See, und der Mond floh durch zerfetzte Wolken. Der Wind trieb Hagelschloßen vorbei.

Skafloc sprach den Zauber. Er erschütterte seinen Körper und verbrannte seine Kehle, aber er zog die Zeichen mit den erhobenen Händen.

Das Feuer loderte auf. Der Wind kreischte wie ein Luchs. Wolken verschluckten den Mond. Skafloc rief:

Erhebt euch, Krieger,
gefallene Häuptlinge!
Skafloc weckt euch,
singt euch wach.
Ich beschwöre euch,
scheidet von Hel.
Es zwingt euch
mein Zauber

Der Hügel stöhnte. Höher und höher loderte die eisige Flamme auf seiner Spitze. Skafloc sang weiter:

Das Grab steht offen,
Geht, ihr Toten!
Gefallene Helden,
fahrt zur Erde.
Steht auf, ergreift
Schwerter voll Rost,
gebrochene Schilde
und blutige Lanzen

Das Grab barst, und in der Öffnung standen Orm und seine Söhne, von Feuer umloht. Der Häuptling rief:

Wer bricht das Grab
und bringt uns zurück?
Wer ruft uns
mit Runen und Zauberliedern?
Weiche vor der Toten
Wut, Fremder!
Laß die Verstorbenen
liegen im Dunkel.

Orm stützte sich auf seinen Speer. Es hing noch Erde an dem Häuptling, und er war blutlos und mit Rauhreif bedeckt. Seine Augen blickten ohne Lidschlag in die Flammen, die ihn umzüngelten. Zu seiner Rechten stand Ketil, steif und bleich, und die klaffende Wunde in seinem Schädel hob sich schwarz von seinem Haar ab. Asmund, links von Orm in Schatten eingehüllt, hielt die Arme über der Speerwunde in seiner Brust gekreuzt. Skafloc konnte hinter ihnen undeutlich das im Hügel verborgene Schiff und die darin erwachenden Männer sehen.

Er unterdrückte die Furcht, die ihn von der Grabesöffnung her anwehte, und fuhr fort:

Nie kann Drohen
mir nehmen den Mut.
Gebunden durch Runen
bist du, Krieger.
In deinen Rippen
sollen Ratten nisten,
hältst du dein Wissen
geheim vor mir.

Orms Stimme erschallte wie aus weiter Ferne:

Tief ist der traumlose
Todesschlaf, Zauberer.
Erweckte Tote
sind wild vor Zorn.
Geister nehmen
grausame Rache,
raubst du ihren Knochen
die Ruhe im Grab.

Frida trat vor: »Vater!« rief sie. »Vater, erkennst du mich nicht?«

Orms Augen flammten über sie hin, und sein Zorn milderte sich ein wenig. Er neigte den Kopf und stand inmitten des wirbelnden, zischenden Feuers. Ketil ergriff das Wort:

Wir grüßen dich,
goldhaarige Frau.
Schönes Mädchen,
Schwester, willkommen!
Voll von Asche
und eisig kalt
ist das Grab.
Du gibst uns Wärme.

Älfrida schritt langsam auf Orm zu. In dem ruhelosen, hitzelosen Feuerlicht sahen sie sich an. Sie ergriff seine Hände; sie waren kalt wie die Erde, in der sie gelegen hatten. Orm sprach:

Nicht traumlos, schrecklich
war der Tod.
Liebste, deine Tränen
ließen mich leiden.
Greifer von Schlangen
trofpte giftig auf mich,
wenn ich hörte
im Tod dich weinen.

Eines erflehe ich
von dir, Älfrida.
Lebe in Frohsinn,
lache, singe.
Tod ist dann
ein tiefer Schlaf,
ich ruhe in Frieden,
von Rosen umduftet.

»Dazu habe ich nicht die Kraft, Orm«, sagte sie. Sie berührte sein Gesicht. »Es ist Eis in deinem Haar und Erde in deinem Mund. Du bist kalt, Orm.«

»Ich bin tot. Das Grab liegt zwischen uns.«

»Dann laß es nicht länger zwischen uns liegen. Nimm mich mit dir, Orm.« Seine Lippen berührten die ihren.

Skafloc aber wandte sich an Ketil:

Sprich, Toter.
Wo wohnt der Schwertschmied,
den ich brauche,
Bolverk der Riese?
Auch verkünd mir
ehrlich, Krieger,
was hab ich zu tun,
daß er hämmert für mich?

Ketil antwortete:

Dein Forschen, Zauberer,
wird furchtbar enden.
Unheil bringt es
über dich.
Such nicht Bolverk.
Sorgen bringt er.
Verlasse uns jetzt,
da du noch lebst.

Sklafloc schüttelte den Kopf. Da stützte sich Ketil auf sein Schwert und sang:

Im Norden, in Jötunheim,
nahe Utgard,
weit im Berge
wohnt der Riese.
Die Sidhe schenken dir
ein Schiff, ihn zu finden.
Sag ihm, Loki
singt vom Schwertspiel.

Jetzt ließ sich Asmund von da, wo er mit dem Gesicht im Schatten stand, vernehmen, und seine Stimme klang traurig:

Bruder, Schwester,
ein bitteres Los
ward euch beiden
durch den Willen der Nornen.
Wir wünschten, ihr hättet
uns nicht erweckt.
Gezwungen zur Wahrheit
sind wir durch den Zauber.

Frida grauste es. Sie konnte nicht sprechen, sie drängte sich dicht an Skafloc, und auf ihnen beiden ruhten die traurigen, weisen Augen Asmunds. Langsam sang er, während die weißen Flammen seine dunkle Gestalt umspielten:

Gültig ist das Gesetz
auch im Grab.
Schwer wird es mir,
doch sprechen muß ich.
Deine Eltern, Skafloc,
sind Orm und Älfrida.
Fridas Bruder
bist du, Skafloc.

Willkommen, Bruder,
tapferer Krieger!
Schwester, unwissend
schuldig geworden.
Geheiligte Bande
bricht eure Liebe.
Geht nun, Kinder,
glücklos seid ihr.

Der Hügel schloß sich mit einem Grollen, das die Erde erbeben ließ. Das Feuer erlosch, und das schwache Mondlicht war wieder zu sehen.

»Mutter«, flüsterte sie, »Mutter!«

Aber der Hügel lag leer unter dem Mond. Älfrida wurde von Menschen nie mehr gesehen.

Der neue Tag stahl sich über das Meer. Der Himmel war niedrig und schwer, die Wolken hingen herab, als seien sie über dem leeren weißen Land festgefroren. Ein paar Schneeflocken wirbelten vorbei.

Frida saß auf dem Hügel und starrte ins Weite. Sie weinte nicht. Sie glaubte, nie mehr weinen zu können.

Skafloc, der die Pferde in einem Dickicht vor der Sonne geschützt hatte, kehrte zurück. Er setzte sich neben sie. Sein Gesicht und seine Stimme waren so trübe wie der Morgen. »Ich liebe dich, Frida.«

Sie sprach kein Wort.

Nach einer Weile fuhr er fort: »Ich kann nicht anders, als dich lieben. Was bedeutet schon der Zufall, daß wir vom gleichen Blut sind? Gar nichts bedeutet er. Ich weiß von Völkern, menschlichen Völkern, bei denen solche Heiraten üblich sind. Frida, komm mit mir, vergiß das verfluchte Gesetz ...«

»Es ist Gottes Gesetz«, entgegnete sie ebenso tonlos wie er. »Wissentlich kann ich es nicht brechen. Meine Sünden wiegen bereits zu schwer.«

»Ich finde, ein Gott, der zwei Liebende wie uns trennen will, ist es nicht wert, daß man sein Gebot beachtet. Sollte er es wagen, mir in die Nähe zu kommen, würde ich dafür sorgen, daß er heulend nach Hause läuft.«

»Aye – ein Heide bist du!« flammte sie auf, »erzogen von seelenlosen Elfen, für die du sogar die Toten zu neuer Qual erweckst.« Ihre Wangen färbten sich schwach. »Geh doch zurück zu deinen Elfen! Geh zurück zu Lia!«

Er stand auf, weil sie es tat. Er versuchte, ihre Hände zu fassen, aber sie riß sich los. Seine breiten Schultern sanken herab.

»Keine Hoffnung?« fragte er.

»Keine.« Sie wandte sich ab. »Ich werde den Hof eines Nachbarn aufsuchen. Vielleicht bekomme ich eine Möglichkeit, das, was ich getan habe, wiedergutzumachen.« Plötzlich drehte sie sich wieder um und sah ihn an. »Komm mit mir, Skafloc! Komm, vergiß dein Heidentum, laß dich taufen und mach deinen Frieden mit Gott.«

Er schüttelte den Kopf. »Nicht mit diesem Gott.«

»Aber … ich liebe dich, Skafloc. Ich liebe dich zu sehr, als daß ich deine Seele einmal an einem anderen Ort als im Himmel wissen möchte.«

»Wenn du mich liebst«, stieß er erstickt hervor, »bleibe bei mir. Ich werde dich nur wie – wie ein Bruder berühren. Aber bleibe bei mir.«

»Nein«, sagte sie. »Lebewohl.«

Sie lief davon. Er folgte ihr. Der Schnee knirschte unter ihren Füßen. Als er sie überholt hatte und vor ihr stehenblieb und sie dadurch zwang, ebenfalls stehenzubleiben, sah sie, daß seine Lippen verzerrt waren, als werde ihm ein Messer in der Brust umgedreht.

»Willst du mich nicht einmal zum Abschied küssen, Frida?« fragte er.

»Nein.« Sie sprach so leise, daß er sie kaum hören konnte, und sie sah ihn dabei nicht an. »Ich wage es nicht.«

Und sie entfloh.

Er stand und sah ihr nach. Das Licht schlug kupferfarbene Funken aus ihrem Haar, und dieses Haar war die einzige Farbe in einer Welt aus Weiß und Grau. Sie lief um ein paar Bäume und verschwand außer Sicht. Langsam ging Skafloc in der anderen Richtung davon, hinaus aus dem verbrannten Hof.

XXI

Der lange, grausame Winter begann in den nächsten Tagen zu sterben. Und eines Abends bei Sonnenuntergang stand Gulban Glas Mac Grici oben auf einem Hügel, und der Südwind brachte den ersten, noch kaum wahrnehmbaren Duft nach Frühling mit sich. Er stützte sich auf seinen Speer und sah über die Schneemassen hinweg, die sich zur See hin senkten. Das letzte Glühen des Abendrots verblaßte im Westen. Vom Osten her stiegen Dunkelheit und Sterne auf, und von dort sah er außerdem ein Fischerboot näherkommen. Es war ein einfaches, von Sterblichen erbautes Fahrzeug, von irgendeinem Engländer gekauft oder gestohlen, und der am Steuerruder saß, war ein Mensch aus Fleisch und Blut. Und doch hatte er etwas Eigentümliches an sich, und seine vom Meerwasser befleckten Kleider waren Elfenkleider.

Als er den Kiel auf den Strand setzte und heraussprang, erkannte Gulban ihn. Die irischen Sidhe hielten sich meistens abseits von den übrigen Bewohnern des Feenreichs, aber es hatte in den letzten Jahren Handelsgeschäfte mit Alfheim gegeben, und Gulban erinnerte sich an den fröhlichen jungen Skafloc, der bei Imric gewesen war. Aber er war mager und grimmig geworden, und so schrecklich das Geschick seines Volkes war, es schien noch mehr auf ihm zu lasten.

Skafloc stieg den Hügel hinauf bis dahin, wo der große Kriegshäuptling schwarz vor einem Himmel aus Rot und grünlichem Blau stand. Im Näherkommen sah er, daß es Gulban Glas war, einer der fünf Wächter von Ulster, und rief ihm einen Gruß zu.

Der Häuptling neigte ernst den von einem goldenen Helm bedeckten Kopf, so daß seine langen schwarzen Lokken seine Wangenknochen bedeckten. Es gelang ihm nicht ganz, ein Zusammenzucken zu unterdrücken, als er das Böse spürte, das in dem Wolfsfellbündel auf Skaflocs Rükken schlief.

»Mir wurde gesagt, ich solle dich erwarten«, erklärte er.

Skafloc sah ihn mit müder Überraschung an. »Haben die Sidhe so viele Ohren?«

»Nein«, antwortete Gulban, »aber sie verstehen es, Vorzeichen zu deuten – und auf was sollte sich heutzutage ein Vorzeichen beziehen, wenn nicht auf den Krieg zwischen einem Elf mit seltsamen Nachrichten, und ich nehme an, du bist es.«

»Ja, ich bin der – Elf«, stieß Skafloc hervor. Sein Gesicht war von tiefen Furchen durchzogen, seine Augen waren blutunterlaufen. Auch war es in Alfheim nicht üblich, nachlässig in der Kleidung zu sein, ganz gleich, wie verzweifelt die Lage war.

»Komm«, sagte Gulban. »Lugh von der Langen Hand muß dies für eine wichtige Angelegenheit halten, denn er hat alle Tuatha De Danaan zum Rat in die Höhle von Cruachan einberufen, und auch die Herren von anderen Völkern der Sidhe. Aber du bist müde und hungrig. Zuerst mußt du mit in mein Haus kommen.«

»Nein«, lehnte der Mann ab, und diese Schroffheit war den Elfen ebenfalls fremd. »Was ich zu sagen habe, kann nicht warten. Auch will ich nicht mehr Ruhe und Essen, als ich brauche, um auf den Füßen zu bleiben. Bring mich zum Rat.«

Der Häuptling zuckte die Schultern und drehte sich um. Sein nachtblauer Mantel umflatterte ihn. Er pfiff, und zwei der schönen, leichtfüßigen Pferde der Sidhe kamen angaloppiert. Sie schnaubten und scheuten vor Skafloc.

»Sie mögen das nicht, was du trägst«, bemerkte Gulban.

»Ich auch nicht«, erwiderte Skafloc kurz. Er faßte eine seidige Mähne und schwang sich in den Sattel. »Beeilen wir uns!«

Fast ebenso schnell wie auf Elfenpferden ging es davon, über Berg und Tal, durch Feld und Wald, über Lochs und gefrorene Flüsse. Im Vorbeirasen erhaschte Skafloc ab und zu einen Blick auf andere Sidhe: einen Reiter in blitzender Rüstung mit einem furchterregenden Speer, einen knorrigen Leprechaun am Eingang seiner Höhle, ein seltsames Schnabelgesicht auf den Schultern eines hageren, in einen Mantel gewickelten Mannes, der anstelle des Haares Federn hatte, einen gleitenden Schatten und leise Dudelsackmusik aus verborgenen Klüften. Ein leichter Nebel lag in der winterlichen Luft, der verkrustete Schnee leuchtete. Bald war es Nacht geworden. Die Sterne blinkten herab, hell wie Fridas Augen – Nein! Skafloc vertrieb diesen Gedanken.

Nicht lange, und die Reiter hatten die Höhle von Cruachan erreicht. Vier davorstehende Wachtposten berührten grüßend die Stirnen mit den Schwertern. Sie nahmen die

Zügel der tänzelnden Pferde, und Gulban führte Skafloc ins Innere.

Seegrünes Licht füllte die hohe, zerklüftete Kuppeldecke der Höhle. Blitzende Stalaktiten hingen herab, und die Schilde an den Wänden warfen das reine Licht von Wachskerzen zurück. Obwohl kein Feuer brannte, war es warm hier. Es roch ganz leicht nach irischem Torfrauch. Der Fußboden war mit Binsen bestreut. Ihr leises Rascheln unter seinen Füßen war der einzige Laut, den Skafloc hörte, als er auf den Ratstisch zuging.

An seinem unteren Ende saßen die Anführer des Volkes von Lupra, klein und stark und in grobes Zeug gekleidet: Udan Mac Audain, König der Leprechaune, und Beg Mac Beg, sein Ratgeber, Clomhar O'Glomrach mit seinem gewaltigen Umfang und seinen starken Armen, die Häuptlinge Conan Mac Rihid, Gaerku Mac Gaird, Mether Mac Mintan und Esirt Mac Beg, in Häute und unbearbeitetes Gold gekleidet. Bei diesen Leuten konnte ein Sterblicher sich zu Hause fühlen.

Aber am oberen Ende des Tisches saßen die Tuatha De Danaan, die Kinder der Erdmutter Dana, die von Tir-nan-Og der Goldenen zum Rat in die Höhle von Cruachan gekommen waren. Schweigend und hochmütig saßen sie da, schön und prächtig anzusehen, und die Luft um sie schien erfüllt zu sein von der Macht, die sie in sich trugen. Denn sie waren Götter in Irland gewesen, bevor Patrick den Weißen Christus ins Land brachte, und wenn sie auch dem Kreuz hatten weichen müssen, waren doch noch gewaltige Kräfte die ihren, und sie lebten in einer Pracht wie ehedem.

Lugh von der Langen Hand saß auf dem Thron am Kopfende, und er hatte den Krieger Angus Og an seine Rechte und den Seekönig Mananaan Mac Lir an seine Linke gerufen. Andere von den Tuatha De Danaan waren da, Eochy May Elathan der Dagda-Mor, Dove Berg der Feurige, Cas Corrach, Coll die Sonne, Cecht der Pflug, Mac Greina der Haselstrauch und viele andere Hochberühmte, und mit den Herren waren ihren Frauen und Kinder und die Harfenspieler und Krieger aus ihrem Gefolge gekommen. Glorreich und furchteinflößend war diese Versammlung.

Nur auf Skafloc machten Majestät oder Wunder oder Gefahren keinen Eindruck mehr. Ohne den Kopf zu beugen, schritt er auf sie zu und sah furchtlos in Lughs dunkelglühende Augen.

Die tiefe Stimme dessen von der Langen Hand rollte über die strengen Lippen: »Sei gegrüßt, Skafloc von Alfheim. Trink mit den Führern der Sidhe.«

Er winkte Skafloc zu einem leeren Sitz auf der linken Seite ganz in seiner Nähe. Nur Mananaan und seine Frau Fand saßen zwischen ihnen. Die Mundschenke brachten goldene Becher mit Wein aus Tirnan-Og, und die Barden zupften lockende Melodien auf ihren Harfen.

Stark und süß war dieser Wein, und er brannte wie eine Flamme Skaflocs Müdigkeit weg. Doch dadurch kam ihm die Öde in seinem Herzen umso schärfer zum Bewußtsein.

Angus Og, der blondlockige Krieger, fragte: »Wie steht es in Alfheim?«

»Du weißt, wie schlecht es steht«, gab Skafloc schroff zur Antwort. »Die Elfen kämpfen allein und fallen – und ebenso werden alle getrennten Völker des Feenreichs fallen und von Trollheim verschluckt werden.«

Unbeeindruckt entgegnete Lugh: »Die Kinder Danas haben keine Furcht vor den Trollen. Wir, die wir die Fomorianer besiegt haben und bei den Miletianern, selbst nachdem sie uns geschlagen hatten, zu Göttern wurden, was haben wir zu fürchten? Gern hätten wir Alfheim Hilfe gebracht ...«

»Ja, mit Freuden!« Dove Berg schmetterte die Faust auf den Tisch. Sein Haar leuchtete fackelrot im grünen Zwielicht der Höhle, und seine Stimme rief Echos an ihren Wänden hervor. »Seit hundert Jahren hat es keinen so großartigen Kampf, keine so gute Gelegenheit, Ruhm zu gewinnen, mehr gegeben! Warum sind wir nicht gegangen?«

»Du kennst die Antwort«, bemerkte Eochy Mac Elathan, der Vater der Sterne. Er war in einem Mantel von der Farbe der blauen Dämmerung gehüllt, und darin wie auch in seinem Haar und tief in seinen Augen blinkten und glitzerten helle Lichtpunkte. Wenn er die Hände ausbreitete, tanzten Schauer dieser Lichter in der Luft. »Das ist kein gewöhnlicher Krieg im Feenreich. Das ist ein Schachzug in dem langen Spiel zwischen den Göttern des Nordens und ihren Gegnern aus dem ewigen Eis, und es ist schwer abzuschätzen, vor welcher Seite man sich mehr in acht zu nehmen hat. Wir wollen die Gefahr nicht eingehen, unsere Freiheit zu verlieren und bloße Figuren auf dem Schachbrett der Welt zu werden.«

Skafloc umklammerte die Armlehnen seines Sessels, bis die Knöchel weiß hervortraten. Seine Stimme schwankte ein wenig. »Ich bitte nicht um Hilfe in diesem Krieg, so bitter nötig sie auch gebraucht würde. Ich möchte ein Schiff geliehen haben.«

»Und dürfen wir fragen, warum?« Das war Coll. Glänzend war sein Gesicht, und Flammen waberten über seine schimmernde Halsberge und die sonnenstrahlige goldene Agraffe.

Skafloc berichtete kurz über das Geschenk, das er von den Asen erhalten hatte, und endete: »Ich habe das Schwert aus Elfenhöhe geholt, und durch einen Zauber habe ich erfahren, ich könne von den Sidhe ein Schiff bekommen, das mich nach Jötunheim bringt. Deshalb ich ich hergekommen, um euch darum zu bitten.« Er beugte den Kopf. »Aye, als Bettler komme ich. Aber wenn wir siegen, werdet ihr die Elfen nicht kleinlich finden.«

»Dieses Schwert möchte ich schon gern einmal sehen«, sagte Mananaan Mac Lir. Groß und stark und geschmeidig war er, mit weißer Haut und silbergoldenem Haar, und beides hatte einen ganz schwachen Grünton. Seine schläfrig blickenden Augen wechselten zwischen Grün und Grau und Blau. Seine Stimme klang weich, aber sie konnte sich zu donnernden Gebrüll erheben. Er war reich gekleidet, und sein Messer war auf Heft und Scheide mit Gold, Silber und eingelegten Juwelen verziert. Aber um die Schultern trug er einen weiten Ledermantel, der schon viele Wetter überstanden hatte.

Skafloc wickelte das geborstene Schwert aus, und die Sidhe, die ebenso Eisen anfassen wie Tageslicht ertragen konnten, drängten sich darum. Sofort wichen sie wieder zurück. Sie spürten, daß in dieser Klinge Böses verborgen war. Gemurmel erhob sich unter ihnen.

Lugh hob sein gekröntes Haupt und sah Skafloc scharf an. »Du gehst mit schlimmen Dingen um. In diesem Schwert schläft ein Dämon.«

»Und wenn schon!« Skafloc zuckte die Schultern. »Das Schwert bringt den Sieg.«

»Aye, aber auch den Tod. Es wird dein Verderben sein, wenn du es schwingst.«

»Davor fürchte ich mich nicht.« Skafloc packte das Schwert wieder ein. In der eingetretenen Stille klang der Stahl laut auf, als die beiden Stücke aneinanderstießen, und alle die es hörten, schauderten.

»Ich bitte um ein Schiff«, wiederholte Skafloc. »Ich bitte euch im Namen der Freundschaft zwischen Sidhe und Elfen, im Namen eurer Ehre als Krieger und im Namen eures Erbarmens als Kinder der Erdmutter Dana. Wollt ihr es mir leihen?«

Das Schweigen dauerte an. Schließlich sagte Lugh: »Schwer fiele es uns, dir nicht zu helfen ...«

»Und warum sollen wir ihm nicht helfen?« rief Dove Berg. Sein Messer blitzte, er warf es hoch und fing die lichtsprühende Waffe wieder auf. »Warum sollen wir die Krieger der Sidhe nicht zusammenrufen und gegen das barbarische Trollheim fahren? Wie arm, wie öde wird das Feenreich sein, wenn die Elfen vernichtet sind!«

»Und werden die Trolle nicht bald auch über uns herfallen?« ergänzte Conan.

»Still, meine Herren!« befahl Lugh. »Was wir als Gemeinschaft tun, bedarf der Überlegung.« Er richtete sich zu seiner ganzen überragenden Höhe auf. »Aber du, Skafloc, Pflegesohn der Elfen, bist unser Gast. Du hast an unserm Tisch gesessen und unsern Wein getrunken, und wir erinnern uns, wie wir damals in Alfheim bewirtet wurden. Eine so kleine Bitte wie die, dir ein Schiff zu leihen, können wir unmöglich verweigern. Ich bin Lugh von der Langen Hand, und die Tuatha De Danaan tun, was sie wollen, ohne Asen oder Jötunen zu fragen.«

Ausrufe ertönten, Waffen wurden geschwenkt, Schwerter auf die Schilde geschlagen, und die Barden spielten wilde Kriegsweisen. Mananaan Mac Lir blieb in dem Aufruhr kühl und ruhig. Er sagte zu Skafloc:

»Ich biete dir ein Schiff an. Der Größe nach ist es mehr ein Boot, aber trotzdem ist es das beste meiner Flotte. Und da es einiger Kunst bedarf, es zu behandeln, und die Reise interessant sein wird, werde ich selbst mit dir kommen.«

Darüber war Skafloc froh. Eine große Mannschaft wäre nicht besser gewesen als eine kleine – vielleicht sogar schlechter, weil sie die Aufmerksamkeit eher auf sich ziehen konnte –, und der Seekönig war der beste aller Schiffskameraden. »Ich könnte dir in Worten danken«, antwortete er, »doch lieber tue ich es mit meinem Eid der Bruderschaft. Morgen ...«

»Nicht so schnell, Heißsporn«, lächelte Mananaan. Seinen schläfrig wirkenden Augen war nicht anzusehen, wie genau er Skafloc betrachtete. »Wir wollen für eine Weile ruhen und schmausen. Ich sehe, daß du etwas Aufmunterung brauchst, und außerdem kann man eine Reise in das Land der Riesen nicht ohne gehörige Vorbereitungen unternehmen.«

Dagegen konnte Skafloc nichts einwenden. Innerlich verging er vor Ungeduld. Diese Tage würden ihm kein Vergnügen machen. Der Wein verstärkte nur seine Gedanken an ...

Er fühlte eine leichte Berührung auf seinem Arm, und als er den Kopf wandte, erblickte er Fand, Mananaans Frau.

Stattlich und schön waren die Frauen der Tuatha De Danaan, denn sie waren geborene Göttinnen. Worte, ihr Aussehen zu beschreiben, gab es nicht. Und Fand überstrahlte sie alle.

Ihr seidiges Haar, golden wie Sonnenlicht an einem Sommerabend, fiel in Wellen von ihrer Krone bis zu ihren Füßen. Ihr Gewand schimmerte in allen Regenbogenfarben, ihre runden weißen Arme blitzten vor juwelenbesetzten Ringen, aber sie selbst war schöner als jeder Schmuck.

Ihre klugen, veilchenfarbenen Augen sahen Skafloc bis ins Herz. Ihre leise Stimme war Musik. »Wärst du auch allein nach Jötunheim gefahren?«

»Natürlich, meine Dame«, entgegnete Skafloc.

»Noch kein lebender Mensch ist von dort zurückgekehrt, ausgenommen Thjalfi und Roskva, und diese waren in der Gesellschaft von Thor. Du bist entweder sehr tapfer oder tollkühn.«

»Was macht das für einen Unterschied? Es ist gleich, ob ich in Jötunheim oder anderswo sterbe.«

»Und wenn du am Leben bleibst ...« In ihren Worten klang mehr Schmerz als Furcht mit. »Wenn du am Leben bleibst, wirst du dann wirklich das Schwert zurückbringen und es ziehen ... obwohl du weißt, daß es sich am Ende gegen dich kehren wird?«

Er nickte gleichgültig.

»Ich glaube, du betrachtest den Tod als deinen Freund«, murmelte sie. »Das ist sehr merkwürdig für einen so jungen Mann.«

»Er ist der einzige treue Freund auf dieser Welt«, erklärte er. »Mann kann sich darauf verlassen, daß einem der Tod immer zur Seite ist.«

»Ich glaube, du hast dein Glück verloren, Skafloc, und das macht mich traurig. Seit Cu Chulain« – ganz kurz trübten sich ihre Augen – »hat es unter den Sterblichen keinen solchen Mann gegeben wie dich. Auch bekümmert es mich, daß der lustige, verrückte Junge, an den ich mich erinnere, so finster und verschlossen geworden ist. Ein Wurm nagt an deinem Herzen, und der Schmerz treibt dich dazu, den Tod zu suchen.«

Er antwortete nicht, verschränkte nur die Arme und sah an ihr vorbei.

»Aber auch der Kummer stirbt«, fuhr sie fort. »Du kannst ihn überleben. Und ich werde versuchen, dich durch meine Künste zu schützen, Skafloc.«

»Großartig!« Er konnte es nicht mehr aushalten. »Du

schützt mit Zauberkünsten meinen Körper, und *sie* betet für meine Seele!«

Er drehte sich um und ergriff einen Weinbecher. Fand seufzte.

»Du segelst mit Sorgen, Mananaan«, sagte sie zu ihrem Mann.

Der Seekönig zuckte die Schultern. »Soll er doch Trübsal blasen, soviel er will. Mir wird die Fahrt jedenfalls Vergnügen machen.«

XXII

Drei Tage später stand Skafloc am Ufer und sah zu, wie Mananaans Boot von einem Leprechaun aus der Grotte, wo es gelegen hatte, hinausgerudert wurde. Es war ein kleines, schlankes Fahrzeug, und der silbrige Rumpf schien zu schwach für die hohe See zu sein. Der Mast war mit Elfenbein eingelegt, Segel und Tauwerk mit farbiger Seide durchwebt. Den Bug zierte ein goldenes Abbild von Fand als Tänzerin.

Die Dame selbst verabschiedete sie. Die anderen Tuatha hatten ihnen schon Lebewohl gesagt, und keiner von ihnen war in dem kalten grauen Morgennebel anwesend. Wie Tautropfen glitzerte er auf Fands Zöpfen, und als sie Mananaan Glück wünschte, leuchteten ihre veilchenfarbenen Augen noch stärker als sonst.

»Das Glück begleite dich auf deiner Reise«, sagte sie. »Mögest du bald zu den grünen Hügeln von Erin und den goldenen Straßen des Landes der Jugend zurückkehren. Ich werde am Tag auf die See hinausblicken und bei Nacht auf die Wellen hören, ob ich nicht Nachricht über Mananaans Heimkehr bekomme.«

Skafloc stand zur Seite. Er dachte daran, wie es wäre, wenn Frida jetzt von ihm Abschied nehmen würde. Zu sich selbst sprach er:

Ohne Glück ist einer,
der Abschied nehmen muß vom Land,
wenn seine Liebste ihm nicht lächelnd
leise Worte zuraunt.
Kälter als ihre Küsse
kommt die Gischt geflogen.
Vergeblich suche ich voll Gram,
sie zu vergessen.

»Laß uns an Bord gehen«, rief Mananaan. Er und Skafloc stiegen von der kleinen Anlegestelle ins Boot und zogen das schimmernde Segel auf. Der Mensch nahm das Steuerruder, während der Gott einen Akkord auf seiner Harfe griff und sang:

Wind, dies Lied weiß dich zu finden
in dem Himmel, in dem Meer,
wird dich Ruhelosen binden,
darum folge dem Begehr.
Laß die grünen Heimathügel,
unser Ziel liegt fern von hier.
Blase, gib dem Schifflein Flügel,
Südwind, Seewind, kommt zu mir.
Auf, nach Norden fahren wir.

Kaum war die Musik verklungen, als ein starker Wind aufkam und das Boot vorwärtssprang in den kalten, grünen Wellen, die Gott und Mensch salzigen Schaum auf die Lippen warfen. Schnell wie die Elfenschiffe waren die Mananaans, und schon bald war das graue Land von den grauen Wolken am Rande der Welt nicht mehr zu unterscheiden.

»Ich vermute, es wird mehr dazu gehören, Jötunheim zu finden, als einfach immer nach Norden zu segeln«, meinte Skafloc.

»Das ist wahr«, antwortete Mananaan. »Es bedarf dazu gewisser Zauber, aber noch mehr starker Herzen und Arme.«

Er spähte voraus. Der Wind zauste das Haar um sein Gesicht, das gleichzeitig majestätisch und lustig, draufgängerisch und kühl war. »Der erste Atem des Frühlings weht über das Land der Menschen«, bemerkte er. »Das war der schlimmste Winter in Jahrhunderten, und ich glaube, der Grund dafür war, daß die Jötunen ihre Macht zeigen wollten. Wir segeln in das ewige Eis, das ihre Heimat ist.«

Er wandte sich zu Skafloc um. »Es ist Zeit, daß ich einmal an den Rand der Schöpfung reise. Bin ich nicht ein König der Meere? Aber ich hätte nicht solange warten, sondern fahren sollen, als die Tuatha De Danaan noch Götter und im vollen Besitz ihrer Macht waren.« Er schüttelte den Kopf. »Sogar die Asen, die immer noch Götter sind, kamen nicht unversehrt von ihren wenigen Vorstößen nach Jötunheim zurück. Was uns beide betrifft – ich weiß es nicht. Ich weiß es nicht.«

Dann fuhr er kühn fort: »Aber ich segele, wohin ich will! Es soll kein Wasser in den Neun Welten geben, das Mananaan Mac Lirs Kiel nicht durchpflügt hat.«

Skafloc, in seine eigenen Gedanken versunken, antwortete nicht. Das Boot verhielt sich wie ein lebendes Wesen. Der Wind harfte in dem Tauwerk, Schaum zog einen Regenbogenschleier um das schöne Bild Fands. Die Luft war kühl, aber die Sonne versandte blendende Strahlen, trank den Nebel weg und verstreute Diamantenstaub auf dem Wasser. Die Wellen sprangen und lärmten unter einem von schnellen weißen Wolken überzogenen blauen Himmel. Allmählich wurde sich auch Skafloc der Frische dieses Morgens bewußt. Leise sang er:

Blau ist der Himmel, blank das Meer,
das Boot macht gute Fahrt.
In immerwährendem Wechsel!
spielen die Wellen.
Süßes Herz, wärst du an meiner Seite
unter diesem Segel,
das Leben wäre voll Lachen.
(Liebst du mich noch, Frida?)

Mananaan betrachtete ihn forschend. »Diese Fahrt wird uns alles abverlangen, was ein Mann zu geben hat. Laß nichts am Ufer zurück.«

Skafloc schoß das Blut ins Gesicht vor Zorn. »Ich habe niemanden gebeten mitzukommen, der den Tod fürchtet!«

»Der Mann, der nichts hat, wofür es sich zu leben lohnt, ist seinen Feinden nicht der gefährlichste«, gab Mananaan zurück. Und dann ergriff er schnell seine Harfe und sang eines der alten Kriegslieder der Sidhe. Seltsam klang es in der Weite von Wellen, Himmel und Wind. Für einen Augenblick glaubte Skafloc, er sehe wolkige Heere in die Schlacht ziehen. Die Sonne schien auf die Federn an den Helmen und auf Wälder von Speeren, Banner flogen, Hörner riefen, und Streitwagen mit Klingen an den Radnaben rasselten über den Himmel.

Drei Tage und drei Nächte lang segelten sie. Der Wind blies beständig von achtern, und das Boot flog über die Wellen wie eine Schwalbe in der Luft. Sie wachten abwechselnd, schliefen in ihren Schlafsäcken unter dem kleinen Vordeck und lebten von Stockfisch, Käse, Zwieback und was sie sonst an Bord hatten, und durch Zaubersprüche gewannen sie Frischwasser aus dem Meer. Wenige Worte wurden zwischen ihnen gewechselt, denn Skafloc war nicht in der Stimmung für eine Unterhaltung, und Mananaan genügten nach Art der Unsterblichen seine eigenen Gedanken. Aber Achtung und Freundschaft füreinander wuchsen mit der harten Arbeit, und sie sangen gemeinsam die zauberkräftigen Lieder, die sie nach Jötunheim führten.

Schnell führ das Boot. Kälte und Finsternis verstärkten sich beinahe von Stunde zu Stunde auf dieser Fahrt in das Herz des Winters.

Die Sonne sank immer niedriger, bis sie nur noch eine weit entfernte blasse Scheibe an einem trüben Horizont war, die für kurze Augenblicke aus Sturmwolken auftauchte. Gnadenlos biß die Kälte durch Kleider und Fleisch und Knochen bis in die Seele. Die Gischt blieb in Eiszapfen am Tauwerk hängen, und die goldene Fand am Bug war in Rauhreif gekleidet. Die Berührung von Metall schälte die

Haut von den Fingern, und der Atem gefror im Schnurrbart.

Immer mehr wurde es eine nächtliche Welt, in der sie über eine schwarze, silberbestreute See zwischen geisterhaften Eisbergen dahinsegelten. An dem tiefdunklen Himmel glänzten zahllose kalte Sterne, unter denen Nordlichter sprangen. Bei ihrem Anblick mußte Skafloc wieder an das Grabhügelfeuer denken. Eine leblose Stille herrschte, in der nur das Dröhnen des Windes und das Rauschen der Wellen zu hören waren.

Nach Jötunheim fuhr man nicht wie in irgendein Königreich auf Midgard. Sie segelten weiter nach Norden, als je ein sterbliches Schiff gekommen war, in Gewässern, die kalt und tot und schwarz waren. Zuletzt sahen sie kein anderes Licht mehr als Sterne und Mond und tanzende Nordlichter. Skafloc hatte den Eindruck, dies Reich liege nicht mehr auf der Erde, sondern am Rande des großen Abgrunds, aus dem die Schöpfung aufgestiegen ist und in den sie wieder zurückfallen wird. Dies war die See des Todes, und sie wogte außerhalb der Welt der Lebenden.

Danach verloren sie das Gefühl für die Zeit. Mond und Sterne bewegten sich in seltsamer Regellosigkeit, und aus dem Wind, den Wellen und der stärker werdenden Kälte ließ sich der Ablauf der Tage nicht ablesen. Mananaans Zauberkünste begannen zu versagen. Er befand sich jetzt jenseits der Grenzen seiner Macht. Böse Winde kamen auf, gegen die sich kaum ein Boot außer dem ihren hätte behaupten können. Schnee und Hagel machten sie blind. Das Boot rollte und stampfte im Sturm, nahm Wasser von betäubender Kälte auf, ließ das Segel flappen und lief aus dem Ruder. Eisberge erhoben sich zu ungeheuerlicher Höhe aus der Schwärze, und die Reisenden entkamen nur knapp einem Schiffbruch.

Der Nebel war vielleicht am schrecklichsten. Ein windloser, schweigender grauer Dampf tropfte herab und gefror, beschränkte die Sicht auf die Hälfte einer Armeslänge, durchweichte die Kleider bis auf die Haut und rann hinunter in die Stiefel, bis die Zähne klapperten. Das Boot lag bewegungslos, schaukelte nur ein wenig auf unsichtbaren kleinen Wellen. Zu hören war nichts als ihr gedämpftes Klatschen und das Tropfen des Nebels von dem eisbedeckten Segel. Umhertastend, fluchend, zitternd versuchten Skafloc und Mananaan das Wetter mit Zaubermitteln zu ändern, aber sie hatten so gut wie keinen Erfolg. Es war ihnen, als kröchen unsichtbare Wesenheiten durch die Nebelmassen und starrten hungrig in ihr Boot.

Dann kam ein Sturm auf. Sie wußten nicht, ob er sie in die richtige oder die falsche Richtung blies. Der Kampf ums Übeleben vertrieb ihr Unbehagen. Der Mast ächzte, Segeltuch zerriß Hände, sich überschlagende Schaumwellen tosten unter der Reling. Das Boot stieg auf einer Welle bis in den rasenden Himmel hinauf, bloß um auf der anderen Seite wie bei einer Höllenfahrt wieder abwärts zu gleiten.

Skafloc sang:

Brüllende Brecher
schlagen über Bord.
Das Ruder reißt sich los,
der röhrende Wind wirft Hagel.
Seeleute fallen und verfluchen
die Fahrt zum Eismeer.
Bitter ist das Gebräu hier,
das Bier der See ist salzig.

Aber er hielt deswegen in der Arbeit nicht inne. Mananaan, der Schimpfen für ein besseres Zeichen hielt als Jammern, lächelte in den wahnsinnig gewordenen Himmel hinauf.

Und endlich kam der Augenblick, wo sie Land sahen. Unter dem Licht der Sterne und der Nordlichter lagen hohe Berge und grün blitzende Gletscher. Die Brandung schlug an Klippen, hinter denen das Land steil anstieg. Es war eine tote, weite Welt aus Felsen und Eis und altem Schnee, über die der Wind kreischte.

Mananaan nickte. »Das ist Jötunheim.« Der Sturm riß ihm die Worte von den Lippen. »Ich vermute, Utgard, in dessen Nähe der Riese, wie du sagst, wohnen soll, liegt östlich von hier.«

»Schön möglich«, brummte Skafloc. Er hatte längst die Orientierung verloren, und bei den Elfen gab es über diese Küsten auch nicht viel mehr Wissen als ängstliche Gerüchte.

Er fühlte die Müdigkeit nicht mehr, darüber war er hinaus. Ihm war, als treibe er immer weiter wie ein Schiff mit festgebundenem Ruder, das keine andere Möglichkeit hatte und um dessen Untergang sich niemand kümmerte.

Aber als er da stand und das schreckliche Riesenland betrachtete, kam ihm der Gedanke, daß Frida wohl nicht weniger unglücklich war als er. Vielleicht war sie sogar schlimmer daran, denn er wurde abgelenkt durch die Suche nach dem Riesen und wußte sie in Sicherheit, aber sie bangte um sein Leben und hatte wahrscheinlich nicht viel anderes zu tun, als darüber nachzudenken.

»Das ist mir bisher gar nicht eingefallen«, sprach er erstaunt vor sich hin, und ganz plötzlich fühlte er, wie ihm die Tränen auf den Wangen gefroren. Da sang er:

Lange wird es dauern, bis ich die Liebste,
die mir verlorene, vergesse.
Die Wege, die ich wandern muß,
werden kalt sein und einsam.
Leer ist mein Herz durch die Lücke,
die sie hinterließ.
Doch das Ärgste in meinem eigenen Leid
ist der Gedanke an ihr Unglück.

Von neuem verfiel er in Grübeln. Mananaan ließ ihn in Ruhe, denn er hatte die Erfahrung gemacht, daß es sinnlos war, sein Erwachen aus derartigen Anfällen beschleunigen zu wollen. Währenddessen lief das Boot vor dem stürmischen Wind nach Osten.

Nichts schien sich in dieser Ödnis von Felsen und Eis zu rühren außer den Brechern und den wirbelnden Schneeteufeln in den Bergen und den tanzenden Nordlichtern.

Aber Mananaan spürte, daß Wesenheiten in der Nähe waren. Hier war das Herkunftsland jener, die eine ständige Bedrohung für die Asen waren – Asa-Loki, Utgard-Loki, Hel, Fenris, Jörmungandr und Garm, der am Ende der Welt den Mond verschlingen wird.

Bis Skafloc seinen Trübsinn abschüttelte, hatte das Boot eine weite Strecke zurückgelegt, und Mananaan steuerte auf der Suche nach ihrem Ziel dicht an jedem Fjord vorbei. Der Seekönig war unruhig geworden, denn er konnte den dunklen Utgard beinahe riechen, und er für seine Person hatte keine Lust, dieser Stadt nahezukommen.

»Bolverk wohnt in einem Burg, wurde mir gesagt«, erklärte Skafloc. »Wir müssen also nach einer Höhle Ausschau halten.«

»Aye, aber dieses verfluchte Land ist durchsetzt von Höhlen.«

»Es wird eine große sein, denke ich, und in ihrer Nachbarschaft müssen Anzeichen einer Schmiedewerkstatt zu entdecken sein.«

Mananaan nickte und hielt auf die nächste Einbuchtung zu. Als er sich den Klippen näherte, merkte Skafloc erst, wie hoch sie waren. Ihm wurde schwindelig, als er ihre Spitzen zu erkennen versuchte. Ein paar von Nordlichtern beleuchtete Wolken segelten über sie ihn, und er hatte das Gefühl, diese Felswände stürzten über ihm zusammen – die Mauern der Welt, die in der See versank, stürzten nach innen!

Ameisengleich kroch das Boot unter den Klippen her und lugte in den Fjord. Er zog vorbei, ein Gewirr von Eis- und Felsinseln und Klippen, die hoch so hoch hinaufragten, daß sie die Sterne auslöschten. Aber Skaflocs Nasenflügel begannen zu beben, als der Wind einen ganz schwachen Geruch nach Rauch und heißem Eisen herantrug – und er hörte weit entfernt das Klingen eines Hammers.

Sie brauchten keine Worte. Mananaan fuhr in den Fjord ein. Innerhalb der Klippen war es windstill, und die Seefahrer mußten rudern. Sie beeilten sich, aber der Fjord war so lang, daß sie kaum voranzukommen schienen.

Immer tiefer wurde die Stille, als sei jedes Geräusch erfroren. Aus dem sternenbesäten Himmel sanken ein paar trockene Schneeflocken herab. Die Kälte war verzehrend. Skafloc kam die Stille vor wie ein Raubtier, das sich mit gierigen Augen und peitschenden Schwanz zum Sprung bereitmacht. Irgendwie wußte er, daß er beobachtet wurde.

Langsam umrundete das Boot die vielen Biegungen und Landzungen und kam dem Hauptland näher. Einmal hörte Skafloc ein schnelles, schleifendes Geräusch. Das Johlen des Windes über den Felsspitzen klang von so hoch oben, daß es beinahe von den Sternen zu kommen schien.

Ein merkwürdiger Anblick war es, wie das goldene Bild Fands immer wieder hinein nach Jötunheim tanzte.

Endlich kam das Boot an eine Stelle, wo ein breiter, zerklüfteter Abhang von einem Berg abfiel, dessen Spitze mit dem Polarstern gekrönt war. Ein Gletscher rann diesen Abhang hinab, schimmernd in dem unsicheren Halblicht, und endete im Wasser. »Das sieht wie unsere Landestelle aus«, meinte Mananaan.

Etwas zischte zwischen den Eisblöcken hervor, die neben dem Gletscher aufgetürmt waren.

»Ich glaube, zuerst müssen wir die Wache bezwingen«, sagte Skafloc. Er und sein Gefährte rüsteten sich, legten Helm und Harnisch an und zogen gegen die grimmige Kälte Pelze darüber. Jeder nahm einen Schild auf den linken Arm und hängte ein Schwert an den Gürtel. Skafloc hielt ein zweites Schwert in der fellbedeckten Hand, während Mananaan seinen großen Speer mitnahm, dessen Spitze das wenige Licht zurückwarf.

Das Boot wurde auf den aus Eis und Schiefer bestehenden Strand gesetzt. Skafloc konnte ans Ufer springen, ohne erst in das schmutzige Wasser gehen zu müssen. Er zog das Boot höher hinauf und machte es fest, während Mananaan Wache hielt und seine Augen anstrengte, die Düsternis zu durchdringen. Dann hörten sie ein Schleifen, als werde ein schweres Gewicht über Steine gezogen.

»Unser Weg ist dunkel und hat einen üblen Geruch«,

bemerkte der Seekönig, »aber die Sicherheit wird nicht größer, wenn wir lange zaudern.«

Über und durch die hausgroßen Eis- und Felsbrocken ging es. Die Schwärze wurde immer dichter, bis sie sich im Licht weniger Sterne, die in die Klüfte leuchteten, mühsam vorantasten mußten. Der Gestank wurde stärker und das Zischen und Schleifen lauter.

Als sie durch eine Schlucht gingen, die auf den Gletscher zuführte, erblickte Skafloc ein langes, weißes Ungeheuer. Er faßte den Schwertgriff fester.

Das Ding glitt auf sie zu. Mananaans Schlachtruf gellte auf. Er warf seinen Speer auf die undeutliche bleiche Form. »Aus dem Weg, weißer Wurm!« rief er.

Das Ding zischte und schlug nach ihm. Seine Schlingen kratzten über die Steine und ließen sie rasseln. Mananaan sprang zur Seite, und als der flache Kopf auf ihn zuschoß, griff Skafloc an. Bis in seine Schultern spürte er den Aufprall des Schwertes, und der Wurm drehte sich mit aufgerissenen Maul zu ihm um. In dieser Finsternis konnte er das Geschöpf kaum sehen, aber er erkannte, daß dieses Maul ihn mit einem Schluck verschlingen konnte.

Mananaan warf seinen Speer in den bleichen Nacken. Skafloc schlug von neuem auf den Kopf los. Der Verwesungsgestank, der von dem Wurm ausging, schnürte ihm die Kehle zu. Er rang nach Atem und ließ dabei Schwerthiebe niederregnen. Ein Tropfen Blut oder Gift spritzte auf ihn, fraß sich durch seinen Mantel und verbrannte seinen Arm.

Er fluchte und schlug noch heftiger auf den sich wiegenden Kopf ein. Dann zerbrach sein Schwert, verätzt durch dieses Blut. Skafloc hörte, wie gleichzeitig Mananaans Speerschaft brach.

Sie rissen die Ersatzwaffen aus den Scheiden und setzten den Kampf fort. Der Wurm zog sich zurück, und sie folgten ihm auf den Gletscher.

Gräßlich anzusehen war das Ungeheuer. Ding. Seine Schlingen wogten bis zur halben Höhe des Berges hinauf; sie waren von einem aussätzigen Weiß und dicker als ein

Pferd. Der Schlangenkopf schwebte noch über ihnen und spie Blut und Gift. Mananaans abgebrochener Speer steckte in dem einen Auge, das andere glitzerte tückisch herab. Die Zunge zuckte vor und zurück, und der Wurm zischte wie ein Schneesturm.

Skafloc rutschte auf dem Eis aus. Der Wurm hackte nach ihm. Aber Mananaan war schneller, hielt seinen Schild über den Mann und schlug mit seinem Schwert zu. Die Klinge riß den geschwollenen Hals auf. Skafloc kam wieder auf die Füße und schwang gleicherweise sein Schwert.

Der Wurm schlug mit einer Schlinge nach ihnen. Skafloc rollte in eine Schneewehe. Mananaan wurde gefangen, aber ehe der Wurm ihn erdrücken konnte, fuhr seine Klinge zwischen zwei Rippen.

Daraufhin floh der Wurm und warf sich ins Messer. Keuchend und zitternd saßen der Seekönig und Skafloc lange Zeit unter den Nordlichtern. Dann setzten sie ihren Marsch fort.

»Wir sollten umkehren und Ersatz für die zerbrochenen Waffen holen«, meinte Skafloc.

»Nein, vielleicht lauert uns der Wurm am Ufer auf, und wenn nicht, könnte unser Anblick seinen Zorn von neuem wecken«, gab Mananaan zu bedenken. »Diese Klingen werden genügen, bis wir das Runenschwert haben.«

Langsam stiegen sie den glatten, geheimnisvoll schimmernden Gletscher hinauf. Vor ihnen verdeckte der schwarze Berg den halben Himmel. Der Wind trug schwaches Pochen bis zu ihnen.

Aufwärts ging es, bis ihre Herzen hämmerten und sie nach Atem rangen. Das Eis war scharfkantig und trügerisch. Oft mußten sie sich ausruhen, ja sogar mitten auf dem Gletscher schlafen, und es war gut, daß sie sich zu essen mitgenommen hatten.

Nichts rührte sich, nichts schien in dieser Kälte zu leben, aber immer lauter wurde das Hämmern.

Endlich standen Skafloc und Mananaan am Kopf des Gletschers, auf halber Höhe des Berges, der mit dem Polarstern gekrönt war. Ein schmaler Pfad, uneben und von

Felsbrocken übersät, in der Finsternis kaum zu sehen, bog nach links ein. Von ihm fielen nackte Klippen zu gähnenden Tiefen ab. Die Reisenden seilten sich an und folgten ihm.

Wenn einer von ihnen fiel, rettete ihn der andere, und so erreichten sie schließlich die Öffnung einer Höhle. Aus ihren Tiefen rollte das Klirren von Eisen.

Ein großer roter Hund war in der Öffnung angekettet. Er heulte und warf sich auf sie. Skafloc hob sein Schwert.

»Nein«, warnte Mananaan. »Ich habe das Gefühl, es würde uns das größte Unglück bringen, wenn wir das Tier töteten. Versuchen wir lieber, an ihm vorbeizukommen.«

Sie hielten die Schilde so, daß sie sich überlappten, und krochen seitlich, mit dem rechten Arm auf dem Stein, in die Höhle. Der Hund warf sich mit seinem ganzen Gewicht auf die Schilde und schlug seine Zähne in die Ränder. Sein Heulen ließ ihre Schädel erdröhnen. Kaum schafften sie es über die Reichweite der Kette hinaus.

Jetzt kamen sie in völlige Schwärze. Sie hielten sich an den Händen und tasteten sich einen nach unten führenden Gang entlang, fühlten vor sich nach Abgründen und stießen oft mit zackigen Stalagmiten zusammen. Die Luft war weniger kalt als draußen, aber die Dunkelheit machte die Kälte doppelt spürbar. Sie hörten das Rauschen eines Flusses und dachten, dies müsse einer der Ströme sein, die das Totenreich durchfließen. Lauter und näher klang der Hammerschlag.

Zweimal gellte ein Kläffen auf, das die Echos in die Flucht jagte, und sie hielten inne und machten sich auf einen Kampf gefaßt. Einmal stürzte sich etwas Großes, Schweres auf sie und biß Stücke aus ihren Schilden. Obwohl sie nichts sehen konnten, gelang es ihnen, das Ding zu erschlagen, aber sie erfuhren nie, welche Gestalt es gehabt hatte.

Bald danach sahen sie ein rotes Glühen wie das des Sterns im Zeichen des Schützen. Sie eilten vorwärts und kamen an eine weite, frostige Kammer. Hier traten sie ein.

Der Raum wurde von einem großen, aber niedrigen

Feuer trüb erhellt. In diesen blutfarbenen Licht erkannten sie riesige Werkzeuge, wie sie in einer Schmiede zu finden sind. Und am Amboß stand ein Jötune.

Groß war er, so groß, daß sie seinen Kopf in dem rauchigen Dämmer kaum sehen konnten, und sehr breit. Er trug nur eine Schürze aus Drachenhaut über seinem haarigen Körper, der knorrig war wie ein alter Baum und voller Muskeln wie ein Schlangenpfuhl. Haar und Bart, schwarz und struppig, hingen ihn bis zur Mitte. Seine Beine waren kurz und krumm, das rechte war lahm, und er hatte einen Bukkel, so daß seine Hände den Boden berührten.

Als die Sucher eintraten, wandte er ihnen sein schreckliches Gesicht zu. Es hatte eine breite Nase, einen großen Mund und war voller Narben. Unter schweren Brauen lagen zwei leere Löcher; die Augen waren aus den Höhlen gerissen worden.

Seine Stimme klang wie das Rauschen des Flusses im Totenreich. »Oho, oho! Dreihundert Jahre lang hat Bolverk in Einsamkeit gearbeitet. Jetzt muß die Klinge ausgehämmert werden.« Er nahm das Metallstück, an dem er soeben geschmiedet hatte, und warf es durch die Höhle. Das Klirren wurde noch lange zwischen den Wänden hin- und hergeworfen.

Skafloc trat kühn vor, sah ihm in die leeren Augenhöhlen und sprach: »Ich bringe dir eine neue Arbeit, die für dich, Bolverk, auch eine alte ist.«

»Wer bist du?« schrie der Jötune. »Ich rieche, daß du ein Sterblicher bist, aber es hängt auch mehr als ein bißchen vom Feenreich an dir. Einen zweiten rieche ich, der zur Hälfte ein Gott ist, aber weder ein Ase noch ein Wane.« Er fuhr mit den Händen suchend umher. »Ihr seid mir beide nicht ganz unverdächtig. Kommt näher, damit ich euch in Stücke reißen kann.«

»Wir haben einen Auftrag zu erfüllen, an dem du uns nicht hindern wirst«, sagte Mananaan.

»Was ist das für ein Auftrag?« Bolverks Frage rollte durch die Höhle, bis sie sich im Inneren der Erde verlor.

Skafloc sang:

Asa-Loki,
ob seines Kerkers
schnaubend vor Zorn,
ersehnt Schwertspiel.
Diese Waffe
erfüllt seine Wünsche.
Bolverk, nimm
das geborstene Schwert.

Und er öffnete das Wolfsfellbündel und warf dem Riesen die beiden Teile des Schwerts vor die Füße, daß es klirrte.

Bolverks Hände glitten über die Stücke. »Aye«, keuchte er. »Gut erinnere ich mich an diese Klinge. Dyrin und Dvalin waren von Svafrlami gefangen und sollten ihm als Lösegeld ein Schwert anfertigen. Sie baten mich flehentlich um Hilfe, denn diese Waffe sollte gleichzeitig ihre Rache an ihrem Peiniger ausüben. Wir schmiedeten Eis und Tod und Sturm hinein, mächtige Runen und Zauber, einen lebenden Willen, Böses zu tun.« Er grinste. »Viele Krieger haben dieses Schwert besessen, weil es den Sieg bringt. Es gibt nichts, was es nicht durchschneidet, und niemals wird seine Klinge stumpf. Gift ist in dem Stahl, und Wunden, die er schlägt, können weder durch Arzneien noch durch Zauber noch durch Gebete geheilt werden. Doch dieser Fluch liegt auf dem Schwert: Jedesmal, wenn es gezogen wird, muß es Blut trinken, und am Ende wird es auf die eine oder andere Art dem zum Verderben, der es schwingt.«

Er beugte sich vor. »Daher«, erklärte er langsam, »hat Thor es vor langer Zeit zerbrochen. In den Neun Welten hatte er allein dazu die Kraft. Seitdem hat es vergessen in der Erde gelegen. Aber nun – nun, wenn Loki uns, wie du sagst, zu den Waffen ruft, wird es gebraucht werden.«

»Das habe ich nicht gesagt«, murmelte Skafloc, »obwohl ich zugebe, daß ich bei dir genau diesen Eindruck hervorrufen wollte.«

Bolverk hörte ihn nicht. Der Jötune starrte blind ins Leere, und seine Finger strichen über das Schwert. »Dann ist also das Ende da«, flüsterte er. »Jetzt kommt der letzte Abend der Welt, wenn Götter und Riesen sich gegenseitig erschlagen und dabei die Schöpfung vernichten. Surt legt Feuer, das bis zum zerberstenden Himmelsgewölbe springt. Die Sonne wird schwarz, die Erde versinkt im Meer, die Sterne fallen herab. Es endet – mein Sklaventum, blind unter dem Berg, endet in lodernden Flammen? Aye, gern will ich das Schwert schmieden, Sterblicher!«

Er machte sich an die Arbeit. Das Getöse erfüllte die Höhle, Funken flogen, Blasebälge fauchten, und während er werkte, rief er Zaubersprüche, die die Wände erbeben ließen. Skafloc und Mananaan zogen sich in den Gang zurück.

»Es gefällt mir nicht, und ich wünschte, ich wäre nicht hergekommen«, sagte der Seekönig. »Etwas Böses wird zu neuem Leben erweckt. Noch keiner hat mich einen Feigling genannt, aber ich werde dieses Schwert nicht berühren. Und wenn du klug bist, tust es auch nicht. Es wird dich verderben.«

»Und wenn schon«, entgegnete Skafloc düster.

Sie hörten das Zischen, als die Klinge in Gift gelöscht wurde. Wo der Qualm nackte Haut berührte, brannte er. Bolverks Lied vom Weltuntergang dröhnte durch die Höhlen.

»Wirf dein Leben nicht einer verlorenen Liebe wegen weg«, bat Mananaan. »Du bist noch jung.«

»Der Mensch wird geboren, um zu sterben«, erklärte Skafloc, und damit endete das Gespräch.

Die Zeit wurde ihnen lang. Andererseits war es ein Wunder, wie schnell der Riese – blind und ohne jede Hilfe – fertig wurde. »Tretet ein, Krieger!« rief er.

Sie gingen in die Höhle, die in blutrotem Schein dalag. Bolverk streckte ihnen das Schwert entgegen. Hell glänzte die Klinge, eine blaue Zunge, um deren Kanten Flämmchen zu spielen schienen. Die Augen des Drachens auf dem Heft glitzerten, das Gold glühte wie von innen heraus.

»Nimm es!« rief der Riese.

Skafloc ergriff die Waffe. Schwer war sie, aber Kraft floß von ihr in seinen Körper. Das Gewicht war so gut verteilt, daß sie sofort wie ein Teil von ihm selbst wurde.

In einem gellenden Bogen schlug er das Schwert hinunter auf einen Felsen. Der Stein zersplitterte. Er schwang sich die Klinge jubelnd um den Kopf. In dem Halbdunkel leuchtete sie wie ein Blitz.

»Ha, halloo!« rief Skafloc. Und er sang:

Schnell geht das Schwertspiel!
Es schaudert der Feind,
zeigt ihm die zischende
Zauberklinge.
Heulend vor Hunger
haut sie durch Eisen,
badet in Blut,
schlägt Schädel zu Brei.

Bolverk stimmte in sein Gelächter ein. »Aye, schwinge das Schwert mit Lust«, brüllte der Jötune. »Zerschmettere deine Feinde – Götter, Riesen, Sterbliche, ganz gleich, wen. Der Schwert ist losgelassen, und das Ende der Welt ist nahe!«

Er gab dem Mann eine mit Gold beschlagene Scheide. »Stecke die Waffe jetzt lieber ein«, riet er, »und ziehe sie danach nicht wieder, es sei denn, daß du töten willst.« Er grinste. »Aber das Schwert bringt es fertig, sich zur falschen Zeit ziehen zu lassen – und am Ende, darauf kannst du vertrauen, wird es sich gegen dich wenden.«

»Wenn es nur zuerst meine Feinde tötet«, antwortete Skafloc, »kümmert es mich nicht sonderlich, was es danach tun wird.«

»Es mag dich ... dann kümmern«, sagte Mananaan vor sich hin. Laut setzte er hinzu: »Gehen wir. Hier ist nicht gut sein.«

Sie gingen. Bolverks augenloses Gesicht starrte ihnen nach.

Sie erreichten den Ausgang. Der Hund an der Kette

drückte sich winselnd zur Seite. Schnell stiegen sie den Gletscher hinab. Sie waren schon beinahe unten, als sie ein lautes Rumpeln hörten und zurückblickten.

Höher als die Berge ragten drei Gestalten vor den Sternen auf, die sich an den Abstieg machten. Mananaan eilte zum Boot. »Utgard-Loki muß irgendwie von deinem Trick erfahren haben und will nicht, daß du den Asen mit ihren Plänen weiterhilfst. Wir werden noch Mühe haben, aus diesem Land wegzukommen.«

XXIII

Der Krieg, den Mananaan Mac Lir und Skafloc in Jötunheim führten, wäre es wohl wert, erzählt zu werden. Man müßte den Kampf mit wahnsinnigen Stürmen und unbewegten Nebelmassen, mit Brandung und Klippen und Eisschollen schildern. Dazu kam eine ständig wachsende Müdigkeit, in der die einzige Ermunterung in der ewigen Nacht das hell leuchtende Bild Fands darstellte. Das kleine Schiff, das beste aller Boote, müßte mit goldenem Zierat und einem Lied geehrt werden.

Die Jötunen brachten manchen Zauber ins Spiel, um ihren Besuchern den Garaus zu machen, und infolgedessen waren die beiden vom Unglück verfolgt. Aber ihr Gegenzauber brach nicht nur die Macht der Eisriesen, sondern schickte auch Stürme landeinwärts und verwüstete das Land und die Wohnungen der Eisriesen.

Den offenen Kampf mit den Jötunen suchten sie nicht. Doch zweimal, als ein einzelner sie überfiel, töteten sie ihn. Daneben mußten sie sich gegen Ungeheuer des Landes und der See behaupten. Oft entgingen sie einer Verfolgung nur mit knapper Not, besonders wenn sie während der langen Zeitspannen, in denen der Wind ungünstig war, im Landesinneren Nahrungsmittel beschaffen. Und jedes Abenteuer für sich würde eine Geschichte abgeben.

Auch müßte man von ihrem Überfall auf ein großes Gehöft berichten, wo sie Pferde stahlen. Zum Schluß zündeten sie es an und machten sich mit einer Beute auf den Weg, die nicht allein aus den Reittieren bestand. Sie hatten sich die kleinsten Ponys ausgesucht, die es hierzulande gab, aber in der Außenwelt würden sie als die größten und schwersten Streitrösser gelten. Sie hatten ein zottiges schwarzes Fell, feurige Augen und die Herzen von Teufeln. Aber sie gehorchten ihren neuen Herren und standen ruhig in dem Boot, das für sie kaum Platz hatte. Und sie fürchteten weder Tageslicht noch Eisen, nicht einmal Skaflocs Schwert, und müde wurden sie nie.

Nicht jeder Bewohner Jötunheims war ein Riese, ein Ungeheuer oder ein Feind. Schließlich waren einige von diesem Blut in Asgard Götter geworden. Ein einsam lebender Bauer mochte Gäste gern willkommen heißen und nicht zu genau nachforschen, was sie vorhatten. Nicht wenige Frauen waren von menschlicher Größe, hübsch anzusehen und den Fremden gern gefällig. Mananaan mit der Schmeichelzunge fand das Flüchtlingsleben gar nicht so schlecht. Skafloc gönnte keiner Frau auch nur einen Blick.

Noch viel mehr gäbe es zu erzählen, von dem Drachen und seinem goldenen Hort, von dem brennenden Berg und dem bodenlosen Abgrund und der Mühle der Riesinnen. Man könnte dabei verweilen, wie die Reisenden in einem Fluß fischten, der aus dem Totenreich kam, und was sie dort fingen. Die Geschichten von der immerwährenden Schlacht und von der Hexe im Eisernen Wald und von dem Lied, das sie die Nordlichter in einer Heiligen Nacht singen hörten – all das wäre es wert, überliefert zu werden. Aber da keine dieser Sagas mit den Hauptfäden der Handlung zu tun hat, müssen wir sie in den Annalen des Feenreiches schlummern lassen.

Genug, Skafloc und Mananaan gelang es, Jötunheim zu verlassen. Auf den Gewässern Midgards segelten sie südwärts.

»Wie lange mögen wir unterwegs gewesen sein?« fragte der Mann.

»Ich weiß es nicht. Wir waren länger dort als hier.« Der Seekönig roch die frische Brise und sah zu dem klaren blauen Himmel hoch. »Es ist Frühling geworden.«

Nach einer Weile fuhr er fort: »Jetzt hast du das Schwert, und Blut hast du ihm schon reichlich zu trinken gegeben. Was wirst du tun?«

»Ich werde mich dem Erlkönig anschließen, falls er noch lebt.« Skafloc sah mit grimmigem Gesicht zum Horizont hin. »Setz mich südlich des Kanals an Land, und ich werde ihn finden. Die Trolle sollen es nur wagen, sich mir in den Weg zu stellen! Haben wir das Hauptland Alfheims von ihnen gesäubert, werden wir England zurückerobern. Dann fallen wir in ihr Heimatland ein und rotten das verfluchte Volk aus.«

»*Wenn* es dir gelingt. Nun, natürlich, versuchen mußt du es.«

»Werden die Sidhe mir nicht helfen?«

»Das ist eine Sache für den Hohen Rat. Aber wir werden auf keinen Fall eingreifen, bevor die Elfen in England sind. Sonst könnte ja unser Land in Abwesenheit der Krieger überfallen werden. Mag sein, daß wir dann mitkämpfen. Es gäbe Ruhm zu gewinnen, und wir könnten eine Bedrohung unserer Flanke aus dem Weg räumen.« Der Seekönig hob seinen stolzen Kopf. »Wie es auch kommen mag – Mananaan Mac Lir und seine Krieger werden zu dir eilen, sobald du englischen Boden betrittst. Denn wir haben zusammen Gefahren bestanden und Blut vergossen und uns gegenseitig das Leben gerettet.«

Wortlos drückten sie sich die Hände. Und bald darauf setzte Mananaan Skafloc und sein Jötunenpferd an Land und segelte weiter nach Irland und zu Fand.

Auf seinem schwarzen Roß ritt Skafloc zu dem fernen Erlkönig. Das Pferd lief immer noch schnell, aber es war abgemagert vor Hunger. Skafloc selbst sah auch nicht gut aus. Seine Kleider waren zerfetzt und verblichen, seine Rüstung verbeult und rostig, der Mantel um seine Schultern dünn geworden. Er hatte auf seinen Reisen an Gewicht verloren. Die starken Muskeln lagen dicht unter der Haut, und die Haut spannte sich fest über den Knochen. Tiefe Linien waren in sein Gesicht gegraben, das alle Jugendlichkeit verloren hatte. Es war das Gesicht eines verstoßenen Gottes geworden – der weichste Ausdruck war der müden Hohns, und meistens war es hart und verschlossen. Nur noch das helle, windzerzauste Haar war jung. So mag Loki aussehen, wenn er am letzten Abend der Welt auf die Vigrid-Ebene reitet.

Er ritt über Hügel, und ringsum zeigte sich das wiedergeborene Jahr. Am Morgen hatte es geregnet. Der Boden war schlammig, Tümpel und Pfützen glitzerten unter den Sonnenstrahlen. Das Gras schoß in die Höhe und erfreute das Auge mit seinem frischen Grün. Die Bäume trieben Knospen, an denen schon ein Schimmer von Farbe den Sommer ankündigte.

Es blieb kühl. Ein scharfer Wind ließ Skaflocs Mantel flattern. Und doch war es ein Frühlingswind, der sprang und lärmte und die Trägheit aus dem Winterblut peitschte. Der Himmel war hoch und ganz blau, die Sonne stach wie mit Lanzen in das nasse Gras. Im Südosten hingen dunkle Wolken, und Donner rollte. Aber davor leuchtete ein Regenbogen.

Der Schrei von Wildgänsen ertönte in den Lüften. Die Zugvögel waren auf dem Weg nach Hause. Eine Drossel übte ihr Lied, und zwei Eichhörnchen spielten in einem Baum wie kleine rote Feuer.

Bald gab es warme Tage und helle Nächte, grüne Wälder und blühende Blumen. Ein tief in seinem Inneren begrabenes, beinah vergessenes Gefühl erwachte in Skafloc.

Oh, Frida, wenn du bei mir wärest …

Der Tag neigte sich dem Abend zu. Skafloc ritt immer weiter auf seinem unermüdlichen Pferd. Er gab sich keine Mühe, ungesehen zu bleiben. Für den Jötunenhengst war es keine besondere Schnelligkeit, so daß er sich unterwegs Futter abreißen konnte. Aber die Erde bebte unter seinen Hufen. Sie hatten das mittlere Reich Alfheims erreicht und hielten weiter auf die Bergfestungen zu, wo der Erlkönig sein mußte, falls er bis jetzt ausgehalten hatte. Verbrannte

Höfe, zerbrochene Waffen, saubergepickte Knochen zeigten, daß hier ein Krieg gewühlt hatte. Alles löste sich schnell auf, wie es die Dinge des Feenreichs zu tun pflegten. Hin und wieder zeigte sich eine frische Trollspur, und Skafloc leckte sich die Lippen.

Die Nacht brach an. Nach dem Land, aus dem er kam, war sie seltsam warm und hell. Er ritt weiter. Manchmal schlief er ein wenig im Sattel, aber er hielt nie an, um zu lauschen. Die feindlichen Reiter hörte er auch so schon geraume Zeit, bevor sie seinen Pfad kreuzten. Skafloc setzte seinen Helm auf.

Es waren sechs – dunkle, mächtige Gestalten im Sternenlicht. Sie wußten nicht recht, was sie von ihm halten sollten. Da war ein Sterblicher, dessen Kleider teils von den Elfen, teils von den Sidhe stammten, auf einem schwarzen Streitroß, das noch größer und zottiger war als ihre eigenen. Sie verstellten ihm den Weg, und einer rief: »Im Namen Illredes, des Trollkönigs, halt!«

Skafloc gab seinem Pferd die Sporen und sprengte auf sie zu. Die Klinge blitzte in blauem Höllenfeuer. Ein Helm mitsamt dem Schädel war gespalten und ein weiterer Kopf abgeschlagen, ehe die Trolle noch wußten, was geschah.

Dann schlug einer von links mit einer Keule nach Skafloc, ein anderer von rechts mit einer Axt. Skafloc lenkte das Pferd mit den Knien und hielt seinen Schild zwischen sich und den ersten. Sein Schwert sprang auf den zweiten zu und durchschnitt den Stiel der Axt und die Brust dahinter. Skafloc ließ das Schwert herumwirbeln und spaltete den Troll, der von links kam, von der Schulter bis zum Gürtel. Er zog mit einem Finger an den Zügeln. Sein riesiges Pferd stieg und zerschmetterte mit den Vorderhufen den Schädel des fünften Trolls.

Der letzte rannte schreiend davon. Skafloc warf ihm das Schwert nach. Es fuhr dem Troll in den Rücken und trat an der Brust wieder aus.

Danach ritt er weiter auf der Suche nach dem belagerten Erlkönig. Kurz vor Sonnenaufgang machte er an einem Fluß Halt zu einem kurzen Schlaf.

Er erwachte von dem Rascheln der Blätter und einem leichten Erzittern des Bodens. Zwei Trolle schlichen sich näher. Er sprang auf die Füße und zog das Schwert, hatte aber keine Zeit mehr, die Rüstung anzulegen. Die Trolle stürzten auf ihn los. Dem einen hieb er durch Schild und Schulter und Herz. Sofort hob er die bluttriefende Klinge wieder, und der zweite Troll, der seinen Schwung nicht mehr abbremsen konnte, rannte hinein. Skafloc blieb bei bei dem heftigen Ruck ganz ruhig stehen. Unirdische Stärke floß aus dieser Waffe in seinen Körper.

»Das war beinahe zu einfach«, sagte er zu sich selbst, »aber sicher wird mir unterwegs noch besseres Vergnügen werden.«

Den ganzen Tag ritt er. Um die Mittagszeit fand er eine Höhle, in der mehrere Trolle schliefen. Er tötete sie und aß ihre Nahrungsmittel. Es kümmerte ihn wenig, daß er eine Spur von Leichen zurückließ, der jedermann leicht folgen konnte. Sollten sie nur!

In der Abenddämmerung erreichte er die Berge. Hoch und schön erhoben sie sich, und auf ihren schneebedeckten Gipfeln leuchtete das Abendrot. Er hörte das Rauschen von Wasserfällen und das Säuseln des Windes in den Kiefern. Seltsam, dachte er, daß soviel Frieden und Schönheit ein Ort zum Töten ist. Hier hätte er mit Frida und ihrer Liebe sein sollen, nicht mit einem furchterregenden schwarzen Streitroß und einem Schwert, das Vernichtung bedeutet.

Aber so war es nun einmal. Wie mochte es ihr ergehen?

Er ritt die Steilhänge hinauf und über einen Gletscher, auf dem die Hufe seines Pferdes klangen. Die Nacht zog über den Himmel, klar und kalt in dieser Höhe. Ein fast voller Mond verwandelte die Gipfel in Geister. Wenig später hörte Skafloc von ganz weit weg eine Lure. Sein Herz begann zu hämmern, er spornte sein Pferd zum Galopp an. Von Klippe zu Klippe, hinweg über Abgründe ging es. Die Luft sang in seinen Ohren, und die Berge warfen das Echo der Hufschläge hin und her.

Dort wurde gekämpft!

Das harte Brüllen eines Trollhorns drang zu ihm, und bald hörte er auch, gedämpft durch die Entfernung, die Schreie von Kriegern und das Klirren von Waffen. Ein Pfeil zischte vorbei. Skafloc duckte sich im Sattel. Keine Zeit, sich mit dem Bogenschützen zu befassen; er war auf größeres Wild aus.

Von einem Felsengrat sah er den vom Mond erhellten Kampfplatz vor sich liegen. Menschen hätten wohl nur einen Berg erblickt, auf dem Schneeteufel wirbelten, und nichts als einen merkwürdigen Ton im Heulen des Windes vernommen. Skaflocs Hexensicht entdeckte mehr. Für ihn war der Gipfel eine schneebedeckte Burg mit hohen Mauern und Türmen, die bis zu den Sternen reichten. Ringsherum zogen sich die schwarzen Zelte des Trollheeres. Eines davon war größer als die anderen und trug eine dunkle Fahne, und vom höchsten Turm der Burg flatterte das Banner des Erlkönigs. Jetzt standen sich Erlkönig und Trollkönig gegenüber.

Die Trolle stürmten die Festung. Wie Hunde bellten sie unter den Mauern. Sie legten Leitern an und versuchten, sie zu ersteigen, und ihre Anzahl war so groß, daß sie die Fundamente verbargen. Viele Kriegsmaschinen hatten sie, Schleudern, die Feuerkugeln über die Brustwehren schossen, fahrbare Türme, die voll von bewaffneten Männern waren, Rammböcke, die gegen die Tore donnerten, Katapulte, die Felsbrocken gegen Mauerwerk krachen ließen. Das Schreien, das Trampeln von Füßen und Hufen, das Klirren von Metall, das Getöse der Trommeln und Hörner füllten die Nacht mit einem Lärm, der Lawinen ins Tal stürzen ließ und an den eisbedeckten Hängen Echos hervorrief.

Die Elfen standen hinter ihren Brustwehren und wehrten die Trolle ab. Schwerter glänzten auf, Speere und Pfeile verdunkelten den Mond, kochendes Öl stürzte aus Kesseln, Leitern wurden umgestoßen – aber die Trolle machten Fortschritte, und der Elfen waren nur wenige. Bald würde die Belagerung zu Ende sein.

Skafloc zog sein Schwert. Zischend fuhr die Klinge aus der Scheide. In kalten Wellen lief das Mondlicht darüber hin. »Haiah!« schrie er, gab seinem Pferd die Sporen und stob in einer Wolke aufwirbelnden Schnees den Hang hinunter.

Eine Schlucht versperrte ihm den Weg. Seine Schenkel spannten sich um die Flanken seines Pferdes. Es sprang hoch hinauf in den Himmel, vorbei an den Sternen. Auf der gegenüberliegenden Seite setzten die Hufe mit einer Wucht auf, die Skafloc die Zähne zusammenschlug, aber sofort sprengte er weiter.

Das Lager der Trolle war beinahe leer. Skafloc zog die Zügel an, beugte sich herab und riß einen Brand aus einem Feuer. Die Geschwindigkeit seines Galopps ließ das Holz hell aufflammen. Er steckte alle Zelte an, die auf seinem Weg lagen. Bald brannten sie lichterloh und entzündeten mit Funkenschauern die übrigen. Skafloc eilte weiter auf die Tore der Burg zu, und im Reiten vervollständigte er seine Rüstung.

Wie es seine Gewohnheit war, trug er den Schild auf dem linken Arm, hielt das Schwert in der rechten Hand und lenkte das Pferd mit Knien und Worten. Ehe die Trolle am Haupttor noch erkannten, was geschah, hatte er drei niedergeschlagen, und sein Tier hatte ebensoviele zerstampft.

Dann griffen ihn die Trolle in Massen an. Sein Schwert sprang und wirbelte und sang, fuhr durch Helm und Halsberge, durch Fleisch und Knochen und hob sich bluttriefend daraus hervor. Keinen Augenblick hielt es in seinem Todestanz inne. Skafloc mähte die Trolle dahin wie reifen Weizen.

Sie umdrängten ihn, aber keiner konnte seine eiserne Rüstung berühren. Nur wenige ihrer Schläge trafen, und sie fühlte er nicht, solange er dieses Schwert in der Hand hielt.

Er schlug zur Seite, und ein Kopf rollte von den Schultern. Noch ein Hieb, und er hatte einem Reiter den Bauch aufgeschlitzt. Ein dritter Streich fuhr durch Helm und Schädel und Gehirn. Ein Krieger zu Fuß stach nach ihm mit einem Speer und kratzte seinen Arm. Er beugte sich herab und schlug den Troll zu Boden. Aber die meisten der Fußkämpfer starben unter den Tritten und Bissen des Jötunenpferdes.

Das Klirren und Kreischen von Metall stieg zum Mond auf. Blut dampfte auf dem zertrampelten Schnee, Leichen türmten sich in den Lachen. Das schwarze Streitroß und sein Reiter und die Klinge des Schreckens ragten über allem hoch empor und bahnten sich einen Pfad zu den Toren.

Schlag zu, Schwert, schlag zu!

Die Trolle wichen entsetzt zurück. Skafloc rief: »Hai, Alfheim! Heute nacht reitet Siegvater mit uns! Macht einen Ausfall, Elfen, kommt heraus und tötet!«

Vom Schlachtfeld aus war ein kreisförmiges Feuer zu erblicken. Die Trolle erkannten, daß ihr Lager brannte. Sie sahen ein Jötunenpferd und ein Zauberschwert gegen sich. Viele verloren den Mut.

Skafloc ritt mit seinem sich aufbäumenden Pferd vor dem Tor hin und her. Im Licht des Mondes und des Feuers glänzte seine Rüstung naß von dem vergossenen Blut. Seine Augen blitzten ebenso blau wie der Stahl seiner Klinge. Und er verhöhnte seine Feinde und forderte die Elfen zum Ausfall auf.

Ängstlich flüsterten die Trolle: »*... das ist Odin, der den Elfen helfen will – nein, er hat zwei Augen, es muß Thor sein – Loki ist es, der sich von seinen Ketten losgerissen hat, weil das Ende der Welt nahe ist – es ist ein von einem Dämonen besessener Sterblicher – es ist der Tod ...*«

Luren bliesen, die Tore schwangen weit auf, und die Elfen stürmten heraus. Ihre Zahl war bei weitem geringer als die der Trolle, aber neue Hoffnung erhellte ihre abgehärmten Gesichter und glänzte aus ihren Augen. An ihrer Spitze ritt auf einem milchweißen Streitroß der Erlkönig. Seine Krone glitzerte im Mondlicht, Haar und Bart flatterten über den Harnisch und den dämmerungsblauen Mantel.

»Wir hatten nicht geglaubt, dich noch einmal lebend wiederzusehen, Skafloc«, rief er.

»Das war ein Irrtum«, erwiderte der Mann ohne eine Spur seiner früheren Ehrfurcht – denn nichts konnte ihn mehr ängstigen, der mit den Toten gesprochen und den Rand der Welt gesehen und nichts mehr zu verlieren hatte.

Die Augen des Erlkönigs blieben auf dem Runenschwert haften. »Ich kenne diese Waffe«, murmelte er, »und ich weiß nicht, ob ihre Hilfe für Alfheim gut sein wird. Doch …« Er erhob die Stimme: »Vorwärts, Elfen!«

Seine Männer stürzten sich auf die Trolle, und blutig war diese Schlacht. Schwerter und Äxte erhoben sich und fielen nieder und erhoben sich von neuem, tropfend von Blut, Metall klirrte, Speere und Pfeile bewölkten den Himmel, Pferde zerstampften die Toten mit ihren Hufen oder stießen Todesschreie aus, Krieger kämpften und keuchten und sanken zu Boden.

»Holla, Trollheim! Her zu mir!« Illrede sammelte seine Leute und bildete einen Keil, der gegen die Elfen vorrückte. Das Schnauben seines ebenholzfarbenen Hengstes klang wie Donnergrollen. Seine Axt ruhte nie und traf immer ihr Ziel, und die Elfen begannen, einen Bogen um ihn zu machen. Über seinem Mantel aus Drachenhaut leuchtete sein Gesicht eisgrün im Mondlicht und war erfüllt von Wut. Die Strähnen seines Bartes ringelten sich, die Augen brannten schwarzes Feuer.

Skafloc erblickte ihn und stieß ein Wolfsgeheul aus. Er riß sein Jötunenpferd herum und hielt auf den Trollkönig zu. Sein Schwert fällte die Feinde rechts und links wie Halme.

»Ha!« brüllte Illrede. »Macht Platz! Er gehört mir!«

Über einem plötzlich frei gewordenen Platz ritten sie aufeinander zu. Aber als der Trollkönig das Runenschwert sah, schluckte er und zog die Zügel an.

Skaflocs Gelächter gellte ihm in die Ohren. »Jetzt werden dir deine Übeltaten heimgezahlt! Dunkelheit kommt über dich und deine ganze böse Rasse!«

»Nicht allein die Trolle haben alles Böse verursacht, das in der Welt geschehen ist«, antwortete Illrede ruhig. »Mich dünkt, schlimmer als alles, was ich je getan habe, ist, daß du diese Waffe wieder zur Erde gebracht hast. Kein Troll kann etwas für seine Art, denn die Nornen, nicht er selbst, haben sie ihm gegeben. Doch nie würde ein Troll etwas so Entsetzliches tun.«

»Nie würde ein Troll es wagen!« höhnte Skafloc und ritt auf ihn ein.

Illrede vollführte einen gewaltigen Hieb mit seiner Axt und trat das Jötunenpferd an der Schulter. Es war keine tiefe Wunde, aber der Hengst schrie und bäumte sich auf. Skafloc hatte Mühe, im Sattel zu bleiben, und nun schlug Illredes Axt nach ihm.

Der Mann konnte seinen Schild dazwischenbringen, aber er zersplitterte, und der Hieb warf Skafloc beinahe vom Pferd. Illrede drängte sich näher, um ihm den Kopf zu zerschmettern. Der Helm wurde eingeschlagen, und daß Skafloc nicht die Besinnung verlor, lag nur an der unheimlichen Stärke, die ihm das Schwert verlieh.

Von neuem hob Illrede seine Axt. Skafloc führte einen schwachen Streich. Aber Schwert und Axt trafen sich, Funken sprühten, und mit lautem Klirren barst die Axt. Skafloc vertrieb die Benommenheit mit einem Kopfschütteln. Lachend schlug er Illrede den linken Arm ab.

Der Trollkönig sank zusammen. Skaflocs Klinge fuhr herab und trennte seinen rechten Arm ab. »Es steht einem Krieger nicht an, mit einem hilflosen Gegner zu spielen«, keuchte Illrede. »Das tut das Schwert, nicht du.«

Skafloc tötete ihn.

Jetzt wurde jeder Troll von Furcht übermannt, und sie wichen in Unordnung zurück. Die Elfen setzten ihnen wütend nach. Der Schlachtlärm erschallte zwischen den Bergen. In der Vorhut der Elfen focht der Erlkönig und feuerte seine Männer an. Aber das meiste Entsetzen rief Skafloc hervor. Er war überall, und er mähte die Feinde mit seiner Klinge nieder, von der blaues Feuer und rotes Blut sprangen.

Die Trolle dachten an nichts mehr als an Flucht. Die Elfen verfolgten sie, schlugen sie nieder, trieben sie in das brennende Lager. Nicht viele entkamen.

Im ersten Morgengrauen hielt der Erlkönig sein Pferd an und blickte über die Toten, die zu Haufen um die Burgmauern lagen. Ein kalter Wind fuhr durch sein helmloses Haar und die Mähne seines Pferdes. Müde und hohlwangig, mit Blut und Gehirn bespritzt, näherte sich Skafloc ihm. Doch die Rachsucht in seinen Zügen war nicht gemildert worden.

»Das war ein großer Sieg«, sprach der Erlkönig. »Wir waren beinahe die letzte Elfenfestung, die noch aushielt. Die Trolle haben ganz Alfheim besetzt.«

»Nicht mehr lange«, antwortete Skafloc. »Wir werden sie angreifen. Sie sind dünn verteilt, und jeder freie Elf, der sich als Flüchtling versteckt, wird jetzt zu uns stoßen. Waffen und Rüstungen können wir von den getöteten Trollen nehmen, wenn es nicht anders geht. Hart wird der Krieg sein, aber mein Schwert bringt den Sieg.«

Langsam setzte er hinzu: »Auch habe ich eine neue Standarte, die unseren Reihen vorangetragen werden soll. Sie wird den Feind erschüttern.« Er hob einen Speerschaft, auf dem Illredes Kopf stak. Die toten Augen und der grinsende Mund schienen immer noch eine Drohung auszusprechen.

Der Erlkönig zuckte zusammen. »Grimmig ist dein Herz, Skafloc. Du hast dich sehr geändert, seit ich dich zuletzt sah. Doch es sei, wie du es wünschst.«

XXIV

An einem Wintermorgen taumelte Frida in Thorkel Erlendssohns Hof.

Der Besitzer war gerade aufgestanden und herausgekommen, um nach dem Wetter zu sehen. Einen Augenblick lang konnte er nicht glauben, was er da erblickte – eine Schildjungfrau in einer Rüstung aus einem unbekannten kupferigen Metall, ganz fremdländisch gekleidet, die wie blind umhertastete. Das konnte nicht sein!

Er faßte nach dem Speer, den er hinter der Tür stehen hatte. Doch er ließ die Hand sinken, als er sich das Mädchen genauer ansah und es erkannte. Sie war völlig erschöpft, ihre Augen starrten ins Leere, aber es war Frida Ormstochter, die zurückgekehrt war.

Thorkel führte sie ins Haus. Asa, seine Frau, eilte ihnen entgegen.

»Du bist lange weggewesen, Frida«, sagte sie. »Willkommen zu Hause!«

Das Mädchen versuchte zu antworten, brachte aber kein Wort hervor. »Armes Kind«, murmelte Asa. »Armes verlorenes Kind. Komm, ich bringe dich zu Bett.«

Audun, Thorkels zweiter Sohn nach dem von Valgard erschlagenen Erlend, trat ins Haus. »Draußen ist es kälter als im Herzen einer ehrbaren Jungfrau«, bemerkte er, und dann: »Wer ist denn das?«

»Frida Ormstochter«, antwortete Thorkel, »von irgendwoher zurückgekehrt.«

Audun kam einen Schritt näher. »Das ist wundervoll!« strahlte er. Er umfaßte sie und wollte sie küssen, doch da kam ihm ihre stumme Verzweiflung zum Bewußtsein. Er ließ sie los. »Was ist geschehen?«

»Was geschehen ist?« schalt Asa. »Frag lieber, was diesem armen Mädchen nicht geschehen ist! Geht jetzt, ihr ungeschickten Männer, geht hinaus, damit ich sie zu Bett bringen kann!«

Frida lag lange Zeit wach und starrte auf die Wand. Als Asa Essen brachte und es ihr aufnötigte, leise, tröstende Worte sprach und ihr wie eine Mutter das Haar streichelte, begann sie zu schluchzen. Unaufhaltsam strömten die Tränen. Asa hielt sie und ließ sie sich ausweinen. Danach schlief Frida ein.

Thorkel bat sie später, sein Heim vorläufig als das ihre zu betrachten, und sie stimmte zu. Bald ging es ihr besser, aber sie wurde nicht wieder zu dem fröhlichen Mädchen, an das die Nachbarn sich erinnerten.

Thorkel fragte sie nach ihren Erlebnissen. Sie erbleichte und senkte die Augen. Schnell setzte er hinzu: »Nein, nein, du brauchst nicht davon zu sprechen, wenn du es nicht möchtest.«

»Ich habe keinen Grund, die Wahrheit zu verbergen«, antwortete sie so leise, daß er sie kaum verstehen konnte. »Valgard brachte Asgerd und mich nach Osten über das Meer. Er hatte die Absicht, uns einem heidnischen König, mit dem er sich gut stellen wollte, zum Geschenk zu machen. Kaum war er gelandet, als ... ein anderer Wikinger ihn überfiel und seine Männer in die Flucht schlug. Valgard entkam, und Asgerd wurde bei dem Kampf getötet. Dieser zweite Häuptling nahm mich mit sich. Aber dann ... mußte er an einen Ort reisen ... wohin ich ihm nicht folgen konnte ... und da ließ er mich auf dem Hof meines Vaters zurück.«

»Du hast eine sehr seltsame Ausrüstung mitgebracht.«

»Die hat mir der Wikinger gegeben. Er hatte sie aus irgendeinem anderen Land. Ich habe oft an seiner Seite gefochten. Er war ein guter Mann – für einen Heiden.« Frida blickte ins Herdfeuer. »Aye, er war der beste und tapferste und freundlichste Mann.« Ihre Lippen zuckten. »Warum auch nicht? Er stammte von guten Leuten ab.«

Sie stand auf und ging schnell nach draußen. Thorkel sah ihr nach und zupfte an seinem Bart. »Was sie da erzählt hat, ist nicht die ganze Wahrheit«, brummte er vor sich hin, »aber ich glaube, das ist alles, was wir jemals zu hören bekommen werden.«

Nicht einmal dem Priester, bei dem sie beichtete, sagte Frida mehr als das. Danach ging sie allein weg, stand auf einem Hügel und blickte zum Himmel auf.

Der Winter neigte sich seinem Ende zu. Es war ein heller, nicht besonders kalter Tag. Schnee glitzerte weiß auf der stummen Erde, und der Himmel war von einem wolkenlosen Blau.

Frida sprach leise: »Jetzt habe ich eine Todsünde begangen, weil ich verschwieg, bei wem ich unverheiratet gelegen habe. Ich habe die Last auf meine eigene Seele genommen und werde sie bis ins Grab tragen. Vater im Himmel, du weißt, ich kann das, was war, nicht mit den häßlichsten Namen beschmutzen lassen. Bestrafe mich, wie du willst, aber verschone ihn, denn er wußte es nicht besser.« Sie errötete. »Auch glaube ich, unter meinem Herzen trage ich etwas, an das du, Maria, dich erinnern mußt – und *er* soll nicht der Taten seiner Eltern wegen einen schlechten Namen tragen. Vater und Mutter und Sohn, tut mit mir, was ihr wollt. Aber verschont das unschuldige Kind.«

Als sie wieder hinabstieg, fühlte sie sich etwas erleichtert. Die kühle Luft trieb ihr das Blut in die Wangen, das Sonnenlicht spielte auf ihrem bronzefarbenen Haar, und ihre grauen Augen waren hell. Da kam Audun Thorkelssohn ihr entgegen. Sie lächelte.

Obwohl er kaum älter war als sie, war er groß und stark, ein guter Landwirt und vielversprechend im Waffenspiel. Helle Locken umgaben ein Gesicht, das scheu lächelte und wie das eines Mädchens leicht errötete. Er lief auf sie zu.

»Ich habe ... nach dir Ausschau gehalten, Frida.«

»Hat man mich gesucht?« fragte sie.

»Nein, nur – ja, weißt du, ich – ich wollte mit dir sprechen«, stotterte er. An ihrer Seite kehrte er zurück, und ab und zu streifte er sie mit einem Blick.

»Was wirst du tun?« platzte er auf einmal heraus.

Ihre Fröhlichkeit erlosch. Sie sah zum Himmel auf und dann über die Felder. Das Meer war von hier aus nicht sichtbar, aber der Wind brachte heute seine Grüße.

»Ich weiß nicht«, sagte sie. »Ich habe niemanden mehr ...«

»Doch, das hast du!« rief er. Die Zunge versagte ihm, er konnte nicht weitersprechen. In seinen Gedanken verfluchte er sich dafür.

Die Waffen des Frühlings besiegten den Winter. Immer noch war Frida in Thorkels Haus. Niemand hielt es ihr vor, daß sie einen Bastard trug. Ganz im Gegenteil, es hätte ja etwas nicht mit ihr gestimmt, wenn es nach diesen Erlebnissen anders gewesen wäre! Unter Morgenübelkeit hatte sie nur wenig zu leiden. Das mochte an ihrer Gesundheit und Kraft liegen, aber vielleicht hing auch noch ein wenig Elfenzauber an ihr. Daher konnte sie schwer arbeiten, und wenn es nichts mehr zu tun gab, machte sie lange Spaziergänge. Am liebsten ging sie allein, doch Audun schloß sich ihr oft an. Asa war froh über die Hilfe und über die Anwesenheit einer Frau, mit der sie plaudern konnte. Sie hatte keine Töchter und nur wenige Mägde; dieser Haushalt war nicht so groß, wie der Orms gewesen war. Aber das Sprechen besorgte Asa fast ganz allein. Frida antwortete nur in wohlerzogener Weise, wenn das Wort an sie gerichtet wurde.

Anfangs war ihr jeder Tag eine Qual. Die Last ihrer Sünde und den Verlust ihrer Angehörigen konnte sie ertragen, und das neue Leben, das in ihr wuchs, gab ihr sogar Trost. Aber sie kam nicht darüber hinweg, daß sie Skafloc verloren hatte.

Das Letzte, was sie von ihm gesehen hatte, war sein entsetztes Gesicht, als sie sich an jenem Wintermorgen an Orms Grabhügel von ihm trennte. Er war gegangen. Mitten durch seine Feinde war er unterwegs in ein schreckliches Land und zu einem Ziel, das seinen Untergang bedeutete. Wo mochte er heute sein? fragte sie sich ständig. Lebte er noch, oder lag er schon lange still und steif auf der Erde? Pickten die Raben nach den Augen, die für sie geleuchtet hatten? Verlangte er nach dem Tod, wie er einstmals nach Frida verlangt hatte? Oder hatte er die Erinnerung an sie verbrannt und seine Menschlichkeit für das kühle Vergessen hingegeben, das ihm Lias Küsse brachten? Nein, das war unmöglich. Solange er lebte, würde er seine Liebe nicht verraten.

Ab und zu träumte sie von ihm. Dann war ihr, als stehe er leibhaftig vor ihr, ihr Herz schlug an seinem Herzen, und seine Arme umfaßten sie hart und zärtlich zugleich. Er flüsterte ihr ins Ohr, lachte, sprach ein Liebesgedicht, und das Spiel ging in Leidenschaft über ... Sie erwachte in der Dunkelheit und der verbrauchten Luft des Alkovenbettes.

Frida hatte sich verändert. Das Leben der Menschen kam ihr langweilig und kleinlich vor nach dem Glanz des Elfenhofes und den harten, aber so glücklichen Zeiten der winterlichen Trolljagd. Thorkel hatte sich nur taufen lassen, damit er mit den Engländern Handel treiben konnte. Deshalb sah Frida selten einen Priester. Und da sie wußte, daß ihr Herz sündigte, war sie froh darüber. Trübselig war eine Kirche nach den Wäldern und Hügeln und dem brausenden Meer. Immer noch liebte sie Gott. War nicht die Erde Sein Werk, und eine Kirche nichts als Menschenwerk? Aber sie konnte sich nicht dazu bringen, Ihn häufig anzurufen.

Manchmal schlüpfte sie mitten in der Nacht hinaus, nahm sich ein Pferd und ritt ein Stück nordwärts. Mit ihrer Hexensicht erhaschte sie ab und zu einen Blick auf das Feenreich – einen vorbeieilenden Gnom, eine Eule, die nicht aus einem Ei ausgebrütet war, ein schwarzes Schiff vor der Küste. Aber die, die sie zu grüßen wagte, flohen sie, und sie konnte keine Nachricht darüber erhalten, wie der Krieg stand.

Trotzdem – diese für kurze Augenblicke auftauchende Zauberwelt war Skaflocs Welt. Und dann war es für die Dauer eines Herzschlags auch die ihre gewesen.

Sie arbeitete jedoch so schwer, daß sie nicht übermäßig viel zum Grübeln kam, und ihr junger, gesunder Körper blühte auf. Als aus den Wochen Monate wurden, erwachte in ihr das gleiche Gefühl, das die Vögel zurückbrachte und die Knospen sich öffnen ließ. Sie sah ihr Spiegelbild in einem Teich und erkannte, daß aus dem Mädchen eine Frau geworden war. Ihre schlanke Gestalt hatte sich gerundet, ihr Busen hob sich, das Blut rann ruhiger durch die Adern. Sie wurde Mutter.

Könnte er sie jetzt sehen – *Nein, nein, das darf nicht geschehen. Aber ich liebe ihn, ich liebe ihn so sehr.*

Unter Blitz und Donner und Regen zog der Winter davon. Über Bäume und Wiesen breitete sich das erste zarte Grün aus. Die Vögel kehrten nach Hause zurück. Frida sah ein Storchenpaar, das sie kannte. Verwirrt kreisten die Vögel über Orms Land. Sie hatten immer auf seinem Dach genistet. Frida weinte. In ihrer Brust fühlte sie eine große Leere.

Nein, diese Leere füllte sich wieder, nicht mit der alten,

grenzenlosen Freude, sondern mit einer stillen Zufriedenheit. Ihr Kind wuchs in ihr. In ihm – oder ihr, es war ihr gleich – erwachten alle ausgebrannten Hoffnungen zu neuem Leben.

Sie stand im Zwielicht unter einem Apfelbaum, dessen Blütenblätter bei jedem Windstoß auf sie niederrieselten. Der Winter war vorbei. Skafloc lebte in dem Frühling, in Wolken und Schatten, in Sonnenaufgang und Sonnenuntergang und im silbernen Mondlicht. Er sprach zu ihr durch den Wind und lachte mit dem Meer. Ein neuer Winter würde kommen, und wieder ein Winter im großen, nie endenden Kreistanz der Jahre. Aber sie trug den Sommer unter ihrem Herzen.

Thorkel wollte nun auf eine Handelsfahrt in den Osten segeln (vielleicht auch ein bißchen Beute machen, sollte er Gelegenheit dazu finden). Er und seine Söhne hatten die Reise lange geplant. Doch Audun freute sich nicht mehr darauf, und schließlich erklärte er seinem Vater: »Ich kann nicht mit.«

»Was soll das heißen?« rief Thorkel. »Du, der du mehr als jeder andere Tag und Nacht davon geträumt hast, du willst zu Hause bleiben?«

»Nun ja – irgendwer wird doch hier gebraucht.«

»Wir haben gute Hausknechte.«

Audun wandte verlegen den Blick ab. »Die hatte Orm auch.«

»Unser Besitz ist kleiner als der Orms, und so haben wir die Nachbarn in unserer Nähe. Und hast du vergessen, daß wir nach dem damaligen Überfall alle beschlossen haben, dieses Jahr Wachtposten aufzustellen?« Thorkels kluge Augen betrachteten seinen Sohn durchdringend. »Was ist los mit dir, Junge? Sag mir die Wahrheit. Fürchtest du dich vor dem Kampf?«

»Du weißt, daß ich mich nicht fürchte!« flammte Audun auf. »Und wenn ich auch noch kein Blut vergossen habe, werde ich jeden töten, der das zu behaupten wagt. Ich will einfach diesmal nicht mit, und mehr ist dazu nicht zu sagen.«

Thorkel nickte nachdenklich. »Dann ist es also Frida. Das habe ich mir schon gedacht. Aber sie hat keine Sippe mehr.«

»Aber das Land ihres Vaters gehört jetzt ihr. Und ich werde eigenes Geld erwerben, wenn ich im *nächsten* Sommer auf Fahrt gehe.«

»Und das Kind, das sie trägt? Und sein Vater, von dem sie niemals spricht, an den sie aber ständig zu denken scheint?«

Audun blickte zornig auf seine Füße. »Das war schließlich nicht ihre Schuld«, murmelte er. »Auch nicht die des Kindes, und ich werde es gern auf meine Knie setzen. Sie braucht jemanden, der ihr hilft – ihr auch dabei hilft, den Mann zu vergessen, der sie im Stich gelassen hat. Könnte ich ihn finden, dann würde ich dir beweisen, daß ich den Kampf nicht fürchte.«

Thorkel zuckte die Schultern. »Ich kann dir befehlen, aber nicht deinem Willen. Bleib zu Hause, wenn du es für richtig hältst.« Nach einer Weile setzte er hinzu: »Du hast recht, das gute Ackerland sollte nicht brachliegen. Und sie wird eine gute Ehefrau werden und viele starke Söhne gebären.« Er lächelte, wenn auch in seinen Augen die Sorge stand. »Also werbe um sie und gewinne sie, wenn du kannst. Ich hoffe, dein Schicksal ist glücklicher als das Erlends.«

Nachdem das Korn gesät war, segelte Thorkel mit seinen übrigen Söhnen und anderen jungen Männern davon. Da sie an den östlichen Küsten der Nordsee mehr als ein Land aufsuchen wollten, konnten sie nicht vor dem späten Herbst oder frühen Winter zurückerwartet werden. Audun sah ihrem Schiff sehnsüchtig nach. Aber als er sich umdrehte und Frida erblickte, fühlte er sich für seinen Entschluß reich belohnt.

»Bist du wirklich nur der Ernte wegen hiergeblieben?« fragte sie.

Seine Ohren wurden heiß. Kurz gab er zurück: »Ich glaube, du kennst die Wahrheit.«

Sie wandte den Blick ab und sagte nichts.

Die Tage wurden länger, und die Erde grünte und blühte. Warme Winde, sanfter Regen, Vogelgesang und Rotwild, silbrige Fische in den Flüssen, Blumen und helle Nächte – Immer öfter fühlte Frida ihr Kind sich regen.

Und immer häufiger war Audun an ihrer Seite. Manchmal bat sie ihn zu gehen. Doch dann sah sein Gesicht so traurig aus, daß sie es jedesmal bereute.

Er warb um sie mit ungeschickten Worten, denen sie kaum zuhörte. Sie begrub ihr Gesicht im Duft der Blumensträuße, die er ihr brachte. Sie sah ihn lächeln, scheu wie einen jungen Hund – seltsam, daß ein so starker Mann schwächer war als sie.

Wenn sie heirateten, würde er ihr, nicht sie ihm angetraut werden. Er war nicht Skafloc, er war nur Audun. *Oh, mein Liebster, den ich nie vergessen kann!*

Aber die Erinnerung an Skafloc wurde zu einem Sommer, der vergangen war. Audun wärmte ihr Herz, ohne es zu versengen, und sie dachte an ihn wie an einen stillen Bergsee, auf dem Sonnenstrahlen zu tanzen begonnen hatten. Trauer ohne Ende bedeutete Schwäche; sie war unwürdig dessen, was sie und Skafloc geteilt hatten.

Sie mochte Audun gern. Er würde ein starker Schild für Skaflocs Kind sein.

Es kam ein Abend, an dem sie beide am Meeresufer standen. Das Wasser murmelte zu ihren Füßen. Hinter ihnen ging rot und golden die Sonne unter. Audun nahm ihre Hände und erklärte mit überraschender Festigkeit: »Frida, du weißt, ich habe dich schon geliebt, bevor du von hier entführt wurdest. In den letzten Wochen habe ich ehrlich um dich geworben. Zuerst wolltest du mir nicht zuhören, und dann wolltest du mir nicht antworten. Jetzt bitte ich dich um eine Antwort, und wenn du es wünschst, werde ich dich nicht mehr belästigen. Willst du mich heiraten, Frida?«

Sie sah ihm in die Augen und antwortete mit leiser, klarer Stimme: »Ja.«

XXV

Im Spätsommer wurde das Wetter im Nordland regnerisch. Tage- und nächtelang toste der Wind um die Elfenhügel und hüllte sie in blitzdurchzuckte, graue Schleier ein. Die Trolle wagten es selten, Elfenhöhe zu verlassen. Ihre heimatlosen Feinde bildeten allmählich zu große Banden. Sie waren gut ausgerüstet und wußten geschickte Hinterhalte zu legen. Die Trolle frönten dem Müßiggang, tranken, spielten, stritten und tranken von neuem. Bei der verdrießlichen, ängstlichen Stimmung konnte jedes Wort zu einem tödlichen Kampf führen. Ihre Elfenbuhlen schürten die Zwistigkeiten, und es verging kaum ein Tag, an dem nicht einer Frau wegen Freundschaften zerbrachen. Oft ging ein Leben darüber verloren.

In den trübe beleuchteten Gängen schwirrte es von Gerüchten. Illrede – ja, er war gefallen, und sein grinsender Kopf lag bis zur Schlacht, wo er zur Standarte des Feindes werden sollte, in einem Faß mit Salzlake. Dem neuen König Guro gelang es nicht, wie sein Vorgänger die Truppen zusammenzuhalten. Jedesmal, wenn er sich dem Feind entgegenstellte, wurde er geschlagen. Ein Dämon auf einem Riesenpferd, mit einem Höllenschwert und einem ebensolchen Herzen, kämpfte an der Spitze der Elfen und ließ sie über die doppelte Anzahl von Feinden siegen.

Wendland sei gefallen, flüsterte einer. Der fürchterliche Elfenhäuptling habe die Trolle dort eingeschlossen und nicht einen einzigen am Leben gelassen. Es hieß, man könne auf diesem großen Schlachtfeld von einem Ende bis zum anderen über Troll-Leichen gehen.

Festungen in Norwegen, Schweden, Gotland, Dänemark würden gestürmt, sagte ein anderer. Und irgendwie, obwohl es doch unbezwingliche, von Elfen erbaute Burgen waren, fielen sie ebenso schnell, wie sie sich früher den Trollen ergeben hatten. Ihre Besatzungen ließ man über die

Klinge springen. In einer jütländischen Bucht wurde eine Flotte gekapert und für Überfälle auf Trollheim selbst eingesetzt.

Was an Verbündeten und Söldnern noch lebte, fiel ab. Es hieß, eine Shen-Kompanie habe sich in Gardariki gegen ihre Trollgefährten gewendet und sie alle abgeschlachtet. Ein Koboldaufstand vernichtete drei Städte – oder fünf, oder zwölf – in Trollheim. Die Elfen trieben die Trolle vor sich her und drangen in Valland ein ... Der Rückzug wurde zur Flucht, und schließlich wurden die Trolle unter den Kromlechen und Menhiren des Alten Volkes nahe der See zusammengedrängt und erschlagen ... In der Burg liefen Berichte um über das entsetzliche Pferd, das Krieger zerstampfte, über das Zauberschwert, das durch Metall schnitt wie durch Tuch und dabei niemals schartig wurde.

Valgard, hohlwangiger, grimmiger und schweigsamer denn je, versuchte, den sinkenden Mut wieder aufzurichten. »Die Elfen haben sich wieder gesammelt«, sagte er. »Nun, habt ihr noch nie gesehen, wie ein Mann kurz vor seinem Tod um sich schlägt? Sie verbrauchen ihre letzten Kräfte, und die werden nicht reichen.«

Aber seine Trolle wußten, daß immer weniger Schiffe über den Kanal und die östlichen Meere kamen. Die Nachrichten, die zu ihnen durchdrangen, wurden immer schlechter. Schließlich verbot Valgard seinen Kriegern, mit ihren Männern darüber zu sprechen. Die flüchtigen Elfen unter Flam und Feuerspeer wurden von Nacht zu Nacht kühner, bis nicht einmal mehr eine ganze Armee vor ihren aus dem Hinterhalt zischenden Pfeilen, ihren schnellen Überfällen zu Pferd oder auf dem Wasserweg sicher war. Die irischen Sidhe rüsteten sich, als wollten sie in einen Krieg ziehen. Müdigkeit, Verzweiflung und Haß gegen die eigenen Kameraden wuchsen und wurden von den Elfenfrauen schlau gefördert.

Valgard streifte in der Burg von den höchsten Türmen, wo Dohlen und Falken nisteten, bis hinunter in die tiefsten Verliese, wo Kröten und Spinnen lauerten. Er beschimpfte seine Männer, zog manchmal das Messer, und gelegentlich tötete er einen in einem blinden Wutanfall. Er fühlte sich gefangen von diesen neblig-blauen Wänden, von den umherstreifenden Elfenbanden, von den wachsenden Truppen des Erlkönigs, von seinem ganzen Leben. Und es gab nichts, was er dagegen tun konnte.

Es hatte keinen Sinn, seine Männer zum Angriff zu führen. Sie hätten gegen Schatten kämpfen müssen. Kein Elf würde sich blicken lassen, aber aus dem Nichts konnte sich ein Speer in den Rücken eines Trolls bohren, eine Wurfschlinge sich um einen Hals zusammenziehen, eine mit zugespitzten Pfählen ausgestattete Fallgrube sich vor den Hufen eines Trollpferdes öffnen. Nicht einmal bei Tisch war man mehr sicher. Ab und zu starb einer, offenbar an Gift. Aus den Sklaven aber war kein Hinweis herauszubekommen, und es *konnte* ja durchaus ein Troll gewesen sein, der gegen den Toten einen Groll gehegt hatte.

Schlau und geduldig waren die Elfen. Sie verwandelten ihre Schwächen in Stärken, sie warteten ihre Zeit ab. Die Trolle konnten sie nicht verstehen. Allmählich begannen sie sich vor dieser Rasse, die sie für geschlagen gehalten hatten, zu fürchten.

In düsterem Grübeln fragte Valgard sich, wer der neue Elfenhäuptling sein mochte. Er behielt diese Gedanken für sich, aber gegen das Geflüster und die Streitigkeiten war er machtlos.

Er konnte nichts anderes tun, als auf Imrics Hochsitz feurigen Wein zu trinken. Lia bediente ihn und trug Sorge, daß sein Becher nie leer war. Er verfiel in Schweigen, seine Augen blickten glasig ins Weite, und schließlich sank er zu Boden.

Aber oft, wenn er noch nicht zu betrunken zum Gehen war, wuchtete er seinen großen Körper langsam hoch. Ein wenig taumelnd schritt er durch die Halle, wo die Trollhäuptlinge in Schmutz und Erbrochenem lagen. Er nahm sich eine Fackel, stolperte eine rauh ausgehauene Treppe hinunter, stützte sich dabei an der kalten, schlüpfrigen Wand. In den Verliesen angekommen, öffnete er eine Tür.

Imrics weißer Körper, über den schwarze Streifen geronnenen Blutes liefen, schimmerte im Glosen des Kohlenfeuers unter seinen Füßen. Ein Dschinn war damit beauftragt, das Feuer immer in Gang zu halten. Der Graf war an seinen Daumen aufgehängt. Er bekam weder Speise noch Trank. Sein Bauch war eingesunken, seine Haut spannte sich über hervortretenden Rippen, seine Zunge war schwarz. Aber er war ein Elf, und all das war nicht genug, ihn sterben zu lassen. Seine schrägen, wolkigblauen Augen richteten sich mit dem undeutbaren Starren auf Valgard, das ihm immer kalt ums Herz werden ließ. Der Berserker versteckte seine Furcht hinter einem Grinsen.

»Errätst du, warum ich gekommen bin?« Seine Zunge war schwer, und er schwankte auf den Füßen.

Imric sprach kein Wort. Valgard schlug ihm über den Mund. Der Schlag klang in der Stille hier unten sehr laut und brachte Imrics Körper zum Pendeln. Der Dschinn drückte sich auf die Seite. Seine Augen und Fangzähne glänzten in der Dunkelheit.

»Wenn das Gehirn in deinem Schädel noch nicht eingeschrumpft ist«, sagte Valgard, »wirst du wissen, daß ich schon öfters hier gewesen bin. Und ich werde immer wiederkommen.«

Er nahm eine Peitsche von einem Sims in der Wand und ließ die Schnüre durch die Finger gleiten. Seine Augen glitzerten; er leckte sich die Lippen.

»Ich hasse dich«, sprach er. Es brachte sein Gesicht nahe an das Imrics. »Ich hasse dich, weil du mich in die Welt gesetzt hast. Ich hasse dich, weil du mein Erbteil gestohlen hast. Ich hasse dich, weil du bist, was ich nie sein kann – und auch nicht sein will, verdammter Elf! Ich hasse dich wegen deiner bösen Taten. Ich hasse dich, weil ich deinen verfluchten Pflegesohn nicht zur Hand habe und du an seiner Stelle herhalten mußt – jetzt!«

Er hob die Peitsche. Der Dschinn verkroch sich, so weit es ging, in eine Ecke. Imric gab keinen Laut von sich und bewegte sich nicht. Als Valgards einer Arm müde war, benutzte er den anderen. Als er auch mit diesem nicht mehr zuschlagen konnte, warf er die Peitsche zu Boden und ging.

Sein Rausch war verschwunden. Nur ein Kältegefühl und ein Kopfschmerz waren zurückgeblieben. Als er an einem Fenster vorbeikam, hörte er draußen den Regen rauschen.

Die Trolle haßten den Sommer, aber er hatte sich danach gesehnt. Er hatte sich vorgestellt, dann könne er im grünen Gras neben glucksenden Bächen liegen. Statt dessen hatte er nutzlose Ausfälle gegen die Elfen geführt oder war zwischen diesen Mauern gefangen gewesen. Und jetzt ging es mit dem Sommer zu Ende – und mit Trollheim auch. Aus Valland kamen keine Nachrichten mehr. Zuletzt war von einer blutigen Schlacht die Rede gewesen.

Wollte der Regen denn nie aufhören? Er erschauerte in dem feuchten Kältestrom, der durch das Fenster drang. Blauweiße Blitze flammten auf, und das Rütteln des Donners spürte er bis in die Knochen. Er stolperte nach oben in seine Gemächer. Die Trollwachen lagen in viehischem Schlaf da. Waren sie alle Trunkenbolde, waren sie alle Vater- und Brudermörder? Wo gab es in dieser stinkenden, lärmenden Horde einen, dem er sein Herz öffnen konnte? Er machte die Schlafzimmertür auf und blieb mit hängenden Schultern auf der Schwelle stehen. Lia saß aufrecht im Bett. Sie wenigstens, zog es ihm durch den trüben Sinn, hatte sich im Gegensatz zu den anderen Elfenfrauen nicht als Hure erwiesen. Und wenn er aus Abscheu vor sich selbst zitterte, gab sie ihm Trost.

Von neuem zuckte ein Blitz auf. Der Donner ließ den Fußboden erbeben. Der Wind kreischte und warf Regen gegen das Glas. Die Wandbehänge blähten sich, die Kerzen flackerten in dem kalten Luftzug.

Schwer ließ sich Valgard auf die Bettkante fallen. Lia schlang die Arme um seinen Hals. Ihr Blick ruhte mondkühl auf ihm. Ihr Lächeln, ihre seidige Haut und ihr Duft waren verlockend, auch wenn es ihnen irgendwie an Wärme mangelte. Durch das Brausen des Sturms klang ihre süße Stimme: »Was hast du unternommen, mein Herr?«

»Du weißt es«, brummte er, »und ich wundere mich, warum du nie versucht hast, mich davon abzuhalten.«

»Die Starken tun mit den Schwachen, was ihnen gefällt.« Sie ließ eine Hand unter seine Kleider gleiten und machte auf diese Weise klar, was er mit ihr tun könne. Er achtete nicht darauf.

»Aye, das ist ein gutes Gesetz, wenn man stark ist.« Er biß die Zähne zusammen. »Aber jetzt bricht die Macht der Trolle zusammen, denn Skafloc – nach allem, was ich höre, muß es Skafloc sein – ist mit einer Waffe zurückgekommen, die seine Feinde hinwegfegt. Was ist nun Recht und Gesetz?«

Er wandte den Kopf und sah sie düster an. »Am wenigsten verstehe ich, wie diese festen Burgen fallen konnten. Auch eine im freien Feld siegreiche Elfenarmee hätte sich an solchen Mauern totlaufen müssen. Es sind ja einige trotz aller unserer Angriffe nie aus dem Besitz der Elfen gekommen. Ein paar andere haben wir ausgehungert; die meisten haben sich, so wie diese hier, ohne Kampf ergeben. Die von Trollen besetzten Festungen waren voll bemannt, gut ausgerüstet – und sie fielen, sobald eine Schar Krieger des Erlkönigs auftauchte.« Er schüttelte seinen zerzausten Kopf. »Warum?«

Mit rauhen Händen packte er ihre schmalen Schultern. »Elfenhöhe wird nicht fallen! Die Burg kann nicht fallen! Ich werde Skaflocs Kopf auf diesen Mauern aufspießen.«

»Aye, mein Herr«, gurrte sie, und immer noch lächelte sie.

»Ich bin stark«, kam es tief grollend aus seiner Kehle. »Als ich noch ein Wikinger war, habe ich Männer mit bloßen Händen getötet. Und ich habe niemals Furcht, und ich bin schlau. Viele Siege habe ich gewonnen, und ich werde noch viele weitere gewinnen.«

Die Hände fielen ihm schlaff in den Schoß. Seine Augen verdunkelten sich. »Und *warum* bin ich so?« flüsterte er. »Weil Imric mich so gemacht hat. Er hat mir das Aussehen von Orms Sohn gegeben. Aus keinem anderen Grund lebe ich, und meine Stärke und mein Gesicht und mein Gehirn sind *Skaflocs* Stärke, Gesicht und Gehirn.«

Er stand auf, streckte die Hände vor wie ein Blinder und schrie: »*Was bin ich anderes als Skaflocs Schatten?*«

Der Sturm wütete, als sei die Hölle los. Blitze zuckten, Donner krachte. Der Regen strömte über die Fensterscheiben. Ein Luftzug blies die Kerzen aus.

Valgard tastete sich schwankend durch den nur von den Blitzen erhellten Raum. »Ich werde ihn töten«, murmelte er. »Ich werde ihn unter dem Meer begraben. Ich werde Imric töten und Frida und dich auch, Lia – jeden, der weiß, daß ich nicht lebendig bin. Ich bin ja nur ein Geist, beschworen, in einem Fleisch zu leben, das nach dem Bild eines lebenden Menschen geformt wurde – kalt ist das Fleisch, meine Hände sind kalt …«

Die Räder von Thors Wagen rumpelten über den Himmel. Valgard heulte: »Aye, wirf deinen Hammer herab! Lärme, solange du es noch kannst! Ich werde meine kalten Hände um die Säulen in den Hallen der Götter legen und sie einreißen. Ich werde die Welt unter meinen Füßen zerstampfen. Ich werde vom Norden her Sturm und Dunkelheit und Eis rufen, und in meinen Fußspuren soll Asche wirbeln. Ich bin der Tod!«

Jemand klopfte heftig an die Tür, doch bei dem Unwetter war das kaum zu hören. Valgard schnaubte wie ein Tier und öffnete. Seine Hände legten sich dem Troll um den Hals, der naß und erschöpft vor ihm stand.

»Mit dir will ich beginnen«, sagte er. Schaum stand auf seinen Lippen. Der Bote wehrte sich, aber Trollstärke war zu wenig, um diesen Griff zu brechen.

Als der Troll tot auf dem Fußboden lag, verließ der Berserkerwahnsinn Valgard. Schwach und zitternd lehnte er sich gegen den Türrahmen. »Das war unklug«, keuchte er.

»Vielleicht waren andere bei ihm«, meinte Lia. Sie trat auf den Gang hinaus und rief: »He, ihr da unten! Der Graf möchte mit einem von denen reden, die soeben eingetroffen sind.«

Ein zweiter Troll, genauso mitgenommen wie der erste,

stolperte in den Sichtbereich. Er machte jedoch keinen Versuch, die Stufen weiter heraufzusteigen. »Fünfzehn von uns sind ausgezogen«, ächzte er. »Hru und ich sind allein übriggeblieben. Die Elfenbanden haben uns auf dem ganzen Weg verfolgt.«

»Welche Botschaft habt ihr?« fragte Valgard.

»Die Elfen sind in England gelandet, Herr. Und wir hörten außerdem, daß die irischen Sidhe, angeführt von Lugh von der Langen Hand selbst, in Schottland sind.«

Valgard nickte mit leerem Blick.

XXVI

Unter dem Schutz eines Herbststurms führte Skafloc die besten der Elfenkrieger über den Kanal. Er war der Befehlshaber dieser Truppe, denn der Erlkönig blieb auf dem Festland, um daraus die letzten Trolle zu vertreiben. England zurückzuerobern, sei keine leichte Aufgabe, hatte der König gewarnt. Und sollte es den Trollen gelingen, die Angreifer zurückzuschlagen, würden sie in Britannien einen festen Stützpunkt haben, von dem aus sie später Gegenangriffe durchführen könnten.

Skafloc schüttelte den Kopf. »Der Sieg heftet sich an mein Schwert.«

Lange betrachtete ihn der Erlkönig, bevor er antwortete: »Nimm dich in acht mit deiner Waffe. Bis jetzt hat sie uns gute Dienste geleistet, aber trotzdem ist sie tückisch. Ihr ist es vorbestimmt, sich früher oder später gegen den zu wenden, der sie schwingt, und vielleicht gerade dann, wenn er sie am nötigsten braucht.«

Skafloc achtete kaum auf diese Worte. Er hatte nicht gerade den Wunsch zu sterben – schließlich gab es noch eine Menge zu tun in der Welt –, aber wer konnte wissen, ob er nicht noch viele Jahre verschont bliebe? Wie dem auch sein mochte, er dachte nicht daran, sich des Schwertes irgendwie zu entledigen. Nichts anderes konnte ihm das geben, was diese Waffe ihm gab. Wenn er sie im Kampf führte, wurde er nicht zum Berserker. Im Gegenteil, niemals sonst war sein Bewußtsein so klar, seine Gedanken so schnell und sicher. Doch er wuchs über sich hinaus, er war nicht länger allein, er wurde eins mit seinen Taten und mit der Waffe, die sie vollbrachte. So mußte man sich fühlen, wenn man ein Gott war. So hatte er sich – auf andere Weise – gefühlt, wenn er mit Frida zusammen war.

In versteckten bretonischen Buchten sammelte er Schiffe, Männer und Pferde. Er ließ den Elfenhäuptlingen in England die Botschaft zukommen, sie sollten beginnen, ihre verstreuten Krieger zu vereinigen. Und in einer Nacht, als Stürme die nördliche Welt einhüllten, brachte er seine Flotte über den Kanal.

Hagelregen rauschte aus einem schwarzen Himmel, der von Blitzen zerrissen wurde. Dann leuchtete jeder Tropfen in der Luft und im Gras weiß auf. Der Donner rollte durch das Getöse in den Lüften. Die Wellen rasten schäumend von Westen heran und überfluteten jede Küste. Nicht einmal die Elfen wagten es, Segel zu setzen; sie ruderten. Regen- und Salzwasser schlug ihnen ins Gesicht und durchtränkte ihre Kleider. Blaues Feuer kroch über die Ruderblätter und die Drachenköpfe am Bug.

England erhob sich aus dem Dunkel. Die Elfen setzten ihre ganze Kraft ein. Die Brandung umbrauste Strand und Riff. Der Wind packte die Schiffe und versuchte, sie an die Felsen oder gegeneinander zu werfen. Skafloc grinste und sang laut:

Kalt und lustvoll
sind die Küsse
von Rans Töchtern,
den trügerischen.
Sie lächeln, rufen,
schütteln die Locken,
und ihre weißen
Brüste wogen.

Vom Bug seines rollenden Langschiffs aus erblickte er sein Ziel. Die Sehnsucht überkam ihn, und er sang weiter:

Nach Hause trug mich der heulende,
mit Hagel werfende Wind.
Jetzt stehe ich hier und schaue
auf das schöne England.
An diesem Ufer lebt die eine,
die immer in meinen Gedanken ist.
Werde ich das goldhaarige Weib
jemals wiedersehen?

Dann mußte er seine ganze Aufmerksamkeit der Aufgabe widmen, das Kap zu umrunden.

Als die Flotte dies geschafft hatte, fand sie geschütztes Wasser für eine Landung. Eine kleine Schar von Elfen wartete schon auf sie. Die Schiffe wurden an Land gezogen und festgemacht.

Schnell rüsteten sich die Mannschaften für den Kampf. Ein Kapitän wandte sich an Skafloc: »Du hast uns noch nicht gesagt, wer hierbleiben und bei den Schiffen Wache halten soll.«

»Keiner«, antwortete Skafloc. »Wir brauchen alle unsere Männer an Land.«

»Was? Die Trolle könnten hierherkommen und die Flotte verbrennen! Dann hätten wir keine Rückzugsmöglichkeit mehr.«

Skafloc blickte über den von Blitzen erhellten Strand hin. »Für mich gibt es keinen Rückzug. Lebend oder tot werde ich England nicht mehr verlassen, bis alle Trolle daraus vertrieben sind.«

Die Elfen betrachteten ihn nahezu mit Grausen. Wie er da stand, groß und in Eisen gekleidet, das Dämonenschwert an seinem Gürtel, konnte man ihn kaum für einen Sterblichen halten. Aus den Tiefen seiner eisblauen Augen flackerten wolfsgrüne Lichter. Die Elfen hielten ihn für besessen.

Er schwang sich in den Sattel seines Jötunenpferdes. Sein

Ruf übertönte den Wind: »Blast die Luren! Heute nacht greifen wir an!«

Das Heer setzte sich in Marsch. Etwa ein Drittel der Krieger war beritten, der Rest hoffte, bald zu Reittieren zu kommen. Im Gegensatz zu den Engländern und Dänen kämpften die Elfen an Land wie die Franken und die Normannen am liebsten zu Pferde. Regen peitschte auf sie herab, ihre Füße versanken in durchtränkten welken Blättern, Blitze zuckten, und der Wind trug die Kälte des neuen Winters heran. Nach einer Weile hörten sie in der Ferne das metallene Dröhnen von Trollhörnern. Die Elfen griffen nach ihren Waffen und lächelten in dem flackernden Licht. Von Regen überströmte Schilde wurden auf dem Arm geschoben. Von neuem ertönten die Luren.

Skafloc ritt an der Spitze. In diesem Augenblick war ihm nicht freudig zumute. Der Gedanke an weiteres Blutvergießen machte ihn krank. Aber er wußte, seine Stimmung würde umschlagen, sobald er das Schwert aus der Scheide zog. Deshalb konnte er die Schlacht kaum erwarten.

Als dunkle Masse in der Ebene tauchten die Trolle auf. Sie mußten die Annäherung ihrer Feinde bemerkt haben und aus einer in der Nähe gelegenen Burg, vielleicht Alfarhöi, herbeigeeilt sein. Ihre Anzahl war nicht unbeträchtlich, wenn auch geringer als die der Elfen. Gut die Hälfte der Trolle war beritten, und Skafloc hörte hinter sich einen Mann vergnügt ausrufen: »Jetzt werde ich endlich vier Beine unter mich bekommen.«

Der Anführer zu seiner Rechten war weniger hochgemut. »Wir sind mehr als sie«, meinte er, »aber bei weitem nicht genug, um sie einfach zu überrollen. Und es ist schon vorgekommen, daß tapfere Krieger einen stärkeren Feind geschlagen haben.«

»Ich habe keine Angst, daß sie uns schlagen werden«, erwiderte Skafloc, »aber es wäre schlecht, wenn sie viele von uns töteten, denn der nächste Kampf könnte unser letzter sein.« Sein Gesicht verfinsterte sich. »Wo ist die Hauptstreitmacht von Englands Elfen? Sie hätten längst zu uns stoßen müssen. Wenn die Boten unterwegs abgefangen worden sind …«

Die Trollhörner riefen zum Kampf. Skafloc zog sein Schwert und schwang es sich um den Kopf. Die Blitze ließen es in blendendem Licht aufzucken und entlockten ihm blaues Feuer.

»Vorwärts!« Er gab seinem Streitroß die Sporen. Und das Glücksgefühl der Macht wallte in ihm auf.

Speere und Pfeile flogen durch die Luft, im Sturm weder zu sehen noch zu hören. Der böige Wind machte es schwer, zu zielen, und so begannen bald darauf die Einzelkämpfe.

Skafloc hob sich in seinen Steigbügeln und hob das Schwert. Ein Troll griff ihn an. Das Runenschwert schnitt ihm beide Arme ab. Ein anderer näherte sich mit erhobener Axt. Ihm fuhr die Klinge in den Hals. Ein Pikenträger stach zu; die Spitze prallte von Skaflocs Schild ab, er durchtrennte den Schaft, und sein Pferd stampfte den Troll in den Schlamm. Axt und Schwert! Klirren und Funkenstieben! Gespaltenes Metall, zerrissenes Fleisch, zu Boden sinkende Krieger, Teufelstanz der Blitze!

Unaufhörlich zuschlagend, ritt Skafloc durch das Getöse. Seine Streiche gingen durch Rüstung und Knochen. Auf ihn gerichtete Waffen wurden vom Schild aufgehalten oder mit dem Schwert in Stücke gehauen. Der Habichtschrei seiner Klinge übertönte Wind und Donner. Niemand konnte ihm standhalten. Er führte seine Männer durch die Linien der Trolle und griff den Feind im Rücken an.

Nichtsdestotrotz fochten die Trolle verbissen. Sie bildeten Ringe, die fest zusammenhielten. Aus diesen zischten Pfeile. Vorangetriebene Pferde rannten in erhobene Speere. Elfen fielen unter Äxten und Keulen. Wo blieb die Hilfe?

Wie als Antwort ertönte eine Lure – und noch eine, und noch eine! Ein Kriegsruf, ein Hagel von Geschossen, und ein paar Hundert Männer stürmten aus der Dunkelheit!

»Ha, Alfheim!« Feuerspeer ritt in der vordersten Linie. Blut tropfte von seiner Lanze wie der Regen von seinem Helm. Kampflust strahlte aus seinem Gesicht. An seiner

Seite ritt mit seiner erprobten Axt Flam von Orkney. Viele andere Elfenanführer waren dabei. Es war, als hätten sie sich aus der Erde erhoben, um sie von ihren Schändern zu reinigen. Jetzt war es nicht mehr schwer, unter den Feinden aufzuräumen, und bald behaupteten nur noch die Toten die Walstatt. Skafloc beriet sich im Sattel mit Feuerspeer, Flam und den anderen Herren.

»Wir sind so schnell gekommen, wie wir konnten«, erklärte Feuerspeer. »Bei Burg Runenhügel mußten wir anhalten und sie sichern, weil die Tore für uns offenstanden und nur wenige Trolle übrig waren. Die Frauen hatten gute Arbeit geleistet! Auch in Alfarhöi, dessen Besatzung tot hier liegt, werden sie alles für uns vorbereiten.«

»Gut«, nickte Skafloc. Die Schlacht war vorbei und das Schwert in der Scheide, und da kehrte seine Müdigkeit zurück. In den Lüften erstarb der Sturm, der Regen rauschte in dichten Strömen auf die Erde herab.

»Auch die Sidhe von Erin ziehen in den Krieg«, berichtete Flam. »Lugh ist in Schottland gelandet, und Mananaan vertreibt die Trolle von den nördlichen Gewässern und Inseln.«

»Ah – er hat sein Wort gehalten.« Die Nachricht munterte Skafloc ein wenig auf. »Ein treuer Freund ist Mananaan. Keinem anderen Gott als ihm würde ich trauen.«

»Das liegt allein daran, daß er nur ein Halbgott ist, des größten Teils seiner Macht beraubt und hinabgestiegen ins Feenreich«, murmelte Feuerspeer. »Nicht weise ist es, sich mit den Göttern einzulassen ... mit den Riesen.«

»Wir sollten uns auf den Weg machen, damit wir vor Sonnenaufgang unter Dach und Fach sind«, bemerkte Flam. »Heute schlafen wir in Alfarhöi. Oh, wie lange ist es her, daß ich in einer Elfenburg neben einer Elfenfrau geschlafen habe!«

Skafloc verzog den Mund, sagte aber nichts.

Der Herbst war in diesem Jahr mit Heftigkeit eingefallen, aber bald darauf wurde das Wetter mild und blieb so für ungewöhnlich lange Zeit. Es war, als hieße die Erde dieses Landes ihre alten Liebhaber willkommen. Manch einer ruhte für immer in ihrem Schoß, und die Ahornbäume färbten zu seiner Erinnerung ihre Blätter. Andere Bäume raschelten mit tausend Gold- und Bronzetönen unter einem träumenden Himmel. Eichhörnchen sprangen umher und brachten ihre kleine Ernte ein. Die Hirsche schüttelten ihre Geweihe und röhrten voller Stolz. Der Schrei der nach Süden ziehenden Wildgänse tönte aus den Lüften. Nachts leuchteten unzählige Sterne so hell, daß man glauben konnte, man brauche nur hinaufzulangen und sie vom samtenen Nachthimmel zu pflücken. Das Glück war mit den Elfen. Im Norden und Süden, im Osten und Westen schlugen sie ihre Feinde und hatten selbst nur geringe Verluste. Nicht nur hatten sie wackere Verbündete, sie bekamen auch von Woche zu Woche mehr Nachschub an Männern und Ausrüstungen. Denn der Erlkönig säuberte unterdessen das Festland. Mit Leichtigkeit gewannen sie ihre Burgen zurück. Andererseits waren die Trolle völlig abgeschnitten, nachdem Mananaan den Seeweg blockiert hatte. Gegen Ende der Jahreszeit war von den Elfen manche Klage zu hören, daß sie lange nach jemandem suchen müßten, der noch zum Kampf bereit war.

Skafloc empfand darüber keine Freude. Erstens einmal wußte er, warum die Trolle sich nicht mehr blicken ließen. Valgard hatte erkannt, daß seine Truppen auf freiem Feld aufgerieben werden würden, und deshalb zog er sie so schnell wie möglich auf Elfenhöhe zurück. Kleine Nachhuten hielten die Elfen gerade soweit auf, daß sie an die Hauptstreitmacht nicht herankamen. Skafloc zweifelte zwar nicht daran, daß sie die letzte Trollfestung erobern würden, aber der Preis mochte hoch sein.

Immerzu entwarf er Pläne für eine bessere Endlösung, aber sein Gehirn arbeitete langsamer als ehedem. Schuld daran war die zweite Sache, die an ihm nagte.

Schlachten wurden zu Gefechten, zu Scharmützeln, zu nichts. Tagelang und schließlich wochenlang schlief sein Schwert. Und dann erwachten in ihm die Erinnerungen. Er hatte gehofft, die Wunde sei inzwischen einigermaßen verheilt. Doch das war sie nicht. Er konnte nicht sagen, was schrecklicher für ihn war, die Schlaflosigkeit oder die Träume.

So stand es um ihn, als der Herbst in den Winter überging. Das Ende kam eines Nachts im Danelaw. Skafloc hatte Feuerspeer auch nicht mehr erzählt als jedem anderen. Sollten sie doch denken, er sei seines Mädchens müde geworden oder habe sie der Sicherheit wegen im Land der Menschen versteckt! Aber an diesem Abend suchte Feuerspeer ihn auf und berichtete: »Vielleicht möchtest du gern hören, daß ich in der Dämmerung an einem nahegelegenen Hof vorbeigeritten bin und eine junge Frau gesehen habe, die Frida Ormstochter sein könnte. Sie trägt ein Kind, und ich hatte den Eindruck, als trage sie auch Kummer.«

Skafloc ritt allein durch die Dämmerung. Der schwarze Hengst lief nicht schneller als ein sterbliches Pferd. Herbstblätter raschelten unter seinen Hufen und tanzten vor ihm im kühlen Wind. Aber die Blätter, die noch an den Bäumen saßen, zeigten leuchtende Farben, als sollten sie eine Krone für den Reiter sein. Es ging durch Wälder, an die der Mann sich erinnerte.

Skafloc ritt unbeschwert von Helm und Harnisch. Sein langes, helles Haar flatterte unter einer Kappe hervor. Sein Gesicht, wettergegerbt und gefurcht, war unbewegt. Aber sein Herz klopfte und klopfte, das Blut rauschte ihm in den Ohren, seine Hände waren feucht und seine Lippen trokken.

Der Abend ging in eine Nacht über, die von vielfältigen Geräuschen erfüllt war. Skafloc durchquerte einen eisigen Bach. Mit seiner Hexensicht erkannte er tote Blätter, die wie kleine braune Boote meerwärts trieben. Er hörte eine Eule schreien und die Bäume ächzen – aber hinter dem allen lag ein singendes Schweigen, in dem nur sein Herz lebte.

Oh, Frida, Frida, bist du mir wirklich so nahe?

Viele Sterne glitzerten am Himmel, als Skafloc in Thorkel Erlendssohns Hof einritt. Er zischte ein Wort, und die Hunde verkrochen sich, ohne zu bellen. Die Hufschläge waren leise. Auf dem Gehöft war es dunkel bis auf einen schwachen Feuerschein, der unter der Vordertür des Hauses hervordrang.

Er stieg ab. Seine Knie bebten. Große Willenskraft kostete es ihn, an jene Tür zu treten. Der Riegel war vorgeschoben. Skafloc brauchte einen Augenblick für den Zauber, der ihn zurückgleiten ließ.

Thorkel war ein angesehener Freisasse, aber kein Häuptling. Daher war sein Hauptraum nicht groß, und es schlief niemand darin, außer wenn er Gäste hatte. Frida saß, wie es ihre Gewohnheit war, noch spät vor dem niedrigen Herdfeuer. Audun trat aus den hinteren Räumen ein. Seine Augen glänzten heller als die Flammen. »Ich konnte nicht schlafen«, sagte er. »Die anderen können es – wie, das verstehe ich nicht. Da habe ich mich wieder angezogen, weil ich hoffe, wir können miteinander sprechen, ohne dabei angestarrt zu werden.«

Er setzte sich zu ihr auf die Bank. Ihr Haar schimmerte rötlich im Feuerschein. Sie trug es nicht wie eine verheiratete Frau, aber sie hatte es eingeflochten. »Ich kann noch kaum an mein Glück glauben«, fuhr er fort. »Jetzt kann mein Vater jeden Tag nach Hause zurückkehren, und dann werden wir heiraten.«

Frida lächelte. »Zuerst muß ich mein Kind bekommen. Doch auch das kann jeden Tag geschehen.«

Sie wurde ernst. »Und du hast wirklich nichts gegen mich – oder das Kind?« fragte sie leise.

»Wie könnte ich?« erwiderte Audun. »Wie oft muß ich dir das noch versichern? Es ist dein Kind. Das ist genug für mich. Es wird wie mein eigenes sein.«

Er umfaßte sie mit seinen Armen.

Der Riegel öffnete sich. Die Tür schlug zurück. Der Nachtwind blies herein. Frida sah eine hohe Gestalt sich von der Dunkelheit draußen abheben. Sie konnte nicht sprechen. Sie stand von der Bank auf und wich zurück, bis die Wand sie aufhielt.

»Frida«, stieß Skafloc hervor.

Ihr war, als schnüre ihr ein Eisenband die Brust zusammen. Abwehrend hob sie die Hände.

Wie ein Schlafwandler schritt Skafloc auf sie zu. Und sie tat ihm einen Schritt entgegen, und noch einen.

»Halt!« Auduns Stimme zerriß das Schweigen. Sein langer Schatten schwankte vor ihm her. Er griff nach einem Speer, der in einer Ecke lehnte, und stellte sich zwischen die beiden.

»Halt! Ich ... ich ... be-befehle es dir«, stotterte er. »Wer bist du? Was willst du?«

Skafloc machte ein Zeichen und sprach einen Stabreim. Solange er sich im Haus aufhielt, würde keiner seiner Bewohner erwachen. Er tat es, ohne nachzudenken, so wie ein Mann eine Fliege abstreift. »Frida«, sagte er noch einmal.

»Wer bist du?« rief Audun. Mitten im Satz schnappte seine Stimme über. »Was willst du?« Er sah ihre Blicke und stöhnte auf vor Schmerz.

Skafloc sah über die Schulter des Jungen hinweg. Er nahm ihn kaum wahr. »Frida, mein Herz, mein Leben. Komm mit mir.«

Sie schüttelte heftig den Kopf, und doch hielt sie immer noch die Hände nach ihm ausgestreckt.

»Ich bin nach Jötunheim gesegelt, ich bin zurückgekommen, ich habe einen Krieg geführt. Und ich dachte, die Zeit und die Schwerter könnten mich von dir losschneiden. Sie konnten es nicht. Auch dieser Todesbringer an meiner Seite kann es nicht. Nichts in den Neun Welten, nicht die Gesetze und nicht die Götter, vermag es. Denn was bedeutet das alles schon für uns? Komm mit mir, Frida.«

Sie senkte den Kopf. Der innere Kampf verzerrte ihr Gesicht. Sie schluchzte lautlos. Ihr Herz schlug, als wolle es ihr die Brust zersprengen. Dann begannen die Tränen zu strömen.

»Du tust ihr weh!« schrie Audun.

Ungeschickt stach er mit seinem Speer zu. Er ritzte Skaflocs Wange. Der Elfenherr fauchte wie ein Luchs und griff nach seinem Schwert.

Audun griff von neuem an. Skafloc sprang zur Seite, unmenschlich schnell. Zischend fuhr das Schwert aus der Scheide. Es durchschnitt den Schaft der Axt. »Geh mir aus dem Weg!« befahl Skafloc.

»Nicht, solange meine Braut lebt!« Audun, außer sich vor Zorn und Entsetzen – und das Entsetzen rührte nicht von Todesfurcht her, sondern von dem, was er in Fridas Augen gelesen hatte – fühlte, daß ihm selbst die Tränen über das Gesicht liefen. Er riß seinen Dolch aus dem Gürtel und fuhr nach Skaflocs Kehle.

Das Schwert flammte auf, sauste herab und durchschnitt Knochen und Gehirn. Audun rutschte über den Fußboden und schlug gegen eine Wand. Dort fiel er nieder und blieb als blutiges Bündel liegen.

Skafloc starrte auf die gerötete Klinge in seiner Hand. »Das war nicht meine Absicht«, flüsterte er. »Ich wollte ihn nur zur Seite drängen. Ich hatte vergessen, daß diese Waffe jedesmal Blut trinken muß, wenn sie gezogen worden ist ...«

Er richtete die Augen auf Frida. Sie betrachtete ihn schaudernd. Ihr Mund stand offen, als wolle sie schreien.

»Es war nicht meine Absicht!« brüllte er. »Und was macht es schon aus? Komm mit mir!«

Nur mit großer Mühe fand sie ihre Stimme wieder. Halb erstickt klang sie. »Geh. Sofort. Komm niemals wieder.«

»Aber ...« Er tat einen steifen Schritt rückwärts.

Sie bückte sich und nahm Auduns Dolch auf. Er glänzte in ihrer Hand. »Geh! Wenn du noch einen Schritt näherkommst, durchbohre ich dich hiermit.«

»Ich wünschte, du würdest es tun«, antwortete er. Er schwankte ein wenig auf seinen Füßen. Aus der Wunde in seiner Wange tropfte das Blut auf den Fußboden.

»Wenn es sein muß, werde ich mich selbst töten«, sagte Frida. »Versuche, mich zu berühren, du Mörder, du Heide, der du wie ein Tier oder ein Elf bei deiner eigenen Schwester liegen willst! Versuche, mich zu berühren, und ich stoße mir das Messer ins Herz. Gott wird mir die geringere Sünde vergeben, wenn ich dadurch die größere abwende.«

Skafloc geriet in Wut. »Aye, rufe deinen Gott an, winsele deine Gebete! Ist das alles, wozu du taugst? Du hast dich für ein Dach über dem Kopf verkauft. Das ist Hurerei, ganz gleich, wie viele Priester ihren Segen darüber sprechen ... denn du hast mir Treue geschworen.« Er hob das Schwert. »Lieber soll mein Sohn ungeboren sterben, als deinem Gott gegeben werden.«

Frida stand wie erstarrt vor ihm. »Schlag zu, wenn du willst. Knaben und Frauen und Kinder im Mutterleib – sind das deine Gegner?«

Er senkte die breite Klinge, und plötzlich stieß er sie, ohne sie gereinigt zu haben, in die Scheide zurück. Da wich die Wut von ihm. Müdigkeit und Kummer überwältigten ihn.

Seine Schultern sanken herab. Er neigte den Kopf. »Also willst du mich wirklich verstoßen?« fragte er leise. »Das Schwert ist verflucht. Nicht ich war es, der diese bösen Dinge gesprochen oder den armen Jungen erschlagen hat. Ich liebe dich, Frida. Ich liebe dich so sehr, daß die ganze Welt hell ist, wenn du bei mir bist, und schwarz, wenn du fern von mir weilst. Wie ein Bettler flehe ich dich an, zu mir zurückzukommen.«

»Nein«, keuchte sie. »Geh weg.« Sie schrie auf: »Ich will dich niemals wiedersehen! Geh!«

Er wandte sich zur Tür. Sein Mund zitterte. »Einmal habe ich dich um einen Abschiedskuß gebeten«, sagte er beinahe ruhig. »Du wolltest ihn mir nicht geben. Willst du es jetzt tun?«

Sie ging zu Auduns zusammengesunkenen Körper, kniete nieder und berührte mit ihren Lippen die seinen. »Mein Lieber, mein Lieber«, flüsterte sie, strich über das blutige Haar und schloß die erloschenen Augen. »Gott nehme dich zu sich, mein Audun.«

»Dann Lebewohl«, sprach Skafloc. »Es mag geschehen, daß ich dich zum drittenmal um einen Kuß bitte, und das wird dann das letztemal sein. Ich glaube nicht, daß ich noch lange zu leben habe, und es kümmert mich auch nicht. Aber ich liebe dich.«

Er ging hinaus und schloß die Tür hinter sich. Sein Zauber erlosch. Die Bewohner des Hauses wurden von bellenden Hunden und Hufschlägen geweckt. Als sie in den vorderen Raum eilten und entdeckten, was dort geschehen war, erzählte Frida, ein Gesetzloser habe versucht, sie zu entführen.

In der Dunkelheit vor dem Morgengrauen kam ihre Stunde. Das Kind war groß, und ihre Hüften waren schmal. Lange Zeit mußte sie große Schmerzen erdulden, aber sie gab kaum einen Laut von sich.

Da ein Mörder sich in der Gegend aufhielt, war keine Rede davon, sofort nach einem Priester zu schicken. Die Frauen halfen Frida, so gut sie konnten. Asas Gesicht war finster.

»Erst Erlend, jetzt Audun«, sprach sie vor sich hin. »Orms Töchter bringen kein Glück.«

Bei Tagesanbruch suchten die Männer nach der Spur des Mörders. Sie fanden nichts, und bei Sonnenuntergang kehrten sie zurück und meinten, morgen müsse es für einen oder zwei wohl sicher genug sein, zur Kirche zu reiten. Inzwischen war das Kind geboren worden. Es war ein großer, wohlgestalteter, kräftig schreiender Junge, der bald hungrig an Fridas Brust trank. Am frühen Abend lag sie erschöpft und zitternd, ihren Sohn in den Armen, in dem abgelegenen Zimmer, das man ihr zur Verfügung gestellt hatte.

Sie lächelte auf das kleine Geschöpf herab. »Du bist ein schönes Kind«, stummte sie. Immer noch war sie nicht ganz aus dem Schattenland zurückgekehrt, und nichts schien ihr wirklich zu sein bis auf den Sohn an ihrer Brust. »Du bist rot und verrunzelt und schön. Und auch in den Augen deines Vaters würdest du schön sein.«

Wie ein Waldquell flossen ihre Tränen. Sie schmeckte das Salz auf ihren Lippen. »Ich liebe ihn«, wisperte sie. »Gott verzeihe mir, ich werde ihn immer lieben. Und du bist das letzte, was von unserer Liebe übriggeblieben ist.«

Blutigrot ging die Sonne unter. Die Mondsichel schwamm durch Wolken, die von einem scharfen Wind vorwärtsgetrieben wurden. Heute nacht würde es ein Unwetter geben. Der lange Herbst, mit dem das Land die Elfen willkommen geheißen hatte, war vorüber. Nun kam der Winter geschritten.

Der Hof duckte sich unter dem Himmel. Die Bäume ächzten. Das Tosen des Meeres drang laut herüber.

Es wurde dunkel. Der Wind verstärkte sich und wirbelte Haufen von toten Blättern auf. Dann und wann prasselten Hagelkörner auf das Dach. Frida lag wach.

Gegen Mitternacht hörte sie von weit weg ein Horn. Irgend etwas an diesem Klang ließ sie erschauern. Das Kind begann zu schreien, und sie drückte es an sich.

Wieder gellte das Horn, lauter, näher, übertönte den heulenden Wind und die rauschende Brandung. Ein solches Hundegebell hatte sie noch nie in ihrem Leben gehört. Hufe donnerten durch die Nacht, erfüllten den Himmel mit ihrer Eile. Die Erde warf das Echo zurück.

Das war die Wilde Jagd – Frida fürchtete sich sehr. Wie war es möglich, daß niemand im Haus sich rührte? Das Kind wimmerte an ihrer Brust. Der Wind klapperte mit den Fensterläden.

Jetzt stampften die Hufe über den Hof. Das Horn klang so laut, daß das Haus erbebte. Um seine Mauern tosten Hundegebell und das Klirren von Bronze und Eisen.

Von Fridas Zimmer führte eine Tür nach draußen. Der Riegel flog zurück, und die Tür schwang weit auf. Der Wind heulte ins Zimmer und blähte den Mantel dessen, der eintrat.

Obwohl kein Licht brannte, konnte sie ihn sehen. Er mußte sich unter den Dachbalken bücken. Die Spitze seines Speers blitzte wie sein eines Auge. Haar und Bart flossen wolfsgrau unter dem Hut hervor, der sein Gesicht beschattete.

Seine Stimme klang wie Wind und Meer: »Frida Ormstochter, ich bin gekommen, das zu holen, was du mir zugeschworen hast.«

»Herr ...« Sie verbarg sich unter der Decke, die ihr einziger Schild war. Wenn Skafloc hier wäre ... »Herr, mein Gürtel liegt dort in der Truhe.«

Odin lachte. »Glaubst du, ich wollte einen Schlaftrunk haben? Nein, du hast mir das versprochen, was hinter deinem Gürtel lag, und nun hast du das Kind geboren.«

»Nein!« Sie warf das schreiende Kind hinter sich. »Nein, nein, nein!« Sie fuhr im Bett hoch und riß das Kruzifix an sich, das man über ihrem Kopf aufgehängt hatte. »Im Namen Gottes, im Namen Christi! Weiche!«

»Vor denen brauche ich nicht davonzulaufen«, sagte Odin. »Denn in dieser Sache hast du selbst ihre Hilfe abgeschworen. Jetzt gib mir das Kind!«

Er stieß sie beiseite und nahm das Kleine in seinen freien Arm. Frida kroch aus dem Bett und sank zu seinen Füßen nieder. »Was hast du mit ihm vor?« schluchzte sie. »Was wirst du mit ihm tun?«

Wie aus unendlicher Höhe antwortete der Wanderer. »Auf ihn wartet eine große Bestimmung. Das Spiel zwischen Asen und Jötunen und den neuen Göttern ist noch nicht zu Ende gespielt. Tyrfing glänzt immer noch auf dem Schachbrett der Welt. Thor hatte das Schwert zerbrochen, auf daß es nicht die Wurzeln Yggdrasils duchtrenne. Ich brachte es zurück und schenkte es Skafloc. Denn Bolverk, der allein es wieder heilen konnte, hätte das weder für einen Asen noch einen Elf je getan. Das Schwert wurde gebraucht, um die Trolle zurückzutreiben. Utgard-Loki hatte ihnen insgeheim geholfen. Deshalb war Alfheim in Gefahr, von einem Volk überrannt zu werden, das mit den Feinden der Götter befreundet ist. Aber es darf nicht sein, daß Skafloc das Schwert behält. Der Zauber, der in der Waffe steckt, würde ihn dazu bringen, die Trolle ganz und gar auszulöschen, und das würden die Jötunen nicht zulassen. Ziehen sie aber zu Feld, müssen die Götter gegen sie einschreiten, und die Folge wäre der Weltuntergang. Skafloc muß fallen. Dieses Kind nun, das zu erlangen ich ein

Netz gesponnen habe, muß eines Tages das Schwert ergreifen und seiner letzten Bestimmung zuführen.«

»Skafloc muß sterben?« Sie umklammerte seine Füße. »Er auch? O nein, o nein!«

»Für was kann er noch leben?« fragte Odin kalt. »Wenn du zu ihm nach Elfenhöhe gehst und das Band neu knüpfst, das an Orms Grabhügel zerrissen wurde, wird er seine Waffen gern niederlegen. In diesem Fall ist sein Tod nicht notwendig. Andernfalls ist er bereits verurteilt. Das Schwert wird ihn töten.«

Der Mantel flatterte, und der Wilde Jäger war verschwunden. Sein Horn ertönte, die Hunde kläfften und heulten, Hufschläge verklangen in der Nacht. Dann war nichts mehr zu hören als der Wind, das Meer und Fridas Weinen.

XXVII

Valgard stand im obersten Raum des höchsten Turms von Elfenhöhe und beobachtete, wie seine Feinde sich sammelten. Er hatte die Arme verschränkt, sein Körper war unbeweglich wie ein Felsen, sein Gesicht wie aus Stein gehauen. Nichts schien an ihm zu leben außer seinen Augen. Neben ihm waren die anderen Anführer aus der Burg und von den geflüchteten Heeren, die diese letzte und stärkste Festung erreicht hatten. Müde und niedergeschlagen waren sie, viele verwundet. Angstvoll starrten sie auf die Krieger Alfheims.

Zu Valgards Rechten schimmerte Lia in den Strahlen des sinkenden Monds, die durch das unverglaste Fenster fielen. Von draußen drang auch eine Brise herein, die ihr Gewand aus Spinnenseide und ihr helles Haar flattern ließ. Ein halbes Lächeln lag auf ihren Lippen, und aus ihren Augen schien blaues Zwielicht.

Unterhalb der Mauern Elfenhöhes leuchteten die bereiften Hänge weiß im Mondlicht. Über sie zog das Elfenheer heran. Waffen klirrten, Kettenpanzer klingelten, Luren bliesen, Pferde stampften die frostige Erde. Schilde warfen die Mondstrahlen zurück, und die Speerspitzen und Äxte glänzten kalt unter den Sternen. Die Elfen schlugen Lager auf. Zelte kreisten die Burg ein, roter Feuerschein erblühte. Die schattenhaften Gestalten der Krieger glitten hin und her.

Ein Rumpeln klang durch die Hügel. In Sicht kam ein Streitwagen, beinahe so strahlend wie die Sonne. Flammen lohten um die Schwertklingen an seinen Radnaben. Vier große weiße Pferde zogen ihn. Sie schüttelten die seidigen Mähnen und schnaubten wie ein Wintersturm. Hinter dem Fahrer stand einer, bewaffnet mit einem Speer, der alle anderen überragte. Dunkle Locken flatterten um ein majestätisches Antlitz. Die Augen brannten in ihrem eigenen Licht.

Voller Unruhe bemerkte ein Troll: »Das ist Lugh von der Langen Hand. Er führte die Tuatha De Danaan gegen uns. Er hat uns wie Weizen niedergemäht. Die schottischen Raben verdunkelten die Erde, zu vollgefressen, um aufzufliegen. Kaum hundert Trolle konnten entkommen.«

Immer noch sprach Valgard kein Wort.

Feuerspeer in rotem Mantel und silberner Rüstung sprengte auf seinem Pferd um die Burgmauern. Hell und schön war sein Gesicht, wenn auch grausam in seinem Hohn. Seine Lanze schien nach den Sternen stechen zu wollen. »Er hat die Flüchtlinge angeführt«, murmelte ein anderer. »Ihre Pfeile kamen von überall. Sie warfen sich aus der Nacht auf uns und ließen Feuer und Tod hinter sich zurück.« – Valgard rührte sich nicht.

In der vom Mond erhellten Bucht brannten die Trollschiffe oder lagen zerschellt auf dem Strand. Elfenlangschiffe lagen vor Anker. Ihre Schilde und Waffen glänzten. »Flam von Orkney befehligt die Schiffe, die Mananaan Mac Lir uns wieder abgenommen hat«, bemerkte ein Trollhäuptling grimmig. »Die Meere sind leer von unseren Fahrzeugen. Nur eins kam durch und brachte die Nachricht, daß die Küsten Trollheims gebrandschatzt werden.«

Valgard hätte ebenso gut ein dunkles Steinbild sein können.

Die an Land befindlichen Elfen begannen ein Zelt aufzurichten, das größer war als die anderen. Dorthin ritt ein Mann auf einem ungeheuerlichen großen, schwarzen Pferd und pflanzte seine Standarte auf – einen Speerschaft, auf dem der zusammenschrumpfende Kopf Illredes grinste. Die toten Augen starrten geradewegs auf die Männer im Turm.

Einem Troll brach die Stimme, als er erklärte: »Das ist ihr Anführer, Skafloc der Sterbliche. Nichts kann ihm standhalten. Er hat uns wie eine Schafherde nach Norden getrieben, immerzu tötend, tötend. Sein Schwert geht durch Stein und Metall wie durch Tuch. Ich frage mich, ob er ein Mensch ist oder ein böser Geist aus der Hölle.«

Valgard erwachte zum Leben. »Ich kenne ihn. Und ich werde ihn erschlagen.«

»Herr, das kannst du nicht. Die Waffe, die er schwingt ...«

»Sei still!« Valgards Augen und Stimme sprühten Zorn. »Narren, Feiglinge, Knaben! Wer sich zu kämpfen fürchtet, soll zu diesem Schlächter hinausgehen. Sein Leben kann er dadurch nicht retten, aber er wird dann schnell sterben. Doch ich, ich werde Skafloc hier auf Elfenhöhe vernichten!«

Seine Stimme wurde tief und rollte wie die Räder des Streitwagens da unten: »Dies ist die letzte Festung der Trolle in Britannien. Wie die anderen verlorengingen, wissen wir nicht. Unsere Krieger haben auf ihrem Rückzug hierher nur die Elfenbanner darüber fliegen gesehen. Aber wir wissen, daß diese Burg, die noch nie durch einen Sturmangriff erobert wurde, jetzt eine größere Anzahl von Kriegern beherbergt, als der Feind draußen versammelt hat. Sie ist gegen Zauber ebenso wie gegen offene Gewalt geschützt. Nichts kann sie uns nehmen als unsere eigene Feigheit.«

Er faßte die große Axt, die ihn niemals verließ. »Heute

nacht werden sie ihr Lager aufschlagen und weiter nichts unternehmen. Die Morgendämmerung ist nahe. Morgen abend werden sie mit der Belagerung, wahrscheinlicher mit dem Sturm beginnen. Greifen sie an, werden wir sie zurückschlagen, einen Ausfall machen und sie dann verfolgen. Halten sie sich ruhig, fallen wir selbst über sie her. Wir haben die Festung hinter uns als Rückzugsmöglichkeit, sollte die Sache sich schlecht entwickeln.«

Die Zähne schimmerten in seinem Bart. »Aber ich glaube, wir werden sie vor uns hertreiben. Wir sind mehr als sie und sind Mann für Mann stärker. Skafloc und ich werden uns zu finden wissen; es herrscht keine Liebe zwischen uns Brüdern. Und ich werde ihn töten und sein Siegesschwert erbeuten.«

Er hielt inne. Der Häuptling aus Schottland fragte: »Und was ist mit den Sidhe?«

»Sie sind nicht allmächtig«, fauchte Valgard. »Sobald wir so viele Elfen niedergemäht haben, daß es ganz klar ist, wer den Sieg gewinnt, werden die Sidhe um Frieden verhandeln. Dann wird England ein Reich der Trolle sein und das Heimatland vor Angriffen schützen, bis wir von neuem erstarkt sind und gegen den Erlkönig ziehen können.«

Sein finsterer Blick kreuzte sich mit dem des toten Illrede. »Und ich«, murmelte er, »werde auf deinem Thron sitzen. Aber was habe ich davon?«

Einige Zeit, nachdem der nächtliche Lärm verstummt war, faßte ein Hausknecht sich ein Herz. Er verließ sein Bett, zündete mit einer Herdkohle eine Lampe an und ging nachsehen, wie es in Thorkel Erlendssohns Haus stand. Die Außentür zu Frida Ormstochters Zimmer stand offen. Ihr Kind war verschwunden, und sie lag ohnmächtig und blutend auf der Schwelle. Er trug sie ins Bett zurück. Danach verfiel sie in Fieber, und sie rief Dinge, die den inzwischen eingetroffenen Priester veranlaßten, den Kopf zu schütteln und sich zu bekreuzigen.

Es war nichts Vernünftiges aus ihr herauszubekommen.

Zweimal in den nächsten Tagen versuchte sie fortzulaufen, und jedesmal sah irgendwer sie und führte sie zurück. Sie hatte keine Kraft, sich dagegen zu wehren.

Aber es kam eine Nacht, als sie erwachte und allein war. Ihr Geist war klar – jedenfalls glaubte sie das –, und ein bißchen Stärke war ihr zurückgekehrt. Eine Weile lag sie still da und machte Pläne. Dann kroch sie aus dem Bett. Ihre Zähne klapperten vor Kälte. Sie ballte die Fäuste. Im Dunkeln umhertastend fand sie ein wollenes Gewand und einen langen Kapuzenmantel. Sie nahm die Schuhe in die Hand und ging auf Strümpfen in die Küche, wo sie Brot und Käse einsteckte.

Zurück in ihrem Zimmer, küßte sie das Kruzifix über dem Bett. »Vergib mir, wenn du kannst«, flüsterte sie, »daß ich ihn mehr liebe als dich. Ich bin schlecht, aber die Sünde ist meine, nicht seine.«

Sie trat hinaus. Der Himmel war voller Sterne. Sie waren ganz scharf und glitzerten nicht. Kein Laut war zu hören bis auf das Knistern des Reifs unter ihren Füßen. Die Kälte biß nach ihr. Sie ging auf den Stall zu.

In der Burg war es dunkel und ruhig, während draußen die Sonne aufging. Valgards Arm lag über Lias Brust. Sie faßte ihn mit beiden Händen, hob ihn langsam und vorsichtig hoch und legte ihn auf die Matratze. Dann glitt sie aus dem Bett.

Er wälzte sich und murmelte im Schlaf. Die Entschlossenheit, die er in wachem Zustand gezeigt hatte, war verschwunden. Zurück blieb ein Schädel, über den die narbige Haut sich fest spannte. Nur unter den Augen und am Kinn hing sie lose. Lia blickte auf ihn herab. Von einem Tisch nahm sie sich einen Dolch. Es wäre leicht, ihm die Kehle durchzuschneiden. Aber nein, von ihr hing zuviel ab. Wenn es ihr nicht mit einem Streich gelang – und er hatte die Wachsamkeit eines Werwolfs –, dann konnte alles verloren sein. Lautlos wie ein Schatten wandte sie sich ab, zog Kleid und Gürtel über ihre Nacktheit und verließ die Gemächer des Grafen. In der rechten Hand hielt sie das Messer, in der linken die Burgschlüssel. Sie hatte sie dem Versteck entnommen, das sie selbst Valgard vorgeschlagen hatte.

Auf der Treppe traf sie mit einer anderen Elfenfrau zusammen. Diese holte Schwerter aus der Waffenkammer. Keine von beiden sprach ein Wort.

Die schlafenden Trolle warfen sich unruhig hin und her. Dann und wann glitt Lia an einem Wachtposten vorüber, der ihr außer einem lüsternen Blick keine Beachtung zollte. Die Elfenfrauen wurden von ihren Herren oft auf Botengänge geschickt.

Hinunter in die Verliese schritt sie. Sie kam an die Tür, hinter der Imric gefangengehalten wurde, und öffnete die drei Schlösser.

Durch das rötlich erhellte Dunkel starrte der Dschinn sie an. Mit einem einzigen Sprung war Lia über ihm. Seine Schwingen rasselten, aber ehe er einen Schrei ausstoßen konnte, klaffte ein großer Schnitt in seiner Kehle.

Lia warf die glühenden Kohlen auseinander. Sie zerschnitt die Stricke, die Imric banden. Er fiel ihr schwer in die Arme, und als sie ihn auf den Fußboden gebettet hatte, lag er da wie ein Toter.

Auf verkohlte Holzstücke ritzte sie heilende Runen und legte sie unter seine Zunge, auf seine Augen, seine verbrannten Füße und gelähmten Hände. Sie flüsterte Zaubersprüche. Neues Fleisch wuchs auf seinem abgemagerten Körper. Imric stöhnte vor Schmerz, gab aber sonst keinen Laut von sich.

Lia nahm verschiedene Schlüssel vom Ring. »Wenn du dich erholt hast«, sprach sie leise, »befreie die gefangenen Elfen. Sie sind der Sicherheit wegen in die Verliese gesperrt worden. Waffen sind in dem alten Brunnenhaus hinter dem Turm versteckt. Hole sie erst dann, wenn der Kampf auf dem Höhepunkt ist.«

»Gut«, drang es aus seiner ausgedörrten Kehle. »Ich werde auch Wasser und Wein und Fleisch besorgen … und alles andere, das die Trolle mir schuldig sind.« In seine

Augen trat ein Glanz, vor dem sich sogar Lia beinahe gefürchtet hätte.

Auf lautlosen nackten Füßen schlich sie einen unterirdischen Gang entlang, der zu einem jetzt unbenutzten Turm für die Astrologen führte. Er überragte die Außenmauern auf der Ostseite. Sie stieg die Wendeltreppe hinauf, bis sie den Raum mit den großen Metall- und Glasinstrumenten erreicht hatte. Von da aus trat sie auf den umlaufenden Balkon. Obwohl sie sich im Schatten befand, blendete die sinkende Sonne sie beinahe mit ihrem Glanz und stach sie mit den Strahlen eines gefährlicheren, unsichtbaren Lichts. eine Fledermaus hatte für sie durch die letzte Dämmerung eine Botschaft getragen, und wie es darin verlangt worden war, stand ein Gewappneter hoch und schimmernd vor der Mauer. Aber sie erkannte ihn nicht.

Wer mochte es sein? Vielleicht ein Krieger der Sidhe, aber vielleicht auch – ihr Herz setzte aus – vielleicht Skafloc selbst. Sie beugte sich über das Geländer und warf den Schlüsselring in einem weiten, glitzernden Bogen hinaus. Er fing ihn mit seinem Speer auf. Das waren die Schlüssel, die die Burgtore aufschlossen und entriegelten.

Lia hastete zurück in die angenehme Dämmerung. Wie ein flüchtiger Vogel eilte sie in die Gemächer des Grafen zurück. Kaum hatte sie ihre Kleider abgeworfen und sich wieder ins Bett gelegt, als Valgard die Augen aufschlug.

Er stand auf und spähte durch das sich verdunkelnde Fenster. »Die Sonne ist fast untergegangen. Zeit, sich für die Schlacht zu rüsten.«

Er nahm ein Horn von der Wand, öffnete die Tür zur Treppe und blies einen langen Ton. Wachtposten, die ihn hörten, gaben das Signal weiter, und tiefer und tiefer stieg es durch die Bereiche der Burg ... Keiner der Bläser wußte, daß er damit jede Elfenfrau aufforderte, dem Troll, bei dem sie lag, ein Messer in die Brust zu stoßen.

Frida verlor immer wieder das Bewußtsein und erwachte in wirbelnder, rotgefleckter Dunkelheit. Ständig war sie in

Gefahr, vom Pferd zu fallen. Wie ein Schwert durchfuhr der Schmerz ihren noch nicht verheilten Körper. Doch dadurch hielt sie sich wach, und sie dankte ihrem Peiniger mit trockenen Lippen.

Sie hatte sich zwei Pferde zum Wechseln mitgenommen und trieb sie unbarmherzig an. Hügel und Bäume rasten an ihr vorbei wie Steine, die man am Grunde eines schnell laufenden Flusses erblickt. Oft kam ihr die Welt unwirklich, traumhaft vor. Nichts war ganz faßbar außer dem Aufruhr in ihrem Kopf.

Sie erinnerte sich daran, daß ihr Pferd einmal gestolpert war und sie in einen Bach geworfen hatte. Als sie weiterritt, gefror das Wasser in ihrem Kleid und ihrem Haar.

Viele Ewigkeiten später, als hinter ihrem Rücken die Sonne blutrot unterging, fiel das zweite Pferd. Das erste war bereits tot, und dies hier stand nicht wieder auf. Zu Fuß lief sie weiter. Sie rannte gegen Bäume, weil ihre Augen sie nicht richtig erkannten. Sie drängte sich durch Büsche, die mit ihren Zweigen nach ihr faßten.

Immer lauter wurde der Aufruhr in ihrem Inneren. Sie wußte nicht mehr, wer sie war, und es kümmerte sie auch nicht. Es war nichts anderes mehr wichtig, als daß sie auf dem Weg nordwärts nach Elfenhöhe blieb.

XXVIII

Bei Sonnenuntergang ließ Skafloc die Luren ertönen. Seine Elfen traten aus den Zelten hervor in die Dämmerung. Metall klirrte, rachedurstige Kriegsrufe klangen auf. Pferde stampften und wieherten, Streitwagen rasselten über den gefrorenen Boden. Ein Wald von Speeren erhob sich hinter den fliegenden Bannern und dem Kopf Illredes.

Skafloc bestieg sein Jötunenpferd. Das Schwert mit Namen Tyrfing schien sich aus eigener Kraft an seiner Hüfte zu rühren. Sein Gesicht unter dem Helm hätte die

Maske eines vergessenen Kriegsgottes sein können. Nichts war darin mehr zu lesen als Unbarmherzigkeit. Er wandte sich an Feuerspeer. »Hörst du den Lärm hinter den Mauern?«

»Aye«, grinste der Elf. »Die Trolle haben soeben festgestellt, wie es möglich war, daß die anderen Burgen so schnell gefallen sind. Aber es wird ihnen nicht gelingen, die Frauen zu ergreifen, ehe wir über ihnen sind. Dazu gibt es drinnen zuviele Verstecke.«

Skafloc löste einen Schlüssel von dem Ring an seinem Gürtel. »Also, du leitest den Angriff mit dem Rammbock an der Rückseite«, wiederholte er unnötigerweise. »Wenn wir das vordere Tor öffnen, werden sich die Verteidiger dort zusammenscharen. Flam und Rucca werden sie von rechts und links ablenken. Sobald der Weg ins Innere frei ist, schließen sie sich uns an. Ich werde mit den Sidhe und den Kriegern, die uns der Erlkönig geschickt hat, gegen das vordere Portal ziehen.«

Im Osten hob sich ein riesiger Vollmond aus dem Meer. Sein Licht glitzerte auf Metall und Augen, fiel geisterhaft auf Banner und weiße Pferde. Die Luren erklangen, und die Krieger erhoben von neuem ein Gebrüll, das von Klippe zu Klippe geworfen wurde und bis zu den Sternen aufstieg. Dann zogen die Elfen und ihre Verbündeten in den Kampf.

Ein Zischen war zu hören. Kurze Zeit hatte bei den Trollen Verwirrung geherrscht, denn ein Drittel ihrer Krieger war im Schlaf getötet worden, und die Mörderinnen waren in diesem Irrgarten von Burg verschwunden. Aber sie waren tüchtige Krieger, und Valgard trieb sie an die Arbeit. Von den Mauern schickten ihre Bogenschützen einen unaufhörlichen Pfeilregen auf die Elfen herab.

Schäfte sprangen von Schilden und Rüstungen ab, aber manche Spitze traf ins Fleisch. Ein Mann nach dem anderen fiel. Pferde schrien und bäumten sich. Tote und Verwundete bedeckten den nach oben führenden Weg.

Es war ein zerklüfteter Felsen, und nur ein schmaler Pfad führte zum Haupteingang. Die Elfen brauchten keine Wege. Sie sprangen über eisglatte Felsen und raschelnde

Abhänge, von einer Klippe zur nächsthöheren, und aus ihren Kehlen gellten die Kriegsrufe. Sie warfen Haken über Felsspitzen und kletterten an Seilen hinauf, sie ritten über Stellen, die nicht einmal eine Ziege betreten hätte. Sie stürmten auf den Plan unterhalb der Mauern und sandten ihre eigenen Pfeile in die Lüfte.

Skafloc nahm den Weg, weil er die Streitwagen der Tuatha De Danaan führte. Schrecklich rasselnd kamen sie hinter ihm her. Die Räder sprühten Funken und zermalmten Steine, die Bronze schimmerte, als sei sie noch in geschmolzenem Zustand. Pfeile sprangen von Helmen, Halsbergen und Schilden ab, aber kein Krieger oder Fahrer wurde verletzt. Auch ihm, der auf seinem schwarzen Pferd durch Schatten und trügerisches Mondlicht donnerte, konnte kein Geschoß etwas anhaben.

Die Elfen hatten die Mauern erreicht. Kochendes Wasser und rauchendes Öl und giftiges Vitriol, Speere und Steine und Griechisches Feuer stürzten auf sie herab. Elfen schrien auf, als sich ihnen das Fleisch von den Knochen löste, und ihre Kameraden zogen sich widerwillig zurück.

Skafloc, wild vor Verlangen, sein Schwert zu ziehen, schrie einen Befehl. Die Elfen zogen eine Schildkröte zu ihm hin, ein Dach auf Rädern, und unter diesem Schutz näherte sie sich dem Tor.

Oben auf den Brustwehren gab Valgard seinen Männern, die die Kriegsmaschinen bedienten, ein Zeichen. Lange bevor diese Bronzetüren einem Rammbock nachgaben, würde die Schildkröte unter großen Steinen zerdrückt werden.

Skafloc steckte den ersten Schlüssel ins Schloß und drehte ihn, wobei er die Zauberworte aussprach. Ein zweiter Schlüssel, ein dritter – Valgard half mit, einen Felsbrokken auf eine Wurfmaschine zu laden, die unter dem Gewicht ächzte. Die Trolle zogen sie auf.

Sieben Schlüssel, acht – Valgard faßte nach dem Hebel. Neun Schlüssel, und das Tor war geöffnet!

Skafloc nahm sein Pferd zurück. Es schlug mit den Vorderfüßen gegen die Türen. Sie schwangen auf. Skafloc galoppierte durch den Tunnel, den die dicken Wände bildeten, und hinein in den mondsilbernen Hof. Hinter ihm hallte der Durchgang von den Rädern der Streitwagen wider. Lugh, Dove Berg, Angus Og, Eochy, Coll, Cecht, Mac Greina, Mananaan – die ganze Schar der Sidhe folgte ihm zu Wagen, zu Pferd und zu Fuß. Der Eingang war gewonnen!

Die Wachtposten stellten sich den Angreifern entgegen. Eine Axt verletzte ein Bein des Jötunenpferdes. Der Hengst wieherte und schlug aus, zerstampfte Krieger zu blutigem Brei.

Skaflocs Schwert schwirrte. Eisblau flammte die Klinge in dem dämmerigen Licht, sang ihr Todeslied, stieg und fiel, schlug zu wie eine Schlange. Waffengetöse stieg zu den Sternen auf, Rufe, Zischen von Klingen, erdbebenhaftes Räderrasseln.

Immer weiter zurück wurden die Trolle gedrängt. Valgard heulte. Seine Augen glommen wolfsgrün. Er raste hinunter in den Hof. Mit aller Kraft warf er sich in die Flanke der Eindringlinge. Ein Elf fiel unter seiner Axt. Er riß die Schneide aus der Wunde und hieb nach einem zweiten, zerschmetterte das Gesicht eines dritten mit der Spitze – um sich schlagend, tötend, watete er durch Blutströme.

Das hintere Tor erdröhnte unter den Stößen von Feuerspeers Rammbock. Die Trolle warfen Steine darauf, Töpfe mit brennendem Öl. Speere und Pfeile und Lanzen – bis der Feind in ihrem Rücken auftauchte. Die Elfen sahen hohlwangig und blutig und zerlumpt aus, aber die Waffen in ihren Händen waren hungrig. Das war Imrics Schar von befreiten Gefangenen. Die Trolle drehten sich zu ihnen um, und während sie kämpften, öffnete Feuerspeer das Tor.

»Zur Burg!« brüllte Valgard. »Hinein! Verteidigt die Burg!«

Trolle schlugen sich zu ihm durch. Sie bildeten einen Schildwall gegen die Elfenschwerter und schafften es bis zur Vordertür der Burg. Sie war verschlossen.

Valgard warf sich dagegen. Die Tür schleuderte ihn zurück. Er hackte das Schloß heraus und stieß sie auf.

Bogensehnen schwirrten in der dahinterliegenden Dunkelheit. Trolle fielen. Valgard bekam einen Pfeil durch die linke Hand und taumelte zurück. Lias Stimme verhöhnte ihn: »Die Elfenfrauen halten dieses Haus für ihre Liebhaber – bessere Liebhaber, als sie in letzter Zeit gehabt haben, o du Affe Skaflocs!«

Valgard wandte sich ab und riß den Pfeil aus seiner Hand. Er heulte und schäumte. Zurück in den Hof lief er. Seine Axt schlug alles nieder, was sich ihm in den Weg stellte. Der Berserkerwahnsinn hatte ihn erfaßt.

Skafloc kämpfte mit der kalten Überlegenheit, die das Schwert ihm verlieh. Es war Feuer in seiner Hand. Blut und Gehirn spritzten, Köpfe rollten über Pflastersteine, Gedärme machten den Boden unter den Hufen seines Pferdes schlüpfrig. Er schlug und schlug in eiskalter Gedankenklarheit. Und doch wurde er hoch über sich selbst hinausgetragen, und er und sein Töten wurden eins. Er teilte Tod aus wie ein Sämann das Korn, und wohin er sich wendete, brachen die Linien der Trolle entzwei.

Der Mond stieg aus dem Wasser auf, über das er eine Brücke gebaut hatte. In merkwürdig anmutender Stille erhob er sich über die Burgmauern. Sein Licht fiel auf ein grausiges Bild. Schwerter flammten, Speere blitzten, Äxte und Keulen donnerten nieder, Metall und Männer schrien ihren Schmerz hinaus. Pferde bäumten sich, stampften, wieherten. Ihre Mähnen waren verklebt vor Blut. Der Kampf wogte hin und zurück über die Leichen beider Seiten und trampelte viele zu nicht mehr kenntlichen Fleischfetzen.

Höher stieg der Mond, bis es vom Hof her so aussah, als durchbohre ein östlicher Wachtturm sein Herz. Da brach der Kampfmut der Trolle zusammen.

Es waren nur noch wenige übrig. Die Elfen trieben sie durch das Burggelände und hinaus auf die weißen Hügel und jagten sie wie Tiere.

»Zu mir, zu mir!« Valgards Stimme erhob sich über den Schlachtenlärm. »Hierher, Trolle, und kämpft!«

Skafloc hörte ihn und riß sein Pferd herum. Er sah den

Berserker groß im Eingang stehen, vom Helm bis zu den Schuhen mit Blut beschmiert, ein Ring toter Elfen vor ihm. Etwa ein Dutzend Trolle versuchte, sich zu ihm durchzuschlagen und einen letzten, verzweifelten Widerstand zu leisten.

Und er war der Urheber allen Unheils! Es hätte das Schwert Tyrfing sein können, das mit Skaflocs Lippen lachte. Valgard, Valgard, jetzt ist deine Stunde gekommen! Und Skafloc gab seinem Pferd die Sporen.

Für einen Augenblick glaubte er einen Habicht zu sehen, der sich aus der Richtung der See emporschwang und zum Mond hinaufflog. Ein Kälteschauer lief durch seine Knochen, und ein Teil von ihm wußte, daß sich nun auch sein Geschick erfüllte.

Valgard sah ihn kommen und grinste. Mit der Mauer als Rückendeckung erhob er die Axt. Der schwarze Hengst war über ihm. Der Berserker holte zu dem gewaltigsten Streich seines Lebens aus. Die Axt fuhr in den Schädel des Pferdes.

Nichts konnte die Wucht aufhalten als die Mauer selbst. Als der Hengst zusammenbrach, bebte der Stein. Skafloc flog aus dem Sattel. Elfengleich drehte er sich mitten in der Luft und landete auf den Füßen. Aber er konnte nichts dagegen tun, daß er die Mauer streifte und zurück in den Durchgang geschleudert wurde. Valgard riß seine Axt los und rannte hinterher, um seinem Feind den Rest zu geben. Skafloc war aus dem Tunnel ins mondhelle Freie gekrochen. Sein rechter Arm hing gebrochen herab. Er hatte den Schild weggeworfen und das Schwert in die Linke genommen. Blut tropfte von seinem zerrissenen Gesicht, Blut floß die Klinge entlang.

Valgard schritt auf ihn zu.

»Viele Dinge enden heute nacht, und dein Leben ist eins von ihnen.«

»Wir wurden beinahe in der gleichen Nacht geboren«, antwortete Skafloc. Mit seinen Worten rann ihm Blut aus dem Mund. »Es wird auch keine lange Zeit zwischen deinem und meinem Tod liegen.« Höhnisch setzte er hinzu:

»Wenn ich gehe, wie kannst dann du, mein Schatten, bleiben?«

Valgard schrie auf und schlug nach ihm. Skafloc hob das Schwert. Die Axt Bruderschlächter traf die Klinge und zerbrach mit Klirren und Funkenschauern.

Skafloc taumelte zurück, fand das Gleichgewicht wieder und hob das Schwert von neuem. Valgard trat ihm mit leeren Händen entgegen. Ein Grollen stieg aus seiner Kehle auf.

»Skafloc! Skafloc!«

Auf diesen Ruf hin drehte Imrics Pflegesohn sich um. Den Pfad hinauf eilte Frida, stolpernd, erschöpft, blutend, in Lumpen. Aber es war seine Frida, die zu ihm zurückkam. »Skafloc«, rief sie. »Mein Liebster ...«

Valgard stürzte herzu und entwand der Hand seines abgelenkten Feindes das Schwert. Er riß es hoch und ließ es niedersausen. Heulend hob er das Schwert von neuem. Unter dem Blut zeigte es ein unirdisches blaues Feuer. »Ich habe gewonnen!« schrie er. »Ich bin Herr der Welt, und ich trete sie unter meine Füße! Komm, Dunkelheit!«

Er schlug in die Luft. Seiner Hand, schlüpfrig vom Blut, entglitt das Heft. Das Schwert drehte sich um und fiel mit der Spitze voraus auf ihn. Das große Gewicht warf ihn von den Füßen. Die Klinge durchstieß seinen Hals und bohrte sich in die Erde. Dort lag er festgenagelt. Das Blatt schimmerte vor seinen Augen, und sein Leben strömte mit dem Blut aus seiner Kehle. Er versuchte, das Schwert herauszuziehen, und die Kanten öffneten die Schlagadern an seinen Handgelenken. Und das war das Ende von Valgard dem Berserker. Skafloc lag mit gespaltener Schulter und Brust. Sein Gesicht war bleich im Mondlicht. Aber als Frida sich über ihn beugte, konnte er lächeln.

»Mit mir ist es aus, mein Herz«, hauchte er. »Du bist zu gut für einen toten Mann. Du bist zu schön zum Weinen. Vergiß mich ...«

»Niemals, niemals.« Ihre Tränen fielen auf ihn wie der Regen an einem Frühlingsmorgen.

»Willst du mich zum Abschied küssen?« fragte er.

Seine Lippen waren bereits kalt, aber sie suchte sie hungrig. Und als sie die Augen wieder öffnete, lag Skafloc tot in ihren Armen.

Die ersten kalten Lichtstreifen zeigten sich am östlichen Himmel, als Imric und Lia herauskamen. »Warum willst du das Mädchen heilen und nach Hause bringen lassen?« Keine Siegesfreude klang in der Stimme der Elfenfrau mit. »Besser wäre es, du würdest sie totfoltern lassen. Sie war es, die Skafloc erschlagen hat.«

»Es war sein Schicksal«, antwortete Imric. »Und das letzte, was wir für ihn tun können, ist, ihr zu helfen. Auch wenn wir Elfen das, was man Liebe nennt, nicht kennen, wissen wir doch Freundschaft zu halten.«

»Wir kennen die Liebe nicht?« murmelte Lia leise. »Du bist weise, Imric, aber deine Weisheit hat ihre Grenzen.«

Ihr Blick wanderte zu Frida, die auf der weißbereiften Erde saß und Skafloc in den Armen hielt. Sie sang ihn mit einem Lied in den Schlaf, das sie ihrem Kind hatte vorsingen wollen.

»Glücklicher war ihr Schicksal als meins«, sagte Lia.

Imric mißverstand sie – absichtlich oder unabsichtlich. Er nickte. »Alle Menschen sind glücklicher als die Bewohner des Feenreichs – und auch als die Götter. Lieber ein Leben wie ein fallender Stern, der eine helle Spur durch die Dunkelheit zieht, als eine Unsterblichkeit, die nicht über sich hinaussehen kann.« Er blickte auf das Schwert, das noch im Hals seines Opfers steckte. »Und ich habe das Gefühl, unser Ende naht. Bald wird das Feenreich dahinschwinden. Der Erlkönig wird zu einem Waldgeist und dann zu nichts zusammenschrumpfen, und die Götter werden untergehen. Das Schlimmste daran ist, ich halte es nicht für falsch, daß auch die Unsterblichen nicht ewig leben.« Er ging hin zu dem Schwert. Zu den Zwergenknechten, die ihm folgten, sagte er: »Das hier werden wir nehmen und damit weit hinaus aufs Meer fahren. Nur glaube ich nicht, daß es viel nützen wird. Der Wille der Nornen kann nicht geändert werden, und dieses Schwert hat seinen letzten Streich noch nicht vollführt.«

Er stieg mit den Zwergen in ein Boot, weil er sicher sein wollte, daß sie ihre Aufgabe auch richtig erfüllten. Währenddessen brachte Mananaa Mac Lir Frida und die Leiche Skaflocs weg. Er wollte selbst für das Wohlergehen der Frau und die Ehrung seines Freundes sorgen. Imric kam zurück, und er und Lia schritten langsam in die Burg. Bald würde der Wintermorgen anbrechen.

HIER ENDE DIE SAGA VON SKAFLOC,
DEM PFLEGESOHN DER ELFEN

HROLF KRAKIS SAGA

Vorwort

Ein Buch sollte für sich selbst sprechen. Doch da es sich hier nicht um einen modernen Stoff handelt, möchte der Leser vielleicht etwas über den Hintergrund wissen.

Im Gegensatz zu der *Völsungen-Saga*, deren Kern eine Geschichte aus dem Rheinland bildet, ist der Zyklus um Hrolf Kraki und seine Helden rein nordisch. Er war einmal weit verbreitet und vielfach verzweigt und tief in den Herzen und Liedern des Volkes verwurzelt. Aber er hatte nicht wie der Sagenkreis um Siegmund, Siegfried den Drachentöter, Brünhild und Gudrun das Glück, daß eine knorrige Prosa erzählbar gemacht wurde und Gedichte inspirierte, die als Gesamtheit überlebten. Daher ist die Geschichte heute nahezu vergessen. Sie verdient es, wieder in Erinnerung gebracht zu werden.

Der Keim der Saga ist fast ebenso alt wie das *Nibelungenlied* und gleichzeitig mit *Beowulf* entstanden. Tatsächlich wirft jedes der beiden Epen Licht auf das andere und enthält eine Reihe derselben Personen. Das am meisten ins Auge fallende Beispiel ist König Hrothgar, dessen Halle Beowulf von den Ungeheuern befreite. In der Version des Heimatlandes ist es Hrolfs Onkel Hroar. Es sind genug zusätzliche Identifizierungen durchgeführt worden, daß kein Zweifel mehr übrigbleibt.

Nun können die Ereignisse ziemlich genau datiert werden. Gregor von Tours erwähnt in seinen *Zehn Büchern fränkischer Geschichte* einen dänischen König Chochilaicus – eine etwas spätere Chronik spricht von einem geatischen König –, der bei einem massierten Einfall in Holland ums Leben kam. Er muß jener König sein, den das Beowulf-Lied Hygelac und die Hrolf-Kraki-Saga Hugleik nennt. Auf dieser Basis können wir mit einiger Sicherheit annehmen, daß er tatsächlich ein Geate war. Wir wissen nicht genau, wo dies Volk lebte, in Jütland oder im Gauten-(Götar-)Land von Schweden, das damals ein unabhängiges Königreich war. Ich halte letzteres für wahrscheinlicher.

Jedenfalls, wenn es diesen Anführer tatsächlich gegeben hat, haben bestimmt auch andere mit weit bekannteren Namen gelebt, zum Beispiel Beowulf und Hrolf selbst.

Hugleik starb zwischen 512 und 520 n. Chr. Folglich war Hrolfs Glanzzeit zwei oder drei Jahrzehnte später. Das war während der Völkerwanderung, als Rom untergegangen war und die germanischen Stämme sich in Marsch setzten, eine der unruhigsten Perioden der Weltgeschichte. Wir können gut verstehen, warum Hrolf Kraki ein so glorreiches Angedenken bewahrt wurde, warum die Erzähler generationenlang versuchten, jeden nur möglichen Helden an seinen Hof zu bringen, selbst wenn das bedeutete, daß der König selbst im ganzen Zyklus einen immer geringeren Raum einnahm. Seine Regierungszeit war – auf jeden Fall im Vergleich und zumindest in der Saga – ein Augenblick des Sonnenscheins in einem Sturm, der über Jahrhunderte wütete. Für den Norden wurde er das, was Arthur für Britannien und später Karl der Große für Deutschland und Frankreich wurde. Am Morgen von Stiklestad, fünfhundert Jahre später und weit weg in Norwegen, wurden die Männer König Olafs des Heiligen von einem Skalden geweckt, der ein *Bjarkamaal* sang, eins jener Lieder, in denen die Krieger des heidnischen Dänenkönigs Hrolf zu ihrer letzten Schlacht gerufen werden.

Fragmente davon sind bis auf uns überliefert worden. Wir kennen auch das *Bjarkarimur*, ein anderes und späteres Versgedicht. In seiner Chronik dänischer Legenden und Geschichte bringt der Mönch Saxo Grammaticus (circa 1150 bis 1206) noch ein weiteres Gedicht in einer langen lateinischen Umschreibung, von der aus Rückschlüsse auf das Original zu ziehen wir nur versuchen können. (Ein Beispiel ist in Kapitel I der »Geschichte von Skuld« enthalten, und einige andere Teile sind in eine mehr der Zeit entsprechende Form für die Kapitel II und III umgearbeitet worden.) Dies Buch – das ebenso die älteste noch existierende Hamlet-Erzählung einschließt – erzählt die Geschichte

Hrolfs. Weitere Erwähnungen finden wir in Snorri Sturlusons *Jüngerer Edda* und *Heimskringla*, der synoptischen *Skjöldunga Saga;* dazu kommen verstreute Hinweise in anderen Werken. Die wichtigsten Quellen sind einige wenige isländische Manuskripte, die sich ausschließlich mit der Legende befassen. Unglücklicherweise stammt keine Handschrift aus früherer Zeit als ca. 1650; und sowohl der Stil als auch die Logik lassen manches zu wünschen übrig.

Alle diese Quellen widersprechen einander – und gelegentlich auch sich selbst – in verschiedenen Punkten. Außerdem sind sie zu knapp, sie lassen für den heutigen Leser, der kein Spezialist für die Frühgeschichte des Nordens ist, zuviel unerklärt.

Ich habe mir lange gewünscht, *eine*, wenn nicht *die* Rekonstruktion vorzunehmen: die besten Teile zusammenzusetzen, die Lücken zu füllen, die alten Wörter zu benutzen, wo sie am rechten Platz zu sein scheinen, und andernfalls neue zu erfinden. Ich bin Ian und Betty Ballantine und Lin Carter sehr dankbar, daß sie mir die Möglichkeit zu einem Versuch gegeben haben.

Hierbei galt es oft, unter sich widersprechenden oder sogar gegenseitig ausschließenden Angaben eine Wahl zu treffen. Doch überlassen wir den Gelehrten den angenehmen Zeitvertreib, über Einzelheiten zu streiten. Mir lag am meisten daran, bei Treue gegenüber den Originalen die Geschichte zu einem Lesevergnügen zu machen.

Zum Beispiel beginnen in meinen und sicher auch in Ihren Augen zu viele Namen mit *H-* und sogar *Hr-*. Ich habe mir nicht die Freiheit genommen, das zu ändern, falls nicht eine der Quellen eine Alternative bot. Aber ich habe mir Mühe gegeben, so zu schreiben, daß die Gefahr einer Verwechslung möglichst gering gehalten wird. Aus ähnlichen Gründen habe ich im ganzen Buch moderne Ortsnamen verwendet, außer bei Ländern wie Svithjodh, die es heute nicht mehr gibt.

Ein größeres Risiko liegt in Geist und Sinn der Saga. Sie ist nicht, wie *Der Herr der Ringe*, das Werk eines zivilisierten, christlichen Autors – obwohl sie wahrscheinlich eine von Tolkiens vielen Quellen war. Hrolf Kraki lebte zur Mitternacht des Dunklen Zeitalters. Totschlag, Sklaverei, Raub, Vergewaltigung, Folter, blutige oder obszöne heidnische Riten waren Bestandteil des täglichen Lebens. Besonders die Finnen werden den Kopf darüber schütteln, wieviel an Brutalität und Aberglauben die Skandinavier ihrem harmlosen Volk zuschreiben.* Liebe, Treue, eine Ehrlichkeit, die über Haarspaltereien hinausging, waren nur für die eigene Sippe, den Häuptling und die nächsten Freunde. Der Rest der Menschheit galt als Feind oder als Beute. Und oft zerrissen Zorn und Verrat noch die wenigen Bande, die es überhaupt gab.

Adam Oehlenschläger, ein Dichter der dänischen Romantik, konnte aus Helgi, Hroar und Hrolf empfindsame Menschen machen. Ich wollte das nicht, schon allein aus dem Grund, daß wir Heutigen davor gewarnt werden müssen, die Zivilisation als selbstverständlich hinzunehmen.

Ich hoffe, sie werden sich daran nicht stoßen, auch nicht an der unvermeidlichen Breite der Erzählung und dem, was wir heute als Mangel an psychologischer Tiefe empfinden. Bei letzterem handelt es sich jedoch nur um Reflektionen darüber, wie jene Leute von sich selbst dachten. Uns kommt ihr Verhalten wie krasser Egoismus vor. Doch für sie war jeder Mensch zuerst Mitglied einer Familie und nur in zweiter Linie – er mochte noch so sehr nach Reichtum oder Ruhm gieren – eine Einzelperson. Der Held ist weniger ein bestimmter Mann, sondern vielmehr das Blut Skjölds, des Korngarben-Kindes, und das rann durch viele verschiedene Herzen.

Ich fühlte mich verpflichtet, Ihnen eine Vorstellung davon zu geben, wie Leben und Gesellschaft damals funktionierten. Aber mein Ziel war keine hypothetische geschichtliche Realität, sondern ein Mythos. Deshalb habe ich die Erzählung einer Person im England des zehnten

* Zumindest sprechen die Sagas von Finnen, obwohl viele von ihnen in Wirklichkeit zweifellos Lappen waren.

Jahrhunderts in den Mund gelegt, als der Zyklus seine volle Entwicklung erfahren haben mußte, und einer Frau deswegen, weil es bei ihr weniger wahrscheinlich ist als bei einem Mann, daß sie den knappen Saga-Stil verwendete. Natürlich bringt sie nicht nur übernatürliche Phänomene mit hinein, sondern auch zahlreiche Anachronismen. Das Skandinavien, das sie beschreibt, ist zumeist das, welches sie selbst kennt.

Was die Personennamen betrifft, sind die der Götter in der modernen Form wiedergegeben. Wenn die von Menschen sowieso exotisch sind, habe ich die alte nordische Form beibehalten. Doch habe ich zuweilen die Schreibweise geändert, um den Druck wie das Lesen einfacher zu machen. Für Leser, die es interessiert, füge ich ein paar Ausspracheregeln an. Die Betonung liegt immer auf der ersten Silbe.

aa: In der Mitte zwischen *a* und *o*.
dh: Wie im englischen *this*.
ei, ey: Wie im englischen *rein, they*.
th: Wie im englischen *thunder*.
u: Lang, außer wenn von einem Doppelkonsonanten gefolgt (also lang in *Skuld,* kurz in *Gunnar)*
y: Wie *ü*.

Aber falls es Sie nicht besonders interessiert, machen Sie sich keine Gedanken darüber. Das, worauf es wirklich ankommt, ist die Geschichte.

Poul Anderson

DIE SKJÖLDUNGEN

Besitz stirbt, Sippen sterben
du selbst stirbst wie sie;
eins weiß ich, das ewig lebt:
des Toten Tatenruhm.
– Das Bjarkamaal

Stammbaum der Skjöldungen

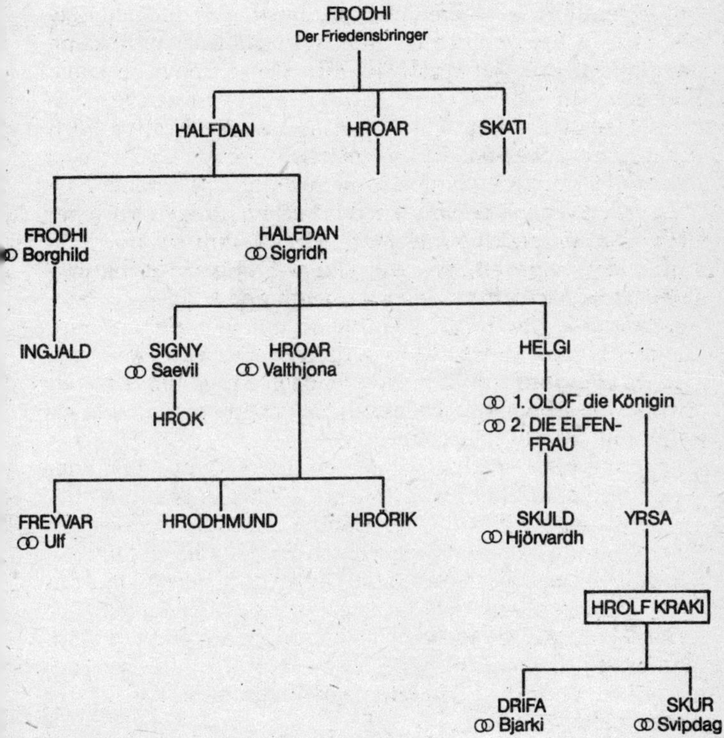

1 *Die Geschichte von der Erzählung*

Es war ein Mann, Eyvind der Rote genannt, der im Danelaw von England lebte, als Æthelstan König war. Sein Vater war Svein Kolbeinssohn, und er war aus Dänemark gekommen und oft zu Handelsreisen dorthin zurückgekehrt. Als Eyvind alt genug war, fuhr er mit ihm. Aber er war unruhiger und mehr darauf bedacht, sich einen Namen zu machen, als Svein, und so nahm er schließlich Dienste unter dem König. In wenigen Jahren stieg er hoch empor, bis er bei Brunanburh so mächtig kämpfte und seine Gefolgsleute so gut anführte, daß Æthelstan ihm seine Freundschaft schenkte und ihn für immer in den königlichen Haushalt aufzunehmen wünschte. Eyvind war sich nicht sicher, ober das bis an sein Lebensende wollte, und bat um Urlaub, um seine alte Heimstätte zu besuchen.

Er traf Svein dabei an, wie er Vorbereitungen zu einer neuen Reise traf, und entschloß sich, mit ihm zu fahren. In Dänemark wurden sie von dem Häuptling Sigurdh Haraldssohn gastfreundlich aufgenommen. Dieser Mann hatte eine Tochter namens Gunnvor, eine schöne Jungfrau, um die Eyvind bald zu werben begann. Die Väter meinten, eine Verbindung sei für beide Häuser vorteilhaft, und als Eyvind nach England zurückkehrte, brachte er Gunnvor als seine Frau mit.

Dann mußte er sich wieder zum König begeben, der jenen Winter auf Reisen verbrachte. Gunnvor kam mit ihm. Sie gewann die Herzen der Damen am Hof, weil sie gut über fremde Länder und Sitten zu sprechen wußte. Obwohl Æthelstan unverheiratet war, hörte er davon, und besonders von einer langen Saga aus alten Zeiten, die sie erzählte. Er rief sie in das Haus, wo er unter seinen Männern saß. »Die Nächte sind lang«, schalt er sie lachend. »Warum gönnt Ihr den Frauen ein Vergnügen, das Ihr mir vorenthaltet?«

»Ich habe nur Geschichten erzählt, Herr«, antwortete sie.

»Aber, soviel ich höre, gute Geschichten«, meinte der König.

Immer noch blickte sie unglücklich drein, und deshalb ergriff Eyvind an ihrer Stelle das Wort: »Herr, ich kenne einige dieser Geschichten, und sie sind vielleicht für Eure Gesellschaft nicht recht passend.« Sein Blick streifte den Bischof, der nahebei saß. »Es ist eine heidnische Sage.« Er hatte es für sich behalten, daß er immer noch den Elfen opferte.

»Und wenn schon«, sagte Æthelstan. »Wenn ich unter meinen Freunden einen Mann wie Egil Skallagrimssohn habe …«

»Es ist nichts Böses dabei, Geschichten von den Vorvätern zu erzählen, solange wir nicht vergessen, daß sie im Irrtum waren«, erklärte der Bischof. »Auch hilft es uns, die heutigen Heiden zu verstehen und so zu lernen, wie wir sie am besten zum Glauben bringen können.« Nach einer kleinen Weile setzte er nachdenklich hinzu: »Ich muß gestehen, daß ich meine Jugend mit Studien im Ausland verbracht habe und über euch Dänen weniger weiß als die meisten Engländer. Ich wäre Euch dankbar, wenn Ihr mir während Eurer Erzählung einige Erklärungen geben könntet, Lady Gunnvor.«

So kam es, daß sie in diesem Winter viele Abende damit verbrachte, ihnen über Hrolf Kraki zu erzählen.

2 *Die Geschichte von Frodhi*

I

In jener Zeit war Dänemark kleiner als heute. Es bestand aus Seeland und den kleineren Inseln um diese große. Abgesehen von den Kreidefelsen von Mön im Süden ist es ein flaches Land, und die Hügel laufen darüber hin wie die Wellen eines Flusses. Jenseits des Sundes im Osten liegt Skania. An der schmalsten Stelle dieser Meeresenge, da, wo sie jeder Junge durchschwimmen kann, sieht das Land seiner Schwester sehr ähnlich. Man sagt, daß die Göttin Gefjon in alter Zeit Seeland von der Halbinsel losriß, weil sie es für sich selbst und ihren Mann Skjöld, Odins Sohn, haben wollte. Aber im Norden, wo es in das Kattegat vorstößt, erhebt sich Skania zu roten Bergen.

Das ist ein Land mit fruchtbarem Boden. Seine Gewässer sind voller Fische und Seehunde und Wale. Die Flügel der Wildgänse verdunkeln seine Marschen. Seine Bäume reisen als Planken guter Schiffe bis in ferne Länder. Aber wachsen tun diese Bäume in nahezu undurchdringlichen Wäldern, in denen Rotwild und Elch, Auerochse und Wisent, Wolf und Bär leben. Früher war die Wildnis größer und dunkler als jetzt. Sie schnitt die Siedlungen der Menschen voneinander ab und bot Schutz nicht nur den Gesetzlosen, sondern auch Elfen und Trollen und anderen unheimlichen Wesen.

Nördlich von Skania liegt das Land der Götar, die die Engländer Geats nennen. Damals war es ein selbständiges Reich. Wiederum nördlich davon liegt Svithjodh, wo die Schweden wohnen; ihnen gehörte das größte und stärkste der nördlichen Länder. Westlich jenseits der Berge liegt Norwegen, aber es bestand aus einer Menge kleiner, einander befehdender Königreiche und Stämme. Jenseits von

Norwegen und Svithjodh leben die Finnen. Sie sind zumeist wandernde Jäger und Rentierzüchter, und ihre Sprache ist nicht mit den unsrigen verwandt. Aber sie sind so reich an Fellen, daß sie, auch wenn viele unter ihnen der Zauberei kundig sind, von den Dänen, Schweden und Norwegern immerfort überfallen oder steuerpflichtig gemacht werden.

Wenden wir uns wieder südlich, so finden wir im Westen von Seeland den Großen Belt und jenseits dieses Wassers die Insel Fünen. Dann kommt der Kleine Belt und dann die Halbinsel Jütland. Jütland ist steiler und strenger als der Rest des Landes, der heute das dänische Reich ist. Von den weiten, windigen Stränden Skagens erstreckt es sich nach Süden bis zu den Sümpfen, wo die Menschen auf Stelzen gehen, als wollten sie zu Störchen werden. An der Mündung der mächtigen Elbe liegt die Wiege ganzer Völkerschaften, die weit durch die Welt gewandert sind – Kimbern, Teutonen, Vandalen, Herulen, Angeln, die England seinen Namen gaben, Jüten, Sachsen und noch viele andere.

Nicht nur um Macht, Reichtum und Ruhm zu erwerben, sondern auch um endlose Kriege und Raubzüge zu führen, strebten die dänischen Könige von Seeland und Skania danach, diese anderen unter ihre Herrschaft zu bringen. Und manchmal gewannen sie eine Schlacht und wurden hier oder da als Herren anerkannt. Aber nie dauerte es lange, und die Klingen fuhren von neuem aus der Scheide, und auf den Dächern der Jarle, die sie zur Aufsicht über jene Länder eingesetzt hatten, krähte der rote Hahn. Nicht selten geschah dies, weil königliche Brüder miteinander in Streit gerieten.

Die dänischen Könige stammten von Skjöld und Gefjon ab. In England erzählt man sich, daß Skjöld – sie nennen ihn Scyld – als Kind in einem ruderlosen Boot an die Küste trieb. Es war mit Waffen gefüllt, aber es enthielt auch eine Korngarbe, auf der der Kopf des Kindes ruhte. Die Dänen machten ihn zu ihrem König, und er wurde ein großer König, der dem Land Gesetze und Frieden und Einigkeit gab. Als er schließlich starb, setzte ihn sein trauerndes Volk in ein reichbeladenes Schiff, damit er in das unbekannte Reich heimkehren könne, aus dem er gekommen war. Sie glaubten, sein Vater sei Odin gewesen. Und um die Wahrheit zu sagen, danach zeigte sich das Blut des Einäugigen auf mancherlei Weise. Einige der Skjöldungen waren weise und voraussehende Landesväter, andere wild und gierig, und noch andere neigten dazu, Dinge aufzudecken, die man am besten in Ruhe läßt.

Letzteres traf in noch höherem Maß auf die Svithjodh-Könige zu. Sie waren die Ynglinge, die von Frey abstammten, und er ist kein Gott des Himmels, sondern der Erde, um deren Fruchtbarkeit mit seltsamen Riten gebeten wird. An ihrem Sitz zu Uppsala verehrten nicht wenige dieser Herren Tiere und befaßten sich mit der Zauberei. Gleichzeitig zeugten sie ihren Anteil an tüchtigen Kriegern, und als Ivar Weitspann sie schließlich vertrieb – das war lange nach der Geschichte, die ich euch erzählen will – wurde einer von ihnen der Ahne jenes Harald Schönhaar, der Norwegen zu einem einzigen Königreich zusammenschmiedete.

Zwischen Skjöldungen und Ynglingen gab es keine Liebe, dafür viel Blutvergießen. Zwischen ihnen lag das Land der Götar. Da diese jedem der beiden Nachbarn an Zahl unterlegen waren, versuchten sie, die Freundschaft des einen wie des anderen zu gewinnen oder zumindest ein doppeltes Spiel zu treiben. Aber Schwächlinge waren auch die Götar nicht. Aus ihnen sollte der Mann erstehen, den die Engländer Beowulf nennen.

So standen die Dinge zu der Zeit, als Frodhi der Friedensfürst König von Dänemark wurde. Von ihm gibt es viele Geschichten: Wie er die Oberherrschaft durch Waffengewalt und durch List errang, dann Gesetze erließ und eine solche Ruhe im Land schuf, daß eine Jungfrau einen Sack voll Gold sicher von einem Ende seines Reiches zum anderen tragen konnte. Aber auch er war nicht frei von dieser Gier, die sich gelegentlich bei den Skjöldungen zeigte und wegen der sein eigener Vorfahre Hermodh seinerzeit von dem Königsthron zu Leidhra in die Wildnis vertrieben worden war. Wir hören verschiedene Geschichten über König Frodhis Ende, aber die folgende gefällt den Skalden am besten.

Ein Schiff brachte aus Norwegen gefangene Hochländer zum Verkauf. Frodhi wählte sich unter ihnen zwei junge Riesinnen, mit langen, wirren, dunklen Haaren, hohen Wangenknochen, breiten Mündern und Nasen, schrägen Augen, in stinkende Felle gekleidet. Sie nannten sich selbst – und das mit donnertiefen Stimmen – Fenja und Menja. Wie berichtet wurde, hatten Männer beim Binden der Mädchen ihr Leben verloren. Sie sollten auch nicht richtig menschlich sein, sondern der Rasse der Jötungen zugehören. Ein weiser Mann warnte Frodhi, daß man sie niemals hätte gefangennehmen können, wenn die Nornen damit nicht ein bestimmtes Ziel verfolgten. Aber der König hörte nicht auf ihn.

Er besaß eine Mühle namens Grotti. Woher sie stammte, wußte niemand – vielleicht aus einem dieser Dolmen, die sich auf dänischem Land erheben und deren Erbauer längst vergessen sind. Eine Hexe hatte gesagt, sie könne mahlen, was immer er wolle, aber niemand hatte die Kraft, den eichenen Schaft zu handhaben, der den oberen Stein drehte.

Der König dachte, diese Frauen würden es können.

Und sie konnten es. Er brachte sie in einen düsteren Schuppen, wo die Mühle stand. Ein altes Gedicht erzählt, was nun geschah.

> Nun sind gekommen, kund der Zukunft,
> Fenja und Menja zum Fürstenhaus;
> als Mägde müssen die starken Mädchen
> Frodhi dienen, dem Fridleifsohn.
>
> Zum Mahlkasten mußten sie gehn,
> den grauen Grotti in Gang zu setzen;
> zu Ruh und Rast rief er sie nicht;
> hören wollt er den Hall der Arbeit.

Sie ließen lärmen die lauthallende,
bis aller andern Arbeit ruhte.
»Still nun stehe Stein und Mühle!«
Doch mehr mahlen die Mädchen er hieß.

»Wir mahlen Macht, wir mahlen Heil,
wir mahlen Gut auf der Glücksmühle.
Sitz im Reichtum, ruh auf Daunen,
erwach zur Wonne, so mahlten wir wohl!

Kränken soll hier keiner den anderen,
Böses wirken, Blut vergießen;
das scharfe Schwert schwinge keiner,
ob gebunden er fände des Bruders Mörder!«

Matt war der Arm, die Mühle stand;
da sprach sofort Frodhi also:
»So kurz nur schlaft, wie der Kuckuck schweigt,
nicht länger, als ich ein Liedlein spreche!«

Sie sangen und schwangen den schweren Stein,
bis die anderen Mägde alle schliefen.
Es schlief der König und der Kämpen Schar;
da sprach Menja, an der Mühle stehend:

»Dir fehlte, Frodhi, Freund der Krieger,
kluge Vorsicht beim Kauf der Mägde:
du wähltest wohl nach Wuchs und Kraft,
achtetest aber der Abkunft nicht.

Stark war Hrungnir, stark sein Vater,
doch übertraf Thjazi beide;
Idi und Örnir sind unsere Väter:
geboren sind wir aus Bergriesenstamm.

Nicht kam Grotti aus grauem Fels,
nicht stieg der starke Stein aus der Erde,
nicht mahlte hier die Maid der Riesen,
ahntest du etwas von unserm Geschlecht.

Wir wuchsen spielend neun Winter lang
unter der Erde gewaltig auf;
wir Mädchen standen bei mächtigem Werk:
Halden und Hügel hoben wir fort.

Wir wälzten Geröll übers Riesenland,
weithin bebte der Boden davon;
so schleuderten wir den schweren Stein,
den mächtigen Block, daß ihn Menschen fanden.

Dann schritten wir im Schwedenland,
kund der Zukunft, ins Kriegervolk,
entboten Bären, brachen Schilde,
gingen entgegen der Graupanzerschar.

Wir stürzten Fürsten, wir stützten andre,
Guttorm, dem guten, brachten wir Glück:
nicht ruhte der Kampf, bis Knui fiel.

So ging's uns Mädchen gar manches Jahr;
man kannte uns aus Kämpfen wohl.
Mit scharfen Schwertern schlugen wir da
Blut aus Wunden, die Waffen rötend.

Nun sind wir gekommen zum Königshaus,
ins Mißgeschick, zum Mägdedienst;
kalt ist der Körper, klamm die Füße,
des Friedens Fördrer für Frodhi wir drehn.

Die Hand soll rasten, ruhen der Stein:
ich mahlte mein Teil; die Müh muß enden!«

FENJA:
»Noch will ich der Rechten Ruh nicht gönnen,
bis Frodhis Neide genug wir mahlten!

Hände sollen halten harte Schäfte,
blutge Waffen! Wache, Frodhi!

Wache, Frodhi! Willst du hören
unseren Sang und alte Sagen!

Ein Feuer flammte auf im Osten der Burg –
Heerruf erwacht – die Warte heißt man's.
Der Feinde Schar zieht schnell heran;
bald ist verbrannt die Burg des Fürsten.

Hleidras Hochsitz hältst du nimmer,
nicht rote Ringe noch reiche Steine.
Fester nun, Maid, fasse das Holz!
Nicht wärmt uns hier der Walstatt Blut.«

BEIDE:
»Mächtiger mahlt die Maid meines Vaters,
weil vieler Tapfern Tod sie erschaut:
vom Gebälk bersten die breiten Stützen,
mit Erz gefestet – mahlen wir fort!

Mahlen wir fort! Den Frodhi rächt
Halfdans Enkel, der Yrsa Sohn;
heißen wird er der Herrscherin
Sohn und Bruder – wir beide wissen's!«

Die Mädchen mahlten mit mächtiger Kraft,
die Jungfrauen im Jötunzorne!
Die Stangen brachen, die Balken stürzten,
der starke Stein in Stücke sprang.

Da rief die Maid aus Riesenstamm:
»Wir mahlten, Frodhi, zur Freude für uns;
am längsten die Maid an der Mühle stand.«

Und so riefen Fenja und Menja in ihrem Zorn eine Schar Wikinger herbei, die die Burg des Königs überfiel und ihn erschlug. Darüber, was aus den beiden Riesinnen wurde, gibt es verschiedene Geschichten, aber alle stimmen darin überein, daß von ihnen das Schicksal der Skjoldungen herrührte.

Frodhi hinterließ drei Söhn, Halfdan, Hroar und Skati. Sie gerieten in Streit darüber, wer der erste unter ihnen sein sollte. Es ist immer der Fluch der Länder jenseits der Nordsee gewesen, daß ihre Könige viele Söhne zeugten und der Anspruch eines jeden von ihnen so gut war wie der aller anderen, sei er von einer Königin, einer Buhle oder einer Sklavin geboren oder bei einer Zufallsbegegnung gezeugt worden. Er braucht bloß genug Männer um sich zu scharen, die sich von seinem Sieg Gewinn versprechen.

Diesmal wählte das Glück Halfdan. Er starb sogar im Bett, allerdings ziemlich jung. Er hinterließ zwei eigene Söhne. Der ältere war nach seinem Großvater Frodhi genannt worden, der jüngere, der nach Halfdans Tod zur Welt kam, erhielt den Namen des Vaters.

Ich habe die Jarle erwähnt. Jarle sind nicht das gleiche wie die englischen Earls, obwohl das Wort ähnlich klingt. Ein Jarl ist ein Häuptling,, der niemanden über sich hat als den König. Manchmal setzt ihn ein König über einen Teil des Landes, und manchmal wird ein Jarl in allem bis auf den Namen selbst zum König. So war es, als diese Jungen Frodhi und Halfdan klein waren. Einar, Jarl des Landes um den königlichen Sitz Leidhra, übernahm die Regierung.

Er war ein verständiger Mann, der Dänemark nicht wieder entzweit sehen wollte. Zu diesem Zweck veranlaßte er die Freisassen, als diese sich zu dem als Thing bekannten Treffen versammelten, beide Brüder als König anzuerkennen. Halfdan sollte über Seeland, Frodhi über Skania gesetzt werden.

Jarl Einar traf auch Abmachungen für die Heiraten, nachdem die Jungen erwachsen waren. Halfdan ehelichte Sigridh, Tochter eines kleinen Königs auf der Insel Fünen. Von ihr bekam er drei lebende Kinder. Das älteste war die Tochter Signy, die zu ihrer Zeit Einars Sohn und Erben Sävil heiratete. Fünf Jahre jünger als sie war der Junge Hroar, und zwei Jahre jünger als dieser war sein Bruder Helgi.

Der Brauch war, daß hochgeborene Kinder in einer Familie aufwuchsen, die im Rang etwas unter ihnen stand. Auf diese Weise lernten sie die Fähigkeiten, die einem Jüngling oder einer Jungfrau gut anstehen, und es wurden Bande der Freundschaft geschmiedet. Hroar und Helgi Halfdanssöhne wurden von Regin Erlingssohn aufgenommen. Er war der Oberste der Vogtei, in der Leidhra lag. Regin gewann sie so lieb, als seien sie seine eigenen Söhne.

König Halfdan war mild und leutselig. Das Volk liebte ihn wegen seiner Freigebigkeit und seiner gerechten Urteilssprüche.

Aber inzwischen hatte sich König Frodhi in Skania zu einem harten, habgierigen Mann entwickelt. Er heiratete Borghild, eine Königstochter aus einem der Sachsenstämme, die gleich südlich von Jütland lebten. Auf diese Weise gewann er Verbündete, die die Ostsee überqueren und Svithjodh genügend Achtung einflößen konnten, daß die Schweden Frodhi nicht in den Rücken fielen. Die Königin starb bei der Geburt ihres Sohnes Ingjald. Frodhi schickte das Kind zu seinem Großvater, daß es bei ihm aufgezogen werde. Daran knüpfte Frodhi ehrgeizige Träume.

Als Einar hoch an Jahren starb, standen die Dinge also wie folgt:

In Leidhra auf Seeland lebten König Halfdan und seine Königin Sigridh. Er war allgemein beliebt. Aber da er nicht für den Krieg war, hielt er weder eine besonders starke Wache, noch bot er ruhelosen Männern Gelegenheit, Chance, im Ausland Ruhm und Beute zu gewinnen. Seine Tochter Signy war mit dem Jarl Sävil Einarssohn verheiratet worden. Seine Söhne Hroar und Helgi waren noch Knaben und lebten etwa zwanzig Meilen von der Königsstadt entfernt bei dem Vogt Regin.

Und in Skania brütete König Frodhi.

Er traf Vereinbarungen mit unzufriedenen Männern in Dänemark wie auch mit Häuptlingen unter den Schweden, Götar und Jüten. Es dauerte nicht lange, und er hatte eine große Streitmacht beisammen.

So führte er seine Schiffe über den Sund, ließ die Banner wehen und die Hörner blasen. Krieger strömten ihm zu. Zu spät wanderte der Pfeil von Hof zu Hof und rief die zusammen, die für König Halfdan kämpfen wollten. Plündernd und brennend zog Frodhi durch das Land, und wohin er auch kam, errang er den Sieg. In dunkelster Mitternacht stieß er überraschend auf Halfdans Armee, schlug sie und gab mit eigener Hand seinem Bruder den Tod.

Danach rief er die dänischen Häuptlinge zu einem Thing und ließ sie ihm Treue schwören. Unter denen, die, um ihr Leben zu retten, die Hände auf die goldenen Ringe legten und bei Njörd und Frey und dem allmächtigen Thor schworen, sie würden ihn niemals verlassen, war auch der Jarl Sävil, der Gatte von Halfdans Tochter Signy.

Frodhi stärkte seine Stellung, indem er Sigdridh, die Witwe seines Bruders, heiratete. Sie hatte dabei keine Wahl, aber sie kam mit freudlosem Gesicht in sein Bett. Und jetzt schickte Frodhi nach ihren Söhnen. Er ließ sagen, er wolle gut für sie sorgen. Die meisten vermuteten, die Sorge werde in einem schnellen Durchschneiden der Kehlen bestehen, damit sie nicht groß wurden und ihren Vater rächen konnten.

II

Regin, der Vogt, war nicht bei dem Thing gewesen. Als Halfdans Streitmacht geschlagen wurde, eilte er so schnell wie möglich zurück zu seinem eigenen Haus. Bei ihm waren alle Gefolgsleute, die noch am Leben waren. Er wußte, ihm blieben ein paar Tage, in denen er Frodhis Pläne vereiteln konnte – mehr Zeit aber nicht.

»Wir können ihm nicht standhalten«, sagte er. »Und ich habe einen Eid geleistet, für diese beiden Jungen zu sorgen.«

»Was kannst du tun?« fragte ein Krieger.

Regin lachte kurz auf. »Du bist ein vertrauenswürdiger Bursche. Aber du brauchst es nicht zu wissen.«

Er war ein großer Mann, das Gesicht gerötet und die

Augen gebleicht durch ein Leben in Wind und Wetter, Haar und Bart eisengrau, mit etwas Bauch, aber immer noch stark und ein weiser Führer seiner Vogtei. Die Kinder, die seine Frau Aasta ihm geboren hatte, waren alle längst verheiratet. Deshalb ebenso wie der Ehre wegen hatten sie beide Hroar und Helgi mit Freunden aufgenommen.

Sein Haus stand am Isefjord. Das ist eine breite, gut geschützte Bucht. Das Land steig grün bis an den Rand des Wassers hinab, und niemals verstummt der Lärm der Enten, Wildgänse, Schwäne, Brachvögel und Möwen. Der Großteil des Landes war gerodet worden. Aber am südlichen Rand herrschte noch Wildnis, und näher am Haus waren Baumgruppen stehengelassen worden, damit die Eichhörnchen und die Jungen etwas zu klettern hatten. Weit verstreut inmitten ihrer Felder lagen die Häuser der Freisassen, aus Holz gebaut, mit Dächern aus Grassoden. Aus den Essen kräuselte sich schwarzer Rauch, den die salzigen Winde schnell zerstreuten. Es ist ein gutes Land, und unter der Sonne und den weißen Wolken des Sommers reifen Roggen, Gerste, Weizen und Flachs heran.

Auch wenn Regins Behausung keine Königshalle war, nahm ihre schwarzgestrichene Wand doch eine ganze Seite des gepflasterten Hofes ein. Die anderen drei Seiten wurden von Schuppen, Kuhstall, Schweinestall, Werkstatt und anderen kleineren Gebäuden eingenommen. Die Gabelbalken des Hauses waren zu Drachenköpfen geschnitzt, um die Trolle abzuschrecken. Am östlichen Ende blickten die Drachenköpfe zu einem Hain, wohin Regin die Nachbarn führte, wenn sie den Göttern opfern wollten.

Ein Pfad führte hinab zu einem Bootsschuppen. Draußen in der Bucht lagen mehrere Inseln. Die nächste war klein und dicht bewaldet. Dort lebte ein alter Freisasse namens Vifil allein mit seinen beiden großen Hunden. Die meisten Menschen scheuten sich vor ihm, denn er war seltsam und kurz angebunden, und es hieß, daß er sich manchmal mit der Zauberei befaßte. Aber Regin und er waren alte Freunde. »Wenn er einen Wind in einen Beutel bannen kann, warum sollte ich seine Hilfe nicht in Anspruch nehmen?« pflegte der Vogt zu lachen. »Oder wollt ihr lieber gegen einen ungünstigen Wind anrudern?« Außerdem hatte Vifil immer die Partei Halfdans ergriffen, wenn jüngere Männer murrten, der König sei eine Schlafmütze. Manchmal nahmen sich Hroar und Helgi ein Boot und machten ihm einen Besuch.

Als Regin diesmal in seinen Hof eintritt, wurde er nicht wie sonst mit Freudengeschrei begrüßt. Die Jungen liefen herbei, als sie das Klappern von Hufen hörten. Ausrufe, Fragen, Prahlereien sprudelten von ihren Lippen. Dann sahen sie sich ihren Pflegevater erst richtig an, und es war, als habe ein Schwert ihre Stimmen abgehackt. Aasta trat hinter ihnen ins Freie, gefolgt von ihren Hausmägden, und sie sah, sprach aber nicht. Eine Weile war es ganz still unter der langsam sinkenden Abendsonne.

Schließlich stieg der Vogt ab; Leder knirschte und Eisen klirrte. Er stand mit hängenden Schultern. Wortlos führte ein Knecht das Pferd weg. Hroar ballte die Fäuste und schrie: »Unser Vater ist gefallen! So ist es, nicht wahr?«

»Ja«, seufzte Regin. »Ich sah sein Banner sinken, als wir uns beim Feuerschein zu sammeln versuchten, nachdem Frodhi unser Lager überfallen hatte. Später versteckte ich mich ...«

»Ich hätte mich nicht von der Seite meines Vaters hinweggeschlichen«, stieß Helgi hervor, halb erstickt von den Tränen, die er nicht mehr zurückhalten konnte.

»Wir konnten nichts tun«, erklärte Regin, »und ich mußte an euch, seine Söhne, denken. In der Morgendämmerung begannen wir Männer vom Isefjord, uns zusammenzufinden. Einer war verwundet worden und lag da, ohne daß jemand auf ihn achtgab, bis er genug Kraft gewann, um davonzukriechen. Er berichtete, Frodhi habe den gebundenen Halfdan erschlagen.« Nach einer Weile setzte er hinzu: »Zuerst sprachen sie miteinander. Frodhi sagte, er müsse es tun, weil nur so ein einziges Königreich wiederhergestellt werden könne, wie es in den Tagen des Friedensfürsten war, nach dem er benannt ist. Halfdan antwortete ihm gefaßt. Möget ihr beide eurem eigenen Ende ebenso wacker entgegensehen.«

Aastas Hände zerknüllten ein Handtuch. »So jung!« weinte sie.

Regin nickte schwer. Eine Brise zerzauste sein schweißfeuchtes Haar; eine Möwe schrie. »Ich glaube nicht, daß Frodhi, nachdem er den Luchs erschlagen hat, die Welpen in ihrer Höhle lassen wird«, sagte er.

Sein Blick ruhte auf ihnen. Hroar zählte zwölf Winter und Helgi zehn; aber schon war der jüngere Bruder größer und breitschultriger, denn der ältere war von kleinem und schlankem Wuchs. Beiden fielen dichte Mähnen von sonnengebleichtem Haar auf die Schultern. Die braunen Gesichter begannen, die ausgeprägten Züge der Skjoldungen anzunehmen. Daraus leuchteten ihre großen Augen blitzblau. Sie waren gleich gekleidet, in Lederwämsen über einfachen grauen, wollenen Hemden und Hosen. Aber Hroar hielt einen hölzernen Stab in der Hand, auf den er Runen eingeschnitzt hatte, denn er war dabei, diese Zeichen zu lernen, während Helgi an seinem Gürtel eine Schleuder, einen Beutel mit Steinen und ein Jagdmesser trug.

»Ich ... wünschte ... ich hätte meinen Vater besser gekannt«, flüsterte Hroar.

»Ich werde zufrieden sein, wenn ich ihn rächen kann«, schluckte Helgi. Er machte in diesem Augenblick gar nicht den Eindruck eines Kindes.

»Dazu müßt ihr am Leben bleiben«, redete Regin ihnen zu. »Ich kann euch nicht bei mir behalten. Versuchte ich es, würden Frodhis Männer das Haus umzingeln und uns darin verbrennen. Es ist besser für euch, daß wir, eure Freunde, leben, um euch später einmal zu helfen.«

»Sie können doch nicht in die Wälder fliehen, als wären sie Gesetzlose!« rief Aasta.

Helgi warf den Kopf zurück. »Wir können recht gut unter den Wölfen leben, Pflegemutter.«

»Vielleicht, aber Wölfe führen keine Schwerter«, gab Regin zu bedenken. »Ich habe einen Plan. Wir werden noch darüber sprechen.« Er wandte sich an seine Frau. »Jetzt gib mir zu essen und einen Schluck Bier, und dann will ich schlafen. O ihr Götter, laßt mich schlafen!«

Es war ein stiller Willkommensschmaus.

Vor der Morgendämmerung stand Regin auf. Er trat an das Alkovenbett, das die Brüder teilten, schob die Tür zur Seite und schüttelte sie wach. Schweigen gebietend legte er einen Finger an den Mund. Stumm legten sie ihre Kleider an und folgten ihm hinunter zum Wasser. Es war im Mittsommer, und die Nacht war hell. Am blassen Himmel schimmerten nur wenige Sterne, die Bucht lag da wie ein metallener Schild. Ganz langsam, damit auch nicht die kleinste Welle gegen das Boot klatschte, ruderte er sie hinüber zu Vifils Insel.

Der Freisasse lebte in einer Grashütte am nördlichen Ufer. Der Mann und die Jungen zogen das Boot auf den Strand und traten in die tiefen Schatten. Ängstlich bellend liefen zwei schwarze Gestalten herbei, die Hunde Hopp und Ho. Als sie erkannten, wer die Besucher waren, leckten sie ihnen die Hände und wedelten mit den Schwänzen.

Vifil wachte auf und schürte das Herdfeuer in dem einzigen, halb unter der Erde liegenden Raum, aus dem seine Hütte bestand. Rauch und Gestank erhoben sich in die Luft. Im Feuerschein waren einige wenige Werkzeuge zu erkennen – ein Messer, eine Axt, ein Fischnetz, Knochenhaken, eine Schüssel aus Seifenstein und dergleichen, und auch den Kessel und die Runenstäbe und seltsam verknotete Seile, mit denen er angeblich Zauberei betrieb. Er war ein großer, hagerer Weißbart, schmutzig und übelriechend in seiner von Motten zerfressenen wollenen Kleidung und dem Mantel aus Dachsfell. Die Augen unter den überhängenden Brauen blickten den Edlingen nicht unfreundlich entgegen.

Regin berichtete, was geschehen war. Vifil nickte; hatte er die Nachricht im voraus erfahren? »Ich hoffe, du kannst diese Jungen verstecken«, schloß der Vogt. »Denn wenn du es nicht kannst, weiß ich von keinem anderen Weg, sie zu retten.«

Vifil zerrte an seinem Schnurrbart. »Schwer ist es, gegen ihn zu kämpfen, diesen Frodhi«, murmelte er. Aber am Ende stimmte er zu, es sei seine Pflicht zu helfen, soweit er dazu imstande sei.

Regin umarmte die Brüder zum Abschied. »Möge das Glück euch beistehen«, wünschte er mit rauher Stimme.

»Ich denke, die Nornen, die an ihren Wiegen standen, sangen ihnen kein gewöhnliches Geschick«, sagte Vifil.

Regin eilte davon, damit er vor Tagesanbruch am Strand war. Den Rest des Tages verbrachte er damit, daß er im Isefjord umherruderte und dafür sorgte, daß er gesehen wurde. Wenn nun Hroar und Helgi nicht mehr in seinem Haus waren, konnten sich die Leute denken, daß er sie weggebracht hatte, aber sie würden nicht wissen, wohin.

Vifil gab den Brüdern Brot, Käse und Stockfisch, und dann führte er sie in den Wald. Dort hatte er einen Platz, wo er Fleisch und Milch, die er von seinen wenigen Tieren gewann, kühl lagern konnte. Es war kaum mehr als eine Grube mit einem Dach aus Zweigen und Torf. Man kletterte hinein oder hinaus auf einem Kraki, einem Tannenstamm, dessen Aststummel eine Art von Leiter bildeten. Alle drei arbeiteten sie daran, Büsche zu pflanzen, bis jede Spur von Menschenwerk verdeckt war.

»Sicher werden die Männer des Königs kommen und die Insel durchsuchen«, meinte Vifil. »Dieser Frodhi ist kein Dummkopf, und er wird erfahren, daß euer Pflegevater und ich alte Freunde sind. Vielleicht werden sie euch nicht finden, wenn ihr euch versteckt. Inzwischen paßt auf, daß euch niemand von der Küste her entdeckt. Und ... ich werde tun, was ich sonst noch tun kann.«

Er ließ sie nicht zusehen bei dem, was er darauf nun tat, weder in der Hütte noch in einem Dolmen, der zwischen verkrüppelten Bäumen stand.

Danach hatten Helgi und Hroar für eine Weile eine schöne Zeit. Kein Junge kann lange trauern; und ihren Vater hatten sie sowieso kaum gekannt. Die Kost hier war grob, aber ihre Mägen waren jung. Sie schliefen auf nacktem Boden, aber das hatten sie schon oft getan, wenn sie auf der Jagd waren. Daß Vifil nur wenig sprach, war ihnen gerade recht: Es gab ihnen Zeit für ihre Tagträume. Wenn die Sonne hoch am Himmel stand, mußten sie im Wald bleiben, wo sie mit Hopp und Ho nach Niederwild jagten oder Vogelnester ausnahmen. An den hellen Abenden konnten sie, ehe sie sich schlafen legten, schwimmen oder sogar fischen. Manchmal, wenn sie über das Wasser zu Regins Haus hinüberspähten, kam es ihnen wie ein verblassender Traum vor, als nicht mehr ganz wirklich.

Aber ihr Friede war von kurzer Dauer. Als die Brüder bei einer gründlichen Suche auf dem Grund und Boden des Vogts nicht gefunden wurden, schickte Frodhi Männer aus, das ganze Königreich zu durchforschen. Nah und fern, im Norden, Süden, Osten und Westen stellte er Wachen auf. Er versprach reiche Belohnung für Neuigkeiten über seine Neffen und drohte, jeden zu Tode zu foltern, der es wagte, sie zu verbergen. Doch niemand konnte ihm Kunde bringen, und in den Augen der Königin Sigridh blühte langsam eine riesige Freude auf.

Zum Schluß entschied Frodhi, es müsse Zauberei dabei im Spiel sein, und schickte nach denen, die Kenntnisse von den dunklen Mächten hatten.

III

Eine Zeitlang beherbergte die große Halle zu Leidhra eine Seherin und einen Zauberer nach dem anderen. Frodhi befahl ihnen, mit ihrem zweiten Gesicht Dänemark von einem Ende zum anderen abzusuchen, Inseln und Schären ebenso wie das Hauptland. Aber sie sahen nichts.

Danach ließ er nach Zauberern suchen, die nicht nur Sprüche kannten und Träume zu deuten wußten, sondern solche waren, die Hexengebräu im Kessel kochten und von denen es hieß, sie ritten auf dem Nachtwind oder erweckten die Toten oder beschworen Wesen herauf, die noch fürchterlicher sind als die Toten. Häufig waren es Wanderer, gemieden von allem guten Volk. Die Knechte und Sklaven wichen vor ihnen zur Seite und machten Zeichen, die einen Fluch abwenden sollten, und auch der kräftigste Türwächter konnte sich eines Schauders nicht ganz verwehren.

Drei kamen, die Frodhi gut empfing. Er setzte sie sich am Langfeuer gegenüber und ließ ihnen von der Königin selbst Fleisch und Getränke bringen. »Wie anders war es früher, als ich Könige und Krieger bediente«, sagte die hochgewachsene Frau mit den rötlichen Zöpfen traurig. »Nie hätte ich gedacht, die Wirtin für solche spielen zu müssen, die meine Söhne ausspionieren sollen.«

Ihr neuer Gatte betrachtete sie kalt. »Du sollst sie bedienen, meine Sigridh«, versetzte er, und sie gehorchte. Unter den Werkleuten, die manchmal mithörten, was in der königlichen Kammer vor sich ging, wurde geflüstert. Frodhi zähmte sie schnell, nicht durch Schläge, die nur Zorn erzeugt hätten, sondern durch List und seinen unbeugsamen Willen. Er war einer von den kleinen Skjoldungen, aber schnell auf den Füßen, noch schneller mit einer Klinge und am schnellsten und tödlichsten in seiner List. Glattes braunes Haar und ein kurzgeschnittener Bart umgaben ein mageres Gesicht mit einer Hakennase und wintrigen Augen. Er kleidete sich gut; an diesem Abend trug er Stirnreifen und Armring aus Gold, ein grünes Wams, mit Marder besetzt, und rote Hosen, die an den Beinen kreuzweise mit weißem Ziegenleder verschnürt waren.

Mit Sigridh hatte er eine gesetzmäßige Regelung getroffen, hatte ihr Wergeld für Halfdans Tod und nach ihrer Hochzeit eine reiche Morgengabe bezahlt. Sie sprach wenig und lachte niemals, aber zweifellos hoffte sie, soviel Einfluß auf ihn zu gewinnen, daß sie etwas aus dem Zusammenbruch retten konnte. Was die übrigen Dänen betraf, so verabscheuten die meisten ihn, weil er ihnen schwere Steuern auferlegte und Urteile fällte, die zu seinem eigenen Vorteil waren. Aber es war kein anderer Skjoldung in Sicht, und sicher hätte Odin das Land mit seinem Zorn getroffen, wenn es einem Mann aus seinem eigenen Hause nicht Folge leistete.

Die Zauberer waren eine schmutzige Bande in muffigen schwarzen Gewändern; in ihren Gesichtern zeigte sich finnisches Blut. Nachdem die Tische weggeräumt worden waren, traten sie vor, hingen ihre Kessel über das Feuer, warfen ihre Runenstäbe und riefen vor den Pfeilern des Hochsitzes ihre unverständlichen Beschwörungen aus. Die Schnitzerei des Pfeilers zur Rechten zeigte Odin, den Vater der Zauberei, der linke zeigte Thor, aber es war, als ob an jenem Abend eine dunkle Wolke über dem Hammerschwinger lag. Irgendwo heulte ein Wolf und kreischte eine Wildkatze, Laute, die seit vielen Jahren in der Nähe von Leidhra nicht mehr gehört worden waren. Die Männer auf den Bänken drückten sich gegen die Wand. Frodhi saß regungslos und wartete.

Schließlich sagte der graue, verrunzelte Sprecher der drei: »Herr, wir erfahren nur soviel, daß die Knaben nicht auf Land-Erde sind. Und doch sind sie nicht weit von dir.«

Der König strich seinen Bart und antwortete langsam: »Wir haben sie nah und fern gesucht. Ich glaube kaum, daß sie in der Nähe sind. Doch erinnere ich mich jetzt, daß nahe der Küste, wo das Haus ihres Pflegevaters steht, Inseln liegen.«

»Dann durchsuche die nächstgelegene dieser Inseln, Herr«, sagte der Zauberer. »Niemand lebt dort außer einem armen Kleinbauern. Doch lag ein solcher Nebel um die Insel, daß wir nicht in sein Haus hineinsehen konnten. Wir glauben, er muß sehr weise sein und ganz und gar nicht das, was er zu sein scheint.«

»Gut, wir werden es versuchen«, sagte der König. »Seltsam wäre es schon, wenn ein armer Fischer die Burschen verstecken könnte und es wagte, sie vor mir zurückzuhalten.«

Tatsächlich wallte in dieser Nacht ein dicker Nebel über dem Isefjord. Früh am Morgen erwachte Vifil und sprach zu den seiner Obhut anvertrauten Jungen: »Viel Seltsames fliegt in der Luft, und mächtige Sucher werden zu uns kommen. Ich hörte sie im Dunkeln flüstern, und ich höre sie immer noch in der Dämmerung. Steht auf, Hroar und Helgi Halfdanssöhne, und bleibt heute im Wald.«

Sofort taten sie, wie er sie geheißen hatte.

Noch vor Mittag ritt ein Trupp königlicher Leibwächter an den Rand des Wassers und befahl Regin, sie mit Booten zu versorgen. Mittlerweile hatte der Nebel sich gehoben, und die Sonne blitzte auf ihren Helmen und Speeren. Vifil grüßte sie verdrossen und sah ihnen bei ihrer Suche zu. Nach Stunden hatten sie noch nichts gefunden. Für die Nacht mußte Regin sie notgedrungen beherbergen, aber er tat es auf stachelige Weise.

Am nächsten Tag kehrten sie nach Leidhra zurück und berichteten von ihrem Mißerfolg. »Schlecht müßt ihr gejagt haben«, schalt der König. »Dieser Freisasse ist ein Meister der Hexenkunst. Geht denselben Weg zurück und seht zu, ob ihr ihn nicht überraschen könnt.«

Wieder landeten die Männer des Königs auf der Insel und durchsuchten sie. Obwohl ihnen Vifil überall, wo sie es verlangten, Zutritt gewährte, sahen sie keine Spur von ihrer Beute. Wieder mußten sie mit eingezogenen Schwänzen nach Hause gehen.

Inzwischen hatten die Zauberer Frodhi mehr darüber erzählt, wie auf jener Insel Seltsames vorgehe. Dort gebe es blinde Stellen, die weder sie noch diejenigen, die sie aussandten, durchdringen könnten. Als er den Bericht des Anführers seiner Leibwache angehört hatte, wurde Frodhi abwechselnd rot und weiß. Er schlug auf den Hochsitz und brüllte: »Wir haben uns von dem dummen Bauern genug gefallen lassen! Morgen früh werde ich selbst zu ihm gehen.«

Im Morgengrauen erwachte Vifil aus schwerem Schlaf. Beunruhigt weckte er Hroar und Helgi und sagte zu ihnen: »Jetzt wird es schlimm, denn euer Verwandter Frodhi ist selbst nach hier unterwegs, und er wird euch mit jeder Art von Trick und bösen Tat suchen. Ich bin nicht länger sicher, daß ich euch schützen kann.« Er zupfte an seinem Bart und grübelte. »Wenn ihr die ganze Zeit im Vorratshaus sitzenbleibt wie zuvor, mag seine Art von Suche euch wohl aufstöbern. Am besten bleibt ihr immerzu unterwegs zwischen den Büschen und Bäumen. Aber sie werden auf die Büsche schlagen, so daß ihr jenes Versteck zur rechten Zeit braucht ... Bleibt in Hörweite. Und wenn ihr mich nach den Hunden Hopp und Ho rufen hört, denkt daran, daß ihr es seid, die ich meine, und kriecht unter die Erde.«

Hroar nickte grimmig. Schweiß auf den Wangen. Helgi grinste; für ihn war es ein herrliches Spiel gewesen.

Der König traf ein, diesmal nicht zu Pferde, sondern in einem Schiff, das von dem Fjord abgesegelt war, den wir heute den Roskilde-Fjord nennen. Das Schiff trug weit mehr Männer, als Regins Boote hätten übersetzen können. Sie setzten das Schiff auf eine Sandbank, warfen Anker und wateten an Land. Vifil stand unter den Bäumen, die sich bereits leicht herbstlich zu färben begannen, und lehnte sich auf einen Stab. Ein heftiger, kalter Wind blies und ließ die Mäntel flattern. Speerspitzen blinkten, Brünnen klirrten.

»Packt ihn!« rief Frodhi. Harte Hände zerrten den Freisassen vor den König.

Frodhi funkelte ihn böse an und sprach Wort für Wort: »Du bist ein schlechter, schlauer Wind, nicht wahr? Sag mir sofort, wo meine Neffen sind – denn ich weiß, daß du es weißt.«

Vifil zuckte die Schultern. »Gegrüßt seist du, Herr«, antwortete er. »Wie kann ich mich gegen diese Art von Anschuldigung verwahren? Wenn du mich hier festhältst, kann ich nicht einmal den Wolf von meiner kleinen Herde abhalten.« Die Leibwächter verteilten sich über die gerodeten Stellen und hielten auf den Wald zu. Vifil holte tief Luft und rief: »Hopp und Ho, gebt acht auf die Tiere!«

»Was riefst du da?« wollte Frodhi wissen.

»Die Namen meiner Hunde«, antwortete Vifil ausdruckslos. »Sucht, soviel ihr wollt. Ich glaube nicht, daß ihr die Söhne irgendeines Königs hier herum finden werdet. Und wirklich, ich verstehe nicht, wie ihr auf den Gedanken kommt, ich könnte etwas vor euch verstecken, ein armer alter Fischer wie ich.«

Frodhi sah ihn finster an, befahl einem Krieger, den Inselbewohner zu bewachen, und übernahm selbst den Befehl bei der Suche. Diesmal entdeckten sie das Vorratshaus. Aber bis dahin hatten die Brüder es verlassen – nachdem die Männer, die auf die Büsche schlugen, vorbei waren – und saßen ein gutes Stück hinter den sich vorwärts bewegenden Trupps in den Baumwipfeln.

Abends kehrten die Männer zur der Hütte zurück. Vifil wartete. Der König schäumte vor Wut. »Du bist wirklich ein schlauer Wicht«, sagte er, »und ich sollte dich töten lassen.«

Der Freisasse sah ihm gerade in die Augen. »Dazu hast du die Macht, wenn auch nicht das Recht. Dann hat sich deine Reise nach hier wenigstens in etwa gelohnt. Ansonsten kehrst du ja wohl erfolglos zurück, wie?«

Frodhi ballte die Fäuse und ließ seinen Blick über die umgebenden Krieger schweifen. Wenn er befahl, diesen hilflosen Alten zu töten, gegen den kein Beweis vorlag, war er als unmännlich gebrandmarkt. Sollte ihm ein Gegner erstehen, würden nicht wenige seiner Männer ihn allein aus diesem Grund verlassen.

»Ich kann dich nicht erschlagen«, zischte Frodhi zwischen den Zähnen hervor, »und doch halte ich es für unklug, dich am Leben zu lassen.«

Er wandte sich ab und ging zu seinem Schiff.

Seine Männer ruderten ihn zu Regins Hof hinüber, wo er die Nacht verbrachte. Und hier verlangte er von dem Vogt, er solle ihm Treue schwören, wie es die übrigen dänischen Häuptlinge bereits getan hatten.

»Du gibst mir kaum eine andere Wahl«, antwortete Regin. »Abgesehen von meinem Landbesitz habe ich eine Frau, Kinder und Enkelkinder. Also sei es. Was deine nicht gestellte Frage betrifft, so sage ich dir, wie ich es vorher deinen Männern gesagt habe: Ich weiß nicht, wo Hroar und Helgi Halfdanssöhne sind.«

»Nein?« höhnte der König. »Sie müssen weiter weg sein

als ein oder zwei Fuß.« Aber er bedrängte Regin nicht weiter. Er konnte es sich nicht leisten, die Leute vor den Kopf zu stoßen, die Regin als ihren Führer ansahen.

Vifil sah, wohin das Schiff fuhr, und entweder erriet er, was geschah, oder er sah es voraus. Er rief die Jungen zu sich und sagte: »Hier könnt ihr nicht länger bleiben. Wir werden zu genau beobachtet, und es wird noch schlimmer werden, wenn die Männer in der Nachbarschaft alle Hoffnung aufgeben, Frodhi stürzen zu können. Heute nacht setze ich euch über. Bleibt weg von den Straßen, wenn ihr diese Vogtei verlaßt.«

»Wohin sollen wir gehen?« fragte Hroar.

»Wie ich gehört habe, ist der Jarl Sävil euer Schwager«, antwortete Vifil. »Er hat bestimmt einen großen Haushalt, wo niemand besonders auf zwei Neuankömmlinge achten wird. Aber auch er hat jetzt dem König Treue geschworen, deshalb offenbart euch ihm oder sonst jemandem nicht sofort. Luchswelpen müssen vorsichtig sein.«

IV

Sävil und Signy wohnten in der Nähe von Haven. Jedes Jahr, wenn der Hering schwärmte, war dies Dörfchen voll von Fischern, die das Kattegat hinunter nach Süden oder von der Ostsee her nach Norden gefahren waren. Kaufleute trafen sich hier mit ihnen, lärmende Stimmen erklangen zwischen den Buden am Strand. In den anderen Jahreszeiten lagen Kriegsschiffe in Haven, die Wache hielten, damit keine Wikinger die dänischen Küsten heimsuchen konnten. Es war also keine geringe Aufgabe, die Sävil übertragen war, und Frodhi hätte es sich zweimal überlegt, ihn zu beleidigen. Vielleicht war es auch ein Grund für die Heirat des Königs mit Signys Mutter gewesen, daß er ein Band zwischen sich und dem Jarl knüpfen wollte.

Als die Engländer zuerst hierherkamen, bauten ihre großen Männer zweifellos Hallen wie die in den Nordländern. Jetzt tun sie es nicht mehr. Laßt mich euch deshalb ein solches Haus beschreiben. Es ist ein langes hölzernes Gebäude mit einem Dach aus Grassoden oder Schindeln, oft mit einem Obergeschoß. Die Enden der Dachbalken können zu seltsamen Gebilden geschnitzt sein. Wenn das Haus zwei Stockwerke hat, läuft eine Galerie um die Wände. Bei schlechtem Wetter werden die Fenster mit Läden verschlossen, und ansonsten bestehen sie aus dünngeschabten Häuten. Ins Innere kommt man durch einen Vorraum, wo die Füße abgetreten und die Überkleider aufgehängt werden. Falls nicht der Hausherr mißtrauisch ist und verlangt, daß die Gäste auch ihre Waffen hier ablegen, werden diese in den Hauptraum genommen und dort aufgehängt, damit der Glanz des Metalls und des bemalten Leders mithilft, die Düsternis aufzuhellen.

Der Fußboden der Halle besteht aus festgestampfter Erde, dick mit Binsen, Wacholderbeeren und anderen wohlriechenden Dingen bestreut, die oft gewechselt werden. Der Raum ist der Länge nach von zwei oder drei Gräben durchzogen, manchmal auch nur einem, in denen die Langfeuer brennen. Diener legen Holz nach, das sie von Stapeln am hinteren Ende nehmen. Zu beiden Seiten der Gräben läuft eine Doppelreihe von großen hölzernen Pfeilern, die das Obergeschoß oder, falls es keins gibt, die Dachbalken tragen. Auch sie sind geschnitzt und bemalt. Sie zeigen Götter oder Helden oder Tiere, und dazwischen schlingen sich Ranken. An den getäfelten Wänden erheben sich einen oder zwei Fuß über dem Boden Plattformen aus Erde, auf denen Bänke stehen. In der Mitte der einen Wand, für gewöhnlich der nach Norden gelegenen, steht der Hochsitz für den Herrn und seine Frau, gestützt von zwei kleineren Pfeilern, die besonders heilig sind. Gegenüber ist ein etwas niedrigerer Sitz für den am höchsten geehrten Gast. Zwischen den Waffen hinter den Bänken sieht man weitere Schnitzereien, Felle, Hörner, Fackeln oder Binsenlichter.

Zu den Mahlzeiten setzen die Frauen und Dienstboten

Böcke vor die Bänke und legen Bretter darüber. Die Speisen und Getränke werden wegen der Feuersgefahr für gewöhnlich in einem eigenen Kochhaus zubereitet. Später werden die Tische wieder weggenommen, und wenn die Männer genug getrunken haben, strecken sich die von höherem Rang auf den Bänken zum Schlafen aus; ihre Gefolgsleute benutzen den Fußboden.

An beiden Ende können sich Alkovenbetten für den Herrn, die Herrin und die wichtigsten Gäste befinden, vielleicht auch in den oberen Räumen. Es kann auch abseits von der Halle eine Kemenate stehen, ein schmales Gebäude mit einem oder zwei Stockwerken, wo die Frauen tagsüber bei Luft und gutem Licht spinnen und weben und die Wohlgeborenen des Nachts unbelästigt von Schnarchern und Lauschern schlafen.

Rings um einen Hof reihen sich die Außengebäude. Unter ihnen können die Wohnungen, Ställe und Werkstätten geringerer Familien sein. Eine Einpfählung mag das Ganze umschließen. So bilden eine Halle und ihre Nebengebäude oft eine richtige kleine Stadt, in der ein geschäftiges Treiben von Männern, Frauen, Kindern und Tieren herrscht, wo ständig geredet, gesungen, gerufen, geschmiedet, gebacken, gebraut, gespielt, gescherzt, geworben, geweint wird, und was lebende Wesen sonst noch alles tun.

Außer den Bewohnern – dem Herrn, der Herrin, ihren Kindern und Verwandten, den Kriegern, den Freisassen, den Handwerkern, den Knechten, den Sklaven – sind ganz bestimmt auch Gäste da. Einige sind Nachbarn, die zu einem Handel oder einem Klatsch oder einem Gespräch über eine wichtigere Angelegenheit herübergekommen sind. Einige sind Gäste von weiter her, zum Beispiel zu einer Hochzeit oder einem Julschmaus geladen. Einige sind auf der Durchreise. Und einige sind irgendwie hängengeblieben, als sie böse Tage erlebten, falls sie je gute gekannt hatten. Sie hatten zur Ehre des Herrn zu essen und einen Strohhaufen in einem Stall erhalten und vergalten es, so gut sie konnten, mit Geschichten von anderswo.

Zu einem solchen Anwesen machten sich Hroar und Helgi auf. Vifil hatte ihnen Essen mitgegeben, und es mangelte ihnen nicht an Bächen, aus denen sie trinken konnten. Trotzdem war es eine anstrengende und gefährliche Reise. Vifil hatte für sie beide auch Kapuzenmäntel zusammengeflickt und ihnen gute Ratschläge mit auf den Weg gegeben.

Sie zogen wenig Aufmerksamkeit auf sich, als sie auf Sävils Hof hinkten und um Obdach baten. Viele waren in diesem Jahr unterwegs, nachdem Frodhis Leute sie vertrieben und ihnen ihr Land weggenommen hatten Diese beiden saßen still in einer dunklen Ecke, und am nächsten Tag halfen sie beim Füttern der Kühe und beim Ausmisten der Ställe. »Wartet eure Zeit ab«, hatte Vifil ihnen immer wieder gesagt. »Erst müßt ihr erwachsen werden; dann könnt ihr eure Rache nehmen.«

Nach einer Woche meinte der Kuhhirt, falls sie länger bleiben wollten, müßten sie mit dem Jarl sprechen. Am Abend, als er mehrere Hörner Bier vor dem Essen getrunken hatte und in guter Laune war, näherten sie sich ihm. Sie behielten die Kapuzen auf den Köpfen und hatten die Mäntel um die Schultern gezogen. In dem trüben, flackernden Licht erkannte weder Sävil noch die geschäftige eigene Schwester Signy sie. Sie waren auch selten beisammen gewesen, nachdem Regin die Jungen bei sich aufgenommen hatte. Der Jarl zuckte die Schultern und sagte: »Ich glaube kaum, daß ihr eine große Hilfe sein werdet, aber ich will euch noch für eine Weile länger das Essen nicht verweigern.«

Helgi errötete und hätte vielleicht eine hitzige Antwort gegeben, wenn Hroar seine Hand nicht warnend gedrückt hätte. Sie murmelten ihren Dank, verbeugten sich tief und zogen sich zurück.

Drei Winter lang lebten sie auf Sävils Hof.

Sie sahen ihn und seine Frau nur von weitem auf dem Hochsitz oder zu Pferde. Die meiste Zeit verrichteten sie die niedrigsten Arbeiten im Stall, auf dem Feld und in der Scheune, und als Schlafplatz stand ihnen nur ein Heuhaufen oder eine Wiese zu. Die ganze Zeit bewahrten sie das Geheimnis, wer sie waren. Hroar nannte sich Hrani, und Helgi war Ham, und sie erklärten in wenigen Worten, sie seien die Söhne eines Kleinbauern, der in der Schlacht gefallen sei, und sie selbst seien von ihrem Land vertrieben worden. Sie trugen auch immer ihre Mäntel, wenn irgendwer in Sicht war.

Eine Reihe von Knechten verspottete sie deswegen und behauptete, sie müßten mißgestaltete Schädel oder Brüste wie Frauen haben. Die Brüder preßten die Lippen zusammen und ertrugen es. Wenn sie allein waren, sprachen sie über das, was eines Tages ihnen gehören werde, oder sie ließen ihren Zorn an Hühnern und Hasen aus oder verbrachten viele Stunden mit Waffenübungen, wobei sie Holzknüppel als Schwerter und gestohlene Bretter als Schilde benutzten.

Aber nach diesen drei Jahren war Helgi dreizehn und begann, in die Höhe zu schießen. Hroar, fünfzehn, war kleiner, aber geschmeidig und leichtfüßig; er war der nachdenklichere von den beiden.

König Frodhi hatte die ganze Zeit in Frieden gelebt, und deshalb hatten seine Ängste sehr nachgelassen. Er schickte Botschaft und bat Sävil und Signy zu einem Mittwinter-Schmaus. Als Helgi das hörte, schlug er auf die gefrorene Erde und sagte: »Hroar, wir gehen mit.« Sein Bruder konnte es ihm nicht ausreden. Vielmehr überzeugte der Jüngere den Älteren, bis beide sich eifrig darauf vorbereiteten, ihre Rache zu nehmen.

V

Sävil ritt davon mit seiner Dame und vierzig Mann. Die Schlingel Ham und Hrani zupften ihn am Ärmel und fragten, ob sie mitkommen dürften. Er lachte laut heraus und antwortete: »Natürlich nicht.«

Bisher war wenig Schnee gefallen. Der Himmel war niedrig und schwer wie eine Schieferplatte, und die Luft war kalt. Die Felder lagen braun und leer da, die Bäume standen ohne Blätter, die Höfe schienen sich zu ducken. Hier und da kreischte eine Krähenschar. In dieser Öde bot die Truppe des Jarls einen glänzenden Anblick. Alle seine Krieger besaßen Helme, mehr als die Hälfte dazu schimmernde Bäume. Mäntel in Blau und Grün, Gelb und Rot flatterten von den Schultern. Es waren größtenteils junge Männer, deren Lachen Dampfwolken erzeugte. Ihre zottigen Ponys trabten unverdrossen voran.

Signy fuhr in einem Wagen, der geschnitzt und bemalt, mit Gold und Silber beschlagen war. Ihn zogen vier Pferde der großen Südlandrasse. Sie war von einem Pferdelenker und zwei Mägden begleitet und hatte Lebensmittel und Geschenke im Wagen. Signy war eine hochgewachsene Frau und zeigte die Skjoldungen-Schönheit im Gesicht und an ihren bersteinfarbenen Zöpfen. Unter einem Pelzmantel trug sie Kleider in fröhlichen Farben und wertvollen Schmuck. Aber in ihren Augen stand keine Freude.

Langsam polterte ihr Wagen am Ende des Zuges über die Unebenheiten. Daher hörte sie den Lärm in ihrem Rücken eher als ihr Gatte oder seine Männer. Sie drehte sich um und sah zwei zerlumpte schmutzige Gestalten in Kapuzenmänteln, die ihnen nachsetzten.

Da alle zum Reiten geeigneten Tiere mit auf den Zug genommen waren, hatten sich Ham und Hrani zwei noch nicht eingebrochene Fohlen in einer Koppel eingefangen. Sie hatten sich Zügel aus Stricken und von Dornbüschen abgebrochenen Stöcken gemacht und die Pferde irgendwie dazu gebracht, sie zu tragen. Aber die Tiere bockten, sprangen und scheuten wild. Ham saß rückwärts, schrie, schwenkte die Arme und benahm sich in jeder Weise wie ein Narr. Hrani ritt auf vernünftigere Weise. Aber sein Pferd tat einen solchen Satz, als er schon nahe heran war, daß ihm die Kapuze vom Kopf fiel.

Signy sah helle Locken um sein Gesicht fliegen, in dem sie trotz Schmutz und hohlen Wangen und Bartstoppeln die Züge ihres Vaters erkannte. Hatte sie vielleicht im Lauf dieser drei Jahre schon einen Verdacht bekommen? »Hroar!« ächzte sie, als habe er ihr ein Messer in die Brust gestoßen. »Dann ... dann muß dein Gefährte Helgi sein ...«

Hroar gelang es, sein Reittier zu bändigen. Er bedeckte seinen Kopf von neuem und ließ sich von seinem Unsinn treibenden Bruder einholen. Signy barg das Gesicht in den Händen und weinte.

Das wurde den Zug entlang weitergegeben. Sävil trabte zurück. Er war ein dunkler Mann mit einem gegabelten Bart, der sich bei niemandem Rat zu holen pflegte. Im Wagen saß seine Frau und weinte, und ihre Mägde blickten verängstigt drein. Er ritt heran und fragte sie, was sie bekümmerte. Das, was sie antwortete, braucht nicht von einem späteren Geschichtenerzähler zu stammen. Von den Wohlgeborenen erwartete man, daß sie jederzeit Verse machen konnten, und in ihrem Blut lag die Gabe der Skaldenkunst.

»Das Ende ist gekommen
für die Edlinge der Skjöldungen.
Verstreut sind die Zweige,
da der Stamm gefallen.
Meine lieben Brüder
sind in Lumpen gekleidet,
während Sävils Volk
zum Festschmaus zieht.«

Der Jarl saß eine Weile schweigend im Sattel. Dann sagte er mit strengem Blick auf den Lenker und die Mädchen: »Eine große Kunde, aber laßt sie nicht bekanntwerden.«

Er sprengte auf die beiden Jungen zu. Sie stiegen ab, um sich ehrerbietig anzuhören, was er zu sagen hatte. »Geht nach Hause, ihr schamlosen Welpen!« brüllte er. »Ich sollte euch hängen lassen! Es geziemt sich nicht für euch, mit einem Trupp guter Männer zu reisen!« Er riß sein Pferd herum und trabte zurück.

»Wenn er glaubt ...«, begann Helgi wütend.

Hroar unterbrach ihn: »Es kann dir nicht entgangen sein, mein Bruder, daß er, unbemerkt von seinen Gefolgsleuten, eine Handbewegung machte. Sie sollte für uns eine Warnung, keine Drohung sein. Und sieh, unsere Schwester weint. Sie muß mich erkannt und es ihm gesagt haben. Er will nicht, daß es noch jemand erfährt.«

»Aber was sollen wir jetzt tun?« fragte Helgi. Sie hatten keinen festen Plan. Sie hatten nur gehofft, in der Rolle von zwei Trotteln irgend etwas auskundschaften zu können und danach das zu tun, was ihnen das beste dünkte. Kamen sie vielleicht König Frodhi nahe genug, daß sie ihn vor den Augen seiner Leibwächter erschlagen und dann laut verkünden konnten, wer sie waren? Hroar nannte das einen Tagtraum.

»Wir sollten die Pferde lieber nicht behalten«, entschied der ältere Bruder. »Das wäre eine offene Herausforderung Sävils. Wenn er uns nicht bestrafte, würden die anderen nach dem Grund fragen. Die Klepper machen uns sowieso mehr Ärger, als sie wert sind. Geben wir sie auf dem Hof dort ab und ziehen zu Fuß weiter.«

Das taten sie. Als der frühe Abend hereinbrach, nahmen Sävil und Signy die Gastfreundschaft eines Freisassen in Anspruch. Ihre Gefolgsleute breiteten draußen warme Schlafsäcke aus. Hroar und Helgi verbargen sich hungrig und vor Kälte zitternd in einem Gebüsch.

Aber sie brauchten nicht weit zu reisen. Frodhi feierte das Julfest nicht in Leidhra, sondern in einer kleineren Halle, die er im Norden von Haven besaß. Die meisten Könige waren einen Teil des Jahres auf Reisen, um Neuigkeiten zu sammeln, Beschwerden anzuhören, Gericht zu halten und im ganzen ihre Stellung zu stärken. Außerdem mußten ihre Stammsitze, um die Wahrheit zu sagen, von Zeit zu Zeit gesäubert und gründlich gelüftet werden.

Es ist sehr windig an der Spitze von Seeland, einem dünn besiedelten Land aus Moor und sandigen Hügeln. Die Halle und ihre Außengebäude standen allein, im Norden wintergraue Heide, im Süden ein kahler Wald. Ein einziger Bauernhof war viele Meilen entfernt in Sicht. Das Hauptgebäude hatte nur ein Stockwerk und vorn eine einzige Tür; hinten stieß es an ein Brunnenhaus. Ganz in der Nähe stand ein Hain von besonders großen Eichen, in dem immer Opfer dargebracht worden waren. War der Eigentümer der Halle anwesend, dann war er der Oberschlächter, und ihm fiel die Aufgabe zu, mit den Göttern zu sprechen.

Aus diesem Grund wollte Frodhi hier das Julfest feiern. Bei den Heiden ehren die Riten des Mittwinters besonders Thor, der zwischen unserer Erde und den Riesen des Eises und der endlosen Nacht steht. Am Vorabend des Festes sollen alle möglichen Arten von Trollen und Gespenstern auf die Welt losgelassen werden, aber am nächsten Tag wendet sich die Sonne zum Heimweg, und die Hoffnung ist wiedergeboren.

Der König hatte auch die Absicht, mit verschiedenen führenden Männern zu sprechen, sie auszuhorchen und ihre Freundschaft durch Freigebigkeit zu gewinnen, eine Haltung, die ihm im Grunde nicht sonderlich lag. Tagelang knarrten Wagen heran und brachten Essen, Bier, Met und Geschenke – goldene Armreifen und anderen Schmuck, Waffen, Pelze, Kleider, versilberte Harnische und Trinkhörner, Glaskelche und geprägte Münzen aus den fernen südlichen Ländern, Kühe, Schafe und Pferde, die für die Götter geschlachtet und von den Menschen verzehrt werden sollten, waren in Pferchen eingesperrt. Sklaven suchten sich einen Unterschlupf, wo sie konnten. Dann trafen der König, die Königin und die königliche Leibwache ein.

Da er hier Gäste zu bewirten gedachte, von denen jeder sein Gefolge mitbringen würde, war Frodhis Trupp kleiner als gewöhnlich. Wie gesagt, er fühlte sich inzwischen auf seinem Thron ziemlich sicher. Außer seinen Dienern hatte er nur seine Berserker und ein paar ausgewählte jüngere Söhne von Freisassen bei sich. Alle übrigen hatte er beurlaubt, das Fest bei ihren Familien zu verbringen.

Bald kamen die Gäste, bis der Hof ein lärmender Menschenstrudel war. Die meisten Einwohner der Umgebung blieben zu Hause. In der Halle wäre kein Platz für sie gewesen, und der Gedanke, am Vorabend des Julfestes im

Freien zu nächtigen, gefiel ihnen gar nicht. Eine Zahl von Landläufern nahm es auf sich, um bei Fleisch und Bier ein paar gute Tage in ihrem Hungerdasein zu haben. Unter ihnen war eine Hexe, die als Heidh bekannt war. Als Frodhi von ihr hörte, sagte er, sie solle in die Halle kommen.

VI

Hroar und Helgi kamen am Nachmittag an, eine oder zwei Stunden später als Jarl Sävils Schar. Sie mischten sich unter die Menge im Hof. Fässer waren angezapft worden, Brot und Käse und kaltes Fleisch standen für jeden bereit, und vom Küchenhaus trieb der Duft von einem bratenden Ochsen herüber und wärmte die bitterkalte Luft. Männer lachten und prahlten, Frauen klatschten und musterten die Kleider und Schmuckstücke der anderen, Kinder spielten, Hunde bellten.

Die Brüder hatten sich vorgenommen, die Narren zu spielen, und mit zwei oder drei Schluck Bier in ihren leeren Mägen schossen sie über ihr Ziel beinahe hinaus. Sie sprangen umher, schlugen Purzelbäume, rissen dumme Witze, standen auf dem Kopf und wackelten mit den Beinen in der Luft und betrugen sich ebenso dumm wie laut. Deshalb sahen die Leute nur auf sie herab – oder von ihnen weg.

Der Tag, der um diese Jahreszeit nicht viel mehr war als ein Lichtschimmer zwischen Dunkelheit und Dunkelheit, ging zu Ende, und die Gäste strömten ins Haus. Frodhi verlangte, daß die Waffen im Vorraum gelassen wurden. Sein Vorwand war, daß die Männer am Julabend immer schwer tranken; es könne leicht ein Streit ausbrechen. Doch die Wahrheit war, daß er seinen Gästen nicht recht traute. Nun wäre es jedoch eine tödliche Beleidigung gewesen, wenn seine eigenen Krieger die Waffen behalten hätten. Es war auch nicht anzunehmen, daß Männer, die nur mit Eßmessern bewaffnet waren, die besten Kämpfer des Landes angreifen würden.

Trotz der Langfeuer und vieler Fackeln war es dunkel in der Halle. Die Rauchlöcher zogen nicht gut, und ein blauer Nebel, der in Augen und Lungen stach, wurde immer dikker.

Die Jungen hatten sich mit in den Vorraum gedrängt. Plötzlich blieben sie wie angewurzelt stehen. Sie hatten in der Nähe des Sitzes für die Ehrengäste, den Sävil und Signy einnehmen sollten, einen Mann entdeckt, stämmig, grau, derb gekleidet. Er mußte die ganze Zeit drinnen gewesen sein. »Regin!« rief Helgi voller Freude, »alter Pflegevater!«

Er wollte auf den Vogt zulaufen. Hroar faßte ihn am Mantel. »Bleib hier, Unvorsichtiger«, zischte der ältere Bruder. »Willst du, daß wir erschlagen werden?«

Helgi gab nach. Aber er konnte sich doch nicht enthalten, durch die ganze Halle zu springen und zu tanzen. Notgedrungen mußte Hroar an der Seite seines Bruders bleiben. Er warf einen Blick zum Hochsitz. Dort saßen sein Onkel und seine Mutter. Der König hatte sich vorgebeugt und war ganz ins Gespräch mit einer Alten vertieft, die wie eine Bettlerin aussah und einen Krummstab trug. Er achtete überhaupt nicht darauf, was alle anderen Anwesenden taten. Ihm gegenüber saß Signy. Ihr Mann hatte sich noch nicht eingefunden. Sie machte ihren Brüdern ein Zeichen.

Hroar drängte Helgi in ihre Richtung. Sie standen vor ihr, die Köpfe in den Kapuzen verborgen. Sie winkte sie nahe heran und flüsterte ihnen zu: »Bleibt nicht in der Halle. Ihr seid zu schwach!«

Helgi wollte antworten, doch Hroar zog ihn weg. Es war nicht gut, wenn andere die Frau des Jarls im Gespräch mit den beiden Tröpfen beobachteten. Sie zogen sich ans hintere Ende des Raums zurück und hockten sich zwischen die Wanderer und Hunde, die darauf warteten, was der König ihnen zukommen ließ oder die großen Männer in ihre Richtung werfen würden. Der Festschmaus begann. Gut und reichlich waren Essen und Trinken, aber es kam keine

Fröhlichkeit auf. Ein Skalde sang alte Lieder und neue, die König Frodhi priesen, und seine Stimme schien im Rauch unterzugehen. Nur die Feuer prasselten laut.

Der Grund für die trübe Stimmung war die schlechte Laune des Gastgebers. In sich versunken und kurz angebunden saß er da und strömte Kälte aus wie ein Eisberg. Sigridh, seine Königin, machte einen sehr traurigen Eindruck. Sie flocht immerzu die Finger ineinander.

Schließlich wurden die Tische weggeräumt. Der König erhob sich und machte das Zeichen des Hammers über einem großen Silberpokal, den er darauf leerte. Nun hätte als nächstes zu Ehren des Erdgottes Frey ein Eber aus Gold hereingebracht werden sollen, auf den sie, die es wünschten, die Hände legen und dabei ihre Gelübde sprechen konnten.

Statt dessen erklärte Frodhi mit kalter Stimme: »Ich gebe bekannt, daß unter uns ein böser Sinn weilt und der Wille, einen Mord zu begehen. Wenn wir dem nicht sofort ein Ende setzen, werden sich die Götter beleidigt fühlen, und das kommende Jahr wird uns Hungersnot oder Schlimmeres bringen.« Er schwieg eine Weile. Alle Augen richteten sich auf ihn; einige Gäste konnten nicht umhin zu husten, und das war ein häßliches Geräusch. »Eine Hexe hat mir gesagt«, fuhr Frodhi fort, »daß sie in der Nähe eine Gefahr riecht, die von meinem eigenen Blut stammt.

Nun, ihr wißt, wie ich nach den Söhnen meines Bruders und meiner Königin gesucht habe. Ich wollte den Bruch heilen, ich wollte den Frieden zurückbringen, der unter Verwandten herrschen sollte. Aber sie haben sich die ganze Zeit vor mir versteckt. Warum, wenn nicht, weil sie Aufruhr und Mord planen? Und wer außer diesen beiden könnte sonst hier anwesend sein, der mir Übles wünscht?

Ich will jedem eine reiche Belohnung geben und verzeihen, was er bisher gegen mich getan oder geplant haben mag, wenn er mir sagt, wo Hroar und Helgi Halfdanssöhne sind.«

Königin Sigridh bemühte sich, nicht zu weinen. König Frodhi ließ seinen Blick durch die Halle schweifen. In dem trüben Licht konnte er nicht gut sehen. Aber er erkannte, daß die Gesichter von Männern wie Sävil Jarl und Regin dem Vogt kalt und verschlossen waren.

»Dann tritt vor, Heidh«, befahl der König, »und sage mir, was du siehst.«

Die Frau hinkte näher. Ihre Lumpen verschmolzen mit den Schatten, aber das Feuer warf rote Lichter auf ihre wirren grauen Locken. Helgi und Hroar in ihrer Ecke umklammerten ihre Messer. Ein Hund roch ihren Schweiß und knurrte.

Die Hexe öffnete die Lippen und sprach mit krächzender Stimme:

»Hier sind zwei Tröpfe,
denen ich nicht traue.
Sie sitzen fern
vom wärmenden Feuer.«

Der König bebte. Seine Hand schloß sich um das Heft seines Dolches. »Meinst du die Knaben«, fragte er, »oder diejenigen, die sie versteckt haben?«

Die Hexe antwortete:

»Ich meine die beiden,
die Vifil verbarg,
und sie hatten
die Namen von Hunden,
Hopp und Ho.«

In diesem Augenblick rief Signy: »Gut gesprochen, weise Frau! Du hast mehr getan, als von dir erwartet werden konnte.« Sie zog ihren schweren goldenen Armreif ab und warf ihn quer durch die Halle in Heidhs Schoß.

Die Hexe faßte ihn schnell. »Was hat das zu bedeuten?« brüllte Frodhi.

Heidh sah von ihm zu Signy und wieder zurück. »Ich bitte um Verzeihung, Herr. Was habe ich eben für einen Unsinn gesprochen? Schon den ganzen Tag und Abend will mir kein Zauber gelingen.«

Signy, die zitterte und würgte, erhob sich und wollte gehen. Auch Frodhi stand auf, schüttelte seine Faust gegen die Hexe und rief: »Wenn du nicht frei heraus redest, lasse ich dich foltern! Denn jetzt weiß ich nicht besser als zuvor, was du über die beiden, die sich in dieser Halle befinden, denkst. Und warum hat Signy ihren Sitz verlassen? Ich frage mich, ob hier nicht Wölfe im Rat mit Füchsen sitzen.«

»Ich bitte um Urlaub«, stammelte seine Nichte. »Mir ist von dem Rauch übel geworden.«

Frodhi funkelte sie an. Sävil zog seine Frau wieder hinunter. »Ich bin überzeugt, nach einem Horn Met wird sie sich besser fühlen.« Der Jarl winkte einem Mädchen, das mit klappernden Zähnen herbeieilte und seiner Frau einschenkte. Sie nahm einen tiefen Zug. Er legte ihr einen Arm um die Mitte, als wolle er sie stützen, und flüsterte ihr ins Ohr: »Sei ruhig. Bleib auf deinem Platz. Es kann viel geschehen, um die Jungen zu retten, wenn das ihr Geschick ist. Was du auch tust, zeig nicht, was du denkst. Wie die Dinge stehen, können wir nichts tun, um ihnen zu helfen.«

Frodhis Stimme überschlug sich beinahe. »Sag die Wahrheit, Hexe, oder ich lasse dir Arme und Beine ausreißen und dich ins Feuer werfen!«

Heidh wich vor ihm zurück. Sie ließ den Ring nicht los, aber sie zuckte und stöhnte, und endlich stieß sie hervor:

»Die Söhne Halfdans
sind beide gesund.
Auf König Frodhi
fährt die Rache nieder …«

Sie murmelte vor sich hin: »Falls nicht jemand schnell etwas dagegen unternimmt, was jedoch zweifellos unklug wäre.« Laut fuhr sie fort:

»Hart sind die Augen
von Ham und Hrani,
Der Kindheit entwachsen
die Königskinder.«

Diejenigen von Sävils Männern, die sich an die Namen erinnerten, wurden unruhig. »Ham und Hrani?« fragte Frodhi. »Wer? Wo?«

Aber die Hexe hatte auf ihre Art die Brüder gewarnt. Sie hatten sich durch die armen Gäste bis an die Tür des Brunnenhauses geschlängelt. Als sich Lärm erhob, schlüpften sie hinaus und flohen auf den Wald zu.

»Hier ist jemand weggelaufen!« rief ein Bettler, und »Verfolgt sie!« der König.

Er und seine Krieger stürzten auf jenes Ende der Halle zu. Regin erhob sich von seinem Sitz. Tolpatschig, als brenne er darauf zu helfen, sei aber sehr betrunken, fegte er die Binsenlichter von ihren Wandbrettern zu Boden. Sie erloschen. Seine Gefolgsleute erkannten, was er vorhatte, und taten desgleichen. Dunkelheit und Tumult herrschten in dem Raum hinter dem letzten Feuergraben. Regins Männer verstellten denen Frodhis den Weg. Bis das Durcheinander beseitigt war, gab es draußen keine Spur von den Jungen mehr zu sehen.

Frodhi kehrte in die Halle zurück. Er kaute auf seinem Schnurrbart. Sigridh und Signy lagen sich in den Armen und weinten. Heidh hatte sich mit ihrem goldenen Armreifen aus der Vordertür geschlichen. Der König achtete kaum auf all das. Als die Lichter wieder angezündet waren, erklärte er den Anwesenden mit steinernem Gesicht:

»Wieder sind sie mir entwischt. Es scheinen nicht wenige unter euch zu sein, die mit ihnen im Einvernehmen stehen, und das werde ich zur rechten Zeit zu bestrafen wissen. Inzwischen könnt ihr ebensogut trinken – ihr freut euch ja so, daß sie davongekommen sind.«

»Herr«, sagte Regin und rülpste, »du mißverstehst uns. Sicher wird der morgige Tage glücklicher sein. Trinken wir also heute abend ... als Freunde ... denn niemand weiß, wie lange die Nornen einen unter denen weilen lassen, die ihm teuer sind.«

Lautstark rief er nach neuem Bier. Die Männer des Königs wie auch die meisten anderen waren von dem Geschehen so mitgenommen, daß sie das Gebräu so schnell hinuntergossen, wie die Gurgeln es aufnehmen konnten. Regin – und nachdem Regin mit ihm geflüstert hatte, auch Sävil – ließen unter ihren Gefolgsleuten folgende geheime Botschaft weitergeben: »Tut so, als würdet ihr ebenso betrunken wie die übrigen, aber bleibt bei Verstand. Das Verhängnis schreitet schnell, und wir sind weit von Zuhause.«

Laute Stimmen und Gelächter erhoben sich bald, hart, nicht richtig fröhlich, aber wenigstens brachen sie die Stille der Nacht. Bier und Met flossen, bis die königlichen Leibwachen und viele andere in Schlaf sanken, einer über dem anderen liegend. Frodhi und Sigridh waren inzwischen zu Bett gegangen. Niemandem fiel auf, daß Sävil und Regin ihre eigenen Männer nach draußen und zu einer Scheune führten, die gesäubert und mit Stroh und Fellen ausgelegt worden war, um den Überfluß an Gästen, wenn auch nicht gerade diese, aufzunehmen. In der Halle waren nur noch Grunzen und Schnarchen und das Knistern der ersterbenden Langfeuer zu hören.

VII

In diesen Stunden hatte ein Wind die niedrig hängenden Wolken vertrieben. Am Rand des Waldes saßen Hroar und Helgi und erschauerten unter der Kälte.

»Nichts haben wir ausgerichtet«, sagte Hroar.

»Doch, viel«, widersprach Helgi ihm, »denn jetzt weiß man, daß die Halfdanssöhne leben – Sieh mal! Da!«

Ein Mann ritt von den Ställen her über die offene Fläche zwischen Halle und Wildnis. Als er näher kam, erkannten sie ihn. »Regin!« rief Helgi und lief auf ihn zu. Hroar folgte ihm. »Oh, Pflegevater, wir haben dich so vermißt!«

Der Vogt grüßte sie nicht. Er wandte sein Pferd und hielt wieder auf die Halle zu. Bitter enttäuscht sahen die Jungen ihm nach. Die Kälte biß sich noch tiefer in ihr Mark.

»Was?« flüsterte Hroar. Das Sternenlicht glitzerte auf seinen Tränen. »Verleugnet er uns? Will er uns Frodhi verraten?«

»Niemals werde ich das von ihm glauben!« Helgis Stimme schwankte.

Regin kehrte wieder um und näherte sich ihnen zum zweiten Mal. Er zog sein Schwert, und mit grimmigem Gesicht tat er so, als wolle er auf sie einschlagen. Hroar keuchte, wich aber nicht von der Stelle. Helgi schnippte mit den erstarrten Fingern und flüsterte: »Ho, ich glaube, ich weiß, was er meint.«

Regin steckte das Schwert in die Scheide, zog am Zügel und kehrte von neuem zur Halle um. Er ritt sehr langsam. Helgi zog Hroar hinter sich her und erklärte: »Unser Pflegevater tut das, weil er den Eid nicht brechen will, den er König Frodhi geschworen hat. Deshalb spricht er nicht mit uns, aber trotzdem möchte er uns helfen.«

Sie betraten den Hof. Ein paar Hunde bellten. Kein Mensch wachte auf, und es stand auch kein Wachtposten da. Regin verschwand im Schatten einiger hoher Bäume. Die Jungen hörten ihn laut sagen: »Wenn ich eine große Rache gegen König Frodhi hätte, würde ich diesen Hain niederbrennen.« Er spornte sein Pferd an und verschwand um die Ecke des Hauptgebäudes.

Die Jungen blieben stehen. »Den heiligen Hain verbrennen?« wunderte sich Hroar. »Was soll das bedeuten?«

Helgi ergriff seines Bruders Arm. »Nicht die Bäume selbst. Er möchte, daß wir die Halle anzünden – so nahe wie möglich an der Tür.«

»Wie können wir denn das tun, die wir nur zwei Jungen sind und eine solche Macht gegen uns haben?«

»Es geht nicht anders«, erwiderte Helgi entschlossen. »Irgendwann müssen wir es wagen, wenn wir unsere Rache nehmen wollen.«

»Du hast recht«, stimmte Hroar ihm nach kurzem Nachdenken zu. »Hier sind Männer versammelt, die wissen werden, daß wir es waren. Wenn wir den ersten Schritt tun, werden einige von ihnen zu uns stoßen – um unseres

Vaters willen und in der Hoffnung, daß wir gerechter gegen sie sein werden, als es Frodhi war. Eine Gelegenheit wie diese kommt vielleicht nie wieder.«

Leise und vorsichtig, wie sie es bei der Jagd erlernt hatten, schlichen sie sich heran. Ihre Herzen hämmerten, als sie die Halle betraten.

Im Vorraum versahen sie sich mit Waffen. Sie halfen einander in den wattierten Untermantel und die Kappe, den Helm mit dem Nasenschutz, das Kettenhemd, dessen Schwere ihnen nur im ersten Augenblick zu Bewußtsein kam, sie gürteten sich mit dem Schwert und nahmen den Schild zur Hand. Was sie sich aussuchten, paßte ihnen gar nicht übel, denn Hroar war fünfzehn und Helgi mit dreizehn groß für sein Alter.

»Männerwaffen!« Helgi fühlte sich taumelig vor Freude. »Nach drei Jahren, in denen wir wie Sklaven gelebt haben, sind wir Krieger!«

»Still«, warnte Hroar, obwohl auch er hätte jauchzen mögen.

Leise schlichen sie sich in Dunkelheit, Rauch und Gestank durch die schnarchenden Schläfer bis an den ersten Feuergraben. Sie fanden noch glimmende Reiser, die sie nach draußen trugen und zu hellen Flammen entfachten. Mit vieler Mühe setzten sie die niedrigen Dachsparren in Brand.

Helgi stellte sich in die Nähe der Vordertür. »Wenn sie da drinnen aufwachen, bevor dieser Weg blockiert ist«, meinte er, »müssen wir sie zurückschlagen.« Er dachte nach. »Das Brunnenhaus! Am besten zündest du das Ende auch an.«

»Was ist mit unserer Mutter?« fragte Hroar.

»Oh, Krieger lassen Frauen, Kinder und Sklaven immer gehen«, sagte Helgi. »Aber ...« Er brach ab und fuhr herum. Über den Hof schlich sich eine Schar bewaffneter Männer.

An ihrer Spitze ging Sävil. Er drehte sich um und befahl: »Facht das Feuer an und helft diesen Jungen. *Ihr* seid König Frodhi nicht verpflichtet.«

Sie gehorchten. Viele trugen bereits Fackeln, die übrigen stellten sich neben die Edlinge. Helgi jubelte. Hroar stotterte: »Herr …«

Sävil strich seinen Bart. »Ich glaube, in Kürze wirst du mein Herr sein … Hrani.«

»Es gibt einen Fluchtweg durch das Brunnenhaus …«

»Darum kümmert sich Regin schon.«

Der Vogt trat zu ihnen. Die Flammen züngelten, aber noch wurde König Frodhi weder von der Hitze noch von dem Prasseln geweckt.

Der König wälzte sich in seinem Alkovenbett auf die andere Seite. Ein solches Bett ist kurz, weil seine Benutzer im Sitzen zu schlafen pflegten. Er hustete. »Hier ist es ja eng und schwarz wie in einem Grab.« Er schob die Tür zur Seite. Ein blutiger Schein leuchtete über den Feuergräben.

Neben ihm fragte Sigridh: »Was ist denn los?«

Er seufzte schwer, und dann rief er: »Wacht auf, meine Männer! Ich habe einen Traum gehabt, der nichts Gutes bedeutet.«

So viel sie auch getrunken hatten, seine Krieger hatten daran gedacht, sich in seiner Nähe schlafen zu legen. Der Ruf brachte sie schnell auf die Beine. »Was ist, Herr?« fragte einer.

Frodhi rang nach Luft. »Ich träumte, es riefe uns eine Stimme zu: ›Jetzt bist du nach Hause gekommen, König, du und deine Männer.‹ Ich hörte eine Antwort, und ernst war der Ton: ›Was für ein Zuhause ist das?‹ Dann war mir die Stimme so nahe, daß ich den Atem des Sprechers fühlte, und er rief: ›Zu Hause bei Hel, zu Hause bei Hel!‹ Und ich erwachte.«

Sigridh stöhnte.

Die Hunde innerhalb der Halle hatten bisher noch nichts bemerkt, was ihnen des Bellens wert schien, doch jetzt schnüffelten sie, nahmen den Geruch des Todes auf und heulten.

Frodhi warf sich einen Mantel über den nackten Körper und tappte in den Vorraum. Dort sah er, daß das Dach brannte, die Waffen verschwunden waren und vor der Tür

Krieger standen. Nach einem kurzen Augenblick des Schreckens fragte er gefaßt: »Wer ist der Herr dieses Feuers?«

Helgi und Hroar traten vor. Ihre jungen Gesichter waren erbarmungslos. »Wir sind es«, sagte Hroar, »die Söhne deines Brudes Halfdan, den du erschlagen hast.«

»Welche Friedensbedingungen stellt ihr?« fragte Frodhi. »Es ist nicht recht, daß unter Verwandten der eine dem anderen nach dem Leben trachtet.«

»Niemand kann dir Vertrauen schenken«, gab Helgi zurück. »Würdest du uns nicht ebenso verraten wie du unsern Vater verraten hast? In dieser Nacht bezahlst du dafür.«

Ein brennendes Holzstück fiel herab und versengte Frodhis Haar. Er trat zurück in die Halle und rief seine Männer zum Kampf.

Seine Leibwachen hatten keine Rüstungen und keine Schilde und keine besseren Waffen als ihre Messer. Sie fachten die Langfeuer an, damit sie sehen konnten, und zerschlugen die Einrichtung, um sich daraus Keulen und Rammen herzustellen. Einige der Gäste halfen ihnen. Die anderen waren zu betrunken und stolperten nur herum und waren den Kriegern im Weg.

In so großer Zahl, wie die enge Tür es erlaubte, griffen die Männer des Königs an. Die meisten fielen. Einige wenige, die eine Bank zwischen sich hielten, drangen durch die Reihen der Feinde. Doch sie wurden von Sävils Leuten eingekreist. Einer von Frodhis Männern war ein Berserker, ein zottiger Riese, über den der Wahnsinn kam. Er heulte, schäumte, nagte an seiner Keule, die ein Pfeiler des Hochsitzes gewesen war, und stürmte vor, ohne die Speere und Schwerter zu spüren, die in sein nacktes Fleisch fuhren. Seine Waffe krachte auf einen Helm nieder, und der Mann darunter fiel tot zu Boden.

Helgi löste sich aus der Reihe, die immer noch die Tür bewachte, und eilte auf den Berserker zu. *»Nein …!«* riefen Sävil und Regin entsetzt. Der Edling hörte sie nicht. Er stellte sich auf, die Füße auseinander, die Knie gebeugt, den Körper bis zu den Augen vom Schild gedeckt, das Schwert an der Schulter. Nach drei Jahren der Übung mit Brettern und Stöcken kam es ihm vor, als seien diese guten Waffen lebendig. Die Keule fuhr nach unten. Helgi drehte sich leicht, und der Schlag traf nur den Rand seines Schildes. Das genügte, um ihn taumeln zu lassen, und sein linkes Handgelenk tat ihm noch tagelang weh. Aber seine Klinge bewegte sich bereits. Sie zischte über den Schild und biß tief in den Hals des Berserkers. Blut spritzte, der Riese fiel. Noch einmal versuchte er, sich aufzurichten. Dann erschlaffte er und blieb in einer größer werdenden Blutlache liegen.

Sävil umarmte Helgi. »Dein erster Mann, dein erster Mann!« Regin eilte an das hintere Ende der Halle.

Frodhi war nicht bei dieser zum Untergang verurteilten Schar gewesen. Er faßte seine Frau beim Arm. »Komm«, sagte er. »Vielleicht ist noch ein Weg offen.« Sie liefen zum Brunnenhaus. An der Außentür standen Regins Männer und der Vogt selbst.

»Wir Skjöldungen sind keine langlebige Rasse«, bemerkte Frodhi und kehrte um.

Die letzten Männer des Königs starben. Das Feuer flammte immer höher auf und fraß sich das Dach entlang. Die Wände begannen zu brennen. Die Hitze wuchs. Helgi rief mit seiner überschnappenden Jungenstimme: »Frauen und Diener und Männer, die Freunde der Söhne Halfdans sind, sollen herauskommen! Schnell, bevor es zu spät ist!«

Es waren nicht viele. Die meisten Knechte, Sklaven und Bettler hatten anderswo geschlafen. Ein paar krochen heraus, und dann noch ein paar Freie, die nicht in unverzeihlicher Weise für Frodhi eingetreten war. Sie plapperten davon, wie sehr sie auf diesen wunderbaren Tag gehofft hätten.

»Aber wo ist meine Mutter?« fragte Hroar.

Sigridh kam an die Tür, Flammen neben sich und über sich. »Beeile dich!« rief Helgi ihr zu. Sie blieb stehen, zog den Mantel dicht um sich und sah ihre Söhne an.

Endlich sagte sie – und ihre Stimme war durch das Brüllen des Feuers kaum zu verstehen –: »Das habt ihr gut gemacht, Hroar und Helgi, und ich wünsche euch für euer künftiges Leben alles Glück. Aber ich selbst, ich habe einen Mann nach seinem Tod verraten. Schlecht würde man über eure Mutter sprechen, geliebte Kinder, verriete sie den zweiten Mann, solange er noch am Leben ist.« Sie hob eine Hand. »Ich gebe euch meinen Segen.«

Dann ging sie zurück in die Halle.

Die Brüder schrien auf und versuchten, ihr zu folgen. Männer hielten sie zurück. Der Türrahmen brach zusammen, das Dach stürzte ein. Funken löschten die Sterne aus. Das Brüllen wurde noch lauter. Es übertönte Hroars und Helgis Weinen.

3 *Die Geschichte von den Brüdern*

I

Der Jarl und der Vogt brachten die Edlinge nach Leidhra. Dort riefen sie ein Thing zusammen, und als die Männer sich versammelt hatten, berichteten sie, was geschehen war. Die Jünglinge standen auf dem Hochstein, und die Männer schlugen mit den Schwertern auf die Schilde und riefen sie als Könige aus.

Sie wiederum versprachen, die alten Gesetze zu achten, für die Gerechtigkeit zu sorgen und das Land zurückzuerstatten, das Frodhis Anhänger für sich genommen hatten. Sie dankten Sävil, dem Mann ihrer Schwester, für seine Hilfe, und ebenso ihrem Pflegevater Regin und den Gefolgsleuten beider, und sie verteilten viele Geschenke, entnommen den großen Hallen und Vorratshäusern, die jetzt ihnen gehörten.

Dann bereisten sie mit Sävil und Regin und einer gut bewaffneten Kriegerschar ganz Dänemark. Überall wurden sie als Könige anerkannt.

Die Brüder wollten das Reich nicht unter sich aufteilen, sie wollten zusammenbleiben. Ihr Sitz sollte Leidhra sein. Da sie aber in Skania einen zuverlässigen Mann brauchten, übertrugen sie Sävil dort die Herrschaft. Sävil zog mit Signy und ihren Kindern nach Skania, und sie lebten lange und in Frieden. Er und seine beiden Schwäger besuchten sich oft, aber in der Saga spielt er von nun an keine Rolle mehr.

Die neuen Könige waren grundverschieden voneinander. Hroar blieb klein, doch war er schnell und geschmeidig. Er war nachdenklich und trat immer bescheiden und freundlich auf. Helgi dagegen wurde außergewöhnlich groß und stark, bis er als der mächtigste Krieger im Land galt. Er konnte von Herzen lustig sein, wenn er nicht gerade zornig war, er war freigebig, und er kleidete sich entweder so einfach wie der ärmste Kleinbauer oder in kostbarste Pelze und Stoffe, einen Drachenhort an Gold um Arme und Hals. Aber es muß auch gesagt werden, daß er dickköpfig und ungeduldig war, daß er kein Erbarmen hatte mit solchen, die sich seinem Willen widersetzten, und daß er, wenn er im Rat saß, zu schnell unruhig wurde.

Viele Männer meinten, Hroar gleiche seinem Vater Halfdan und Helgi seinem Onkel Frodhi, und sie fürchteten, es werde zum Bruch kommen. Aber das geschah niemals. Solange die beiden Brüder lebten, war ihre Liebe zueinander unerschütterlich.

Im ersten Jahr mußten sie viel reisen, um ihr Reich kennenzulernen und die Häuptlinge an sich zu binden. Danach hatten sie von dieser Seite keine Schwierigkeiten mehr zu befürchten. Hroar ließ sich still nieder und studierte die Feinheiten des Königtums. Helgi übte sich als Krieger und als Seemann.

Es war gut, daß er das tat. Sobald das Wetter es im nächsten Jahr erlaubte, brach er mit seinen Kriegern auf. Räuber und Wikinger waren immer schon ins Land eingefallen, und unter Frodhi war es schlimmer mit ihnen geworden. Helgi durchdrang Wälder und Gewässer, er kämpfte mit Feuer und Schwert, mit Axt und Schlinge, und die Freisassen segneten seinen Namen. Anfangs überließ er erfahreneren Männern den Befehl, doch im Herbst räumten sie ein, sie hätten ihm nichts mehr voraus.

Auf Regins Rat heiratete Hroar Valthjona, die Tochter Ägthjofs, der oberster Jarl in Götaland und mit seinem König nahe verwandt war. So gewann Hroar Verbündete in diesem Reich, das zwischen seinem eigenen und dem von den Ynglingen beherrschten Schweden lag. Valthjona war eine große, gutaussehende Frau, fest, wo es sein mußte, aber sonst freundlich, klug und sicher. Sie und Hroar lebten glücklich miteinander.

Bald nachdem der Hammer sie gesegnet hatte, starb Regin und wurde von allem Volk tief betrauert. Die Könige bestatteten ihn in einem Schiff, das mit Kostbarkeiten beladen war, und errichteten einen Scheiterhaufen, der sich hoch über den Isefjord erhob, als versuche er nachzusehen, wo der alte Vifil seine Knochen niedergelegt hatte. Aasta überlebte ihren Mann nicht lange. Auch sie erhielt einen Grabhügel und Abschiedsgeschenke von ihren Pflegesöhnen.

Traurig sagte Hroar: »Jetzt müssen wir uns auf unsere eigene Weisheit verlassen, sie mag sein, wie sie will.«

»Und wenn uns das nichts nützt«, entgegnete sein Bruder, »haben wir unsere Stärke.«

»Unser Urgroßvater besaß mehr Macht als wir, und doch ist er untergegangen.« Hroar fuhr sich mit den Fingern durch seinen noch dünnen Bart. Sie saßen allein in dem luftigen Obergeschoß, und nur eine Steinlampe erhellte die Nacht. Die Luft war winterkalt. »Im Osten sind wir sicherer als früher, dank Regin. Aber im Westen, jenseits des Großen Belt, haben wir nur wenig Verbindungen.«

»Willst du damit sagen, auch ich solle mir eine Frau suchen?«

»Ja, wir sollten anfangen, darüber nachzudenken.«

»Hm. Ich bin noch zu jung dazu.«

»Nicht für einen Skjöldung.«

In den folgenden Monaten kam Hroar hin und wieder auf diesen Punkt zurück. Helgi ging meistens mit einem Scherz darüber hinweg. Das war aber nicht auf Schüchternheit zurückzuführen. Beinahe das erste, was Helgi getan hatte, als sie nach dem Sieg über Frodhi in Leidhra einzogen, war gewesen, daß er sich ein Sklavenmädchen ins Bett nahm. Seitdem hatte er, wenn er nicht auf See war, selten allein geschlafen.

»Du zeugst Söhne, die den Zusammenbruch des Königreichs bedeuten können, wenn sie nach der Macht streben«, warf Hroar ihm vor. »Oh, ich habe noch nicht einen von ihnen aufs Knie nehmen und ihm einen Namen geben müssen«, lachte Helgi. »Ich behalte ein Mädchen niemals lange genug. Ich schicke sie zurück an ihre Arbeit oder, wenn sie freigeboren ist, mit einem Geschenk nach Hause, und damit hat's sich.«

»Trotzdem solltest du anerkannte Kinder haben, ganz zu schweigen von ehelichen.«

»Laß mich in Ruhe, ja?«

Und damit ging Helgi weg.

Er dachte jedoch über die Sache nach, und endlich entschloß er sich, die Welt in Erstaunen zu setzen, indem er bewies, wie gut er die Dinge in die eigene Hand nehmen konnte – und gleichzeitig eine Tat vollbrachte, die ihn weit über Dänemark hinaus berühmt machen würde. Zu diesem Zweck sandte er heimlich Spione aus. Offen versammelte er Schiffe und Männer und versprach ihnen für den kommenden Sommer eine Kreuzfahrt, bei der sie Reichtümer gewinnen würden.

Es gab keinen Mangel an jüngeren Söhnen, die sich ihm gern anschlossen. Nach der Frühjahrbestellung ruderte eine große Flotte von Haven weg.

Hroar hatte dagegen gesprochen. »Wir haben so viele Wikinger und Feinde nahe unserer Heimat, daß wir nicht noch selbst Wikinger zu werden brauchen.« Aber Helgi hatte entgegnet: »Die Männer werden nicht willig unter unsern Bannern bleiben, wenn wir ihnen nicht die Möglichkeit geben, richtige Beute zu machen«, und er ließ sich von seinem Vorhaben nicht abbringen.

Seine Schiffe fuhren den Sund hinunter. Erst als sie auf Mön ein Lager aufschlugen, teilte er seinen Männern mit, was er vorhatte. Einige sagten, es sei zu tollkühn. Aber sie wurden von den übrigen niedergebrüllt und gaben bald nach. Man muß bedenken, daß es alles junge Männer waren, und Helgi selbst war erst sechzehn Winter alt.

II

Das Land der Sachsen beginnt am Hals der Halbinsel Jütland. Wie alle Bewohner der Nordlande, abgesehen von den Finnen, sprechen sie eine Sprache, die die anderen verstehen können. Indem ihre Anzahl wuchs, verbreiteten sie sich, bis sie alle Reiche von der Elbe bis zum Rhein überrannt hatten – und Britannien auch, das sie zusammen mit ihren anglischen und jütischen Verwandten besetzten. Ein paar blieben im alten Land.

Ein solches Königreich lag auf der Insel Alsen zwischen Flensburg und der Apenrader Förde. Ihre Herren stammten sowohl von Odin als auch von Frey ab, doch sie hatten auch Blut von den wendischen Stämmen in sich, die im Osten jenseits des Eisenwaldes leben und weder wie die Dänen noch wie die Finnen sprechen. Sie waren tüchtig, aber gering an Zahl, und deshalb mußten sie den Königen von Schleswig auf dem Hauptland Tribut zahlen.

Der letzte dieser königlichen Untertanen hieß Sigmund. Er heiratete eine Tochter seines Oberherrschers Hunding. Sie gebar ihm eine Tochter, die sie Olof nannten, aber keine Söhne, die ihren eigenen frühen Tod überlebten. So erzog Sigmund das Mädchen eher wie einen Jungen, nahm sie mit auf die Jagd, unterrichtete sie im Waffenspiel, erzählte ihr von seinen Kriegszügen und ließ sie zuhören, wenn er mit Männern sprach. Sie wuchs auf und wurde hart und hochmütig, verabscheute weibliche Tätigkeiten und ging manchmal sogar mit Brünne und Helm, das Schwert am Gürtel und den Schild in der Hand, umher.

Auch ihr Vater erreichte kein hohes Alter. Als er starb, fürchtete Olofs Großvater König Hunding, es werde ein Streit um den Thron entstehen, der zu einem Abfall von ihm führen könnte. Deshalb brachte er die Männer von Alsen dazu, Olof als Königin anzuerkennen. So etwas war nichts völlig Neues bei den Sachsen, und außerdem stimmten die klügeren Häuptlinge darin überein, es sei besser als Aufruhr. Also geschah es.

Später starb Hundin, und *sein* Reich zerfiel. Königin Olof spielte klug eine Seite gegen die andere aus und brachte es so weit, daß sie tun konnte, was sie wollte. Einen Mann zu nehmen, gehörte nicht dazu. Sie galt als die beste Partie im ganzen Norden – und wenn es nur deshalb gewesen wäre, daß die Insel für den Krieg wie für den Handel günstig gelegen war –, aber sie schickte jeden Freier weg, und das nicht sehr höflich.

Ihr eigenes Volk liebte sie nicht sehr und fand sie eingebildet und geizig. Aber so schlimm, daß man sich gegen sie erhoben hätte, war sie wieder nicht, und schließlich war sie die letzte ihres Stammes und stand bestimmt in der Hut ihrer göttlichen Vorfahren.

So stand es seit mehreren Jahren, als Helgis Schiffe den Bug auf Olofs Königreich richteten.

Er hatte erfahren, daß sie den Sommer an der Ostküste ihrer Insel zu verbringen pflegte. Es war eher eine Hütte als eine Halle, in der sie wohnte. Dort konnte sie auf die Jagd gehen, was sie liebte, und brauchte nur selten Besuchern Essen oder Geschenke zu geben, was sie nicht liebte.

Das Haus stand auf einer Klippe, die weit über Strand und See hinausblickte. Olof verließ sich darauf, daß Schiffe von hier aus so rechtzeitig gesichtet wurden, daß sie um Hilfe schicken oder schlimmstenfalls landeinwärts fliehen konnte. Helgi wartete jenseits des Kleinen Belt hinter der Insel Lee auf einen Nebel, und in dieser Jahreszeit bekam er ihn bald. In langer Reihe, durch Taue miteinander verbunden, wurden die Schiffe hinübergerudert. Helgi war im ersten. Sie landeten beinahe genau an ihrem Zielort. Helgi sandte Krieger an Land und warf unterhalb der Klippe Anker.

Gegen Abend lichtete sich der Nebel ganz plötzlich – und da lagen alle die schlanken Schiffe, und bewaffnete Männer traten grinsend aus dem Wald. Sie drohten nicht, und am Mast des vordersten Schiffes war der weiße Schild aufgezogen worden, der Frieden bedeutet. Aber die Königin war hoffnungslos von einer großen Überzahl eingekreist.

Mit unbewegtem Gesicht hörte sie sich die Botschaft an. »Helgi Halfdanssohn, Dänenkönig, grüßt Olof Sigmundstochter, Königin von Alsen, und bittet um ihre Gastfreundschaft«, lautete sie. Sie konnte nichts anderes tun, als den König und seine Männer als ihre Gäste zu empfangen.

Klirrend schritten sie in den Hof, Jünglinge, prahlerisch wie der Seewind, hochmütig wie Adler. Olof erwartete sie auf ihrem Hochsitz. Die Abendsonne leuchtete golden auf Haar und Jünglingsbart dessen, der eintrat und sie grüßte. Sie starrten sich beide an.

Helgi war größer als die meisten seiner großen Gefolgsleute, mit breiten Schultern, breiter Brust, schmalen Hüften, scharfer Nase, langem Schädel und langem Kinn. Blitzblaue Augen tanzten in einem lederbraunen Gesicht. Er trug grobe Kleidung, und die Nässe tropfte noch von seinem Wams und Mantel. Aber seine dicken Oberarme waren von goldenen Reifen umwunden, und das Heft seines Schwerts war mit Gold eingelegt.

Olof war ziemlich klein, doch von schöner Gestalt, und das viele Jagen hatte ihr ungewöhnlich anmutige Bewegungen verliehen. Ihr Gesicht war rund, ihre Augen waren groß und von dem gleichen tiefen Braun wie ihr lockiges Haar. Alles in allem sah sie gut aus, und sie war nicht zu viele Jahre älter als Helgi. Mit schwelendem Blick betrachtete sie ihn, mit flacher Stimme hieß sie ihn willkommen.

»Ich habe so viel von dir gehört«, lachte er, »daß ich dir unbedingt einen Besuch abstatten mußte.« Ohne auf eine Aufforderung zu warten, nahm er neben ihr auf dem Hochsitz Platz und befahl einer Dienerin, ihnen zu trinken zu bringen.

»Laßt es unsern Gästen an nichts mangeln«, sagte Olof zu ihren Leuten.

Es dauerte seine Zeit, bis für eine so große und unerwartete Gesellschaft gekocht war. Inzwischen flossen Bier und Met in Strömen. Die Dänen füllten das ganze Haus. Sie lärmten, haschten nach den Frauen, prahlten und tranken. Helgi und Olof, Seite an Seite auf dem Hochsitz, mußten beinahe schreien, um sich zu verstehen. Sie überließ größtenteils ihm das Sprechen, und er sprach hauptsächlich über sich selbst, und dabei wurde er immer betrunkener. Sie ließ sich keine Spur von Ärger anmerken.

Als sie endlich aßen, sagte er zu ihr: »Du mußt schon erraten haben, daß ich nicht nur zu einem Festschmaus hergekommen bin. Ich möchte, daß wir noch heute abend unser Hochzeitsbier trinken.«

Sie erstarrte. »Du gehst zu schnell vor, Herr.«

»Nein, nein.« Helgi winkte mit einem Knochen. »Es sind genug Leute für eine Hochzeit hier versammelt. Viel Ehre und Gewinn wird es mir bringen, wenn ich eine so hochgemute und – hm – nützliche Königin mein eigen nennen kann. Später können wir uns segnen lassen und über das Wittum und die Morgengabe und dergleichen sprechen. Aber heute nacht werden wir in einem Bett schlafen, du und ich.«

»Wenn ich unbedingt heiraten muß«, antwortete sie, und die Knöchel der Hand, die das Messer umfaßten, traten weiß hervor, »dann kenne ich keinen Mann, der über dir steht. Ich vertraue dir, daß du mich nicht mit Schanden aus dieser Sache hervorgehen lassen wirst.«

»Aye, aye, aye«, sagte Helgi mit schwerer Zunge. Er zog sie an sich, küßte sie und befingerte sie vor aller Augen. Dann stand er auf und verkündete die Neuigkeit.

Die Dänen brüllten ihren Beifall. Die Sachsen wußten nicht, was sie tun sollten, abgesehen von den Mädchen, die in dunklen Ecken mit den Seefahrern kicherten. Königin Olof erhob sich, als sei ihr Kleid nicht beschmutzt und ihr Haar nicht zerzaust, und rief: »Feiern wir die Hochzeit mit dem Besten, das wir haben. Bringt den Wein!«

Den Wein hatten Händler aus den südlichen Ländern gebracht. Er war im Norden sonst wenig bekannt. Helgi pries den Geschmack mit lauter Stimme. Olof lächelte und nötigte ihn zum Trinken. Sie selbst tat nur so, als trinke sie.

Schließlich rülpste Helgi, jetzt müßten sie die Braut aber ins Bett bringen, damit aus der Hochzeitsnacht kein Hochzeitsvormittag werde. Grölend, schmutzige Lieder singend und Witze reißend ergriffen diejenigen unter den Dänen, die noch stehen konnten, Fackeln und geleiteten Königin Olof über den Hof in ihre Kemenate. Es ist Nordland-Brauch, daß eine Braut auf diese Weise vor ihrem Bräutigam in ihr Schlafgemach gebracht wird. Damit sollen böse Geister abgewehrt werden, und die saftigen Ausdrücke sollen gut für Liebe und Kinder sein. Aber auf Olof warteten keine Blumen und grünen Zweige, auch war sie nicht vor langer Zeit versprochen worden. Sie hatte an diesem wichtigen Tag ihres Lebens keine alten Freunde um sich, sie war nicht gesegnet worden, und sie hatte ihren Jungfrauenkranz nicht als Opfergabe für Freya abgelegt.

Die Männerschar kam zurück, um Helgi zu holen. »Gleich, gleich«, grunzte er. »Ihr Halunken werdet diesen Wein nicht ohne mich austrinken.« Der Morgen graute schon, als er davontaumelte. Es waren nur noch wenige imstande, ihn zu begleiten.

Diese schlossen die Tür hinter ihm, brüllten ihm ihre letzten guten Wünsche zu und schwankten davon, um sich wie die anderen schlafen zu legen.

Eine trübe Lampe erhellte den Raum. »Uff!« rief Helgi und grabschte nach der Königin. »Zieh dich aus.«

»Leg dich hin«, und sie wich zurück. Bald darauf hörte sie ihn schnarchen.

Überlegend stand sie eine Weile da, sah auf ihn hinunter und drehte ein Messer in ihren Fingern. Doch ganz gleich, wie betrunken seine Männer waren, sie waren zu viele für ihre paar Wächter und Knechte. Außerdem würde sein Tod eine Blutfehde mit den mächtigen Skjoldungen hervorrufen. Olof hatte sich bereits entschieden, was sie tun wollte.

Manche sagen, sie habe Helgi einen Schlafdorn ins Fleisch gestochen, damit er nicht aufwache. Andere meinen, das sei nicht nötig gewesen.

Sie schlüpfte hinaus in die kühle Dämmerung und besprach sich mit ihren Männern. Sie wagten es nicht, ein Pferd aus dem Stall zu holen, aber unter ihnen war ein schneller Läufer. Sofort rannte er den Waldpfad hinunter. Olof holte sich, was sie brauchte, und nahm zwei Männer zur Hilfe mit.

»Ob das klug ist?« hörte sie fragen.

Sie hob das Kinn. »Ich muß an meine Ehre denken«, sagte sie. »Schande kann nur durch Schande gerächt werden.«

Sie banden den König, schnitten ihm alle Haare ab,

bestrichen ihn am ganzen Körper mit Pech, stopften ihn und eine Menge Lumpen in einen Ledersack und banden diesen zu. Dann trugen die Männer ihm hinunter zum Strand.

Als die Sonne aufging, weckten Olofs Knechte auf den Befehl der Königin hin die Dänen, wobei sie nach Herzenslust Eimer voll kalten Wassers benutzen. Sie sagten, Helgi sei bereits zu den Schiffen gegangen und wünschte loszusegeln, da gerade Ebbe und günstiger Wind sei.

Die Dänen wußten kaum, wo sie waren, aber sie begaben sich so schnell zum Ufer, wie es ihnen möglich war. Dort angekommen, fanden sie ihren König nicht. Sicher würde er bald kommen, dachten sie. Aber da lag ein dicker Ledersack. Aus Neugier banden sie ihn auf, und da lag er in sehr traurigem Zustand. Der Schlafdorn fiel aus ihm heraus, wenn er jemals in ihm gewesen war, und er erwachte, aber nicht aus einem glücklichen Traum. Er tobte vor Wut.

Jetzt hörten sie Hörner gellen, Füße und Hufe laufen, Eisen klirren, Stimmen rufen. Vor dem Morgenhimmel stand eine Schar Krieger auf der Klippe, die anzugreifen hoffnungslos war, zumal wenn man unter Kopfweh und Übelkeit litt. Sie krochen an Bord ihrer Schiffe und ruderten davon. Sie ruderten sehr schlecht. Die Hohnrufe der Sachsen folgten ihnen ein langes Stück, und danach wurden sie von den Möwen verhöhnt.

III

Groß war das Erstaunen und weit verbreitete sich die Geschichte, daß Königin Olof es fertiggebracht habe, ihren Spott mit einem König wie Helgi Halfdanssohn zu treiben. Die Bewohner von Alsen blickten mit Hochachtung zu ihr auf. Dadurch wurde sie noch eingebildeter und hochmütiger. Nichtsdestotrotz hatte sie von da an, wohin sie auch ging, immer eine starke Wache bei sich.

Was ihn betraf, so war er in einer solchen Stimmung, daß niemand in seiner Hörweite von dieser Sache zu sprechen, ja, ihn nicht einmal scharf ins Auge zu fassen wagte. Er führte seine Flotte nach Wendland, und im Herbst kehrten sie mit viel Beute und Sklaven zurück. Helgi zeigte keine Freude darüber. Nachdem sie in Haven gelandet waren, gab er ein paar kurze Befehle, schwang sich auf ein Pferd und galoppierte allein davon.

Den ganzen Winter hindurch blieb er, soweit es möglich war, für sich, war hart gegen Untergebene und schroff gegen Männer von höherem Rang. Es wurde schon geflüstert, daß das Blut der bösen Skjöldungen in ihm zum Vorschein käme. Danach besprach er sich im geheimen mit den Kriegern, die ihm immer am nächsten gestanden hatten, und da dachten viele, er plane, das zu tun, was Frodhi getan hatte. Doch Helgi hatte etwas ganz anderes vor. Als der Frühling kam, waren er, seine Vertrauten und das schnellste seiner Schiffe plötzlich verschwunden.

In einer kleinen Bucht, mehrere Meilen von Olofs Sommersitz entfernt, zogen sie das Schiff auf den Strand. Helgi befahl, daß das Beiboot am Eingang der Bucht Wache halten solle, damit kein Feind sie überraschen und ihnen den Weg abschneiden konnte. Dann schlief er ein paar Stunden. Die Männer, die am Strand Wache standen, hörten ihn im Traum vor sich hinlachen.

Bei Sonnenaufgang kleidete er sich in die Lumpen eines Bettlers. An Riemen um die Schultern trug er ein Schwert und zwei Truhen voll von Gold und Silber.

Der Wald war dicht, aber Helgi war ein Jäger und fand Wildwechsel. Nahe seinem Ziel verbarg er sein Schwert in einem hohen Baumstamm. Die Truhen schob er halb unter einen Busch. Dann ging er weiter. An dem Weg, außer Sichtweite vom Haus her, wartete er.

Bald darauf kam ein Sklave der Königin mit einem Korb Eier, die er auf einem Bauernhof gekauft hatte. Als er den großen Mann erblickte, schrak er zurück. Helgi lächelte, zeigte die leeren Hände und sagte: »Hab keine Angst. Ich bin heimatlos, aber harmlos.«

Der Sklave wunderte sich nicht weiter, denn in diesen Tagen, als in Schleswig der Aufstand tobte, gab es viele Landstreicher. So fiel es Helgi nicht schwer, ein Gespräch mit ihm anzuknüpfen. Er machte ihm weis, er habe im Wald einen verborgenen Schatz gefunden und fürchte, wenn er ihn behalte, als Räuber aufgehängt zu werden. Am besten sei es wohl, ihn der Königin zu übergeben und von ihr an Belohnung anzunehmen, was ihr richtig dünke. Einen Stein und einen Ring wolle er für den Sklaven beiseite legen, wenn er die Königin herbringe.

Anfangs wollte der Sklave nicht, aber sein Anteil war groß genug, daß er sich seine Freiheit und noch ein Stück Land kaufen konnte. So sagte er schließlich zu und ging allein zur Hütte. Es dauerte eine Weile, bis es ihm gelang, Olof allein zu sprechen.

Ihre Habgier veranlaßte sie, einem Treffen nach Dunkelwerden zuzustimmen.

Die Truhen lagen in der Nähe einer kleinen Lichtung. Das Mondlicht sickerte durch die Blätter und Zweige und glitzerte auf Metall – und das Metall war ein blankes Schwert in der Hand eines Mannes, der unter den Bäumen hervortrat.

»Sei gegrüßt, Königin Olof«, lachte er. »Erinnerst du dich noch an Helgi Halfdanssohn?«

Sie schrie auf und wollte davonlaufen, aber er hatte sie mit einem langen Schritt eingeholt. Der Sklave schlug mit einem Stock auf ihn ein, aber Helgi fegte ihn mit der Klinge beiseite. »Ich könnte dich erschlagen, Bursche«, sagte der König so ruhig, als brauche er keine kreischende, sich windende, kratzende und tretende Frau festzuhalten, »aber da wir schon weg sein werden, bevor du Hilfe holen kannst, gebe ich dir den Rat, daß du dein Glück anderswo versuchst.« Helgi wies mit dem Schwert auf den Boden. »Da liegt das, was ich dir versprochen habe.« Der Schrecken des Sklaven war nicht so groß, daß er die Juwelen nicht aufzuheben und damit im Gebüsch verschwinden vermochte.

Helgi steckte das Schwert in die Scheide. »Sei still!« sagte er zu Olof und versetzte ihr einen Schlag, daß ihre Zähne klapperten. »Hast du geglaubt, ich würde mich für deine Hinterlist nicht an dir rächen?«

Sie fiel auf Hände und Knie und schluchzte eine Weile, dann erhob sie sich und stammelte: »Ja, ich habe sehr übel an dir gehandelt. Dafür ... will ich nun auch ... deine rechtmäßige Ehefrau werden.«

»Nein«, erwiderte er, »so leicht kommst du nicht davon. Ich nehme dich mit auf mein Schiff, und dort wirst du solange bleiben, wie ich es will. Meiner Ehre willen muß ich dich ebenso schändlich behandeln, wie du mich behandelt hast.«

»Heute nacht muß dein Wille geschehen«, flüsterte sie.

Auf dem ersten Teil ihres Weges gab er sich noch Mühe, ihre Spuren zu verwischen. Später war das in diesem nahezu undurchdringlichen Wald nicht mehr notwendig. Er brauchte sie nicht mit sich zu zerren. Sie versuchte einmal auszubrechen, aber die Zweige hielten sie fest wie mit Klauen.

Als die Königin die Bucht vor sich sah, war sie ebenso zerlumpt wie er, ihre Füße bluteten, sie stolperte und rang nach Atem.

Helgis Männer sprangen von dem kleinen Feuer auf, das sie am Strand entzündet hatten. Sie umringten ihn, schlugen ihm auf den Rücken und brüllten ihm in den gröbsten Ausdrücken ihre Glückwünsche zu. Er grinste und brachte Olof an Bord.

»Und *jetzt* ziehst du dich aus«, befahl er, und sie mußte es im Mondlicht vor allen Männern tun.

Er wies mit der Hand unter das Vordeck. Sie kroch in die nach Pech riechende Dunkelheit und legte sich auf eine Matratze, die Fäuste an beiden Seiten geballt.

Am Morgen holte er seine Truhen, und dann ging es hinaus auf den Belt. Auf einer einsamen Insel schlugen die Dänen ein sicheres Lager auf. Eine Woche lang jagten, fischten, rangen, schwammen, spielten, erzählten und faulenzten sie. Der König machte bei allem mit, außer wenn er bei der Königin lag.

Sie widersetzte sich ihm nicht, sie ertrug ihn schweigend. Sie weinte niemals, und sie sprach nur soviel, wie sie unbedingt mußte. »Du bist eine schöne Frau, Olof«, flüsterte er eines Nachts in ihr Haar. »Ich wünschte, uns wäre ein anderes Geschick zuteil geworden.« Sie lag unbeweglich da. Er seufzte. »Ich glaube, du machst dir nichts aus Männern. Und für uns beide ist es jetzt zu spät.«

»Vielleicht sind wir noch nicht miteinander fertig, du und ich«, sagte sie.

»Was?« fragte er. Sie wollte kein Wort mehr sagen. Ein Brachvogel schrie durch den aufsteigenden kalten Nebel. Helgi erschauerte und rückte näher an sie heran, nur der Wärme wegen. Sie kam ihm nicht entgegen.

Am nächsten Tag überquerten sie von neuem den Belt und setzten sie in der Nähe ihres Hauses ab. Keiner von beiden sagte Lebewohl. In den schmutzigen Fetzen ihres Kleides watete sie an Land. Die Männer schoben das Schiff weiter ins Wasser, zogen sich an Bord und griffen zu den Rudern. Olof blickte sich nicht zu ihnen um.

IV

In diesem Sommer kam Ägthjof, der Göta-Jarl, zu seinem Schwiegersohn König Hroar nach Leidhra. Es war eine Fehde ausgebrochen. Ägthjof hatte Heidhleif aus der Ulfing-Familie erschlagen, aber die Verwandten erwiesen sich als zu stark, und er mußte fliehen.

So jung Hroar noch war, er befahl nicht, daß der Kriegspfeil von Hof zu Hof getragen werde. »Was soll es nützen, eine Streitmacht aufzustellen, zu töten, zu brennen und zu plündern, nur um uns weitere Todfeinde zu schaffen?« meinte er. »Oh, den Ynglingen zu Uppsala würde das wohl gefallen! Und was von Götaland übrigbliebe, würde fest auf ihrer Seite stehen.«

Er schickte eine Nachricht an den Jarl Sävil in Skania, der sich daraufhin mit den Anführern der Ulfinge in Verbindung setzte und als Vermittler für Frieden sorgte. Ägthjof mußte ein hohes Wergeld bezahlen, aber Hroar half ihm. Dazu wurden zwei Heiraten geschlossen, um die Häuser wenigstens für eine Weile aneinander zu binden.

»Du hast mir auf wunderbare Weise beigestanden«, sagte Ägthjof, als er vor seiner Rückkehr nach Hause Hroars Hand schüttelte. »Ich hoffe, ich oder eins meiner Kinder kann dir eines Tages den gleichen Dienst erweisen.«

Helgi kam in bester Laune zurück und war danach wieder sein altes Selbst. Anfangs ließ er keine Gelegenheit aus zu erzählen, wie er sich an Königin Olof gerächt habe. Mit der Zeit hörte er auf, von ihr zu sprechen, und dann sogar, an sie zu denken.

Nicht so die Frau.

Sie wußte, die Leute würden erraten, was ihr widerfahren war, und bald würde die Kunde vom Sachsenland nach Dänemark dringen und alle Zweifel beseitigen. Doch wenn sie sich stark zeigte, würde es ihr nicht schaden. Daher weigerte sie sich, über jene Woche zu sprechen. Als sie erfuhr, daß eine Sklavin und ein Knecht geklatscht hatten, ließ sie sie vorführen und klagte sie an, ihren Namen beschmutzt zu haben. Den freien Mann ließ sie erschlagen, die Sklavin zu Tode peitschen. Auch sonst erwies sie sich als so streng und dabei so klug, daß die Männer sagten, bis auf den Körper sei sie ein König, und keine Königin.

Sie wußten nicht, wie lange sie des Nachts wach lag, wie sie, allein im Wald, gekreuzte Finger zum Himmel hob und schrie.

Am schlimmsten war es für sie, als sie merkte, daß sie empfangen hatte.

Als der Versuch einer Hexe, das Kind vorzeitig abzutreiben, mißlang, schmiedete Olof Pläne. Niemand – und am wenigsten Helgi Halfdanssohn – sollte deswegen über sie spotten können. Sie gab bekannt, sie wolle nach Schleswig auf das Hauptland reisen und sich bemühen, den Streit zwischen den führenden Häusern zu enden, der das Königreich zerrüttete.

Das tat sie allerdings, und sie tat es mit Erfolg. Manchmal

versöhnte sie zwei Parteien, manchmal legte sie ihre kleine, aber gute Streitmacht auf eine der Waagschalen. Niemand fand es merkwürdig, daß sie hin und wieder verschwand. Sie mußte mit den Häuptlingen insgeheim reden.

Die schwere Winterkleidung verbarg, daß ihr Körper sich rundete. Merkte es doch jemand, so wußte er genau, daß er gut daran tat, den Mund zu halten.

Als ihre Zeit kam, suchte sie eine einsame Hütte auf, die sie hatte vorbereiten lassen. Ringsherum wurden Wächter aufgestellt. Die Königin ließ sie nicht hinein. Sie sagte, es sei zu eng, und sie brauche Ruhe, um nachzudenken und, wie sie andeutete, um Zauberei zu treiben. Die Männer stellten Zelte auf, hockten an rauchenden Feuern im Matsch, bliesen sich auf die blauen Fingern und versuchten, den schlimmsten Rost von ihren Waffen fernzuhalten. Olof blieb drinnen, allein mit einer Hebamme und zwei alten Dienerinnen.

In einer stürmischen Nacht, als der Hagel gegen die Wände prasselte, gebar sie ein Mädchen. Die Hebamme nahm das Kind, wusch und wickelte es und legte es neben dem Bett der Mutter auf die Erde. »Willst du es aufheben, Herrin?« fragte sie.

»Niemals werde ich das da an meine Brust legen«, antwortete Olof. Sie hob die Hand. »Aber halt, laß es am Leben. Eines Tages mag es von Nutzen sein ... ich weiß nicht ...«

»Welchen Namen willst du ihr dann geben?«

Olofs Blick schweifte durch die Hütte und blieb auf einer Hündin namens Yrsa haften. Mit ersticktem Gelächter wies sie von der Hündin auf den Säugling. »Ja, ich werde ihr einen Namen geben. Ich nenne sie Yrsa.« Sie ließ sich zurücksinken.

Der Hebamme und den alten Dienerinnen grauste es.

Sie konnten jedoch nur gehorchen. Und da dies Ereignis ja nicht unerwartet gekommen war, hatten sie bereits für eine Amme gesorgt.

Als Olof wieder reisen konnte, wagten sie es, sie zu fragen, was jetzt mit Yrsa geschehen sollte. »Ein einziges Wort über das Balg ist euer Tod!« drohte sie. »Aber nehmt sie nur mit. Ich werde schon die richtige Familie finden, die sie adoptiert, so wie hochgeborene Kinder adoptiert werden.«

Zurück auf Alsen, übergab sie das Kind und ein paar Geschenke einem armen Fischer und seiner Frau und sagte ihnen, es sei der Sprößling einer treuen Sklavin, die bei der Geburt gestorben sei, und heiße Yrsa. Sie sollten das Mädchen in jeder Beziehung wie ihr eigenes aufziehen.

Danach kümmerte Olof sich niemals wieder um die Tochter, die sie haßte.

Jahre vergingen.

Dänemark nahm zu an Macht und Reichtum. Die königlichen Brüder arbeiteten gut zusammen. Hroar regierte das Land mit ständig wachsender Weisheit. Er war genug Krieger, daß er von den Männern geachtet wurde, und alles Volk liebte ihn. Er und seine Königin Valthjona hatten drei lebende Kinder: ein Mädchen Freyvar und zwei Knaben, Hrodhmund und Hrörik, letzterer ziemlich spät in ihrem Leben geboren. Sie waren ein glückliches Paar. Hroar nahm nur dann eine andere Frau in sein Bett, wenn er lange fort von zu Hause gewesen war.

Jährlich machte Hroar eine Runde von Thing zu Thing, und er segelte auch unter dem weißen Schild ins Ausland. Doch öfter noch bewirtete er Ausländer in seinen eigenen Hallen und hörte ihnen aufmerksam zu.

Um gute Arbeit leisten zu können, mußten die Bewohner des Landes aber sicher sein, daß sie nicht den Gierigen und Ruchlosen zum Opfer fallen würden. Aus diesem Grund zog Hroar dann und wann auch selbst ins Feld. Meistens überließ er die Kriegführung jedoch dem bereitwilligen Helgi. Im Laufe der Jahre überrannte der jüngere König Fünen und alle kleineren Inseln. Er rühmte sich, daß er beinahe ebenso viele Könige unter sich gebracht habe wie Frauen.

»Und wann wirst du heiraten?« fragte Hroar dann.

Darauf zuckte Helgi stets die Schultern. »Wenn ich dazu bereit bin. Es hat ja keine Eile. Das einzige Mal, daß ich auf Freiersfüßen gegangen bin, hat es ein böses Ende genommen.« Er konnte jetzt über die verblassende Erinnerung scherzen. »Aber, Hroar«, setzte er einmal hinzu, »es mag am besten für die Skjöldungen sein, daß ich keine Königin nehme, deren Kinder Anspruch auf den Thron erheben können. Und jetzt mach nicht so ein langes Gesicht und laß uns das Horn noch einmal mit Met füllen.«

Zu dieser Zeit sahen die Brüder sich nicht mehr täglich, auch im Winter nicht, und deshalb war jedes Zusammentreffen ein Fest. Hroar war aus Leidhra weggezogen.

Das war nicht etwa im Zorn geschehen. Die beiden Brüder verstanden sich so gut, daß Hroar einmal, als er zu Besuch kam und Helgi ein Fest für ihn gab, sagen konnte:

»Du siehst aus wie der größere von uns, wenn du den alten Hochsitz der Dänenkönige einnimmst, und ich lasse ihn dir und den Erben, die du haben magst, gern. Dafür möchte ich den Ring, den du besitzt – denn darauf habe ich ebensoviel Recht wie du.«

Alle, die das hörten, hielten den Atem an. Sie wußten, Hroar konnte nur von einem bestimmten Ring reden. Das war kein einfacher goldener Reif, von dem Stücke abgebrochen werden konnten, um einen Skalden für ein neues Lied oder sonst jemand für einen Dienst zu belohnen. Nein, dieser war ein dickes Band in Form einer Schlange, die sich ringelte und in den eigenen Schwanz biß. Ihre Augen aus Granatsteinen glitzerten boshaft. Es wurde erzählt, dieser Ring gehöre zu den ersten Reichtümern, die Fenja und Menja für König Frodhi den Friedensfürst mahlten. Auf jeden Fall war er lange Zeit der Stolz der Skjöldungen gewesen.

Helgi lächelte nur und antwortete: »Es ist nichts als recht und billig, Bruder, daß du diesen Ring erhältst.«

Hroar hatte gute Gründe gehabt, Leidhra zu verlassen. Zwei königliche Haushalte in einer Stadt, zu denen je ein Trupp streitlustiger junger Männer gehörte, mußten Kämpfe heraufbeschwören, die tödlich enden konnten. Dann war es nicht immer möglich, eine Fehde zu verhindern, und Hroar war der Meinung, die Familien sollten gegen die Feinde Dänemarks und nicht gegeneinander kämpfen.

Außerdem lag Leidhra für seine Zwecke nicht günstig. In früheren Zeiten sollte der Fjord landeinwärts bis zu der Stadt geführt haben, doch jetzt wand sich nur noch ein träger Bach daran vorbei. Deshalb gründete Hroar, der Wert auf einen geschützten Hafen legte, Roskilde an der Bucht, die nach der Stadt genannt wurde. Von Leidhra war die neue Stadt nur einen bequemen Ritt entfernt, und doch weit genug, daß es keinen Ärger gab. Damals sagten die Leute Hroarskildi, Hroars Quelle, denn dort entsprang ein reines Wasser, das nicht nur nützlich, sondern auch heilig war.

Natürlich entstand die Siedlung nicht über Nacht. Anfangs war nichts weiter da als die Halle des Königs mit ihren Außengebäuden, doch die Menschen sagten, nie habe es im Norden eine schönere Heimat gegeben, seit Odin auf der Erde wohnte.

Groß war sie, aus dem feinsten Bauholz, kunstvoll geschnitzt und bemalt. Die Balkenenden über dem Dachfirst breiteten sich in der Form eines mächtigen Hirschgeweihs aus. Sie waren vergoldet und leuchteten hell im Sonnenlicht. Deshalb wurde die Halle »Hirsch« genannt.

Über dies Haus kam das Unglück.

Es mag Zufall gewesen sein, es mag der Zorn eines Gottes gewesen sein. Die Brüder, die eine offene Hand für ihre Mitmenschen hatten, waren ziemlich achtlos, was die Opfergaben für Asen und Wanen betraf. Sie erfüllten ihre Pflicht als Könige an den hohen Feiertagen. Ansonsten erschlug Helgi gelegentlich einen Hahn oder dergleichen, damit es ihm Glück bringe, aber hauptsächlich verließ er sich auf seine eigene Kraft. Wenn Hroar gerade nicht an sein Königtum oder seine Verwandtschaft dachte, dann kümmerte es ihn mehr, was es Neues aus dem Ausland zu hören gab, als was er irgendwelchen Göttern oder längst begrabenen Vorfahren schuldig sein mochte.

Dem mag gewesen sein, wie es wolle, jedenfalls ging in der Hirsch-Halle ein Ungeheuer um. Vor langer Zeit war ein König namens Hermodh wegen seiner Habgier und Grausamkeit aus seiner Heimat vertrieben worden; er war einer der schlimmsten von den bösen Skjoldungen gewesen. Er trieb sich im Moor umher und zeugte Kinder mit einer Tollfrau. Aus seinem Blut war das Wesen, das Grendel genannt wurde. Es betrat des Nachts die neue Halle und schleppte Männer mit sich fort, die es fraß.

In England sagte man, das sei zwölf Jahre lang so weitergegangen. Die Dänen halten das für unwahrscheinlich. Hätte ein Krieger wie Helgi seinen Bruder nicht von diesem Ungeheuer befreit? Es kann nicht länger als die drei Jahre gedauert haben, in denen Helgi eine längere Seereise machte. In dieser Zeit lag die Hirsch-Halle verlassen, und auf Hroars Stirn lastete die Sorge.

Er wartete auf Helgis Rückkehr, denn er wußte von keinem anderen, der es mit dem Ungeheuer hätte aufnehmen können. Aber er wußte ja nicht, ob nicht Helgis Knochen irgendwo auf fremder Erde bleichen. Deshalb nahm er mit Freuden das Hilfsangebot eines Sohnes von Jarl Ägthjof an, den er seinerzeit gerettet hatte. Dieser Verwandte war Bjovulf von Götaland, der Mann, der in England Beowulf genannt wird.

Es ist allgemein bekannt, wie Bjovulf Grendel packte und ihm den Arm ausriß, wie Grendels Mutter kam, um Rache zu nehmen, und wie Bjovulf ihr unter das Wasser folgte und auch sie erschlug. Der Name, den er sich damit gewann, wird leben, solange die Welt besteht. Hier will ich nur berichten, daß er gerade erst nach Hause zurückgekehrt war, als Helgi eintraf. In ganz Dänemark wurde über nichts anderes gesprochen als über diesen ausländischen Helden, und für seine eigenen Taten war kaum noch ein Ohr offen.

Er war nicht so unmännlich, daß er Bjovulf den wohlverdienten Ruhm neidete. Trotzdem dachte er mit Sehnsucht an die Zeit seiner Jugend zurück. Nicht etwa, daß er schon alt gewesen wäre. Wenig mehr als dreißig Winter waren über die Welt hingezogen, seit sie seinen ersten Schrei vernommen hatte. Aber aus seinen Augen war die Frische verschwunden. Alles Volk hielt es für selbstverständlich, daß Helgi Halfdanssohn weiter hinaussegelte als je ein Mensch vor ihm und ähnliche Dinge tat. Ach, wie anders war es doch gewesen, als er, ein Junge, einen König gestürzt und sich an einer Königin gerächt hatte!

Vielleicht war das der Grund, daß er sich für den nächsten Sommer eine Kreuzfahrt vornahm, die ihn auch nach Alsen führen würde. Er sagte, er wolle die sächsischen Reiche auskundschaften. Zweifellos war das die Wahrheit. Aber ... erinnerte er sich an sein eitles Triumphieren, daß er seine Ehre wiedergewonnen habe ... oder vielleicht sogar an braune Augen und tapfer geballte Fäuste?

Von Yrsa wußte er nichts. Außer ihrer Mutter Olof wußte niemand von ihr, denn die Hebamme und die beiden alten Dienerinnen waren seitdem gestorben. Der Fischer und seine Frau, die das Mädchen aufzogen, hatten ganz vergessen, daß es nicht ihre leibliche Tochter war.

Sie wohnten an der Nordküste der Insel, an der Apenrader Förde. Es war ein armes und windiges Land, wo nur wenige Familien lebten. Sie siedelten weit voneinander entfernt, denn jede brauchte viele Morgen Landes, um sich zu ernähren, und keine hatte viel, was Räuber hätte anlocken können.

Hier wuchs Yrsa auf, die Tochter König Helgis und Königin Olofs.

Sie wußte, daß sie ein Pflegekind war. Man hatte es ihr gesagt, und dann sah sie auch ganz anders aus als die Eltern und ihre Kinder. Aber es kam häufig vor, daß Leute ein Kind annahmen. Ein Mann konnte ertrinken oder eine Frau ihre Lungen aushusten und eine Schar Kinder hinterlassen. Ein Kind bedeutete ein Paar Hände und war daher immer erwünscht. Yrsa verschwendete kaum einen Gedanken an eine Mutter, von der sie annahm, sei sei als Sklavin gestorben, und einen unbekannten Vater. Auch dachte sie nicht darüber nach, ob ihr Los glücklich oder unglücklich sei. Später hatte sie diese Jahre in schönerer Erinnerung, als die Wirklichkeit war.

Natürlich, sie wußte, was Arbeit ist, Arbeit mit Hacke und Beil, mit Handmühle und Kessel, mit Webrahmen und Besen, alle die ungezählten Aufgaben eines Mädchens, das einmal die Frau eines Fischers werden soll. Aber das Leben bestand nicht nur aus einem schmerzenden Rücken und blutenden Fingern. Da gab es auch die Betreuung eines Babys, das Sammeln von Nüssen und Beeren inmitten einer kichernden Mädchenschar, das Singen und Tagträumen beim Gänsehüten.

Die Kleidung bestand aus grobem grauem Wollzeug, oft gestopft und geflickt. Die Kinder gingen im Sommer barfuß und hatten im Winter bestenfalls Schuhe aus Birkenrinde. Aber sie wuchsen gesund heran und machten sich kaum etwas aus dem Wetter. Das Essen war derb, und oft war es nicht genug. Aber Brei, schwarzes Brot, ein bißchen Ziegenkäse und eingelagerter Lauch halfen einem durch, bis die Jahreszeit für frischgefangenen Fisch, Austern und Kormoraneier kam. Die Wohnung bestand aus einem einzigen düsteren Raum mit einem Verschlag für die Ziege, die Gänse und das Schwein, denn die Tiere verbreiteten nicht nur Gerüche, sondern auch Wärme.

Yrsa wußte auch, was Angst ist. Stürme brausten vom Norden heran, wenn der Vater mit dem kleinen Fischerboot, das er mit den Nachbarn teilte, auf See war. Kam er nicht wieder nach Hause – oder kam er als Strandwäscher, als ein glotzendes, aufgedunsenes, von Aalen angefressenes Ding, wie sie hin und wieder angespült wurden? Das bedeutete nicht nur Leid, sondern auch die Gefahr des Hungertods. Wenn keine andere Hilfe zu finden war, mußte man sich vielleicht sogar in die Sklaverei verkaufen. Ran grinste auf dem Meeresgrund; Nisse lauerten in den Moortümpeln; das Elmweib braute Nebel; Poltergeister ritten des Nachts auf dem Dachfirst, und das Stroh krachte unter ihren trommelnden Fersen; die geringste Kleinigkeit, die man falsch machte, konnte tödliches Unglück über einen bringen. Und wenn ein Schiff sich der Küste näherte oder Fremde zu Fuß kamen, hieß es, sich im Wald verstekken, denn selbst das ärmste Mädchen hat etwas, das ein Räuber haben will.

Aber Yrsa kannte auch Freundschaft und Fröhlichkeit, daheim und unter den Nachbarn. Da waren die vier Heiligen Zeiten: Frühjahrssegnung, Mittsommer, Herbst, Julfest, bei denen man sich erst gruselte und hinterher feierte. Eines Tages würde sie erwachsen sein und sich ein oder zwei Jahre lang in den hellen Nächten mit den anderen jungen Leuten hinausstehlen, bis einer der Nachbarssöhne sie heiratete und sie als Hausfrau den Elfen Milch und den Gästen Bier anbot. Inzwischen sahen die Kinder viele Schiffe vorüberziehen, die nicht landeten (oh, wenn sie es doch nur täten!) … Weit, weit weg glitzerte die Sonne auf Metall, und wer weiß? Vielleicht war ein König an Bord – oder ein Gott.

Der Winter brachte Kälte und Dunkelheit und enger geschnürte Gürtel … aber auch weniger Arbeit, Eis, das unter den Füßen knirschte und auf dem man schlittern konnte, Schneebälle und Schneemänner und Zeit für die geliebten alten Geschichten. Der Frühling brachte schwere Arbeit und strömende Regengüsse, aber auch blühenden Weißdorn und einen Himmel voller Vögel, die von einem unbekannten Ort nach Hause zurückkehrten. Im Sommer war alles grün, es duftete betäubend, Bienen summten, die Sonne leuchtete – falls nicht ein Sturm aufkam, aber auch das war auf eine schreckliche Art wundervoll: Thors Hammer blitzte, und mit Krachen erschlug er die Trolle, bis die Räder seines von Böcken gezogenen Wagens am Himmel davonrollten. Der Herbst schenkte Farben und Ernten mit beiden Händen, die Bäuche wurden bis zum Platzen gefüllt, die Heide blühte purpurfarben, in lichterfüllten Nächten glänzte der Vollmond auf Rauhreif und den Tautropfen in Spinnennetzen und legte eine wallende Silberstraße von hier bis zum Weltende über das Wasser, und hoch oben sangen die Wildgänse ihr Wanderlied …

Yrsa verstand nicht, warum ihre Pflegegeschwister auf diese Dinge gar nicht achteten. Sie waren lieb, aber sie waren anders.

V

»Ich möchte selbst sehen, wie sich das Land in dieser Zeit entwickelt hat«, sagte Helgi. »Aber ich könnte mir vorstellen, daß man mich unter meinem eigenen Namen nicht gerade willkommen heißen würde.« Niemand konnte ihm sein Vorhaben ausreden, als Landstreicher verkleidet Alsen zu besuchen. Sein Schiff setzte ihn in einer Bucht ab, an die er sich erinnerte. In einer Woche und von da an täglich sollte es wiederkommen.

Helgi war nicht auf Streit aus. Er wollte nur umherwandern. Fröhlich winkte er seinen Männern zum Abschied zu und verschwand unter den Bäumen.

Es bestürzte ihn ein wenig, als er erfuhr, daß sich Olof nicht in ihrer Hütte aufhielt. Ihr Aufseher maß ihn mit einem mißmutigen Blick, aber ein Knecht füllte ihm eine Schüssel und ließ ihn im Heu schlafen. Helgi sagte, er sei ein heimatloser Himmerländer und suche nach Arbeit. »Hier brauchen wir dich nicht«, lautete die Antwort. »Aber wenn du weiter bis zur Nordküste gehst, wirst du ein paar arme Fischer finden, die sicher gern zwei kräftige Arme an einem Paar Ruder in Lohn nehmen.«

Helgi zuckte die Schultern und folgte dem Rat, hauptsächlich, um den Strand auszuspionieren. Jetzt, wo er Fünen besaß, mußte er diese Seite des Kleinen Belt genau kennen.

Und dann kam er auf den Kamm einer hohen Düne und sah in der Ferne ein Mädchen, das am Strand nach Treibholz oder Bernstein suchen mochte.

Er wußte, wenn sie ihn kommen sah, würde sie zu der Hütte laufen, von der hinter kleinen Kiefern nur eine Rauchsäule zu sehen war. Es wäre angenehm, mit ihr allein zu plaudern, falls sie nicht zu häßlich war. Und vielleicht nahm ihre Familie ihn in ihr Haus auf, wenn er bewiesen hatte, daß er nichts Böses im Schilde führte.

Helgi benutzte die Deckung von Büschen und Steinen, bis er mit ihr auf gleicher Höhe war. Doch als er hinter dem Stamm einer verkrüppelten Eiche hervorlugte, blieb ihm das Herz stehen.

Das Mädchen war nicht groß; wenn sie aufrecht stand, würde sie ihm nur bis zur Hälfte der Brust reichen. Ein ärmliches Kleid verhüllte kleine Brüste, eine schmale Mitte und schlanke Glieder. Unter Ruß und Sonnenbräune war ihre Haut hell; Sommersprossen breiteten sich über eine Stupsnase. Das Gesicht hatte breite Wangenknochen und lief zu einem kleinen, festen Kinn aus, der Mund war voll und weich, die leicht geöffneten Lippen zeigten gute Zähne, die weit auseinanderstehenden Augen unter langen Wimpern und geschwungenen Brauen hatten das Graublau der See. Sie hatte sich einen Kranz aus gelben Löwenzahnblüten gewunden. Darunter flossen die Locken bis zu ihren Hüften hinab. Wenn ein Sonnenstrahl auf sie fiel, leuchteten sie wie Bronze.

Helgi trat vor. »Was bist du schön!« rief er.

Mit einem erstickten Aufschrei sprang sie zurück, ließ das Holz fallen, das sie gesammelt hatte, und lief davon. Er sprang neben ihr her. »Hab keine Angst«, sagte er. »Ich will dir ja nichts antun. Ich möchte dein Freund sein.«

Sie rannte entschlossen weiter. Er überholte sie und versperrte ihr den Weg. Sie hob einen Stock auf, fauchte wie eine Wildkatze und stach nach ihm. Ihre Wehrhaftigkeit machte ihm Spaß, und er lachte und breitete die Arme aus. »Du gewinnst«, sagte er. »Ich ergebe mich. Tu mit mir, was du willst.«

Sie ließ den Stock sinken. Ihr Atem wurde ruhiger. Er hätte sie überwältigen können – aber er stand nur da und lächelte. Und was war er für ein großer, schöner Mann! Dieser Körper gehörte nicht in die schmutzigen Lumpen, die er trug. Zu dem Körper paßte jedoch das Gesicht mit seiner Hakennase, den himmelblauen Augen, der flachsfarbenen, schulterlangen Mähne und dem sauber geschnittenen Bart. Unter den goldenen Haaren auf seinen Armen waren weiße Narben zu sehen.

»Wie heißt du, und wohin gehörst du?« fragte er mit der Aussprache eines Ausländers.

Sie wies auf die Rauchsäule. »Ich bin die Tochter des Fischers dort. Nein, eigentlich nicht, denn ... meine Mutter war eine Sklavin. Ich heiße Yrsa.«

Er machte einen Schritt auf sie zu. Sie stand da wie durch einen Zauber gebannt und hörte ihr Herz hämmern. Er nahm ihre beiden Hände in die seinen, die hart und warm waren. Lange Zeit betrachtete er sie, und dann meinte er nachdenklich: »Deine Augen sind nicht die einer Sklavin.«

Sie setzten sich mit dem Rücken gegen den Wind und unterhielten sich. Yrsa hätte nie geglaubt, daß ein Fremder Anteil an ihrem täglichen Leben nahm. »Wer bist du?« fragte sie mehrmals. Er wich ihr aus: »Erzähle mir mehr über dich, Yrsa.«

»Um dich ist irgendein Geheimnis«, erklärte er dann. »Wie alt bist du?«

»Ich ... ich habe die Jahre nie gezählt«, antwortete sie erstaunt.

»Denk nach.« Er griff nach ihren Fingern. »Dies Jahr, voriges Jahr ...« Als er geraume Weile mit ihren Fingern gespielt hatte, war sie blutrot und fühlte sich ganz benommen, und sie meinte, sie könne dreizehn oder vierzehn Winter alt sein.

»Ich war in diesem Alter, als – nun, lassen wir das«, entgegnete er. »Wir stammen beide aus einer schnell wachsenden Rasse.«

Sie teilten sich Käse und hartes Brot aus seiner Tasche. Später, als er einen Arm um sie legte, zuckte sie nicht zurück, sondern lehnte seufzend den Kopf an seine Brust.

»Ich habe mich Hals über Kopf in dich verliebt«, sagte Helgi.

»Oh, nein«, flüsterte Yrsa.

Er mußte grinsen.

»Da du die Tochter eines armen Fischers bist, passe ich, ein Bettler, doch gut zu dir.«

Entsetzt sprang sie auf. »Was? Nein, nein, nein!«

Auch er erhob sich zu seiner ganzen Größe. »Ja, o ja.« Er

hielt sie fest. »Komm mit mir, Yrsa. Du mußt. Hier hat heute eine Norne gestanden.«

Sie begann zu weinen und zu bitten. Da sagte er: »Ich könnte dich gegen deinen Willen davontragen. Aber deine Tränen täten mir zu weh. Das ist ein Wort, das noch keine Frau von mir zu hören bekommen hat. Deshalb frage ich dich, ob du freiwillig mein sein willst.«

Sie sah ihn an und dachte an die Tölpel der Nachbarschaft, die sie kannte, und mit einem Mal warf sie sich weinend und lachend in seine Arme.

Sie suchten sich zusammen einen Unterschlupf. Yrsa kannte eine Quelle, an der murmelnde Bäume Schutz vor dem Wind boten und der Sommer das Gras getrocknet hatte.

Helgi blieb in den Wäldern, denn er wollte nicht, daß ihn irgend jemand sah. Sie besuchte ihn täglich und brachte ihm Essen mit. Die Fischersfamilie merkte, daß irgend etwas über sie gekommen war, aber keiner spürte ihr nach. Hierzulande würde niemand ein Mädchen zur Frau nehmen, wenn nicht vorher feststand, daß sie ihm Kinder gebären konnte.

Als es an der Zeit war, ging Helgi davon. Er sagte ihr, sie solle sich nicht fürchten, wenn ein Schiff komme. Als das nun geschah und alle anderen flohen, blieb sie stehen. Der reichgekleidete Mann, der ans Ufer sprang, sagte ihr, er sei der Dänenkönig. »Mir wäre es auch einerlei gewesen, wenn du nur ein Landstreicher gewesen wärst«, flüsterte sie und verlor das Bewußtsein.

Später suchte sie nach ihren Pflegeeltern und überredete sie, zurück an den Strand zu kommen. Helgi beschenkte sie im Überfluß, und dann segelte er mit Yrsa davon.

Aber er konnte seine Männer nicht enttäuschen, indem er die jährliche Beutefahrt aufgab. Deshalb brachte er Yrsa zu seinem Bruder Hroar und stach wieder in See. Für ihn wie für sie waren die nächsten Monate sehr einsam.

Königin Valthjona sagte zu ihrem Mann: »Ich glaube, daß sie mehr ist als nur eine von Helgis Bettgefährtinnen.«

»Vielleicht.« Hroar zupfte mit finsterem Gesicht an seinem Bart. »Eine üble Geschichte. Ein Fischersbalg, von einer Sklavin geboren!«

»Sie ist ein liebes und gutes Mädchen«, verteidigte Valthjona sie. »Und des guten Namens der Skjöldungen wegen muß ich sie in die Schule nehmen.«

Es gab vieles, was eine Dame wissen mußte: Alles, was dazugehörte, einen großen Haushalt zu führen, Künste wie Weben und Brauen, sich richtig zu kleiden, zu benehmen und zu sprechen, die Gebräuche und Riten zu Ehren der Götter und der Vorfahren, Kenntnisse über die Freunde und Nichtfreunde ihres Mannes und wie mit jedem einzelnen umzugehen war. Yrsa konnte es nicht alles an einem Tag lernen.

»Aber sie ist willig«, berichtete Valthjona, »und wenn ich so weit unten hätte beginnen müssen, dann wäre ich langsamer im Begreifen gewesen als sie.«

Auch wenn Yrsa Helgi vermißte, verlor sie ihre Fröhlichkeit nicht, und jeden Tag sang sie bei ihren Aufgaben. Sie hielt sich viele Tiere, Hunde und Pferde und Vögel, und hing sehr an ihnen. Die Jagd liebte sie nicht. Doch in einem Boot war sie so geschickt und kühn wie ein Junge. Selbst noch ein halbes Kind, tollte sie mit dem jungen Volk der Hirsch-Halle umher. Sie mit ihrer bescheidenen Herkunft war freundlicher zu den Knechten und Sklaven als Hroar oder Valthjona, obwohl diese als gütig galten.

Allmählich gewann auch Hroar Gefallen an ihr.

»Sie ist von guter Herkunft«, behauptete Valthjona. »Ihre Mutter mag eine Sklavin gewesen sein, wie man es ihr erzählt hat. Aber wenn dem so ist, dann schwöre ich, sie war eine hochgeborene Frau, die in Gefangenschaft geraten ist. Und ihr Vater – nun, er kann ein König gewesen sein.«

Als Helgi nach Hause kam und Yrsa in Leinen und Pelz und Gold sah, den Schlüsselbund am Gürtel, und sie ihn anmutig grüßte, stand er da wie von Thors Hammer getroffen. Am Morgen nach jener Nacht erklärte er, sie sei zu gut dafür, nur seine Bettgefährtin zu sein. Er werde sie zu seiner Königin machen. Und das tat er. Von der Hochzeitsfeier wurde noch nach Jahren gesprochen.

Yrsa lernte immer mehr dazu, und das Volk meinte, so jung sie auch sei, Leidhra habe selten eine so wunderbare Königin gehabt. Auch entging es den Leuten nicht, daß Helgi milder wurde. Er nahm sich nicht einmal mehr Buhlen, und er begann, die Sommer in Dänemark zu verbringen und Hroars Art von Arbeit zu tun. Zwar war er ungeduldiger als sein Bruder, aber ebenso gerecht. Jeder legte einen Rechtsstreit gern in seine Hände, und die Leute glaubten, er bespreche die Dinge mit Yrsa, und sie sänftige seine Strenge.

Doch sie war wirklich noch sehr jung. Zwei Jahre lang bekam sie kein Kind. Im dritten Jahr gebar sie einen Sohn.

Es war am Julabend, und es wurde eine lange und qualvolle Geburt. Helgi saß in seiner Halle, trank, hörte einem Skalden zu und sprach mit seinen Männern. Was er antwortete, hatte wenig Sinn, und immer wieder drehte er den Kopf zur Tür, als strenge er sich an, durch das Toben des Sturms draußen die Schreie aus der Kemenate zu hören.

Endlich kam die Hebamme. Tiefes Schweigen entstand, als sie mit einem Bündel im Arm durch die Halle schritt. Sie legte es auf die Erde vor dem Hochsitz.

»Ich bringe dir deinen Sohn, König Helgi«, verkündete sie.

»Und Yrsa?« krächzte er.

»Ich hoffe, sie wird es gut überstehen, Herr.«

»Gib mir unseren Sohn.« Mit zitternden Händen nahm Helgi das Kind hoch und setzte es auf sein Knie.

Am nächsten Tag, als es feststand, daß Yrsa am Leben bleiben werde, schlachtete er eine Herde von Pferden und Ochsen im heiligen Hain und rief zu einem Festschmaus, der dem bei der Hochzeit nur wenig nachstand. Er selbst goß Wasser über den Knaben und nannte ihn Hrolf. Die Krieger, die mit ihm von einem Ende der bekannten Welt zum anderen gefahren waren, schlugen die Schwerter gegen die Schilde und jubelten ihrem Edling zu.

Nur langsam gewann Yrsa ihre volle Kraft zurück. Sie gebar kein anderes Kind mehr. Aber sie und Helgi blieben glücklich miteinander und freuten sich an ihrem Hrolf. Er war klein, aber hübsch, fröhlich, schnell auf den Füßen und schnell von Verstand.

Das waren ruhige Jahre für Dänemark. Trotzdem hielten die Brüder ein wachsames Auge auf Götaland und Svithjodh, wo sich viel ereignete.

Der Göta-König Hugleik – vielleicht wollte er sich einen ebenso großen Namen machen wie Helgi – führte eine Kriegsflotte an Jütland und dem Sachsenland vorbei bis an die fränkische Küste. Dort verheerte er das Land, aber die Franken legten ihm und den Seinen einen Hinterhalt, und er fiel in der Schlacht. Unter den wenigen Götar, die entrinnen konnten, war Bjovulf, der in voller Rüstung zu den Schiffen hinausschwamm. Traurig war seine Heimkehr. Die Götar wollten ihn seiner Tüchtigkeit wegen zu ihrem König machen. Er lehnte ab und stellte selbst Hugleiks Sohn Härdredh vor dem Thing auf den Hochstein. Doch als der stärkste Häuptling nach Ägthjofs Tod mußte Bjovulf notgedrungen die Geschicke des Landes steuern.

Zu dieser Zeit war Egil der Schwedenkönig in Svithjodh. Wie andere Ynglinge war er ein Verschwender in seinen Opfergaben für die Götter und außerdem ein Zauberer. Vielleicht machte er einmal einen Fehler bei seinen Sprüchen, jedenfalls riß sich ein Bulle, den er gerade schlachten wollte, los, stürmte an den Sklaven vorbei, die bereits zu Ehren Odins gehängt worden waren, und entkam in die Wildnis. An der Spitze seiner Jäger ritt Egil ihm nach und stellte ihn. In dem Kampf stieß der Bulle Egil ein Horn ins Herz. Danach gelang es den Männern des Königs, das Tier zu töten. Sie trugen Egil fort und begruben ihn zu Uppsala.

Er hatte einen Bruder namens Ottar gehabt. Nun brach zwischen Egils Sohn Aali und Ottars Söhnen Asmund und Adhils ein Streit um die Vorherrschaft aus, der Jahre dauerte. Asmund fiel, Adhils wurde geschlagen und floh nach Götaland. Die Götar unter König Härdredh wollten ihm helfen. Doch als ihre Streitmacht Svithjodh betrat, siegte Aali wiederum, und Härdredh selbst fand den Tod.

Jetzt machten die Götar doch Bjovulf zum König, wie sie es von Anfang an gewollt hatten. Er bat seinen Verwandten und Freund Hroar um Hilfe, und Hroar sandte Krieger. Aali fiel in einer Schlacht auf dem gefrorenen Vänern-See. Adhils ritt nach Uppsala und wurde zum König der Schweden ausgerufen.

Also konnten Hroar und Bjovulf hoffen, in Svithjodh regiere jetzt ein König, der ihnen dankbar sein werde. Außerdem war Adhils kein Mann des Krieges. Dafür vertiefte er sich mehr in die Zauberei als jeder Yngling vor ihm. Als er erreicht hatte, was er wollte, ließ er die übrige Welt in Frieden.

Und doch hatten die Skjöldung-Brüder einen Fehler begangen, als sie ihm halfen. Das wußten sie damals natürlich nicht. Zuerst kamen andere Sorgen zu ihnen.

Sieben Jahre waren vergangen seit dem Tag, als Helgi Yrsa am Strand gefunden hatte. Da kam Königin Olof, um Rache zu nehmen.

VI

Der Fischer wagte nicht anders zu handeln, als daß er Olof aufsuchte und ihr berichtete, ein Seefahrer, der von sich behauptete, er sei der Dänenkönig, habe das Mädchen mitgenommen. Lange Zeit saß sie unbeweglich, bis sie sich ein ganz schwaches Lächeln abringen konnte. Von da an brannte sie stets darauf, Neues aus Dänemark zu hören. Nun erhielt sie aber nur spärliche Nachrichten, denn weil sie sich nicht anmerken ließ, daß sich etwas geändert hatte, fürchteten sich ihre Leute immer noch vor Helgi Halfdanssohn. Aber auf diese und jene Weise erfuhr sie doch, daß er und eine gewisse Yrsa, deren Eltern unbekannt waren, in glücklicher Ehe lebten.

»Leid und Schande sollen auf dich fallen, Helgi, der du jetzt in Ehre und Freude lebst«, schwor sie, allein mit ihren Gespenstern.

Aber es verging Zeit, denn sie konnte nicht auf der Stelle

abreisen wie ein Mann. Außerdem machte es ihr Freude, sich auszumalen, welche Qual sie ihm bereiten konnte. Zunächst einmal mußte sie sich absichern, daß er nicht zurückschlagen würde. Zu diesem Zweck wob sie ein Netz aus Bündnissen, sowohl mit anderen Sachsen als auch mit den Jüten im Norden. Nach dem, was auf den Inseln geschehen war, wußten die einzelnen Herrscher, daß sie zusammenhalten mußten, wenn sie frei bleiben wollten. Olof arbeitete und wartete, bis sie sicher war, daß Gier und Streitlust ihrer Nachbarn nicht dazu benutzt werden konnten, sie wieder auseinanderzubringen.

Endlich gab sie bekannt, sie wolle nach Dänemark reisen, um auch mit den Skjöldungen Verhandlungen aufzunehmen. Das gefiel dem Volk. Es war gut für den Handel, wenn die Kriegsgefahr gebannt wurde. Sie hatte nur drei Schiffe. Deshalb hielt es niemand für merkwürdig, daß sie sich einen Monat aussuchte, in dem, wie sie wußte, Hroar und Helgi nicht zu Hause waren, weil sie ihre Runde von Thing zu Thing machten. Unterdessen konnte Olof mit den Königinnen sprechen, sie aushorchen, ihre Freundschaft gewinnen und sie dazu bringen, daß sie bei ihren Männern ein gutes Wort für sie einlegten.

Die sächsischen Schiffe fuhren in den Roskilde-Fjord ein und legten vor der Stadt an, in der es von Menschen wimmelte.

»Sie haben viel erricht, diese Brüder«, sagte Olofs Schiffer zu der Königin.

Sie stand auf dem Vorderdeck, die Fäuste zu beiden Seiten geballt, eine kleine Frau, das Kleid vom Seewasser befleckt, graue Streifen im Haar, tief eingegrabene Linien im Gesicht, aber stolz aufgerichtet und hochmütigen Blicks. »Das Glück wird vielleicht nicht immer bei ihnen bleiben«, bemerkte sie und winkte dem Anführer ihrer Haustruppe. Ihm gab sie einen ganz genau umrissenen Auftrag. Er sollte mit einigen seiner Männer die Hirsch-Halle aufsuchen, die Rüstungen glänzend poliert, die Speere hoch erhoben, mit roten und blauen Mänteln um die Schultern.

Wenn Helgi unterwegs war, pflegte Yrsa mit ihrem Sohn

Hrolf bei Valthjona zu wohnen. Die beiden Frauen hatten sich gern. Außerdem war Hroars Halle besser als alles, was in Leidhra zu finden war. Olof wußte darüber Bescheid.

Ihre Männer baten darum, Yrsa allein sprechen zu dürfen. Sie empfing sie im luftigen Obergeschoß, wo sie spinnend mit ihren Mädchen saß. Die Mädchen machten große Augen, als die zottigen Sachsen hereintrampelten.

»Seid willkommen«, lächelte Yrsa. »Schon hat uns die Kunde erreicht, es hätten heute drei fremde Schiffe angelegt. Woher kommt ihr, und was ist euer Begehr?«

»Ich heiße Gudhmund, Herrin.« Das Benehmen des Anführers war ebenso rauh wie seine Aussprache des Nordischen. An Olofs weltabgeschiedenem kleinem Hof herrschten nicht die Manieren wie hier. »Ich bringe dir Grüße von meiner Königin.« Und er sagte, wer sie sei.

»Wie herrlich!« Yrsa klatschte in die Hände, aber sie wurde dabei ebenso rot wie ihre Mädchen. Die Taten ihres Mannes damals auf Alsen waren nicht mehr allgemeiner Gesprächsstoff, doch sie hatte davon gehört. »Olof will endlich unsere Freundin werden? Natürlich, natürlich! Laß sie sofort kommen.« Sie wandte sich an ein Mädchen. »Thorhild, lauf ins Kochhaus ...«

»Halt, Herrin«, unterbrach Gudhmund. »Meine Königin läßt ausrichten, daß sie unter gar keinen Umständen hier Gast sein will.«

Yrsa runzelte die Stirn. »Warum nicht?«

»Sie möchte nur mit dir sprechen, Herrin, und bittet dich, zu ihr zu kommen.«

Die Falten auf Yrsas Stirn vertieften sich. Wäre Königin Valthjona dabeigewesen, hätte sie sie sicher gewarnt, eine so beleidigende Einladung anzunehmen. Aber Yrsa wollte gern erfahren, was das alles zu bedeuten hatte. Sie nahm sich die Zeit, schöne Kleider anzulegen: ein weißes Gewand, das mit grünen Ranken und Blättern bestickt war, ein leinener Kopfputz, eine goldene Halskette und goldene Armreifen, Ziegenleder-Schuhe mit Silberschnallen, ein mit Hermelin besetzter scharlachfarbener Mantel. Sie ließ Leibwächter rufen, die mit ihr reiten sollten. Beinahe hätte sie die Sachsen zu Fuß gehen lassen. Im letzten Augenblick überlegte sie es sich anders und befahl, Pferde für sie zu satteln. Bunt und glitzernd, zwischen farbenprächtig bemalten Schildern und unter glänzenden Speeren, so ritt Yrsa ihrem Untergang entgegen.

An der Anlegestelle stieg sie ab, ließ ihre Männer zurück und sprang geschmeidig auf das Vordeck des Schiffes. Auge in Auge standen sie und Olof sich eine Weile gegenüber. Die Menschenmenge am Ufer, die die beiden Königinnen anstarrte, wurde still. Nur die Möwen schrien.

»Willkommen in Dänemark«, sagte Yrsa langsam. »Warum willst du nicht unser Gast sein?«

Olof sah sie immer noch an. In sieben Jahren war das barfüßige Fischermädchen eine Frau geworden. Auch Yrsa war nicht groß, aber aufrecht und anmutig. Ihr bronzefarbenes Haar, die grauen Augen, das sanfte Gesicht waren hübsch anzusehen. Wenn sie lachte, hatte sie Grübchen in den Wangen. Selbst jetzt konnte sie kein richtig unfreundliches Gesicht machen.

»Ich habe keine Ehre, womit ich König Helgi die Gastfreundschaft vergelten könnte«, erwiderte Olof mit ausdrucksloser Stimme.

»Wenig Ehre hast du mir erwiesen, als ich in deinem Land wohnte«, entfuhr es Yrsa. Aber sie hatte etwas auf dem Herzen, das ihr wichtiger war. Sie beugte sich vor und streckte die Hand aus, als wolle sie die der älteren Frau ergreifen, und fragte mit nicht ganz sicherer Stimme: »Ob du mir wohl ... etwas über meine Abstammung sagen könntest? Ich habe mir gedacht, vielleicht verhält es sich damit nicht so, wie es mir erzählt wurde ...«

Da lächelte Olof. »Ja, natürlich, meine Liebe. Es ist nicht unmöglich, daß ich dir etwas darüber zu berichten weiß. Tatsächlich habe ich die Reise hierher aus dem Grund unternommen, dir die Wahrheit mitzuteilen.« Sie holte tief Atem. »Sag mir, bist du glücklich in deiner Ehe?«

Yrsa errötete, doch sie antwortete freudig: »Ja, das bin ich, und wie könnte es anders sein, wo ich einen so tapferen und berühmten König zum Mann habe.«

Olof erschauerte vor Freude, und sie sprach so laut, daß nicht nur die Männer im Schiff, sondern auch die auf dem Kai sie verstehen konnten: »Du hast weniger Grund, zufrieden zu sein, als du denkst. Er ist dein Vater, und du bist meine Tochter.«

Yrsa stieß einen einzigen Schrei aus.

Danach rief sie, das sei eine schmutzige Lüge, und Helgi werde ganz Alsen verbrennen, um seine Ehre reinzuwaschen. Olof brachte erbarmungslos Beweise vor. Sie hatte Jahre gehabt, in denen sie sich ihre Worte zurechtlegen konnte. Als Zeugin hatte sie die Hebamme mitgebracht, die Yrsa aus ihrem Leib gezogen und gehört hatte, wie ihr dieser Name gegeben worden war; sie hatte sogar den Schädel der Hündin mitgebracht.

Die Leibwächter sahen ihre Königin heftig schluchzend auf dem Deck niedersinken, und die sächsische Frau stand über ihr und grinste. Die Männer faßten ihre Waffen fester und schritten vor. »Wartet«, murmelte ihr Anführer. »Ich fürchte ... das ist nichts ... was wir töten können. O ihr glänzenden Elfen, helft uns an diesem Tag!«

Aber über Yrsa flog nichts hinweg als die Seemöwen.

Endlich erhob sie sich und keuchte: »Meine Mutter ist das schlechteste und herzloseste Wesen, das je gelebt hat. Noch nie hat die Welt von so etwas gehört. Es wird niemals – niemals vergessen werden.«

»Du kannst dich bei Helgi dafür bedanken«, ssgte Olof.

Sie setzte alle, die da unter der Sonne standen, in Erstaunen, als sie vortrat, ihre Tochter in die Arme nahm, den Kopf mit dem zerrauften Haar an ihren Busen bettete und bat: »Komm mit mir nach Hause, Yrsa. Komm nach Hause in Ehren, und ich will alles für dich so gut machen, wie ich kann.«

Yrsa entwand sich ihr. Sie wartete, bis sie wieder Kraft gesammelt hatte. Dann antwortete sie ruhig: »Ich weiß nicht, wie das enden wird. Aber hier kann ich nicht länger bleiben, seit ich weiß, auf welchem unmöglichen Platz ich stehe.« Sie wandte sich um, verließ das Schiff, bestieg ihr Pferd und ritt gelassen zurück. Sie war eine Skjöldung.

Die Geschichte sagt nicht, was zwischen ihr und Königin Valthjona oder ihr und Hrolf Helgissohn vorging.

Auch sagt sie nicht, was Olof tat. Zweifellos sprach sie noch öfter mit ihrer Tochter, und mit ihrer Klugheit und Redekunst brachte sie Yrsa schließlich dazu, mit ihr nach Alsen zurückzukehren. Und in Wahrheit war es ja so: Wenn Yrsa ihren Mann verließ, wo sollte sie sonst Obdach finden? Eine Frau ohne Schutz ist vogelfrei. Übrigens hatte Olof keine Zeit zu verlieren. Die Kunde mußte mittlerweile Helgi erreicht haben, und er würde Pferde zuschanden reiten, um nur schnell nach Hause zu kommen. Die Sachsen mußten jederzeit zum Aufbruch bereit sein. Wahrscheinlich lagen ihre Schiffe jenseits der Meerenge, die den Roskilde– und den Isefjord verbindet, so daß sie schnell hinaus ins Kattegat fliehen konnten.

Die Geschichte sagt wenig mehr, als daß Helgi und Yrsa sich noch einmal sahen. Es konnte nicht zwischen ihnen bleiben, wie es war, denn was sollte aus einem Land werden, dessen König bei seiner eigenen Tochter lag?

Mißernten, Seuchen, Hungersnot, Dänemark zu einem Tummelplatz der Raben und Wölfe, ein Land der Räuber und Wahnsinnigen geworden, bis zuletzt eine ausländische Axt den Baum der Skjöldungen fällte – das konnten sie beide nicht zulassen.

Vielleicht hat Yrsa es noch gewagt, ihrem Sohn einen Abschiedskuß zu geben. Dann ließ sie sich von einem Mann über die Bucht, durch Nacht und Regen zu den Schiffen ihrer Mutter rudern.

VII

Yrsa verbrachte drei Jahre auf Alsen. Ihre Mutter benahm sich gegen sie, wie es sich schickt, war aber kühl. Yrsa war viel allein, und in Gesellschaft sprach sie kaum. Am wenigsten unglücklich war sie, wenn sie in ihrem eigenen Boot aufs Meer hinausfuhr. Aber selbst dann hörte niemand mehr sie singen.

Obwohl sie durch die Stellung ihrer Mutter Olof eine gute Partie war, kam kein König, um sie zu freien. Der Hauptgrund war, daß sie nicht sicher wußten, ob Helgi sie zurückholen oder ob er es übel aufnehmen würde, wenn sie einen anderen heiratete.

Aber Helgi unternahm nichts. Als sein Bruder Hroar zu ihm kam, hatte er getobt und gewütet, er werde mit einer ganzen Flotte und einer Streitmacht aufbrechen und seine Frau wiederholen. »Du sprichst Unsinn, und das weißt du selbst!« fuhr Hroar ihn an. »Wir sind nicht darauf vorbereitet, mit halb Jütland Krieg zu führen, was die Folge eines Angriffs auf Alsen wäre. Und was könntest du dabei gewinnen? Ein Mädchen, deine eigene Tochter, die du in einen Käfig einsperren müßtest, damit sie dir nicht davonläuft – und ganz bestimmt würden uns die Götter den Rücken kehren, wenn du so etwas mit vollem Wissen tätest. Nein!«

Helgi, völlig vernichtet, blieb lange Zeit im Bett und starrte ins Leere. Danach war er launenhaft, schroff und beinahe immer betrunken. Wenn er Frauen in sein Bett holte, konnte er nichts mit ihnen tun – es wurde geflüstert, Frigg selbst habe ihn mit einem Bann belegt –, und schließlich gab er die Versuche auf. Er baute sich eine Hütte in der Wildnis und blieb oft wochenlang ganz allein dort.

Hroar und Valthjona zogen Hrolf auf. Was auch für ein Fluch auf seinen Eltern liegen mochte, er schien ihn nicht berührt zu haben. Er war ein sonniger Junge, der alle Herzen gewann, von der mütterlichen Dienerin bis zu dem bärbeißigsten Leibwächter. Er war geschickt bei allen Spielen, die aus einem Knaben einen tüchtigen Mann machen, aber ebenso dachte er viel nach, stellte Fragen und überlegte laut, ob die Antworten, die er bekam, die ganze Wahrheit enthielten. Ebenso war sein Onkel in diesem Alter gewesen.

Im dritten Sommer kam eine Flotte unter dem weißen Schild nach Alsen. Noch nie hatte Olof so viele und so vornehme Gäste beherbergt. An ihrer Spitze stand Adhils, der Schwedenkönig. Er war geradewegs von seiner Burg zu Uppsala hergekommen.

Olof empfing ihn mit äußerster Hochachtung. Yrsa war bloß höflich und zog sich bald in ihr eigenes Haus zurück. An diesem Abend tranken Olof und Adhils zusammen auf dem Hochsitz.

»Ich habe von deiner Tochter gehört«, sagte er, »und jetzt sehe ich, daß man mir die Wahrheit gesagt hat darüber, wie schön sie ist und wie stark die Familie, aus der sie stammt. Herrin, ich bitte um ihre Hand.«

Olof betrachtete ihn forschend. Adhils war ein junger Mann, groß und breit, doch setzte er bereits Fett an. Sein Haar und Bart waren lang, bernsteinfarben und fettig; ständig kämmte er mit seinen sommersprossigen Fingern durch die Strähnen. Eine schwertscharfe Nase sah zwischen den vollen roten Wangen fehl am Platz aus. Er trug das feinste Leinen, aber es war nicht so sauber, wie es hätte sein können.

Ein saurer Geruch hing um ihn in der Luft.

Gleichwohl hätte niemand gewagt, sich über ihn lustig zu machen. Seine Stimme rollte schwer wie die Brandung der Nordsee. Die kleinen, eishellen Augen, die tief unter den Brauen lagen, hatten einen stechenden Blick. Es war bekannt, daß er tief in die Zauberei eingedrungen war. Sein Volk litt unter seiner Gier und seiner Härte, aber er beherrschte es mit einer Schläue, die weit über seine Jahre hinausging. Svithjodh war das größte Königreich im Norden. Es reichte von den Hügeln Götalands bis zu den endlosen, nassen Wildnissen Finnlands. Scharen von Unterkönigen und tributpflichtigen Häuptlingen zahlten Adhils Steuern. So standen mindestens so viel Reichtum und so viele Krieger auf seinen Wink bereit wie auf den der Skjöldungen.

»Du weißt, wie es mit ihr ist«, antwortete Olof langsam. »Wenn sie es jedoch selbst wünscht, werde ich nicht dagegen sprechen.«

»Das will ich hoffen«, bemerkte Adhils ohne Lächeln.

Und obwohl die Nacht warm war und die Feuer loderten, erschauerte Olof.

Trotzdem dachte sie bei sich, wenn sie ihn zum Verbündeten gewann, brauchte sie weder Helgi noch sonst jemanden mehr zu fürchten.

Am nächsten Tag suchte Adhils Yrsa auf. Sie saß auf einer Bank in dem Kräutergarten hinter ihrem Haus. Zwei Mädchen halfen ihr, ein Kleid zu nähen. Sie führte nur einen kleinen Haushalt und hielt keinen einzigen Sklaven. Als sie Schritte knirschen hörte, blickte sie auf. »Guten Morgen, Herr«, grüßte sie kühl.

»Wir haben dich gestern abend beim Festschmaus vermißt«, polterte er.

»Ich bin nicht für Lustbarkeiten.«

»Ich wollte dir ein Geschenk machen. Hier.« Adhils hielt ihr ein Halsband hin.

Die Mädchen quietschten. Für diese Glieder und Platten aus gehämmertem Gold, diese funkelnden Edelsteine konnte man ein Langschiff kaufen.

»Ich danke dir, Herr«, sagte Yrsa beunruhigt. »Du bist zu freundlich. Aber ...«

»Ich will kein ›Aber‹ hören.« Adhils warf ihr das Ding in den Schoß, bedeutete den Mädchen mit einer Handbewegung, sich zu entfernen, und setzte sich neben sie.

»Deine Mutter ist eine reiche Königin«, stellte er fest. »Du brauchtest kein so einsames Leben führen, wie du es tust.«

»Es ist meine eigene Wahl«, erwiderte Yrsa.

»Du bist früher glücklicher gewesen.«

Sie wurde blaß. »Das ist meine Angelegenheit.«

Adhils durchbohrte sie mit seinen Gletscheraugen. »Da irrst du dich. Was ein Herr oder eine Herrin tut, ist Angelegenheit des ganzen Volkes.

»Was willst du von mir, König Adhils?«

»Ich will dich zur Frau, Königin Yrsa.«

Sie erstarrte. »Nein.«

Adhils Mundwinkel hoben sich zur Andeutung eines Lächelns. »Ich bin keine ganz schlechte Partie.«

Sie sprang auf und stieß hervor: »Ich brauche nicht erst zu überlegen; ich weiß sehr gut, wie verhaßt du bist!«

»Du machst mir Angst.« Er tat, als ob er zittere.

Yrsa gab ihm das Halsband zurück. »Geh! Ich bitte dich, geh!« Wild zeigte sie auf ein Storchennest. »Diese Vögel sollen Glück und Kinder bringen. Mir nicht. Du wirst keine unfruchtbare Königin wollen.«

»Du hast hier allein geschlafen«, erinnerte er sie.

»Und ich werde immer allein schlafen!«

Er stellte sich ihr mit seinem mächtigen Körper in den Weg. »Schon möglich, daß du nach dem Kind, das du nie hättest haben dürfen, unfruchtbar geworden bist. Aber das macht nichts. Ich habe andere gezeugt. Wenn deine Mutter und ihre sächsischen Freunde meine Verbündeten sind und du meine Frau bist, müssen sich die Skjöldungen mir gegenüber benehmen.« Er drückte ihr das Halsband in die Hand. »Und außerdem wirst du für mein Haus ein leuchtenderes Schmuckstück sein als das hier.« Er sprach nicht fröhlich, wie Helgi gesprochen hätte, es war vielmehr so, als habe er es sich vorher zurechtgelegt und auswendig gelernt.

»Ich möchte keinen Streit verursachen. Ich möchte keinen so ... so großen König beleidigen«, sagte Yrsa. »Geh bitte. *Geh.*«

Er drehte sich um und schritt ruhig davon. Als er außer Sicht war, warf Yrsa das Halsband zu Boden, ließ sich auf die Bank fallen und rang nach Luft.

Olof erfuhr, was geschehen war, und kam nach Sonnenuntergang in Yrsas Haus. Yrsa wollte von einer Heirat mit Adhils nichts wissen, aber ihre Mutter gab zu bedenken:

»Es könnte ein schlimmeres Schicksal auf dich warten, als Königin in Svithjodh zu werden. Ich habe keine Erben, Yrsa. Die Männer von Alsen werden dir die Herrschaft nicht übertragen, wenn ich einmal tot bin, und selbst wenn sie es täten, könntest du sie nicht ausüben. Was möchtest du lieber sein, die Beute eines Wikingers, die unfreiwillige Buhle eines schmutzigen kleinen Häuptlings – oder die Herrin von Uppsala?«

»Nein«, jammerte Yrsa, »nein, nein, nein.«

»Wenn du seine Königin bist«, fuhr Olof fort, »hat Adhils auch auf dies Land einen Anspruch. Er kann einen Jarl einsetzen, wenn ich nicht mehr bin, einen starken Mann, der für Sicherheit sorgen wird. Andernfalls – nun, denk doch an deine Pflegegeschwister an der Nordküste. Stell dir vor, daß deine Brüder tot daliegen und die Raben ihnen die Augen aushacken, stell dir vor, daß deine Schwestern vergewaltigt und als Sklavinnen in die Fremde geführt werden. Dann werden sie sagen, Yrsas Mutter tat gut daran, sie nach einer Hündin zu nennen!«

Olof erhob sich und ging. Yrsa weinte.

Am nächsten Tag zeigte sie nach außen ein ruhiges Gesicht. Als Adhils zu ihr kam, grüßte sie ihn gelassen. Er gab ihr noch mehr Geschenke, Schmuck und kostbare Stoffe. Sie sagte nichts davon, daß sie diese Dinge ja sowieso tragen würde, wenn sie ihn heirate.

Nach zwei Wochen zwischen ihm und ihrer Mutter neigte Yrsa müde das Haupt und sagte ja.

Als die Schweden davonsegelten und die Braut mitnahmen, stand Olof am Strand und sah ihnen nach. Sie lachte und rief: »Auch das ist für dich, Helgi!«

Danach lebte sie nur noch ein paar Jahre. Ein Gewächs tötete sie.

VIII

Als König Helgi davon erfuhr, wurde er noch schwermütiger und zog sich ganz in seine Hütte zurück.

Er hatte sie selbst gebaut, und er hatte beim Fällen auf die Baumstämme eingeschlagen, als seien sie Feinde. Wenn es nötig war, wanderte er mehrere Meilen bis zu dem nächsten Bauernhof und bezahlte für Essen und Bier. Der Fuhrmann, der es ihm brachte, hielt sich niemals auf, und kein Mensch kam zu Besuch. Es hieß, der Ort sei verhext.

Am Julabend war sehr schlechtes Wetter. In Roskilde, in

Leidhra, in allen Häusern überall in Dänemark rückten die Menschen näher zusammen, schürten die Feuer und errichteten einen Schutzwall aus guter Laune zwischen sich und den Wesen, die in dieser Nacht umgingen. Helgi stopfte Flachbrot und Stockfisch in sich hinein, goß viele Hörner Bier hinunter und streckte sich auf seinem Bett aus Stroh und Bärenfellen aus. Er ließ eine Steinlampe brennen.

Nach einer Weile erwachte er und blickte in das Halbdunkel. In der Kammer war es bitter kalt. Der Wind heulte und pfiff durch jede Ritze zwischen den Baumstämmen. Doch war noch ein anderes Geräusch zu hören, ein schwaches Wimmern, ein Kratzen an der Tür ... hatte das ihn aufgeweckt?

War es ein Tier? Helgis Kopf war unheimlich klar, als habe er kein gewöhnliches Bier getrunken, sondern den Met, den Odin für seine mitternächtlichen Gäste braute. Er dachte, es stehe einem König nicht an, ein lebendes Wesen draußen zu lassen, wenn er es retten könne.

Deshalb stand er auf, nahm die Lampe und öffnete die Tür. Der Wind trieb Schnee heran. Auf der Schwelle lag ein formloses Bündel aus grauen Lumpen. Helgi bückte sich, schob das arme Ding hinein, schloß die Tür wieder und hielt die Lampe so, daß er es sich ansehen konnte.

Es war ein Mädchen. Sie war knochendürr. Schwarze Haarsträhnen fielen von einem mißgestalteten Schädel, in dem das an Zähnen klapperte, was noch nicht weggefault war. Ihre Füße waren nackt und geschwollen von Frostbeulen. Sie hockte auf dem Fußboden, umklammerte die Schultern mit blauen Händen am Ende besenstielartiger Arme und wimmerte etwas. Helgi verstand: »Du hast recht getan, König.«

Helgi verzog das Gesicht. Doch er setzte die Lampe wieder auf den Boden, tat die zwei oder drei Schritte, die er brauchte, um den Raum zu durchqueren, und nahm Stroh und einen Pelz von seinem Bett. »Wickele dich darin ein, und du wirst nicht mehr frieren«, sagte er.

»Nein, laß mich zu dir kommen«, heulte das Bettlermädchen. »Laß mich bei dir liegen. Sonst muß ich sterben. Mir ist so kalt, so kalt.«

Das paßte Helgi gar nicht. Doch da er sie einmal als seinen Gast aufgenommen hatte, sagte er: »Es ist sehr gegen meinen Wunsch. Doch wenn es unbedingt sein muß, dann leg dich in deinen Kleidern zu meinen Füßen. Das kann mir nicht schaden.« Er hoffte, ihre Flöhe und Läuse seien bereits erfroren.

Wie eine häßliche Spinne kroch sie ans Ende des Bettes und zog ein Fell über sich. Helgi legte sich wieder ins Stroh und streckte seine Beine aus. Das jämmerliche Ding soll sich wenigstens an meinen Sohlen wärmen können, dachte er.

Was war das? Seine Füße berührten keine schmutzigen Lumpen oder dürre Knochen, sondern warme, seidige Haut, und es durchzuckte seinen ganzen Körper.

Er setzte sich auf und zog das Fell weg. Da lag eine Frau in einem schimmernden Hemd. Noch nie hatte er so viel Schönheit gesehen. Das Stroh knisterte kaum, als sie sich auf die Knie erhob und ihn anlächelte. Durch das Hemd sah er volle Brüste und Hüften; ihre Süße vertrieb die Kälte und den Gestank des Winters, Helgi ertrank plötzlich im Sommer. Rabenschwarze Locken umgaben ein blasses, fremdartiges Gesicht, zu fein modelliert, um ganz menschlich zu sein. Ihre Augen zeigten das lidschlaglose Gold eines Falken.

»Aber ... aber du ...« Furcht packte ihn. Er wich zurück und machte das Zeichen des Hammers. Sie lächelte, die Furcht stob aus Kopf und Herzen davon. So trübe das Lampenlicht war, es glänzte auf ihrer Haut und vertrieb im ganzen Raum die Dunkelheit. Der heulende Wind schien schwach und weit weg zu sein. Helgi streckte seine bebenden Arme nach ihr aus.

»Nun muß ich gehen.« Sie sang mehr, als sie sprach. »Du hast mich aus bitterer Not gerettet, denn meine Stiefmutter hatte einen Zauber auf mich geworfen. Ich habe es bei vielen Königen versucht. Du allein, Helgi Halfdanssohn, hattest den Mut, das zu tun, was mich wieder frei machte.«

»Dazu bedurfte es keines Mutes.« Als er sie berührte, erhob sich seine Mannheit.

Sie sah es. »Nein«, flüsterte sie, »du darfst nicht bei mir liegen. Ich werde nicht bleiben.«

Er faßte nach ihr. »So können wir uns nicht trennen.«

Sie schüttelte den Kopf. »Du hast mir Gutes getan, Helgi. Ich will nicht die Ursache sein, daß dein Haus vom Unglück befallen wird.«

»Du bringst mir größere Freude, als ich dir sagen kann«, entrang es sich ihm. »Ich werde dich heiraten, so bald es möglich ist. Heute nacht ...«

Kummer trübte die Falkenaugen. »Wie du willst, Herr.« Dann flammten sie auf, und sie warf ihr Hemd ab und kam zu ihm.

Lange, lange danach stahl sich ein wolfsgrauer Morgen über eine weiße, stille Welt. Helgi hatte sie öfter und brennender geliebt, als er gewußt hatte, daß es in der Macht eines Mannes läge. Noch halb im Schlaf sah er sie vor sich stehen. Sie war angezogen. Woher waren das grüne Kleid und der Mantel gekommen und der Kranz aus roten Ebereschenbeeren auf ihrem Kopf? Sie beugte sich zu ihm, legte einen Finger auf die Lippen und sagte ganz leise:

»Jetzt hast du deinen Willen gehabt, König. Wisse, wir werden ein Kind haben. Als du mich aufnahmst, wünschte ich dir nur Gutes, und jetzt wünsche ich dir nichts Böses. Tu, was ich dir sage, und es mag sein, daß wir das Unglück, das du in meinen Leib gesät hast, noch aufhalten können. Unser Kind muß unter Wasser geboren werden, denn ich bin vom Blute Rans. Sei um diese Zeit im nächsten Winter unten bei deinem Bootshaus und halte nach ihr Ausschau.« Sie verzog schmerzlich den Mund. »Wenn du es nicht tust, werden die Skjöldungen zu leiden haben.«

Als König Helgi richtig wach wurde, war sie schon fort.

Er ging hinaus auf die Schneefelder und sah sie in jedem blauen Schatten und in jedem Glitzern des Eises, und als der kurze Tag zu Ende war und die Sterne aufzogen, hörte er sie rings um sich flüstern. Doch sie war nicht Yrsa, und sie ließ keine blutende Leere zurück, wo sein Herz gewesen war. Als Elfe war sie wie ein Frühlingswind, schnell verschwunden, niemals ganz klar in der Erinnerung, sich öffnende Blütenknospen hinterlassend.

Helgi stellte fest, daß ihm sowohl seine Mannheit als auch der Wille, ein Mann zu sein, zurückgegeben worden waren. Singend ritt er heim nach Leidhra.

Hroar hatte in den Jahren, die sein Bruder der Verzweiflung anheimgefallen war, getan, was er konnte. Trotzdem lag jetzt vieles im argen. Ein König ist ein großer Landbesitzer, ihm gehören Handelsschiffe und viele Waren. Helgis Leute hatten ohne Befehl nur wenig zu unternehmen gewagt. Er nahm die Sache in die Hand und brachte in kurzer Zeit alles wieder in Ordnung. Das gleiche tat er mit dem Königtum, seinem Bruder, seiner Schwägerin und seinem Sohn Hrolf.

Vielbeschäftigt, wie er war – auch bei den Frauen –, vergaß er, was seine Elfenliebste von ihm verlangt hatte. Tatsächlich kam sie ihm im Vergleich zu allem, was er kannte, so fremdartig vor, daß er sich manchmal fragte, ob es vielleicht nur ein Traum gewesen sei. Aber wer hatte dann den Traum gesandt, und was hatte er zu bedeuten? Das waren furchterregende Gedanken. Er schob sie beiseite, er stürzte sich von neuem in die Welt der Menschen.

Am dritten Julabend war er wieder allein in seiner Hütte.

Er nahm an, es sei ein Zufall. Ein Mann, vor kurzem wegen Mordes zum Gesetzlosen erklärt, hatte sich in der Gegend herumgetrieben und Untaten begangen. Als Helgi vorbeikam, baten die Bauern ihn um Hilfe. »Mit einer Schar von Treibern wird man ihn kaum fangen«, lachte der König. »Nun, vielleicht können ich und meine Hunde ihn aufspüren.« Das taten sie. Helgi erschlug den Übeltäter und nahm seinen Kopf mit, um ihn vorzuzeigen. Inzwischen war es dämmerig geworden, und er erinnerte sich an die Hütte. Sie war drei Jahre lang nicht bewohnt worden und kein angenehmer Aufenthalt. Aber ihre Wände gaben Schutz vor dem Nachtwind.

Um Mitternacht erwachte Helgi von dem Bellen der Hunde. Er nahm sein Schwert und ging an die Tür. Der

Himmel war ganz klar geworden. Im Sternenlicht sah er drei Männer und eine Frau. Sie saßen auf Pferden, die verschwommen und wechselnd schimmerten wie ein Wasserfall, mit langen Mähnen und langen Schwänzen und mit Hufen, unter denen der gefrorene Schnee nicht knirschte, sondern klang – Elfenpferde. Die Männer waren in klingelnde Rüstungen gekleidet, in Hemden, Hosen und Mäntel, über die gedämpfte Regenbogenfarben hinliefen, in Stiefeln, deren goldene Verzierungen wie Feuer flackerten. Ihre Gesichter waren zu schön, um menschlich zu sein. Die Frau – Helgi kannte die Frau.

Sie beugte sich herab. Wie gebannt ließ er seine Waffe fallen und nahm ihr das in Seehundfell gehüllte Bündel ab, das sie ihm in die Arme legte. Mit trauriger Stimme sagte sie: »König, deine Sippe muß bezahlen, weil du nicht getan hast, was ich wünschte. Doch dir selbst soll es Glück bringen, daß du mich aus dem Zauber erlöst hast. Hier ist unsere Tochter. Ich habe sie Skuld genannt.«

Schneller als Wesen aus Fleisch und Blut verschwanden die Elfenpferde.

Helgi sah die Elfenfrau niemals wieder. Er stand da und hielt ein schlafendes Kind, dessen Name Skuld war: *Das, was sein wird*.

IX

Von neuem wurde Helgi von Schwermut befallen. Er überließ sich nicht wieder der Wildheit und Trunksucht, sondern blieb in Leidhra und erfüllte seine Pflichten. Aber er sprach kaum mehr, als er mußte, lachte niemals und unternahm allein lange Ritte oder saß da und starrte Stunde um Stunde ins Feuer.

Hroar erfuhr davon, und als der Frühling kam, lud er ihn zur Segnung in die Hirsch-Halle ein.

Ernst und schweigsam nahm Helgi an dem Fest teil. Er

sprach fast nur mit seinem Sohn Hrolf. Mit elf war Hrolf schlank und ziemlich klein. Er bewegte sich flink wie ein Hirsch, und reiche Kleidung stand ihm gut. Sein Haar war von einem dunkleren Gelb als das seines Vaters und hatte einen rötlichen Glanz. Seine Augen unter den dunklen Brauen waren grau – Yrsas Augen –, und es lag auch viel von ihr in dem jungen Gesicht mit der reinen Haut, das das vorspringende Kinn der Skjöldungen hatte. Er antwortete freimütig. Sonst neigte er dazu, sich still zu verhalten, zu beobachten, was die anderen taten, und sich seine eigenen Gedanken zu machen.

In dieser Nacht schlief Helgi allein.

Am Morgen kam Hroar zu ihm und holte ihn zu einem Ausritt ab. Als sie ein gutes Stück von der Halle entfernt waren, sagte Hroar: »Ich will dir nicht vorschreiben, was du zu tun hast, Helgi. Aber manche werden es ein böses Omen nennen, daß du, ein König, beim Opfer und beim Festschmaus so düsterer Stimmung warst und später keiner Frau deinen Samen gegeben hast.«

Helgi seufzte. »Laß sie doch.«

»Du hast mir erzählt, daß die Elfe dich vor künftigem Unglück gewarnt hat. Nun, das eine oder andere Unglück kommt immer, und zumindest ist sie dir noch freundlich gesonnen. Was nun das Kind betrifft ...«

Helgi erwiderte heiser: »Ich will dir sagen, was mit mir ist. Seit ich sie ein zweites Mal gesehen und festgestellt habe, daß sie schließlich doch kein Traum war, und seit ich unsere Tochter bei mir habe, die zu selten weint und Augen hat, die zu scharf für einen Säugling sind ... da muß ich ständig an Yrsa denken.«

»Was? Ich dachte, du hättest sie dir aus dem Sinn geschlagen.«

»Niemals. Oh, ich weiß jetzt, daß ich ohne sie leben kann. Aber ... das Elfenvolk kann unsern Herzen Seltsames antun ... vielleicht klammere ich mich in Gedanken wieder an Yrsa, weil ich mich fürchte, an die andere zu denken – und dann ist da Hrolf, Yrsas und mein Sohn, der ihre Augen hat ...« Helgi schloß fast unhörbar: »Nach dem, was ich höre, ist sie nicht glücklich in Uppsala. Und ich sitze in dem Haus, das das unsrige war, und werde alt.«

Hroar strich sich durch den eigenen ergrauenden Bart. »Wir alle werden alt.«

»Aber man braucht nicht zu verfaulen, ehe man tot ist!«

»Vor uns liegen noch große Aufgaben.« Hroar versuchte zu lächeln. »Zumindest sollte dich der Gedanke doch aufheitern, daß du die Zuneigung eines sehr mächtigen Wesens errungen hast …«

Er brach ab, weil Helgi plötzlich im Sattel hochfuhr. Die Haare auf seinen Armen richteten sich auf; er starrte geradeaus und zischte wie ein Luchs.

»Was ist?« fragte Hroar, dem es unheimlich wurde.

Helgi hob die Faust. »Beim Hammer!« brüllte er. »Du hast recht! Warum soll ich meine Tage verseufzen?«

Hroar begann: »Gut, ich freue mich, das zu hören …« Sein Bruder unterbrach ihn:

»Ich gehe nach Uppsala und hole sie zurück!«

»Was?« rief Hroar. »Nein!«

»Doch! Hör mich an«, drängte Helgi. »Ich habe gegrübelt und gegrübelt, bis deine Worte mir wie ein Blitz die Erleuchtung gebracht haben.« Er faßte Hroars Arm so fest, daß seine Finger Male hinterließen. »Es stimmt, ich stehe in der Gunst einer von hohem Rang unter dem anderen Volk, einer, die direkt von Ran abstammt. Ich bin der Vater ihres Kindes, und ich ziehe das Kind auf. Wird sie zulassen, daß ihrer eigenen Tochter Unheil widerfährt? Was habe ich noch irgendeinen Fluch zu fürchten? Was hast du, was hat Dänemark zu fürchten? Wäre Hrolf so schön und vielversprechend, wie er ist, wenn er unter einem Fluch gezeugt wäre? Nein, all unser Leid rührte nur von der Wölfin Olof her, die jetzt tot ist. Möge sie niemals wieder wandeln!« Er hob die Hände zum Himmel und rief mit Donnerstimme: »Wir sind frei!«

»Kein Mensch ist frei von seinem Geschick«, sagte Hroar. Helgi hörte ihn nicht. Er gab seinem Pferd die Sporen und sprengte in halsbrecherischem Galopp davon.

Es folgte ein Wirbelsturm an Vorbereitungen. In fieberhafter Lustigkeit brachte Helgi jeden Neinsager zum Schweigen. Seine Leibwachen waren so froh, wieder frischen Mut an ihrem König zu sehen, daß sie ihm überallhin gefolgt wären. Diejenigen, die schon einmal in Uppsala gewesen waren, erzählten solche Geschichten darüber, daß die jungen Männer von den Höfen geströmt kamen und mitfahren wollten, sobald die Nachricht bekannt wurde.

»Wir werden in Frieden kommen«, erklärte Helgi. »Wenn Adhils meinen Wunsch erfüllt, biete ich ihm günstige Bedingungen für noch schwebende Fragen wie zum Beispiel den Bernsteinhandel. Wenn nicht ... handelt Adhils unklug.«

Hroar protestierte vergeblich: »Bjovulf und ich haben Männer geopfert und hart gearbeitet, um einen Yngling auf den Thron zu bekommen, der nicht unser Feind ist. Willst du das alles zunichte machen, nur deiner eigenen Lust wegen?«

»Welche Bedrohung stellt diese Schlafmütze schon dar?« gab Helgi schroff zurück. »Wir könnten an seinen Küsten hinauf und hinunter plündern, und er würde sich von seinen blutigen Altarsteinen nicht einmal wegrühren.« Er straffte die Schultern. »In meinen Augen wäre ich ein schlechter König, ließe ich meine Yrsa in den Händen eines, der ihr Kummer schafft.«

Ein einziges Mal kamen ihm Bedenken. Er und sein Sohn Hrolf waren auf die Falkenjagd gegangen. Ihr Vogel schlug einen Kranich. Helgi bemerkte: »Ebenso werde ich deine Mutter zu dir zurückbringen.«

Hrolf antwortete ernst: »Tot wie jene Beute?«

»Was meinst du?«

»Man hat mir gesagt, sie habe uns gegen deinen Willen verlassen. Es mag gegen ihren Willen sein, zurückzukommen.«

Helgi stand eine Weile still im Sonnenlicht, und dann antwortete er mit schmalen Lippen: »Dann habe ich ihr aber eine Möglichkeit geboten.«

Den gleichen Zweifel äußerte Königin Valthjona, als sie

mit ihrem Mann allein war. »So, wie ich Yrsa kenne, wird Helgi diese Reise vergeblich unternehmen.«

»Ich hoffe, sie wird keine schlimmeren Folgen haben«, antwortete Hroar bekümmert.

»Yrsa wird für seine Sicherheit und Ehre tun, was sie kann.«

»Aber Adhils – ich habe Adhils nie gemocht, obwohl es so aussah, als könne er uns nützlich sein. Und was ich seitdem über ihn gehört habe, macht mir schwere Sorgen.«

»Du kannst Helgi nicht umstimmen«, meinte Valthjona seufzend. »Deshalb treibe keinen Keil zwischen euch beide. Sei still, wünsche ihm Glück und verabschiede dich von ihm so frohgemut, wie du es fertigbringst.«

X

Adhils verließ Uppsala selten. Aber in einem so großen Reich wie Svithjodh mit seinen vielen verschiedenen Stämmen, Unterkönigen und kleineren Häuptlingen mußte es von Zeit zu Zeit einen Aufstand geben. Wenn die Stämme dem König nicht den Tribut verweigerten oder ganz von ihm abfallen wollten, kämpften sie gegeneinander. Um solche Unruhen im Keim zu ersticken, hielt Adhils eine große Hausmacht. An ihrer Spitze standen zwölf Berserker.

Der Name rührte daher, daß diese Männer oft ohne Rüstung, das heißt im bloßen Hemd *(bare sark)* kämpften. Sie waren groß und stark, aber häßlich anzusehen, mit struppigem Haar, schmutzig, bösartig und herausfordernd. In der Schlacht wurden sie vom Wahnsinn befallen; sie heulten, hatten Schaum vor dem Mund, bekamen ein geschwollenes, purpurfarbenes Gesicht, nagten am Rand ihres Schildes und stürmten vor wie ein wütender Auerochse. Dann war ihre Kraft so groß, daß ihnen kein gewöhnlicher Mann standhalten konnte. Es hieß, daß Eisen sie nicht verletzen könne. Die Wahrheit ist, daß die Wunden, die sie empfingen, kaum bluteten und sich beinahe sofort schlossen, wenn sie nicht sehr tief waren. Sobald der Wahnsinn verging, waren sie schwach und zitterten. Doch bis es soweit kam, waren die meisten, die versucht hatten, gegen sie zu kämpfen, tot oder entflohen.

Gutes Volk verabscheute die Berserker ... und fürchtete sie. Das Grauen, das sie erregten, verstärkte noch ihre Kraft, wenn sie sich durch eine feindliche Streitmacht pflügten. Adhils war nicht der erste König, der diese Art von Männern beschäftigte, aber ihm nahm man es übel. Er kümmerte sich wenig darum.

Sorgen machte es ihm vielmehr, daß seine zwölf Berserker und die meisten anderen seiner Krieger gerade abwesend waren, als ein Kundschafter herangaloppierte und keuchte, zwanzig Schiffe kämen von der Ostsee her den Mälar-See herauf. Bald danach brachte ein Junge die Botschaft von dieser Flotte. Sie lautete: »Helgi, der Dänenkönig, kommt in Frieden, um seinen Verbündeten zu besuchen und verschiedene Angelegenheiten mit ihm zu besprechen.«

Königin Yrsa war anwesend. Adhils wandte sich ihr zu und fragte mit halbem Grinsen: »Nun, wie hättest du es gern, daß ich ihn empfange?«

Sie hatte ganz still dagestanden, nur daß ihr Gesicht abwechselnd rot und weiß wurde. Jetzt mußte sie schlukken, und ihre Stimme war nicht ganz fest. »Das mußt du selbst entscheiden. Aber du weißt ... es gibt keinen Mann ... dem ich mehr verpflichtet bin als ihm.«

Adhils kämmte mit den Fingern seinen Schnurrbart, wanderte hin und her und murmelte vor sich hin, bevor er antwortete: »Gut, er soll unser Gast sein. Ich werde einen Mann zu ihm schicken, der ihm – hm, hm – klarmachen kann, ohne ihn zu beleidigen, daß er – äh – besser nicht seine ganze Streitmacht mitbringt.«

Yrsa drehte sich um und ging schnell hinaus.

Adhils schickte den Boten fort, und danach sprach er insgeheim mit einem zweiten Vertrauten. »Eile sofort zu den Berserkern und den anderen Kriegern. Sag ihnen, sie sollen ihren Kriegszug abbrechen und auf der Stelle zurückkommen. In der Nähe von Uppsala sollen sie sich im Wald verstecken und niemanden außer mir wissen lassen, daß sie da sind. Ich werde ihnen sagen, was sie als nächstes tun sollen.«

Als Helgi den Boten des Schwedenkönigs angehört hatte, sagte er lachend zu seinem Kapitän: »Recht haben die, die Adhils einen Geizkragen nennen! Vielleicht werden die Männer, die bei unsern Schiffen bleiben müssen, immer noch besser speisen als wir, die er zu Gast lädt.«

Der Seemann machte ein finsteres Gesicht. »Wenn er einen Verrat plant ...«

Helgi schnaubte. »*Ich* halte ihn der Vorsicht nicht für wert. Wir wissen doch, daß seine besten Krieger nicht da sind. Er wird kaum seine eigene kostbare Haut im Kampf gegen uns wagen.« Er drehte sich um. »Los, gehen wir!«

Er und seine Anführer bestiegen die Pferde, die sie mitgebracht hatten. Hundert Männer folgten ihnen zu Fuß. Helgi trug ein graues Kettenhemd, einen vergoldeten Helm und einen scharlachfarbenen Mantel. Über ihm flatterte, von einem ebenfalls berittenen Jüngling getragen, sein Banner, der schwarze Rabe seines Vorfahren Odin auf einem blutroten Feld. Hinter den Reitern glänzten die Speere im Sonnenlicht.

Doch in dieser Nacht, die er bei einem wohlhabenden Freisassen verbrachte, schlief er wenig. Er weckte seine Männer vor Sonnenaufgang und trieb sie zur Eile an. Am Abend erreichten sie Uppsala.

Schwarz ragte die Einpfählung gegen den trüben Himmel. Die Leibwache des Königs kam heraus und begrüßte die Gäste. Hinter den Toren lag eine große Stadt mit Häusern, die fast alle zwei Stockwerke hoch waren. Es schien dort ungewöhnlich viele Schweine zu geben. Sie grunzten, wälzten sich im Schlamm und scheuerten sich an Beinen. Das Schwein ist das Tier Freys, der der erste Yngling war.

Auf einer Anhöhe erhob sich der größte Tempel des Nordens, nicht geteert und nicht bemalt, sondern mit Gold bedeckt. Zu den Festtagen versammelten sich hier sämtliche Bewohner der Gegend. Aber in den heiligen Hain ging Adhils allein, um zu opfern und zu zaubern. Dort wurden Menschen und Tiere aufgehängt und gespeert und den Raben zum Fraß überlassen.

»Ein herrlicher Anblick«, meinte Helgis Fahnenträger.

»Ich hoffe, wir werden es mehr mit den Menschen als mit den Göttern zu tun bekommen«, brummte der Dänenkönig.

Adhils Hauptquartier stand inmitten der Stadt, ein weitgestrecktes Viereck von Gebäuden innerhalb einer eigenen Einpfählung. Die Falten auf Helgis Stirn vertieften sich, als er die Halle erblickte. »Ein düsterer Ort für Yrsa, um darin zu wohnen«, murmelte er vor sich hin.

Diener strömten herbei. Ein Stallknecht nahm Helgi den Zügel ab. Der König schritt auf die Tür zu, die ihm wie die Öffnung einer Höhle erschien. Dann blieb er plötzlich stehen, und er sah nichts mehr als die weißgekleidete Gestalt, die ihm entgegenkam.

»Willkommen, König Helgi«, sagte sie, und mit einem ganz kleinen Zittern in der Stimme fügte sie hinzu: »Mein Verwandter.«

»Oh, Yrsa ...« Er nahm ihre Hände in die seinen. In dem blauen Zwielicht konnte er ihr Gesicht kaum erkennen, aber Himmelslicht glänzte in ihren Augen. Über ihr leuchtete der Abendstern.

Der Anführer der Leibwache sagte: »Mein Herr erwartet dich.«

»Ja, komm«, sagte Yrsa und ging voran. Helgi folgte ihr, die Schultern sehr steif gehalten.

Adhils saß in Pelze gehüllt auf seinem Hochsitz. Gold schimmerte auf seiner Stirn, seiner Brust, um Handgelenke und Finger, aber irgendwie ließen ihn die Langfeuer und Binsenlichter im Schatten. Vielleicht kam es daher, daß viel Rauch durch die Halle wallte, grau und stechend. »Sei gegrüßt, König Helgi, mein Freund«, rollte seine Stimme durch das Prasseln der Flammen. »Froh bin ich, daß du den Weg zu mir gefunden hast.«

Widerstrebend nahm Helgi die fette Hand. Adhils sprach

weiter und ließ dabei immer wieder durchblicken, der Skjoldung sei gekommen, um ihn als Oberherrn anzuerkennen. Yrsa fiel ein: »Laß unsere Gäste sich setzen, damit wir einander vor dem Essen zutrinken können.«

Sie führte Helgi zu dem Platz gegenüber dem Hochsitz. Den ganzen Abend brachte sie ihm Bier und Met. Bei diesen Gelegenheiten ließ er ihre Finger sich berühren, fing ihren Blick und sah sie mit einem Lächeln an, das für einen so berühmten Krieger merkwürdig zitterig war. Dazwischen teilten er und Adhils sich in vorsichtig gewählten Worten Neuigkeiten aus ihren Königreichen mit. Unter ihren Männern herrschte mehr Fröhlichkeit. Ein Skalde trug Lieder vor. Darunter war eins zum Ruhme Helgis, und der Dänenkönig gab ihm dafür einen ganzen Armreifen. Sein Blick richtete sich auf Yrsa, die neben ihrem Mann saß, und sagte: »Du hast ihm aufgetragen, diese Stabreime zu machen, nicht wahr?«

Eine Woche verging. Adhils hatte seine Gäste gut untergebracht, gab ihnen gut zu essen, zeigte ihnen die Sehenswürdigkeiten, veranstaltete Jagden für sie, sprach von Handel und Fischerei und ähnlichen Dingen – aber niemals über die Angelegenheit, wegen der Helgi, wie er wissen mußte, gekommen war. Der Dänenkönig brachte sie ebensowenig zur Sprache. Er beherrschte seine Gefühle und wartete auf eine Gelegenheit, bei der er Yrsa allein sprechen konnte.

Sie bot sich ihm mehrmals – zuerst zwei Tage nach seiner Ankunft. Er kam von der Wisentjagd und ritt kurz vor Abend in den Hof ein, noch naß und schlammbespritzt, seine Männer hinter sich, den Bogen am Sattel. Er stieg ab und nahm die Waffe, um sie zu entspannen. »Mein Herr Adhils ist nicht da«, sagte der Stallknecht. Helgi blickte nach oben. Auf der Galerie eines abseits gelegenen Schlafhauses stand Yrsa.

So hoch oben war sie immer noch von der Sonne beschienen, die Feuer auf ihrem Haar lockte.

Die Bogensehne schwirrte.

»Willkommen, Verwandter!« rief sie ihm zu. »Komm,

ruh dich aus und unterhalte dich mit mir, bis König Adhils zurückkehrt.«

»Danke, Herrin«, rief er zurück und gab sich Mühe, nicht zu schnell durch die Tür und die Leiter hinauf zu hasten.

Eine Magd brachte ihnen Met. Sie deutete den Blick ihrer Königin richtig und schloß die Tür hinter sich. Sie standen auf der Galerie, wo sie von jedermann deutlich zu sehen waren; niemand konnte ihnen Übles nachreden, aber es konnte auch niemand hören, was sie miteinander sprachen.

Yrsa hob ihren Pokal aus ausländischem Glas. »Auf deine Gesundheit«, sagte sie. Er stieß mit ihr an und nahm einen langen, wärmenden Zug.

Dann setzten sie die Gläser ab. Es dauerte eine Weile, bis sie Worte fanden.

»Es ist schön, dich zu sehen«, meinte er schließlich. »Nach sieben Jahren.«

Sie war jetzt ganz Frau geworden, immer noch schlank, aber von langsameren Bewegungen als früher. Schatten lagen unter ihren Wangenknochen und um ihre großen grauen Augen. Linien begannen, sich in ihre Haut einzugraben.

»Sie haben dich gezeichnet, diese Jahre«, antwortete sie tonlos. »Du bist hager geworden. Dein Haar wird grau.«

»Ich habe dich vermißt, mein Liebling.« Helgi hielt inne. »Ebenso dein Sohn«, setzte er hinzu. »Es würde dich freuen, zu sehen, ein wie prächtiger Junge er geworden ist.«

»Dein Sohn – unser ...« Sie wandte das Gesicht ab. »Nein. Das liegt für immer hinter mir.«

»Muß es so sein? Ich bin nicht wegen des Herings oder desgleichen hergekommen – das verstehst du sicher. Ich will dich nach Hause holen.«

»Nein. Ich bitte dich bei allem, was uns je gemeinsam war, nein ... Vater.«

Helgis Mund zuckte. Er starrte an ihr vorbei, auf den Tempel und den dunklen Hain. »Wie ist dein Leben hier?« fragte er.

Sie antwortete nur mit schnelleren Atemzügen. »Wie behandelt er dich?« Helgi schrie beinahe.

Sie warf einen Blick hinunter auf den Hof, wo die Leute des Haushalts ihren Aufgaben nachgingen, und auf die Tür, hinter der ihre Mädchen saßen, ganz Augen und Ohren, Augen und Ohren und Zungen, Zungen, Zungen. »Still«, bat sie. »Du wirst nicht wollen, daß ich schlecht von dem spreche, dem ich Treue gelobt habe.«

»Mir hast du sie zuerst gelobt«, sagte Helgi.

Sie ließ ihr Glas fallen. Es zersprang. Met floß ihr um die Füße und tropfte durch das Geländer der Galerie. Sie rang die Hände. »Wir wußten nicht, was wir taten!«

»Hast du es bei Adhils gewußt?«

Sie reckte sich. »Ja.«

»Und ...?«

»Es ist ungefähr so, wie ich es erwartet hatte.«

»Er erweist dir doch die Ehre, die dir zusteht?« Sie hörte heraus wie sehr er hoffte, sie werde nein sagen.

»Ja«, antwortete sie. »Du hast es ja selbst gesehen. Ich bin die Herrin eines mächtigen Reiches. Er ... er hat nicht einmal andere Frauen.« Sie fuhr sich mit der Zunge über die trockenen Lippen und räusperte sich. »Um die Wahrheit zu sagen, er kommt nicht oft zu mir. Was mir nur recht ist.«

»Wie einsam du bist«, sagte er wie ein Mann, der von einem Speer getroffen ist.

»Nein, nein, nein. So schlimm ist es nicht. Ich habe meine Mädchen – du hast sie gesehen, sie betrachten mich als eine Art Mutter. Sie vertrauen mir ihren Kummer an, und ich gebe ihnen Rat und versuche, sie gut zu verheiraten ... ich habe meine Pflichten, im Haushalt, im Tempel, in allem, was sich für eine Königin schickt. Ich kann auf dem See segeln, wenn ich hier bin. Wir haben Gäste ...«

»Viele? Ich habe Adhils noch nie gastfreundlich nennen gehört.«

Sie errötete. Er konnte sich denken, daß sie sich schämte, weil ihr Mann so geizig war, und enthielt sich der Bemerkung, er wisse es. »Männer , die hier Dienste nehmen wollen«, erklärte sie hastig. »Jarle, Häuptlinge, Skalden, Kaufleute, Ausländer. Sie bringen Neuigkeiten aus der weiten Welt mit. Und ich – ich habe viel mit dem Kochen zu tun.« Sie lächelte wehmütig. »Du würdest nicht glauben, was ich alles über Kräuter gelernt habe. Auch über Heilkräuter und alles, was zur ärztlichen Kunst gehört. Ich bin auf dem besten Wege, eine weise Frau zu werden.«

Er sah zum Tempel hin. »Oder eine Hexe?« fragte er finster.

»Nein!« Entsetzen klang in ihrer Stimme mit. Er dachte an die toten Körper, die unter den Ästen im Wind schaukelten, und an Adhils auf seinem Zauberstuhl, wie er vor einem Kessel hockte, in dem namenlose Dinge brodelten. »Nein, damit habe ich nichts zu tun!« Sie ballte die Fäuste. »Ich will mit nichts etwas zu tun haben, das sich für eine Skjöldung nicht geziemt. Ich will nicht einmal ... zu dir zurückkehren ... oh, mein Liebster.«

Sie konnten nicht länger miteinander sprechen. Sie mußte nachsehen, ob in der Halle alle Vorbereitungen für ihren Mann und den Abend getroffen wurden. Helgi redete bei dieser Mahlzeit wenig und trank sehr viel.

Er und Yrsya sprachen noch ein paarmal allein miteinander. Das Ende war immer das gleiche. Öfter sprach er natürlich mit Adhils und tat sein Bestes, den Yngling auszuhorchen. Dieser blieb höflich. »Ja, ja«, sagte er, nahm Helgis Arm und tat, als merke er nicht, wie der Däne zusammenzuckte. »Ich bin froh, daß du gekommen bist, Verwandter, froh, daß wir uns so gut versehen. Niemals sollte es zwischen Verwandten zum Krieg kommen, wie du und ich wohl wissen, he? Und ich bin der Meinung, daß wir beide besonders eng miteinander verbunden sind – meine Frau ist deine Tochter, und dann habe ich doch diese unselige Geschichte, die euch zugestoßen ist, wieder in Ordnung gebracht, wie ich mir gern schmeichele, indem ich sie auf ehrenvolle Weise geheiratet habe und indem ich den Göttern und – hm, hm, – anderen opfere.«

Mehr als einer seiner eigenen Männer warnte Helgi: »Hier stimmt etwas nicht, Herr. Keiner der schwedischen

Anführer ist mein Freund. Aber ich habe mit einigen ihrer Leute getrunken und gefischt und gejagt, und ich habe, haha, mit dem einen oder anderen Mädchen gespielt – und es ist irgend etwas im Gange. Sie haben mir erzählt, daß die Anführer wachsam umhergehen und in den Ecken miteinander flüstern. Beobachte sie, Herr, wenn du des Nachts unter ihnen sitzt, und du wirst das gleiche feststellen.«

Dann antwortete er, dessen Herz voll von Yrsa war: »Oh, vielleicht geht es um die Aufstände im Norden. Deshalb sind ja auch die meisten Krieger nicht da. Sie würden es bestimmt als unfreundlich empfinden, wenn ich spioniere.«

Nach einer Woche wurde Adhils insgeheim mitgeteilt, seine Truppen seien zurück und lägen, wie er befohen habe, im Wald. Er gebrauchte eine Ausrede und eilte zu ihnen. Dem obersten Berserker, einem haarigen, warzigen, knickebeinigen Unhold namens Ketil, erzählte er, was geschehen war, und wies ihn und seine Bande an, sich in den Hinterhalt zu legen und König Helgi zu überfallen, wenn die Dänen zu ihren Schiffen zurückkehrten. »Ich schicke euch eine Anzahl von Männern aus der Burg zu Hilfe«, versprach er. »Sie greifen von hinten an, und dann habt ihr die Feinde in der Zange. Ja, sie *sind* unsere Feinde. Ich werde jedes Mittel einsetzen, damit Helgi nicht entkommt. Denn ich habe wohl bemerkt, er hat eine solche Liebe für meine Königin, daß ich niemals sicher sein werde, solange er lebt.«

In der Zwischenzeit sprachen Helgi und Yrsa ein letztes Mal allein miteinander. »Da du nicht mitkommen willst«, sagte er, »werde ich Abschied nehmen.«

»Lebe glücklich«, flüsterte sie, »mein Liebster.«

»Du trägst dein Geschick tapfer«, fuhr er fort, »und da kann ich nichts anderes tun. Aber ich wünschte ...« Er drückte ihr die Hand und verließ sie. Sie sah ihm noch nach, als er schon längst aus ihrem Blickfeld verschwunden war.

Nun teilte Helgi Adhils mit, er wolle nach Hause zurückkehren. Königin Yrsa sagte zu ihrem Herrn – nicht laut, aber doch so, daß jeder in der Halle es verstehen konnte: »Ich meine, da unser Gast uns aufgesucht hat, um unsere Häuser in Freundschaft aneinander zu binden, schickt es sich für uns, ihm Geschenke mitzugeben, die zeigen, wieviel uns dies bedeutet.«

»Richtig, richtig«, erwiderte Adhils sofort.

»Er zuckte nicht mit der Wimper«, brummte einer seiner betrunkenen Männer. »Was ist in diesen fetten Geizkragen gefahren?« Alle anderen waren zu glücklich über ein so gutes Ende, als daß sie darauf geachtet hätten. Sogar Helgis Stimmung besserte sich etwas. Jetzt konnte niemand sagen, er habe diese Reise für nichts unternommen.

Am Morgen ließ Adhils angesichts der versammelten Menschenmenge einen Wagen vorfahren, der von sechs weißen südländischen Pferden gezogen wurde. »Den Wagen und die Pferde schenke ich dir, Verwandter«, lächelte er, »und außerdem noch eine Kleinigkeit.« Jubelrufe erhoben sich, als Knechte die Lasten heranschleppten: schwere goldene Reifen und Broschen, Silberkästen mit geprägten Münzen, schimmernde Äxte und Schwerter, kunstvolle Schnitzereien aus dem Elfenbein von Walroß und Narwal, mit Juwelen eingelegte Pokale, kostbar gewebte und gefärbte Gewänder, Bernstein, Pelze, seltsame Schmiedearbeiten unbekannten Ursprungs. Das wurde aufgeladen, bis die Wagenachsen ächzten.

Helgi war rot im Gesicht und hatte Mühe, die richtigen Worte für seinen Dank zu finden. Er war sich nicht sicher, ob dieser glattzüngige, grinsende junge Mann ihn verspotten oder sich von ihm loskaufen wollte. Dann fiel sein Blick auf Yrsa, und er dachte, es müsse wohl ihretwegen sein.

Der König und die Königin der Schweden stiegen zu Pferde, um ihm ein Stück das Geleit zu geben. Adhils plauderte unaufhörlich; Helgi und Yrsa waren still. Dann zog der Yngling die Zügel an. »Nun, Verwandter, fürchte ich, daß wir uns verabschieden müssen. Freuen wir uns schon auf unser nächstes Zusammensein.«

»Kommt zu uns zu Gast«, stieß Helgi heiser hervor. »Ihr beide.«

»Wir werden dich benachrichtigen«, versprach Adhils. »Ich wünsche dir schnelle Fahrt, König Helgi, zu deinem Bestimmungsort.«

Er wendete sein Pferd. Helgi ergriff Yrsas Hand. »Lebewohl«, flüsterte er ihr eilig zu. »Ich werde dich immer lieben. Eines Tages ...«

»Eines Tages«, gab sie zurück und ritt ihrem Herrn und seinen Männern nach.

Helgi ritt an der Spitze seiner eigenen Kriegerschar. Der Fluß murmelte und glitzerte im Sonnenlicht. Bäume warfen ihren Schatten darüber hin. Und plötzlich klirrte Metall. Bewaffnete Männer stürmten aus dem Wald. Unter ihnen war ein Dutzend Riesen, die meisten ohne Rüstung, die knurrten und sabberten und an ihren Schildrändern kauten.

Helgi zog sein Pferd hoch. »Was ist das, in Lokis Namen?« rief er.

Sein Kapitän sagte: »Ich glaube, König Adhils hat nicht die Absicht, dich die Geschenke behalten zu lassen.«

»Nein – nein, Yrsa ...« Helgi wandte sich halb ab, als wollte er zum ersten Mal in seinem Leben fliehen.

Von hinten kamen um eine Biegung des Weges weitere Männer. Sie mußten von Uppsala aus eine Abkürzung benutzt – selbst aus dieser Entfernung und trotz des Nasenschutzes an ihren Helmen erkannte Helgi einige von ihnen – und ihnen aufgelauert haben.

Helgi sprang vom Pferd und ergriff seinen Schild. Hoch ragte er unter seinen Männern auf. »Wir sind zwischen Amboß und Hammer«, sagte er. »Aber wir werden uns als zähes Metall erweisen.«

Lange währte die Schlacht, denn die Dänen kämpften verbissen. Einer nach dem anderen fielen sie. Schwarzblaue Wolken zogen am Himmel auf, ein kalter Wind erhob sich. Das Licht wurde zu einem unheimlichen Messinggelb.

Helgi, von den letzten seiner Männer abgeschnitten,

watete hinaus in den Fluß, der sich von seinem Blut rötete. Ketil kam ihm nach. Der Berserker landete heulend Schlag auf Schlag, dicht wie die Hagelkörner, die nun zu fallen begannen, aber er schien keinen der Streiche zu fühlen, die der König austeilte.

»Garm bricht los, er hat den Mond verschlungen ...« murmelte Helgi. Er fiel, und der Fluß trug das bißchen von seinem Blut, das noch übrig war, zum Meer.

Mit ihm starben alle, die an Land gegangen waren. Der Rest erfuhr durch Kundschafter von dem Geschehen und floh zurück nach Dänemark. Yrsa weinte. Hier endet die Geschichte von König Helgi.

4 Die Geschichte von Svipdag

I

Yrsa weinte.

Sie hatte nicht gewußt, was Adhils befohlen hatte, und erfuhr es erst, als es vorbei war. Sie wünschte alle Arten von Übel auf ihn herab, doch Adhils mit seiner wachsamen Ruhe, die den Menschen Angst einflößte, ließ sie sich austoben. Als sie nur noch weinte, meinte er leichthin: »Ich konnte nicht anders. Du weißt, daß Helgi eines Tages – und der wäre nicht fern von dem heutigen gewesen – versucht hätte, mich zu stürzen und zu töten und dich fortzuführen in ein Leben der Schande, dem du aus eigenem Willen entflohen bist. Nun spare dir deine leeren Drohungen gegen mich und meine Berserker. Ich will den Tod deines Vaters mit reichen Geschenken wiedergutmachen, mit Schätzen und mit gutem Land, wie es dir gefällt.«

Die Königin ging, und nach einer Weile kam sie wieder und nahm sein Angebot mit steinernem Gesicht an. Einige wunderten sich, warum sie statt dessen nicht versuchte, König Hroar in Dänemark zu erreichen. Dazu mochte sie drei Gründe haben. Sie, Tochter und Frau König Helgis, wollte nicht fliehen wie eine Gesetzlose und ankommen wie eine Bettlerin. Auch wollte sie nicht darauf verzichten, ihn zu waschen und aufzubahren und ihm die Augen zu schließen, ihm mit ihren eigenen Händen die Helschuhe an die Füße zu binden. Sie wollte dafür sorgen, daß er und seine Gefolgsleute ein Begräbnis erhielten, das ihrer würdig war, und daß ihnen für alle Zeiten an ihrem Grabhügel Ehre erwiesen wurde. Zudem wollte sie die Hoffnung auf Rache nicht aufgeben, und es stand jetzt schon fest, daß Hroar keine nehmen würde.

Danach sah niemand mehr die Königin froh. Die Unfreundlichkeit in der Halle war schlimmer als je zuvor. Nachdem er es einmal versucht hatte, teilte Adhils nie mehr das Bett mit ihr. Sooft sie eine Gelegenheit dazu fand, handelte sie seinem Willen entgegen. Zweifellos behielt er sie nur wegen ihrer Familie, ihres schwedischen Anhangs und ihrer Mitgift.

Inzwischen hatten die Schiffe die Nachricht nach Dänemark gebracht. Hrolf Helgissohn war nicht der einzige, der nach Krieg rief. »Das liegt nicht in unserer Macht«, sagte sein Onkel. »Aber glaube nicht, daß ich nicht um meinen Bruder Leid trage.« Und er ging fort, die Kapuze über den Kopf gezogen, um in der Einsamkeit um ihn zu trauern.

Später kam ein Schiff von Svithjodh mit einer Botschaft von Adhils. Obwohl Helgi aufgrund seiner eigenen Taten gefallen sei, lautete sie, da er Böses gegen den Herrn von Uppsala geplant habe, sei letzterer willens, eine Vereinbarung zu treffen, die den Frieden zwischen den beiden Königreichen aufrechterhalten solle.

Hroar nahm Wergeld für Helgi an und leistete den Schwur, wegen des Todes seines Bruders nicht den Speer zu ergreifen.

Darauf hatte Adhils nur gewartet. Andernfalls hätte er es nicht gewagt, loszuschlagen. Durch seine Spione und vielleicht auch durch seine Zauberkünste wußte er, wie die Dinge im Haus der Skjöldungen jetzt gerade standen. Die Wahrheit war, Hroar hatte solche Schwierigkeiten, daß er sich einen Krieg mit Svithjodh gar nicht leisten konnte.

Sein Schwager Sävil, Jarl von Skania, wr vor kurzem gestorben. Sävils Sohn Hrok war ein mißmutiger, habgieriger junger Mann, der die Meinung vertrat, König Hroar schulde ihm viel, weil sein Vater Hroar und Helgi geholfen habe. Als ihm der berühmte Ring verweigert wurde, den Fenja und Menja hervorgemahlen hatten, geriet er in Wut. Teils Hroks Mutter wegen, Hroars Schwester Signy, und teils aus Furcht vor einem Aufstand wollte der König ihn nicht von seinem Sitz werfen. Aber Skania hatte nun keinen Jarl mehr, dem Hroar voll vertrauen konnte.

Außerdem war eine seiner Unternehmungen zum Unheil

ausgeschlagen, und er wußte, an anderer Stelle werde Krieg ausbrechen.

Sein Vater Ingjald, Sohn seines bösen Onkels Frodhi und dessen erster Frau Borghild, war bei Frodhis Schwiegervater aufgewachsen, einem starken König. Er lebte da, wo die Elbe ins Meer mündete. Jetzt war Ingjald ein mächtiger Häuptling geworden, und wahrscheinlich würde er nach dem Verwandten, der augenblicklich den Hochsitz einnahm, König werden. Und er war seit kurzem verwitwet. Hroar meinte, ein solcher Verbündeter werde seine Flanke im Südwesten sicher machen; dann war es gleichgültig, ob auf der Insel Alsen ein schwedischer Jarl saß, der das Ohr des Königs in Schleswig hatte. Hroar wollte einen festen Frieden, der ihm die Zeit ließ, sein Reich aufzubauen.

Er hoffte, seine Tochter Freyvar mit ihrem Vetter Ingjald verheiraten zu können.

Boten reisten hin und her, und anfangs sah alles günstig aus. Aber wie es der Zufall wollte, hielt sich Starkadh in der sächsischen Burg auf.

Über ihn gibt es eine lange Saga. Er war von jötunischer Abstammung, wie es heißt, und mit sechs Händen geboren. Thor riß ihm vier davon ab, haßte ihn jedoch sein Leben lang seiner Verwandtschaft wegen. Als Odin, der ihn aufgezogen hatte, ihm die Lebensspannen von drei Männern schenkte, verlangte Thor, er müsse für jede von ihnen eine Heldentat vollbringen. Odin gab im die besten Waffen; Thor sagte, er solle niemals eigenes Land besitzen. Odin versprach ihm, er werde immer Geld haben; Thor setzte hinzu, aber niemals genug. Odin gab ihm Sieg bei jedem Feldzug; Thor ordnete es, daß er bei jedem verwundet wurde. Odin machte ihn zum besten aller Skalden; Thor ließ ihn seine Stabreime vergessen, sobald er sie gesprochen hatte. Groß, harsch, unglücklich, so schreitet Starkadh wie ein Unwetter durch jenes Jahrhundert, und wohin er auch kam, bedeutete sein Erscheinen Unglück.

Beim Hochzeitsfest von Ingjald und Freyvar trat er vor, schalt den Bräutigam, daß er sich mit der Tochter des Mannes verbinde, der seinen Vater ermordet habe, und sprach mit Donnerstimme Verse, die das Blut zum Sieden brachten. Die Dänen wie die Sachsen erinnerten sich daran, was sie von dem jeweils anderen zu erdulden gehabt hatten. Schwerter wurden gekreuzt; es gab Tote. Ingjald stieß Freyvar von sich und schickte sie mit der Botschaft nach Hause, er selbst werde seiner Ehre wegen kommen und die Hirsch-Halle in Asche legen.

Folglich konnte Hroar es sich nicht leisten, die Krieger Svithjodhs in seinem Rücken zu haben.

An diesem Julabend wurde Helgis Sohn Hrolf zwölf Jahre alt und konnte sich nun zu den Männern zählen. Als der goldene Eber zum Ablegen der Gelübde herumgereicht wurde, legte er die Hand darauf und schwor: »Niemals werde ich vor Feuer oder Eisen fliehen!«

Die Männer riefen, er sei wahrlich seines Vaters Sohn. Doch einige dachten, er sei seinem Onkel viel ähnlicher, und in seiner ruhigen, verträumten Art könne er einer der trägen Skjöldungen werden. Schließlich war er auf sehr eigenartige Weise zur Welt gekommen, und er hatte eine Schwester, um die es noch unheimlicher bestellt war.

Die Zweifler änderten im nächsten Sommer ihre Meinung. Als die Sachsen über den Kleinen Belt kamen, begegneten ihnen die Dänen an den Ufern von Fünen. Es kam zu einer Schlacht, die die Wölfe und Raben von weither herbeilockte. Hrolf hatte noch nicht seine volle Größe erreicht, die niemals beträchtlich werden sollte, und natürlich brauchte er die Hilfe älterer Männer. Trotzdem kämpfte er so wacker und für sein Alter so geschickt, daß er die Achtung jedes Kriegers gewann.

Die Dänen schlugen die Sachsen in dieser Schlacht, und Ingjald, Frodhis Sohn, fiel. Aber es fiel auch Hrodhmund, der älteste Sohn Hroars.

Trauernd kehrte der Dänenkönig nach Hause zurück. Von nun an galt sein Augenmerk allein der Aufrechterhaltung des Friedens. Ein Grund dafür mag auch gewesen sein, daß sein zweiter Sohn Hrörik, obwohl ein Jahr älter als Hrolf, im Kampf einen kläglichen Eindruck hinterlassen hatte.

Die nächsten Jahre zeigten ganz deutlich, daß das schlechte Blut auf Hrörik, nicht auf Hrolf gekommen war. Hrörik war faul, feige und habgierig. Um ihn scharte sich eine Bande von Prahlhänsen und Speichelleckern, und er lernte bald, wie er diesem Häuptling zu schmeicheln, jenen zu bestechen und einen dritten durch Drohungen einzuschüchtern hatte. Sein schnell alternder Vater wandte sich mehr und mehr seinem Neffen Hrolf zu.

Königin Valthjona starb.

Ein Kochfeuer sprang auf die Gebäude über, und die Hirsch-Halle brannte nieder.

Hrörik und sein Vater waren zu Schiff nach Skania unterwegs, wo der König die Herbstriten leiten und sich bei dem Volk in Erinnerung bringen wollte, und zudem hoffte er, zu einem besseren Verhältnis mit Hrok Sävilssohn zu kommen. Die Fahrt über den Sund war kurz, und die Männer an Bord trugen ihre besten Kleider. An Hroars Arm glänzte der Schlangenring.

»Du solltest ihn mir geben«, sagte Hrörik. Er war schwer betrunken.

»Ich habe ihn von meinem Bruder«, antwortete Hroar, »und ich werde ihn tragen, bis ich sterbe.«

»Dann laß mich ihn einmal ansehen«, drängte sein Sohn. »Er soll der größte Schatz sein, den wir haben, seit deine Halle verbrannt ist, aber ich habe ihn noch nie genau betrachten können.«

Hroar zog den Reifen ab und reichte ihn ihm. Hrörik drehte ihn in den Händen. Die Augen der Schlange, die sich um die Welt windet, glitzerten rot. »Am besten mag es sein, daß keiner von uns ihn hat«, sagte der Jüngling, und damit warf er den Reifen über Bord.

Die Rufe des Steuermanns verstummten, und die Ruder fuhren wild durcheinander. Durch das ganze Schiff lief ein Aufstöhnen. Das war das schlechteste Omen, das sich denken ließ.

Hroar zog seinen Mantel über sein graues Haupt.

Er starb in diesem Winter.

Hrörik hatte sich auf einen Kampf vorbereitet, obwohl er

das nicht nötig gehabt hätte. Hrolf wollte keinen Streit mit dem Sohn des Mannes, der ihm wie ein Vater gewesen war. So riefen die Dänen Hrörik als ihren König aus.

Beinahe sofort begannen die Länder, die Helgi erobert hatte, von dem neuen König abzufallen. Das war nicht nur auf alten Stolz zurückzuführen. Die Häuptlinge hatten kein Vertrauen zu einem Oberherrscher, der für seine Trägheit und Knauserei bekannt war. Als er nur ein paar ganz schwache Versuche machte, die Länder zurückzugewinnen, hatten sie das Gefühl, ihn richtig beurteilt zu haben. »Da wir keine Dummköpfe sind«, sagten sie, »wollen wir unsere Sache in Zukunft selbst führen.«

Der schwerste Verlust war, daß der Jarl von Odense – Odins See – sagte, er wolle König sein, wie sein Vater es gewesen war. Ihm gehörte eine Stadt so groß wie Roskilde und viel älter, die heiligste Stätte in Dänemark. Bald schwor auch die Insel Fünen Leidhra ab.

Räuber fielen ein, Wikinger verheerten die Küsten, Jüten und Sachsen und Wenden machten Überfälle und bereiteten einen regelrechten Krieg vor.

Dann erhoben sich die seeländischen Häuptlinge. Hrolf sagte ihnen, er werde nicht gegen seinen Vetter kämpfen. Sie antworteten, sie würden es tun, ganz gleich, was er sage, und danach wollten sie ihn zu ihrem Herrscher machen.

Hrörik sandte Männer zu dem Haus, in dem Hrolf lebte. Nur knapp kam der Edling mit dem Leben davon. Danach blieb ihm keine andere Möglichkeit, als das Schwert zu ziehen gegen den Sohn seines Onkels und seiner Tante, die er geliebt hatte.

Hrörik fiel in der Schlacht. Krieger und Freisassen versammelten sich um den Thingstein und riefen, Hrolf, der Sohn Helgis, sei jetzt ihr König. Voller Sorge umfaßte er die Eidringe und trat die Herrschaft über ein Land an, das auseinanderbrach.

In der Zwischenzeit war Adhils in Svithjodh immer reicher und mächtiger geworden, und Männer hielten es für eine hohe Ehre, ihm zu dienen.

II

Westlich der Tiefebene, auf die Uppsala hinausblickt, erheben sich steile, dicht bewaldete Berge. Es ist ein Land der Adler und Bären, der zu Tal rauschenden Bäche und tiefen Täler. Hier lebte ein Freisasse namens Svip. Sein Hof stand weit von anderen entfernt, war aber von beträchtlicher Größe und beherbergte viele Menschen, denn Svip war recht wohlhabend. In seiner Jugend war er ein kühner Krieger gewesen und weit herumgekommen. Er war klüger, als er aussah – ein untersetzter, schielender, ergrauter Mann mit einer gebrochenen Nase –, und wußte sich seine eigene Meinung zu bilden. Ein Zauberer war er nicht, aber viele sprachen ihm die Gabe der Vorausschau zu, und Tatsache war, daß er oft warnende Träume hatte.

Er hatte drei Söhne, Hvitserk, Beigadh und Svipdag. Alle waren stark, tüchtig und ansehnlich. Obwohl er der jüngste war, übertraf Svipdag seine Brüder an Höhe wie an Kraft.

Als er achtzehn Winter alt war, trat er vor seinen Vater und sprach aus, worüber er lange nachgedacht hatte: »Es ist ein langweiliges Leben, hier zwischen den Bergen zu sitzen und nie andere Leute zu besuchen oder sie bei uns zu Gast zu sehen. Wir sollten als Krieger zu König Adhils gehen, wenn er uns nehmen will.«

Svip runzelte die Stirn und antwortete: »Ich glaube nicht, daß das klug wäre. König Adhils kenne ich von altersher. Wenn er etwas verspricht, weiß man nie, ob er es halten wird. Und seine Männer sind wohl kühn, aber eine ruchlose Bande.« Er seufzte angesichts dessen, was er voraussah, und setzte hinzu: »Und doch besitzt König Adhils Macht und Ruhm.«

Svipdag ließ sich von seinem Vorhaben nicht abbringen, während Hvitserk und Beigadh dem Wunsch ihrer Eltern folgten und sich bereit erklärten, noch wenigstens einige

Zeit zu Hause zu bleiben. Für den scheidenden Sohn brachte Svip gute Gaben: Ein Pferd, groß genug, daß die Füße des Reiters nicht über den Boden schleiften, eine vollständige Ausrüstung für einen Krieger und eine lange Axt, dunkel schimmernd und scharf. Er gab ihm viele gute Ratschläge mit wie: »Dränge dich anderen nie auf und prahle nie, damit gewinnst du dir nichts als einen schlechten Namen. Aber wenn sich jemand zu eifrig an dich heranmacht, dann sei auf der Hut. Ein kluger Mann spricht mit Sanftmut, handelt jedoch kühn in der Gefahr.« Er hatte keine Sorge, daß Svipdag sich im Kampf nicht bewähren werde, denn er selbst hatte die Brüder Tag für Tag im Gebrauch der Waffen unterrichtet.

Unterwegs erfuhr Svipdag, daß König Adhils und Königin Yrsa sich zur Zeit nicht in Uppsala aufhielten, sondern am Mälar-See. Eines Abends kam er dort an. Hinter einem von innen verriegelten Tor lag ein Hof, auf dem Männer Handball spielten. Svipdag rief ihnen zu, sie möchten ihn einlassen. Die wenigen, die ihn hörten, warfen nur einen Blick in seine Richtung und spielten weiter.

Er nahm sein Pferd zurück und riß es hoch. Hufe schmetterten herab, der Riegel brach, das Tor sprang auf, und Svipdag ritt in den Hof ein.

König Adhils saß in kostbaren Kleidern auf einem vergoldeten Stuhl vor seiner Halle. Seine zwölf Berserker standen oder saßen rings um ihn, zottig, schmutzig, finster, für das Auge ebenso unerfreulich wie für die Nase. In das plötzlich eingetretene Schweigen fielen König Adhils Worte: »Das hat noch niemand gewagt. Dieser Mann muß eine gute Meinung von sich selbst haben.«

Svipdag hielt an, stieg ab und lächelte. »Gegrüßt seist du, König Adhils, mein Herr, denn das mußt du sein. Ich heiße Svipdag und bin der Sohn von Svip Arnulfssohn, der weit von hier im Westen wohnt, den du aber früher einmal gekannt hast.«

»Du dringst auf eine Weise hier ein, die dir dein Vater nicht geraten haben kann«, sagte Adhils.

»Ich habe um Einlaß gebeten, Herr, und niemand hat

mich beachtet. Ein solches Benehmen unter deinen Männern entehrt dich, und ich hoffe, du würdest mich dafür loben, wenn ich sie lehrte, was gute Manieren sind.«

»Was?« grollte Ketil, der oberste Berserker. »Ich zertrete dich, du Küchenschabe ...«

Knickebeinig trat er vor. Svipdag berührte, immer noch lächelnd, die Axt an seinem Sattelknauf. »Halt!« befahl Adhils. »Erst wollen wir reden. Ich erinnere mich an Svip. Er hat wacker für mich gegen Aali gekämpft, an jenem Tag auf dem Eis. Was will sein Sohn von uns?«

»Ich möchte sehr gern in deinen Dienst eintreten, Herr«, antwortete Svipdag.

Adhils forderte ihn auf, sich zu setzen, und sprach freundlich mit ihm. Das gefiel den Berserkern nicht, und sie murrten und blickten finster drein. Als zum Essen gerufen wurde und der König mit seiner Leibwache ins Haus ging, sagte Ketil zu ihm: »Wir werden diesen Wolfskopf herausfordern und ihn töten, bevor er noch mehr Unruhe stiftet.«

Adhils zupfte sich an der Nase. »Ich glaube nicht, daß mit ihm leicht fertig zu werden ist«, antwortete er leise. »Trotzdem, hm, hm, würde ich gern herausfinden, ob er wirklich so stark ist, wie er zu sein scheint.«

Ketil grinste über sein ganzes warziges Gesicht. Während die Männer sich zu ihren Sitzen begaben, verließ er den König, drängte sich zu dem Jüngling durch, faßte ihn unterhalb der Kehle am Mantel und schnaubte: »Glaubst du, daß du ein ebenso guter Krieger bist wie wir Berserker?«

Svipdag schlug die Hand des Riesen beiseite und antwortete so, daß die ganze Halle es hörte: »Aye, ich bin so gut wie jeder von euch.«

Die zwölf Berserker erhoben ein Wutgeheul. Sie umringten Svipdag. Hier drinnen trug keiner Waffen, und auch er hatte Helm und Rüstung im Vorraum gelassen. Doch ein Dutzend konnte einen einzelnen in Stücke reißen. Die übrigen Männer wichen zur Seite und versuchten dabei den Eindruck zu vermeiden, sie wollten sich in Sicherheit bringen.

»Halt! Halt, sage ich!« rief Adhils vom Hochsitz herab. »Ich will hier drinnen und überhaupt heute abend keinen Kampf.«

Ketil spuckte Svipdag vor die Füße. »Wagst du es, morgen gegen uns zu kämpfen?« röhrte er. »Dann wirst du mehr brauchen als große Worte und Einbildung, und wir werden feststellen, was wirklich in dir steckt.«

»Ich werde euch mir einen nach dem anderen vornehmen«, gab Svipdag zurück. »Dann werden wir sehen, wer besser ist.«

Adhils nickte. Ihm gefiel der Gedanke einer Bewährungsprobe, denn im Laufe mehrerer friedlicher Jahre war nicht festzustellen gewesen, wie nützlich ein Krieger tatsächlich war.

Eine klare Stimme sagte: »Dieser Mann soll hier willkommen geheißen werden.«

Svipdag blickte durch Schatten und Feuerflackern zu der Sprecherin hin. Sie saß neben dem König, nicht näher, als es unbedingt nötig war: Eine Frau, nicht von hohem Wuchs, aber von stolzer Haltung, einfach gekleidet und von Kummer gezeichnet. Doch ihre grauen Augen leuchteten, und ihr Haar hatte einen roten Glanz. Sie mußte Königin Yrsa sein.

Ketil schob die Schultern nach vorn und knirschte: »Wir wissen schon lange, daß du uns zur Hel wünschst. Aber wir sind keine solchen Schwächlinge, daß wir vor bloßen Worten und Übelwollen umfallen.«

Yrsa wandte sich ihrem Mann zu. »Es wird dir keinen Segen bringen, wenn du dein Vorhaben ausführst – du, der du es für nötig hältst, Abschaum wie diesen zu benutzen.«

Blau vor Wut heulte Ketil: »Ich spucke auf dich und dein geziertes Wesen! Wir fürchten uns nicht, uns mit ihm zu messen!«

Adhils winkte den Frauen, schleunigst die Getränke zu bringen. Der Abend verging friedlich, wenn auch nicht ruhig. Die Berserker waren schlechter Laune; der Rest des Haushalts war fröhlicher. Yrsas Blick wanderte immer wieder zu Svipdag hin, der beinahe am hinteren Ende der Halle saß, sich unterhielt, trank und schmauste, der munterste Mann unter diesem Dach.

Am Morgen fand der Holmgang statt.

Dies ist ein Brauch unter den Heiden, wenn Männer einen Zweikampf ausfechten wollen. Sie gehen auf einen Holm, eine kleine Insel, wo niemand oder nur wenige ihnen zusehen können. Mit vier Stäben aus Weidenholz wird ein Platz abgesteckt, und wer über die Markierung hinausgetrieben wird, gilt als Verlierer. Es wird abwechselnd zugeschlagen. Die Dauer des Kampfes kann bis zum ersten Blut oder bis zur Aufgabe oder bis zum Tod festgesetzt werden.

Heute waren mehr Zuschauer da als üblich. Adhils selbst war zusammen mit den zwölf Berserkern hinausgerudert und saß zwischen ihnen auf einem Baumstumpf. Unter den Bäumen auf der anderen Seite des Kampfplatzes schimmerte Eisen um eine schlanke Gestalt in einem blauen Mantel. Auch Yrsa war erschienen und zwanzig Krieger, die ihr dienten und sich mehr an sie als an den König gebunden fühlten.

Svipdag stand hochaufgerichtet in Wams und Hosen da. Abgesehen von dem Helm, hatte er auf die Rüstung verzichtet, weil er sich nicht nachsagen lassen wollte, er habe etwas vor seinen Gegnern vorausgehabt. Auch einen Schild hatte er nicht, da seine Axt eine zweihändige Waffe war. Als Yrsa das sah, biß sie sich auf die Lippen. Sie senkte den Kopf.

Ketil bemerkte es und streifte sie mit einem höhnischen Blick, bevor er auf den mit langem Gras bestandenen Kampfplatz trat. Er wiegte sich hin und her und arbeitete sich langsam in den Berserkerwahnsinn hinein. Geifer rann ihm in den Bart. Seine Wangen schwollen an und färbten sich purpurn. Er kaute auf seinem Schildrand, schwang sein Schwert und gab tierische Laute von sich.

Svipdag gähnte. »Ich hätte dir den ersten Schlag nicht zugestanden«, rief er, »wenn ich gewußt hätte, wie lange du brauchst, um dein Hasenherz mit Mut zu füllen.«

Ketil kreischte und griff an. Er hielt sich nicht an die Regel, daß abwechselnd Schlag auf Schlag erfolgen sollte, er hieb wild auf Svipdag ein. Aber Svipdag hielt stand, und plötzlich sauste seine Axt auf Ketils Helm nieder. Der Berserker ließ seinen Schild fallen. Svipdags Axt fuhr ihm in die Rippen. Ketil fiel auf ein Knie nieder. Sein Hals war gebeugt. Svipdag schlug ihm den Kopf ab.

»Svipdag, Svipdag, oh, Svipdag!« Yrsa lachte und weinte.

»Das sollst du büßen!« brüllte ein zweiter Berserker und sprang auf den Kampfplatz. Dieser Mann war leichter zu bewältigen, denn er war sinnlos vor Wut. Svipdag erschlug den zweiten, einen dritten und einen vierten Berserker. Da rief König Adhils: »Großen Schaden hast du mir gebracht, und jetzt sollst du dafür bezahlen! Männer! Greift ihn an! Alle zusammen!«

»Nicht, solange ich lebe!« rief Yrsa und stürzte vor. Ihre Leibwächter liefen an ihr vorbei und bildeten um Svipdag eine Schildburg.

Die acht noch lebenden Berserker umkreisten sie, heulten, fluchten und höhnten. Die Männer der Königin standen fest, Speere und Schwerter erhoben. Yrsa trat vor ihren Mann. »Ruf deine Hunde zurück. Meine Männer werden Svipdag verteidigen, bis du ihm Frieden gelobst.«

»Du bist wohl sehr glücklich heute, Yrsa?« Adhils tat, als wolle er sie schlagen. Sie ballte die Fäuste, begegnete seinem Blick und sagte:

»Er hat diesen Kampf nicht gesucht. Er hat dir in gutem Glauben seine Dienste angeboten. Diese Trolle haben ihn herausgefordert. Jetzt hat er bewiesen, was er wert ist. Du solltest froh sein, die Unholde loszuwerden. Gelobe Frieden, sage ich! Du wirst mehr Ehre gewinnen mit diesem einen Mann als mit allen Berserkern, die je die Erde durch ihr Dasein befleckt haben.«

»Was sorgst du dich um meine Ehre, Yrsa?«

»Sie kümmert mich wenig, doch wie es scheint, mehr als dich.«

Danach redete Yrsa ihm gut zu und besänftigte ihn, und

am Ende gelang es ihr, den Frieden zwischen Adhils und Svipdag herzustellen. Als der Neuankömmling aufs Festland zurückkehrte und die Männer des Haushalts erfuhren, was sich abgespielt hatte, umringten sie ihn und schworen, noch nie sei ein solcher Held gekommen, um ihr Waffenbruder zu werden.

Die Königin fand eine Gelegenheit, bei der sie ihm zuflüstern konnte: »Sei wachsam, diese acht werden sich an den Eid, den sie dir gaben, nicht lange halten.«

Er nickte. Gestern abend hatte er unten am Ende der Halle die ganze Geschichte erzählen gehört, wie König Helgi erschlagen worden war. In seinem jugendlichen Feuer dachte er, das sei die schlimmste aller neidischen Taten gewesen, und heute hatte die Frau, die darum das größte Leid trug, ihm das Leben gerettet.

Auf Drängen der Königin gab der König Svipdag an diesem Abend den Ehrensitz ihm gegenüber, und solange die Männer zusammen tranken, war er auch höflich zu ihm. Die Berserker waren nicht da. Adhils hatte außer Hörweite von allen anderen mit ihnen gesprochen und dann behauptet, er habe sie beruhigt. Svipdag war nicht entgangen, wie sie sich grinsend davonschlichen. Als nun der König sagte, er solle heute nacht nicht auf einer Bank schlafen, sondern in einem Gästehaus auf der anderen Seite des Hofes, dankte Svipdag ihm. Aber im Schutz der Dunkelheit trug er Rüstung und Waffen, eingehüllt in ein Bündel Unterkleidung nicht zu jenem Haus, sondern in eine Ecke des Vorraums der Halle.

Es wurde viel getrunken. Spät war es, als Adhils ihm gute Nacht wünschte. Im Vorraum war es stockfinster. Svipdag war froh darüber. Er konnte Helm und Kettenhemd nach dem Gefühl anlegen, und er wurde dabei von keinem gesehen.

Auf festen Beinen – er hatte nur so getan, als ob er viel trinke – überquerte er den Hof. Nahe dem Gästehaus geschah, was er erwartet hatte. Die acht Berserker lösten sich aus dem Schatten und fielen über ihn her.

Er lachte, trat zurück an die Wand und ließ sie kommen.

In der Dunkelheit war es schwer, etwas zu erkennen. Ihm allein nützte es etwas, wenn er in irgendeine Richtung schlug, und er war in Eisen gekleidet.

Er hatte einen bereits getötet, als der Lärm, den die Tat verursachte, die ein heimlicher, stiller Mord hatte sein sollen, Männer aus der Halle herbeirief. Sie waren zornig über die Schande, die dieser Kampf ihnen brachte, und machten ihm schnell ein Ende.

Adhils blieb nichts übrig, als sich im gleichen Sinne zu äußern und die Berserker, als sie sich auf sein Wort beriefen, der Lüge zu zeihen. Er erklärte sie auf der Stelle zu Gesetzlosen. Unter Verwünschungen verschwanden sie in der regnerischen Nacht und schworen, sie würden zurückkommen und ganz Svithjodh verheeren.

»Auf diese Drohung gebe ich nichts«, meinte Adhils, als sie wieder in der Halle waren. »Du hast gezeigt, daß diese Tröpfe gar nichts wert sind.«

»Da bin ich nicht so sicher, Herr«, antwortete Svipdag. Jetzt, wo er es wagte, nahm er einen tiefen Zug Met.

»Nun, du mußt für mich das werden, was sie hätten sein sollen, und mich nicht weniger gut bewachen als diese zwölf«, sagte der König mit seinem kalten Lächeln. Sein Blick streifte Yrsa, deren Augen wie Sonnen für Svipdag leuchteten. »Und das um so mehr«, fügte der König langsam hinzu, »weil es der Wunsch der Königin ist, daß du die Stelle der Berserker einnimmst.«

»Willst du?« fragte sie. »Möge eine gute Norne es geben, daß du es willst!«

Svipdag war eine Weile still. Jetzt hatte er gar nicht mehr den Wunsch, diesem Adhils zu dienen. Doch er hatte heute einen großen Namen gewonnen, und Ehre und Reichtum, die zu suchen er ja ausgezogen war, mochten auf ihn warten. Und Yrsa bat ihn zu bleiben …

»Ja«, sagte Svipdag. »Ich danke dir, Herrin.«

III

Hrolf Helgissohn war erst sechzehn Winter alt, als die Häuptlinge ihn zum König eines zerrütteten Dänemark machten. Sie meinten es gut mit der Unterstützung, die sie ihm gaben, aber keiner von ihnen war ein Regin oder Sävil. Er mußte sich seinen Weg selbst ertasten. Und ganz gleich, wie begabt er war, er mußte Fehler machen. Er war zu milde gegen seine Leibwächter, die dadurch zu einer wilden und übermütigen Bande wurden, und vielen Leuten gefiel es gar nicht, als er Adhils Beispiel folgte und, einen nach dem anderen, ein Dutzend Berserker in seinen Dienst nahm.

Geduldig erklärte er denen, die sich dagegen aussprachen: »Ich ähnele mehr meinem Onkel Hroar als meinem Vater Helgi. Ich möchte lieber aufbauen als niederbrennen. Aber Hroar hätte nicht sein können, was er war, und nicht tun können, was er tat, wäre sein Bruder nicht sein Schwert und Schild gewesen. Ich bin allein, es sind harte Zeiten, und ehe wir auf Frieden hoffen können, müssen wir der Gewalttätigkeit ein Ende bereiten. Zu diesem Zweck werde ich jedes Mittel benutzen, das mir zu Gebote steht.«

Er hatte große Schätze geerbt, und er verteilte sie freigebig. Bei keinem König wurden die Männer so gut untergebracht, gespeist, bekleidet, bewaffnet und mit Ringen beschenkt wie bei ihm. Es waren rauhe Kerle, aber sie liebten ihn. Wenn er gewollt hätte, hätte er sie zum Sturm auf Asgard führen können. (Einige sagten es in ebendiesen Worten, weil Hrolf wie seine Vorfahren nicht sehr eifrig in der Verehrung der Götter war.) Er fand viel für seine Krieger zu tun. Und die ganze Zeit lernte er.

Innerhalb von vier Jahren vertrieb er die Räuber aus den Wäldern Seelands und die Wikinger von seinen Küsten. Der Jarl Hrok erhob sich gegen ihn in Skania. Hrolf überquerte das Wasser und gewann eine Schlacht, in der Hrok fiel. Hroks Mutter Signy wegen gab Hrolf ihm ein prunkvolles Begräbnis, aber er sorgte auch dafür, daß ein Mann an Hroks Stelle kam, dem er vertrauen konnte. Er gewann Mön, Langeland und ein paar kleine Inseln zurück. Die Stadt Roskilde, jetzt wieder sicher, blühte von neuem auf, und ebenso die kleinen Fischerhäfen am Sund. Zwischen seinen Kriegszügen reiste Hrolf von Thing zu Thing oder saß in seiner Halle zu Leidhra, hielt Gericht, hörte die Männer an und versuchte ihre Zustimmung zu besseren Gesetzen zu gewinnen.

»Ich möchte, daß ihr das zurückerhaltet, was ihr unter Frodhi dem Friedensfürsten und Hroar dem Weisen hattet«, sagte er, »und unser Königreich soll so groß und fest gezimmert sein, daß es nicht wieder um uns zusammenbrechen kann.«

Währenddessen wuchs seine Halbschwester Skuld heran.

Nachdem der Sachse Ingjald Freyvar Hroarstochter nach Hause geschickt hatte, war sie mit Ulf Asgeirssohn verheiratet worden, einem mächtigen Häuptling im Norden Seelands. Hrolf erhob ihn vom Vogt zum Jarl und gab Skuld in seine Obhut. Ulf leitete seinen Bezirk gut, so daß der vielbeschäftigte König selten Grund hatte, ihn aufzusuchen. Aber nach Ablauf dieser vier Jahre schickte Ulf eine Botschaft nach Leidhra und lud seinen Oberherrscher zum Besuch nach den Herbstopferungen ein. Insgeheim teilte sein Bote Hrolf mit: »Er sagt, es sei eine schwerwiegende Angelegenheit, aber er hat mir nicht gesagt, um was es geht.«

Hrolf sah den Mann fest an. »Kannst du es erraten?« fragte er. Der Bote geriet in Verlegenheit. Hrolf lächelte, doch ohne Fröhlichkeit. »Ich will dich nicht drängen. Ich komme.«

Er bot einen prächtigen Anblick, als er in Ulfs Hof einritt. Hrolf war nicht größer als der Durchschnitt und von schlanker Gestalt. Aber er bewegte sich immer noch wie eine Wildkatze und gewann allein durch seine Schnelligkeit und Geschicklichkeit Kämpfe mit viel größeren Männern.

Sein Gesicht zeigte unter dem rötlichblonden Haar hohe Wangenknochen, weit auseinanderliegende graue Augen, dunkle, geschwungene Brauen, eine gerade, ein wenig gestupste Nase und volle Lippen, die schnell zum Lächeln bereit waren. Aber unter dem weichen, kurzgeschnittenen Bart sprang das Skjöldungen-Kinn vor. Seine Stimme war hell; er sprach für gewöhnlich ziemlich langsam und selten laut.

Der Wildkatze ähnelte er auch in seiner Sauberkeit. Wenn irgendwo ein Badehaus in der Nähe war, suchte er es auf, und er wusch sich täglich. Ein gängiger Scherz war, König Hrolf sei gastfreundlich gegen alle Welt, ausgenommen die Flöhe. Er liebte schöne Kleider. Heute trug er ein weißes Leinenhemd, ein mit Goldfaden besticktes rotes Wams, einen Ledergürtel mit einer breiten Silberschnalle, blaue Hosen mit weißen Kreuzbändern, Schuhe aus Seehundsfell, vergoldete Sporen, einen mit Safran gefärbten und mit Marder besetzten Mantel, der von einer Granatspange zusammengehalten wurde, und dazu Gold um die Stirn, die Arme und Finger und an der Scheide seines Schwertes.

Ulf und Freyvar hießen ihn und seine Männer willkommen, doch es war ihnen anzusehen, daß etwas sie bedrückte. Am Nachmittag ging Hrolf mit ihnen zu Fuß ein Stück von der Halle weg und fragte sie nach ihren Sorgen.

»Es geht um deine Schwester Skuld«, sagte Freyvar. »Wir haben Angst vor dem, was sie über unsere eigenen Kinder bringen könnte.«

»Ich habe Angst davor, was sie über das ganze Land bringen könnte«, fiel Ulf ein. »Das hier ist ein Land voll von geheimen Plätzen und unheimlichen Wesen. Es gibt Moore, aus denen viele Erwachsene, Kinder und Tiere niemals zurückgekommen sind. Es gibt Grabhügel, auf denen des Nachts hitzelose Feuer brennen und um die dunkle Gestalten wandern. Oft habe ich selbst durch die Nachtluft Hufschläge und Hundegeheul brausen gehört. Kluge Menschen machen um diese Dinge einen weiten Bogen. Ich fürchte, Skuld tut es nicht.«

»Sie war immer ein seltsames Kind«, seufzte Freyvar. »Selbst als sie noch klein war, hat sie kaum jemals geweint oder Liebe gezeigt oder danach verlangt. Meistens hat sie sich für sich gehalten. Sie war eigensinnig, bekam Wutanfälle, verabscheute weibliche Arbeiten, kletterte gern auf Bäume, schwamm – oh, sie schwimmt wie ein Otter – und schlich dem Wild nach. Später ging sie Jagen und Fischen ...«

»Davon habe ich natürlich schon gehört«, antwortete Hrolf. »Nun, wenn ihre Seele euch zu männlich scheint, denkt daran, wer ihr Vater war.«

»Ich denke mehr daran, wer ihre Mutter war«, bemerkte Ulf finster. »Ich habe schon andere jungenhafte Mädchen gesehen. Meistens ändern sie sich, sobald ihre Brüste sich entwickeln. Skuld jedoch wird immer seltsamer, eigensinniger und scharfzüngiger. Die Dienstboten fürchten sie, so schändlich behandelt sie sie. Was mich am meisten beunruhigt, ist ihre Neigung zu allem, was mit Zauberei zu tun hat. Es geht nicht einfach darum, eine glückbringende Rune auf einen Fingernagel zu ritzen. Nein, ich habe sie murmeln gehört, und ich habe sie Schritte vollführen sehen, die mir, der ich doch schon mit vielerlei Volk zu tun gehabt habe, unbekannt sind. Man hat sie auf der Heide beobachtet, wie sie vor einem Dolmen hockte, an den Händen das Blut eines Vogels, den sie zerrissen hatte. Sie läuft in die Wälder ohne Angst vor Wölfen, Gesetzlosen und Trollen. Einmal blieb sie lange fort und wollte nicht sagen, wo sie gewesen war und was sie getan hatte. Aber als ihr der Mantel verrutschte, sahen wir, daß sie ein Schulterblatt bei sich trug, auf das Zeichen eingeritzt waren. Ich weiß nicht, von wem sie das Ding bekommen hat.«

Hrolf meinte: »Ich finde das nicht so schlimm. Sie kann einfach gespielt haben, sie kann die Absicht gehabt haben, euch zu ärgern. Wie alt ist sie jetzt – zwölf? Ich werde versuchen, ihr Vertrauen zu gewinnen, und mit ihr sprechen.«

An diesem Abend forderte er Skuld auf, sich zu ihm auf den Hochsitz zu setzen, den Ulf ihm als König überlassen hatte, und mit ihm zu trinken. Sie kam bereitwillig.

Beim hellen Feuerschein, in dem warmen, vom Lachen erfüllten Raum machte Skuld gar nicht den Eindruck eines Wesens der Dunkelheit. Sie war sehr schön. Wie alle Mädchen ihres Alters war sie schlank, aber nicht linkisch, sie schwebte eher, als daß sie ging. Das offene Haar fiel glatt und schwarz über ein einfaches weißes Kleid bis auf ihren Gürtel nieder. Es war eine leuchtende Schwärze wie die eines von Sternen beschienenen Sees. Ihr Gesicht war schmal, die Züge fein, die Haut schwanenweiß, die Lippen von einem erschreckenden Rot. Aber am meisten fielen ihre Augen auf, groß unter langen Wimpern. Sie waren von einem Grün, das von Fast-Blau zu Fast-Gold wechseln konnte, wie die Wogen des Meeres. Ihre Stimme klang heiser, doch im Zorn wurde sie schrill.

An diesem Abend lächelte sie, hob ihren Pokal und stieß mit ihrem Bruder an, der aus einem Horn trank. »Skaal«, sagte sie, »willkommen. Ich sehe dich viel zu selten.«

»Das müssen wir ändern«, antwortete Hrolf.

»Wann?« fragte sie eifrig. »Ich sitze hier in diesem elenden Froschtümpel, gähne und versauere, während du – Nimm mich mit dir!«

»Wenn die Zeit gekommen ist«, sagte Hrolf. »Du mußt erst noch lernen, was eine Frau zu wissen hat.«

»Eine Frau!« flammte sie auf. »Soll ich kochen, brauen, waschen, fegen, Mägde beaufsichtigen, ein Pack betrunkener Tölpel bedienen – und jedes Jahr in Blut und Qual ein Kind bekommen? Nein!«

»Du wirst eine hohe Stellung einnehmen, Skuld. Aber du mußt dich ihrer würdig erweisen, und das bedeutet, daß du die damit verbundene Arbeit tun mußt. Glaubst du, ich würde nicht lieber auf die Jagd gehen, als mir kleinliche Streitereien anzuhören und nach einem Urteil zu suchen, das ihnen ein Ende macht? Glaubst du, bei einem Kriegszug oder der Verfolgung von Räubern geht es ohne lange Märsche durch den Regen, ohne das Lagern im Schlamm, ohne Hunger und Durst und Ungeziefer und Durchfall zu? Glaubst du …«

»Hör auf! Du wohnst in großen Hallen, du belustigst dich

mit Freunden und Buhlen, du reist über Land und Meer, du lernst neue Menschen kennen und hörst neue Geschichten, die Skalden singen Lieder zu deinem Ruhm, ein ganzes Königreich ist dein Spielbrett mit Menschen als Steinen, und wenn du tot bist, wird man sich an dich erinnern, du wirst nicht vergessen werden … Glaubst *du,* deines Vaters Tochter, unter Wasser von einer Elfenfrau geboren, erstrebe nicht das gleiche?«

»Nur … nun, darüber müssen wir ausführlicher sprechen …« Hrolf erinnerte sich daran, welch üble Dinge ihm von diesem Mädchen berichtet worden waren. »Sag mir, hast du noch irgendeine Erinnerung an deine ersten Jahre?«

Sofort schlug ihre Stimmung um. Sie starrte vor sich hin und murmelte: »Ich bin mir nicht sicher. An was erinnert man sich schon? Manchmal dünkt mich, da war … eine große grüne Kühle, durch die Gestalten glitten, und die Gezeiten tönten wie Musik … Lieder, gezupfte Saiten und silberne Flöten … Oder waren das nur die Meeresvögel, oder war es ein Traum? Meine Träume sind nicht so wie die anderer Leute.«

»Es heißt, du schleichst dich allein weg. Dabei begibst du dich in Gefahr, weißt du.«

»Ich bin in keiner Gefahr.«

»Wohin gehst du?«

Skuld lachte süß.

»Nein, mein Bruder, jetzt bin ich an der Reihe. Erzähle mir über die Welt draußen, über Leidhra, Roskilde, all die herrlichen Stätten. O bitte!«

Da er ihre Freundschaft gewinnen wollte, gehorchte er. Sie hörte ihm aufmerksam zu und stellte kluge Fragen. Er dachte, vielleicht habe sein Vater etwas mißverstanden, und es liege doch kein Fluch auf ihr.

Aber heute war Vollmond, und Ulf hatte ihm erzählt, Skuld verschwinde hin und wieder nach Sonnenuntergang. Ehe die ganze Gesellschaft sich zum Schlafen niederlegte, zog Hrolf zwei seiner besten Männer beiseite und befahl: »Sucht euch ein Versteck, von dem aus ihr den Hof beobachten könnt. Wacht abwechselnd. Wenn ihr meine Schwester fortgehen seht, weckt ihr mich sofort.«

»Den König wecken, Herr?« fragte einer der Krieger zweifelnd. »Du könntest einen Traum haben ...«

»Der eine Bedeutung für das Land haben könnte«, unterbrach Hrolf ihn. »Ich weiß. Aber was meine Schwester tut, ist vielleicht ernster als das. Deshalb setze ich dies Gesetz, solange wir hier sind, außer Kraft. Ihr *werdet* mich rufen – heimlich, so daß niemand davon erfährt.«

Aus dem gleichen Grund lehnte er Ulfs Angebot einer Sklavin ab und zog sich allein in das Alkovenbett zurück. Er ließ seine Kleider an. Seine Voraussicht sollte belohnt werden, denn in der tiefsten Finsternis glitt die Tür zur Seite, und eine Hand legte sich ihm auf die Schulter.

Hrolf folgte dem Mann nach draußen, wies die beiden Krieger an, auf ihn zu warten, und folgte seiner Schwester allein.

Der Mond war so hell, daß er die meisten Sterne auslöschte. Es knisterte vor Kälte. Die vor ihm dahingleitende helle Gestalt blickte nicht zurück.

Erst im Wald wurde es schwierig, ihr zu folgen. Doch dann stolperte Hrolf auf eine Lichtung hinaus. In der Mitte stand ein hoher Bautastein, ein von Flechten überwachsener Pfeiler, der vor langer Zeit von einem unbekannten Volk für einen unbekannten Gott aufgestellt worden war. In der Ferne heulte ein Wolf.

Vor dem Stein stand eine Frau, hochgewachsen und von vollen Formen, in einem schimmernden Kleid und Mantel, Ehrfurcht und Grauen einflößend. Haar, schwärzer als die Nacht, umfloß ein Gesicht, das Hrolf an seine Schwester erinnerte. Vor allem fielen ihm ihre Augen auf. Selbst im unsicheren Mondlicht leuchteten sie golden wie die eines Falken. Sie hielt mit beiden Händen ein nacktes Schwert empor.

»Wanderer, halt!« sang sie mehr, als daß sie sprach. »Geh nicht weiter, ehe du es am Ende tun mußt.«

»Bin ich in einem Traum?« fragte er. »Hat mein Krieger mich nicht aufgeweckt?«

»Ob du schläfst oder wachst, Hrolf, Sohn von König Helgi, sag, was du hier jagst.«

»Ich folge meiner Schwester.«

»Suche sie nicht weiter. Es würde dir nur Leid bringen. Das Unglück kommt schnell genug, strebe niemals danach, es vorauszuwissen. Geh wieder nach Hause, König, und steuere mit starker Hand die Geschicke deines Volkes. Vollbringe Taten, an die die Menschen sich erinnern werden.«

»Wer bist du, die du meinen Namen kennst?«

»Frage mich das nicht, denn nur die Sterblichen brauchen Namen, damit man um sie weinen kann.«

»Wie kommst du hierher, und warum warnst du mich, Herrin der Schönheit? Hast du sie unter dem Herzen getragen, die Leid über mich bringt?«

»Ein einmal gesprochenes Wort läßt sich nicht mehr zurücknehmen. Das können nicht einmal die Nornen. Doch höre mich, du Sohn Helgis, meines Liebsten: Ich wünsche dir Gutes. Laß das Mädchen gehen und lebe deine Lebensspanne zu Ende. Mögest du in vollen Zügen das Sonnenlicht trinken, mögest du jeden Tag in Liebe und Frohsinn erleben und mögest du zuletzt den Nornen ins Gesicht lachen und so den verlorenen Krieg doch gewinnen.

Sieh, was ich in Händen halte. Dies Schwert heißt Skofnung. Von den Zwergen habe ich es teuer erkauft. Schwinge die Klinge gut, und sein Ruhm wird so glänzend sein wie der von Hrolf selbst. Schlage die Übeltäter, verteidige das Volk, o Hrolf, Sohn dessen, den ich liebte.«

Er kniete nieder, um das Schwert von ihr in Empfang zu nehmen. Dann war sie verschwunden, und er kehrte zurück.

Skofnung war ebenso wie Gram, mit dem Siegfried Fafnir erschlug, und das verfluchte Tyrfing und Lövi, von dem noch zu berichten sein wird, ein Zauberschwert, das niemals rostete und immer biß. Schön war es anzusehen, lang und breit, bald braun, bald blau schimmernd. Das Heft bestand aus einem schwarzen, harten, unbekannten Holz, mit Gold eingelegt, und auf dem Knauf saß ein vielflächiger

Stein in klarem Weiß, der jedoch das Licht wie Feuergarben von sich sprühte. Auf dem Handschutz waren Runen eingegraben, die niemand lesen konnte.

Hrolf versuchte nie mehr herauszufinden, was Skuld in der Wildnis trieb.

IV

Svipdag mußte König Adhils auf seinen Reisen und später in Uppsala zu Diensten stehen. Aber als Königin Yrsa in die Stammburg zurückkehrte, war der junge Mann oft an ihrer Seite. Das mißfiel dem König. Er konnte nicht viel dagegen tun, weil nichts Unschickliches geschah. Wenn diese beiden zusammen waren, konnten sie immer von anderen gesehen werden. War auch nicht immer zu hören, was sie sprachen, so waren die Worte, die gehört wurden, doch harmlos. Svipdag erzählte meistens von dem Leben auf dem einsamen Hof seines Vaters, sie von der größeren Welt, die sie kannte, und sie fügte viele weise Ratschläge für ihn hinzu.

Als ihre Freundschaft wuchs, vertraute er ihr auch seine Hoffnungen und Träume an, während sie ihren Erinnerungen an die Zeit mit König Helgi Worte verlieh. Sie taten ihr Bestes, daß das nicht belauscht wurde. Doch ganz konnte es Adhils nicht verborgen bleiben, woher der Wind blies.

Er behielt seine Gedanken für sich und blieb Svipdag gegenüber freundlich. Tatsächlich war dieser neue Krieger ein Gewinn für ihn. Svipdag war der stärkste und geschickteste aller Männer, und meistens blieb er bei Sport und Spiel Sieger. Trotzdem mochten die anderen ihn gern, weil er höflich und fröhlich war und aufmerksam zuhörte, wenn andere sprachen.

So verging das Jahr, es wurde wieder Frühling. Da erhielt der König die Nachricht, daß die Berserker, die er verstoßen hatte, nach Svithjodh zurückgekehrt waren. Auf den

Inseln der Ostsee und an den Küsten Finnlands und Wendlands hatten sie sich Schiffe besorgt und Raufbolde um sich versammelt, und jetzt plünderten, töteten und brannten sie rings um den Mälar-See.

»Das ist etwas für dich, mein Freund«, sagte Adhils zu Svipdag. »Bekämpfe sie. Du sollst so viele Männer haben, wie du brauchst.«

Der junge Mann errötete. »Ich bin noch nicht fähig, eine Streitmacht anzuführen ...«, begann er.

»Und an ihrer Spitze zu stehen, um sich töten zu lassen!« fiel Yrsa heftig ein.

»Nein, nein, das ist die Gelegenheit, bei der du dich bewähren kannst«, lächelte Adhils. »Du sollst der Anführer sein.«

Svipdag dachte eine Weile nach, bevor er antwortete: »Dann möchte ich von dir zwölf Männer, die ich mir selbst aussuchen darf.«

Adhils verzog den Mund. Er konnte nicht gut etwas anderes antworten als: »Du sollst sie haben.«

»Jeden aus meiner Leibwache«, bot Yrsa an. Svipdags Gesicht wurde noch röter, als er ihr dankte.

Er wählte das Dutzend sehr sorgfältig aus, sowohl aus denen, die für die Königin waren, als auch aus denen, die ohne Frage für den König eintraten. Alle waren starke Krieger und erkannten Svipdag gern als ihren Anführer an. Im Tempel schwor er Brüderschaft mit ihnen auf einen Armreifen aus drei dicken Goldringen, der in das Blut eines Ochsen getaucht worden war. Als Zeugen riefen sie Frey für die Erde, Njörd für das Meer und Thor für den Himmel an. Dann zogen sie aus. Der König blieb zu Hause.

Gut hatte Svipdag im letzten Jahr den älteren Männern zugehört. Er stellte seine Krieger in der Schweineordnung auf, bei der Männer in Rüstungen einen Keil bilden, während sich die Bogenschützen und Schleuderer hinter ihnen befinden. Auch kannte er viele Kriegslisten, zum Beispiel das Legen von Fußangeln im hohen Gras.

Die Wikinger griffen an und wurden zurückgetrieben, und denen, die sich in den Fußangeln fingen, erging es schlecht. Ein Berserker und eine Menge Räuber kamen ums Leben. Die übrigen flohen zu ihren Schiffen und ruderten fort.

Svipdag brachte diese Kunde nach Uppsala. Der König dankte ihm überschwenglich. Königin Yrsa sagte vor der vollbesetzten Halle: »Wahrlich, hier sitzen jetzt bessere Männer, als deine Berserker es waren.«

Mißmutig stimmte der König ihr zu. Er gab den Kriegern ein Festmahl und Geschenke. Es war nichts verglichen mit dem, was die Königin ihnen eine Woche später gab.

Das Jahr verging. Svipdag fand immer mehr Vorwände, mit Yrsa zusammen zu sein. Finster sah König Adhils dem zu.

Die noch lebenden Berserker nährten inzwischen ihren Haß. Sie sammelten eine größere Bande als vorher, und früh im nächsten Sommer kamen sie wieder nach Svithjodh. Sie meinten, einen Fehler begangen zu haben, als sie in der Nähe von Uppsala landeten, wo die besten Kämpfer des Königs zur Hand waren. Diesmal ließen sie ihre Schiffe weit im Norden des Bottnischen Meerbusens zurück und zogen landeinwärts über die Berge und dann nach Süden. Auf dem ganzen weg nach Uppsala plünderten, töteten, folterten, vergewaltigten und verheerten sie, und sie zogen alle Gesetzlosen und Übeltäter in ihre Bande.

Wieder forderte Adhils Svipdag auf, gegen sie zu kämpfen, und schlug vor, er wolle den Berserkern mit einer eigenen Truppe in den Rücken fallen. »Herr, es wird nicht leicht sein, in der Wildnis miteinander in Verbindung zu bleiben«, wandte Svipdag ein. Adhils meinte überlegen: »Wir benutzen Kundschafter und Läufer«, und wollte von nichts mehr hören.

Yrsa fand Gelegenheit, bei einem Spaziergang am Fluß mit Svipdag zu reden. »Ich fürchte um dich«, sagte sie bekümmert. »In meinem Herzen fühle ich, daß Adhils es für keinen Schaden hält, wenn du verlierst. Dann kann er den Berserkern einreden, ihre Ehre sei gerächt.« Sie erschauerte. »Vielleicht nimmt er sie sogar wieder bei uns auf.«

Svipdag sah auf ihr gebeugtes Haupt nieder und antwortete leise: »Auf jeden Menschen wartet sein Geschick. Doch was du fürchtest, soll nicht geschehen, solange noch ein Tropfen Blut in mir ist, Herrin.«

Sie warf ihm einen Blick zu, den er schon einmal gesehen hatte – bei einem im Netz gefangenen Schwan.

Als es nun zum Kampf zwischen Svipdags Kriegerschar und den Berserkern kam, war keine Spur von dem König und seiner Leibwache zu sehen, und die Schweden fielen einer nach dem anderen.

Nun muß ich von Svip, dem Freisassen, erzählen, wie er aus tiefem Schlaf erwachte, seufzte und zu seinen Söhnen Hvitserk und Beigadh sprach: »In großer Not ist Svipdag, euer Bruder, denn er kämpft in einer Schlacht nicht weit von hier, und das Glück steht gegen ihn. Er hat ein Auge verloren und viele Wunden empfangen. Drei Berserker hat er gefällt; drei sind noch übrig.«

Schnell bewaffneten die Brüder sich, riefen alles an Männern zusammen, was vorhanden war, und eilten an die Stelle, die ihr Vater ihnen bezeichnet hatte. Als sie das Tal erreichten, tobte der Kampf immer noch in der hellen Nacht. Jetzt hatten die Wikinger die doppelte Anzahl Männer wie Svipdag. Gewaltig hatte er gekämpft, aber er taumelte von seinen Wunden, und seine toten Krieger lagen wie gemähtes Korn um ihn. Und der König war ihm immer noch nicht zu Hilfe gekommen.

Da stürmten die Brüder heran, und bald wandte sich die Bande von Gesetzlosen zur Flucht. Svipdags Männer griffen von neuem an. Diejenigen von den Feinden, die ihr Leben retten wollten, ergaben sich den Brüdern. Auch reiche Beute fiel diesen zu.

Auf dem Rückweg nach Uppsala wurde Svipdag unter der Obhut seiner Brüder auf einer Bahre getragen. Er hatte das Bewußtsein verloren, und man wußte nicht, ob er am Leben bleiben werde.

Als sie die Burg und die Königshalle erreichten, war Adhils bereits dort. Er dankte ihnen laut für ihren Einsatz und ihre Tapferkeit und jammerte, daß es ihm nicht gelungen sei, sie rechtzeitig zu finden. Aber bald verbreitete sich die Kunde, daß der König in der Nähe der Stelle gewesen war und seinen Truppen verboten hatte, sich Svipdags Schar anzuschließen.

Svipdag war schwer verwundet. Am schlimmsten waren zwei Schnitte in seinen Armen und einer am Kopf, der genäht werden mußte. Sein linkes Auge war verloren. Er bekam Fieber. Lange blieb er ohne Bewußtsein. Königin Yrsa pflegte ihn wie ihr eigenes Kind oder ihren eigenen Mann, und als es besser mit ihm wurde, brachte sie ihm Milch und Brühe und saß an seinem Bett, solange er wach war.

Endlich heilten seine Wunden. Abgemagert, mit langsamen Bewegungen trat er zwischen seinen Brüdern vor Adhils, als dieser des Abends in seiner Halle saß. »Wie schön, dich wiederzusehen«, sagte der König, meinte es aber nicht so. »Was wünschst du von mir?«

»Urlaub für mich«, antwortete Svipdag. Er vermied es, Yrsa anzusehen, die nach Atem rang und eine Hand an die Lippen führte. »Ich will mir einen Herrn suchen, der mir mehr Ehre erweist als du. Schlecht hast du mich für die Verteidigung dieses Landes und für die Siege, die ich für dich erfochten habe, bezahlt.«

»Ich habe dir doch gesagt, daß es nur ein unglücklicher Zufall war, wenn ich dich nicht gefunden habe. Bleibt, ihr drei Brüder, und es soll euch gut gehen bei mir. Keiner soll höher stehen als ihr.«

Svipdag verzichtete darauf, den König der Lüge zu zeihen, und was Adhils betraf, so gab er sich nicht viel Mühe, ihn zurückzuhalten. Zum Abschied versprach der König Svipdag noch sicheres Geleit, falls er ihn einmal besuchen wolle.

Svipdag sah zu Yrsa hin. »Ich werde kommen«, sagte er.

Am nächsten Morgen suchte Svipdag die Königin in ihrer Kemenate auf. »Ich wollte dir danken, Herrin, für die Ehre, die du mir erwiesen hast«, sprach er sehr leise.

»Es war wenig genug«, flüsterte sie. »Jetzt kann Helgi ruhig schlafen. Und ich brauche seine Mörder nicht mehr täglich vor mir zu sehen.« Sie ließ die Spindel fallen und streckte ihm die Hände entgegen. »Oh, warum mußt du gehen?«

»Es ist für uns beide besser«, entrang es sich ihm. »Ich habe gemerkt, daß ich zwischen dir und dem König zu einem gezogenen Schwert geworden bin.«

»Zwischen uns ist niemals etwas anderes gewesen als ein gezogenes Schwert«, sagte Yrsa, als säßen ihre Mädchen nicht um sie herum. »Doch du könntest selbst in Lebensgefahr kommen. So geh, und Glück und Freude sollen mit dir reiten.« Ihr Schild zerbrach. »Werde ich dich je wiedersehen?«

»Wenn es ebenso mein Geschick ist, wie es mein Wille ist, dann schwöre ich es dir.«

V

Nachdem Svipdag ein paar Monate auf dem Hof seines Vaters verbracht hatte, um sich wieder ganz zu erholen und zu lernen, mit nur einem Auge das Schwert zu führen, machten sich alle drei Brüder auf nach Leidhra, um in die Dienste König Hrolfs zu treten. Der König war anwesend. Er saß gerade beim Brettspiel mit einem älteren Mann. Als die Brüder ihn grüßten, lehnte er sich auf der Bank zurück, lächelte und fragte sie nach ihren Namen. Sie sagten sie ihm und setzten hinzu, Svipdag sei eine Weile bei König Adhils gewesen.

Hrolfs Blick verdüsterte sich. Doch ruhig erklärte er: »Warum seid ihr dann gekommen? Zwischen Adhils und mir ist keine enge Freundschaft.«

»Das weiß ich, Herr«, sagte Svipdag. »Trotzdem möchte ich gern dein Mann werden, wenn es möglich ist, und meine Brüder auch, obwohl du sehen kannst, daß sie an den Königsdienst nicht gewöhnt sind.«

»Warte.« König Hrolf richtete sich auf. »Svipdag ... ja,

ich habe von dir gehört, wenn du der Krieger bist, der drei von Adhils Berserkern erschlagen und viele andere gewaltige Taten vollbracht hast.«

»Wir sind diese drei Brüder, Herr.« Weniger kühn setzte Svipdag hinzu: »Deine Mutter, Königin Yrsa, war eine Freundin von mir.«

Hrolfs Gesicht leuchtete auf. Er bat sie, Platz zu nehmen, und rief nach Getränken. Sie sprachen lange miteinander. An diesem Abend stellte der König sie vor den Hochsitz, und nachdem seine Leibwächter hereingekommen waren, teilte er ihnen mit, wer die Recken waren. »Ich hätte nicht gedacht, daß ich einmal Männer, die Königin Adhils gedient haben, zu meinen Kameraden machen würde«, sagte er. »Aber da sie mich darum gebeten haben, werde ich sie aufnehmen, und ich glaube, es wird uns zum Heil ausschlagen.«

»Wo sollen wir sitzen?« fragte Svipdag ein wenig steif.

Hrolf zeigte nach rechts. »Bei diesem Mann, der Starulf heißt; aber laßt Platz für zwölf.«

Das war ein durchaus ehrenvoller Platz. Schließlich mußten die Brüder hier erst einen Beweis für ihre Tüchtigkeit erbringen. Als sie sich setzten, fragte Svipdag, warum ein Dutzend Plätze leerbleiben müßten. Starulf antwortete ihm, sie gehörten den Berserkern des Königs, die zu einem Kriegszug unterwegs seien.

Svipdag runzelte die Stirn.

Hrolf war nicht verheiratet, weil er sich bisher noch nicht hatte entscheiden können, mit welchem Haus er eine Verbindung eingehen wollte. Aber er hatte von zwei freien Mädchen Töchter namens Drifa und Skur. Sie waren noch sehr jung, doch alt genug, um in der Halle zu bedienen, beide hübsch und beide sehr beeindruckt von den Brüdern aus Svithjodh, denen sie viel Freundlichkeit erwiesen.

Auch die anderen Krieger nahmen die Brüder gut auf. Im nächsten Jahr, so erzählten sie, wolle der König selbst ins Feld ziehen; im Augenblick habe er nur ein paar Schiffe ausgesandt. Dann würden sie Fünen zurückgewinnen, die zweite dänische Insel.

Es wurde Sommer, es wurde Herbst, und die Berserker kamen zurück.

Es ärgerte Svipdag, als die haarigen Riesen hereintrampelten, bewaffnet wie für die Schlacht und sehr ähnlich denen, die Yrsa Kummer bereitet hatten. Er war gewarnt worden, daß sie einem bestimmten Brauch folgten. Sie gingen von Mann zu Mann, und ihr Anführer fragte einen jeden, ob er sich für ebensogut halte wie sie. Nicht einmal mit dem König machten sie eine Ausnahme. Um im Frieden mit diesen Tiermenschen zu bleiben, die im Kampf von hohem Wert waren, pflegte er etwa wie folgt zu antworten: »Das ist schwer zu sagen, denn gewiß seid ihr furchtlos, ihr, die ihr euch im Norden und Süden einen solchen Namen gemacht habt.« Alle übrigen suchten nach ähnlichen Worten, die nicht geradezu ein Eingeständnis der Unterlegenheit waren. Doch man konnte aus ihren Stimmen die Furcht und die Scham leicht heraushören.

Ein bärtiger Riese ragte über dem Schweden mit der schwarzen Augenklappe auf und stellte die Frage. Svipdag sprang auf. Sein Schwert fuhr aus der Scheide. (Hrolf ließ seine Männer in der Halle Waffen tragen; er meinte, er wolle sie nicht durch Mißtrauen entehren.) »Auf keine Weise bin ich weniger als jeder einzelne von euch!« rief er.

Alle verstummten vor Schreck. Die Berserker standen mit offenem Mund da, bis ihr Anführer Svipdag herausforderte: »Schlag auf meinen Helm!«

Svipdag tat es. Das Metall dröhnte. Die Klinge schlug weder in den Helm noch in die Rüstung, die diese Schar trotz ihres Namens trug, eine Delle. Der Berserker zog nun ebenfalls. Sie stellten sich zum Kampf gegenüber. Hvitserk und Beigadh faßten nach ihren eigenen Waffen.

König Hrolf sprang zwischen sie und wäre beinahe niedergehauen worden. »Das dürft ihr nicht!« rief er. »Wir haben genug Feinde, deren Blut ihr vergießen könnt! Von nun an geltet ihr, Agnar und Svipdag, als gleich, und beide als gute Freunde von mir.«

Danach wurde der einäugige Neuankömmling von allen mit Ehrfurcht betrachtet.

VI

Als es wieder Frühling wurde, versammelte der Dänenkönig eine Streitmacht und fuhr nach Langeland. Von da aus überrannten sie Turö und dann die ganze südliche Hälfte von Fünen. Sie siegten, wohin sie kamen. Alle Könige, die Hrolf überwältigte, mußten ihm Treue schwören und Tribut bezahlen. Von Woche zu Woche wurden die, die ihm nachfolgten, mehr, denn die Männer strömten herbei und wollten dem König dienen, der gerechter und freigebiger war als alle anderen Herren. Hrolf konnte sich aussuchen, wen er unter seiner Leibwache aufnehmen wollte.

Einen Mißerfolg hatte er. Svipdag erinnerte ihn an die Schätze, die König Helgi, sein Vater, von König Adhils erhalten hatte. Nach Helgis Tod hatte Adhils sie behalten. »Aber von Rechts wegen gehören sie dir«, sagte Svipdag. »Es gereicht dir nicht zur Ehre, wenn du keinen Anspruch darauf erhebst. Außerdem, bei deiner Art, Ringe zu zerbrechen, brauchst du davon so vielen, wie du bekommen kannst.«

Hrolf lachte, doch es dauerte nicht lange, und er sandte Männer zu seiner Mutter Königin Yrsa und ließ sie nach dem Hort fragen.

Sie antwortete, es sei ihre Pflicht, sich der Sache anzunehmen, soweit sie könne, aber es habe damit seine Schwierigkeiten. »König Adhils ist zu habgierig; außerdem tut er mir nichts zu Liebe, wenn er nicht dazu gezwungen ist. Sagt meinem Sohn, wenn er selbst herkommen wird, um die Schätze zu holen, werde ich ihm mit gutem Rat und allem, was ich sonst vermag, helfen.« Die Boten meinten, sie flüstern zu hören: »Und ich werde Hrolf wiedersehen«, aber sie waren sich nicht sicher.

Sie brachten die Antwort in das Lager, in dem sich der König aufhielt. Da er so viel anderes zu tun hatte, entschied Hrolf, er müsse diese Sache verschieben.

Er befand sich mitten in wichtigen Verhandlungen. Der alte König zu Odense, der von Leidhra abgefallen war, war tot. Sein Sohn Hjörvardh hatte seine Stelle eingenommen, doch er war ein ziemlicher Schwächling. Obwohl er in der Umgebung seines Sitzes mehr Männer aufbieten konnte, als Hrolf imstande war, über den Belt zu bringen, machte er ein Friedensangebot. Hrolf empfing ihn mit allen Ehren, und sie handelten hin und her. Nun hätten die Dänen für dies Jahr gern mit den Kriegszügen aufgehört. Bis sie das, was sie bisher gewonnen hatten, fest in den Griff bekamen, bis überall zuverlässige Jarle und Vögte eingesetzt waren, stand der Herbst vor der Tür.

Hrolf wollte nicht von seiner Forderung abgehen, Hjörvardh müsse sein Unterkönig werden, während Hjörvardh statt dessen von einem Bündnis sprach. War nicht Hrolfs Schwester Skuld im heiratsfähigen Alter? Schließlich trennten sie sich auf anscheinend freundliche Weise, und Hrolf lud Hjörvardh ein, ihn nächstes Jahr zu besuchen.

Das tat der Odense-König auch, und er kam mit großem Gefolge und Gepränge. Hrolf bewirtete ihn mit allen Ehren. Skuld war in Leidhra anwesend. Sie war nun siebzehn.

Als Hjörvardh sie zum ersten Mal sah, blieb ihm der Mund offenstehen. Das Blut stieg ihm in die Wangen. Er war ein junger Mann mit einem roten Gesicht und einer Stupsnase. Sein braunes Haar wurde dünn, während sein Bauch dick wurde. Im ganzen sah er gut aus, denn Bart und Nägel waren gepflegt; und er trug stets nur die feinsten Kleider. »Ich, ich hatte gehört, du seist schön«, stotterte er. »Ich hatte mir nicht vorgestellt ... daß du ...«

»Daß ich häßlich wäre?« Skuld lächelte schelmisch und ließ ihre Finger durch ihr tiefschwarzes Haar gleiten. Es machte ihre Haut besonders rein und weiß und ihre Augen besonders grün. Ihr schmales Gesicht hatte jetzt nichts Kindliches mehr. Ihr Körper unter dem kostbaren Gewand war schlank, aber ganz und gar der einer Frau, nur daß sie sich auf eine geräuschlose, gleitende Art bewegte, die manche beunruhigte.

Wenn sich bisher noch kein Mann um sie beworben hatte, so lag es daran, daß sie so voller Unruhe war. Sie hatte gelernt, mit einer Schmeichelzunge zu reden und obwohl sie nachzugeben schien, alles durchzusetzen, was sie wollte. Aber sie blieb unfreundlich gegen geringes Volk, hatte immer noch Wutanfälle, war gierig nach Gold und scheute sich, es auszugeben. Jeder wußte, daß sie Zauberei betrieb; niemand wußte, wie tief sie sich darin verstrickt hatte und was sie tat, wenn sie allein fortging.

Alle Leute wunderten sich, daß sie, die bisher von einer Heirat nichts hatte hören wollen, plötzlich so freundlich zu einem Mann war, von dem sie wußte, daß er sie zu gewinnen hoffte. »Ich wünschte mir um deinetwillen, König Hjörvardh, daß ich schön wäre«, murmelte sie und faßte seine Hand.

»Ich will ja gar – gar nicht, daß du anders wärst«, antwortete er.

»Komm, setzen wir uns und trinken zusammen«, bot sie an.

Danach saßen die beiden jeden Abend Seite an Seite und unterhielten sich so angeregt, daß sie kaum auf irgend jemand anders achteten.

Svipdag sagte zu seinen Brüdern: »So, wie ich sie kenne, ist sie darauf aus, Königin zu werden, aber nicht die Frau eines tributpflichtigen Königs. Ich glaube, sie stachelt Hjörvardh dazu auf, Hrolf den Eid nicht zu leisten.«

Aber wie listig König Hrolf war, bewies er bei der nächsten Jagd, als die Gesellschaft sich auf einer Waldlichtung ausruhte und alle glücklich und zufrieden waren.

Hrolf, der stand, löste einen Gürtel. »Hältst du mir bitte das Schwert?« fragte er Hjörvardh. Dieser nickte und faßte das Heft. Die Schneide glitt zurück, und Skofnung schimmerte hell. Hrolf lächelte. »Es liegt gut in der Hand, nicht wahr?« Dabei ließ er seine Hose herunter.

»Wundervoll!« rief Hjörvardh und schwang es, bevor er es wieder in die Scheide steckte.

Nachdem er sein Wasser gelassen hatte, nahm der Dänenkönig die Waffe zurück, schnallte den Gürtel um und erklärte mit lauter, deutlicher Stimme: »Wir wissen beide, daß jeder, der das Schwert eines Mannes hält, während dieser den Gürtel seiner Hose löst, von da an für immer sein Untergebener ist. Und du bist jetzt mein Unterkönig und wirst wie die anderen tun, was ich befehle.«

Ein entsetztes Schweigen trat ein. Hjörvardh sprudelte hervor, das habe überhaupt nichts zu bedeuten. Ja, man nehme das Schwert des Herrschers in die Hand, wenn man ihm Treue gelobe, aber doch nicht auf diese Art und Weise, und er habe nichts geschworen und – Hrolf redete ihm ruhig zu, und dabei lächelte er manchmal sogar und klopfte ihm auf die Schulter. Es sei sein Wunsch, sagte er, daß sie Freunde blieben, daß beiden Ländern ein kostspieliger Krieg erspart bleibe. Als Unterkönig werde Hjörvardh mehr Ruhm und Reichtum gewinnen als je zuvor, zumal Skuld ja seine Schwester sei ...

Es wurde noch tagelang hin- und hergestritten, und die Männer trugen ständig ihre Waffen bei sich. Doch das Ende war, daß Hjörvardh sich mit der Stellung des Unterkönigs zufriedengab und Skuld heiratete. Die Hochzeit war ein Fest von nie dagewesener Pracht.

»Unser König hat genau gewußt, was er tat«, sagte Svipdag zu seinen Brüdern. »Auf diese Weise kann Hjörvardh seinen Stolz retten, indem er sagt, es sei ein Trick von König Hrolf gewesen. Und dazu bekommt er die Frau, die er will.«

»Trotzdem scheint er zu grollen«, meinte Hvitserk.

»Ich glaube, Skuld grollt noch mehr als er«, setzte Beigadh hinzu.

Svipdag nickte. »Ja. Er allein wäre keine Gefahr, diese Schlafmütze. Aber mit ihr zusammen – wir haben den Schwanz des Tieres noch nicht gesehen.«

Skuld und ihr Mann reisten nach Odense, zahlten Hrolf Steuern, sandten ihm Krieger zu und regierten ihr Land nach seinen Gesetzen. Besser gesagt, Skuld tat es, denn bald beherrschte sie Hjörvardh in jeder Beziehung. Ein hartes Leben hatte er bei ihr, und dazu war sie noch unfruchtbar. Aber niemals wagte er es, bei einer anderen Frau zu liegen oder ihr zu verbieten, finnische Zauberer ins Haus zu bringen und allein davonzugehen, wann und wohin sie wollte.

Ein Fischer erzählte im Flüsterton davon, er sei einmal von einem Sturm weit abgetrieben worden, bis er und seine Söhne ihr Boot endlich auf den einsamen Strand von Hindsholm setzen konnten. Er ging auf der Suche nach frischem Süßwasser fort. In der Abenddämmerung erspähte er eine Gestalt auf einer hohen Klippe über der See und erkannte, daß es Königin Skuld war. Er war sich seiner Sache sicher, denn er hatte sie gesehen, als er Odins See besuchte, um zu opfern. Wild flatterten ihr Gewand und ihr offenes Haar. Sie hob eine Stange empor, auf der ein Pferdeschädel steckte, das stärkste Mittel, jemandem Unglück zu wünschen, und zwar so, daß die leeren Augen in die Richtung nach Seeland blickten. Dahin schüttelte sie auch ihre Faust und schrie Flüche, und dabei weinte sie vor Zorn.

5 Die Geschichte von Bjarki

I

Westlich von Svithjodh steigen die Berge immer höher und steiler an, bis der Wanderer das Hochland von Norwegen erreicht. Hier herrschte früher ein König namens Hring. Nur einer seiner Söhne, Björn hieß er, blieb am Leben. Er war ein vielversprechender Junge, aber das Volk fürchtete, das von Thor abstammende königliche Haus könne mit ihm aussterben. Als nun die Königin starb, wurde der König von allen Seiten gedrängt, wieder zu heiraten. Er wurde zwar schon alt, aber endlich stimmte er zu. Er sandte Männer nach Süden, die ihm eine ebenbürtige Frau suchen sollten. Ihr Anführer wurde Ivar der Hagere genannt.

Sie ritten hinunter zum Oslofjord, wo sie in drei Schiffen Kurs auf Jütland nahmen. Kaum waren sie im Skagerrak, als sich ein furchtbarer Sturm erhob. Zwei der Schiffe gingen unter, das dritte, in dem Ivar sich befand, geriet nach vielen Tagen und Nächten in einen Fjord, der weit in eisbedeckte Berge hineinreichte. Das Schiff war schwer beschädigt, die Vorräte waren über Bord gegangen, die Männer waren naß und durchgefroren und furchtbar hungrig. Sie nahmen an, daß sie im Land der Finnen seien. Es würde ihnen nichts übrigbleiben, als hier zu überwintern.

Sobald sie ein Lager errichtet hatten, zog Ivar mit einem halben Dutzend Männer landeinwärts auf Kundschaft. Sie kletterten steinige Anhöhen hinauf und gerieten schließlich in einen Kiefernwald. Zwischen den Baumstämmen sahen sie einen Gletscher schimmern. Es wurde schon dunkel, als sie an ein kleines, aber festes Blockhaus kamen. Rentiere standen in einem Pferch. Ein Hund lief ihnen entgegen, kohlschwarz und mit glühenden Augen, so groß wie Garm, der den Mond verschlingen wird. Er bellte und heulte nicht, aber die Männer hatten das Gefühl, irgend etwas sei hier unheimlich. Sehr vorsichtig klopften sie an die Tür.

Eine Magd ließ sie ein. Zwei weitere Frauen saßen am Herd. Die eine war gut gekleidet und für ihr Alter nicht übel anzusehen. Doch Ivars Männer hatten nur Augen für die andere. Wie die ältere Frau und die Magd sah sie ganz wie eine Finnin aus: klein mit schwellenden Formen, hohen Wangenknochen, goldenem Haar, schrägen blauen Augen. Noch nie hatten sie ein so reizendes Gesicht gesehen. Die ältere Frau lächelte und hieß sie in norwegischer Sprache willkommen, als hätten drei einsame Frauen von bewaffneten Männern gar nichts zu befürchten. Ivar dachte, es sei wohl auch an dem. An den Wänden sah er Runenstäbe und Knochen, Feuersteinmesser, Beutel mit seltsam riechendem Staub, einen übergroßen Kessel und andere Dinge, die von Zauberei sprachen.

Doch er und seine Männer wurden freundlich aufgenommen, erhielten zu essen und zu trinken und gute Ratschläge, wo sie jagen könnten. Ivar berichtete von ihrem Auftrag und ihrem Mißgeschick. Dann fragte er die Frauen, warum sie, die so schön und fein seien, hier in der Wildnis lebten.

Die ältere antwortete in der vom flackernden Feuer erhellten Dunkelheit: »Alles hat seine Gründe. Wir leben hier aus dem Grund, daß ein mächtiger König um meine Tochter freite, aber sie wollte ihn nicht haben. Er drohte, er werde kommen und sie mit Gewalt nehmen. Ihr Vater ist schon lange auf einem Kriegszug. Da hielt ich es für das beste, sie hier zu verstecken.«

»Wer ist ihr Vater?« fragte Ivar.

»Sie ist die Tochter des Finnenkönigs, dessen Buhle ich bin.«

»Darf ich eure Namen erfahren?« fragte er vorsichtig, denn oft nennen die Finnen Fremden ihre Namen nicht gern, damit ein Feind sie nicht in einem Zauber verwenden kann.

»Ich heiße Ingebjörg und meine Tochter heißt Hvit.«

Ivar hatte seine Zweifel, denn das waren norwegische Namen.

In den nun folgenden Monaten war Ivar oft Gast in diesem Haus, und er brachte Geschenke an Fleisch und schließlich an Gold mit. Er sprach viel mit Ingebjörg und soviel wie möglich mit Hvit, und er kam zu dem Schluß, daß letztere wirklich die Tochter eines starken Häuptlings war, wenn nicht eines Mannes, den ein Hochländer einen richtigen König nennen würde. Und bestimmt war sie schön; er lag nachts wach, weil es ihn nach ihr gelüstete. In den Fertigkeiten, die eine Königin beherrschen muß, war sie nicht ausgebildet, aber sie war von rascher Auffassungsgabe. Jedenfalls war das Hochland nicht Dänemark oder Schweden oder Götarland. Das Volk dort hätte höfische Manieren gar nicht verstanden. Es mochte recht nützlich sein, eine finnische Verbindung anzuknüpfen, dachte Ivar.

Nicht alles an Hvit gefiel ihm. Sie mußte eine Hexe sein. Wohin gingen sie und ihre Mutter am Julabend? Wie konnten sie durch den Schnee kommen? Natürlich hatten sie Skier wie alle Wanderfinnen, aber Ivar zerbrach sich den Kopf, warum er nirgends Spuren finden konnte. Ob sie landeinwärts gezogen waren zu jenen drei hohen Felsen am Fluß? Die Felsen standen genau an der Stelle, wo man in nördlicher Richtung die Sonne den ganzen Tag bei Mittsommer und überhaupt nicht bei Mittwinter sieht. Norwegische Reisende schworen, daß die Zauberer die Sonne nicht willkommen heißen und segnen, sondern sie verfluchen und forttreiben.

Das brauchte nicht wahr zu sein. Und Hvit war sehr schön, und Ivar war müde und hatte Heimweh und keine Lust, in diesem Jahr noch einmal fortzusegeln.

Im Vorfrühling, als sein Schiff beinahe wieder fertig war, fragte er sie, ob sie mitkommen und König Hring heiraten wolle.

Sie schlug die Augen nieder. Nach langem Schweigen flüsterte sie: »Meine Mutter soll es entscheiden.«

Ingebjörg runzelte die Stirn. Dann sagte sie: »Wie das alte Sprichwort heißt, muß man aus dem Schlechten das

Beste machen. Ich halte es für falsch, daß nicht zuerst ihr Vater gefragt wird. Euer Volk hat noch nie etwas mit unserem zu tun gehabt ... Aber ich will es wagen, um ihre Zukunft zu sichern.«

Ivar dachte, hier stimme irgend etwas nicht. Sie hätten entweder geradeheraus nein sagen oder ihm ein froheres Ja geben sollen. Aber die Knospen sprangen, und er sehnte sich von hier weg, und Hvit war sehr schön.

Sie kam mit ihnen. Ohne Schwierigkeiten erreichten sie den Oslofjord. Von da ritten sie bis zu Hrings Halle und führten die Frau zu ihm. »Willst du sie haben?« fragte Ivar. »Oder sollen wir sie auf dem gleichen Weg zurückbringen?«

Der König war ein großer Mann, hager und grau geworden, und er hatte einen leidvollen Winter hinter sich. Er verliebte sich sehr in Hvit und heiratete sie gegen den Wunsch einiger seiner Ratgeber. Es sei gleichgültig, daß sie nicht reich sei, meinte er. Sie war schön.

Aber er – er wurde alt. Das stellte die neue Königin bald fest.

II

Nicht weit entfernt lebte ein Freisasse namens Gunnar. In seiner Jugend war er auf langen Kriegszügen gewesen, doch dann war er seßhaft geworden und hatte sich eine Frau genommen. Sie hatten nur ein lebendes Kind, ein Mädchen namens Bera. Der Edling Björn, im gleichen Alter wie sie, hatte als Kind den Weg über die paar Meilen Wald, Steinhänge und eisige Fjorde gefunden und war ihr Freund geworden. Jahrelang spielten sie miteinander und hatten sich sehr gern. Doch dann kam der Tag, an dem sie sich zusammen im Badehaus auszogen und Bera rot wurde. Björn, verlegener als sie, wandte die Augen ab. Danach fühlten sie sich noch enger verbunden. Ihre Eltern lächelten und nickten und begannen davon zu sprechen, in ein paar Jahren könne es eine Verlobung geben.

In der Zwischenzeit wurden die Kinder zu einem Jüngling und einer Jungfrau, beide groß und schön, er hellhaarig und gut bei jedem Spiel, das Kraft und Geschicklichkeit erforderte, sie braunhaarig und süß, aber hartnäckig in allen Dingen, die ihr wirklich wichtig waren. Nun nahm Björns Vater seine zweite Frau.

Es gab viele Kämpfe mit wilden Männern und Nachbarkönigen, so daß Hring oft viele Wochen nicht zu Hause war. Dann regierte Königin Hvit das Land. Sie war nicht beliebt, denn sie war eitel, kalt und hochmütig gegen jeden außer Björn.

Als König Hring wieder einmal aufbrechen wollte, bat Björn darum, mitkommen zu dürfen. Er sehnte sich danach, an einem echten Kampf teilzunehmen. Die Königin sagte zu ihrem Mann, als sie allein mit ihm war, sein Sohn müsse zu Hause bleiben und ihr helfen. Er stimmte ihr zu. Sie hatte aus diesem mächtigen Mann einen Fisch gemacht, der an ihrer Angel hing. Björn tobte, als er es vernahm, aber gegen ihn vermochte Hring immer noch streng zu sein. Schließlich sah der Edling die Krieger ohne ihn davonreiten.

Mit den Tränen kämpfend verkroch er sich in dem luftigen Obergeschoß, wo er schlief. Er hatte eine Weile in finsterem Brüten auf dem Bett gelegen, als sich die Tür öffnete, wieder geschlossen und auch noch verriegelt wurde. Königin Hvit war eingetreten. Sei war nur spärlich bekleidet, und ihr Haar hing offen herab. Sie trat zu ihm, streichelte ihm über die Stirn und flüsterte: »Armer Björn. Armer lieber Björn. Sei nicht so traurig. Dein Kummer ist auch mein Kummer.«

»Warum hast du dann verlangt, daß ich hierbleibe?« gab er bitter zurück.

Sie lächelte und ließ ihre Wimpern flattern. »Ich habe gesehen, wie du im Ringen, im Laufen, bei den Waffenübungen, bei der Jagd auf Eber und Elch bewiesen hast, daß du ein Mann bist. Dafür brauchst du nicht in den Krieg zu ziehen. Aber was die Aufgaben eines Königs und ... anderes ... betrifft, hast du noch eine Menge zu lernen. Jetzt hast du eine Gelegenheit dazu, da du nicht in deines Vaters Schatten stehst. Sei wieder fröhlich, laß mich dich erfreuen, mein Bärchen.« Denn »Björn« bedeutet »Bär«.

Er setzte sich auf. »Geh weg!« rief er. »Geh hinaus!«

Sie ging ohne Zorn. In den nächsten Tagen kam sie immer wieder zu ihm. Schließlich flüsterte sie ihm zu, er solle vor Sonnenaufgang heimlich in ihre Kemenate kommen, denn sie habe ihm etwas Wichtiges mitzuteilen. Widerstrebend kam er. Keine ihrer Frauen befand sich in dem vom Zwielicht erfüllten Raum. Sie warf sich an seine Brust, stöhnte etwas von ihrer Liebe und versuchte, ihn zu ihrem Bett zu ziehen. »Halt mich fest, mein Bär, mich, die ich jung und lebendig und an einen trockenen Stock wie Hring gebunden bin! Oh, komm, und ich will dir zeigen, wie schön das Leben sein kann!«

Zu entsetzt, um sich zu bewegen, stand er eine Weile starr da. Dann loderte sein Zorn auf. Er schlug ihr ins Gesicht, daß sie zurücktaumelte. »Du schlechtes Weib!« brüllte er, »habe ich dir nicht gesagt, du sollst mich in Ruhe lassen?«

Sie rang nach Atem. Dann zischte sie wie eine Schlange: »Das war dumm von dir. Ich bin es nicht gewöhnt, daß man mich schlägt und wegstößt. Du hältst es für besser, Björn, deine Arme um eine Bauerntochter zu schlingen, als dich meiner Liebe und Gunst zu erfreuen. Wie du willst. Hier hast du die Belohnung für dein hartes Herz und deine Tölpelhaftigkeit!«

Sie ergriff einen Handschuh aus Wolfsfell und schlug ihn ihm ins Gesicht. »Wie ein Bär hast du mich behandelt, Björn; du bist nichts anderes als ein Bär und wirst nie etwas anderes sein. Jetzt sollst du ein wirklicher Bär werden, ein wildes Tier, das sich von dem Vieh deines Vaters ernährt. Du sollst mehr Tiere schlagen, als man es je von einem Bären gehört hat, und niemals sollst du frei werden von dieser Verwandlung. Und das Schlimmste für dich wird dein Wissen darum sein.«

Er schrie auf, dieser wackere Jüngling schrie, fuhr herum und entfloh. Schon als er den Hof überquerte, stolperte er. Hvits katzenschrilles Lachen folgte ihm in den Morgen.

Was er als nächstes tat, ist nicht bekannt. Auch wußte niemand, wohin Björn gegangen und was aus ihm geworden war. Einige fürchteten, er könne von einem großen grauen Bären weggeschleppt worden sein, der unter den Herden des Königs zu wüten begann. Er schlug Kühe, wie ein Wiesel in einem Hühnerhof haust, aber man sah ihn immer nur von fern. Jäger machten sich auf der Suche nach ihm. Da Krieg herrschte, war ihre Zahl gering. Listiger, als es einem Tier zustand, legte sich der Bär in den Hinterhalt, griff sie im Rücken an, tötete und verstümmelte mehrere Männer und schlug die übrigen in die Flucht. Man sah ein, daß nichts unternommen werden konnte, bis der König und seine Krieger zurückkehrten.

Bera weinte um ihren Liebsten.

Der Sommer ging dahin. Eines Tages ging Bera zum Beeren sammeln. Auf dem Rückweg ließ sie plötzlich ihren Korb fallen und schrie auf. Denn aus dem Gebüsch trottete der große eisengraue Bär.

Verzweifelt sah sie sich nach Hilfe um, nach einem Baum, auf den sie klettern konnte, nach irgend etwas. Aber der Bär blieb stehen, wo er war, einige Meter von ihr entfernt. Er gab einen Laut von sich, der mehr nach einem Schnurren als nach einem Brummen klang. Langsam, Schritt für Schritt und nach jedem Schritt stehenbleibend, als fürchte er sich, kam er näher. Bera sagte sich, das sei ein Wunder. Sie nahm ihren Mut zusammen und wartete. Der Bär war dicht vor ihr. Sie streckte eine zitternde Hand aus. Er leckte sie. Sie sah ihm in die Augen, und ein Schwindel packte sie. Denn sie erkannte die Augen Björns.

Der Bär drehte sich um und trottete davon. Bera folgte ihm. Hoch hinauf in die Berge ging es, wo verkrüppelte Eichen knorrig zwischen spärlichem Gras wuchsen und der Blick über ein blaubeschattetes Tal auf Schneegipfel fiel, die sich in den Himmel zu erheben schienen. Doch es war Abend geworden, und Bera sah in der kalten, windigen

Dämmerung nur eine Höhle neben einer Quelle, eine Gestalt im Eingang. Der Bär stellte sich auf die Hinterfüße ... war es wirklich ein Bär?

Sie warf sich in die Arme Björns.

Einige Zeit später sagte er, er müsse sich Kleider anziehen. Lachend und schluchzend umklammerte sie ihn und antwortete, sie wolle ihn warmhalten. Als er in die Höhle ging, folgte sie ihm. Auf dem sandigen Boden glühten Kohlen in einer Feuergrube. Er legte Holz darauf. Bera rief, das sei ihre Aufgabe. Als die Flammen hochschlugen, sah sie eine Schlafstelle aus Heu und Häuten. Sie schmiegte sich an ihn.

»Du mußt gehen«, stammelte er. »Es ist unmöglich, daß du bei mir bleibst. Ich bin nur des Nachts ein Mann. Jeden Morgen verwandele ich mich in ein Tier.«

»Deshalb muß ich erst recht bei dir bleiben ... oh, mein Liebster«, flüsterte sie.

Wochenlang blieb sie dort. Wenn er kurz vor Sonnenuntergang zurückkehrte, säuberte sie seine bluttriefenden Kiefer, kochte die abgerissenen Rippen oder die Keule, die er mitgebracht hatte, und wartete darauf, daß er wieder zu Björn wurde. Am Morgen streichelte sie sein struppiges Fell, küßte den schreckenerregenden Kopf und winkte ihm zum Abschied nach, solange sie ihn auf dem Abhang noch erkennen konnte. In der übrigen Zeit war sie mit der Sonne, den Wolken, dem Regen, dem Wind und den Habichten allein. Sie schlief, sammelte Holz und Nüsse als Vorrat für den Winter, versuchte, es in der Höhle gemütlich zu machen und weinte ab und zu ein bißchen. Doch noch öfter sang sie.

Später erzählte sie über ihr Leben auf dem Berg nicht mehr als das. Es ist aber durchaus möglich, daß der Bär nicht immer auf die Jagd ging. Ritt sie auf seinem Rücken, lustig wie das Mädchen, das sie noch vor wenigen Sommern gewesen war? Nahm er Bienenstöcke aus, um ihr eine Honigwabe zu bringen, so überfließend wie seine Liebe, und wand sie Kränze, die sie ihm um den Hals hing?

Nahm er sie mit, wenn er das Elfenvolk besuchte? Denn

im Licht dessen, was später geschah, erweist es sich, daß er die Elfen kannte. Halb außerhalb der Welt der Menschen, lebte er halb in der Halb-Welt. Der Zauber muß sich auch auf Bera ausgewirkt haben, so sonderbar das scheinen mag. Lachte sie über die Possen eines Niss oder rannte sie davon, wenn ein Wassermann durch die Oberfläche eines mondbeschienenen Sees brach? Saß sie zu Füßen eines Zwergs, alt und verkrümmt und zäh wie ihre Eichen, und hörte sich seine Rätsel und Erinnerungen an? Verbarg sie sich furchtsam, wenn sie den Schritt eines Trolls hörte, der die Erde erzittern ließ? Hörte sie die Wilde Jagd am nächtlichen Himmel, sah sie den einäugigen Speerträger auf seinem achtbeinigen Pferd, der sie anführte?

Traf sie mit den Elfen zusammen? Hochgewachsen und ernst sind sie, wenn sie auch manchmal von bösartiger Lustigkeit sein können. Sie kommen aus ihren verborgenen hohen Hallen oder von den Göttern, die sie bedienen, um im Mondschein um die vor Jahrhunderten errichteten Bautasteine zu tanzen. Schön und schrecklich sind sie, und ihr Wirken in der Welt ist unheimlich. Eine Frau unter dem Elfenvolk erzählte Björn einmal, was in einem fernen Land, Dänemark genannt, geschehen war und geschehen werde. Danach hatte Bera große Not, ihn wieder aufzuheitern.

Wenn der verhaßte Morgen anbrach, hielt sie ihn fest an sich gedrückt.

Im Herbst kehrte König Hring von seinem Kriegszug zurück, und die Leute erzählten ihm, was vorgefallen war oder vielmehr, was sie glaubten, daß es sich ereignet habe. Als er erfuhr, sein eigener Sohn werde vermißt und sei wahrscheinlich von dieser Bestie getötet und gefressen worden, bedeckte er die Augen mit der Hand und saß lange schweigend da. Später drängte die Königin ihn, er solle mit einer ausreichenden Zahl von Männern und Hunden das Ungeheuer aufspüren und erledigen. Er streifte sie mit einem Seitenblick und meinte, es sei nicht eilig.

Gegenüber jedermann verhielt er sich, als messe er dem Bären keine Bedeutung bei. Hvit forderte ihn immer wieder auf, eine Jagd zu veranstalten, und das gleiche taten sein

Freund Gunnar, dessen einziges Kind ebenfalls vermißt war, und alle, die einen ihnen lieben Anverwandten verloren hatten, und alle, die das Ungeheuer fürchteten. Schließlich verspottete Hvit den König seiner mangelnden Männlichkeit wegen. Am nächsten Morgen schickte er Boten aus und ließ von nah und fern Jäger zusammenkommen.

Ein paar Nächte später wachte Björn auf, drehte sich auf die Seite und zog Bera an sich. »Mein Traum ist gekommen«, sagte er. »Morgen ist der Tag meines Untergangs. Sie sind nach hier unterwegs, um mich zu töten.«

Bera schrie auf. Er brachte sie mit einem Kuß zum Schweigen und fuhr fort: »Ich hatte keine andere Freude mehr als unser Zusammensein, und nun muß auch das enden. Still. Ich schenke dir den Ring unter meinem linken Arm. Morgen, wenn ich tot bin, gehst du zum König und bittest ihn, dir das zu geben, was sich unter der linken Schulter des Bären befindet. Er wird es tun. Wahrscheinlich wird die Königin erraten, was du im Sinn hast, und dir Bärenfleisch zum Essen anbieten. Du darfst auf keinen Fall …«

»Ich könnte es nicht!«

»Du weißt, daß du schwanger bist. Du wirst drei Söhne haben, und das Fleisch würde ihnen den schwersten Schaden zufügen, denn die Königin ist dieböseste aller Hexen.

Geh jetzt nach Hause zu deinem Vater und deiner Mutter und bringe bei ihnen unsere Kinder zur Welt. Eins von ihnen wirst du am meisten lieben, aber mit allen dreien wirst du schwer fertig werden. Wenn du es nicht länger kannst, dann bringe sie zurück in diese Höhle. Hier wirst du eine Truhe mit drei Schlössern finden. Die Runen darauf werden dir sagen, was jeder der drei erhalten soll. Im Berg befinden sich auch drei Waffen, und jeder Junge wird die bekommen, die ich, der ich die Zukunft gesehen habe, ihm hinterlassen will.«

Er versuchte, ihre Tränen wegzuküssen. »Gib unsern Söhnen gute Namen. Nenne den ersten Frodhi, den zweiten Thori, den dritten Bjarki. Denn lange wird man sich an sie erinnern.« Bera klammerte sich an ihn, und ganz leise fuhr er fort: »Doch das Zeichen des Tieres wird jeder der drei tragen. Sogar der, der frei davon zu sein scheint, wird am Ende ...« Er brach ab und tröstete sie, so gut er es vermochte.

Bei Sonnenaufgang verwandelte er sich in den Bär. Er ging nach draußen, und sie folgte ihm ins trübe Tageslicht. Ihre Blicke wandten sich dem Lärm zu, den sie hörten, und sie sahen ungefähr hundert Männer den Berg heraufsteigen. Vor ihnen sprangen und bellten ganze Rudel von Hunden.

Der Bär leckte noch einmal ihre Hand und griff an.

Lang und hart war der Kampf, aber schließlich wurde der Bär erschlagen. Als die Jäger von ihrer Beute zurücktraten, lachten und sich ihrer Taten rühmten, ging Bera zu König Hring. Ihr Mund war fest, und sie hielt sich aufrecht. Er erkannte sie und sagte: »Wo hast du denn gesteckt, Bera, meine Liebe?«

»Das ist nicht weiter wichtig, Herr«, antwortete sie. »Willst du mir um der alten Zeiten willen das geben, was unter der Schulter deiner Beute ist?«

Er betrachtete sie eine Weile, und dann nickte er mit seinem weiß werdenden Haupt und sagte so laut, daß die Männer es hörten: »Natürlich. Du mußt ausgehungert sein, nachdem du so lange in der Wildnis umhergewandert bist. Nimm dir nur, was du willst.«

Niemand sah, wie sie den goldenen Ring an sich nahm und zwischen ihre Brüste schob.

Jetzt kehrten der König und alle Jäger in die Halle zurück. Es hätte sehr seltsam ausgesehen, wenn ein Mädchen, das gerade erst aus der Wildnis wieder aufgetaucht war, nicht mitgekommen wäre.

Sehr fröhlich ging Königin Hvit umher, hieß sie alle willkommen und befahl, daß das Fleisch des Bären für den Festschmaus gekocht werde. Als sie Bera sah, die sich unglücklich in eine Ecke gedrückt hatte, blieb sie stehen. Ihre Finger bogen sich zu Krallen. Dann rauschte sie hinaus. Früher, als irgendwer es erwartet hätte – die Männer fingen mit dem Trinken gerade erst an –, kam sie mit einem Brett wieder, auf dem am Spieß gebratenes Fleisch lag.

Sie ging sofort zu Bera und sagte: »Wie schön, daß du noch am Leben bist! Du armes Kind, du darfst nicht einen Augenblick länger hungrig bleiben. Hier, iß.«

Das Mädchen wich vor ihr zurück. »Nein«, flehte sie.

Hvit richtete sich hoch auf. Furchterregend sah sie aus in ihrem gespenstischen weißen Gewand, das durch die Schatten schimmerte wie ihre Augen und ihre Zähne. »Das ist doch unerhört«, rief sie, »daß du Essen verschmähst, wenn die Königin selbst dir die Ehre erweist, es dir zu bringen. Nimm es auf der Stelle, oder es wird dir schlecht ergehen!«

Sie spießte mit ihrem Messer ein Stück Fleisch auf und hielt es Bera an die Lippen. Erschöpft, wie betäubt vor Leid, voller Angst um ihre ungeborenen Kinder wußte Bera nicht, was sie tun sollte. Die Männer begannen, sie anzustarren. Wenn sie die Wahrheit erfuhren, was würden *sie* tun? Sie kniff die Augen zusammen und ballte die Fäuste. Das Fleischstück verbrannte ihr die Lippen. Der Geruch nach verbranntem Blut beraubte sie aller Willenskraft. Sie schluckte das Stück ganz hinunter.

Die Königin lachte. »Hat es geschmeckt, kleine Bera?« Damit hielt sie ihr ein zweites Stück hin.

Es geriet ihr auf die Zunge. Bera kam wieder zu sich. Sie spuckte das Fleisch aus, sprang auf die Füße und schrie: »Nein, ich esse nichts mehr, und wenn du mich folterst und tötest!«

Wieder lachte Hvit. »Vielleicht tut das eine Bröckchen schon seine Wirkung.« Sie spießte ein drittes Stück auf.

Bera schlüpfte an ihr vorbei und floh aus der Halle. Auch die Königin konnte es sich nicht leisten, daß das Volk anfing, sich Fragen zu stellen. »Wie empfindlich sie für ein Bauernmädchen ist«, sagte sie. »Ich wollte sie doch nur aufheitern.«

Bera ging nach Hause zu ihrem Vater und ihrer Mutter, und schwer war die Bürde, die sie trug. Ihren Eltern allein vertraute sie an, was geschehen war.

III

Hvit versuchte nicht weiter, dem Mädchen etwas anzutun. Entweder wagte sie es nicht, oder sie hatte zuviel anderes zu bedenken. Bera gebar als erstes ein entsetzlich mißgestaltetes Kind. Oben war es menschlich, aber vom Nabel abwärts war es ein Elch. Als Gunnar, ihr Vater, es aussetzen wollte, sagte sie in ihrem Schmerz: »Nein, er ist Björns Sohn. Er wollte, daß er einen Namen bekommt … Frodhi soll er heißen.«

Nun gebar sie einen zweiten Jungen, der die Füße eines Hundes hatte, obwohl er sonst schön anzusehen war. Sie nannte ihn Thori.

Noch einen dritten Sohn hatte sie. An ihm war kein Makel. Das war Bjarki, den sie am meisten lieben sollte.

Über die nun folgenden Jahre ist wenig zu berichten. Anfangs werden die Leute das Haus des Unglücks gemieden haben. Doch Gunnar war reich und allgemein beliebt; er hatte ein Heiligtum für Thor erbaut, wo er oft opferte; kein Übel traf seine Felder und Ställe. Er und die Seinen konnten nicht unter dem Zorn der Götter oder der Erdgeister stehen. Und schließlich waren Mißgeburten nicht unbekannt, obwohl sie für gewöhnlich ausgesetzt wurden. Nach einiger Zeit ging das Leben weiter wie vorher, nur daß keine enge Freundschaft zwischen Gunnar und König Hring mehr bestand. Die immer schlechter werdende Laune der Königin veranlaßte die meisten Männer, um jene Halle einen weiten Bogen zu machen. Gunnar und seine Frau hielten es für am klügsten, wenn sie den Mund darüber hielten, wer der Vater ihrer Enkelkinder war. Bera erzählte, es sei ein Wanderer gewesen, mit dem sie zusammengetroffen sei, als sie sich in der Wildnis verlaufen hatte. So etwas kam häufig genug vor. Da sie hübsch und gesund war und eine reiche Mitgift zu erwarten hatte, fehlte es nicht an Bewerbern um ihre Hand. Aber sie nahm keinen.

Die Jungen wuchsen wie Gras. Elch-Frodhi lief auf seinen langen haarigen Beinen mit den klappernden Hufen umher, und wenn er sich in Trab setzte, war er schneller als jeder andere, ausgenommen seinen springenden Bruder Thori Hundefuß. Als er größer wurde, konnte ihn niemand im Ringkampf oder im Wettstreit mit hölzernen Übungswaffen besiegen.

Groß und häßlich war er, ungeschlacht und mißmutig. Nur mit seinen Brüdern kam er aus. Das waren die hübschesten Jungen weit und breit, abgesehen von ihren Füßen kaum zu unterscheiden. Der ältere knurrte zuweilen. Bjarki, der Jüngste, hatte ein sonniges Gemüt.

Doch da er immer mit den anderen beiden zusammen war, glich er sich ihnen an. Je größer die Brüder wurden, desto lauter und ungebärdiger wurden sie. Am schlimmsten war Elch-Frodhi. Mit zwölf war er so breit und schwer wie ein erwachsener Mann und wäre auch ebenso groß gewesen, hätte er seiner Beine wegen nicht gebückt gehen müssen. Er begann, den Hof des Königs aufzusuchen und die Leibwächter herauszufordern. Einige warf er so heftig nieder, daß sie verkrüppelt wurden. Wenn der Zorn über ihn kam, trat er mit einem scharfen Huf zu oder schmetterte eine Faust wie einen Hammer nieder. Verschiedene Männer starben.

Das kostete Gunnar hohe Wergelder und führte zu harten Worten zwischen Großvater und Enkel.

Schließlich ging Frodhi zu Bera und sagte, er wolle fortgehen. »Ich will mit den Leuten hier nichts zu tun haben«, brummte er. »Es sind Schwächlinge, die schon verletzt werden, wenn man ihnen in die Nähe kommt.«

Sie seufzte und fühlte sich schuldig, weil sie glücklich war über diesen Entschluß. »Das wird das beste sein«, antwortete sie. »Doch erst sollst du bekommen, was dein Vater dir hinterlassen hat.«

Sie stiegen zusammen auf den Berg. Bera war nicht mehr dort gewesen, seit Björn erschlagen worden war. Als sie und ihr Sohn die Höhle betraten, stand da eine Truhe mit drei Schlössern. Bera hatte einige Zeit damit verbracht,

Runen lesen zu lernen. Jetzt sprachen die auf der Truhe zu ihr. Sie berührte die Schlösser, und sie sprangen auf. In der Truhe lagen schimmernde Rüstungen, feine Kleider, goldene Ringe und Schmuckstücke. Die Runen sagten, daß Elch-Frodhi nur wenig davon bekommen solle. »Dann nehme ich es mir selbst«, höhnte er und versuchte, einen Helm hervorzuziehen. Seine Finger glitten ab. Er konnte nichts festhalten, was nicht ihm gehörte. »Dann werde ich mir selbst einen Helm gewinnen, und dich soll Hel nehmen!« rief er aus. Vergoß er ein paar Tränen dabei?

Im Hintergrund der Höhle sah er Stahl schimmern und ging hinüber. In den Granit getrieben, der eine Rückwand für den weicheren Stein ringsum abgab, waren drei Waffen: ein Langschwert, gewaltig und schön; eine große Kriegsaxt; ein Kurzschwert mit gebogener Klinge. »Ha!« rief er und faßte nach dem Heft des ersten. Obwohl er zog, bis er schweißbedeckt war, konnte er es nicht bewegen, und danach die Axt auch nicht. Doch als er das Heft des Kurzschwertes faßte, glitt es sofort aus dem Stein.

»Ungerecht ist der gewesen, der diese Schätze verteilt hat«, sagte er. Zornig faßte er das Schwert mit beiden Händen und schlug es gegen den Stein. Die Klinge zerbrach nicht, sie dröhnte.

»Wenigstens kann es beißen«, sagte Elch-Frodhi, griff sich, was ihm sonst noch hinterlassen worden war, und galoppierte davon. Er sagte seiner Mutter nicht einmal Lebewohl, und sie sah ihn nie wieder.

Nach Monaten wurde bekannt, daß Elch-Frodhi ins Keel gezogen war, ein wildes Gebiet, durch das nur eine Straße führte. Dort hatte er sich eine Hütte gebaut und lebte jetzt als Räuber. Es brauchte mehr als ein paar Männer, ihm standzuhalten. War die Gruppe der Reisenden klein, dann nahm er ihnen ihre Habe, und kämpften sie, dann ließ er Tote und Verwundete zurück.

König Hring hörte davon und dachte bei sich, daß dahinter Hexerei stecken müsse. Doch er sagte nur, er halte es nicht für seine Aufgabe, einen Handelsweg nach Götarland zu sichern.

Als ihr Bruder fort war, legten Thori Hundefuß und Bjarki ein besseres Benehmen an den Tag. Aber ruhelos waren auch sie, und nach drei Jahren wollte Thori ebenfalls die Heimat verlassen.

Seine Mutter brachte ihn in die Höhle und zu der Truhe. Ihm war ein größerer Anteil zugedacht. Auch er versuchte, das schöne Langschwert aus dem Fels zu ziehen, und scheiterte. Die Axt glitt ihm leicht in die Hand, und eine gute Waffe war es. Er machte sich reisefertig, nahm Abschied von seiner Mutter und seinen Großeltern und ritt nach Osten, wo er seinen Bruder Elch-Frodhi besuchte.

Viele Geschichten gibt es über Thori Hundefuß, der schließlich König in Götarland wurde. Er gewann viele Freunde, darunter einen Jarl, dessen Tochter er heiratete, und seinen Oberherrscher Bjovulf. Als dieser im Kampf gegen einen Drachen fiel, kam es unter den Götar zu Unruhen. Thori unterstützte Vigleik, den der alte König als seinen Nachfolger eingesetzt hatte, und blieb in den meisten Schlachten siegreich.

Bjarki war die ganze Zeit zu Hause geblieben. Drei weitere Jahre vergingen.

Seine Mutter war glücklich mit ihm. Er war gutherzig, so tollkühn er auch bei der Jagd oder bei halsbrecherischem Sport sein mochte. Wettkämpfe wie Ringen, Laufen oder dergleichen führte er nicht mehr aus, aber nur, weil alle wußten, daß er nicht zu besiegen war. Denn er ragte einen Kopf höher auf als die größten unter den anderen Männern. Er war so breit, daß er aus einiger Entfernung gar nicht so sehr groß wirkte. Und doch überholte er Pferde und Hirsche im Lauf, ohne außer Atem zu kommen, und war geschmeidig wie eine Weidenrute. Nach Gesicht und Gestalt glich er seinem Bruder Thori, gut aussehend trotz der schweren Brauen, der stumpfen Nase und der Sommersprossen, mit roten Haaren und Augen so blau wie lebendiges Feuer. Aber er sprang nicht wie ein Hund, er lief wie ein Mann.

Doch mit der Zeit verschwand seine Fröhlichkeit, und er begann zu grübeln. Bera betrachtete ihn mit wachsender

Sorge. Es überraschte sie nicht, als er sie eines Tages fragte, wer sein Vater sei. Die Geschichte, die sie ihm erzählt hatte, glaubte er nämlich nicht mehr.

In einer Mischung aus Furcht und Freude erzählte sie ihm von Björn und sich selbst und wie seine Stiefmutter ihren Liebsten verzaubert habe.

Bjarki schlug sich mit der Faust in die Handfläche. »Dafür müssen wir diese Trollin bezahlen lassen!« rief er.

»Hüte dich vor ihr«, warnte seine Mutter, und nun erzählte sie noch, wie Hvit sie gezwungen habe, von dem Bärenfleisch zu essen. »Und das zeigt sich an deinen Brüdern Thori und Elch-Frodhi.«

Bjarki sprach durch zusammengebissene Zähne: »Frodhi sollte lieber unseren Vater und sich selbst rächen, als Besitz zu erwerben, indem er harmlose Leute beraubt und erschlägt. Und seltsam ist es, daß Thori davongezogen ist, ohne dieser Hexe ein Andenken zu hinterlassen.«

»Sie wußten nichts davon«, flüsterte Bera.

»Dann werde ich die Hexe im Namen von uns allen bezahlen.« Bjarki grinste wie ein Wolf.

Bera warnte ihn vor Hvits Zauberkünsten. Er versprach, vorsichtig zu sein, und nahm sich Zeit für seine Vorbereitungen.

Großvater Gunnar war alt geworden, und so zogen Bjarki und seine Mutter allein durch die Wälder bis zur Halle von König Hring. Sie war in schlechtem Zustand; die Farbe blätterte von den Wänden, Unkraut wuchs auf dem Hof, wenig Leute waren zu sehen außer ein paar liederlichen Wachtposten und Dienern. Niemand hinderte sie daran, bis zum König vorzudringen. Auch er war sehr gealtert. Im Gegensatz zu Gunnar hatte er gar keine Haltung mehr, und seine Hände zitterten ständig.

Bera trat vor und berichtete ihm, was damals geschehen war. Zum Beweis hatte sie den Ring mitgebracht, den sie aus der Schulter des erschlagenen Bären genommen hatte.

Der König drehte ihn in seinen kreidigen Fingern, betrachtete ihn mit seinen trüben, wässerigen Augen und stammelte: »Ja, ja, ich kenne ihn gut, ich habe ihn selbst meinem kleinen Björn gegeben, und ... und ... oh, ich habe mir meine eigenen Gedanken gemacht, ich war nicht blind damals, aber ... ich habe geschwiegen ... weil sie mir so teuer war.«

Bjarkis tiefe junge Stimme erfüllte die Halle: »Bestrafe sie jetzt, oder ich werde Rache nehmen.«

Hring flehte um ihr Leben und versprach, er wolle Bjarki mit Reichtümern überhäufen, er wolle ihn zum Jarl machen, er könne nach seinem Tod König werden. Hvit hatte ihm keine Kinder geboren.

»Das will ich alles nicht«, gab Bjarki zurück. »Vor allem will ich nicht, daß die Mörderin meines Vaters Königin des Hochlands ist.«

Hring hätte seine Leibwächter rufen können. Wußte er, daß Bjarki sie alle besiegen konnte? Oder fürchtete er, sie würden die Königin, die sie haßten, nicht verteidigen? Bjarki schritt über den Hof und riß die Tür zur Kemenate auf.

Hvits Frauen kreischten und entflohen. Sie kauerte vor ihm und spuckte nach ihm. Er erhaschte einen Blick auf ein hohlwangiges Gesicht, auf eine Seele, die verhungerter war, als Fleisch und Blut sein können. Dann hatte er ihr schon einen Sack aus Seehundsfell über den Kopf gezogen und fest zugeschnürt.

Da sie nichts sah, konnte sie auch keinen Zauber auf ihn werfen. Sie kratzte nach ihm, und er hörte ihre erstickte Stimme: »Ha, ich kenne dich, ich kenne dich, und ich sage dir, die Stunde wird kommen, wo eine andere Hexe dir den Untergang bringt ...«

Er schlug sie. Der verhüllte Kopf flog zur Seite, und Hvit fiel zu Boden. »Das ist für meinen Vater!« rief Bjarki und riß sie wieder hoch. Schlag folgte auf Schlag. »Das ist für meine Mutter! Das ist für Elch-Frodhi! Das ist für Thori Hundefuß!« Als sie tot war, band er ihre Knöchel zusammen und schleifte sie herum, damit alle sie sahen. Damit sie nicht wiederkommen konnte, schnitt er ihr danach den Kopf ab und verbrannte sie.

Auf diese Weise starb Hvit, die Tochter des Finnenkönigs, in Meilen und in Jahren weit von ihrer Heimat entfernt. Die meisten Leute sagten, sie habe ihr Schicksal wohl verdient.

Später zeigte Bera Bjarki die Höhle. Er nahm den Rest der Schätze an sich, der den größten Teil darstellte, und für ihn löste sich das Langschwert leicht aus dem Stein.

Die Runen auf der Klinge besagten, es heiße Lövi und gehöre zu den besten Waffen, da es nicht von Menschenhand geschmiedet sei. Es dürfe niemals unter den Kopf seines Trägers gelegt noch auf das Heft gestellt werden, und es brauche nicht öfter als dreimal in der Lebenszeit eines Besitzers geschliffen zu werden. Jedes Mal, wenn es gezogen werde, bringe es Tod, und ein zweiter Streich sei niemals nötig. Den Rat seiner Mutter folgend – sie erinnerte sich an die Elfen – stellte Bjarki für das Schwert eine Scheide aus Birkenrinde her.

Der alte König Hring überlebte seine Frau nicht lange. Nach seinem Tod riefen die Männer Bjarki zum König aus.

Er regierte drei Jahre lang, und er machte viel von dem Bösen wieder gut, das die Hexenkönigin angerichtet hatte. Aber er war ebenso ruhelos, wie seine Brüder gewesen waren. Die Hochlande waren kein Ort für einen jungen Mann wie ihn. Hier gab es hohe Berge und gute Jagd und sonst sehr wenig. Warum sollte er nicht in ein anderes Land ziehen?

Zuerst sorgte er für das Wohlergehen seiner Mutter. Der Jarl Valsleif war Witwer, ein gutgestellter Mann, den Bera gern mochte. Bjarki verheiratete sie und half selbst mit, den Bräutigam der Braut zuzuführen. Danach berief er einen Thing ein, sagte dem Volk, er werde fortgehen, und ließ sie einen neuen König wählen.

Dann war er endlich frei.

Er hatte ein Pferd, das groß genug war, ihn zu tragen, und keine andere Gesellschaft. Das meiste an Gold und Silber ließ er zurück, doch mit Waffen und Kleidern war er gut ausgestattet. Als er davonritt, brach nach langer Zeit seine Fröhlichkeit wieder durch. Die Lerchen hoch oben im Himmel hörten ihn singen.

Von seiner Reise ist weiter nichts zu erzählen bis darauf, daß er, wie Thori vor ihm, Elch-Frodhi besuchte und für einige Tage blieb. Wenn die Brüder nicht jagten, dann sprachen sie miteinander. Frodhi bat Bjarki, bei ihm zu bleiben und seinen Reichtum mit ihm zu teilen. Bjarki antwortete, nein, es sei nicht nach seinem Geschmack, Leute zu erschlagen, um ihnen ihren Besitz wegzunehmen.

Frodhi seufzte. »Ich habe vielen das Leben geschenkt, wenn sie klein und schwach waren.«

»Das freut mich zu hören«, meinte Bjarki. »Aber am besten wäre es, du würdest alle in Frieden vorbeiziehen lassen.«

»Mir ist ein Geschick zuteil geworden, das in jeder Beziehung schwer ist«, erklärte Elch-Frodhi.

Nach einer Weile setzte er hinzu: »Was dich betrifft – nun, ich weiß einiges von der Welt, obwohl ich hier allein lebe. Wanderer und – und andere – erzählen mir davon. Wenn du Ruhm und Reichtum erwerben willst, zieh zu König Hrolf nach Dänemark. Die besten Krieger scharen sich um ihn, denn er ist der kühnste, weiseste, freigebigste und glänzendste König in den Nordlanden.«

Am nächsten Morgen begleitete Frodhi seinen Bruder ein Stück. Endlich mußten sie Abschied nehmen. Bjarki stieg vom Pferd. Frodhi gab ihm einen Stoß, und er stolperte zurück. Ein Lächeln umspielte die häßlichen Lippen des Räubers. »Du scheinst nicht so stark zu sein, wie du solltest, Bruder.«

Darauf zog er sein Messer und schnitt in seinen eigenen Elchschenkel. »Trink dies Blut«, sagte er. Wie in einem Traum kniete Bjarki nieder und gehorchte. »Steh auf«, befahl Frodhi. Als Bjarki es tat, gab er ihm wieder einen Stoß. Diesmal gelang es dem jungen Mann, eine Stunde lang wie ein Fels stehenzubleiben.

»Ich glaube, der Trunk hat dir gutgetan, Bruder«, nickte Frodhi. »Jetzt solltest du den meisten überlegen sein, wie ich es dir von Herzen wünsche.«

Er stampfte mit einem Huf durch Farnkraut und Erde auf den Fels darunter. »Täglich werde ich an diese Stelle kommen und nachsehen. Wenn du an einer Krankheit stirbst, wird Schimmel in der Vertiefung sein und Wasser, wenn du auf See ertrinkst. Aber wenn du von Waffen stirbst, wird Blut da sein, und dann werde ich kommen, dich zu rächen ... denn du stehst mir unter allen Menschen am nächsten.«

Und Elch-Frodhi galoppierte zurück.

Bjarki verbannte alle trüben Gedanken und ritt weiter. Er kam nach Götarland, aber König Thori Hundefuß war fort, ob auf einem Kriegszug oder auf der Jagd, wird nicht berichtet. Die Leute wunderten sich, ihn zurückkommen zu sehen – denn mit Schuhen und zu Pferde sah er genau wie Bjarki aus.

Bjarki wußte nicht, was da vor sich ging, und hielt es für das Beste, keinen Einspruch zu erheben, bis er es herausgebracht hatte. Folglich ließ er sich in die königliche Halle bringen und sich auf dem Hochsitz bedienen, und am Abend legte er sich ins Bett zu der Königin.

Sobald sie allein waren, sagte Bjarki: »Ich werde nicht mit dir unter der gleichen Decke liegen«, und dann erklärte er ihr, wer er war. Auch sie fand es nun am klügsten, daß Bjarki sich weiter für Thori ausgab; eine Hexe oder eine Norne mochte ihre Hand im Spiel haben.

So ging es eine Zeitlang weiter.

Bjarki und die Königin schliefen zwar nicht zusammen, aber sie wurden Freunde.

Als Thori nach Hause kam und seinen Bruder vorfand, herrschte große Freude. Zu keinem anderen Mann in der Welt, sagte der König, hätte er so viel Vertrauen, daß er ihn neben seiner Frau liegen ließe. Er wünschte, daß Bjarki bei ihm bleibe und alles mit ihm teile. Doch Bjarki wollte weiterziehen zu König Hrolf, denn man habe ihm berichtet, mehr könne man unter ihm gewinnen, als wenn man anderswo König sei.

»Das mag ja sein«, meinte Thori trocken, »aber ich werde trotzdem bleiben, wo ich bin.« Ernst setzte er hinzu: »Denke daran, die Vögel, die sich am höchsten emporschwingen, werden am ehesten vom Habicht geschlagen.«

»Besser, als ein Maulwurf zu sein«, antwortete Bjarki.

In freundlicher Weise nahmen sie Abschied voneinander, aber jeder von ihnen behielt bestimmte Gedanken für sich.

Ohne weitere Abenteuer gelangte Bjarki in die Nähe von Leidhra.

IV

Es war Herbst geworden, und jeder Tag war kürzer und kälter als der vorhergehende. Gegen Ende von Bjarkis Reise fiel der Regen vom Morgen bis zum Abend, und es hatte nicht den Anschein, als werde er in der Nacht aufhören. Bjarkis Pferd war sehr ermüdet. Es stolperte gegen etwas, das wie ein Erdhügel aussah. Bjarki stieg ab, tastete sich durch die Finsternis und stellte fest, daß es eine menschliche Behausung war, eigentlich nur ein Dach über einer Grube. Bjarki klopfte.

Ein Mann öffnete die Tür einen Spalt. Er war grauhaarig und in Lumpen gekleidet und hielt eine Spitzhacke in der Hand. Der Norweger fragte sich, was in diesem düsteren Loch wohl Räuber anlocken mochte. Nicht einmal an der Frau, die sich vor einer Tonlampe zu wärmen versuchte, war viel zu sehen.

»Guten Abend«, grüßte Bjarki. »Kann ich hier Unterkunft für die Nacht finden?«

Der arme Mann, dem es angesichts des Riesen zuerst die Sprache verschlagen hatte, fühlte sich jetzt sicher und antwortete: »Aye, ich werde dich nicht in dies schlechte Wetter hinausschicken, auch wenn ich hören kann, daß du ein Ausländer bist.« Er half Bjarki, die Rüstung abzulegen und das Pferd anzubinden. Es mußte draußen bleiben, weil drinnen, wo sich schon die einzige Kuh befand, kein Platz mehr war. Bjarki erhielt einen schäbigen Mantel, den er anstelle seiner durchweichten Kleidung anziehen konnte, eine Schüssel mit Wurzeln und hartem Brot und einen Platz, wo er sich hinlegen konnte. Bald schliefen alle.

Am Morgen gab Gydha, die Frau, Bjarki dasselbe Essen zum Frühstück, denn etwas anderes hatten sie nicht. Eilif, der Mann, fragte ihn nach Neuigkeiten. Bjarki wiederum erkundigte sich nach König Hrolf und seinen Kriegern und ob es noch weit bis zu seiner Halle sei.

»Nein«, sagte Eilif, »es ist nur ein kurzer Weg. Willst du dorthin?«

»Ja«, antwortete Bjarki, »das ist meine Absicht. Ich möchte fragen, ob er mich in seinen Haushalt aufnimmt.«

»Es wäre der richtige Platz für dich«, nickte der arme Mann, »wo du so groß und stark bist.« Es hörte sich merkwürdig traurig an, und Gydha brach plötzlich in Tränen aus.

»Warum weinst du, gute Frau?« fragte Bjarki.

Sie schluchzte: »Ich und mein Mann ... hatten einen einzigen Sohn ... wir riefen ihn Hott. Hier hatten wir wenig genug für ihn zu essen ... und im letzten Jahr überhaupt nichts mehr, nachdem wir unsere Schafherde verloren ... Eilif und ich können kaum von dem leben, was noch übrig ist ... Hott ging zur Burg des Königs und fragte nach Arbeit – und sie machten ihn zum Küchenjungen, aber ...« Sie mußte innehalten, um ihres Kummers Herr zu werden. »Die Männer des Königs treiben ihren Spott mit ihm. Er muß beim Bedienen helfen, und ... wenn sie beim Essen sitzen und einen Knochen abgenagt haben, werfen sie ihn nach ihm ... und er wird verletzt, und er weiß nicht, ob er es lebend überstehen wird, aber wohin sollte er sonst gehen?« Sie beugte sich zu Bjarki vor und fuhr mit festerer Stimme fort: »Dafür, daß wir dich aufgenommen haben, verlange ich von dir als Belohnung, daß du nur kleine Knochen nach ihm wirfst, wenn die Männer ihn nicht bereits totgeschlagen haben.«

»Gern erfülle ich dir deinen Wunsch«, erwiderte Bjarki und ergriff ihre magere, verarbeitete Hand. »Aber ich halte es für unmännlich, nach irgendwem mit Abfall zu werfen und Kinder oder Schwächlinge schlecht zu behandeln.«

»Es ist gut, daß du so denkst.« Die Frau drückte seine Hände. »Diese hier sehen nämlich sehr stark aus, und mein Hott könnte dir niemals Widerstand leisten.«

Bjarki verabschiedete sich von dem alten Paar und ritt den Weg entlang, den sie ihm beschrieben hatten. Der Regen war vorbei, die Sonne glänzte auf den Pfützen und ließ das Herbstlaub aufleuchten. Aber Bjarki achtete nicht darauf. Eine Falte stand auf seiner Stirn. Er war nicht ausgezogen, um sich Männern anzuschließen, die sich wie Trolle benahmen.

Allmählich wichen Heide und Marschen furchtbarem Ackerland, viele Bauernhöfe waren zu sehen, und rostrote Kühe weideten hinter Zäunen. Bjarki hielt zuweilen an und sprach mit Vorübergehenden. Die Mädchen lächelten dem rothaarigen Riesen zu, aber heute war er nicht in der richtigen Stimmung für sie. Die Fragen, die er stellte, hatten mit König Hrolf und dem königlichen Haushalt zu tun.

Aye, sagte ein Freisasse, er war ein guter König, ein weiser und gerechter König, und dabei so stark, daß er die Räuber aus dem Ausland vertrieb und Gesetzlose fing und hängen ließ ... Doch ja, seine Krieger waren ein wüster Haufen, er sollte ihnen wirklich die Schwingen stutzen, aber zweifellos hatte er zuviel anderes im Kopf ... Er war diesen Sommer abwesend gewesen. Im vorletzten Jahr hatte er König Hjörvardh von Fünen unter sich und (haha!) seine Schwester unter Hjörvardh gebracht. Nachdem er jetzt den Rücken frei hatte, zog er gegen die jütischen Königreiche. Hatte er auch die erobert, konnte ein ehrlicher Mann seine Felder bestellen, ohne sich vor einem Überfall fürchten zu müssen. Natürlich mußte der König die jütländischen Küsten erst auskundschaften. Deshalb hatte er in diesem Sommer nur wenige Schiffsladungen an Kriegern mitgenommen. Die übrigen waren in Leidhra geblieben, und die viele Muße hatte sie übermütig gemacht ... Der König konnte jeden Tag nach Hause kommen, vielleicht war er schon da.

Bjarki ritt am Fluß entlang weiter. Am Nachmittag ragte Leidhra vor ihm auf.

Zu dieser Zeit des Jahres lag die Halle still innerhalb ihrer Einpfählung, die Tore waren offen und unbewacht. Frauen, Kinder, Sklaven und Handwerker waren zu sehen, aber nur wenige Krieger. Bjarki dachte sich, die meisten seien sicher auf der Jagd oder dergleichen. Er ritt in den Hof und stieg vor den Ställen ab. »Stelle mein Tier neben das beste des Königs«, befahl er einem Stallknecht, »gib ihm Hafer und Wasser, striegele es gut und packe meine Rüstung in eine saubere Ecke, bis ich sie holen lasse.« Der Mann starrte ihm mit offenem Mund nach.

In kostbaren Kleidern, das Schwert Lövi an der Seite, aber ohne Helm oder Brünne betrat Bjarki den Hauptraum der Halle. Sie war größer, heller und kostbarer, als er es sich vorgestellt hatte. Ein paar Mägde erneuerten die Wacholderbeeren auf dem Fußboden, die der Luft Frische verliehen, und ein paar Hunde lagen herum. Sonst schien der Raum leer zu sein. Der Norweger setzte sich auf eine Bank nahe der Tür und wartete darauf, was geschehen möge.

Bald hörte er in der entgegengesetzten Ecke ein Klappern. Nun hatten sich seine Augen an das Licht im Inneren gewöhnt, und er erkannte einen Haufen Knochen. Gerade kam über ihnen eine Hand zum Vorschein. Bjarki stand auf und trat näher. Die Hand war widerlich schmutzig. Bjarki rümpfte die Nase vor dem Gestank von verfaulenden Fleischresten. »Wer versteckt sich hier?« fragte er.

Eine dünne, ängstliche Jungenstimme antwortete: »Ich … ich heiße Hott, wohlgeborener Herr.«

»Was tust du da?«

»Ich m-m-mache mir eine Schildburg, Herr …«

»Das ist eine klägliche Schildburg.« Bjarki faßte in den Haufen, erwischte einen Arm und zog den Jungen hervor.

Er zappelte hilflos im Griff des großen Mannes und jammerte: »Jetzt wirst du mich erschlagen! Tu es nicht – nicht, wo ich meine Schildburg gerade fertig hatte! Du hast sie zerstört …«

Bjarki sah sich die Jammergestalt an. Hott war etwa fünfzehn, groß, aber erschreckend dünn. Sein Haar war so verwirrt und fettig, daß man seine gelbe Farbe erraten mußte. Sein Gesicht schien nur aus einer scharfen Nase und großen Augen zu bestehen. Er zitterte. »Ich habe die Knochen aufgestapelt, damit ich von denen, die die Männer werfen, nicht getroffen werde«, schluchzte er. »Ich war beinahe f-f-fertig.«

»Du wirst deine Schildburg nicht mehr brauchen«, erklärte Bjarki.

Hott schrumpfte zusammen. »Willst du mich ... auf der Stelle töten, Herr?«

»Schrei nicht so!« Bjarki mußte ihm eine oder zwei Maulschellen geben, bevor der Junge ruhig war. Dann packte er ihn und trug ihn nach draußen. Bis zum nächsten Tor war es nicht weit. Kurz davor erweiterte sich der Bach zu einem Teich, wie Bjarki bemerkt hatte. Kaum jemand achtete auf ihn.

Bjarki zog dem Jungen die schmutzigen Lumpen aus, tauchte ihn in den Teich und schrubbte ihn ab, bis kein gekochter Hummer hätte sauberer oder röter sein können. Dann stand er auf, wies mit dem Daumen auf Hotts Kittel und sagte: »Diesen Scheuerlumpen wäschst du selbst aus.«

Hott gehorchte, und als Bjarki in die Halle zurückkehrte, lief er tropfend hinter ihm her. Bjarki setzte sich wieder auf den vorigen Platz. Er zog den Jungen neben sich auf die Bank. Hott brachte keine zwei Worte hervor. Alle Glieder flogen ihm, obwohl er durch den Nebel der Angst erkannte, daß der Fremde ihm helfen wollte.

Es wurde dunkel. Die Krieger des Königs trafen einer nach dem anderen ein. Sie entdeckten den Fremden und begrüßten ihn freundlich, denn dieser Haushalt war stolz auf seine Gastfreiheit. Einer fragte Bjarki, aus welchem Grund er hier sei. »Ich dachte, mich euch anzuschließen, wenn der König mich haben will«, antwortete der Norweger.

»Da hast du Glück«, meinte der Krieger, »denn er kommt heute abend nach Hause. Er ist müde und ißt mit einigen wenigen Freunden in seinem eigenen Turm. Morgen kannst du ihn sehen, und bestimmt wird er einen so starken Burschen annehmen.« Er warf einen bösen Blick auf Hott, der sich ängstlich duckte. »Aber gib diesem Jammerlappen einen Tritt«, riet er. »Es war schon sehr kühn von dir, ihn unter die Männer zu setzen.«

Bjarkis Gesicht verfinsterte sich. Der Krieger musterte ihn, kam zu dem Schluß, die Sache vorerst besser ruhen zu lassen, und stampfte davon. Hott wollte aufstehen. Bjarki hielt ihn am Handgelenk fest. »Du bleibst«, sagte der Norweger.

»Aber ... sie w-w-werden mich töten, sobald sie betrunken sind ... wenn ich es wage, hier zu sitzen«, heulte der Junge. »Ich m-m-muß arbeiten und – laß mich meine Schildburg wieder aufbauen!«

»Du bleibst«, wiederholte Bjarki.

Die Langfeuer wurden angeschürt, die Tischbretter hereingebracht, das Essen daraufgestellt und die Hörner mit Bier gefüllt. Bjarki und Hott saßen allein. Keiner wollte den verächtlichen Hott als Bankgefährten haben. Je mehr sie tranken, desto finstere Blicke warfen die Männer zu ihm hinüber, und ebenso machten es die Küchenleute, denen er hätte helfen sollen.

Schließlich fingen die Krieger an, kleine Knochen in seine Richtung zu werfen. Bjarki tat, als sehe er es nicht. Hott hatte zuviel Angst, um Fleisch oder Met zu sich zu nehmen. Bjarki, der ihn jetzt loslassen konnte, weil er sich nicht mehr in den freien Raum gewagt hätte, aß und trank für zwei.

Immer lauter wurden die Stimmen, das Bellen der Hunde und das Knistern des Feuers. Plötzlich flackerte der Feuerschein rot auf einem großen Schenkelknochen, der durch die Luft flog. Das war ein Ding, das töten konnte.

Bjarki fing es ein paar Zoll vor dem Kopf des kreischenden Hott auf. Er erhob sich, zielte auf den, der den Knochen geworfen hatte, und warf ihn zurück. Er flog dem Krieger genau vor den Kopf. Es krachte, und der Mann fiel tot um.

Entsetzensschreie füllten die Halle. Die Männer ergriffen ihre Waffen und drängten sich auf Bjarki zu. Er schob Hott hinter sich. Sein Schwert Lövi zog er nicht, aber er legte die Hand auf den Griff, schlug die ersten Angreifer mit der Faust nieder und rief mit Donnerstimme, er wolle den König sehen.

Der König in seinem Turm erfuhr davon. Hrolf hatte gegessen und unterhielt sich jetzt ruhig mit Svipdag, Hvitserk, Beigadh und ein paar anderen, die den Sommerfeldzug mitgemacht hatten.

Zwei Krieger kletterten die Leiter hinauf und keuchten, ein Mann wie ein Bär sei in die Halle gekommen und habe einen von ihnen getötet. Sollten sie ihn gleich niederhauen?

Hrolf strich seinen kurzen kupfergoldenen Bart. »Wurde der Mann ohne Grund erschlagen?« erkundigte er sich.

»Ja ... ja, sozusagen«, antwortete der Sprecher.

Im gleichen milden Ton verlangte König Hrolf, die ganze Wahrheit zu hören, und so kam es heraus.

Da wurden seine Augen eisig, und die beiden Krieger erinnerten sich, daß dieser kleine Mann mit der sanften Stimme der Sohn Helgis des Kühnen war. »Ich erlaube euch auf gar keinen Fall, ihn zu erschlagen«, sagte er, und sie zuckten bei jedem Wort zusammen. »Ihr habt diese üble Angewohnheit wieder aufgenommen, Knochen nach harmlosen Menschen zu werfen, das entehrt mich. Oft schon habe ich euch dafür gescholten, aber ihr wolltet nicht hören. Bei Mimirs abgeschlagenem Kopf, die Zeit ist mehr als reif, daß ihr eine Lehre erhaltet. Bringt den Fremden her!«

Wenig später trat Bjarki seelenruhig ein. »Ich grüße dich, Herr«, sagte er stolz.

Hrolf betrachtete ihn eine Weile. »Wie lautet dein Name?«

»Deine Krieger nennen mich Hott-Zaun«, lachte der Norweger. »Aber ich heiße Bjarki, der Sohn Björns, der der Sohn des Hochlandkönigs war.«

»Was willst du mir für meinen Gefolgsmann geben, den du getötet hast?«

»Nichts, Herr. Er fiel durch seine eigene Tat.«

»Hm, aber ich muß mit seiner Familie verhandeln ... Nun gut, willst du in meinen Dienst treten und seine Stelle einnehmen?«

»Da sage ich nicht nein, Herr. Aber Hott und ich dürfen deswegen nicht getrennt werden, und wir müssen näher bei dir sitzen, als der andere gesessen hat. Sonst reisen wir ab.«

Der König runzelte die Stirn. »Ich weiß wirklich nicht, welchen Nutzen Hott mir bringen soll.« Wieder blickte er in das Gesicht des Fremden. »Aber sein Essen kann er hier immer bekommen.«

Sofort leistete Bjarki den Schwur auf das Schwert Skofnung. Niemand kam auch nur auf den Gedanken, Hott das gleiche tun zu lassen. Der Norweger ging in die Halle zurück, winkte den Jungen zu sich und sah sich nach einem Sitzplatz um. Er wählte nicht den besten, doch auch nicht den schlechtesten. Näher am Hochsitz, als ihm zugedacht war, stieß er drei Männer von der Bank, setzte sich und zog Hott neben sich. Als zornige Worte laut wurden, sagte er: »Ich habe gesehen, wie gut die Manieren hier sind.«

Mehrere Wochen lang saßen Bjarki und Hott auf diesen Plätzen. Keiner wagte es, ihnen etwas zu tun, und langsam nahm der Junge an Gewicht zu und zuckte nicht mehr so oft zusammen. Aber es wollte auch keiner ihr Freund sein.

V

Als es auf das Julfest zuging, wurden die Leute ängstlich. Bjarki fragte Hott, was das zu bedeuten habe.

Hott erschauerte. »Das Ungeheuer.«

»Hör auf, mit den Zähnen zu klappern, und sprich wie ein Mann«, befahl Bjarki.

Stotternd berichtete Hott: »Seit zwei Wintern kommt zu dieser Zeit des Jahres ein großes, entsetzliches Tier hierher, ein geflügeltes, fliegendes Ding. Es schlägt Kühe und Schafe, und es hat auch die ganze Schafherde meiner Eltern erwürgt.«

»In dieser Halle sind nicht so gute Männer, wie ich dachte, wenn ein Tier ungehindert dem Königreich und dem Besitz des Königs Schaden zufügen kann.«

»Die Männer haben versucht, es zu töten. Ihre Waffen verwundeten es nicht, und einige der besten sind nicht wieder nach Hause gekommen. Wir glauben, daß es gar kein richtiges Tier ist. Es ist ein Troll.« Hott warf Blicke in alle Richtungen und näherte seine Lippen Bjarkis Ohr. »Ich habe Svipdag und seine Brüder davon reden gehört, ob es nicht ein Sendling der Hexenkönigin Skuld ist. Es heißt, sie trägt großen Groll, daß sie nur mit einem tributpflichtigen König verheiratet worden ist. Sie lebt dort an Odins See, wo Sklaven zu Ehren des Einäugigen ertränkt werden.«

Zu furchtsam, um noch mehr zu sagen, eilte er an seine Arbeit. Er war der Pferdeknecht des Norwegers geworden, sein Wäscher und Laufjunge. Zwischen seinen verschiedenen Aufgaben unterrichtete Bjarki ihn im Gebrauch der Waffen. Hott, der viele blaue Flecken davontrug, flehte vergeblich, ihm das zu erlassen.

Bei den Opferungen am Julabend waren nur wenige Leute anwesend, weil keiner es wagte, nach Dunkelwerden das eigene Haus zu verlassen. Beim Festschmaus in der königlichen Halle herrschte düstere Stimmung. König Hrolf erhob sich und sprach: »Hört mich an! Mein Wille ist, daß sich heute nacht jeder still und ruhig verhält. Ich verbiete euch, gegen das Ungeheuer zu ziehen. Laßt es mit den Kühen tun, was es will. Ich will keinen von euch mehr verlieren.«

»Aye, Herr, aye, aye«, klang ein Chor von erleichterten Stimmen auf. Niemand merkte, daß Bjarki still geblieben war.

Die Feuer brannten herab. Der König und die Buhle, die er zu dieser Zeit hatte, gingen zu seinem Turm hinüber. Die Krieger wickelten sich in Decken und streckten sich auf den Bänken aus. Sie hatten viel getrunken, um ihre Furcht zu ersticken. Bald dröhnte lautes Schnarchen durch die Dunkelheit.

Bjarki stand auf. Er stieß Hott an, der auf dem Fußboden unter ihm schlief. »Folge mir«, flüsterte er.

Im Vorraum nahm Bjarki seine Rüstung an sich und zwang draußen den angstschlotternden Hott, ihm hineinzuhelfen. Als er fertig war, konnte Hott vor Furcht nicht mehr gehen. Bjarki warf ihn sich über die Schulter und schritt aus dem Hof. Es hätte zuviel Lärm gemacht, wenn er sein Pferd aus dem Stall geholt hätte.

Kaum hatten sie das Tor hinter sich, als sie von einer Weide, die dem König selbst gehörte, die Kühe brüllen hörten. Bjarki setzte sich in Trab. In der Nähe der Weide lag ein Tümpel, aus dessen Eis abgestorbene Binsen hervorstachen.

Ein Schatten löschte die Sterne aus. Durch das Brüllen der Tiere war ein ledernes Rascheln und ein Sausen wie von einem starken Wind zu hören. »Das Ungeheuer, das Ungeheuer!« kreischte Hott. »Es will mich verschlingen! O-o-o-oh ...«

»Hör auf zu jammern«, fuhr Bjarki ihn an. Er löste die sich ankrallenden Finger des Jungen und warf ihn in den Tümpel. Hott krachte durch das Eis und duckte sich in Schlamm und Wasser, um sich vor dem Ungeheuer zu verstecken.

Der Norweger faßte seinen Schild und ging dem Untier entgegen.

Es sah ihn und stieg hoch, um sich auf ihn hinabzustürzen. Es war ein Ding ohne Federn mit riesigen, lederhäutigen Schwingen, gewaltigen Klauen, einem grausamen Schnabel, einem Schwanz wie ein peitschendes Ruder und einem schuppigen Kamm über den Schlangenaugen. Bjarki stemmte die Füße fest in den Boden und legte die Hand an den Schwertgriff.

Seine Waffe wollte nicht aus der Scheide fahren.

»Hexerei!« brummte er. Das Ungeheuer zischte nach unten.

»Elfenschwert!« rief Bjarki und riß und zerrte, bis die

Scheide aus Birkenholz ächzte. Dann fuhr Lövi heraus und blitzte im Sternenlicht.

Das Trollwesen war beinahe über ihm. Gestank drang ihm in die Lungen. Er hielt seinen Schild fest und schlug über dessen Rand. Der schwere Körper warf sich auf ihn, ein Pfeifen entwich den grinsenden, mit scharfen Zähnen bewehrten Kiefern. Bjarki taumelte zurück. Jeder andere Mann wäre mit gebrochenen Knochen umgefallen. Seine Klinge hatte bereits getroffen. Sie war zwischen Flügel und Bein, durch Haut und Fleisch und Rippen ins Herz gefahren.

Das Ungeheuer schlug auf der gefrorenen Erde auf. Eine Weile zappelte es noch herum. Die Erde erbebte unter den Schlägen seiner Flügel. Als das meiste seines kalten Bluts im Reif versickert war, blieb es tot liegen.

Bjarki holte tief Atem und sah sich nach Hott um.

Er mußte den wimmernden Jungen aus dem Tümpel ziehen, an die Stelle tragen, wo das immer noch zuckende Tier lag, und ihn dort niedersetzen. Er wies auf die Wunde, aus der schwarzes Blut hervorströmte, und befahl: »Trink davon!«

»O nein, nein, ich bitte dich«, heulte Hott.

»Trink, sage ich! Habe ich dir nicht erzählt, was mein Bruder Elch-Frodhi für mich getan hat? Wer auch immer dies Ding aus der Hölle gerufen hat, wollte, daß es Kraft hätte.«

Bjarki mußte schreckliche Drohungen aussprechen, bis Hott vorkroch und mit geschlossenen Augen den Mund an die Wunde legte. So sehr er auch würgte, Bjarki ließ ihn zwei große Schlucke nehmen. Dann schnitt der Norweger dem Tier das Herz heraus, reichte es Hott und sagte: »Beiß davon ab.«

Hott tat es. Er zitterte nicht mehr. Als er das Fleisch gekaut hatte, reckte er sich plötzlich und sah sich erstaunt um. »Wie schön die Welt ist!« rief er.

»Du fühlst dich besser, wie?« Bjarki stieß das Elfenschwert zurück in die Scheide aus Birkenholz.

»Ich fühle mich … als sei ich vom Tod erwacht.«

Bjarki befühlte Hotts Arm. »Ich wußte doch, daß Kraft in dir steckt, wenn du erst einmal richtig aufgefüttert sein würdest«, brummte er. Er nahm seinen Schwertgürtel ab. »Versuchen wir es einmal.«

Lange Zeit rangen sie, bis Bjarki Hott auf ein Knie zwingen konnte, und so lange hätte nicht einmal Svipdag standgehalten. Bjarki erklärte froh: »Jetzt brauchst du die Krieger König Hrolfs nicht mehr zu fürchten.«

Hott hob die Hände gen Himmel und rief in jugendlichem Überschwang: »Von dieser Nacht an werde ich sie nicht mehr fürchten – auch dich nicht und nichts und niemanden!«

»So ist es recht, Hott, mein Freund. Ich glaube, ich habe eine Schuld, die ich hatte, abgezahlt.« Bjarki grinste. Er war selbst noch recht jung. »Hilf mir, den Kadaver so herzurichten, daß sie glauben, er sei noch lebendig.«

Das taten sie, und dabei lachten sie, als seien sie betrunken. Danach stahlen sie sich wieder in die Halle, legten sich nieder und taten, als sei nichts geschehen.

Am Morgen fragte der König, ob sich das Ungeheuer in der Nacht gezeigt habe. Er erhielt die Antwort, daß es den Anschein habe, als seien die Tiere in der Nähe der Burg nicht angegriffen worden. »Sucht nach«, befahl er.

Das taten die Krieger. Bald kamen sie zurückgerannt und berichteten, sie hätten das Tier gesehen, und es sei auf dem Weg hierher. Die Männer rannten zu ihren Waffen. Der König setzte sich an ihre Spitze. Als sie in der winterlichen Morgendämmerung das Wesen mit ausgebreiteten Schwingen erblickten, zogen sie zu einem Schildring zusammen.

Nach einer Weile sagte der König: »Ich glaube, es bewegt sich nicht. Wer will sich eine Belohnung verdienen und nachsehen?«

Bjarki erklärte laut: »Das wäre eine kühne Tat, vor Zeugen ausgeführt.« Er schlug dem Jungen, der ihm gefolgt war, auf den Rücken. »Hott, hier kannst du die Schande abwaschen, mit der man dich überhäuft hat. Geh und erschlage das Ungeheuer! Du siehst ja, daß keiner von den anderen die Absicht hat, es zu tun.«

Alle Augen richteten sich auf den blondlockigen Kopf, der auf einmal so hoch getragen wurde. »Ja«, sagte Hott, »ich will.«

Der König hob seine Brauen. »Ich verstehe nicht, wie du zu diesem Mut gekommen bist, Hott. Du mußt dich in sehr kurzer Zeit geändert haben.«

»Ich habe keine eigene Waffe«, war die Antwort. Hott zeigte auf eins der beiden Schwerter, die König Hrolf trug. »Gib mir dein Goldheft, und ich werde das Tier töten oder selbst das Leben verlieren.«

Hrolf betrachtete ihn eine Weile, und dann stellte er fest: »Es wäre nicht ziemlich, daß dies Schwert von einem anderen als einem tapferen und vertrauenswürdigen Jungen getragen würde.«

»Du wirst gleich sehen, daß ich es bin.«

»Wer weiß, ob die Veränderung in dir nicht noch größer ist, als wir erkennen können? Es ist, als seist du ein ganz anderes Wesen ... Gut, nimm das Schwert, und wenn du die Tat vollbringst, halte ich dich für würdig, es hinterher zu behalten.«

Nur wenige hatten diesen Worten zugehört. Ihre Aufmerksamkeit war zu sehr auf den Schrecken vor ihnen gerichtet. Aber alle sahen, wie Hott den Stahl entblößte und vorwärts lief. Mit einem einzigen Streich schlug er das Ungeheuer nieder.

»Seht, seht!« rief Bjarki, »welch eine gewaltige Tat er vollbracht hat!«

Den Männern hatte es die Sprache verschlagen, doch dann brachen sie in Jubelrufe aus, schwenkten ihre Waffen, schlugen mit den Schwertern an die Schilde, umarmten Hott und trugen ihn auf ihren Schultern umher. Hrolf blieb zurück; Bjarki ebenfalls. Der König sagte leise: »Ja, er ist zu etwas ganz anderem geworden als das, was er war. Trotzdem hat Hott das Tier nicht allein erschlagen. Du hast es getan.«

Der Norweger zuckte die Schultern. »Könnte sein.«

Hrolf nickte. »Das habe ich sofort erkannt, als du hier eintrafst: Nur wenige können sein wie du. Und ich glaube, deine beste Arbeit ist, daß du aus diesem bisher glücklosen Hott einen Mann gemacht hast.«

Die Kriegerschar näherte sich ihnen wieder. Hrolf erhob die Stimme. »Er soll nicht länger bei einem knechtischen Namen wie Hott gerufen werden. Nennen wir ihn nach dem Schwert Goldheft, das er sich verdient hat.« Er wandte sich dem erröteten jungen Krieger zu. »Von nun an sollst du Hjalti heißen.«

»Hjalti« bedeutet »Heft«, und er wurde das Heft für den Haushalt des Königs, so wie Bjarki die Klinge und Svipdag der Schild war.

6 Die Geschichte von Yrsa

I

In dem letzten Jahr, das König Hrolf darauf verwandte, sein Königreich aufzubauen, lief alles ab wie Zimmermannsarbeit. Einige Männer murrten, daß es keine Kämpfe mehr gab. Bjarki gehörte nicht zu ihnen; er hatte es nicht nötig, seine Mannheit zu beweisen oder Beute zu gewinnen. Trotzdem wurde er immer nachdenklicher.

An diesem Julabend wurde in Leidhra ein gewaltiges Fest gefeiert. Der Lärm in der Halle rührte nicht nur von den Kriegern her, sondern auch von vielen Gästen: Unterkönigen, Jarlen, Vögten und Freisassen aus dem ganzen Reich sowie Ausländern, die in Roskilde überwinterten. Kleinbauern, Bettlern und Landstreichern ging es besser als manchem Haushaltungsvorstand. Es bekümmerte Hrolf, daß sein Schwager Hjörvardh und seine Schwester Skuld dem Fest ferngeblieben waren. In jeder anderen Beziehung war er froh und stolz.

Die Skalden sangen alte Lieder über seine Vorfahren, neue über ihn, und er hatte weder Mangel an Ringen, die er zu ihrer Belohnung zerbrach, noch an guten Waffen und kostbaren Kleidern, die er anderen Freunden schenkte. Die Langfeuer loderten und prasselten, die Binsenlichter brannten hell, die Luft war erfüllt von Wärme, dem süßen Geruch der Wacholderbeeren, dem Schein von Gold, Silber, Kupfer und poliertem Eisen. Die geschnitzten Figuren auf den Säulen und Wandtäfelungen schienen sich zu bewegen, als wollten sie aus ihrem Schatten heraustreten und an dem lustigen Treiben teilnehmen. Gespräche, Lachen, das Klingen von Hörnern und Pokalen, mit denen angestoßen wurde, brandeten zum Dach hoch. Auf den Bänken saßen dicht bei dicht große Herren mit ihren

Frauen, ein Regenbogen an Farben, ein Sternenglitzern an Juwelen. Diener eilten hin und her und wichen den Hunden aus, die Knochen kauten und mit den Schwänzen klopften. Die Tischbretter waren hinausgetragen worden. Die Bäuche waren wohlgefüllt, und es duftete noch nach dem Fleisch von Ochse, Bär, Hirsch, Schaf, Schwan, Birkhuhn, Rebhuhn, Wal und Seehund, nach Thunfisch, Flundern, Kabeljau, Austern, Hummern, nach Brot, Butter, Käse, Wurst, Lauch, Äpfeln, Honig, Nüssen und vielem mehr. Jetzt erst wurde mit dem richtigen Trinken begonnen. Es gab Bier und Ale in verschiedenen Geschmacksrichtungen, dunkel und hell, dicken, süßen sowie leichten, anregenden Met, Wein aus dänischen Beeren und aus südländischen Trauben. Das Tosen war innerhalb einiger Köpfe bereits ebenso laut wie außerhalb. Aber es war kein einziges unfreundliches Wort gesprochen worden.

Lächelnd blickte König Hrolf nach rechts und links und sagte: »Viel Heldentum ist hier in einer Halle versammelt.« Er beugte sich zu Bjarki vor, der ungewöhnlich still dasaß, seine Frau Drifa an seiner Seite. (Neben ihr scherzte Hjalti mit einem Mädchen auf seinem Schoß.) »Sag mir, mein Freund, kennst du einen König wie mich, der über Männer wie diese herrscht?«

»Nein«, antwortete der Norweger, »ich kenne keinen. Dein Werk wird niemals vergessen werden.« Langsam setzte er hinzu: »Ich glaube nur eines fehlt dir noch an deiner königlichen Ehre.«

Aus seiner glücklichen Stimmung aufgeschreckt, fragte Hrolf, was das denn sein könne.

Bjarki sah ihm offen ins Gesicht. »Was noch zu tun bleibt, Herr, ist, daß du deinen Erbteil aus Uppsala holst, den Hort, den König Adhils deinem Vater schenkte und unrechtmäßig zurückhält.«

Svipdag, der seinen Platz links vom Hochsitz hatte, beugte sich hinter Hrolfs Buhle vor. Das eine Auge in dem hageren, narbigen Gesicht brannte plötzlich.

Hrolf konnte nicht abstreiten, daß es eine Schande für ihn war, so behandelt zu werden. Doch er antwortete nur: »Es wird schwer werden, an den Hort zu kommen. Denn Adhils ist kein ehrenhafter Mensch. Dafür ist er ein fähiger Zauberer, schlecht, schlau, voller böser Gedanken, und es gibt nicht Schlimmeres, als mit ihm zu tun zu haben.«

»Trotzdem, Herr«, meinte Bjarki, »würde es sich für dich schicken, das zu verlange, was dein ist, und irgendwann König Adhils aufzusuchen und festzustellen, welche Antwort er auf diese Forderung hat.«

Hrolf schwieg eine Weile. Dann antwortete er: »Ein großes Ziel hast du aufgestellt, denn ich habe meinen Vater zu rächen.«

Er sah Svipdag an. »Adhils ist der gierigste und geizigste aller Könige, deshalb müssen wir vorsichtig sein.«

Bjarki lachte vor sich hin – oder war es ein Knurren? »Ich würde gern selbst feststellen, was für ein Mensch er ist.«

Svipdag erklärte leise: »Ich habe bei meinem Abschied versprochen, zu Besuch zu kommen. Herr, die Königin würde uns helfen.«

»Wir sprechen noch darüber.« Für den Rest des Abends mußte Hrolf sich Mühe geben, fröhlich zu sein.

Drifa wisperte Bjarki ins Ohr: »Du wirst gehen. Ich weiß, daß du es tun wirst.«

»Das glaube ich auch.« Er nickte zufrieden.

Sie faßte seinen Arm. »Immer geht ihr, ihr Männer. Meine Mutter, du weißt doch ... mein Vater hat sie mit einem Freisassen verheiratet, und sie hat ihrem Mann einen Sohn geboren, der bei einem Holmgang fiel ... sie sagte zu mir, es sei ihr, als habe sie ihn erst gestern in seine Wiege gelegt, und jetzt lege sie ihn in sein Grab.« Sie hob den goldenen Kopf. »Gehen mußt du, Bjarki, weil du es willst. Aber oh, komm zurück! Ich habe dich noch nicht sehr lange.«

So beschäftigt der König war, er verbrachte in den nächsten Wochen doch ziemlich viel Zeit in geheimen Gesprächen mit kenntnisreichen Männern, zeichnete Pläne und traf Vorbereitungen. »Wenn wir zu langsam sind«, warnte er, »wird Adhils bestimmt Wind von unserer Absicht und somit Zeit, uns Fallstricke zu legen, bekommen. Reisen wir im Winter und über Land, gelingt es uns vielleicht, eher einzutreffen als die Nachricht über uns.«

»Warum nehmen wir nicht den Seeweg?« fragte Bjarki.

König Hrolf runzelte die Stirn. »Das war kein glücklicher Weg für meinen Vater.«

»Er ist auch zu dieser Jahreszeit entlang jener Küste voll unzähliger Inseln und Schären zu gefährlich«, warnte Svipdag. »Ein plötzlicher Sturm könnte uns auf den Strand werfen, und ich bin mir nicht sicher, ob König Adhils keinen Sturm hervorzurufen vermag.«

Folglich ruderten Hrolfs Männer nur über den Sund nach Skania. Er gab bekannt, daß er eine Rundreise in diesem Teil seines Reichs machen wolle. Um das glaubwürdiger erscheinen zu lassen und auch, um schnell voranzukommen und eine genügend große Streitmacht zur Verteidigung des neu aufgebauten Reiches zurückzulassen, nahm er nicht sehr viele Krieger mit, sondern nur seine zwölf Vertrauten, die zwölf Berserker und hundert Mann. Sie ritten auf den besten Pferden, hatten genügend Ersatzpferde und Packtiere dabei. Gegen die Kälte trugen sie warme Kleidung aus den feinsten Pelzen und fröhlich-bunten Stoffen. Hrolf und die zwölf Anführer hatten jeder einen Falken auf der Schulter, so gut ausgebildet, daß sie der größeren Wirkung wegen auf Haube und Fesseln verzichten konnten. Der Falke des Königs hieß Highbreeks. Er war ein Gerfalke, groß und mutig, und seine Augen waren wie die goldenen Schilde, die die Hallen der Kriegsgötter erleuchten sollen. Neben Hrolfs Pferd lief Gram, ein riesiger roter Hund, der schon Wolf, Elch, Eber und Mensch niedergeworfen hatte.

Wo Skania in Götarland übergeht, wendeten die Dänen sich nach Norden. Das war ein dicht bewaldetes, dünn besiedeltes Gebiet. Sie mußten oft im Freien schlafen, in Schlafsäcken auf abgeschnittenen Zweigen. Der größeren Schnelligkeit wegen jagten sie nicht, sondern lebten von der Trockennahrung, die sie mitgenommen hatten. Das machte ihnen alles nichts aus. Von ihrer Reise ist nichts weiter zu berichten bis zu dem Abend, als sie auf einen einsamen Hof kamen.

II

Das war eine Überraschung. Nirgendwo hatten sie Spuren eines Pfluges gesehen. Dünner Schnee bedeckte eine von Nadelhölzern umstandene und von einem niedrigen Himmel überdachte Lichtung. Das Haus hätten sie auch eher sehen müssen. Es stand als dunkler Fleck im tiefen Schatten und war weder klein noch groß.

Deutlicher zu sehen war der Mann, der davorstand, abgesehen von seinem Gesicht, das unter einem breitrandigen Hut verborgen war. Darunter wallte ein langer grauer Bart. Er war sehr groß, eingehüllt in einen blauen Mantel, und er trug einen Speer.

Der König zog die Zügel an. »Ich grüße dich«, sagte er. »Fürchte nichts, wenn wir auf deinem Land Lager machen. Wir wollen dir nichts zuleide tun.«

Eine tiefe Stimme antwortete: »Ihr braucht nicht im Freien zu übernachten. Schlaft unter meinem Dach.«

»Es stände mir übel an, das zu tun, wenn meine Männer draußen bleiben müssen.«

»Ich habe euch alle gemeint.«

»Kannst du dir das denn leisten?« fragte Hrolf erstaunt. »Wir sind nicht wenige. Wie soll uns ein Kleinbauer bewirten?«

Der Mann lachte auf eine Weise, die an das Bellen von Wölfen erinnerte. »Ich kann es, Herr. Es soll euch heute abend auch nicht an Getränken fehlen oder was ihr sonst brauchen mögt.«

Nun konnte der König nicht mehr ablehnen.

»Ich heiße euch willkommen«, sagte der Bärtige. »Folgt mir.«

Er führte sie hinter das Haus. Dort fanden sie einen festen Stall, der ihre Tiere aufnehmen konnte. Abgesehen von Heu und Wassertrögen war er leer. Der Alte meinte, es sei drinnen zu dunkel für jemanden, der sich nicht auskenne, und er wolle die Pferde selbst unterbringen und versorgen. Das tat er merkwürdigerweise schnell.

»Wer bist du, Mann?« fragte der König.

»Manche nennen mich Hrani«, antwortete er.

Darüber wunderte Hrolf sich, denn der Name ist ungewöhnlich. Sein Onkel Hroar hatte ihn benutz, als er sich vor König Frodhi versteckte. Noch mehr wunderte er sich, als er das Haus betrat. Der Raum hinter der Tür war so lang und so hell erleuchtet wie eine Halle, doch ebenso leer, wie der Stall gewesen war. Runen waren in die Wände eingeschnitten.

»Hier ist es irgendwie unheimlich«, flüsterte Bjarki seinem Freund Hjalti zu. Der jüngere Mann zuckte die Schultern. »Besser als draußen.«

Hrani forderte sie auf, sich zu setzen. Waren die Tiere bereits aufgestellt, standen die Platten mit heißem Schweinefleisch, die Gefäße mit Met bereits da? Bediente Hrani selbst, der den Hut niemals abnahm, sie ebenso schnell, wie er die Pferde versorgt hatte? Hinterher kam es ihnen am seltsamsten vor, daß sie das alles wie im Traum erlebt hatten. Während es geschah, tranken die meisten Männer herzhaft und wurden bald lustig. Sie schworen, sie seien kaum jemals besser bewirtet worden, und vergaßen ihre Fragen.

Hrani saß neben Hrolf. Sie und einige wenige, die sich um sie versammelt hatten, sprachen miteinander. Der König sagte, wer er sei und wohin er wolle. Der Alte nickte und beschrieb ihnen den besten Weg von hier nach Uppsala. Svipdag fragte, wie er das wissen könne, denn Kleinbauern entfernen sich selten weit von dem Ort, wo sie geboren sind. »Auch wenn ich alt bin«, erwiderte Hrani, »wandere ich weit umher.«

»Wie kannst du allein in diesem Haus leben?« erkundigte Bjarki sich.

»Ich bin doch heute abend nicht allein, oder?« Hrani stieß sein Wolfslachen aus. »Ich habe öfter Gäste, als ihr denkt, und ich habe auch starke Söhne, die nur zufällig nicht da sind. Was nun den Weg betrifft ...« Er fuhr fort, ihnen

Dinge auseinanderzusetzen, die sie über das Land und seine Bewohner bisher nicht gewußt hatten. Dann lenkte er das Gespräch auf die Geschehnisse früherer Zeiten. Nie hatten sie Geschichten besser erzählen gehört. Er streute viele weise Sprüche und klingende Stabreime ein. Der Bursche mußte wirklich ein tiefes Wasser sein.

Aber sie hatten einen langen, harten Ritt hinter sich. Der edle Met, den sie getrunken hatten, förderte noch ihre Müdigkeit. Hrani forderte sie auf, sich auf Bänken und Fußboden auszustrecken. Er blieb nicht im Raum. Die Feuer erstarben.

Irgendwann mitten in der Nacht erwachten der König und seine Männer. Im Feuergraben lagen nur noch glühende Kohlen, bei derem roten Glühen man kaum etwas erkennen konnte. Es war so kalt, daß den Kriegern die Zähne klapperten. Sie sprangen auf, öffneten die Bündel, die sie den Packpferden abgenommen hatten, und hüllten sich in weitere Kleidungsstücke und alles, was sie finden konnten – ausgenommen Hrolf und die Anführer, die sich mit dem begnügten, was sie bereits trugen. Alle froren, und als der Morgen anbrach, trat Hrani ein und warf neues Holz ins Feuer.

»Wie habt ihr geschlafen?« erkundigte der Graubart sich.

»Gut«, grunzte Bjarki.

Der Alte richtete ein Auge auf den König. Trocken bemerkte er: »Ich weiß, ihr habt es heute nacht hier ziemlich kalt gefunden, und es war auch kalt. Wer das nicht aushalten konnte, darf nicht glauben, er könne aushalten, was König Adhils in Uppsala für euch bereithält.« Streng setzte er, zu Hrolf gewandt, hinzu: »Wenn du dein Leben retten willst, schicke die Hälfte deiner Gefolgsleute nach Hause. Denn den Sieg über König Adhils wirst du nicht durch die Zahl deiner Männer erringen.«

»Du bist kein gewöhnlicher Mensch, der du mir dies sagst«, sprach Hrolf leise. »Ich werde deinen Rat befolgen.«

Nachdem sie gegessen hatten, fand Hrolf freundliche Worte für die fünfzig Krieger, die am meisten unter der Kälte gelitten hatten. Später konnte sich niemand richtig erinnern, was er eigentlich gesagt und warum es keiner als Beleidigung empfunden hatte. Als die übrigen fertig zum Aufbruch waren, dankten sie dem Alten und sagten ihm Lebewohl.

Weiter ging es über kiefernbedeckte Berge und durch Täler mit hohen Schneeverwehungen. Als ihre Köpfe wieder klar wurden, sprachen sie darüber, wer oder was ihr Gastgeber wohl gewesen sei, und warum er sie aufgenommen habe. Schließlich stellte Bjarki finster fest: »Nicht nur Menschen und Tiere leben in der Wildnis, wie ich aus gutem Grund weiß. Sie brauchen nicht unfreundlich zu sein ... Allerdings«, fügte er nach einer Weile hinzu und warf einen Blick auf den Helm des Königs, der vorausritt, »es kann eine schwierige Sache sein, sich ihre Freundlichkeit zu erhalten.«

Am Abend gerieten sie wieder auf eine Lichtung, wo ein Haus und ein großer alter Mann mit einem breitrandigen Hut und einem blauen Mantel standen, ebenso schwer wie gestern in den Schatten ringsum zu erkennen. Die Männer murmelten untereinander. König Hrolf zog die Zügel an und legte die Hand auf das Schwert Skofnung.

»Gegrüßt seist du, Herr«, lachte der Graubart. »Warum kommst du so oft?«

Der König antwortete mit fester Stimme: »Wir wissen nicht, wie das zustande kommt. Du übst einen Zauber auf uns aus.«

»Ich werde euch diesmal nicht übel aufnehmen«, sagte der Alte.

Der König drehte sich zu seinen Männern um. »Am besten bleiben wir, da wir nun einmal dazu aufgefordert wurden. Gleich wird es Nacht sein.«

Sobald sie innerhalb des Hauses waren, wunderte sich keiner mehr, und die Bewirtung war gut. Bald legten sie sich zum Schlafen nieder.

Sie wachten auf und hatten solchen Durst, daß sie die Zungen kaum bewegen konnten. Ein Metfaß stand an einem Ende des Raums. Alle gingen hin und tranken, ausgenommen der König und seine zwölf Anführer.

Am Morgen sagte Hrani: »Hör mir auch diesmal gut zu, Herr. Ich glaube, die Männer, die während der Nacht getrunken haben, können nicht über viel Ausdauer verfügen. Größere Qualen müssen sie erleiden, wenn sie zu König Adhils kommen.«

Im Augenblick konnte nichts unternommen werden, denn ein Schneesturm hatte sich erhoben. Die Wände des Hauses waren stark und konnten nicht erschüttert werden. Die Männer saßen in der Halle und hörten Hrani zu, der so wundervoll zu erzählen wußte, daß der Tag sehr kurz zu sein schien. »... als seien wir irgendwie aus der Zeit gerissen worden«, brummte Svipdag seinen Brüdern zu.

Bei Sonnenuntergang legte der Sturm sich. Es war weniger Schnee gefallen, als man hätte erwarten können. Die Reise konnte am nächsten Tag weitergehen. Hrani brachte Holz herein und schürte das Feuer an. Es flammte mit seltsamer Schnelligkeit auf. Die Flammen loderten höher und höher, rot und blau über einem weißglühenden Bett, und sie brüllten so laut, wie es das Unwetter getan hatte. Hitze strömte in Wellen über die Männer hin. Sie zogen sich dicht an die Wände zurück. König Hrolf erinnerte sich an den Schwur, den er als Junge abgelegt hatte, niemals vor Eisen oder Feuer zu fliehen. Deshalb blieb er, wo er war, und seine Anführer blieben neben ihm, auch wenn ihnen der Schweiß herunterlief und ihnen war, als müßten ihre Augen bald zu kochen anfangen.

Ein einziges Licht schimmerte unter Hranis Hut hervor. »Noch einmal mußt du unter deinen Männern eine Auswahl treffen, Herr«, sagte er. »Mein Rat ist, daß niemand von hier weiterzieht als du und diese zwölf. Dann mag es sein, daß du wieder nach Hause kommst, sonst nicht.«

Von der Hitze benommen, versuchte König Hrolf, mit fester Stimme zu antworten: »Das, was ich von dir denke, Alter, läßt mich gut acht auf deine Worte geben.«

Bald wurden die Flammen kleiner. In dieser Nacht schliefen die Männer gut, nur daß sie unruhig träumten.

Am Morgen sandte Hrolf die übrigen fünfzig zusammen mit den Berserkern nach Hause. Wieder hatte keiner einen

Einwand gegen den Befehl, bis es viel zu spät dazu war. Als er schon zu Pferde saß, sagte der König zu ihrem Gastgeber: »Es mag sein, daß ich dir für vieles zu danken habe.«

»Es mag sein, daß du es mir eines Tages vergelten kannst«, antwortete Hrani.

»Lebewohl bis dahin«, erwiderte Hrolf. Sein Falke flatterte, weil er in der Luft zwei Raben erblickte, sein Hund knurrte, weil nahebei ein Wolf heulte. Kurz darauf befanden sie sich wieder im Wald, und der Hof lag in Schnee und Schweigen verborgen.

Sie ritten weiter: Hrolf, König von Dänemark, um seiner Ehre wegen den ihm gehörenden Schatz zu verlangen und, wie er hoffte, seinen Vater zu rächen; Bjarki, der Sohn des Werbären; Hjalti, der durch Blut und Herz eines Trolls zum Mann geworden war; Svipdag, dessen eines Auge den Weg von den vergangenen Jahren zu den vor ihnen liegenden Tagen zu erkennen versuchte; Hvitserk, Beigadh, Hromund, des Königs Namensvetter Hrolf, Haaklang, Hrefill, Haaki, Hvatt, Starulf, alles Männer, die weder vor einem Teufel noch vor einem Gott wichen, die Falken auf der Schulter und mit festem Blick. Hell glänzten ihre Helme und Speerspitzen unter dem winterlichen Himmel, hell ihre Rüstungen und Mäntel zwischen den dunkelgrünen Zweigen und der blaubeschatteten Weiße des Schnees. Sie spürten die Kälte kaum, die ihren Atem in Dampfwolken verwandelte und ihre Sättel knirschen ließ. Doch es war keine große Streitmacht, um mit ihr gegen den König von Svithjodh und die Zaubermittel, die ihm zu Gebote standen, zu kämpfen.

Sie kamen in ein Land, wo es viele Bauernhöfe und Dörfer gab, und manchmal mußten sie sich übersetzen lassen. Natürlich wurden sie jetzt gesehen. Obwohl sie ihre Namen nicht mehr nannten, mag ihnen die Kunde vorausgeeilt sein und Adhils die Wahrheit erraten haben. Oder vielleicht blickte er in einen seiner Kessel und erkannte etwas in dem Dampf oder hörte etwas in dem Brodeln. Eines Abends sagte er zu der Königin an seiner Seite, aber so, daß alle es hören konnten: »Ich habe erfahren, daß König Hrolf Helgissohn auf dem Weg zu uns ist.«

Yrsa zog scharf den Atem ein, bevor es ihr gelang, einen Schild über ihr Gesicht zu ziehen.

»Das ist gut, das ist gut«, lächelte Adhils. »Er soll für seine Mühe so belohnt werden, daß noch weit von hier davon gesprochen werden wird.«

III

Endlich ritten König Hrolf und seine Krieger über die Fyris-Hochebene. Sie lag mit schmutzigem alten Schnee gestreift, sonst aber braun und hartgefroren da. Vor ihnen war der Fluß, und auf dem westlichen Steilufer erhob sich die Stadt Uppsala, gekrönt von ihrem Tempel.

Hrolf hob ein Horn, das ihm um die Schulter hing, und blies dreimal, wie man einen Wisentbullen herausfordert. Er gab seinem Pferd die Sporen und setzte es in Galopp. Seine Männer folgten ihm. Die Planken der Brücke donnerten unter den Hufen der Pferde.

Die Menschen drängten sich in den Wachtürmen und auf den Wehrgängen der Einpfählung zusammen, um die glänzende Schar zu betrachten. Die Tore standen offen; niemand sah einen Grund, dreizehn Fremde zu fürchten, mochten sie auch noch so gut bewaffnet sein. Hrolf wußte wohl, daß er sich keinen Augenblick lang so verhalten durfte, als beeindruckte ihn diese große, volkreiche Stadt. Es ging die Straße hinauf, durch die Tore, zwischen den Häusern hindurch. Männer, Frauen, Kinder, Schweine, Hunde, Hühner mußten ihnen aus dem Weg springen. Zornige Ausrufe folgten ihnen. Aber keiner wagte es, einen Speer zu fällen, zumal der Zug offensichtlich auf die königliche Halle zuhielt.

Auch hier standen die Tore offen. Wächter strömten in den Hof, Schilde schimmerten wie ein Feld voller Monde.

Doch keiner zog die Waffe. Männer des Haushalts warteten in guten Kleidern, die Gesichter zum Lächeln verzogen.

Die Dänen zogen die Zügel an. Ihre Pferde bäumten sich auf, die Falken spreizten das Gefieder, der Hund Gram bellte einmal. Svipdag rief: »Sagt König Adhils, daß Hrolf Helgissohn, König der Dänen, als Gast zu ihm kommt!«

»Willkommen, willkommen«, sagte der Sprecher der Schweden. Er schien über die Neuigkeit gar nicht erstaunt zu sein. »Es ist mir eine Ehre, einen so berühmten Mann und seine Gefolgsleute begrüßen zu dürfen.« Sein Blick wanderte langsam von einem zum anderen. »Bestimmt tut es König Adhils ebenso leid wie mir, daß er nur so wenigen seine Gastfreundschaft erweisen kann.«

»Wir sind genug.«

»Ah ... Svipdag Svipssohn ... ja. Du bist zurückgekommen, he?«

»Wie versprochen.«

»Wollt ihr mir folgen?«

Sie ritten zwischen den Gebäuden hin zu den Ställen. Stallknechte nahmen die Zügel. Bjarki stieg ab und befahl: »Sorgt dafür, daß weder die Mähnen noch die Schwänze dieser Pferde ungekämmt bleiben. Bringt sie gut unter, und gebt acht, daß sie nicht schmutzig werden.«

Der Sprecher bekam einen roten Kopf und winkte einem Jungen, der davontrottete. Danach hielt er die Dänen einen Weile mit Fragen über ihre Reise auf. Inzwischen lief der Junge in die Halle und meldete König Adhils, was bisher geschehen war.

Der Herr von Svithjodh schlug auf die Armlehnen des Hochsitzes und knarrte: »Hart ist es zu ertragen, wie hochmütig und eingebildet sie sind! Geh zu dem Stallmeister und bring ihm meinen Befehl. Den Pferden sollen die Schwänze dicht am Körper und die Mähnen bis auf die Haut abgeschnitten werden. Sie sollen den schlechtesten Platz erhalten und so wenig Futter, daß sie gerade noch am Leben bleiben.«

Der Junge verbeugte sich tief und schlüpfte hinaus. Adhils lehnte sich auf seinem Sitz zurück. Er bebte.

Bald darauf wurden die Dänen in die Halle geführt. Niemand stand an der Tür, die einem Höhleneingang glich, um sie zu begrüßen, wie es der guten Sitte entsprochen hätte. Ihr Führer grinste: »Der König erwartet euch drinnen«, und verließ sie.

Hjaltis Hand fuhr ans Schwert. »Sie wagen es, unseren Herrn so zu behandeln!«

Hrolf sah zurück auf den Hof. Die Leibwächter hatten sich zurückgezogen, aber sie standen gerüstet und bewaffnet längs der Einpfählung. »Fangt keine Kampf an«, murmelte er. »Unsere Ankunft war nicht die Überraschung, die wir uns erhofft hatten.«

Svipdag zog an seinem hängenden Schnurrbart. »Ja, das habe ich befürchtet. Laß mich zuerst hineingehen. Ich kenne das Haus von früher, und ich habe einen bösen Verdacht, was sie drinnen für uns bereithalten werden. Hört zu – was auch geschieht, keiner soll sich anmerken lassen, wer von uns König Hrolf ist. Das würde ihn zum Ziel machen, nicht allein für Schwert und Speer, sondern auch für jeden Zauber, den Adhils zusammengebraut haben mag.«

Der König seufzte. »Ich glaube, ich muß froh sein, daß meine Mutter uns noch nicht gesehen hat. Vielleicht hätte sie mich nach all den Jahren doch wiedererkannt.« Er reckte sich. »Säumen wir nicht länger, sonst denken sie noch, wir hätten Angst.«

Svipdag legte sich die Axt über die rechte Schulter – der Falke saß auf seiner linken – und schritt zwischen den grinsenden Gestalten an der Tür hindurch. Nach ihm kamen seine Brüder Hvitserk und Beigadh, dann Bjarki und Hrolf, dann die übrigen.

Der Vorraum war groß und dunkel. Svipdag durchquerte ihn und betrat den Hauptraum. Das war, als trete man in die Nacht, so finster war es. Er entdeckte kaum irgendeine Veränderung. Die Feuergräben waren kalt. Ein paar Binsenlichter, in weitem Abstand aufgestellt, flackerten. Leer und still lag die Halle da. In Kälte und Dunkelheit wirkte sie noch länger, als sie war. Man hatte den Eindruck, diese

Reihen schwankender blauer Flämmchen setzten sich fort, bis sie sich am Ende der Welt trafen.

Eisenklirrend trat Svipdag vor. Seine Freunde hielten sich dicht hinter ihm. Ein Flüstern klang in dem Schweigen rings um sie auf. Plötzlich sprang Svipdag zurück. »Eine Grube!« warnte er. »Ich wäre beinahe hineingefallen.«

Die Dänen fühlten die Grube mit ihren Waffen ab und stellten fest, daß sie sich zwar über den ganzen Raum erstreckte, aber nicht so breit war, daß Männer wie sie sie nicht überspringen konnten. Das taten sie und schritten weiter vor.

Danach war es, als fielen Spinnweben auf sie herab. Sie verstrickten sich in klebrigen Netzen, unsichtbar und stark wie Taue. Etwas kicherte. »Schlagt zu«, sagte Svipdag. Als kaltes Eisen sie berührte, fielen die Stränge zu Boden.

Ein Ding kam auf sie zu. Es hatte das Aussehen einer toten Riesin – sie rochen den Grabengestank und sahen die lichtlosen Augen –, deren Haut sich auf den Knochen bewegte. Sie streckte die Hände aus, um die Männer zu erwürgen. »Es wird immer weniger, was er uns anzubieten hat, der gute Adhils«, lachte Svipdag laut und schlug nach der Erscheinung. Seine Axt fuhr in die leere Luft; das Gespenst war verschwunden.

Als sie noch ein paar Meter zurückgelegt hatten, kam eine weitere Gestalt in Sicht. Oben auf dem Hochsitz spreizte sich der gedunsene Körper des Schwedenkönigs. Svipdag hob einen Arm, und alle blieben stehen. Es sah aus, als lägen vor ihnen weitere Fallen.

Adhils Augen konnten die Finsternis besser durchdringen als die seiner Besucher. Er spottete: »Bist du endlich zurückgekommen, Svipdag, mein Freund? Hm, hm, welche Botschaft hat der Krieger für mich? Mir kommt es doch ganz so vor, als sei dein Nacken gebeugt, als fehle dir ein Auge, als durchzögen Falten deine Stirn und als trügen deine Hände Narben. Und hinkt dein Bruder Beigadh nicht auf beiden Beinen?«

Svipdag fuhr zusammen. Er wußte, daß er älter aussah, als er war, und Beigadh hatte in Hrolfs Dienst Wunden empfangen und ging nicht mehr so leicht wie früher. Deshalb fiel Svipdags Antwort ebenso schroff wie laut aus. »In Berufung auf dein Versprechen, König Adhils, fordere ich Sicherheit für diese zwölf Männer, die bei mir sind.«

»Sie sollen sie haben. Nun kommt ohne Zögern und wie Männer in die Halle, mutiger, als ihr euch bisher erwiesen habt.«

»Laß dich von ihm nicht zu einer Voreiligkeit verleiten«, flüsterte Hrolf.

»Haltet euch bereit, eine Schildburg zu formen«, setzte Bjarki hinzu, »denn ich glaube, die Wandbehänge bauschen sich, als steckten Bewaffnete dahinter.«

Vorsichtig schritten die Dänen weiter und entdeckten einen zweiten Graben, den sie überspringen mußten. Nun standen sie vor dem Hochsitz. Da stürmte hinter jedem Wandteppich ein gerüsteter Krieger hervor.

»Bildet einen Ring!« brüllte Bjarki. Es war nicht nötig; alle wußten, was sie zu tun hatten. Schild bei Schild standen sie einer dreifachen Überzahl gegenüber.

Hrolf warf seinen Speer. Ein Schwede fiel, in den Hals getroffen. Dann waren die Angreifer heran, und Skofnung, Lövi, Goldheft und die anderen Schwerter zischten aus den Scheiden. Hoch hob sich die Axt Svipdags und schlug über die Schulter Hromunds, der den Gefährten deckte, zu. Metall dröhnte. Die Falken flatterten zu den Dachbalken empor, aber der Hund Gram kämpfte mit.

Endlich wichen die Schweden zurück, und die dreizehn Dänen drängten ihnen nach. Tote und Verstümmelte lagen auf dem Boden. König Hrolf und seine Streiter hatten kaum einen Kratzer erhalten. »Tötet sie!« rief Bjarki.

König Adhils sprang auf die Füße und rief: »Was hat dieser Aufruhr zu bedeuten? Aufhören! Aufhören, sage ich!«

Langsam endete der Kampf, und es war wieder still bis auf das Stöhnen der Verwundeten und das schwere Atmen der Gesunden. König Adhils beschimpfte seine Leibwache: »Ihr müßt die schlimmsten aller Neidlinge sein, daß ihr so berühmte Männer – unsere Gäste! – angreift! Geht! Räumt die Halle auf! Schickt die Diener herein … und Licht

– verschwindet, ihr Wolfsköpfe! Mit euch befasse ich mich später.«

Die Krieger starrten ihn an. Doch sie begriffen, was er im Sinn hatte, und wollten ihr Versagen nicht noch dadurch verschlimmern, daß sie ihn als Lügner hinstellten. Sie schlichen sich fort und halfen den Verwundeten, die sich noch bewegen konnten.

»Verzeiht mir«, sagte Adhils zu den Dänen. »Ich habe Feinde und hatte einen Verrat befürchtet ... Als ihr bewaffnet hereinkamt, wie es hier nicht der Brauch ist ... da haben einige meiner Gefolgsleute ohne mein Wissen übereifrig gehandelt ... Aber ich sehe jetzt, daß ihr in Wahrheit König Hrolf, mein Verwandter, und seine berühmten Rekken sein müßt, wie ihr dem Torhüter gesagt habt. Setzt euch, macht es euch bequem und laßt uns zusammen schmausen und trinken.«

»Wenig Glück ist dir zuteil geworden, König Adhils«, brummte Svipdag, »und ehrlos gehst du aus dieser Sache hervor.«

Sie betrachteten den Herrn von Svithjodh. Adhils war kahl und fett geworden. Der Bart, der ihm über dem Bauch hing, war eher grau als gelb. Nur seine schwertscharfe Nase und die kleinen, kalt blickenden Augen waren noch die gleichen.

Sklaven und Knechte hasteten herein, um die Toten und Schwerverwundeten hinauszutragen, das Blut aufzuwischen, frische Binsen zu streuen, Lampen zu bringen und Feuer anzuzünden. Mit ihnen kamen neue Krieger, und weitere mußten sich draußen aufhalten. Es hätte keinen Zweck gehabt, auf die Plattform zu springen und Adhils zu töten. Außerdem hätte das den Namen König Hrolfs befleckt, nachdem er ihn mit freundlichen Worten begrüßt hatte, mochten diese auch noch so hohl gewesen sein.

»Setzt euch, setzt euch«, drängte der Gastgeber. »Komm, reiche mir die Hand, mein Verwandter aus Dänemark.«

»Die Zeit ist noch nicht reif dafür, daß du erfahrest, wer von uns der König ist«, sagte Svipdag.

»Wenn du – hm, hm – nicht ganz so kühn bist, wie man

nach deinem Ruf vermuten sollte, dann mag es sein, wie du wünschst, Hrolf«, gab der fette Mann zurück. Er ließ eine Bank vor dem Hochsitz aufstellen. Welcher von diesen Männern, die so grimmig dreinblickten wie die Falken, die wieder auf ihren Schultern saßen, mochte der Sohn Helgis, den er hatte erschlagen lassen, und seiner eigenen Frau Yrsa, die ihn haßte, sein?

Zehn waren es, die er nicht kannte. Der Rotbart, groß wie ein Bär, konnte nicht Hrolf sein, von dem es hieß, er sei schlank und von durchschnittlicher Größe. Aber diese Beschreibung paßte sowohl auf den mit den rotgoldenen Locken, der neben ihm saß, wie auch auf den hellhaarigen, jugendlich wirkenden Mann, der ein Schwert mit Goldheft trug, auf den Dunklen, der klein, aber schnell und geschickt war, auf den Mageren, der so fürchterlich mit seiner Hellebarde zugeschlagen hatte, und – und stimmte die Geschichte überhaupt? In der Stadt waren Seefahrer, die den Dänenkönig gesehen hatten. Er konnte sie morgen holen lassen. Schickte er schon heute abend nach ihnen, machte es einen zu ängstlichen Eindruck. Aber er *mußte* es so bald wie möglich herausbringen, damit er seine Pläne schmieden konnte, bevor Hrolf ausführte, was auch immer er vorhaben mochte, um seinen Vater zu rächen – Hrolf, der niemals Frieden beschworen hatte wie sein Onkel Hroar ... Ob Yrsa ihren Sohn wiedererkannte, auch wenn er noch ein Kind gewesen war, als sie ihn verlassen hatte? War das der Grund, aus dem sie in ihrer Kemenate blieb?

»Verzeihe mir, Verwandter«, sagte Adhils, »wenn ich, hm, gewisse Dinge vor dir geheimhalten muß. Ich sagte ja, ich habe mächtige Feinde, die im Verborgenen nach meinem Leben trachten. Und du hältst es selbst ja auch nicht für unmännlich oder unhöflich, wenn du mir, hm, manches vorenthältst, nicht wahr?«

»Wir wollen nicht verschweigen, weshalb wir gekommen sind«, antwortete Svipdag. »Wir wollen die Schätze haben, die König Hrolfs rechtmäßiges Erbe von König Helgi sind.«

»Nun, nun, darüber können wir reden.« Adhils wandte sich zur Seite und flüsterte seinem Haushofmeister etwas zu. Dieser nickte und ging davon. Unterwegs zupfte er den Anführer der Leibwache am Ärmel und nahm ihn mit. Sie überquerten die Planken, die jetzt über die Gruben gelegt worden waren, und verschwanden.

Der Herr von Svithjodh rieb sich die Hände und blies Dampfwolken von sich. »Ja. Wir können darüber reden. Wir können zusammen sitzen und trinken wie Brüder. Denn ich rechne es wahrlich dir nicht an, Hrolf, daß dein Vater meinen Tod plante, während er als mein Gast bei mir weilte, noch daß du, hm, mir Mißtrauen zeigst. Ich möchte dir Ehre erweisen. Wenn du mir also nicht sagen willst, wer du bist, und ich dir deshalb den Ehrenplatz mir gegenüber nicht geben kann, dann will ich zu dir hinabsteigen. Es ist schauderhaft kalt hier drin, nicht wahr? Du sollst unter meinem Dach nicht frieren. Komm, setzen wir uns nahe an den Feuergraben.«

Hrolfs Männer tauschten Blicke miteinander. Sie konnten sich kaum zurückhalten, als Adhils an ihnen vorbeiwatschelte. Bald saßen sie in einer Reihe auf einer Bank dicht an einem der Langfeuer. Ihnen gegenüber saßen Adhils und die Anführer seiner Krieger. Es hätte zu sehr nach einem geplanten Verrat ausgesehen, wenn diese die Regel gebrochen hätten, daß in diesem Raum nur die Eßmesser getragen werden durften. Hrolfs Männer behielten ihre Waffen, und es fiel darüber kein Wort.

Hörner wurden hereingebracht. Adhils trank auf ihre Gesundheit und plauderte fröhlich bedeutungsloses Zeug. Es wurde immer widerwärtiger, ihn anzusehen und ihm zuzuhören. Männer, die die Kittel von Knechten trugen, aber trotzdem wie Krieger aussahen, warfen unterdessen Torf und trockenes Holz ins Feuer.

Höher und höher stiegen die Flammen, rot, blau, gelb über Kohlen, die zu heiß waren, als daß der Blick darauf verweilen konnte. Das Prasseln wurde lauter, bis es die Köpfe der Männer erdröhnen ließ. Unter dem Dach zog sich ein Sturmhimmel aus rötlichem Rauch zusammen. Die Hitze wuchs. Die Falken flogen nach oben, der Hund schlich sich weg.

Adhils lächelte: »Man hat mir von eurem Mut und eurer Standfestigkeit nicht zuviel erzählt, König Hrolfs Krieger. Heizen wir noch ein bißchen kräftiger ein. Allerdings, was mich betrifft, der ich heute nicht draußen in der Winterkälte gewesen bin, so wird es mir ein bißchen zu warm.«

Er gab seinen Männern ein Zeichen. Sie rückten ihre Bank ein gutes Stück vom Feuer ab. Die als Knechte verkleideten Krieger rannten hin und her und warfen immerzu Brennstoff ins Feuer. Aus ihren rußigen Gesichtern belauerten sie die Besucher.

Rüstungen und Unterzeug machten die Hitze doppelt grausam. Die Dänen waren in Schweiß gebadet, ihre Augäpfel schmerzten, als würde sie gebacken, es dampfte aus ihrer Kleidung, die ihnen an der Haut klebte. Lippen sprangen auf. Die Zungen dahinter fühlten sich wie Holzklötze an. »Die Hitze in Hranis Haus war gar nichts dagegen«, krächzte Hjalti. »Was hat er vor?«

»Er hofft, König Hrolf daran zu erkennen, daß er das Feuer nicht ebensogut aushalten kann wie wir übrigen«, antwortete Svipdag. »In Wirklichkeit wünscht er unserem König den Tod.«

»Ich habe geschworen, nie vor Feuer oder Eisen zu weichen«, kam es über Hrolfs ausgedörrte Lippen.

Bjarki beugte sich vor und hielt seinen Schild so, daß er seinem Herrn ein wenig Schutz gab. Ebenso machte es Hjalti auf der anderen Seite. Aber sie wagten nicht, es zu auffällig zu tun.

Durch das Gleißen des Feuers konnten sie gerade noch erkennen, daß König Adhils und seine Männer sich bis ganz an die Wand zurückgezogen hatten. Bestimmt grinste der Schwedenkönig.

»Seine schönen Worte hatten gar nichts zu bedeuten«, ächzte Starulf. »Er will uns bei lebendigem Leibe verbrennen.«

Hjalti blickte auf seine Knie nieder. »Meine Hosen fangen an zu sengen. Wenn wir bleiben, ist es bald aus mit uns.«

Drei der Heizer warfen einen neuen Holzklotz in den

Graben. Funken stoben aufwärts. Die Heizer drehten sich nach neuem Holz um. Sie lachten.

Bjarki sah an Hrolf vorbei zu Svipdag hin. Beiden kam der gleiche Gedanke. Der Norweger rief einen halben Stabreim:

»Füttern wir das Feuer
hier in der Halle!«

Er und sein schwedischer Freund sprangen auf. Jeder packte einen Heizer und warf ihn in die Flammen.

»Jetzt erfreut euch der Hitze, mit der ihr uns bedenken wolltet«, rief Svipdag, »denn wir sind durchgebacken.« Hjalti warf den dritten Heizer hinterher. Die übrigen entkamen. Es kann kein so schrecklicher Tod gewesen sein, wie es sich anhört, weil Fleisch und Blut in diesen Flammen nicht länger als einen Herzschlag lang ausdauern konnten.

König Hrolf stand auf. Er nahm seinen Schild, stieß ihn in den Graben und rief:

»Nicht flieht das Feuer,
wer schnell springt hinüber.«

Seine Männer erfaßten es sofort und warfen ihre eigenen Schilde hinein. So dämpften sie die Glut an dieser Stelle und konnten hinüberspringen.

Adhils und seine Leute hörten erstickte Schreie, sahen Gestalten sich in den Rauch stürzen – und aus den Flammen hervor stürmten jene dreizehn Männer, ohne Schilde, aber mit Rüstung und Helm, rußig und schweißdurchtränkt, aber durstiger nach Blut als nach Wasser, mit versengten Kleidern und Brandblasen auf den Wangen, aber mit Waffen, die wie das Feuer selbst blitzten.

Entsetzt stoben Adhils Krieger vor diesen Männern davon, die bereits begannen, ihre Gefährten niederzuschlagen. Wahrscheinlich dachten sie auch, es bringe kein Glück, für einen Herrn zu kämpfen, der seine Gäste ermorden wollte. »Hier bin ich, Verwandter!« rief Hrolf und drängte sich zu Adhils durch. Über seinem Helm wirbelte das Schwert Skofnung.

Adhils entfloh. Ein Dachpfeiler war zu der Gestalt eines Gottes geschnitzt, der sich auf seinen Schild lehnte. Dieser Schild erwies sich als Tür, die in einen Gang führte. Adhils quetschte sich hindurch, schlug die Tür zu und verriegelte sie hinter sich.

»Schlagen wir die Tür ein!« schlug Hjalti vor.

»Nein«, sagte Hrolf. »Er wird durch irgendeinen Tunnel kriechen. Sollen wir ihm wie Würmer folgen?«

»Er kann in dem Gang auch Fallen angebracht haben«, nickte Svipdag. »Mit diesem Hexer sind wir noch nicht fertig.«

Adhils schlüpfte nach draußen. Hinter der Kemenate erhob er sich vom Boden und trat ein. Yrsa saß dort. Ihre Frauen erschraken, als sie den schwitzenden, verschmutzten König sahen. »Geht«, befahl er ihnen. »Ich ... möchte ... mit der Königin sprechen.«

»Nein, bleibt«, fiel Yrsa ein. »Ich will Zeugen haben, damit er hinterher nicht abstreiten kann, was er gesagt hat.«

Die Frauen drückten sich in eine Ecke. Adhils vergaß sie. »Dieser Sohn von dir ... Hrolf der Däne ... ist hier«, keuchte er. »Er hat mich angegriffen – hält die Halle ...«

Voller Freude holte Yrsa tief Atem. »Er hat dich nicht ohne Grund hinausgetrieben«, erklärte sie mit bebender Stimme.

»Geh zu ihm. Mach Frieden zwischen uns. Auf deine Bitten wird er hören.«

»Gehen werde ich, aber nicht deinetwegen. Zuerst hast du König Helgi, meinen Gemahl, verräterisch erschlagen lassen, und die Schätze, die Besseren als dir gehörten, hast du behalten. Jetzt willst du als Krönung deiner Schandtaten meinen Sohn töten. Du bist der schlechteste Mensch auf der ganzen Welt. Oh, ich will alles tun, damit König Hrolf das Geld bekommt, und du sollst nichts anderes als Unglück hieraus ernten, wie du es verdient hast.«

König Adhils richtete sich auf. In diesem Augenblick war

er kein schmutziger, alter, fetter Mann, der aus seiner eigenen Wohnstatt vertrieben worden war. »Mir scheint, hier ist kein Vertrauen möglich«, sagte er ruhig. »Ich werde dir nicht wieder vor die Augen kommen.« Er drehte sich um und ging in die Abenddämmerung hinaus. Bald darauf hörte sie, wie er seine Krieger aus dem Hof führte.

IV

Jetzt betrat Königin Yrsa die Halle. Die Dänen waren voller Siegesfreude und brüllten den verängstigten Dienern, die noch übrig waren, zu, sie wollten Bier und Fleisch haben. Aber als sie sie hereinkommen sahen, gekleidet in ein weißes Gewand und einen blauen Mantel, eine Bernsteinkette um den Hals, verstummten sie. Yrsa schritt durch den ganzen Raum bis an die Bank, auf der König Hrolf saß. Niemand suchte mehr zu verbergen, wer er war. Eine Weile sahen sich Mutter und Sohn im Schein des immer noch hell lodernden Feuers an.

Yrsas Rücken war immer noch gerade, ihr Körper geschmeidig, auch wenn ihre Füße nicht mehr länger über die Erde tanzten, wie es die Kindbraut Helgis getan hatte. Die Haut ihres Gesichts war rein, aber von vielen Linien gezeichnet. Auf dem bronzefarbenen Haar lag Reif, und die grauen Augen blickten müde. Viele ihrer Züge wiederholten sich in ihrem Sohn, der jedoch auf ungebeugten Schultern die rotbespritzte Brünne trug, in der er den Sieg erfochten hatte.

Svipdag trat einen Schritt vor. Seine hageren Wangen schienen unter der Augenklappe feucht zu sein; die Narbe an seiner Stirn klopfte. »Herrin …«, begann er. Sie wandte die Augen nicht von Hrolf ab.

»Bist du Königin Yrsa?« fragte der König. »Ich hätte gedacht, dich früher zu sehen.«

Schweigend stand sie da.

»Hier in deinem Haus habe ich mir das Hemd zerrissen.« Hrolf hob seinen Schwertarm, dessen Ärmel von einem Speer aufgeschlitzt worden war. »Willst du es für mich stopfen?«

»Was meinst du?« flüsterte sie.

Hrolf schüttelte den Kopf. »Schwer ist Freundschaft zu finden«, seufzte er, »wenn die Mutter dem Sohn kein Essen gibt und die Schwester für ihren Bruder nicht nähen will.«

Svipdag sah verblüfft von dem einen zur anderen. Yrsa ballte die Fäuste. Die Tränen bezwingend, sagte sie: »Bist du zornig, daß ich dich erst jetzt begrüße? Hör zu. Ich wußte, daß Adhils deinen Tod plante. Nacht für Nacht saß er auf seinem Zauberstuhl mit seinen Kesseln und Runenstäben und Knochen. Bestimmt, so dachte ich, verläßt er sich darauf, daß hier ... eine Mutter die Arme um ihren Sohn schlingt ... eine Schwester die Hand ihres Bruders ergreift ... das hat er in seine Zaubersprüche eingewoben.«

»Deshalb ist sie ferngeblieben«, fiel Svipdag ein, »und der Zauber löste sich auf, und Adhils mußte sich auf der Stelle etwas Neues ausdenken.«

Hrolf sprang auf. »Oh, verzeih mir!« rief er, selbst den Tränen nahe. »Das hatte ich nicht begriffen.«

Sie hielten sich umschlungen, und sie lachten und traten zurück, um sich besser sehen zu können, und rangen nach Atem und redeten dummes Zeug. Nach einer Weile faßten sie sich wieder. Yrsa hieß die Krieger mit Würde willkommen, wies die Diener an, Essen zuzubereiten und die Gästequartiere herzurichten, und setzte sich in eifrigem Gespräch neben ihn. Sie mußten eine Zeit nachholen, die seine ganze Lebensspanne betrug.

Svipdag trat zurück. »Wie sie in diesem Dutzend Wintern gealtert ist«, sprach er leise vor sich hin. »Das Leben mit diesem Troll-Mann ...« Er schüttelte sich. »Doch heute abend ist sie glücklich, weil sie ihren Sohn wiedergefunden hat.«

Bier und Met flossen, und die Fröhlichkeit wuchs. Nicht oft hatten dreizehn Männer die Festung eines Königs erobert! Endlich wurden sie alle schläfrig. Yrsa ließ einen

Jüngling kommen, der die Männer bedienen sollte. »Sein Name ist Vögg«, sagte sie zu Hrolf. »Er ist ein bißchen einfältig, aber gutherzig und flink.«

Der Bursche kam: klein und dünn mit einer Nase wie ein Krähenschnabel und einem fliehenden Kinn unter einer Schütte weizenfarbenen Haars, dürftig gekleidet, aber trotzdem hüpfend und lachend. »Das ist dein neuer Herr«, sagte die Königin zu ihm.

Vöggs hellblaue Augen quollen aus den Höhlen. »Ist *das* euer König, ihr Dänen?« fragte er mit seiner überschnappenden Jungenstimme. »Er, der große König Hrolf? Er ist ja beinahe so knochig wie ich – ein richtiger Kraki ist er!«

Nun ist ein Kraki nichts anderes als ein Baumstamm, dessen Aststummel stehengelassen worden sind, um eine Art Leiter zu bilden. Den Kriegern, die berauscht vom Ale und ihren heutigen Taten waren, kamen Vöggs Worte als das Lustigste vor, was sie je gehört hatten. Sogar Svipdag stimmte in das Geschrei mit ein: »Kraki, Kraki, Heil König Hrolf Kraki!«

Auch der König lachte und sagte zu dem Jungen: »Du hast mir einen Namen gegeben, der wohl an mir hängenbleiben wird. Was willst du mir als Namensgeschenk geben?«

»Ich, ich ... ich habe nichts zu g-g-geben«, stotterte Vögg. »Ich bin arm.«

»Dann soll der, der hat, dem anderen geben«, erklärte Hrolf. Im Laufe des Abends hatte er sich aus seinem Gepäck mehrere Goldreifen bringen lassen, weil er dachte, vielleicht werde er irgend jemanden belohnen wollen. Er nahm einen davon und reichte ihn Vögg.

Der Junge stammelte seinen Dank, streifte ihn sich auf den rechten Arm, stolzierte herum wie ein Gockel und ließ den Feuerschein auf dem Reifen glitzern. Er glitt bis zum Ellenbogen hinunter. Seinen linken Arm hielt er hinter dem Rücken. Der König fragte: »Warum tust du das?«

»Oh«, antwortete Vögg, »der Arm, der nichts vorzuweisen hat, muß sich vor Scham verstecken.«

»Dagegen müssen wir etwas tun«, lachte Hrolf, hauptsächlich deswegen, weil er merkte, daß Yrsa den Schlingel gern hatte. Er händigte ihm einen zweiten Ring aus.

Vögg fiel beinahe um. Als er wieder Worte fand, quietschte er: »Lob und Dank, Herr! Es kommt mir vor wie ein Traum!«

»Vögg ist mit wenig zu erfreuen«, lächelte der König.

Der Junge sprang auf eine Bank, hob beide Arme gegen den Dachbalken und rief: »Herr, ich schwöre, solltest du jemals von Menschen getötet werden und ich am Leben bleiben, dann werde ich dich rächen!«

»Ich danke dir«, meinte der König trocken. Seine Männer versuchten gar nicht erst, ihr Grinsen zu verbergen. Zweifellos würde dieser Bursche sich als treu erweisen, dachten sie, aber wie konnte ein so armseliges Bürschchen viel ausrichten?

Einige Zeit darauf führte Yrsa sie über den Hof in ein Gästehaus. Obwohl viel kleiner als die Halle, war es viel sauberer und heller und ohne den unheimlichen Geruch nach Zauberei. Der Hund Gram kam mit; die Falken waren bereits in die Käfige getragen worden. In der Kälte unter den zahllosen leuchtenden Sternen ergriff Yrsa noch einmal die Hände ihres Sohns und sagte: »Gute Nacht, schlafe wohl, mein Liebling. Aber sei vorsichtig. Das Böse ist überall.«

»Sollen wir nicht über dich wachen, Herrin?« fragte Svipdag.

»Ich danke dir, alter Freund, das ist nicht nötig. Hinter euch wird er her sein.«

»Alle Götter mögen verhüten, daß wir dich in Gefahr bringen.«

»Gute Nacht.« Yrsa ging mit ihren Frauen.

Im Haus spendeten ein Feuer auf dem Herd und Lampen an den Wänden Licht und Wärme. Vögg zeigte den Männern, wo ihre Habe untergebracht war und wo sie sich zum Schlafen ausstrecken konnten. Bjarki warnte: »Hier können wir uns sicher fühlen, und die Königin ist uns wohlgesonnen. Aber König Adhils wird sich bestimmt noch etwas einfallen lassen, wie er uns schaden kann.«

Vögg erschauerte und machte ein Zeichen. »K-k-könig Adhils ... bringt schrecklich viele – Blutopfer«, vertraute er ihnen an. »So einen wie ihn gibt es nicht wieder. Hu, wie oft habe ich in der Nacht im Hain Stricke unter ihrem Gewicht ächzen hören und Rabengeschrei bei Tag! Aber den hohen Göttern gibt er nicht mehr, als er muß. Nein, er verehrt einen schrecklichen großen Eber ...« Er schlang die Arme um die Schultern, die Zähne klapperten ihm. »Seid vorsichtig! Schlau und von üblem Ruf ist er, und er wird alle Mittel anwenden.«

»Ich glaube, wir brauchen heute nacht keine Wachtposten aufzustellen«, bemerkte Hjalti, »denn Vögg wird bestimmt nicht einschlafen.«

Die Krieger lachten schläfrig und legten sich zur Ruhe. Ihre Waffen hatten sie schon lange abgelegt. Das Feuer brannte aus, und nur Vögg lag noch wach. Seine Freude war tiefer Furcht gewichen.

Um Mitternacht wachte die Schar von einem Getöse auf, das die Wänder erzittern ließ, einem unheimlichen Grunzen und Quietschen. Irgend etwas schlug gegen das Haus, daß es schaukelte wie ein Schiff auf hoher See.

Vögg jammerte: »Hilfe! Der Eber ist draußen, König Adhils Eber-Gott! Er hat ihn geschickt, damit er ihn rächt – und *niemand* kann diesem Troll widerstehen!«

Die Tür ächzte und splitterte unter den Schlägen. Bjarki hielt bereits das Schwert in der Hand. »Greift zu den Waffen, Herr und Brüder«, sagte er, »ich versuche, das Ding aufzuhalten.«

Die Tür wurde zerschmettert. Draußen hätte man das reifüberzogene Kopfsteinpflaster, schwarze Wände und Spitzdächer und am Himmel die Sterne sehen sollen. Doch das meiste davon wurde von dem riesigen Tier im Eingang verdeckt. Das wenige Licht zeigte ein zottiges Fell und Stoßzähne, die wie Krummschwerter aus der Schnauze hervorstachen. Ein erstickender Schweinegestank ging von ihm aus. Das Grunzen klang wie das Donnern eines Erdbebens.

»Hei-ah!« rief Bjarki. Seine Klinge fuhr nach unten. Sie

sprang ab und wäre ihm beinahe aus der Hand geprellt worden. Zum ersten Mal wollte Lövi, das das fliegende Ungeheuer erschlagen hatte, nicht beißen.

Der Hund Gram knurrte und griff an.

Als seine Kiefer sich schlossen, quietschte der Troll-Eber, ein Geräusch, das wie eine Säge durchs Fleisch fuhr. Die beiden Tiere rollten in den Hof hinaus. Bjarki folgte ihnen. Wenn er mit seinem Schwert nicht schneiden konnte, dann konnte er doch immer noch wie mit einer Keule zuschlagen. Der Eber stürzte sich auf ihn. Grams Gewicht hielt ihn zurück, und Bjarki sprang zur Seite. Der Eber senkte den Kopf und schüttelte den Hund, aber Gram ließ nicht los.

Hart war der Kampf, während die Männer des Königs sich bewaffneten. Aber ganz plötzlich verwandelte sich das Grunzen des Ebers in ein Schreien. Gram rollte zur Seite. In seinen Fängen steckten ein blutiges Ohr und ein großes Stück Haut. Als genüge eine einzige Wunde, fiel der Eber tot um. Die Erde erbebte. Gram hob den Kopf und bellte, daß es im Hof widerhallte.

Bjarki stimmte in das Freudengeschrei seiner Freunde nicht mit ein. »Am besten lege ich jetzt auch meine Rüstung an. Und dann müssen wir den Eingang verbauen mit allem, was wir haben. Die Nacht ist noch nicht zu Ende.«

Im gleichen Augenblick waren von außerhalb des Hofes Hornrufe, Kriegsschreie, das Klirren von Eisen und das Stampfen von Füßen zu hören.

In den Hof ergoß sich Adhils gesamte Streitmacht, verstärkt durch Männer aus der Stadt, und füllte ihn von Wand zu Wand. Sofort umringten sie das Gästehaus.

»Was wollt ihr?« rief Bjarki durch die Tür.

»Dies ...!« antwortete eine Stimme, und wenige Herzschläge später hörten sie das Stroh über ihren Köpfen knistern. Flammen stiegen auf. Das Haus war in Brand gesteckt worden.

»Bald werden wir nicht mehr frieren«, meinte Hjalti.

»Eine schlechte Todesart wäre es, hier drin zu verbrennen«, sagte Bjarki. »Ein trauriges Ende für König Hrolf und seine Krieger. Lieber will ich da draußen von einer Waffe fallen.«

Svipdag sah auf den Wald von Speeren im Hof. »Die Tür ist zu eng. Sie würden uns abstechen wie Schweine, wenn wir einzeln oder zu zweit herauskämen.«

»Aye«, antwortete der Norweger. »Ich weiß keinen besseren Rat, als daß wir eine Wand niederbrechen. Wenn wir uns eng zusammenhalten und jeder einen Feind tötet, werden die übrigen bald den Mut verlieren.« Er legte den Kopf schief. »Hört mal, wie schrill die Stimmen klingen, mit denen sie uns verhöhnen wollen! Was heute geschehen ist und daß sie jetzt Adhils Gott erschlagen aufgefunden haben, hat sie erschüttert.«

»Gut ist dein Rat«, stimmte König Hrolf zu. »Wir wollen ihm folgen.«

Sie benutzten Bänke als Rammböcke. Ein Kinderspiel war es nicht, aber schließlich stürzte die Wand ein. Sie griffen nach den Schilden, mit denen sie sich aus Adhils Vorratsräumen versehen hatten, sprangen hinaus und fielen über die Schweden her.

Zuerst drangen die Dänen in der Eberkeilordnung pfeilförmig in die Massen der Feinde ein. Dann bildeten sie einen Ring. Nein, es war eher ein Rad als ein Ring, ein mit Klingen besetztes Rad, das sich drehte und jede Reihe zerfetzte, die ihm standzuhalten versuchte.

Die Dänen kämpften sich aus dem Hof bis in die Stadt durch, und dort waren die Straßen so eng, daß König Adhils Männern ihre Überzahl nichts mehr nützte. Einer nach dem anderen schrien sie um Frieden. Hrolf gab ihn ihnen. Er fragte, wo König Adhils sei. Niemand wußte es.

Hrolf und seine Männer kehrten in den Hof zurück. Dort bemühten sich die Leute, das Feuer so einzudämmen, daß es nicht weiter um sich greifen konnte. »Diese Arbeit ist bereits in guten Händen«, bemerkte Hrolf. »Aber ich sehe, daß wir nun doch das Haus des Königs benutzen müssen.«

Er ging als erster hinein und rief nach Licht, Bier und Bänken. »Wo sollen wir inzwischen sitzen?« fragte Bjarki.

»Auf der königlichen Plattform«, antwortete König Hrolf, »und ich selbst werde den Hochsitz einnehmen.«

Nachdem sie eine Weile getrunken hatten, meinte Hjalti der Hochgemute: »Wäre es nicht besser, wenn jemand nach unsern Pferden und Falken sähe?«

»Sofort, sofort«, schnatterte Vögg und war schon verschwunden.

In Tränen kam er zurück und berichtete, wie schändlich die armen Pferde behandelt worden waren. Die Dänen brüllten Racheschwüre und wünschten alles Übel auf Adhils herab. »Sieh nach den Vögeln«, befahl Hrolf.

Als Vögg diesmal zurückkam, konnte er sich vor freudiger Aufregung nicht lassen. »In den Käfigen liegen alle Falken von König Adhils – tot – von Schnäbeln und Klauen zerrissen!«

Highbreeks, König Hrolfs Falke, flatterte herbei, setzte sich auf seine Schulter und plusterte sich stolz auf. Die Männer jubelten. So gewannen sie ihre Siegesfreude wieder.

V

Am Morgen trat Königin Yrsa vor König Hrolf und grüßte ihn ernst. »Du bist hier nicht so empfangen worden, Verwandter«, sagte sie, »wie ich es gewünscht hätte und wie es dein Recht war ...« Ihre Worte überstürzten sich. »Aber du darfst an einem so üblem Ort nicht länger bleiben, mein Sohn. Bestimmt sammelt Adhils eine Streitmacht, um dich zu töten.«

»So etwas braucht seine Zeit, Mutter«, antwortete er. »Wir werden nicht wie Räuber davonlaufen. Nein, wir werden mit deiner Hilfe das zusammentragen, was uns gehört, und in der Zwischenzeit ruhen wir uns aus und feiern.«

Sie lächelte mit bebenden Lippen. »Ich sollte dir widersprechen, aber ich kann es nicht. Wahrscheinlich ist dies das letzte Zusammensein, das uns je vergönnt wird.« Sie drehte sich um und ging schnell aus der Halle.

»Herr«, erklärte Svipdag mit rauher Stimme, »das Wenigste, was wir tun können, ist, daß wir sie bewachen.«

»Sie hat ihre eigenen Krieger«, erwiderte Hrolf.

»Trotzdem können wir ihr Ehre erweisen für das, was sie getan hat.«

Der König sah Svipdag ernst in das eine Auge. Dann nickte er. »Tu, was du für richtig hältst.«

Der Schwede schulterte seine Axt und folgte der Königin. Sie war im Hof neben dem niedergebrannten Gästehaus stehengeblieben. Ein Dutzend Krieger wartete einige Schritte entfernt. Sie grüßten Svipdag. Er schloß, daß sie nicht unter den gestrigen Feinden gewesen sein konnte.

Svipdag stellte sich hinter Yrsa und räusperte sich. Sie drehte ihm ihr Gesicht zu. »Ich grüße dich«, sagte sie.

»Ich dachte, wir könnten ein wenig miteinander plaudern, Herrin«, brachte er hervor.

»Wie in den alten Zeiten? Nein, tote Jahre können ebensowenig wieder zum Leben erweckt werden wie ein toter Mensch. Aber natürlich freue ich mich über deine Gesellschaft. Gehen wir am Fluß entlang.«

Die Krieger folgten ihnen in ziemlichem Abstand. Der Pfad am Fluß war noch gefroren, aber das Eis auf dem Fluß brach bereits auf. Jenseits erstreckte sich die Fyris-Hochebene, hier beinahe leer bis auf zwei Bauernhöfe, deren Rauch in der windstillen Kälte gerade aufstieg.

»Herrin …« sagte Svipdag schließlich. Er schluckte. »Herrin, wir nehmen dich mit nach Hause … nicht wahr?«

Sie wandte das Gesicht ab. Er konnte sie kaum verstehen. »Nein.«

»Aber das ist Wahnsinn! Adhils …«

»Ich fürchte mich nicht davor, was er mir antun mag.« Jetzt sah sie ihn an und faßte seinen Arm. »Aber Hrolf – Svipdag, kannst *du* ihm nicht klarmachen, daß ihr gehen müßt? Adhils wird, wenn es sein muß, ganz Svithjodh gegen euch zu den Waffen rufen, er wird die fürchterlichsten Zaubermittel anwenden. Du kannst dir doch denken, wie groß sein Haß ist!«

Svipdags Knöchel wurden um den Stiel seiner Axt weiß. »Soll ich ... soll dein Sohn dich allein zurücklassen, damit sich dieser Haß gegen dich richtet?«

»Ich habe meine Männer.« Sie blickte zurück. »Und nicht nur diese. Genug andere. Sie mögen mir keinen Eid geschworen haben, aber sie stehen in meiner Schuld und fühlen sich mir verpflichtet. Hier habe ich einer Familie während einer Hungersnot geholfen, dort habe ich ein Urteil mildern können, oder ich habe einen Sklaven freigekauft, wenn ich sah, wie seine Augen einem Adler folgten – du weißt ja, was die Hochgeborenen tun können.« Sie nahm eine Überlegenheit an, die er oft an ihrem Sohn und Bruder beobachtet hatte. »Eine Reihe von Häuptlingen und starken Freisassen denkt auch an sich selbst. Sie wissen, wie ruhelos und habgierig der König ist. Ich bin ein Gegengewicht zu ihm. Und er weiß, daß sie es wissen. Er zittert davor, daß ich von einer tödlichen Krankheit befallen werden könnte, weil man sie seiner Zauberei zuschreiben würde. Dann wären seine Tage gezählt!« Sie lachte auf. »Glaubst du nicht, Svipdag, die Tochter und Frau König Helgis, des Skjöldungs, hätte gelernt, auf sich selbst aufzupassen?«

Schweigend schritten sie weiter, bis er sagte: »Auch dann ist das hier doch kein Leben mehr für dich. In Dänemark würdest du von allen geehrt und ... geliebt werden.«

Ihre Finger strichen über seine Hand. »Ich weiß, mein lieber alter Beschützer. Wie gut ich das weiß! Aber ich habe meine Arbeit. Was würde aus denen werden, die mir in all den Jahren die Treue gehalten haben, wenn ich sie verließe? Bestimmt würde ein Krieg gegen euch begonnen werden, wenn ich nicht mehr länger guten Rat geben und Fäden spinnen könnte.« Sie zeigte mit der Hand. »Was wäre mit meinem Helgi? Dort liegen er und seine Männer in ihrem Grabhügel, ein paar Meilen von hier, wo sie gefallen sind. Wer würde, wenn ich nicht mehr da wäre, an ihrem Grab opfern, wer würde es in Ordnung halten, wer …« sie erschauerte »… wer könnte Adhils davon abhalten, es zu entweihen, ja, es aufzugraben und auf seinen Schulterblättern Zauberrunen einzuritzen?«

Svipdag faßte ihren Ellenbogen.

»Es wird erzählt«, fuhr sie nach einer Weile fort, »daß es einmal in diesem Land, als Donald Visburssohn König war, eine Mißernte nach der anderen gab. Um die Götter wieder freundlich zu stimmen, opferten die Schweden viele Ochsen, aber im nächsten Jahr wurde es noch schlimmer. Dann opferten sie Menschen, aber der Hunger wurde trotzdem größer. Im dritten Jahr erschlugen sie König Donald und sprengten den Altar und die Götterbilder mit seinem Blut. Es folgten gute Ernten und Frieden.«

»Ich verstehe. Du bist eine Königin.«

»Und du bist ein Mann, der sich meinem Bruder verschworen hat, Svipdag.«

Sie gingen bis zu Helgis Grab und blieben dort einige Zeit, ehe sie zurückkehrten.

An diesem Abend und an den beiden folgenden teilte Yrsa den Hochsitz mit Hrolf. Wenn sie auch selten lächelte, konnte doch niemand ihr einen Kummer ansehen. Die Krieger waren glücklich. Immer häufiger benutzten sie den Spitznamen Kraki für ihren König. Dann errötete Vögg, und er rannte hin und her, um ja alle ihre Wünsche zu erfüllen. Hier war sein Leben in Gefahr, und er hatte große Angst. Yrsa überredete ihren Sohn, ihn mitzunehmen.

Tagsüber beschäftigte sie sich eifrig damit, Hrolfs Heimreise vorzubereiten. Jede freie Minute aber verbrachte sie an seiner Seite und ließ sich von ihm erzählen, was in all den Jahren geschehen war, seit sie ihm als lockenköpfigen Jungen jeden Abend einen Gutenachtkuß gab.

Am Morgen der Abreise hatten sich Menschen von weit her versammelt. Sie füllten die Stadt Uppsala und warteten vor der Königsburg darauf, die Dänen abziehen zu sehen. Das Stimmengewirr summte wie ein Bienenschwarm. Innerhalb der Einpfählung bildeten Krieger und Männer des Haushalts einen Wall rings um den Hof. Das Wetter blieb klar und kalt, aber der Wind trug die erste feuchte Frühlingsluft heran.

König Hrolf und seine Männer standen in der Mitte, angetan mit ihren besten Kleidern und Rüstungen, herrlich anzusehen. Yrsa hatte ihnen alles ersetzt, was das Feuer vernichtet hatte. Sie legte Wert darauf, daß alle sahen, was König Hrolf sonst noch mitnahm. An der Spitze des Zuges rollte ein von acht Pferden gezogener Wagen, den Vögg lenkte, gehäuft voll mit Schätzen aus Gold und Silber, mit kostbaren Steinen, Bernstein, Elfenbein, Pelzen, Stoffen, Trinkgefäßen, Waffen, Münzen und Dingen aus dem Ausland. Die Menge keuchte auf bei diesem Anblick.

Hinter dem Wagen führten Stallknechte zwölf große rote Südlandpferde mit Zaumzeug, Sattel und Kettenpanzer und eins für den König, das weiß wie Schnee war.

Die Königin trat aus der Reihe ihrer Krieger vor, reich gekleidet. Mit beiden Händen trug sie ein Silberhorn, so lang wie ein Arm, auf dem Götter, Tiere und Helden abgebildet waren. Sie sprach zu ihrem Sohn: »Nimm, was dein ist.«

Vor den Ohren aller Zeugen, so daß hinterher niemand mehr Zweifel äußern konnte, fragte er sie: »Hast du mir jetzt alles gegeben, was mir als Erbteil von meinem Vater her rechtmäßig zusteht?«

»Dies ist weit mehr, als du zu beanspruchen hattest«, antwortete sie stolz. »Zudem habt ihr, du und deine Männer, große Ehre gewonnen.«

Sie hob das Horn. »Das gebe ich dir obendrein. Hier sind die besten Ringe von König Adhils, darunter der eine, den man Schwein der Schweden nennt und für den wunderbarsten der Welt hält.« Sie nahm ihn aus dem Horn. Sein Blitzen erweckte Gemurmel und Ausrufe. Das war kein gewöhnlicher Reif, sondern ein breites, dickes Band, mit Edelsteinen besetzt, darauf das Abbild eines Ebers, des Reittiers Freys.

»Ich danke dir sehr, Herrin und Mutter«, sagte Hrolf. Er gab das Horn Beigadh zum Tragen. Bjarki nickte.

»Nun wappnet euch, so gut ihr könnt, damit keiner an

euch kommen kann«, rief Yrsa. »Denn euch stehen noch viele Prüfungen bevor.«

Sie wußte, es war eine überflüssige Warnung. Zuvor hatte sie Hrolf gebeten, einige von ihren Männern mitzunehmen, doch er meinte, sie selbst brauche es nötiger.

»Das Glück sei mit dir«, flüsterte sie. »Ich werde im Tempel und an deines Vaters Grab opfern ...«

Er sah in das Gesicht hinab, das zur Hälfte sein eigenes war, legte die Hände auf die schmalen Schultern und sprach: »Besser als alles andere ist dein Wunsch, meine Schwester. Besser als der Hort, den wir gewonnen haben, ist es, daß ich deine Liebe wiedergefunden habe, meine Mutter.« Sein Falke spreizte die Schwingen über ihr, sein Hund leckte ihr die Hand.

»Daß du zu mir gekommen bist, ist mehr wert als alle Geschenke, die ich dir je machen kann.«

»Menschen suchen Ruhm, damit ihr Gedächtnis nicht mit ihnen stirbt. Immer wird man sich in Dänemark an dich erinnern, Yrsa.«

»Wegen dir und Helgi.«

»Nein, wegen dir selbst.«

Sie verstummten, weil ihre Stimmen in Hörweite der Menge zu brechen drohten. Dann ging Yrsa zu den Männern des Königs, reichte jedem die Hand und sagte ihm Lebewohl. Hrolf umarmte sie kurz. Sie trat zur Seite, und er stieg zu Pferde. Er zog sein Schwert und küßte es, während er sie ansah. Sie winkte ihm und seinen Männern.

Als er fort war, sagte sie zu dem Anführer ihrer Leibwache: »Wir sollten uns überlegen, wie wir den Frieden im Königreich aufrechterhalten können. Doch zuerst muß ich wegen einiger Haushaltsangelegenheiten mit dem Haushofmeister sprechen.«

Die Dänen ritten langsamer von Uppsala weg, als sie hereingekommen waren, denn der Wagen mit den Schätzen konnte nicht schnell fahren. Die meisten ließen ihre temperamentvollen neuen Pferde sich aufbäumen und tänzeln. Hjalti grüßte immerzu Mädchen, die er kennengelernt hatte. Ansonsten waren die Einwohner zweifellos froh, diese gefährlichen Gäste loszuwerden. Doch sie äußerten kein böses Wort gegen sie. Diejenigen, die jetzt noch Kinder waren, würden einmal ihren Enkeln erzählen, was sie miterlebt hatten.

Die Brücke donnerte unter den Hufen und kreischte unter den Rädern. Jenseits des Flusses schlug König Hrolf den geraden Weg nach Süden über die Fyris-Hochebene ein. Es würde nicht leicht sein, den schweren Hort nach Hause zu befördern. Er wollte offene Strecken benutzen, wo die Erde noch fest war. Doch soweit das Auge reichte, lagen Schneereste inmitten von Pfützen.

Uppsala verschwand außer Sicht; das letzte, was sie davon sahen, waren die Raben über dem Tempelhain.

Der König ritt tief in Gedanken versunken, die Augen zu Boden gerichtet. Plötzlich verdeckte eine Wolke die Sonne, und vor ihm auf dem unebenen Weg glänzte etwas. Auch die Männer sahen es, Rufe klangen auf. Da lag ein schwerer Goldring. Als das Pferd des Königs darüberschritt, gab der Ring ein lautes Klingen von sich.

Hrolf zog den Zügel an. »Er macht solchen Lärm«, sagte er, »weil er es nicht gut findet, so allein zu liegen.« Er zog einen Reif von seinem Arm, warf ihn zu dem anderen und befahl seinen Kriegern: »Rührt den Ring nicht an, wie auch ich es nicht tue. Er wurde hierhergelegt, um uns aufzuhalten.«

»Du hast recht, Herr«, erwiderte Svipdag. »Die Hand Adhils' hat bis hierher gereicht.«

Die Gruppe hatte angehalten. Vögg, oben auf dem Wagen, gab sich Mühe, nicht zu zittern. Die Gesichter der Männer waren ernst. In dieser Stille trug der Wind einen Hornruf heran. Bjarki hob die Hand. »Ja, das sind Luren. Die Hand Adhils' war also gar nicht so weit entfernt.«

»Wir reiten weiter«, befahl Hrolf. »Peitsch die Pferde, Vögg.«

Der Wagen holperte, schwankte, knarrte und quietschte. Es dauerte nicht lange, und die Dänen erkannten eine Schar von Männern hinter sich. Sie sahen Banner und Waffen blinken, sie hörten Hörnerklang, Hufschläge und zornige Rufe.

»Beritten«, bemerkte Svipdag. »Deshalb konnte Adhils sie so schnell zusammenbringen.«

»Zwei- oder dreihundert, schätze ich«, setzte Hjalti hinzu. »Es sieht so aus, als hätten wir einen geschäftigen Nachmittag vor uns.«

Bjarki strich seinen roten Bart. »Sie holen schnell auf«, brummte er. »Am liebsten möchte ich ihnen etwas für ihre Mühe geben.«

»Machen wir uns um sie keine Gedanken«, sagte König Hrolf. »Wahrscheinlich werden sie sich gegenseitig behindern.« Er nahm Beigadh das Horn aus der Hand, das Yrsa ihm geschenkt hatte. »Ho-ha!« rief er seinem weißen Pferd zu. Er galoppierte davon, eine Meile nach rechts und eine Meile nach links. Dabei faßte er immer wieder in das Horn und verstreute seinen Inhalt auf die Erde. Weit war die Fyris-Hochebene besät mit goldenen Ringen.

»Können wir weniger freigebig sein als unser Herr?« fragte Bjarki. »Ein Teil dieses Schatzes gehört uns.« Er ritt an den Wagen heran, nahm zwei Hände voll Kostbarkeiten heraus und folgte dem Beispiel des Königs. Ebenso taten seine Gefährten. Gold und Silber blitzte durch die Luft wie Sternschnuppen.

Dann setzte die kleine Schar eilends ihren Weg fort. Als die Schweden die Reichtümer erblickten, sprangen die meisten von den Pferden und wetteiferten darin, wer sie am schnellsten aufsammeln konnte. Hrolf und seine Männer sahen, wie es unter den Schweden zu Kämpfen kam, und sie lachten laut.

König Adhils holte seine Männer ein. So fett er war, war er doch ein Pferdeliebhaber und ein guter Reiter. Es war nur so, daß kein Tier unter seinem Gewicht besonders schnell sein konnte. Sein Gesicht war rot wie ein Hahnenkamm, sein Bart wallte über seinen gewappneten Bauch. »Was ist das?« brüllte er. »Haltet ihr euch für Männer? Ihr sammelt das Wenige auf und laßt euch die Hauptsache entgehen!« Er schlug mit dem Schaft seines Speers zu. »Hört auf euren König, ihr Trottel! In jedem Land der Welt wird man von dieser Schande erzählen ... daß ihr, so viele, ein

Dutzend habt entkommen lassen! Ein Dutzend Männer, die eure eigenen Verwandten erschlagen haben!«

Langsam brachten er und ein paar, die einen klaren Kopf behalten hatten, andere wieder zu Vernunft. Endlich setzte die Hälfte der Streitmacht die Verfolgung fort. Die übrigen stritten sich immer noch um ihre Beute. Einige waren bereits tot. Die Fehden, die an diesem Tag ausbrachen, sollten jahrelang fortgeführt werden.

Jetzt stand die Sonne schon niedrig, und die Schatten waren lang. »Reitet, reitet!« schrie Adhils. »Oh, wenn ich meinen Besen hier hätte! Wenn ich Zeit gehabt hätte, meine Trolle zu rufen ...«

Hrolf sah vor sich und hinter sich. »Wenn wir nicht schneller werden, könnten wir uns nicht in Sicherheit bringen. Wir brauchen den Hort nicht. Es ist genug, daß wir ihn gewonnen haben. Leert den Wagen!«

Wieder flammte der Boden von Gold. Bjarki schnitt ein Zugpferd los, damit Vögg reiten konnte.

Als die Schweden diesen Reichtum erblickten, überwältigte sie die Gier. Sie warfen sich auf die Ringe und Münzen und Schmuckstücke wie auf Frauen. Adhils und ein paar Getreue hielten sich nicht damit auf, sie davon abzubringen. Statt dessen ritten sie weiter, und sie waren immer noch drei- oder viermal soviel Männer wie die Dänen.

König Hrolf griff in das bis auf ein Stück leere Silberhorn. Hundert Meter vor seinem Stiefvater zog er den Ring hervor, der Schwein der Schweden genannt wurde, und warf ihn zu Boden. Er strahlte wie eine zweite Sonne.

Adhils riß sein Pferd so scharf zurück, daß Blut aus seinem Maul strömte und es laut schrie. Dieser Ring war das größte Heiligtum in Svithjodh. In vollem Galopp näherten sich seine Gefolgsleute.

Hrolf hob das Schwert. »Drauf!« rief er. Er und seine zwölf Gefährten sprengten ihren Feinden entgegen.

Schwerter sangen, Äxte krachten, Speere fanden ihr Ziel. Die Habichte stürzten herab, um schwedische Augen auszupicken. Keiner der Männer, die bei König Adhils geblieben waren, kehrte nach Hause zurück.

Er selbst wagte nicht abzusteigen. Während sein verängstigtes Pferd zitterte und tänzelte, versuchte er, den Ring mit seinem Speer aufzunehmen, doch er glitt immer wieder von der Spitze ab. Adhils beugte sich weit aus dem Sattel und faßte mit beiden Händen nach dem goldenen Glanz.

Hrolf hatte soeben einen Mann erschlagen, der den waffenlosen Vögg bedrohte. Er sah sich um und lachte: »Gebückt wie ein Schwein ist der Herr der Schweden!« Damit sprengte er auf dem Hengst, den Yrsa ihm geschenkt hatte, herbei. Das Schwert Skofnung hob sich und fuhr pfeifend nieder. Adhils schrie. Hrolf hatte ihm das Hinterteil bis auf den Knochen gespalten. Er fiel aus dem Sattel.

Hrolf nahm in vollem Galopp, mit nur einem Fuß im Steigbügel, den Ring auf. Jetzt konnte er sagen, er habe sich sein Erbteil zurückgeholt. Und er hatte König Helgi besser gerächt, als wenn er seinen Mörder getötet hätte.

Kein Schwede dachte mehr an Verfolgung. Hrolf und seine Männer ritten weiter.

Seit dieser Zeit haben die Skalden das Gold oft »Die Saat Krakis« genannt. Wenn auch Reichtümer zurückgelassen worden waren, so hatte man doch einen Ruhm nach Hause gebracht, der niemals vergessen werden sollte.

VI

König Hrolf und seine zwölf Männer kamen in den Wald. Die Pferde waren müde, und die Reiter auch.

Dann führte der Weg sie auf eine Lichtung. Sie konnten das Haus unter den Bäumen kaum erkennen. Ein großer alter Mann stand davor, auf einen Speer gestützt, bekleidet mit einem blauen Mantel und einem breitrandigen Hut.

Der König hielt an. »Guten Abend, Hrani.«

»Guten Abend, Hrolf Kraki«, antwortete der Alte.

»Woher kennt er diesen Spitznamen?« flüsterte Vögg.

»Und ich bin ... ich bin hier schon gewesen ... und da stand kein Haus.«

»Still«, mahnte Hvitserk, der Schwede. »Wir haben das Wesen schon auf dem Hinweg getroffen – wer oder was es auch sein mag.«

»Seid willkommen unter meinem Dach«, sagte Hrani.

»Du bist sehr freundlich«, antwortete der König.

»Ich denke, eure Reise war nicht unähnlich dem, was ich vorhergesehen habe.«

»Das ist richtig. Du warst nicht blind vom Rauch.«

Der Alte brachte ihre Pferde in den Stall und führte die Männer in den wohlbekannten langen Raum. Wieder nahmen sie das, was geschah, ohne Fragen hin, wie in einem Traum. Aber so gastfrei der Alte auch zu sein schien, sie spürten etwas wie von einem Nachtmahr.

Hjalti flüsterte Bjarki eine Bemerkung darüber zu. Der Norweger nickte. »Aye, ich spüre es auch«, sagte er seinem Freund ins Ohr. »Nun, nach dem, was wir in Adhils' Halle gesehen haben, werden wir wachsam gegen alles sein, was von jenseits unserer Welt stammt.«

Hrolf selbst mußte sich Mühe geben, höflich zu sein. Hranis knochige Hand lag auf seinem Ellenbogen. Er führte ihn zu einem Tisch, auf dem ein Schwert, ein Schild und eine Rüstung lagen. Sie waren schwarz und von fremdartigem Aussehen.

»Diese Waffen will ich dir schenken, Herr«, sagte Hrani.

Hrolf runzelte die Stirn. »Es sind häßliche Waffen.«

Hrani ließ ihn los. Unter dem Hut blitzte ein Auge im blutroten Feuerschein auf. »Was meinst du damit?«

»Ich möchte nicht grob gegen meinen Gastgeber sein ...« begann der König.

»Du meinst, daß mein Geschenk deiner nicht würdig ist?«

Hrolf sah in das halb verborgene Gesicht empor, faßte Mut und erklärte: »Wir kommen gerade aus einer Höhle der Zauberei und der Trolle. Es kann immer noch ein Zauber gegen uns wirken, es mögen Fallen für uns aufgestellt sein. Das Schwert Tyrfing geht in der Welt um, und jeder der es besitzt, erhält von ihm den Sieg, aber er wird zu einem Übeltäter, und am Ende bringt das Schwert ihm den Untergang.«

»Dann hältst du diese Dinge, die ich gemacht habe, für verflucht?«

»Ich weiß es nicht. Deshalb kann ich sie nicht annehmen.«

Kalt wie der Wind des schwarzen Eises bliesen Hranis Worte: »Für sehr gering achtest du mich, wenn du meine Geschenke von dir weist. Leid wird über dich kommen, das so groß ist wie die Erniedrigung, die du mir bereitest.«

»Nichts dergleichen hatte ich im Sinn, Freund.« Hrolf versuchte zu lächeln.

Der Alte schnitt ihm das Wort ab. »Nenne mich nicht länger Freund. In dieser Sache handelst du nicht so klug, wie du glaubst, König Hrolf ...« Sein Blick durchbohrte jeden einzelnen Mann. »... und keiner von euch ist so glücklich, wie ihr glaubt.«

»Am besten wird es sein, wir ziehen weiter«, sagte Hrolf langsam.

»Ich will euch nicht aufhalten«, entgegnete Hrani.

Kein weiteres Wort sprach er mehr. Er holte ihre Pferde wieder aus dem Stall und sattelte sie, und dann blieb er, gestützt auf seinen Speer, in der Dunkelheit stehen. Finster war sein Gesicht. Die Männer dachten, es könne nichts dabei gewonnen werden, wenn sie ihm Lebewohl sagten. Sie stiegen auf und ritten schnell davon, um noch so weit wie möglich zu kommen, bevor es völlig Nacht wurde.

Aber sie hatten sich kaum eine Meile entfernt, was genügte, um ihre Köpfe wieder klar werden zu lassen, als Bjarki anhielt. Die anderen taten es ihm nach. »Zu spät verstehen die Unklugen, und so ist es auch mit mir. Ich habe das Gefühl, wir haben uns nicht sehr weise verhalten, als wir nein sagten, obwohl wir hätten ja sagen können. Wir mögen den Sieg von uns gewiesen haben.«

»Langsam komme ich zu derselben Überzeugung«, sprach König Hrolf. »Es mag der alte Odin gewesen sein. Bestimmt war er – und erst jetzt fällt es mir auf – ein Mann mit nur einem Auge.«

Svipdags eines Auge glomm auf. »Eilen wir zurück«, schlug er vor, »und finden wir es heraus.«

Das taten sie, und sie fanden die Lichtung, aber der Hof und der Alte waren verschwunden.

König Hrolf seufzte. »Es hat keinen Zweck, nach ihm zu suchen, denn er ist ein zorniger Geist.«

Sie schlugen ihr Lager auf einer Wiese auf. Keiner wollte essen oder trinken, und es war schon zu finster, um Holz für ein Feuer zu sammeln. Sie schliefen schlecht oder gar nicht.

Am Morgen ritten sie weiter. Nichts ist mehr zu berichten, bis sie Dänemark erreichten.

Bald fanden sie ihren frohen Mut wieder. Sie waren kühne Männer, und sie kamen nach gewaltigen Taten nach Hause. Ihrem Geschick konnten sie doch nicht entrinnen. Inzwischen war es Frühling geworden, die Knospen sprangen, die Vögel zwitscherten, und die Mädchen lächelten ihnen zu, als sie vorüberritten.

Aber in Leidhra sprachen Hrolf und Bjarki lange unter vier Augen. Bjarki riet, die Dänen sollten keinen Krieg mehr führen. Sie waren beide überzeugt, wenn sie selbst friedlich blieben, werde niemand sie angreifen. Der Norweger fürchtete jedoch, daß der König, sollte man ihm den Krieg ins Land tragen, nicht mehr wie bisher jede Schlacht gewinnen werde. Denn Odin ist der Vater der Siege.

Hrolf antwortete: »Das eigene Geschick bestimmt das Leben eines jeden Menschen, und nicht jener Spuk.«

So endete dies Gespräch, aber beide machten sich danach schwere Gedanken.

Doch hoch stand ihr Name. Sie hatten den Mörder König Helgis zu Fall gebracht. Der Troll, dem er gedient hatte, und die besten seiner Männer waren gefallen. Der Hort, den er zurückgehalten hatte, war ihm verloren, von der Fyris-Hochebene in hundert verschiedenen Satteltaschen davongetragen. Gelähmt und mit Schande überhäuft, einsamer als einer, der auf einem Riff Schiffbruch erlitten hat, weinte König Adhils des Nachts in seiner leeren Halle.

7 *Die Geschichte von Skuld*

I

Sieben Jahre lang wurde nun kein Krieg mehr geführt, weder außerhalb noch innerhalb der Landesgrenzen.

Das heißt nicht, daß alles ruhig war.

Bjarki wurde bei seiner Heimkehr froh von seiner Frau Drifa begrüßt, die ihm einen kleinen Sohn zu zeigen hatte, und ebenso von dem Volk. Jeder wußte, daß er als der rechte Arm des Königs ihr Schutz gegen Gesetzlose und Ausländer war. Weniger glücklich waren die Krieger, die zurückgeschickt worden waren; sie meinten, ihre Ehre habe gelitten. Hrolf linderte ihren Schmerz mit den Worten, es seinen Zauberkräfte am Werk gewesen, und mit Geschenken an Gold und Waffen.

Zwölf konnten nicht auf diese Weise besänftigt werden: die Berserker. Abgesehen davon, daß ihr Verstand nicht ausreichte, um zu begreifen, daß kein Mann für alle Aufgaben geeignet ist, waren sie auch ruhelos, denn sie kannten im Leben nichts anderes als Dreinschlagen, Fressen, Saufen und Prahlen. Und jetzt schickte Hrolf Kraki sie nicht mehr in die Schlacht.

Für Agnar kam noch hinzu, daß er eines Abends im Spätsommer in einen Streit mit Bjarki geriet und der König ihn vor allen Anwesenden rügte. Agnar ging fort und brütete. Später trat er vor den König und brummte, die Schmach, die ihm angetan worden sei, könne nur wiedergutgemacht werden, wenn er Hrolfs Tochter Skur zur Frau und die ihr zustehende Mitgift erhalte.

Skur floh entsetzt zu ihrer Schwester Drifa, die sie tröstete und mit ihrem Mann sprach. Bjarki wiederum wandte sich an den König. Hrolf zerbrach sich den Kopf, wie er einerseits den Frieden bewahren sollte, ohne einen Eid zu brechen, den er seinen Männern geleistet hatte, und andererseits das Ungetüm aus seiner Familie heraushalten konnte. »Herr«, sagte der Norweger, »du hast uns mit Recht verboten zu kämpfen, wenn wir alle beisammen sind. Aber über einen Holmgang ist nichts gesagt worden, nicht wahr? Ich möchte lieber tot sein, als Agnar meinen Schwager nennen müssen.«

Hrolf fürchtete um seinen Marschall, aber er konnte nichts dagegen tun. Agnar und Bjarki ruderten zu einer kleinen Insel hinaus und steckten den Kampfplatz ab.

Der Berserker hatte den ersten Streich. Sein Schwert, das er Höking nannte, krachte auf Bjarkis Helm nieder und zerbrach die Nieten, so daß die Eisenplatten kreischend auseinanderfielen. Die Klinge blieb kurz vor Bjarkis Schädel stecken; Blut rann ihm unter dem Nasenschutz hervor. Ehe Agnar sein Schwert zurückziehen konnte, schwang Bjarki seine Klinge, die linke Hand am rechten Handgelenk und einen Fuß auf einen Baumstumpf gestellt.

Lövi traf gut. Später machte Bjarki die Stabreime:

»Ehrlich sage ich euch, nichts hat mich mehr Kraft gekostet,
als der Holmgang, bei dem ich hob Lövi, das lange Schwert,
das Reichtum an Ruhm mir gewann an dem Tag, als der Tapfere starb,
Agnar, der Sohn Ingjalds; unsere Namen nannte man beide mit Preis.
Höking riß er hoch und schlug es mir auf den Schädel
Stumpf war das Schwert und ließ mich zum Glück unverletzt.
Wäre es seinen Weg gegangen, beim ersten Schlag hätte geendet der Kampf.
Nun schwang ich Lövi schnell, und blendend blitzte die Klinge,
hieb ihm die Hand ab rechts und ließ ihm den Fuß nicht links,
während die Wurzeln des Herzens es ihm brach aus der Brust.
Die Wahrheit sollt ihr wissen: Nie ist ein Mann mutiger gestorben.
Sterbend stützt er sich hoch auf einen Ellenbogen,
lachend schied er vom Leben, dem Tod bot er Trotz bis zuletzt.
Glücklich ist Agnar gegangen dahin, wo die Helden wohnen.

Als Dunkelheit ihn deckte, grinste er ihr entgegen.
Ich weiß, der wackere Kämpfer litt an Leib und Seele,
daß er mich nicht gefällt;
doch fallend gelang es ihm noch zu lachen.«

Bjarki sorgte auch dafür, daß Agnar ein ehrenvolles Begräbnis erhielt. Das dämpfte den Zorn der übrigen Berserker nicht. Auf dem Heimweg fielen sie über ihn her. Hjalti und Svipdag waren als Zeugen mit dabei. Das Ergebnis war, daß zwei Berserker tot liegenblieben und keiner der anderen ohne Wunde war.

Für diese Tat erklärte König Hrolf die Berserker zu Gesetzlosen. Sie gingen unter Racheschwüren. Aber anders als die Berserker, die aus Uppsala vertrieben worden waren, schienen sie keinen Platz zu haben, an dem sie Hilfe bekommen konnten, so gesichert waren der Friede im Land und die Achtung, die König Hrolf im Ausland genoß. Jeder stimmte zu, nicht nur die königlichen Hallen, sondern das ganze Land sei ohne sie besser daran.

Skur wurde später die Frau Svipdags. Es heißt, sie waren glücklich miteinander, trotz seines düsteren Wesens.

Das nächste Jahr brachte eine wichtige Nachricht: König Adhils war tot.

Er hatte die Frühlingsopferungen für die weiblichen Mächte geleitet. Als er um ihre blutbespritzten Schreine ritt, stolperte sein Pferd. Da er nicht mehr gut im Sattel saß, wurde er abgeworfen und schlug mit dem Kopf gegen einen Stein. Der Schädel barst, das Gehirn floß aus. Die seltsamen Götter, denen die Ynglinge dienten, waren nicht sonderlich freundlich zu ihnen.

Die Schweden riefen Eystein zu ihrem König aus, einen Sohn, den Adhils vor Jahren mit einer Buhle gezeugt hatte. Aber sie und er empfanden immer noch Liebe für ihre Königin Yrsa, und war sie nicht Mutter und Schwester des großen Dänenkönigs? Deshalb blieb sie im Rat des Landes, und ihr standen auf ihren Wink viele Männer zur Verfügung. Gern hätte sie Hrolf besucht, aber das Alter begann sie zu schwächen. Er wiederum hielt es für unklug, sich dem neuen Herrn von Svithjodh aufzudrängen.

Eine Sache, die Hrolf Kraki längere Zeit beschäftigte, war, daß er aufhörte, selbst Opfer darzubringen. »Odin ist unser Feind geworden«, sagte er. »Außerdem hat es mir nie gefallen, hilflose Menschen zu hängen und zu ertränken, und ich habe immer nur Tiere geopfert. Und was das Schlachten von Tieren betrifft, so hat es zumindest Adhils nicht viel Glück gebracht.« Anfangs fürchtete das Volk Hungersnot und Schlimmeres, als ihr König nicht einmal mehr einen Tempel betreten wollte. Man schickte Abgesandte zu ihm, und er mußte versuchen, sie zu überzeugen. Doch dann folgte ein gutes Jahr dem anderen, der Handel weitete sich aus, und der Friede schien unzerstörbar.

Jeder konnte tun, was er für das Beste hielt. Abgesehen von den Gaben an den Gräbern der Vorfahren und für die kleinen Wesen, die sich in Haus und Feld umhertreiben, kümmerten der König und seine Männer sich nicht länger um irgendwelche Mächte, sondern vertrauten auf ihre eigene Kraft.

Natürlich galt das nicht für seine Unterkönige – und am wenigsten für Hjörvardh an Odins See, den Mann seiner Schwester Skuld, dem Elfenkind.

In den Jahren seit ihrer Hochzeit hatten sie sich größtenteils für sich gehalten. Als Bjarki das fliegende Ungeheuer erschlagen hatte, bemühte sich Hjörvardh ganz besonders, dem König seine Freundschaft zu beweisen. Mehrere Sommer lang kämpfte er in Jütland mit, und er versäumte nie, Männer zu schicken und seinen Tribut an Gold und Waren zu zahlen. Ansonsten bestellte er sein eigenes Land und erfüllte seine Pflichten als Herrscher des Nordteils von Fünen. Er war eine Schlafmütze, zufrieden damit, wenn seine Angelegenheiten von anderen geregelt wurden, und so hätte er glücklich bis an sein Lebensende weitermachen können, wäre seine Königin nicht gewesen.

In allen Dingen, auf die es ankam, wurde der kahlköpfige, dicke Mann von der schwarzhaarigen, schlanken Frau beherrscht, deren Augen das veränderliche Grün eines Sees in einem Schneefeld hatten. Ihretwegen fielen seine Urteile hart aus. Das Volk lernte bald, daß es ihm ebensowenig widersprechen durfte wie Skulds Sklaven ihr. Wer ihr oder ihrem Mann Anlaß zu Ärger gab, wurde vom Unglück geschlagen: Krankheiten, Viehseuchen, Mißernten, ein Feuer oder Schlimmeres. Sie machte kein Geheimnis aus ihren Hexenkünsten, aber niemand durfte es wagen, ihr nachzuspionieren, wenn sie allein in die Wälder oder auf die Heide ging. Es wurde geflüstert, man habe sie des Nachts auf einem dürren Pferd reiten gesehen, das schneller lief als jedes lebende Tier, und eine Schar von Schatten und mißgestalteten Wesen sei ihr gefolgt.

Aber sie und Hjörvardh mußten gut mit den Göttern stehen, denn sie spendeten ihnen verschwenderische Opfer. Zu den heiligen Zeiten brachten sie je zwölf Leben dar: Böcke für Thor, Schweine für Frey, Katzen für Freya, Bullen für Heimdal, Pferde für Tyr und so weiter bis hinauf zu Odin. Er erhielt Menschen.

Es ging ihnen gut, sie hatten eine große Halle, einen vollbesetzten Haushalt, gefüllte Vorratstruhen. Wenn sie nicht ebensolche Pracht zur Schau stellten wie Hrolf Kraki, dann lag es nicht an irgendeinem Mangel, sondern an Skulds Geiz.

Sie verzehrte sich vor Gram, daß ihr Mann ihrem Bruder unterstellt war. Jedes Jahr, wenn der Tribut nach Leidhra abgeschickt wurde, war es ihr, als werde ihr das Herzblut abgezapft.

Immerzu quälte sie Hjörvardh wegen seiner niedrigen Stellung. Noch schlimmer wurde das, als der Hochkönig von Uppsala zurückkehrte und von da an keine Kriege mehr führte und sich nicht mehr um die Götter kümmerte. »Das darf nicht so weitergehen«, sagte Skuld.

Hjörvardh seufzte, neben ihr im Bett liegend. »Für uns wird es wie für alle anderen am besten sein, wenn wir es ertragen und ruhig bleiben.«

»Du bist kein Mann!« zischte sie durch die Dunkelheit, »wenn du die Schande erträgst, die auf dich geladen wird.«

»Es ist unklug, König Hrolf herauszufordern. Keiner wagt es, den Schild gegen ihn zu heben.«

»Du wagst es nicht, weil du kein Mark in den Knochen hast. Wer nichts wagt, der nichts gewinnt. Wer kann wissen, bevor er es versucht hat, ob er König Hrolf und seine Krieger zu schlagen vermag? Ich glaube, er ist ganz und gar sieglos geworden, und das weiß er selbst, und deshalb bleibt er zu Hause. Auch gut, wir können zu ihm kommen!«

»Skuld, er ist dein eigener Bruder ...«

»Das ist für mich kein Grund, ihn zu schonen.«

»Freue dich dessen, was wir haben, meine Liebe.« Er tastete nach ihr, doch sie stieß ihn weg und drehte ihm den Rücken zu. Hjörvardh versuchte nicht, sie zu nehmen. Er hatte längst gelernt, daß es gegen ihren Willen nicht möglich war.

Skuld ließ die Sache eine Zeitlang ruhen. In der Tat war es keine leichte Sache, König Hrolf zu stürzen. Vier Jahre lang vervollkommnete sie sich in ihren Hexenkünsten.

»Sei vorsichtig«, bat Hjörvardh sie. »König Adhils war ein großer Zauberer. Es hat ihm nichts Gutes gebracht.«

Skulds Gelächter ließ ihn zu Eis erstarren. »Adhils?« Diese Jammergestelt? Er hat nur gedacht, er wisse etwas, und gering war die Zahl der Wesen, die ihn beachteten. Ich habe Lehrer ...« Sie unterbrach sich und sagte nichts mehr.

Dann kam ein Julabend, an dem sie, wie es ihre Gewohnheit war, allein fortritt. Leute sahen sie von weitem auf dem häßlichen alten Klepper, den sie bei diesen Gelegenheiten benutzte, Haar und Mantel von gleicher Schwärze um ihre Schultern flatternd. Sie war nur mit einem Messer und einem Runenstab bewaffnet, aber von Menschen hatte sie nichts zu fürchten. Sie verschwand in der Dämmerung, und diejenigen, die sie erblickt hatten, hasteten ins Haus und ans Herdfeuer.

Einige Meilen von Odense entfernt stand am Ufer der Bucht ein Hügel. Windzerzauste Bäume und Büsche, jetzt winterkahl, wuchsen an seinem Fuß. Stechginster und Heidekraut bedeckten das übrige bis zum Gipfel, wo ein Dolmen stand. In diesem Jahr war noch wenig Schnee gefallen; das Land lag dunkel da, und die Büsche raschelten eine Antwort auf das Heulen des Nordwinds. Wolken zogen über den Himmel, und die Mondsichel verlieh ihnen helle Ränder. Die Wellen klatschten an den Strand und ließen die Steine klappern. Die Luft roch nach Salz und nach dem Gestank eines toten Seehunds, der an Land gespült worden war. Landeinwärts heulten die Wölfe.

Skuld stieg ab und ging in den Dolmen. Dort verwahrte sie einen Kessel und Feuerholz für ihre Zauberei. Irgend etwas hatte bereits für sie den Kessel gefüllt und das Feuer angezündet, so daß sie sich mit Feuerstein und Zunder nicht erst zu mühen brauchte. Die Flammen waren blau und hitzelos und warfen so ungeheuerliche Schatten auf die Steinwände, daß die Finsternis nicht vertrieben wurde, sondern näher kam. Skuld hockte sich in dem niedrigen, engen Raum hin, hielt ihren Runenstab über das Gebräu und rief bestimmte Worte.

Ein saugendes Geräusch war zu hören. Sie trat zurück. Jedes andere Pferd als das ihre hätte gewiehert und wäre davongelaufen, als die See unten zu brodeln begann und sich etwas daraus erhob und ans Ufer bewegte. Die Erde erbebte unter der Wucht jedes einzelnen Fußtritts. Er, der den Hügel erstieg, tropfte von Wasser. Es glühte in einem kalten Weiß. Das nasse Fleisch verströmte Kälte, und es roch nach Fisch und nach den Reichen auf dem Meeresgrund. Wie Tang waren sein Haar und Bart, und seine Augen waren wie Lampen.

»Kühn mußt du sein, da du mich gerufen hast«, flüsterte er.

Sie sah an ihm hoch. »Ich brauche deine Hilfe, Verwandter.«

Er wartete.

»Ich weiß, wie ich Wesen von jenseits der Welt der Menschen zu beschwören habe«, teilte sie ihm mit. »Aber sie könnten mich im Stich lasen, wenn nicht ein Mächtiger wie du mir seinen Schutz gibt.«

»Warum sollte ich das tun?«

»Damit der Frieden des Hochkönigs gebrochen wird.«

»Was geht mich das an?«

»Pflügen nicht Jahr für Jahr mehr Schiffe deine Gewässer, ohne daß jemals an Bord ein Mensch geopfert wird, um deine Aale zu füttern? Sind nicht jedes Jahr mehr Menschen unterwegs, um deine Seehunde zu erschlagen, deine Wale zu harpunieren, die Nester deiner Kormorane und Tölpel auszunehmen, Netze voller Fische zu fangen und die Einsamkeit der fernsten Inseln zu zerstören? Ich warne dich, ich, die ich halb menschlich bin, ich warne dich: Der Mensch ist der Feind des alten Lebens, ob er es weiß oder nicht, und am Ende werden seine Werke die Welt bedecken – nie wieder wird sie Freiheit oder wilde Zauber kennen –, falls wir nicht zu Fall bringen, ihn, bevor es zu spät ist, zurückführen in die Bruderschaft von Tier, Baum und Wasser. Um deiner selbst willen, hilf mir!«

»Würdest du nicht nur den einen König durch einen anderen ersetzen?«

»Du weißt, daß ich das nicht tun werde. Ich würde das Volk *benutzen.*«

So lange starrte er sie in der windigen Dunkelheit an, daß sie selbst Angst bekam. Endlich lachte er, ein seltsames, möwenschrilles Geräusch aus einer so mächtigen Kehle. »Gemacht! Du weißt, wie ein solcher Handel besiegelt wird.«

»Ich weiß es«, sagte Skuld.

Als sie ihre Kleider abgelegt hatte und ihm in den Dolmen gefolgt war, mußte sie sich gegen das kalte Gewicht, die schuppige Haut und den Geruch auf die Lippen beißen, sie mußte die Fäuste ballen gegen das riesige Ding, das sie blutig schlug. Sie wußte, dies würde noch oft geschehen.

Aber er würde ihr beistehen, wenn sie Schrecken aus der Erde hervorrief.

Im Morgengrauen ritt sie nach Hause. Die Wolken hatten den Himmel ganz überzogen. Ihr Klepper stolperte. Trokkener Schnee wurde über den Boden geblasen. Sie zitterte vor Kälte, ihr Körper schmerzte, aber sie hielt den Kopf so stolz hoch, wie es ihr kein Falke gleichgetan hätte.

Plötzlich hörte sie Hufschläge. Sie donnerten nicht, sie klangen und waren schneller als Mondstrahlen. Das Reittier, das ihren Klepper überholte, war von unirdischer Schönheit, wie aus Milch und Silber, und ebenso die Frau, die im Sattel saß. Sie trug Kleider, die wie aus Regenbogen gewoben schimmerten, und ihr Gesicht und das mitternächtliche Haar waren wie Skulds. Aber ihre Augen waren golden, und sie blickten kummervoll.

»Tochter«, rief sie, »warte! Höre mich an! Du weißt nicht, was du tust ...«

Andere Hufe – zu viele Hufe – rasten durch den Himmel. Hunde bellten, Hörner bliesen, Eisen blitzte. Er, der dieser Schar voranritt, saß auf einem Hengst mit acht Beinen und trug einen Mantel, der wie Flügel um ihn flatterte, und einen breitrandigen Hut, der sein eines Auge beschattete. Er faßte seinen Speer, als wolle er ihn auf die Frau werfen. Sie schrie auf, wendete ihr Pferd und entfloh weinend. Skuld blieb halten, wo sie war, sah die Wilde Jagd vorüberziehen und lachte.

Am Morgen, als sie und ihr Mann sich für die Jul-Opferungen bereitmachten, schickte sie ihre Dienerinnen weg. Sie schritt durch den Raum und packte Hjörvardhs Handgelenk. Ihre Nägel krallten sich so in seine Haut, daß Blut hervortrat. Er sah sie an. Erschöpft war sie, dunkle Ringe lagen unter ihren eingesunkenen Augen, und doch war sie eine fleischgewordene Flamme.

»Hör mich an!« Obwohl sie leise sprach, erschütterte ihre Stimme ihn. »Ich habe dir oft gesagt, daß es dir nicht ansteht, dich vor Hrolf Kraki zu verneigen. Jetzt sage ich dir, es braucht nicht so weiterzugehen, und ich will nicht, daß es weitergeht.«

»Was – was ...« stotterte er. »Was hast du vor?«

»Ich habe Zeichen erhalten, die uns den Sieg versprechen.«

»Der Eid, den ich geschworen habe ...«

»Die letzte Nacht hat andere Schwüre gehört. Hjörvardh, du bist mein Mann. Folglich mußt du Manns genug sein, um Rache zu nehmen für den schäbigen Streich, den dir mein Bruder vor langer Zeit gespielt hat – und außerdem dazu die Herrschaft über Dänemark zu gewinnen.« Er öffnete den Mund. Sie legte seinen Finger über seine Lippen, lächelte und gurrte: »Ich habe einen guten Plan. Hör zu!« Stark ist König Hrolfs Haushalt. Doch wir können mehr Krieger zusammenrufen als er, und wenn wir ihn überraschen, findet er keine Gelegenheit mehr, den Kriegspfeil von Hof zu Hof zu schicken. Du fragst, wie wir eine solche Streitmacht versammeln sollen, ohne daß er davon erfährt? Nun, es gibt viele, die ihn nicht lieben, Häuptlinge, die er demütigte, Berserker, die er wegschickte, Gesetzlose, die hungrig umherstreifen, Sachsen, Schweden, Götar, Norweger, aye, sogar Finnen, die sich freuen würden, ihn gestürzt zu sehen, und ... andere, von denen ich weiß.

Wir brauchen Gold für Bestechungen und für Waffen, die aus dem Ausland eingeschmuggelt werden müssen. Ich habe einen Weg gefunden, es zu bekommen – oder vielmehr, das zu behalten, was von Rechts wegen uns gehört. Wir werden eine Botschaft nach Leidhra schicken und darum bitten, daß wir drei Jahre lang von der Zahlung des Tributs befreit werden, und am Ende dieser Zeit würden wir alles auf einmal bringen.«

»Warum?« brachte Hjörvardh heraus.

»Wir werden erklären, daß wir das Gold brauchen, um Schiffe und Waren zu kaufen, die den Auslandshandel fördern werden. Das wird Hrolf gefallen. Und dann wird das Kommen und Gehen hier herum auch einen ganz harmlosen Eindruck machen.«

»Aber ... aber ...«

»Was wagen wir dabei schon? Schlimmstenfalls wird er es uns abschlagen, und dann müssen wir den Frieden bewahren. Ich glaube es aber nicht. Wenn er es uns erlaubt, die Steuern zurückzuhalten, werden wir vorsichtig sein und nichts tun, ehe wir uns nicht des nächsten Schrittes sicher sind.«

Hjörvardh wollte nicht, aber Skuld bearbeitete ihn Tag für Tag und Nacht für Nacht. Endlich stimmte er zu, und Boten fuhren über den Großen Belt.

Sie brachten die Antwort zurück, König Hrolf stunde seinem Schwager die Bezahlung gern und wünsche ihm Glück bei seinen Unternehmungen.

Danach suchte Hjörvardh nach solchen, die einen Groll gegen seinen Oberherrn hegten, und nach allen Arten von Übeltätern. Skuld stachelte ihn ständig an, und sein Eifer wuchs, als er seine Streitmacht wachsen sah. Skuld ihrerseits fand schlaue Mittel, mit denen sie vor Leidhra verbarg, was in Wirklichkeit vorging. Wenn einer, der Hrolf Kraki treu war, Fragen über einige der Männer zu stellen begann, die nach Odense kamen, hatte sie Zauber, die blendeten und den Verstand verwirrten.

Sie wies ihren Mann nicht mehr ab. Nein, sie war so liebevoll zu ihm, daß er wie ein Hündchen an ihr hing. Doch nie brachte er den Mut auf, sie zu fragen, was sie in den Nächten tat, wenn sie allein fortritt.

So vergingen drei Jahre.

Über König Hrolf und seine Männer kann nichts weiter gesagt werden, als daß sie in dieser Zeit glücklich waren, und dem ganzen Land ging es ebenso. Natürlich hatten seine Krieger viel zu tun, besaßen sie doch eigene Schiffe und Höfe. Zweifellos reiste Bjarki ins Hochland, besuchte seine Mutter und seinen Stiefvater und brachte ihnen viele Geschenke mit, und Svipdag fuhr zum Einkauf feiner Pelze nach Finnland. Hjalti, der gut für seine Eltern gesorgt hatte, segelte nach England und sah sich dort um.

Zu Hause gab es jeden Abend in der Halle des Königs einen Festschmaus. Tagsüber wurden Waffenübungen abgehalten. Aber es gab auch die Jagd und den Fischfang, Spiel und Sport und lange Unterhaltungen, und jeder Mann hatte in oder nahe Leidhra mindestens eine Frau und wurde so von den Banden gefesselt, die die Hände kleiner Kinder knüpfen.

Über diese sieben Jahre des Friedens ist nichts weiter zu erzählen, als daß Dänemark sie niemals vergessen hat.

Am Ende dieser Zeit schickten König Hjörvardh und Königin Skuld eine Botschaft an ihren Verwandten König

Hrolf. Sie wollten kommen und das Julfest bei ihm verbringen, und sie würden den schuldigen Tribut mitbringen.

Hrolf sagte zu den Boten: »Berichtet ihnen, wie sehr ich mich darüber freue und wie willkommen sie mir sein sollen.«

II

Nie gab es größere Fröhlichkeit als an diesem Julabend in Hrolf Krakis Halle. Der König hatte nur eine Sorge. »Warum sind Skuld und Hjörvardh noch nicht hier? Ob sie Schiffbruch erlitten haben?« sagte er zu Bjarki.

»Kaum anzunehmen, Herr, bei dieser kurzen Fahrt und dem ruhigen Wetter«, antwortete der Norweger. »Wahrscheinlich hat irgend etwas ihre Abreise verzögert, und sie übernachten an Seelands Westküste. Dann werden sie morgen in den Hafen von Roskilde rudern.«

»Es sei denn, sie ist bei den besonderen Geschäften, die sie ausübt, zu Schaden gekommen«, murmelte Svipdag. Er hatte die Schwester des Königs und ihre dunklen Künste nie gemocht.

»Hoi, verdirb uns die Stimmung nicht.« Bjarki leerte einen silbernen Becher, wischte sich den Schaum von seinem roten Schnurrbart und rief nach neuem Bier.

Vögg eilte herbei. Der Junge aus Uppsala wurde zu einem jungen Mann. Man sah es kaum; er war immer noch klein und knochig, und an dem bißchen, was er als Kinn aufzuweisen hatte, wuchs noch kein Bart. Sein Haar war immer verwirrt, ganz gleich, wie sorgfältig er es kämmte. Die Männer hatten es aufgegeben, einen Krieger aus ihm zu machen. Doch sie mochten ihn gern. Er fiel dafür fast über die eigenen Füße in seinem Eifer, ihnen alles zu Gefallen zu tun. Am stolzesten war er darauf, daß er sich bis zum Mundschenk des Königs und seiner zwölf Helden emporgearbeitet hatte.

»Danke«, sagte Bjarki. »Setz dich zu uns, Junge, ruh dich ein bißchen aus und überlaß den Frauen die Bedienung.«

»M-m-meine Ehre ist es, auf euren Wink bereitzustehen«, stotterte Vögg. Er ruckte mit seinem vogelähnlichen Kopf. »Wünscht einer meiner Herren noch etwas?«

»Aye, du kannst mir das hier füllen.« Hjalti hielt ihm ein mit Gold eingefaßtes Auerochsenhorn hin. Gleich darauf kehrte Vögg wieder, beugte ein Knie und bot Hjalti das gefüllte Horn dar. Hjalti strich seinen kurzen, hellen Bart – er hatte immer noch keine dreißig Winter hinter sich – und sagte: »Vögg, mein Freund, wie würde es dir gefallen, wenn ich als Julgeschenk für dich einem Sklavenmädchen sagte, sie solle dich erfreuen?«

Der Unterkiefer des Jungen klappte herab. Er errötete, trat von einem Fuß auf den anderen und stotterte schließlich: »Ich, ich, ich danke dir, Herr, a-a-aber – nein, wenn sie nun nicht will ...« Er rannte davon.

Hjalti lachte vor sich hin. Bjarki wandte sich mit ernsterem Gesicht dem König zu. »Herr«, begann er, »ich habe schon früher mit dir darüber gesprochen, aber ich muß dich noch einmal erinnern – deine einzigen lebenden Kinder sind Töchter.«

»Und ich sollte einen Sohn zeugen, am besten mit einer Ehefrau?« fragte Hrolf Kraki.

»Ja. Einen Erben, den wir oder unsere Söhne auf einen Schild heben können, damit Dänemark über dein eigenes Leben hinaus fortbesteht.«

»Seit König Adhils die Welt von sich befreit hat, kannst du in Schweden leicht eine passende Frau finden«, warf Svipdag ein.

Hrolf Kraki nickte. »Ihr habt recht, ihr alle, und ich habe zu lange gewartet. Es hat einmal ein Mädchen gegeben ...« Schmerz klang aus seiner Stimme. »Sie starb. Ich sollte ihrem Geist die Freiheit geben. Laßt uns in den nächsten Tagen weiter darüber sprechen.«

Der goldene Eber wurde hereingebracht. Obwohl der König und seine Männer mit keinem Gott mehr viel zu schaffen hatten, gaben sie doch den alten Brauch der

Gelübde am Julabend nicht auf. Der König war der erste. Er erhob sich, legte die rechte Hand auf das Bildnis, ergriff mit der linken einen Becher Wein und sprach wie jedes Jahr die Worte: »Ich will mich mit allen Kräften bemühen, der Landesvater zu sein … für jeden.«

Bald danach bat Hjalti um Urlaub und brach auf. Er besaß in ein paar Meilen Entfernung ein eigenes Haus. Seine Buhle hatte er nicht mitgebracht, weil sie sich fürchtete, am Julabend im Dunkeln nach Hause zu gehen, und nach Hause gehen mußten sie, weil in der königlichen Halle zu viele Gäste anwesend waren, als daß er zusammen mit ihr hätte schlafen können.

Als er sein Haus erreichte, lief ihm Thyra, seine Buhle, entgegen, klammerte sich an ihn und flüsterte: »Oh, bin ich froh, daß du da bist, ich hatte solche Angst. Immerzu hatte ich entsetzliche Träume, und dann wachte ich auf und bemühte mich, wach zu bleiben, aber die Träume kamen zurück …«

Viel Seltsames treibt sich am Julabend umher. Hjaltis Gesicht verfinsterte sich. »Was für Träume?«

»Adler zerrten an Toten, die schrecklich zerhackt waren … über ihnen flogen Raben, und sonst war es ganz dunkel, nur daß ab und zu ein Nordlicht aufblitzte … Als ich klein war, hatten wir einen alten Nachbarn, der nannte die Nordlichter den Totentanz … Dann gellte eine Stimme durch meine Träume, als fielen sie und ich in einen bodenlosen Abgrund, aber ich konnte nicht verstehen, was sie sagte …«

Einen Herzschlag lang packte auch Hjalti die Angst. Doch dann lächelte er. »Ich werde schon dafür sorgen, daß du dergleichen bald vergißt, meine Liebe.«

Sie gingen zu Bett und liebten sich, und danach schliefen sie eng umschlungen ein.

Aber nun kamen die Träume auch zu ihm: Er hörte durch den Sturm galoppierende Pferde, Schreie und Flügelschlagen und hatte dabei das Gefühl eines unerklärlichen Verlustes.

Hjalti zwang sich zu erwachen. »Ich will nicht mehr träumen«, sagte er laut. Thyra wimmerte an seiner Seite. Und hörte er nicht noch ein anderes Geräusch?

Ja, meilenweit entfernt in der Einsamkeit zog etwas heran. Hjalti glitt unter den Decken hervor. Die Kälte biß in sein nacktes Fleisch. Er tastete sich zu einem Fenster vor und öffnete die Läden.

Still und leer lag das Land da, die Bäume sahen aus wie schwarze Skelette. Doch über den Horizont, vom Roskilde-Fjord auf Leidhra zu, zog eine Streitmacht.

Hjalti hatte ausgezeichnete Augen, und er wußte zu genau, was das Schimmern von Eisen zu bedeuten hatte. Das waren Hunderte von Männern. Gedämpft schallten Tritte und Hufschläge herüber, Räderrollen von Wagen, beladen mit Kriegsgerät. Über dem Heer breiteten sich dunkle, gezackte Schwingen, mißgestaltete Ungeheuer gingen, krochen, schlängelten sich neben den Kriegern her.

Schlagartig erkannte er die Wahrheit. »Komm her!« rief er Thyra zu. »Sieh!«

Sie wachte auf und kam. Er zeigte mit der Hand. »Freunde reisen nicht auf diese Weise. Zu spät erkenne ich, was König Hjörvardh und Königin Skuld zurückgehalten hat. Sie haben Kämpfer auf Fünen zusammengezogen, sind an einem unbewohnten Strand gelandet, und jetzt – und jetzt –, sie müssen es sein! Wer anders als diese Hexe könnte solche Wesen mitbringen ... und sie hat den Tribut zurückgehalten – o ihr Götter! Sie sind in der Überzahl, und der König ist ungewarnt!« stöhnte Hjalti. »Schnell, bring mir Licht, ich muß zu meinem König!«

Als Hjalti die Einpfählung der Königsburg erreichte, fiel sein Pferd tot zu Boden. Er rollte sich von ihm weg, sprang auf, stürmte an den schläfrigen Wachtposten vorbei und in die Halle. Aus einem fast erloschenen Feuer riß er ein Stück glimmenden Holzes, wirbelte es, bis die Flammen hochsprangen, und schrie seine Warnung.

Ein altes Bjarkamaal legt ihm die Worte in den Mund:

»Tag stieg empor, es tönt der Hahnenschrei;
Mühsal müssen die Mannen gewinnen.

Wachet nun, wachet, wackre Freunde,
Adhils des Edeln all ihr Gesellen!

Har, du Hartgemuter, Rolf, du Streitkühner,
tapfre Gefährten, die Flucht nicht kennen,
ich weck euch nicht zum Weine noch zum Weiberkosen,
Ich weck euch zu Hildes hartem Spiele

Greift zu den Schwertern! Nehmt den Schild zur Hand!
Kalten Klingen schreitet kühn entgegen!
Es ruht in eurer Rechten nun Ruhm und Schande:
Tod bringt der Tag uns oder Treubruchs Rache.«

Sie sprangen auf: Hromund der Harte, Hrolf der Schnelle, Svipdag und Beigadh und Hvitserk, Haaklang, Hard-Hrefill, Haaki der Kühne, Hvatt der Hochgeborene und Starulf, und an ihrer Spitze waren Bjarki und Hjalti der Hochgemute, und es folgten viele andere Männer, bis die Burg widerhallte von ihren Stimmen und dem Klirren ihrer Waffen.

Inzwischen waren die Truppen Hjörvardhs und Skulds angekommen und hatten Leidhra mit einer Anzahl eingekreist, die weiter hinausschwärmte, als das Auge in der Dunkelheit erkennen konnte. Einige trugen Rammböcke herbei, um die Einpfählung zu durchbrechen, obwohl sie zweifellos lieber die Stadt verschonen und auf freiem Feld kämpfen würden, wenn die Verteidiger sich darauf einließen. Durch die Luft schossen seltsame Wesen, und durch das Stimmengewirr der Männer drangen unmenschliche, grunzende Laute. Ein schwarzes Zelt war aufgestellt worden; es war zu erkennen, daß in ihm ein Hexenfeuer glühte.

»Jetzt braucht König Hrolf Männer, die keine Furcht kennen«, sagte Bjarki. »Wer sich nicht hinter seinem Rücken verkriechen will, muß ein kühnes Herz in der Brust tragen.«

»Du sprichst seltsam, alter Freund«, bemerkte der König.

Bjarki schüttelte sich. Wie er gebückt auf einem Wachturm stand, sah sein großer, schwerer Körper mehr nach einem Bären als nach einem Mann aus. »Die Luft riecht nach Zauberei«, murmelte er. »Ich spüre – etwas, das mein Vater kannte, bevor ich geboren war, und an das sein Geist sich erinnert ...?« Er trottete zurück in die Halle.

Dort saß König Hrolf auf seinem Hochsitz und ließ die Boten, die Hjörvardh und Skuld ihm schickten, vor sich treten. Sie erklärten – und ihre Stimmen begannen unter den grimmigen Blicken, mit denen sie betrachtet wurden, zu schwanken –, wenn er sein Leben retten wolle, müsse er seinen Schwager als Oberherrn anerkennen.

Hrolf Krakis rotgoldene Mähne brannte vor den vom Feuerschein durchzuckten Schatten. »Nie soll das geschehen«, antwortete er. »Dafür schulde ich denen zuviel, die mir vertraut haben. Hört zu und berichtet weiter, was ich jetzt zu meinen Männern sage.« Er erhob die Stimme. »Trinken wir das Beste, das wir haben, seien wir fröhlich, daß wir unter so guten Freunden sind. Laßt uns nur für das eine kämpfen: daß unsere Furchtlosigkeit im Gedächtnis weiterlebt – denn hier haben sich in der Tat die stärksten und mutigsten Krieger aus aller Welt zusammengefunden.« An die Boten gewandt, setzte er hinzu: »Sagt Hjörvardh und Skuld, daß wir erst in froher Runde trinken wollen, bevor wir ihren Tribut in Empfang nehmen.«

Als das der Königin gemeldet wurde, die in ihrem Zelt auf ihrem Hexenstuhl saß, vor sich einen brodelnden Kessel, war sie für eine Weile still. Endlich flüsterte sie: »Nie hat es einen Mann gegeben wie König Hrolf, meinen Bruder. Ein Jammer, ein Jammer ...« Sie unterbrach sich und erklärte fest: »Nichtsdestotrotz wollen wir ein Ende machen.«

Die Männer des Königs saßen also in Freundschaft und guter Laune beisammen. Bjarki, Hjalti und Svipdag waren aus unterschiedlichen Gründen traurig, doch hüteten sie sich, diese Stimmung an die anderen weiterzugeben. Die übrigen sprachen von alten Zeiten, rühmten sich, was sie tun würden, und priesen ihren König, und er war der munterste in diesem Haus.

Die winterliche Morgendämmerung brach an. Hrolf Kraki und seine Männer griffen zu den Waffen. Hinaus aus den Toren Leidhras zogen sie.

III

Wolken waren aufgezogen. Die Luft war frostig, aber windstill. Nicht viel Farbe war an der Truppe König Hjörvardhs zu sehen. Sogar seine Banner schienen finster zu sein. Das war eine gemischte Gesellschaft, die er zusammengesucht hatte, wo er konnte. Dabei waren gesetzlose Mörder und Räuber, übel anzusehen unter den Helmen, die er ihnen gegeben hatte. Im Gegensatz dazu trug König Hrolfs Schar Mäntel in mannigfaltigen leuchtenden Farben; sein eigener war so rot wie eine lebende Flamme. Vögel und Tiere tummelten sich über den Standarten, die sich entlang der Eberkeilordnung seiner eigenen grünen Esche auf einem goldenen Feld anreihten.

»Vorwärts!« rief er. Das Schwert Skofnung flog aus der Scheide. Kehlige Rufe antworteten ihm, Luren klangen, Hunde bellten. Wie *ein* Mann bewegten sich die Kämpfer aus der Burg auf ihre Feinde zu. Obwohl von weit geringerer Zahl, waren es doch nicht wenige. Durch ihre Reihen lief ein Wogen, als ob der Wind durch ein Kornfeld fährt, was einen hohen Ausbildungsstand verrät.

Pfeile zischten, Speere flogen. Schleudersteine prallten auf Schilde. Hrolf beschleunigte den Schritt und begann schließlich zu laufen. Seine Gefolgsleute kamen mit ihm, als seien sie Teil von seinem Fleisch.

Sie stießen mit Hjörvardhs Reihen zusammen. Eisen sang. Hjalti der Hochgemute ließ seine Stimme erschallen:

»Viele Brünnen sind zerfetzt, viele Helme gespalten und viele Reiter aus dem Sattel gestochen. Unser König ist immer noch guten Mutes, so fröhlich wie beim Aletrinken, und gewaltig sind die Streiche, die er austeilt. Wie kein anderer König ist er in der Schlacht, denn mich dünkt, er hat die Kraft von zwölf Männern, und nicht wenige gute Kämpfer hat er bereits erschlagen. Jetzt sieht König Hjörvardh, wie das Schwert Skofnung beißen kann.«

Hrolf Kraki lachte und rief seinen Männer zu. Blutbespritzt war er, aber kaum verwundet. Die Reihen vor ihm zerbrachen, und wer nicht tot liegenblieb, floh. Wäre die Anzahl auf beiden Seiten in etwa ausgeglichen gewesen, dann hätte der Kampf jetzt ein Ende gefunden.

Aber die Feinde waren zu viele. Auch wenn der Herr von Leidhra die Streitmacht Hjörvardhs in der Mitte spaltete, blieben die Flanken doch unberührt. Allein im Augenblick stockte der Kampf.

»Wenn wir nicht an das Zelt gelangen können, wo Königin Skuld ihren Zauber wirkt«, brummte Svipdag, »dann haben wir bald gegen Schlimmeres zu kämpfen als gegen Männer. Diese Trollwesen, die undeutlich zu sehen waren, mögen sich vor dem Tageslicht scheuen, aber wenn sie die Zeit dazu erhält, wird sie etwas dagegen unternehmen, die Hexe.«

Hjalti wischte sich den Schweiß vom Gesicht, sah sich um und meinte verwundert: »Wo ist Bjarki? Ich dachte ... er sei unser Anker auf der rechten Flanke ... da ist sein Banner, da sind seine Männer, aber ihn sehe ich nicht.«

Dem König verging das Lachen. Er drehte sich um und entdeckte den kleinen Vögg in seiner Nähe. Der Junge hatte sich mit einem Lederwams, einem rostigen alten Kesselhelm und einem Hackmesser ausgerüstet. Seine Knie schlugen gegeneinander. Blut rann ihm von den durchgebissenen Lippen. »Komm her!« rief Hrolf.

Vögg gehorchte. »Du hättest zurückbleiben sollen, Junge«, sagte der König.

»Ich ... ich bin auch dein Mann, Herr«, antwortete er.

»Gut, dann kannst du ein Läufer sein. Stelle fest, was mit Bjarki geschehen ist. Wurde er erschlagen oder gefangengenommen oder was sonst? Irgendwer wird ihn gesehen haben – bei seiner Größe und seinem roten Bart.«

Vögg rannte davon, und Hrolf sah ihm nach. »Ich

glaube nicht, daß sein Schlottern von Furcht herrührt«, murmelte der König. »In dieser schmalen Brust schlägt ein tapferes Herz.«

Hjalti kaute an seinem Schnurrbart, stampfte mit den Füßen und schlug mit den Armen, um sich während einer Wartezeit, die ihm endlos vorkam, warmzuhalten. Würde der Kampf denn nie wieder beginnen?

Vögg kehrte zurück. »Herr«, keuchte er, »niemand hat eine Spur von Bjarki gesehen, seit wir die Halle verlassen haben.«

»Wie ist das möglich?« entfuhr es Hjalti. »Wie kann er zurückbleiben … er, den wir für den Furchtlosesten von allen gehalten haben?«

König Hrolf klopfte ihm auf die Schulter. »Er muß irgendwo sein, wo er uns am besten helfen kann. Etwas anderes ist gar nicht möglich. Schilt nicht auf ihn, denn mit ihm kann sich kein anderer messen.« Schnell setzte er hinzu: »Obwohl ihr natürlich alle unvergleichliche Krieger seid.«

Hjörvardh und seine Anführer hatten ihren Männern zugeredet und ihren Mut neu angefacht. Jetzt wälzte sich die Masse der Feinde auf die Verteidiger zu. Hrolf rief seine Gefolgsleute von neuem zum Kampf.

Wieder flogen Pfeile und Speere, wieder füllten Klirren und Dröhnen und heisere Schreie die Luft. Die Männer aus Leidhra stießen jetzt auf Feinde, die noch nicht gekämpft hatten und frisch waren. Aber sie hieben und stachen sich den Weg frei. Nichts konnte ihnen widerstehen.

Denn vor der Spitze ihres Keils, nahe dem König, schritt ein großer roter Bär. Jeder Schlag seiner Pranke schickte einen Mann tot zu Boden. Seine Kiefer rissen Wunden. Wenn er sich aufrichtete, zog er Reiter aus dem Sattel oder erschlug die Pferde, und er selbst war von keinem Eisen zu verletzen.

Auf beiden Seiten konnten das nur wenige sehen, so eng waren die Kämpfenden ineinander verknäult. Hrolfs Leute merkten nur, daß der Feind von neuem wich. Doch unter Hjörvardhs Kriegern breitete sich Entsetzen aus. Er, der etwas abseits zu Pferde saß und das Schlachtfeld überblikken konnte, sah, was geschah. Er rief seinen Anführer zu, sie sollten zum Rückzug blasen.

Hjalti hatte auf den Bären kaum geachtet, zu eifrig war er im Kampf. Doch immerzu mußte er an Bjarki denken, der ihm mehr als ein Vater war – an die unauslöschliche Schande, die Bjarki auf sich lud, weil er heute nicht hier war.

Als der Feind von neuem wich und Hjalti erkannte, daß es wieder eine Kampfpause geben werde, rannte er zurück zur Burg. Er stürzte durch die offenen Tore, die leeren Straßen hinunter, an verrammelten Türen und Fenstern vorbei, hinter denen sich Frauen und Kinder voller Angst verbargen, bis er vor dem Haus Bjarkis stand.

Hier hielt ihn kein Riegel auf. Hjalti drang ein. Es war kalt und winterdunkel, nur ein kleines Herdfeuer brannte. In einer Ecke saß Bjarkis Frau, Hrolfs Krakis Tochter Drifa, die Kinder dicht um sich geschart. Auf einem Bett lag der Mann. Er trug eine Rüstung, aber sein Schwert steckte in der Scheide, und er starrte unbeweglich nach oben.

Die Frau schrie auf und stellte sich Hjalti in den Weg. Er schob sie zur Seite, faßte die breiten Schultern Bjarkis, schüttelte ihn und rief:

»Wie lange müssen wir noch auf den ersten der Krieger warten? Unerhört ist es, daß du nicht auf den Beinen bist, daß du deine Arme nicht benutzt, die stark sind wie die eines Bären! Steh auf, Bjarki, mein Meister, oder ich verbrenne dies Haus und dich mit! Der König ist in Lebensgefahr! Willst du den guten Namen verlieren, den du so lange getragen hast?«

Der Norweger drehte sich um, setzte sich, stand auf und ragte hoch über seinen Freund empor. Schwer seufzte er, bevor er antwortete: »Du brauchst mich nicht furchtsam zu nennen, Hjalti. Ich habe keine Angst gehabt. Niemals bin ich vor Feuer oder Eisen geflohen, und heute wirst du sehen, wie ich immer noch kämpfen kann. König Hrolf hat mich stets den ersten seiner Männer genannt. Und ich schulde ihm viel, denn er hat mir seine Tochter und zwölf große Höfe und außerdem jede Art von Reichtum gegeben. Ich bin gegen Wikinger und Räuber ausgezogen, ich habe Krieg geführt in jedem Teil Dänemarks, das wir mit unserm Blut aufgebaut haben, ich bin mit zu Adhils gereist, und Angar habe ich erschlagen und viele andere Männer ...«

Seine Stimme, die geklungen hatte, als spreche er im Traum, verstummte. Sein auf Hjalti gerichteter Blick schärfte sich. Hjalti fühlte sich von einer plötzlichen Kälte durchdrungen. Bjarki sprach schneller weiter:

»Aber hier haben wir es mit mehr Zauberei zu tun als je zuvor. Und du hast dem König nicht den Dienst erwiesen, den du ihm zu erweisen glaubtest, denn jetzt dauert es nicht mehr lange bis zum Ende der Schlacht.« Etwas freundlicher setzte er hinzu: »Oh, du hast es unwissend getan. Und niemand außer dir und dem König hätte mich rufen dürfen, wie du eben. Jeden anderen hätte ich erschlagen.« Traurig: »Jetzt gibt es keinen Ausweg mehr, und ich kann König Hrolf weniger Hilfe geben, als ich es getan habe, bevor du kamst.«

Hjalti beugte den Kopf, verkrampfte die Fäuste und sagte durch unvergossene Tränen: »Bjarki, dich und ihn habe ich am meisten verehrt. Es ist so schwer zu wissen, was man tun soll!«

Der Norweger setzte Kappe und Helm auf den Kopf. Drifa trat zu ihm. Er nahm ihre Hände in die seinen. »Es schmerzt mich, daß ich nicht mehr für dich sorgen kann«, sprach er. »Achte gut auf die Kinder.«

Sie antwortete: »Bei einem Vater, wie sie ihn haben, werden sie wenig Hilfe brauchen.«

Er umarmte auch die Kinder. Einen Schild in der Hand, einen anderen auf dem Rücken, um ihn zu benutzen, wenn der erste zersplittert war, folgte er Hjalti nach draußen.

Der Tag war trübe geworden. Bjarki trat vor König Hrolf. »Ich grüße dich, Herr. Wo stehe ich am besten?«

»An der Stelle, die du selbst wählst.«

»Das wird an deiner Seite sein.« Das Schwert Lövi flog aus der Scheide.

Von dem schwarzen Zelt, wo Königin Skuld saß, kam ein

Läufer zu König Hjörvardh. Er spähte in die Dämmerung und sah nichts mehr von dem roten Bären, und er wurde auch nie wieder gesehen. Das gab Hjörvardh neuen Mut, und er befahl seinen Anführern, den Kampf wiederaufzunehmen.

Furchbare Verluste hatte seine Truppe hinnehmen müssen. Von den Männern aus Leidhra waren viel weniger gefallen, und der Kampfesmut derer, die noch lebten, war ungeschwächt. Aber die Rebellen – vielleicht weil sie vor der Hexe mehr Angst hatten als vor dem Feind – kehrten in die Schlacht zurück.

Allein und doch nicht allein warf Königin Skuld ihre Runen und sang ihre Stabreime. Das Feuer flackerte höher; Dinge bewegten sich in dem Rauch und in dem Dampf ihres Kessels.

Aus den Reihen König Hjörvardhs brach ein großer Eber hervor. Wolfsgrau, riesig wie ein Bulle ließ er die Erde unter seinen Schritten erbeben. Seine Stoßzähne blitzten wie Schwerter. Sein Grunzen und Quietschen konnte die tapfersten Seelen mit Furcht erfüllen.

Die Hunde von Leidhra sprangen ihn an. Bellend und knurrend umringten sie ihn. Bald darauf lagen sie mit zerschlitzten Körpern und gebrochenen Knochen auf einem Haufen. Eine Weile hing Gram dem Untier an der Kehle. Schließlich warf der Eber ihn in die Höhe und riß ihn auf, als er herabfiel.

Vorwärts stürmte die Bestie. Aus ihren Stacheln flogen Pfeile hervor. Kein Schild konnte sie aufhalten. Die Krieger König Hrolfs fielen wie gemähtes Korn. In ihren Reihen rissen Lücken auf, die nicht mehr geschlossen werden konnten.

Svipdag wirbelte seine Axt. »Wir müssen den Troll töten, bevor er den König erreicht!«

Er lief ihm entgegen. Über seinem Kopf schwebte der Falke Highbreeks. Ein Pfeil bohrte sich in die linke Schulter des Kriegers. Er spürte ihn nicht. Der galoppierende Eber hatte ihn fast erreicht. Svipdag hielt die Axt bereit, diesen grauenhaften Schädel zu spalten. Zwei Raben flogen auf

Highbreeks zu. Der Falke kämpfte gegen sie mit Schnabel und Klauen. Doch er konnte sie nicht verletzen, und sie pickten ihn tot. Mit seinem einen Auge – nur aus dem Winkel heraus – verfolgte Svipdag das Geschehen. Es genügte, daß er nicht sah, wie nahe das Schwein war. Stoßzähne fuhren ihm in Rüstung und Bauch. In einer Blutwolke wurde Svipdags Körper zum Himmel emporgeworfen, und es dauerte lange, bis er auf der Erde aufschlug.

Der Eber wütete in Hrolf Krakis Schar. Doch er konnte nicht überall sein. Den einen Flügel mochte er aufhalten, der andere rückte weiter vor, ebenso die Mitte, wo die Schwerter des Königs, Bjarkis und Hjaltis blitzten. Ein Kampf Mann gegen Mann begann.

Die Nacht brach herein, und so viele Feinde König Hrolf und seine Männer auch erschlagen hatten, es schienen niemals weniger zu werden. Bjarki geriet an einen Gegner, den er von früher her kannte, als das Königreich noch ganz gewesen war. Bjarki, so erschöpft er schon war, hieb ihm einen Arm und einen Fuß ab, und dann stieß er dem anderen noch das Schwert durch die Brust. Er fiel. Doch nach einiger Zeit stand Bjarki derselbe Mann gegenüber. Das Ding grinste ihn an; seine Augen waren leer, und doch kämpfte es. Bjarki hielt ihm stand, bis sie durch das Wogen der Schlacht getrennt wurden. Dies war nicht das einzige Mal, daß er auf ein solches Wesen stieß.

Diejenigen von Hrolfs Anführern, die noch lebten, stießen in ihre Hörner. Die Gefolgsleute, die es noch konnten, versammelten sich vor den Toren von Leidhra. Diese Stelle hielten sie für eine Weile, und sie hieben so grimmig drein, daß der Feind noch einmal zurückfiel. Ein paar Atemzüge lang konnten sie sich ausruhen.

Bjarki erkannte Hjalti in der Finsternis und rief mit heiserer Stimme: »Mächtig ist unser Feind! Ich glaube, die Toten erheben sich von neuem, und sinnlos ist es, gegen Gespenster zu fechten. Wo ist der Mann König Hrolfs, der mich furchtsam genannt hat?«

Hjalti antwortete: »Du sagst die Wahrheit. Hier steht der, der Hjalti heißt, und der Weg zwischen uns ist nicht weit.

Ich brauche furchtlose Freunde, denn Schild und Brünne und Helm sind mir abgeschoren worden, Eidbruder. Und obwohl ich so oft zuschlage wie immer, kann ich doch die Wunden, die ich erhalte, nicht rächen. Kämpfen wir bis zum Ende.«

Durch die Tore strömten die letzten Krieger von Leidhra. Der König und ein paar andere deckten ihren Rückzug – bis der Troll-Eber kam. Sein Ansturm drückte Schilde in Rippen. Männer fielen, Männer taumelten zur Seite. Bjarki trat dem Ungeheuer entgegen. Sein Schwert Lövi fuhr nieder wie eine Sternschnuppe. Der Eber sank tot zu Boden. Doch zuvor hatte er noch einen Stoßzahn durch die Rüstung des Marschalls gerammt.

»Groß ist mein Leid«, murmelte Bjarki, »daß ich meinem Herrn nicht helfen kann …«

Hjalti stützte ihn mit seinem Arm. Er taumelte neun Schritte, bevor er fiel. Die Schilde rings um König Hrolf zogen sich ins Innere der Einpfählung zurück. Die Feinde folgten. Eine kleine Gestalt stürzte vor. »Ich halte sie auf!« quietschte Vögg. Ein Krieger schwang unter bellendem Gelächter eine Axt. Sie durchschnitt den Kesselhelm nicht, aber Vögg verlor das Bewußtsein.

Der Kampf wurde immer noch weiter fortgesetzt. Das Bjarkamaal läßt Hjalti ausrufen:

»Zerhauen sind die Brünnen,
zerbrochen sind die Schwerter,
vom Kampfbeil zerklafft
ward des Königs Schild;
manch furchtloser Fechter
sank fallend zur Erde,
die Klinge fährt krachend
durch der Krieger Häupter.«

Sterbend lag Bjarki auf der gefrorenen Erde. Hjalti kniete neben ihm. Der Marschall blickte zum Himmel und murmelte: »Hier sind so viele gegen uns versammelt, daß wir keine Hoffnung haben, sie aufzuhalten. Aber Odin habe ich nicht gesehen. Ich glaube, er treibt sich irgendwo herum, der Sohn eines Trolls, der treulose. Wüßte ich nur, wo er steckt, er würde einen Wunde erhalten, daß er heulend nach Haus läuft, dafür, was er unserem König angetan hat.«

»Es ist nicht leicht, ein vorausbestimmtes Geschick zu ändern«, antwortete Hjalti, »noch gegen eine übermenschliche Macht zu kämpfen.« Nach einer Weile schloß er Bjarki die Augen und erhob sich mit steifen Gliedern, um seinem eigenen Tod entgegenzugehen.

Die letzten Krieger bildeten einen Ring um König Hrolf. Skuld selbst war durch die Nacht gekommen. In ihrem Wahnsinn rief sie Ungeheuer auf Ungeheuer hervor. Unter dem Ansturm der Spukgestalten, die sie nur als grauenhafte Schatten und als Gestank wahrnahmen, als Knurren und aufblitzende Fänge, fielen die Männer und die großen Helden. Hrolf Kraki trat aus der zerbrechenden Schildburg hervor. Feind auf Feind fällte er. Nicht ein einzelner von ihnen erschlug ihn; es brauchte alle dazu.

Als Skuld ihren Sieg errungen hatte, schickte sie ihre Trolle eilends dahin zurück, woher sie gekommen waren, und befahl ihren Toten, stillzuliegen. Danach suchte sie bei Fackellicht nach ihrem Mann und ließ ihn zum Hochkönig von Dänemark ausrufen. Das geschah in wenigen flachen Worten, denn sie und er waren beide zu erschöpft, um glücklich zu sein. Sie suchten Unterkunft in der Halle. Dunkelheit und Stille nahmen die Burg Leidhra in Besitz. Nur Vögg wachte allein und weinte.

8 Die Geschichte von Vögg

I

Später in jener Nacht begann es zu schneien, und den ganzen folgenden Tag und Abend schneite es weiter. Der Schnee erfüllte die Luft und machte aus Erde und Himmel eins. Er lag schwer auf jedem Dach, auf dem zerstampften, blutigen Boden, auf den Haufen der Toten, als wolle er sie vor den Raben verbergen.

In den trüben Morgen hinaus traten die Frauen von Leidhra. Drifa Hrolfstochter führte sie an. Sie trugen Kapuzen, die ihre Gesichter verhüllten. Mit Besen fegten sie den Schnee beiseite, suchten nach ihren Männern, und als sie sie gefunden hatten, halfen sie einander, sie nach Hause zu bringen. König Hjörvardh gab Befehl, daß niemand sie hindern solle. Es wäre wohl nicht nötig gewesen. Der wildeste Räuber, der auf seinen Speer gelehnt Wache stand, muß Ehrfurcht vor diesen stummen Gestalten empfunden haben, die im Wirbeln der Flocken verschwanden und wieder daraus auftauchten. Zuviel Unheimliches war gestern geschehen. Zu hoch hatte man bezahlt. Der Sieg war zu Asche geworden.

Diejenigen, die die Königin von ihrem Zelt zurückkehren sahen, das sie gegen Abend aufgesucht hatte, fühlten sich noch unbehaglicher. Sie ging wie eine Schlafwandlerin. Die grünen Augen starrten geradeaus, das schmale Gesicht war verkrampft. Der Schnee auf ihrem unbedeckten Haar ließ sie alt aussehen.

In der Halle zog ihr Mann sie auf die Seite, fort von der trauernden Dienerschaft. »Was für Zeichen hast du erhalten?« flüsterte er. Seine Finger zupften an ihrem Mantel.

»Schlechte«, antwortete sie ausdruckslos, den Blick in die Ferne gerichtet. »Immer wieder habe ich die Runen geworfen. Jedes Mal verkündeten sie Unglück. Im Kessel sah und hörte ich nichts anderes als ... daß in einem Hochland jemand vor Leid und Zorn brüllte, bis die Berge erzitterten, und er war nicht menschlich ... ich denke, vielleicht sind wir benutzt worden, du und ich.« Sie schüttelte sich. Ihre Augen klärten sich, sie warf den Kopf in den Nacken. Hochmütig stellte sie fest: »Doch nun sind wir der König und die Königin von Dänemark. Laß die Welt es erfahren!«

Am Abend mußte Hjörvardh notgedrungen einen Festschmaus geben. Dabei dankte er seinen Kriegern und verteilte Geschenke. Keine Fröhlichkeit kam auf. Die Halle schien riesig und leer zu sein. Die höchsten Feuer konnten die Nacht nicht daraus vertreiben und das Schweigen nicht füllen, das gemurmelte Gespräche vergeblich zu überdekken trachteten. Obwohl König Hrolfs Gäste bei diesem Wetter nicht nach Hause hatten gehen können, hatte doch so gut wie jeder Unterkunft bei der Witwe eines seiner Männer oder bei einer der Familien finden können, die um ihren Herrn trauerten, und war nicht mehr da. Abgesehen von den Sklavinnen saßen keine Frauen auf den Bänken oder trugen Essen und Getränke umher. Schatten bewegten sich wie die Geister jener, die früher hier gewohnt hatten, und rückten um ihre Mörder zusammen. Das Knistern des Feuers klang wie ein Echo ihres Lachens. Die Luft war kalt und dumpf wie in einem Grabhügel.

»Hu«, erschauerte Hjörvardh. Er trank und trank. Sie traten vor ihn und forderten ihren Lohn an Gold und Land, die Mietlinge, die Ausländer, die Gesetzlosen, die dänischen Neidlinge, *seine* Männer, und er mußte sie loben, und dabei erinnerte er sich die ganze Zeit an jene anderen. Königin Skulds schrille Lustigkeit erweckte in ihm keine Antwort.

Als er getan hatte, was er mußte, und einen Skalden angehört hatte, der ein paar lahme Stabreime zu seinen Ehren sang, war er völlig betrunken. Plötzlich füllte er seine Lungen mit Luft und brüllte:

»Gut habt ihr gekämpft, meine Männer, ja, ja, das habt ihr. Aber was mich wundert, ist, daß keiner von König

Hrolfs vielen Kriegern sein eigenes Leben gerettet hat, indem er floh oder sich ergab. Nicht ein einziger. Habe ich recht? Seht, wie treu sie ihren Herrn liebten ... sie wollten ihn nicht einmal überleben. Unglücklich bin ich – oh, ich sage nichts gegen euch, meine guten Männer, nicht ein Wort, mißversteht mich nicht – aber bin ich nicht unglücklich? Könnte es nicht vielleicht den Fluch von mir nehmen ... wenn nur einer dieser Braven noch lebte und seine Treue mir schenken würde? Ich will ein gerechter König sein ... Lebt hier noch ein Mann von Hrolf Kraki, und wird er jetzt unter mein Banner kommen?«

Skuld runzelte die Stirn. Die Männer auf den Bänken murrten.

Dann: »Aye, Herr. Ich habe den gestrigen Tag überlebt«, rief eine spröde Stimme. Aus dem Vorraum hinkte ein dünner Junge in einem schmutzigen, blutbefleckten Lederwams herein. Scheu bahnte er sich einen Weg durch die ganze Halle, bis er vor dem Hochsitz stand.

Königin Skuld sah ihn scharf an. »Du willst ein Mann meines Bruders gewesen sein? Wer bist du?«

»Ich heiße Vögg, Herr und Herrin. Ich ... ich gestehe, daß – ich nicht der beste seiner Männer war. Aber ich habe ihnen geholfen, als sie bei König Adhils waren, und ich, ich war gestern dabei, und ich bin nur noch am Leben, weil ich zufällig bewußtlos geschlagen wurde.«

»Willst du mein Mann werden?« fragte Hjörvardh.

»Ich habe keinen anderen Ort, an den ich gehen könnte, und du hast gesiegt, Herr.«

»Das ist wenigstens ein hoffnungsvolles Zeichen!« Hjörvardh hielt sein Schwert auf dem Schoß. Er zog es. »Ja, ein Zeichen, meinst du nicht auch, Skuld, meine Liebe? Was war, führt keinen Krieg mehr gegen das, was ist. Ha.« Er nickte, sehr erfreut über seine kluge Bemerkung. »Nun, Vögg«, er beugte sich vor, ehe seine Frau sprechen konnte, obwohl sie versuchte, ihn zu unterbrechen, »du bist mir sehr willkommen, Vögg, und es soll dir bei mir besser gehen, als es dir, wie es scheint, bei meinem Schwager ergangen ist. Ja.« Er streckte die Klinge aus. »Schwör mir

Treue auf dies mein Schwert, und du sollst, hm, sollst sofort erfahren, wie gut ich bin.«

Vögg straffte seine schmalen Schultern. »Herr, das kann ich nicht tun. Wir haben nie auf die Spitze geschworen, immer auf das Heft. König Hrolf hatte die Gewohnheit, den Männern sein Schwert in die Hand zu geben, während sie ihren Eid leisteten.«

»Wie? Hm? Nun ...«

»Nein!« begann Skuld. Aber Hjörvardh hatte bereits losgelassen, Vögg hielt den Stahl bereits in der Hand.

»Nun schwöre mir Treue«, sagte Hjörvardh.

»Ja, Herr«, antwortete Vögg mit fester Stimme. »Hier.«

Er stieß zu. Die Spitze fuhr dem König in die Brust. Einen Augenblick starrte Hjörvardh verwundert auf das hervorsprudelnde eigene Blut. Er brach zusammen. Sein Körper rollte vom Hochsitz und blieb auf dem Boden liegen.

Skuld schrie. Die Krieger heulten und zogen ihre Waffen. Vögg stellte sich ihnen zum Kampf. Während sie ihn abschlachteten, lachte er und rief den Namen Hrolf Krakis.

II

Über die Höhen des Keel, durch die Wildnis, über Ackerland, wo die Leute erschauerten, wenn sie ihn sahen, schneller als jedes Streitroß lief die große, häßliche Gestalt Elch-Frodhis. Keine Schneeverwehung, kein Sturm konnten ihn aufhalten. Sein Kurzschwert erschlug ihm das, was er zum Essen brauchte, und er verschlang es im Laufen. Selten ruhte er aus, und dann nie lange. In wenigen Tagen hatte er die Halle im westlichen Götarland erreicht, wo König Thori Hundefuß wohnte.

Die Krieger zielten mit Speeren und Pfeilen auf den Schrecken, der herangaloppierte. Frodhi hielt an und brüllte, sein Bruder solle herauskommen. Der König kam. Frodhi sprach: »Bjarki ist tot – ermordet. Blut füllt die

Spur, die ich gemacht habe, um ein Zeichen von ihm zu erhalten.«

Thori stand ganz still da. Dann sagte er unter dem winterlichen Himmel: »Zu dieser Zeit des Jahres brauche ich Wochen, um Männer zur Rache zu versammeln. Inzwischen können wir Boten nach Neuigkeiten ausschicken.«

Von ihren Kundschaftern und Boten wurde auch einer nach Uppsala in Svithjodh geschickt. Königin Yrsa hörte von seiner Ankunft, bewirtete ihn und berichtete ihm, was sie über den Fall König Hrolfs wußte. »Setze einen Tag und einen Ort fest«, versprach sie, »und du wirst eine Streitmacht aus meinen eigenen Männern dort finden.« Eine Weile saß sie da und eigenen Männern dort finden.« Eine Weile saß sie da und rechnete an den Fingern, die das Alter zu krümmen begonnen hatte. Endlich nickte sie. »Ja, mein Hrolf hat ein paar Jahre weniger erlebt als mein Helgi, obwohl er mehr geschaffen hat. Es ist keine langlebige Rasse, die Skjöldungen. Sie stecken sich ihre Ziele zu hoch.«

Die Streitmacht versammelte sich an der Grenze zu Skania. Bei ihrem Zug durch das Land strömten die Dänen herbei, um sich ihr anzuschließen. Königin Skuld regierte mit Härte und Rücksichtslosigkeit; das Volk wollte sie gern loswerden.

Etwas hatte sie nicht gewagt: Das Volk davon abzuhalten, König Hrolf zu begraben. Auf einer Landspitze über dem Kattegat, das er für sie bewahrt hatte, legten die Leute ihn in ein Schiff. Sein Schwert Skofnung war bei ihm, und neben ihm lagen seine Männer, alle wie er bewaffnet und reich gekleidet. Schätze wurden um sie angehäuft, und darauf wurde ein berghoher Hügel errichtet, der fortan eine Landmarke bildete. Flammen loderten, Frauen klagten, und rings um das Grab ritten die Häuptlinge, schlugen langsam die Schwerter gegen die Schilde und sagten so ihrem Herrn, den guten Zeiten und dem Glück Dänemarks Lebewohl.

Von ihnen würde die Königin keine Hilfe erhalten. Sie konnte sich an niemanden wenden als an das Gesindel, das sie zur Macht gebracht hatte. Es mußte mit Gütern belohnt werden, die sie anderen wegnahm. So wuchs der Haß gegen sie. Bald krähte der rote Hahn von einem Ende des Landes zum anderen auf den Dächern ihrer Jarle. Unterkönige hielten den Tribut zurück, und beim Thing riefen die Freisassen sich als selbständige Könige aus, die niemandem etwas schuldig seien.

Die Runen, die sie warf, die Wesen, die sie heraufbeschwor, sagten Skuld Unglück voraus. Sie konnten oder wollten ihr nicht sagen, wie sie ihm begegnen könne. Irgendwo arbeitete etwas gegen ihre Zauberkünste und verhüllte ihr den Blick in die Zukunft.

Einmal schrie sie dem, der sich aus der See erhob, zu: »Ich glaube, Odin hat mich nur gebraucht, um seinem Zorn Luft machen zu können.«

»Glaubst du, es war nichts als Zorn?« antwortete er. »Der Vater der Siege muß jeden niederwerfen, der dem Krieg Einhalt gebieten will. Er mag König Hrolf Kraki und seine Männer in seiner Halle aufgenommen haben, daß sie bis zum Untergang der Welt mit ihm Feste feiern. Ob das, was man über das Weiterleben der Helden sagt, wahr ist oder nicht, es ist sicher, daß ihre Namen weiterleben werden.«

»Und meiner?«

»Deiner auch – auf seine Weise.«

Skuld ging zum Grab ihres Mannes. Sie vermißte ihn mehr, als sie erwartet hätte, diesen Mann, den sie verspottet und gequält hatte, während er sie demütig liebte. Die Sklaven, denen sie befohlen hatte, den Grabhügel zu pflegen, waren nachlässig gewesen.

Im zeitigen Frühling setzte die Streitmacht von König Thori und Königin Yrsa über den Sund. Skuld hatte diese Gewässer mit Wassermännern und Kraken gefüllt. Sie umschwammen die Flotte, sahen Elch-Frodhi am Bug des ersten Drachenschiffes und entflohen. Ebenso liefen die Trolle und Spukgestalten davon, die Seeland für Skuld verteidigen sollten. Ihm war eine Macht verliehen, die größer war als ihre.

Er führte den Angriff auf Leidhra. Er brach durch die Reihen der von Furcht geschwächten Krieger und stürmte in die Halle. Er griff die Königin mit seinen häßlichen Händen, zog ihr einen Sack aus Seehundsfell über den Kopf und band ihn fest zu. »Nicht für nichts bin ich geboren«, sagte er. Sein Bruder trat neben ihn, und gemeinsam beförderten sie Skuld, die Hexenkönigin, zum Tode.

Während des Kampfes brach Feuer aus. Die ganze Burg brannte. »Das ist gut«, meinte Thori Hundefuß. »Der Boden wird gereinigt.«

Die Rächer gaben das, was von dem Königreich noch übrig war, den Töchtern Hrolfs. Danach kehrte jeder in seine Heimat zurück: Thori und seine Götar in ihre Täler, die Schweden zur alten Königin Yrsa, Elch-Frodhi in seine Einsamkeit.

Drifa und ihre Schwester waren sehr beliebt. Aber Frauen konnten das Steuer nicht führen, wo alles auseinanderbrach, und ihre Söhne waren noch zu jung. Es dauerte nicht lange, und die Herrschaft wurde in aller Freundschaft einem Enkel Helgis von einer Buhle übertragen. Er rettete einiges aus dem Zusammenbruch.

Hunderte von Jahren sollte es dauern, bis Dänemark wieder ein Ganzes war. Jetzt brannten die Wachfeuer von neuem, den Feinden auf ihrem Weg zur Warnung. Wikinger, Gesetzlose, wilde Männer suchten die Bewohner im ganzen Norden heim. Sie taten ihnen nicht mehr Schaden als die Könige, die zahl- und zügellosen: Feuer und Schwert wüteten, freie Menschen wurden in die Sklaverei geführt, kein Mensch war sicher, und die Frauen weinten. Nichts als eine Geschichte blieb von den Tagen, die einstmals gewesen waren.

HIER ENDET DIE SAGA VON HROLF KRAKI
UND SEINEN KRIEGERN

Band 23 068

Jerry Pournelle

Clan & Krone

Deutsche Erstveröffentlichung

Sie waren Söldner in einem sinnlosen Krieg, und man hatte sie verraten und verkauft – bis das Schiff von den Sternen kam und sie rettete. Nun müssen sie auf einem fremden Planeten um Clan und Krone kämpfen, gegen eine Übermacht, gegen die selbst die Waffen des zwanzigsten Jahrhunderts nicht mehr sind als ein Tropfen auf einem heißen Stein.

Rasante Action, technisches Know-how und Männer, die den Tod nicht fürchten – das zeichnet die Romane von Jerry Pournelle aus. Zusammen mit dem Fantasy-Autor Roland M. Green erzählt er eine abenteuerliche Geschichte von Heldentum und Überlebenskampf auf einer fernen, barbarischen Welt.

BASTEI LÜBBE

Sie erhalten diesen Band im Buchhandel, bei Ihrem Zeitschriftenhändler sowie im Bahnhofsbuchhandel.